insel taschenbuch 707
Defoe
Moll Flanders

DANIEL DEFOE
GLÜCK UND UNGLÜCK DER BERÜHMTEN MOLL FLANDERS

die, im Zuchthaus Newgate geboren,
nach vollendeter Kindheit noch sechzig wertvolle
Jahre durchlebte, zwölf Jahre Dirne war,
fünfmal heiratete, darunter ihren Bruder,
zwölf Jahre lang stahl, acht Jahre deportierte
Verbrecherin in Virginien war, schließlich
reich wurde, ehrbar lebte und reuig
verstarb · Beschrieben nach ihren eigenen
Erinnerungen
Deutsch von Martha Erler
Mit Illustrationen von William Hogarth
und einem Essay von Norbert Kohl

INSEL VERLAG

Umschlagabbildung:
William Hogarth. Der Weg des Liederlichen. 3. Platte.
(The Rake's Progress, 1735)
© The Fotomas Index, London

insel taschenbuch 707
Erste Auflage 1983
Lizenzausgabe mit freundlicher Genehmigung
der Dieterich'schen Verlagsbuchhandlung, Leipzig
© Übersetzung *Vorwort des Autors* von Christine Holtz
Nachwort von Norbert Kohl: Insel Verlag
Frankfurt am Main 1983
Vertrieb durch den Suhrkamp Taschenbuch Verlag
Umschlag nach Entwürfen von Willy Fleckhaus
Satz: LibroSatz, Kriftel
Druck: Nomos Verlagsgesellschaft, Baden-Baden
Printed in Germany

1 2 3 4 5 6 – 88 87 86 85 84 83

MOLL FLANDERS

VORWORT DES AUTORS

Die Welt ist in letzter Zeit so mit Romanen und Romanzen beschäftigt, daß man die Geschichte eines einzelnen Lebensschicksals kaum für echt halten wird, zumal der Name und andere Einzelheiten der Person verschwiegen werden. Wir müssen es deshalb dem Leser überlassen, sich seine eigene Meinung über die folgenden Seiten zu bilden und sie so zu nehmen, wie es ihm beliebt.

Man darf annehmen, daß die Verfasserin hier die Geschichte ihres eigenen Lebens schreibt. Gleich am Anfang ihrer Erzählung nennt sie die Gründe, warum sie es für angebracht hält, ihren wahren Namen zu verschweigen. Danach gibt es keinen Grund mehr, noch irgend etwas darüber zu sagen.

Es ist richtig, daß die ursprüngliche Geschichte in andere Worte gekleidet und der Stil der berühmten Dame, von der hier die Rede ist, ein wenig verändert wurde. Vor allem ist sie dazu bewogen worden, ihre eigene Geschichte mit größerer Zurückhaltung zu erzählen, als dies zunächst der Fall war. Die Niederschrift, die wir zuerst in die Hand bekamen, war nämlich in einer Sprache abgefaßt, die mehr zu jemandem paßt, der noch im Gefängnis von Newgate einsitzt, als zu einer Frau, die reuig und demütig geworden ist, wie sie später selbst angibt.

Derjenige, der die Geschichte zu Ende schrieb und das aus ihr machte, was Sie jetzt vor Augen sehen, hatte nicht wenige Schwierigkeiten, sie in eine angemessene Form zu kleiden und sie in eine lesbare Sprache zu bringen. Wenn eine Frau, die von Jugend an verdorben, ja sogar das Produkt einer verdorbenen und lasterhaften Umwelt ist, daran geht, all ihre lasterhaften Praktiken zu erzählen, sogar auf die einzelnen Vorfälle und Ereignisse zu sprechen kommt, die sie auf die schiefe Bahn brachten, und die Stufen ihrer Verbrecherkarriere schildert, die sie in 60 Jahren durchlebte, dann muß der Herausgeber sehr darauf achten, dieser Darstellung eine so tadellose äußere Form zu geben, daß selbst böswillige Leser keine Gelegenheit finden, ihm einen Strick daraus zu drehen.

Alle erdenkliche Sorgfalt wurde darauf verwendet, keine unzüchtigen Ideen, keine unanständigen Wendungen in die neue Fassung zu übernehmen, auch dort nicht, wo ihre Ausführungen am anstößigsten sind. Deshalb wurde einiges aus ihrem liederlichen Leben, das nicht erzählt werden konnte, ohne Anstoß zu erregen, ganz ausgelassen. Mehrere andere Teile wurden stark gekürzt. Was bleibt, wird hoffentlich weder dem tugendhaftesten Leser noch dem sittsamsten Hörer zu nahe gehen. Da sogar aus der schlimmsten Geschichte der größte Nutzen gezogen werden kann, erhält die Moral, so bleibt zu hoffen, den Ernst des Lesers, selbst da, wo ihn die Erzählung verunsichern könnte. Wenn man die Geschichte eines sündhaften, doch letztlich bußfertigen Lebens erzählt, so ist es nötig, den liederlichen Teil so wahrheitsgetreu wie möglich zu schildern, so daß der Lebensabschnitt der Buße in all seinem Glanz erstrahlt. Er kommt zweifellos am besten und klarsten zur Geltung, wenn er mit gleichem Schwung und gleicher Lebendigkeit erzählt wird.

Man sagt, daß die Schilderung des reuigen Lebensabschnitts nicht von derselben Lebendigkeit und Klarheit, nicht von demselben Reiz erfüllt sein könne wie die Darstellung des Verbrechens. Wenn an dieser Vermutung irgend etwas Wahres ist, so kommt es wohl auch daher, daß die Geschichte der Reue nicht mit gleicher Freude und gleichem Genuß gelesen wird. Es ist in der Tat nur allzu wahr, daß der Leser nicht so sehr nach einer angemessenen Behandlung des Themas urteilt, als vielmehr nach seinem Geschmack und Gutdünken.

Diese Erzählung wird nun in erster Linie denen empfohlen, die sie zu lesen verstehen und die in der Lage sind, Gewinn aus ihr zu ziehen – so wie es die ganze Geschichte nahelegt. Solche Leser werden, so bleibt zu hoffen, viel mehr Gefallen an der

Moral der Geschichte finden als an der Geschichte selbst, mehr an der Nutzanwendung als an der Erzählung selbst, mehr an der Zielsetzung des Herausgebers als am Leben der dargestellten Person.

In dieser Geschichte findet sich eine Fülle von unterhaltsamen Begebenheiten, die alle ihren Nutzen haben. Sie werden mit viel Geschick in einer so ansprechenden Form erzählt, daß der Leser wie von selbst in der einen oder anderen Weise belehrt wird. Im ersten Teil ihres liederlichen Lebens mit dem jungen Herrn in Colchester bieten sich viele günstige Gelegenheiten, ihre Verfehlungen aufzudecken, um so all diejenigen, deren Lebensumstände ähnlich sind, vor dem bösen Ende solcher Dinge und dem törichten, gedankenlosen und abstoßenden Verhalten beider Beteiligter zu warnen. Das wiegt wahrlich Molls lebhafte Beschreibung ihrer Torheit und Verruchtheit auf.

Ihr Liebhaber in Bath sieht sich durch den Ausbruch einer Krankheit dazu veranlaßt, sie fallenzulassen und sein Verhalten zu bereuen. Dies ist eine angemessene Warnung auch vor unerlaubten Vertraulichkeiten sehr enger Freunde, die an den feierlichsten tugendhaften Vorsätzen ohne Gottes Beistand nicht festhalten können. Ein einsichtiger Leser wird erkennen, daß derartige Passagen mehr wahre Schönheit haben als die Vielzahl von Liebesabenteuern, die ihnen vorangingen.

Mit einem Wort: Die ganze Erzählung wurde sorgfältig von jeglicher Leichtfertigkeit und Liederlichkeit gereinigt, die in ihr zu finden waren, und gewissenhaft mit den Geboten der Tugend und der Religion in Übereinstimmung gebracht. Niemand kann also, ohne sich einer offenkundigen Ungerechtigkeit schuldig zu machen, irgendeinen Vorwurf gegen diese Erzählung selbst oder gegen unsere Absicht, sie zu veröffentlichen, erheben.

Die Befürworter des Theaters haben dies zu allen Zeiten als ein gewichtiges Argument betrachtet, um das Publikum von der Nützlichkeit ihrer Stücke zu überzeugen, deren Aufführung unter jeder Regierung erlaubt werden sollte, die den Werten der Kultur und der Religion verpflichtet ist. Sie sind nämlich der Auffassung, daß ihre Stücke die Sitten fördern und durch höchst lebensnahe Darstellung dem Leser unweigerlich Tugend und moralische Grundsätze nahebringen und so jeglicher Art von Laster und Sittenverderbnis entgegenwirken. Wenn dem so wäre, daß sie folgerichtig an diesem Grundsatz als einem Prüfstein ihrer Schauspielkunst festhielten, dann könnte viel Gutes über das Theater gesagt werden.

Im Verlauf der höchst wechselvollen Begebenheiten dieses Buches wird an diesem Grundsatz streng festgehalten. Nirgendwo findet sich eine verwerfliche Handlung, deren unheilvolle Konsequenzen nicht früher oder später dargestellt würden. Kein Erzschurke wird auf die Bühne gebracht, dem nicht entweder ein böses Ende beschieden wäre oder der nicht zur reuigen Umkehr bewegt würde. Keine böse Tat wird hier erwähnt, die nicht durch ihre Darstellung verurteilt würde; auch keine tugendhafte und redliche Handlung, die nicht von Lob begleitet wäre. Was kann besser dem oben dargestellten Grundsatz Genüge tun, als sogar für die Schilderung jener Ereignisse einzutreten, gegen die so viel spricht, wie zum Beispiel die Darstellung von schlechtem Umgang, die Verwendung anstößiger Sprache und dergleichen?

Auf dieser Grundlage empfiehlt sich dieses Buch dem Leser als ein Werk, aus dem man an jeder Stelle etwas lernen und angemessene, fromme Schlußfolgerungen ziehen kann. So wird der Leser, dem daran gelegen ist, in mancher Hinsicht belehrt.

Alle Untaten dieser berühmten Dame, mit denen sie ihren Mitmenschen Schaden zufügt, sollen ehrbaren Leuten zur Warnung dienen. Sie zeigen anschaulich, mit welchen Mitteln unschuldige Menschen hereingelegt, bestohlen und beraubt werden. Wenn Moll ein kleines Kind bestiehlt, das, fein angezogen, zum Tanzunterricht geht, weil die Eitelkeit der Mutter es so will, dann ist das für solche Leute in Zukunft eine heilsame Lehre. Das gleiche gilt für den Diebstahl einer goldenen Uhr, die sie der jungen Dame im Park wegnimmt.

Wenn sie dem ahnungslosen jungen Ding bei den Kutschen in St. John's Street ein Bündel stiehlt, wenn sie beim Brand und dann wieder in Harwich Beute macht: All dies dient uns als vorzügliche Warnung, in solchen Situationen mehr auf plötzliche Überraschungen jeglicher Art gefaßt zu sein.

Wenn Moll schließlich in Virginia zusammen mit ihrem dorthin deportierten Ehemann zu einem besonnenen Lebensstil und geschäftlicher Tüchtigkeit findet, dann kann das all jenen unglückseligen Menschen eine Lehre sein, die sich fern der Heimat ein neues Leben aufbauen müssen, sei es aufgrund von Verbannung oder anderer Schicksalsschläge. Sie erfahren so, daß Eifer und Fleiß selbst in den entlegensten Teilen der Welt entsprechend honoriert werden und daß kein Fall so erbärmlich, so verachtenswert und aussichtslos sein kann, als daß unermüdliche Bemühungen nicht viel zu einer Lösung beitragen würden. Diese Einsicht wird mit der Zeit selbst die armseligste Kreatur aufrichten und ihren Lebensweg in neue Bahnen lenken.

Dies sind einige der beachtenswerten Lehren, zu denen uns dieses Buch hinführt. Sie reichen völlig aus, um es den Lesern zu empfehlen und überdies seine Veröffentlichung zu rechtfertigen.

Bleiben noch zwei der eindrucksvollsten Abschnitte, die in dieser Geschichte allerdings nur andeutungsweise erwähnt werden. Beide sind aber zu umfangreich, als daß man sie hier erzählen könnte; es wäre sogar möglich, sie als abgeschlossene Bücher zu betrachten. Zum einen handelt es sich um die Lebensgeschichte der von ihr so genannten ›Gouvernante‹, die allem Anschein nach im Laufe von wenigen Jahren nacheinander alle bemerkenswerten Stufen von der feinen Dame zur Hure, Kupplerin, Hebamme, ›Vermittlerin von Hebammen‹ (wie sie genannt werden), Pfandleiherin, Pflegemutter und Hehlerin durchlaufen hatte. Mit einem Wort: Sie war selbst Diebin und Lehrmeisterin für Diebe und dergleichen. Dennoch bereute sie zuletzt.

Zum anderen geht es um die Lebensgeschichte ihres deportierten Ehemanns, eines Straßenräubers, der sich offenbar zwölf Jahre lang als erfolgreicher Wegelagerer betätigte und zuletzt noch glimpflich davonkam. Er wurde nicht als Sträfling nach Virginia gebracht, sondern ging freiwillig in die Verbannung, und er führte ein höchst wechselvolles Leben.

Aber wie ich schon gesagt habe, sind diese Geschichten zu umfangreich, als daß sie hier erzählt werden könnten. Ich kann auch nicht versprechen, daß sie einmal gesondert erscheinen werden.

Wir können jedoch nicht behaupten, daß diese Geschichte ganz bis zum Lebensende der berühmten Moll Flanders, wie sie sich nannte, weitergeführt wird, denn niemand kann seine eigene Lebensgeschichte bis zu Ende erzählen, es sei denn, man könnte noch nach dem Tode schreiben. Da aber die Lebensgeschichte ihres Ehemannes von dritter Seite verfaßt wurde, werden wir genauestens über beide informiert, über ihr Leben in Virginia und über ihre Rückkehr nach England nach ungefähr acht Jahren, in denen sie sehr reich wurden. Moll, so scheint es, wurde sehr alt. Ihre Reue war jedoch nicht mehr so groß wie am Anfang. Es ist aber sicher, daß sie immer mit Abscheu von ihrem früheren Leben und allen seinen Stationen sprach.

In der letzten Zeit ihres Aufenthalts in Maryland und Virginia ereigneten sich viele erfreuliche Dinge, wodurch dieser Teil ihres Lebens eine positive Wendung erfährt. Diese Ereignisse werden jedoch nicht mit derselben Gefälligkeit wiedergegeben wie die, über die sie selbst berichtet. So ist es besser, wenn wir hier abbrechen.

Mein eigentlicher Name ist in den Akten und Amtsregistern des Londoner Zuchthauses Newgate und des Londoner Kriminalgerichts Old Bailey leider nicht ganz unbekannt. Da auch allerlei Wichtiges, was mich persönlich betrifft, dort noch anhängig ist, wird man sich kaum wundern, wenn ich in diesem Buche meinen Namen verschweige und nichts Näheres über meine Familienverhältnisse berichte. Wer weiß, ob nicht ohnehin manches davon nach meinem Tode in die Öffentlichkeit dringen wird. Im Augenblick erscheint mir dies jedoch nicht ratsam, selbst dann nicht, wenn eine Amnestie allen Verbrechern ausnahmslos Straffreiheit zusichert.

Meine Genossen nannten mich Moll Flanders. Es waren zum Teil üble Gesellen, die mir aber jetzt nichts mehr anhaben können; denn sie sind samt und sonders mittels Leiter und Strick aus dieser Welt geschieden, ein Schicksal, das übrigens auch mir des öfteren drohte. Sie werden hoffentlich einverstanden sein, wenn ich mich hier auch Moll Flanders nenne, wenigstens so lange, bis ich eines Tages vielleicht doch noch verrate, wer ich war und wer ich bin.

Ich habe mir sagen lassen, daß der Staat in einem unsrer Nachbarländer, ich glaube in Frankreich, die Kinder von Verbrechern in seine Obhut nimmt. Man will nicht, daß diese bedauernswerten Geschöpfe unversorgt zurückbleiben, wenn die Eltern zum Tode, zur Galeere oder Strafverschickung verurteilt werden. Ein königlicher Erlaß bestimmt, daß sie sofort in einem Waisenhaus Aufnahme finden. Dort werden sie erzogen, gekleidet, beköstigt und unterrichtet. Und erst dann, wenn sie alt genug sind, um sich durch ihrer Hände Arbeit selbst zu ernähren, dürfen sie einem Gewerbe nachgehen oder einen Dienst annehmen.

Ach, wenn das doch hierzulande auch Sitte gewesen wäre!

Dann wäre ich armes, verlaßnes Geschöpf nicht einsam und hilflos zurückgeblieben. Ich hätte die bittere Not gar nicht kennengelernt oder doch erst in einem Alter, in dem ich fähig war, meine Lage zu überschauen und womöglich zu bessern. So aber führte mich ein böses Geschick schon frühzeitig auf einen Lebensweg, den selten einer betritt, ohne an Leib und Seele Schaden zu nehmen.

Damit hatte es folgende Bewandtnis: Meine Mutter war eines geringfügigen Diebstahls überführt worden. Die Sache war kaum erwähnenswert, aber man behandelte sie, als hätte sie ein wer weiß wie schweres Verbrechen begangen. Sie hatte einem Händler in Cheapside drei Stück feine holländische Leinwand entwendet. Es würde zu weit führen, wollte ich die näheren Umstände der Tat hier in allen Einzelheiten schildern. Mir selbst ist sie so oft und in so verschiedner Form erzählt worden, daß ich kaum zu entscheiden wage, was richtig und was falsch ist.

In einem Punkt sind sich aber alle einig: Meine Mutter machte nämlich geltend, sie sei schwanger, und bat um einen Strafaufschub von etwa sieben Monaten. Da sich ihre Angaben als wahr herausstellten, erhielt sie ihn auch, und ich kam in dieser Zeit zur Welt. Nach Ablauf der Frist wurde das Urteil rechtskräftig, man begnadigte sie aber nachträglich und verschickte sie zur Zwangsarbeit nach Virginien. So blieb ich – kaum halbjährig – in schlechten Händen zurück.

Aus diesen ersten Lebensjahren kann ich nur das berichten, was ich vom Hörensagen weiß. Es war ganz besonders schlimm für mich, daß ich an solch unglückseligem Ort, im Zuchthaus, zur Welt kam. Deshalb war keine Gemeinde verpflichtet, für mich zu sorgen. Es ist mir noch jetzt ein Rätsel, daß ich unter diesen Umständen überhaupt am Leben blieb. Viel später erst hörte ich dann, daß mich irgendeine Verwandte meiner Mutter aus dem Gefängnis fortgeholt hatte; wer das aber veranlaßte und das Geld dazu hergab, habe ich nie erfahren.

Ganz dunkel erinnere ich mich noch, daß ich als ganz kleines Kind mit Zigeunern umherzog. Soviel ich mich entsinne, war ich nur kurze Zeit bei ihnen, sonst hätten sie mir wohl die Haut gefärbt, was sie bei fremden Kindern meist tun. Wie ich unter sie geriet und später wieder von ihnen loskam, weiß ich nicht mehr. Soviel aber ist sicher: sie ließen mich in der Stadt Colchester in Essex zurück, das heißt, eigentlich ist es mir so, als hätte ich sie verlassen und mich versteckt, um ihnen zu entrinnen. Auf weitere Einzelheiten besinne ich mich allerdings nicht mehr; nur eins weiß ich noch ganz genau: Ein Gemeindebeamter von Colchester griff mich auf, und ich erzählte ihm, ich sei mit Zigeunern in die Stadt gekommen. Da ich aber nicht weiter mit ihnen herumziehen wollte, hätten sie mich zurückgelassen. Wohin sie gegangen, wisse ich nicht. Man suchte daraufhin sofort die ganze Gegend nach ihnen ab, doch, wie es scheint, ohne Erfolg.

Ich mußte nun irgendwie untergebracht werden. Die Gemeinde war zwar gesetzlich nicht dazu verpflichtet, als aber die Stadtväter von meinem traurigen Schicksal hörten, hatten sie Mitleid mit der kleinen Dreijährigen, die noch viel zu jung war, um sich ohne fremde Hilfe durchs Leben zu schlagen. Sie nahmen mich deshalb unter ihren Schutz, gerade als sei ich ein Kind ihrer Stadt.

Zum Glück kam ich in Pflege zu einer Frau, die zwar arm war, aber früher in besseren Verhältnissen gelebt hatte. Die verdiente sich ihren kärglichen Lebensunterhalt damit, daß sie arme Wesen wie mich bei sich aufnahm und sie mit dem Nötigsten versorgte, bis sie alt genug waren, um in Stellung zu gehn und ihr Brot selbst zu verdienen.

Diese Frau unterhielt zugleich eine kleine Schule, in der sie die Kinder lesen lehrte und ihnen allerlei Handfertigkeiten beibrachte. Da sie früher bessere Tage gesehen hatte, erzog sie die Kinder mit viel Geschick und großer Sorgfalt. Sie hielt uns alle zur Frömmigkeit an; denn sie war selbst eine sehr redliche und gottesfürchtige Frau. In ihrem Haus herrschte Sauberkeit und guter Ton. Wenn wir auch einfach gekleidet und im Essen nicht verwöhnt waren, so wurden wir doch ebensogut erzogen wie die Kinder reicher Eltern in einer feinen Schule.

Hier blieb ich bis zu meinem achten Jahr. Da erfuhr ich eines Tages mit Schrecken, der Magistrat wünsche, daß ich von jetzt ab in Stellung gehe. Wie sollte ich das nur anfangen? Ich verstand doch gar nichts vom Haushalt, konnte höchstens Botengänge übernehmen und für das Küchenmädchen den Packesel spielen. Jedesmal, wenn davon die Rede war, fuhr mir der Schreck in die Glieder. Ich verging fast vor Angst bei dem Gedanken, in Stellung zu gehn, und erklärte schließlich meiner Pflegemutter, wenn ich bei ihr bliebe, könnte ich mir meinen Lebensunterhalt bestimmt auch verdienen. Ich hatte doch nähen und Kammgarn spinnen bei ihr gelernt – die Spinnerei war einer der wichtigsten Industriezweige der Stadt – und wollte gern vom frühen Morgen bis zum späten Abend für sie arbeiten, wenn sie mich nur behielte.

Täglich lag ich ihr damit in den Ohren und war dauernd, selbst bei der Arbeit, in Tränen aufgelöst. Die gute Frau bekam es schließlich mit der Angst zu tun; denn sie hing wirklich an mir.

Eines schönen Tages kam sie in das Zimmer, wo wir Kinder alle bei der Arbeit saßen. Sie setzte sich mir gerade gegenüber, nicht an den Platz, den sie sonst als Lehrerin einnahm, und ich hatte das Gefühl, sie wollte mich beobachten, um zuzusehen, wie ich mich bei der Arbeit anstellte. Ich zeichnete gerade Hemden, die sie anzufertigen hatte, und dabei liefen mir die Tränen mal wieder die Backen herunter. »Was heulst du denn schon wieder, du dummes Kind?« rief sie mir zu. »Was ist denn nur eigentlich los mit dir? Warum weinst du denn immer?« – »Weil ich von hier fort soll. Wie kann ich denn zu fremden Leuten in Stellung gehn, wo ich doch noch gar nichts von Hausarbeit verstehe?« entgegnete ich schluchzend. »Aber, liebes Kind«, tröstete sie mich, »das ist doch alles nicht so schlimm, wenn du auch jetzt noch nichts von Hausarbeit verstehst, so wird es gar nicht lange dauern, bis du alles gelernt hast, und glaube mir, am Anfang wird man dir schon nichts Schweres zumuten.« – »Das wird man doch«, widersprach ich, »und wenn ich's dann nicht fertigbringe, werden mich die Dienstboten schlagen. Sie werden bestimmt von mir verlangen, daß ich viel leiste, und ich bin doch noch so klein, und ich kann doch noch nicht so schwer arbeiten.« Und wieder heulte ich los und konnte vor Schluchzen kein Wort mehr herausbringen.

Das rührte meine gute Pflegemutter so, daß sie sich vornahm, mich vorderhand noch bei sich zu behalten. »Wenn du mit Weinen aufhörst«, versprach sie mir, »geh' ich zum Herrn Bürgermeister und bitte ihn, daß er dich erst in Stellung schickt, wenn du größer bist.«

Aber auch damit gab ich mich noch nicht zufrieden. Der Gedanke, überhaupt jemals in meinem Leben – und wenn es auch erst mit zwanzig Jahren war – eine Stelle bei fremden Leuten anzunehmen, war mir so schrecklich, daß ich mich gar nicht beruhigen konnte.

Als sie sah, daß ich noch nicht zur Vernunft kam, wurde sie ärgerlich. »Was verlangst du denn noch mehr?« schalt sie, »ich habe dir doch versprochen, daß du erst später in Stellung gehn sollst, wenn du größer bist.« – »Ach«, jammerte ich, »was nützt mir denn das? Zu guter Letzt muß ich ja doch gehn.« – »Da hört doch alles auf! Du bist wohl ganz verrückt, willst wohl gar eine feine Dame werden?« – »Ja, allerdings, das will ich«, heulte ich wieder los und erhob ein lautes Wehgeschrei.

Die alte Frau mußte lachen, als ich das sagte. »Nun, meine Gnädige«, spöttelte sie, »du möchtest also gern eine feine Dame werden; willst du mir nicht mal verraten, wie du dir das denkst; du glaubst wohl gar, du bringst das mit deiner Hände Arbeit fertig.«

»Ja freilich«, antwortete ich, ahnungslos, wie ich war.

»Na, dann erzähl mir mal, wieviel du an einem Tag verdienen kannst.«

»Drei Pence, wenn ich spinne, und vier Pence beim Weißnähen.«

»Ach, du armes Dämchen«, erwiderte sie lächelnd. »Glaubst du denn wirklich, daß du damit auskommen kannst?«

»Ganz bestimmt, wenn ich nur hier bei Ihnen bleiben darf.« Das sagte ich in so kläglich bittendem Ton, daß es der guten Frau zu Herzen ging, wie sie mir später einmal verriet.

»Wie kannst du dir nur einbilden, daß du damit auskommst?« sagte sie. »Du mußt doch auch Kleider haben, Kleider, wie sie so ein vornehmes Dämchen braucht.« Dabei lächelte sie mir freundlich zu.

»Dann muß ich eben noch viel mehr arbeiten«, fuhr ich hartnäckig fort, »und Sie können sich darauf verlassen, daß Sie alles, was ich verdiene, bekommen.«

»Du armes Kind, auch das reicht höchstens fürs Essen.«

»Ich will gern hungern«, entgegnete ich in meiner Einfalt, »nur lassen Sie mich hierbleiben.«

»Wie denkst du dir denn das? Wer nicht ordentlich ißt, kann auch nicht leben.« – »Ich kann's aber doch«, rief ich in meinem kindlichen Unverstand und kämpfte schon wieder mit den Tränen, »ich kann's bestimmt.« Dabei hatte ich durchaus keine Nebenabsichten, ich folgte nur meinem natürlichen Gefühl; aber dieses Gefühl verriet so viel Unschuld und ein so warmes Herz, daß der guten, mütterlichen Frau die Tränen kamen und sie bald ebenso herzzerbrechend schluchzte wie ich. Dann nahm sie mich bei der Hand und führte mich aus der Schulstube heraus. »Komm«, sagte sie, »ich schicke dich nicht fort, du darfst bei mir bleiben.« Nun war ich endlich beruhigt.

Die gute Frau ging dann wirklich zum Bürgermeister und erzählte ihm, was sich zwischen uns abgespielt hatte. Er war so vergnügt über meine beharrliche Weigerung, daß er seine Frau und seine beiden Töchter holen ließ, damit sie auch zuhören sollten, und sie amüsierten sich köstlich darüber.

Noch war kaum eine Woche verstrichen, als die Frau Bürgermeisterin und ihre beiden Töchter ganz unvermutet bei meiner Pflegemutter erschienen; sie wollten sich die Schule und die Kinder einmal ansehen. Nachdem sie sich schon ein bißchen umgeschaut hatten, sagte die Frau Bürgermeisterin plötzlich: »Ach, liebe Frau, zeigen Sie mir doch mal das kleine Mädchen, das so gern eine feine Dame werden möchte!« Als ich das hörte, erschrak ich zu Tode, obgleich ich eigentlich gar nicht recht wußte, warum. Schon kam auch die Frau Bürgermeisterin auf mich zu und sagte: »Nun, mein Fräulein, was machen Sie denn da Schönes?« Das Wort »Fräulein« hatte ich noch nie in unsrer Schule gehört, und ich fragte mich, was sie wohl mit dieser Anrede gemeint hätte. Ich stand jedoch rasch auf, machte einen Knicks und reichte ihr meine Arbeit hin. Sie betrachtete sie und sagte anerkennend: »Das hast du wirklich recht hübsch gemacht.« Dann blickte sie prüfend auf meine Hand: »Vielleicht kann wirklich einmal eine feine Dame aus ihr werden, sie hat ja eine richtige Damenhand.« Sie können sich wohl kaum vorstellen, wie glücklich mich diese Worte machten und mit welcher Freude ich den Schilling in Empfang nahm, den sie aus ihrer Tasche holte und mir gab. Dabei ermahnte sie mich, ja recht fleißig zu sein und etwas Ordentliches zu leisten, nur dadurch könnte ich eines Tages eine feine Dame werden. Zuletzt stellte es sich noch heraus, daß meine gute, alte Pflegemutter sowie die Frau Bürgermeister und alle die andern mich gänzlich mißverstanden hatten, daß der Ausdruck »feine Dame« für sie etwas ganz anderes bedeutete als für mich. Ich verstand darunter jemanden, der durch Heimarbeit seinen eignen Unterhalt verdiente und nicht bei fremden Leuten in Stellung ging, für die andern aber war es jemand, der ein Leben in Glanz und Reichtum führte.

Als die Frau Bürgermeisterin schon wieder fort war, kamen

ihre zwei Töchter herein und wollten nun auch das »Dämchen« sehn. Sie unterhielten sich lange mit mir und hatten ihren Spaß an meinen kindlichen Antworten. Um mich zu necken, fragten sie mich, ob ich denn unbedingt eine Dame werden wolle; natürlich erwiderte ich sofort ja. Als sie mich aber zuletzt noch fragten, was ich mir denn eigentlich unter einer feinen Dame vorstellte, kam ich arg in Verlegenheit. Ich überlegte lange und sagte schließlich: »Eine feine Dame braucht keine Stellung bei fremden Leuten anzunehmen und Hausarbeit für sie zu machen.« Meine Antwort ergötzte die beiden sehr; mein kindliches Geplauder machte anscheinend auch ihnen so viel Spaß, daß sie mir beim Abschied ebenfalls Geld schenkten.

Das Geld gab ich sogleich meiner Pflegemutter und versprach ihr nochmals, auch späterhin auf Heller und Pfennig alles an sie abzuliefern, was ich als »Dame« verdiente, genau wie jetzt. Aus diesen und ähnlichen Reden merkte sie endlich, daß eine »Dame« in meiner Vorstellung nichts anderes war als eine Frau, die sich durch selbständige Arbeit ihr Brot verdiente. Und als sie mich dann fragte, ob ich es so gemeint hätte, sagte ich natürlich ja. »Sie kennen doch auch die Frau . . .«, fuhr ich fort und nannte ihr eine einfache Frau, die Spitzen ausbesserte und Spitzenhauben wusch, »die ist eine richtige feine Dame, drum wird sie auch von allen Madam genannt.«

»Du armes Kind«, sagte meine Pflegmutter, »so eine feine Dame wird man nur zu leicht. Hüte dich davor, daß es dir nicht einmal so geht wie ihr; sie hat zwei uneheliche Kinder und einen ganz üblen Ruf.«

Was das bedeutete, begriff ich natürlich nicht und fuhr daher in meinem eignen Gedankengang fort: »Ich weiß es ganz genau, sie wird Madam genannt, sie geht nicht in Stellung und arbeitet nicht in einem Haushalt. So eine feine Dame möchte ich gar zu gern werden.«

All das wurde der Frau Bürgermeisterin und ihren zwei

22

Töchtern natürlich haarklein wiedererzählt. Sie amüsierten sich sehr darüber, und die zwei Fräuleins erschienen gelegentlich bei meiner Pflegemutter, um mich zu besuchen. Wenn sie dann immer gleich nach dem kleinen Dämchen fragten, fühlte ich mich sehr geschmeichelt und bildete mir nicht wenig darauf ein. Manchmal brachten sie auch Freundinnen mit, so daß ich bald in der ganzen Stadt bekannt wurde.

Ich war unterdessen etwa zehn Jahre alt geworden und sah schon wie ein junges Mädchen aus, da ich sehr ernst und sittsam war. Oft hörte ich, wie die Damen untereinander sagten, ich sei hübsch und verspreche, eine Schönheit zu werden. Sie können sich wohl vorstellen, wie ich mich freute, wenn ich so etwas hörte; doch wurde ich deshalb noch lange nicht eitel. Ein Gutes aber hatten diese Besuche: Man schenkte mir oft Geld, und ich gab es stets meiner Pflegemutter, die alles für meine Kleidung verwendete; sie kaufte mir Hüte, Wäsche und Handschuhe, so daß ich immer recht ordentlich angezogen war. Aber wenn ich auch nur Lumpen zum Anziehen gehabt hätte, sauber wären sie bestimmt gewesen, dafür hätte ich gesorgt. Jedesmal, wenn die gute Frau mit dem geschenkten Geld etwas Neues für mich angeschafft hatte, teilte sie es den Spenderinnen voll Freude mit, und diese wurden dadurch oft bewogen, mir noch mehr zu schenken. Als mich der Gemeinderat nach einiger Zeit wieder aufforderte, eine Stellung anzunehmen, war ich bereits eine tüchtige Näherin geworden, und meine Gönnerinnen erreichten es durch ihre Fürsprache, daß ihr Schützling diesem gefürchteten Schicksal entging. Ich konnte jetzt schon selber so viel verdienen, daß meine Pflegemutter davon meinen Unterhalt bestritt. Deshalb bat sie die Behörde um Erlaubnis, die »Dame« als ihre Helferin bei sich zu behalten. Ich sollte die Kinder unterrichten; das traute sie mir zu, weil ich trotz meiner Jugend sehr anstellig bei der Arbeit war.

Ich hatte auch noch weiterhin Glück. Als meine Gönnerinnen erfuhren, daß ich keine städtische Unterstützung mehr bekam, schenkten sie mir öfters Geld und brachten mir Arbeit; ich mußte für sie Wäsche nähen, Spitzen ausbessern und Hüte garnieren. Das bezahlten sie gut und gaben mir noch obendrein Ratschläge, wie ich es am besten machen müßte. Ich war nun wirklich eine Dame in meinem Sinne geworden, ganz so, wie ich es mir gewünscht hatte. Noch ehe ich zwölf Jahre alt war, kaufte ich mir meine Kleider vom eigenen Verdienst, bezahlte meiner Pflegemutter die Kosten für meinen Unterhalt und behielt sogar noch ein Taschengeld für mich übrig.

Häufig schenkten mir die Damen auch Kleider von sich und ihren Kindern, Strümpfe, Unterröcke und Hauskleider, mal dies, mal jenes. Meine alte Pflegemutter hob alles gut für mich auf und achtete darauf, daß ich schonend damit umging und sorgfältig ausbesserte, wo es not tat. Auf diese Weise half sie mir, die Geschenke so vorteilhaft wie nur möglich zu verwenden; sie war eben eine selten tüchtige Hausfrau.

Eine der Damen hatte mich so in ihr Herz geschlossen, daß sie mich für einen Monat in ihrem Haus aufnehmen wollte, damit ich ihren Töchtern Gesellschaft leiste.

Das war zwar außerordentlich nett von ihr gedacht, doch meine Pflegemutter meinte, wenn sie mich nicht dauernd bei sich aufnehmen wollte, so würde es dem kleinen Dämchen mehr schaden als nützen. »Ja«, meinte die Dame, »da haben Sie ganz recht, ich will sie deshalb zunächst mal nur für eine Woche zu mir nehmen. Da merke ich schon, wes Geistes Kind sie ist und wie sie sich mit meinen Töchtern versteht. Das Weitere wird sich dann finden. Wenn aber in der Zwischenzeit jemand nach ihr fragen sollte, so sagen Sie einfach, Sie hätten sie mal zu mir geschickt.« Mit dieser Lösung waren beide Parteien einverstanden, und ich begab mich in das Haus der Dame. Es gefiel mir dort aber so gut, und die jungen Damen gewannen mich so lieb, daß ich mich nach acht Tagen sehr schweren Herzens von ihnen verabschiedete und auch sie sich nur ungern von mir trennten.

Ich kehrte aber doch zurück und blieb noch fast ein Jahr bei meiner guten, alten Pflegemutter, der ich nun schon eine rechte Stütze geworden war. Ich war fast vierzehn Jahre alt, sehr groß für mein Alter und sah ziemlich erwachsen aus. Das Leben bei den reichen Bürgersleuten hatte mir aber so gut gefallen, daß ich mich in meiner alten Umgebung nicht mehr ganz so heimisch fühlte wie bisher. Jetzt war mir erst ein Licht aufgegangen, wie beneidenswert es war, eine feine Dame zu sein; denn nun verband ich ja mit diesem Begriff eine ganz andere Vorstellung als früher. Ich hatte mich in dem vornehmen Hause außerordentlich wohl gefühlt und dachte deshalb mit Sehnsucht daran zurück.

Als ich ins fünfzehnte Jahr ging, wurde meine gute Pflegemutter, die für mich immer eine richtige Mutter gewesen war, plötzlich krank und starb. Dadurch geriet ich in eine sehr schlimme Lage. Wie bald zerstreut sich eine arme Familie in alle Winde, wenn man den Ernährer zu Grabe getragen hat! Doch viel, viel schneller noch wurden wir armen Waisenkinder auseinandergerissen, als unsre alte Betreuerin tot war. Die Schule wurde geschlossen; die Kinder, die nur tagsüber hinkamen, mußten zu Hause bleiben und warten, bis sie woandershin geschickt wurden. Eine verheiratete Tochter der Verstorbenen kam zum Begräbnis und holte den ganzen Nachlaß weg. Für das kleine »Dämchen« aber hatte sie nur ein bitteres Scherzwort: Ich solle nun sehen, wie ich allein weiterkäme, wenn ich noch immer Lust dazu hätte.

Vor Schreck wußte ich nicht ein noch aus. Keiner hatte Mitleid mit mir, erbarmungslos stieß man mich hinaus in die weite Welt. Beinahe wäre ich auch um mein sauer erworbenes Geld gekommen. Die gute Frau hatte die zweiundzwanzig Schillinge, die mir gehörten, meinen ganzen Besitz, in Verwahrung genommen, und als ich nun die Tochter bescheiden darum bat, fuhr sie mich unfreundlich an und erklärte, damit habe sie gar nichts zu tun.

Und dabei hatte meine Pflegemutter ihrer Tochter schon

von dem Geld erzählt und ihr gesagt, wo es läge; ein paarmal
hatte sie auch nach mir gerufen, um es mir auszuhändigen.
Unglücklicherweise war ich aber gerade ausgegangen, und als
ich zurückkam, konnte sie schon nicht mehr sprechen. Um
der Tochter nicht unrecht zu tun, will ich aber doch erwähnen, daß sie mir meine kleine Barschaft später ehrlich zurück-
gab, doch leider erst, nachdem ich mich schrecklich geäng-
stigt hatte.

So war ich nun tatsächlich eine »Dame« geworden, aber
was für eine erbärmliche! Noch in derselben Nacht mußte ich
das Haus verlassen; denn die Erbin räumte die ganze Wohnung aus, und ich hatte kein Dach mehr überm Kopf und
nichts zu essen. Soviel ich mich erinnere, halfen mir mitleidige
Nachbarn. Sie machten die Dame, bei der ich damals eine
Woche zugebracht hatte, auf meine schwierige Lage aufmerksam. Die ließ mich sogleich durch ihr Mädchen holen, und ich
zog mit Sack und Pack zu ihr. Man wird mir nachfühlen
können, wie glücklich ich über diese Lösung war. Der Schreck
über meine plötzlich veränderte Lage hatte einen so tiefen
Eindruck auf mich gemacht, daß mich gar nicht mehr danach
verlangte, eine feine Dame zu werden. Jetzt hätte ich jede
Stellung, die sich mir bot – auch die niedrigste –, mit Freuden
angenommen.

Das hatte ich aber gar nicht nötig. Die Dame des Hauses
war der edelste Mensch, den man sich nur denken kann. Sie
übertraf meine frühere Pflegemutter in jeder Hinsicht. Ich
will aber nicht ungerecht sein und dankbar anerkennen, daß
die alte Frau ihr trotz ihrer Armut an Rechtschaffenheit und
Ehrlichkeit keineswegs nachstand.

Ich war kaum bei meinen neuen Gönnern angelangt, als die
Bürgermeisterin ebenfalls ihre Töchter schickte, um nach mir
zu sehen; außerdem wollte mich eine andre Familie, die schon
immer viel Interesse gezeigt hatte, zu sich nehmen. Man riß
sich also geradezu um mich, und alle waren ärgerlich, daß
man ihnen zuvorgekommen war, am meisten die Bürgermei-

sterin. Ich gehöre ihr von Rechts wegen, behauptete sie, da sie zu allererst auf mich aufmerksam geworden sei; die Leute, bei denen ich nun schon war, wollten mich jedoch nicht wieder hergeben, und ich hätte es auch nirgends besser haben können.

Hier blieb ich, bis ich fast achtzehn Jahre alt war, und erhielt die denkbar beste Ausbildung. Die Dame hielt Hauslehrer für ihre Töchter, die sie im Tanzen, in französischer Konversation, im Schreiben und in Musik unterrichteten. Da ich immer mit ihnen zusammen war, lernte ich das alles ebenso schnell wie sie, obgleich die Lehrer nicht die Aufgabe hatten, mich mit zu unterrichten. Was den andern durch planmäßige Belehrung beigebracht wurde, sah ich ihnen ab und fragte sie, wenn mir etwas noch unklar war. Ich tanzte bald ebensogut und sang sogar viel besser; denn ich hatte eine schönere Stimme. Nur Cembalo- und Spinettspielen lernte ich nicht so rasch, weil ich kein eignes Instrument zum Üben hatte und das ihre nur dann benutzen durfte, wenn sie es nicht brauchten; immerhin lernte ich es auch leidlich gut. Später bekamen die jungen Damen sogar zwei Instrumente, ein Cembalo und ein Spinett, und unterrichteten mich nun selbst. Daß ich tanzen lernte, verstand sich von selbst; denn ich mußte einspringen, wenn ein Tanzpartner fehlte. Da ich immer bereit war, Neues hinzuzulernen, machte es den jungen Damen Freude, mir alles beizubringen, was sie selbst gelernt hatten.

Auf diese Weise genoß ich alle Vorteile der Erziehung, wie sie in vornehmen Kreisen üblich ist, gerade als wäre ich selbst eine feine Dame gewesen. In mancher Hinsicht war ich sogar im Vorteil vor den beiden jungen Damen; denn die Natur hatte mich mit Gaben ausgestattet, die sie sich selbst mit all ihrem Geld nicht verschaffen konnten: Erstens war ich hübscher, zweitens hatte ich eine bessere Figur, und drittens hatte ich eine schönere Stimme. Sie werden hoffentlich verstehen, daß ich mich hier nicht etwa aus Eitelkeit selbst loben will, ich wiederhole nur das, was die sagten, die im Hause verkehrten.

Ich will damit aber nicht behaupten, daß mir die Eitelkeit, die man meinem Geschlecht besonders zur Last legt, fremd gewesen sei. Ich wußte sehr wohl, daß man mich für schön, um nicht zu sagen, für eine große Schönheit hielt, und war auch selbst davon überzeugt. Besonders gern hörte ich es, wenn man sich darüber unterhielt. Das war nämlich häufig der Fall und erfüllte mich immer mit großer Genugtuung.

Bis dahin ist meine Lebensgeschichte glatt verlaufen. Ich hatte das Glück, in einer überall geachteten, ehrbaren Familie zu leben, und galt selbst als ein verständiges, bescheidenes und tugendhaftes junges Mädchen. Und das mit Recht. Ich hatte nie an Böses gedacht und ahnte nicht, wie leicht die Versuchung an den Menschen herantritt.

Aber gerade das, worauf ich so stolz war, meine Schönheit – ich sollte eigentlich sagen, meine Eitelkeit –, war mein Verderben. Die Dame des Hauses hatte zwei Söhne, junge Herren von hervorragender Begabung und tadellosem Benehmen. Zu meinem Unglück stand ich mit beiden sehr gut, obgleich sie sich mir gegenüber sehr verschieden zeigten.

Der ältere, ein lebenslustiger junger Mann, kannte sich überall gut aus, in der Stadt wie auf dem Lande. Er war leichtsinnig und scheute sich nicht, auch einmal etwas Unrechtes zu tun, besaß aber nachträglich immer Einsicht genug, um seine Genüsse nicht allzu teuer zu bezahlen. Er ging darauf aus, mich in seinem Netz zu fangen, wie man Rebhühner auf der Jagd fängt. Schlau hatte er sich einen ganzen Feldzugsplan ausgedacht. Mit Schmeicheleien und Komplimenten fing er an, auf die Frauen so leicht hereinfallen. Bei jeder Gelegenheit erwähnte er, wie hübsch ich sei, wie nett und wohlerzogen, wie vornehm ich wirke und ähnliches mehr. Derartige Bemerkungen machte er meist in Gegenwart seiner Schwestern, wenn ich nicht dabei, aber doch nahe genug war, um zuzuhören. Die Schwestern entgegneten ihm dann gewöhnlich leise: »Sei doch nur still, sie muß es ja hören, sie ist doch nebenan.« Dann unterbrach er sich, sprach ganz leise weiter und behauptete, von meiner Anwesenheit nichts gewußt zu haben. Mit einem Mal tat er dann so, als vergäße er sich, und fing wieder an, laut zu sprechen. Und ich, die das nur gar zu gern hörte, lauschte natürlich jedesmal gespannt auf seine Worte.

Nachdem er so seinen Köder ausgeworfen hatte und merkte, wie leicht er mich zum Anbeißen bringen konnte, begann er, mit offenen Karten zu spielen. Vergnügt erschien er eines Tages bei seiner Schwester im Zimmer, als ich gerade da war. »Oh, Fräulein Betty, Sie sind auch da?« rief er überrascht. »Haben Ihnen nicht eben die Ohren geklungen, Fräulein Betty?« Ich machte eine Verbeugung und errötete, entgegnete aber nichts. »Wie kommst du nur darauf, so etwas zu fragen?« sagte seine Schwester. »Wir haben uns unten seit einer halben Stunde nur von ihr unterhalten«, erwiderte er. »Es kann ihr doch ganz gleichgültig sein, was ihr über sie redet«, fiel ihm die Schwester ins Wort, »denn etwas Schlechtes könnt ihr der Betty doch bestimmt nicht nachsagen.« – »Natürlich nicht«, entgegnete er, »im Gegenteil, es wurde nur sehr viel Gutes und Schönes von ihr erzählt; sie soll das schönste junge Mädchen von ganz Colchester sein, und in der Stadt beginnt man bereits, auf ihr Wohl zu trinken.«

»Ich muß mich doch sehr über dich wundern«, unterbrach ihn die Schwester ärgerlich, »der Betty fehlt allerdings nur eins, das muß ich zugeben, aber das ist ebensogut, als ob ihr alles fehlte. Die Zeiten sind schlecht, und die Heiratsaussichten für uns Mädchen sehr ungünstig. Eine kann noch so schön, so wohlerzogen und klug sein, sie kann die besten Eigenschaften im Übermaß besitzen, wenn sie kein Geld hat, nützt ihr das alles nichts. Nur aufs Geld sehen die Männer heutzutage.«

Da mischte sich der jüngere Bruder, der auch zugegen war, ins Gespräch: »Sag das nicht, mein teures Schwesterlein, in mir zum Beispiel siehst du eine Ausnahme von deiner Regel.

Wenn ich eine Frau finden sollte, die so vollkommen ist, wie du sie eben geschildert hast, so würde ich gar nicht aufs Geld sehen.« – »Oh«, erwiderte die Schwester, »das sagt sich so, du wirst schon dafür sorgen, daß dir kein Mädchen ohne Geld über den Weg läuft.«

»Wenn du dich da nur nicht irrst«, sagte der Bruder.

»Warum ereiferst du dich denn nur so?« fragte der ältere Bruder. »Du hast doch, weiß Gott, keinen Grund, dich über das Geld aufzuregen. Wenn dir auch sonst allerlei fehlt, so gehörst du doch nicht zu denen, die kein Geld haben.«

»Du bist nicht gerade sehr liebenswürdig«, entgegnete die junge Dame gereizt, »ich weiß wohl, was du mir damit andeuten willst; du meinst, ich hätte wohl viel Geld, aber mit der Schönheit sei es nicht weit her. Das tut mir aber meiner Meinung nach gar keinen Abbruch; wie die Zeiten nun einmal sind, habe ich trotzdem mehr Aussichten als manche andere.«

»Es kann aber auch vorkommen, daß diese anderen mehr Glück haben als du«, fiel ihr der jüngere Bruder ins Wort. »Wer schön ist, findet einen Mann auch ohne Geld. Wenn die Zofe zufällig hübscher ist als die Herrin, so macht sie oft eine ebenso gute Partie und fährt noch vor ihr in der Hochzeitskutsche.«

Als das Gespräch diese Wendung nahm, hielt ich es für ratsam, mich zurückzuziehen, doch nur so weit, daß ich die ganze folgende Unterhaltung mitanhören konnte. Ich bekam viel Schmeichelhaftes über mich zu hören, lauter Dinge, die meine Eitelkeit reizten, die aber nicht dazu dienten, mich bei den jungen Damen beliebter zu machen. Die Schwester und der jüngere Bruder gerieten nämlich meinetwegen heftig in Streit. Er sagte ihr auf meine Kosten sehr beleidigende Dinge, und ich spürte an ihrem späteren Verhalten nur allzu deutlich, daß sie mir darum grollte. Grund dazu hatte sie wirklich nicht. Ihr Argwohn traf mich ganz unschuldig; denn um des jüngeren Bruders willen hatte ich mir noch nie Gedanken

gemacht. Hätte es sich um den älteren gehandelt, so wäre ihr
Argwohn schon berechtigter gewesen; der hatte in seiner küh-
len, zurückhaltenden Art allerlei halb im Scherz gesagt, das
ich für Ernst hielt und das vergebliche Hoffnungen in mir
weckte.

Eines Tages stürmte er die Treppe hinauf ins Wohnzimmer
seiner Schwestern. Das tat er sehr oft und rief gewöhnlich
schon draußen vor der Tür ihre Namen. Da ich diesmal aber
allein im Zimmer war, ging ich rasch zur Tür und sagte: »Die
Damen sind leider nicht hier, sie sind unten im Garten.« Als
ich ihm das sagte, war er gerade an der Tür angelangt, trat
eiligst ins Zimmer und umarmte mich wie von ungefähr.
»Oh, Fräulein Betty«, sagte er, »Sie sind hier? Das trifft sich ja
gut. Ich wollte doch vor allem mit Ihnen sprechen.« Und da
er mich in seinen Armen hielt, küßte er mich drei- oder
viermal.

Ich versuchte, mich ihm zu entwinden; da ich aber nur
schwachen Widerstand leistete, hielt er mich fest und küßte
mich immer wieder, bis er zuletzt ganz außer Atem war und
sagte: »Liebe Betty, ich liebe dich.«

Ich muß offen gestehen, mein Blut geriet durch diese Worte
in Wallung, es strömte mir siedend heiß zum Herzen und
brachte mich ganz aus der Fassung. Immer wieder beteuerte
er mir seine Liebe, und mein Herz schlug höher. Jedesmal,
wenn er sagte »ich liebe dich«, gab ihm mein Erröten deutlich
die Antwort darauf: Ach, wenn es doch nur wirklich so wäre!
Weiter geschah nichts. Ich war völlig überrumpelt worden,
kam dann aber rasch wieder zur Besinnung. Sicher wäre er
gern noch länger bei mir geblieben, wenn er nicht zufällig aus
dem Fenster geblickt und gesehen hätte, wie seine Schwestern
aus dem Garten aufs Haus zukamen. Deshalb verabschiedete
er sich eilig, küßte mich nochmals und sagte, er meine es ernst
mit mir, und ich würde sehr bald mehr von ihm hören. Und
fort war er, äußerst zufrieden mit seinem Erfolg. Auch ich
hätte glücklich sein können, doch die Sache hatte leider einen

Haken: das harmlose Fräulein Betty nämlich nahm das alles für bare Münze, der junge Herr aber nicht.

Über mich war eine seltsame Stimmung gekommen. War ich es denn wirklich selbst, in die sich ein so vornehmer Herr verliebt hatte, die in seinen Augen ein entzückendes Geschöpf war? Ich wußte kaum, wie ich mit diesem Erleben innerlich fertig werden sollte, meine Eitelkeit kannte keine Grenzen mehr. Ich war stolz auf die Eroberung, die ich gemacht hatte, und ahnte noch nichts von der Verderbtheit der Welt; der Gedanke, daß meine Tugend in Gefahr war, kam mir überhaupt nicht. Hätte der junge Herr sogleich bei der ersten Begegnung noch mehr gewagt, so hätte er sich bei mir jede Freiheit erlauben können, aber er erkannte seinen Vorteil damals noch nicht, und das war zunächst noch mein Glück.

Nicht lange danach bot sich ihm wieder eine ähnliche Gelegenheit, mich zu überraschen. Auch diesmal war er es, der die Begegnung absichtlich herbeiführte, ich hatte nicht das geringste dazu getan. Die jungen Damen waren mit ihrer Mutter ausgegangen und machten einen Besuch bei Bekannten, der jüngere Bruder war außerhalb, der Vater schon seit einer Woche in London. Der junge Herr hatte mich so gut beobachtet, daß er genau wußte, wo ich war; ich selbst hatte gar keine Ahnung, ob er überhaupt zu Hause war. Auch diesmal kam er schnell die Treppe herauf und eilte ins Zimmer, direkt auf mich zu. Genau wie beim vorigen Mal schloß er mich in seine Arme und küßte mich wohl eine Viertelstunde lang.

Ich saß im Zimmer seiner jüngeren Schwester, und da außer dem Mädchen im unteren Stock niemand im Hause war, wurde er kühner und begann, ernstlich um mich zu werben. Er mußte wohl auch gemerkt haben, daß ich nicht ablehnend war; denn ich setzte ihm nicht den leisesten Widerstand entgegen, als er mich in seine Arme nahm und küßte. Wozu sollte ich mich auch sträuben, da ich selbst meine Freude daran hatte?

Müde vom vielen Küssen, setzten wir uns, und er redete lange auf mich ein. Er betonte nochmals, wie entzückt er von mir sei; es habe ihm keine Ruhe gelassen, bis er mir nochmals gesagt, wie sehr er mich liebe. Wenn ich ihn wiederlieben könnte, würde ich ihn überglücklich machen, ich sei der Stern seines Lebens. Ich antwortete nur wenig und begriff in meiner Ahnungslosigkeit immer noch nicht, worauf er hinaus wollte.

Er schritt im Zimmer auf und ab, dann nahm er meine Hand, und ich ging mit ihm herum. Unterdessen war ihm klar geworden, daß er diese günstige Gelegenheit ausnützen müsse, er warf mich aufs Bett und küßte mich leidenschaftlich. Um gerecht zu sein, muß ich aber sagen, daß er mich durchaus nicht roh und gewalttätig behandelte, sondern nur immer und immer wieder küßte. Dann glaubte er ein Geräusch zu hören, als ob jemand die Treppe heraufkäme, sprang vom Bett auf und half mir auch aufstehen. Er versicherte mir wiederum, wie unendlich lieb er mich habe, seine Zuneigung zu mir sei ganz ehrlich, er habe nichts Böses im Sinn. Zuletzt drückte er mir noch fünf Guineen in die Hand und eilte die Treppe hinab.

Das Geld brachte mich mehr aus der Fassung als die Liebesbeteuerungen. Ich war wie trunken und wußte kaum mehr, wo ich war. Ich erzähle das alles so ausführlich, damit ein junges, unschuldiges Mägdlein – sollte es zufällig diese Geschichte lesen – daraus lerne, wieviel Unheil entstehen kann, wenn man zu früh um die eigene Schönheit weiß. Glaubt eine junge Dame selbst, daß sie schön ist, so wird sie es stets für bare Münze halten, wenn ein Mann ihr von Liebe spricht. Hält sie sich für reizvoll genug, ihn auf die Dauer zu fesseln, so zweifelt sie auch nicht daran, daß er ihr treu ergeben bleibt.

Die Begegnung mit mir hatte die Gefühle des jungen Herrn im selben Grade erhitzt, wie sie meine Eitelkeit gesteigert hatte. Vermutlich war es ihm leid, daß er die günstige Gelegenheit nicht weidlich ausgenützt hatte, jedenfalls erschien er nach einer halben Stunde wieder oben bei mir und begann das Spiel mit mir von neuem, diesmal aber ohne viel Umstände.

Nachdem er ins Zimmer getreten, wandte er sich um und schloß die Tür zu. »Fräulein Betty«, sagte er, »ich glaubte vorhin, jemand käme die Treppe herauf, es war zwar ein Irrtum, ich will aber doch lieber die Tür zuschließen, damit man mich nicht gerade ertappt, wenn ich Sie küsse.« Ich erklärte ihm, ich wisse wirklich nicht, wer hier heraufkommen solle, es sei niemand im Haus außer der Köchin und dem Küchenmädchen, und die hätten doch alle beide hier oben nichts zu suchen. »Um so besser, meine Liebste«, sagte er, »aber sicher ist sicher.« Darauf setzte er sich und begann wieder zu reden. Obwohl ich von seinem ersten Besuch noch innerlich aufgewühlt war und wenig antwortete, sprach er unaufhörlich auf mich ein, sagte, daß er mich wahnsinnig liebe und fest entschlossen sei, uns beide glücklich zu machen, das heißt mich zu heiraten. Nur müsse er noch warten, bis er über sein Vermögen verfügen könne. Und noch eine Menge ähnlicher schöner Dinge sagte er mir, doch ich ahnungsloses Geschöpf merkte auch jetzt noch nicht, worauf er abzielte. Ich lebte damals noch in dem naiven Glauben, daß jede Liebe zur Ehe führen müsse. Wahrscheinlich hätte ich aber in diesem Augenblick schon nicht mehr die Kraft gehabt, ihn zurückzuweisen, auch wenn er mir reinen Wein eingeschenkt hätte. Doch so weit waren wir noch nicht.

Wir saßen noch nicht lange da, als er plötzlich aufstand, mich so leidenschaftlich küßte, daß mir fast der Atem verging, und mich wieder aufs Bett warf. Diesmal ging er weiter mit mir, doch der Anstand verbietet mir, davon zu reden. Ich hätte ihm auch nichts versagt, selbst wenn er sich noch mehr erlaubt hätte.

Wenn er sich diesmal auch mehr Freiheiten herausnahm, so forderte er doch noch nicht den letzten Gunstbeweis von mir. Er machte nicht einmal den Versuch dazu, das muß ich um

der Wahrheit willen erwähnen. Allerdings rühmte er sich später dieser Selbstüberwindung und benutzte sie als Vorwand für die Freiheiten, die er sich dann gestattete. Er blieb nun nur noch kurz bei mir, beschenkte mich wieder mit einer ganzen Handvoll Gold und verließ mich mit tausend Beteuerungen seiner Leidenschaft. Von allen Frauen in der Welt liebe er nur mich.

Es ist begreiflich, daß ich nun endlich anfing, über meine seltsame Lage nachzudenken, wenn es auch leider nur recht oberflächliche Betrachtungen waren, die ich anstellte. Ich verfügte über eine tüchtige Portion Eitelkeit, doch nur über einen recht bescheidenen Vorrat an Tugend. Ich dachte zwar gelegentlich darüber nach, welche Absichten der junge Mann wohl mit mir verfolgen mochte, viel wichtiger aber waren mir seine Worte und sein Gold. Ob er mich heiraten wollte oder nicht, erschien mir nebensächlich. Ich dachte auch nicht daran, ihm irgendwelche Bedingungen zu stellen, bis er mir selbst förmliche Vorschläge machte, wie Sie gleich hören werden.

So stürzte ich mich ins Verderben, ohne mir viel Gedanken darüber zu machen; ein abschreckendes Beispiel für alle Frauen, deren Eitelkeit größer ist als ihre Tugend. Bei Licht besehen, hatten wir alle beide recht unklug und unüberlegt gehandelt. Hätte ich mich so benommen, wie es sich gehörte, und ihm Widerstand geleistet, wie es Tugend und Ehre verlangten, so hätte er entweder seine Absichten mir gegenüber als aussichtslos aufgegeben oder mir einen ehrlich gemeinten Heiratsantrag gemacht. Wenn man ihn dann vielleicht auch tadelte, mich konnte kein Vorwurf treffen. Hätte er mich jedoch richtig gekannt und gewußt, wie leicht ich zu haben war, dann wäre ihm manches Kopfzerbrechen erspart geblieben, er hätte mir einfach vier oder fünf Guineen gegeben und bei mir geschlafen. Ich ahnte aber auch wieder nicht, daß er der Meinung war, ich sei wer weiß wie schwer zu erringen, sonst hätte ich ihm eigne Bedingungen gestellt und, wenn auch nicht auf sofortige Heirat, so doch auf Unterhaltszahlung bis zur Verheiratung gedrungen. Ich hätte bestimmt erreicht, was ich wollte; denn er war jetzt schon ungeheuer reich, ganz abgesehen von dem, was er noch als Erbteil zu erwarten hatte. Derartige Gedanken kamen mir aber gar nicht, mich erfüllte ganz das beglückende Gefühl, schön zu sein und von einem vornehmen Herrn geliebt zu werden. Ich brachte es fertig, das Gold stundenlang zu betrachten, und zählte meine Guineen mehr als tausendmal am Tag. Ich erbärmliches, eitles Geschöpf hatte für nichts anderes mehr Sinn und machte mir keine Gedanken über die Zukunft, die dunkel und drohend, verderbenbringend vor mir lag. Ich versuchte nicht, dem Untergang zu entgehen, ich wünschte ihn geradezu herbei.

So schlau war ich aber doch, daß ich niemanden in der Familie merken ließ, wie nahe wir beide uns standen. Ich sah ihn kaum an, wenn jemand dabei war, und antwortete wenig, wenn er mich einmal anredete. Nur ganz gelegentlich konnten wir verstohlen ein paar Worte miteinander wechseln und uns küssen. Doch nie bot sich eine günstige Gelegenheit für die Erfüllung seiner Wünsche. Da er viel mehr Umschweife machte, als nötig gewesen wäre, erschwerte er sich außerdem die Sache selbst.

Doch der Teufel ist unermüdlich am Werk, wenn es gilt, den Menschen in Versuchung zu führen, und es mißlingt ihm nie, Mittel und Wege dazu ausfindig zu machen. Eines Abends war ich mit seinen beiden Schwestern und ihm im Garten. Da gelang es ihm, mir heimlich einen Zettel zuzustecken: er werde mich morgen im Beisein der andern bitten, eine Besorgung für ihn zu machen, dann könnten wir uns unterwegs irgendwo treffen.

Und wirklich wandte er sich am nächsten Tag nach dem Mittagessen in Gegenwart seiner Schwestern ganz ernsthaft an mich: »Fräulein Betty, darf ich Sie um eine große Gefälligkeit bitten?« – »Was soll das heißen?« fiel ihm seine jüngere Schwester ins Wort. »Mein teures Schwesterlein«, fuhr er liebenswürdig fort, »wenn du Fräulein Betty heute nicht entbehren kannst, so ist mir jeder andere Tag ebenso recht.« – »Doch, doch, heute paßt es gerade ganz gut«, versicherten sie nun alle beide, »wir können sie schon einmal entbehren.« Die jüngere Schwester entschuldigte sich sogar, weil sie so schroff gefragt hatte. »Du mußt Fräulein Betty aber nun auch sagen, was sie für dich besorgen soll«, sagte die ältere. »Wenn es eine Privatangelegenheit ist, die wir nicht hören sollen, so geh doch mit ihr hinaus!« – »Aber nein«, entgegnete der junge Mann würdevoll, »wie kommst du mir denn vor? Ich wollte sie doch nur bitten, daß sie für mich in die High Street geht, in einen Laden, wo man so was bekommt.«

Dabei zog er eine Halsbinde hervor und erzählte eine lange Geschichte von zwei schönen Halstüchern, auf die er schon ein Angebot gemachte hatte. Es läge ihm nun sehr daran, zu dieser Halsbinde passende Halstücher zu bekommen. Wenn man im Laden einen höheren Preis fordere, solle ich versuchen, ihn herunterzuhandeln, im Notfall aber noch ein oder zwei Schillinge zulegen. Dann gab er mir noch eine Menge weiterer Aufträge, lauter Kleinigkeiten, die aber immerhin Zeit raubten, so daß ich voraussichtlich lange unterwegs sein würde.

Nachdem er mir diese Besorgungen aufgetragen hatte, erzählte er ein langes und breites von einem Besuch, den er bei Bekannten machen wollte, um die Herren Soundso zu treffen. Er forderte seine Schwestern in aller Form auf, ihn zu begleiten, sie lehnten jedoch ebenso höflich ab, da sie für den Nachmittag selbst Besuch erwarteten. Daß der Schlaue das ganz genau wußte und absichtlich so eingerichtet hatte, ahnten sie natürlich nicht.

Unmittelbar darauf erschien sein Diener und meldete, daß der Wagen des Herrn W. H. draußen vor der Tür hielt. Der junge Herr eilte hinunter, erschien aber sofort wieder. »Ach«, sagte er ärgerlich, »ich hatte mich so auf heute nachmittag gefreut, und nun ist mir der ganze Spaß verdorben; Herr W.

schickt mir seinen Wagen und bittet mich, sofort zu ihm zu kommen, er muß mich ganz dringend sprechen.« Herr W. war ein Bekannter, der etwa drei Meilen von der Stadt entfernt wohnte. Den hatte er zuvor gebeten, ihm gegen drei Uhr einmal seinen Wagen für eine besondere Gelegenheit zu schicken.

Er ließ sich sogleich seine beste Perücke, seinen Hut und seinen Degen bringen und trug seinem Diener auf, ihn bei den Bekannten zu entschuldigen, die er nun im Stich lassen mußte; das war natürlich nur ein Vorwand, um den lästigen Diener loszuwerden. Schon im Fortgehen blieb er noch einen Augenblick stehen und bat mich nochmals dringend, nichts von seinen Aufträgen zu vergessen. Zuletzt flüsterte er mir noch zu: »Sieh nur zu, daß du so schnell wie möglich kommst, mein Liebling.« Ich sagte gar nichts und machte nur eine Verbeugung, als ob ich damit meine Bereitwilligkeit zeigen wollte, die Besorgungen zur Zufriedenheit zu erledigen. Etwa eine Viertelstunde später ging auch ich. Ich hatte kein besseres Kleid angezogen, nur eine Haube aufgesetzt und Maske, Fächer und Handschuhe in meine Tasche gesteckt, um im Hause nicht den geringsten Verdacht zu erregen. Er wartete mit dem Wagen in einer Seitengasse, durch die ich kommen mußte. Der Kutscher wußte schon, daß er uns nach Mile End fahren sollte, wo einer seiner vertrauten Freunde wohnte. Dort bot sich uns die Möglichkeit, ungestört so viel Böses zu tun, wie wir nur wollten.

Als wir hinkamen, fing er ein ernstes Gespräch an. Er hätte mich nicht hierher gebracht, um mich ins Unglück zu stürzen, er habe mich viel zu lieb, um mich zu betrügen. Sobald er im vollen Besitz seines Vermögens sei, wolle er mich heiraten; dazu habe er sich fest entschlossen; bis dahin aber wolle er für meinen standesgemäßen Unterhalt sorgen, falls ich seinen Bitten Gehör schenke. Immer wieder beteuerte er von neuem seine ehrlichen Absichten und seine Liebe zu mir. Er versicherte, er werde mich nie verlassen, und was dergleichen schöne Redensarten mehr sind, die er sich ruhig hätte schenken können. Da er mich drängte, mich zu seinem Vorschlag zu äußern, antwortete ich ihm, ich hätte keinen Grund, an der Aufrichtigkeit seiner Liebe zu zweifeln, aber . . . hier machte ich eine Pause, als sollte er das übrige selbst erraten. »Was für ein ›Aber‹, meine Liebste? Ach so, jetzt kann ich mir denken, was du sagen wolltest. Du meintest, wenn ich nun ein Kind bekomme, was soll dann werden? Nicht wahr, das meintest du doch? Nun, darum brauchst du dich wirklich nicht zu ängstigen, ich verspreche dir feierlich, daß ich für dich und das Kind jederzeit sorgen werde, und damit du auch siehst, daß es mir völlig ernst mit meinem Versprechen ist, will ich es dir sofort beweisen.« Und schon zog er eine seidene Geldbörse mit hundert Guineen aus der Tasche und reichte sie mir. »Und jedes Jahr, bis wir heiraten, bekommst du genausoviel.«

Er sah, wie der Anblick des Geldes und sein glühendes Liebeswerben mich im Innersten erregten; ich wurde bald blaß, bald rot und brachte kein Wort mehr heraus! Schweigend steckte ich die Geldbörse in meinen Busen und leistete ihm keinen Widerstand mehr: ich ließ ihn tun, was er wollte und so oft er es wollte. So besiegelte ich selbst mein Schicksal; denn von dem Tage an, wo ich Tugend und Sittsamkeit eingebüßt hatte, blieb mir nichts an inneren Werten, womit ich den Segen Gottes oder den Beistand meiner Mitmenschen verdient hätte.

Ich ging dann später zur Stadt zurück, machte die Besorgungen und war wieder zu Hause, ehe mein langes Fortbleiben auffiel. Der junge Herr kam erst nachts nach Hause, und weder er noch ich erweckten irgendwie Verdacht bei der Familie.

Es bot sich uns nun häufig Gelegenheit zu sündigen, sogar zu Hause, wenn seine Mutter mit den jungen Damen Besuche machte. Er wußte immer ganz genau darüber Bescheid, um ja keine Gelegenheit zu verpassen. Wenn alle fortgegangen waren, eilte er zu mir, und wir waren allein und ungestört. So tranken wir nahezu ein halbes Jahr lang aus dem Becher unserer sündhaften Freuden, ohne daß ich schwanger wurde, wie ich zu meiner Befriedigung feststellte.

Noch ehe dieses halbe Jahr verstrichen war, begann der jüngere Sohn des Hauses, den ich am Anfang der Erzählung bereits erwähnte, sich ebenfalls um mich zu bemühen. Als er mich eines Abends allein im Garten antraf, versicherte er mir mit ähnlichen Worten wie sein Bruder, wie sehr er mich liebe, und machte mir auf der Stelle einen ganz ehrlich gemeinten Heiratsantrag.

Das brachte mich völlig aus der Fassung. Natürlich lehnte ich seine Werbung hartnäckig ab und führte alle Gründe an, die dagegen sprachen. Was würde die Familie sagen, wenn er als reicher, vornehmer Mann ein armes, einfaches Mädchen heiraten wollte! Wie undankbar würde ich gegen die guten Eltern handeln, die mich so liebevoll in ihrem Hause aufgenommen hatten, als ich in äußerster Not war! Ich brachte alles nur Erdenkliche vor, um ihn von seinem Vorhaben abzubringen, bloß nicht die Wahrheit. Die hätte natürlich allem sehr schnell ein Ende bereitet, doch wagte ich es nicht, nur ein Wort darüber zu verlieren.

Ganz unerwartet kam ich aber bald in größte Verlegenheit. Der jüngere Bruder war ein offner und ehrlicher Mensch, List und Tücke waren ihm fremd. Da er sich selbst nichts vorzuwerfen hatte, war er lange nicht so vorsichtig wie sein Bruder und machte aus seiner Zuneigung zu Fräulein Betty kein Hehl. Wenn er auch seinen Angehörigen nicht erzählte, daß er bereits mit mir gesprochen hatte, so merkten doch seine Schwestern sehr bald, daß er mich liebte, und auch seine Mutter kam rasch dahinter. Sie erwähnten mir gegenüber zwar nichts davon, doch mit ihm schienen sie bereits gesprochen zu haben, und ich spürte sofort, daß sie anders zu mir waren als früher. So sah ich wohl die drohenden Wolken am Himmel, von dem nahenden Unwetter ahnte ich aber noch nichts. Es fiel mir nur auf, daß sie mich von Tag zu Tag schlechter behandelten, bis es mir schließlich zu Ohren kam, daß man mich demnächst fortschicken wolle.

Ich muß gestehen, diese Aussicht ließ mich ziemlich kalt, ich hatte ja die tröstliche Gewißheit, daß für mich gesorgt werden würde. Außerdem mußte ich jeden Tag damit rechnen, daß ich schwanger würde und ohnehin nicht bleiben konnte. Und was hätte ich dann als Grund angeben sollen?

Nach einiger Zeit bot sich dem jüngeren Herrn wieder einmal Gelegenheit, mich unter vier Augen zu sprechen, und er sagte, daß seine Neigung zu mir leider in der Familie ruchbar geworden sei. Mich persönlich machte er natürlich nicht verantwortlich dafür, er wußte ja selbst nur zu gut, daß seine eignen unvorsichtigen Reden einzig und allein schuld daran waren. Er sei eben kein Heuchler und habe aus seiner Verehrung für mich niemals ein Hehl gemacht. Wenn ich ihn haben wolle, scheue er sich nicht, vor allen offen einzugestehen, daß er mich liebe und mich heiraten wolle. Vermutlich würden seine Eltern dagegen sein und mir das Leben schwer machen, das ändere aber nichts an seinem Entschluß. Durch seine juristische Ausbildung sei er unabhängig vom Elternhaus und könne sich sein Brot selbst verdienen und für eine Familie sorgen. Keiner von uns beiden brauche sich des andern zu schämen, er würde sich erbärmlich vorkommen, wenn er sich jetzt aus Angst vor seinen Angehörigen nicht offen zu der bekenne, die er später zu seiner Gemahlin machen wolle. Es komme nun bloß noch darauf an, daß ich ihm mein Jawort gebe, für alles andre werde er einstehen.

In der schlimmen Lage, in der ich mich nun befand, bereute ich von Herzen, daß ich mich dem älteren Bruder so leichtfertig hingegeben hatte, nicht etwa, weil mir das Gewissen schlug – derartige Anwandlungen waren mir völlig fremd – nein, aus dem begreiflichen Gefühl heraus, daß ich nicht gleichzeitig die Geliebte des einen Bruders und die Frau des anderen sein konnte. Außerdem hatte mir der ältere Bruder ja ebenfalls die Ehe versprochen, sobald er über sein Vermögen frei verfügen könnte. Es war mir allerdings schon öfters aufgefallen, daß er nie mehr auf sein Versprechen zurückkam, seit er mich als Geliebte besaß. Das hatte mich bis jetzt nicht weiter beunruhigt, er liebte mich ja noch immer und überhäufte mich mit Geldgeschenken. Daß ich keinen Pfennig von diesem Geld für Kleider ausgeben oder den geringsten außergewöhnlichen Aufwand treiben durfte, war mir zwar schmerzlich, aber ich sah ein, daß es ein Gebot der Klugheit war. Es hätte nur zu Eifersüchteleien geführt und Argwohn erweckt, da alle ganz genau wußten, daß ich mir diese Dinge nicht selbst kaufen konnte und ein geheimer Geldgeber hier offensichtlich seine Hand im Spiele haben mußte.

Da saß ich nun in der Klemme und wußte nicht, was ich tun sollte. Das schlimmste war, daß der jüngere Bruder nicht nur beharrlich um mich warb, sondern auch vor niemandem ein Geheimnis daraus machte. Gewöhnlich kam er zu seiner Mutter oder zu seinen Schwestern ins Zimmer, setzte sich zu uns und sagte mir in ihrem Beisein tausend nette Dinge. Das sprach sich natürlich rasch im ganzen Haus herum, seine Mutter machte ihm deshalb Vorwürfe und behandelte mich sehr kühl. Sie deutete auch an, daß ich das Haus verlassen müsse, auf gut deutsch, daß man mich hinauswerfen werde. Das alles war dem älteren Bruder sicherlich auch zu Ohren gekommen. Vielleicht glaubte er auch – er allein, die andern dachten bestimmt nicht so weit –, daß der Bruder mir bereits seine Hilfe angeboten hatte, falls ich wirklich gehen mußte. Da ich weitere Verwicklungen voraussah, hielt ich es für unbedingt nötig, mit ihm darüber zu reden, nur wußte ich nicht, wer davon anfangen sollte, er oder ich.

Nach reiflichem Erwägen, ich fing nämlich jetzt erst an, ernsthaft über die Dinge nachzudenken, beschloß ich, den Anfang zu machen und das Gespräch selbst darauf zu bringen. Die Gelegenheit dazu bot sich bald; denn am folgenden Tag reiste sein Bruder in Geschäften nach London, und die

Damen machten einen Besuch. Da kam er wie gewöhnlich auf ein Stündchen zu Fräulein Betty.

Als er schon eine Weile bei mir war, merkte er, daß ich anders war als sonst; er vermißte die unbefangene Heiterkeit, die er an mir gewohnt war. Er sah mir auch an, daß ich geweint hatte. Freundlich fragte er mich, was geschehen sei, ob mir etwas Kummer mache. Ich wollte eigentlich noch nicht davon sprechen, hatte aber nicht mehr die Kraft, meine innere Aufregung zu meistern. Nachdem ich seinen Fragen noch eine Zeitlang ausgewichen war, gab ich schließlich meinen Widerstand auf und ließ ihn mühsam all das aus mir herausfragen, was ich ihm ja ohnehin mitteilen wollte. Ich gestand ihm, daß mir etwas schweren Kummer mache, etwas, was ich ihm meiner Meinung nach gar nicht verschweigen dürfe. Und doch wisse ich nicht, wie ich es ihm am besten beibringen solle. Ich sei ganz unglücklich darüber und sähe keinen Ausweg mehr. Wenn er mir doch nur helfen könnte! Daraufhin redete er mir gut zu: ich solle mir keine unnötigen Sorgen machen, er sei bereit, mich gegen alle Welt zu verteidigen.

So begann ich denn weit auszuholen und sagte, die Damen des Hauses schienen unsern Beziehungen auf die Spur gekommen zu sein, ihr Benehmen habe sich mir gegenüber ganz auffallend geändert. Ich könne ihnen nichts mehr recht machen und werde jetzt ständig ohne jeden Grund getadelt. Bisher hätte ich immer mit der älteren Schwester zusammen geschlafen, jetzt müsse ich allein schlafen, manchmal sogar mit einer der Mägde. Es sei mir auch zu Ohren gekommen, daß man häßlich über mich rede. Eine der Mägde hatte sogar gehört, man wolle mich fortschicken, es sei zu gefährlich für die Familie, wenn ich länger im Hause bliebe.

Der junge Mann lächelte nur, als ich ihm dies alles erzählte. Empört fuhr ich auf. Ich könne nicht begreifen, wie er meine Besorgnis so leicht nehmen könne. Er müsse doch wissen, daß ich erledigt sei, wenn alles ans Tageslicht käme. Auch ihm würde es schaden, wenn auch nicht im gleichen Maße wie mir. Ich warf ihm vor, er sei nicht besser als andere Männer. Wenn der gute Ruf einer Frau auf dem Spiel stehe, so trieben sie noch ihren Scherz damit, und der Untergang derer, die ihnen alles geopfert, rühre sie nicht.

Er merkte nun doch, wie bitter ernst es mir war, und schlug sofort einen andern Ton an. Es täte ihm leid, daß ich so niedrig von ihm denke, dazu hätte er mir eigentlich nie Grund gegeben. Mein Ruf läge ihm genauso am Herzen wie sein eigener. Seiner Überzeugung nach habe er unsre Beziehungen so geschickt verheimlicht, daß keiner in der Familie nur den geringsten Verdacht schöpfen konnte. Wenn er vorhin lächelte, als ich ihm meine Befürchtungen mitteilte, so geschah es nur, weil er jetzt seiner Sache ganz sicher sei, daß niemand etwas von unserm Einverständnis ahne. Er brauche mir nur zu sagen, welche Beweise er dafür habe, dann würde ich genau lächeln wie er und völlig beruhigt sein.

»Das kann ich wirklich nicht verstehen«, erwiderte ich, »ich sollte mich zufrieden geben, wenn ich genau weiß, daß ich hier hinausgeworfen werde? Falls wirklich keiner etwas von unsern Zusammenkünften gemerkt hat, dann begreife ich nicht, was die ganze Familie so gegen mich aufbringt. Früher kam man mir doch auch immer freundlich entgegen, gerade als wenn ich zur Familie gehörte.«

»Liebes Kind«, gab er mir zur Antwort, »darin hast du ganz recht, sie sind wirklich deinetwegen in Aufregung, und trotzdem haben sie keine Ahnung von unsern heimlichen Begegnungen. Wie könnten sie sonst meinen Bruder Robin im Verdacht haben, daß er dir den Hof macht? Der verrückte Mensch hat sie erst selber auf den Gedanken gebracht, weil er dauernd wie halb im Scherz darauf anspielte und sich über sich selbst lustig machte. Das war äußerst unklug von ihm. Er konnte sich doch denken, daß die Familie sich darüber aufregt und gegen dich aufgebracht ist. Ich muß aber offen gestehen, daß es mir gar nicht unlieb ist; denn es beweist mir, daß man mich nicht im Verdacht hat, und ich hoffe, es wird dich auch beruhigen.«

»Darüber bin ich natürlich auch froh«, pflichtete ich ihm bei. »Im Grunde ist es mir aber eigentlich gar nicht darum zu tun, etwas anderes macht mir viel mehr Sorge.«

»Etwas anderes? Was könnte denn das noch sein?« fragte er mich erstaunt. Daraufhin brach ich in Tränen aus und konnte überhaupt nicht mehr reden. Er gab sich große Mühe, mich zu beruhigen, und bat mich dringend, ihm offen zu sagen, was es sei. Schließlich antwortete ich ihm, daß ich es ihm sagen wolle; er habe ein Recht darauf, es zu wissen, und außerdem brauchte ich dringend seinen Rat, ich sei so verwirrt, daß ich keinen vernünftigen Gedanken mehr fassen könne. Nun erzählte ich ihm alles. Ich wies vor allem darauf hin, wie unvorsichtig sein Bruder gehandelt habe, daß er seine Gefühle so offen zeigte. Wenn er nur mit mir unter vier Augen gesprochen hätte, wäre es mir ein leichtes gewesen, ihn abzuweisen, ohne einen Grund dafür anzugeben. Dann würde er sich schon mit der Zeit ins Unvermeidliche gefügt haben. Statt dessen habe er sich in seiner Eitelkeit fest eingebildet, ich würde ihn nicht abweisen, und sei obendrein noch so leichtsinnig gewesen, dem ganzen Haus seinen Entschluß mitzuteilen. Ich erwähnte auch, wie beharrlich ich ihn zurückgewiesen und wie aufrichtig und ehrenhaft sein Antrag gewesen sei. »Aber jetzt«, fuhr ich fort, »bin ich in einer ganz verzwickten Lage. Alle sind entsetzt, daß er mich heiraten will, wenn ich ihm aber einen Korb gebe, werden sie noch ärgerlicher sein und sich fragen, was mich wohl dazu bewogen habe. Auf diese Weise wird es dann vielleicht herauskommen, daß ich meine Hand bereits einem andern versprochen habe. Man würde sonst nicht verstehen, wie ich eine derartig glänzende Partie ausschlagen könnte.«

Meine Worte überraschten ihn außerordentlich. Er meinte, ich sei tatsächlich in einer kritischen Lage, er übersehe im Augenblick noch nicht, auf welche Weise ich mich am besten

45

aus der Schlinge ziehen könne. Er wolle es sich in Ruhe überlegen und mir bei unsrer nächsten Begegnung mitteilen, was er für das richtige halte. Bis dahin solle ich noch keine Entscheidung treffen, seinem Bruder weder mein Jawort geben noch endgültig absagen.

Als er mir riet, ich solle mein Jawort vorderhand noch nicht geben, fuhr ich ärgerlich auf. Er mußte doch wissen, daß ich kein Jawort mehr zu vergeben habe. Er habe mir doch schon die Ehe versprochen und immer gesagt, ich sei seine Frau. Nun betrachte ich mich tatsächlich als seine Gemahlin, ganz so, als ob die Trauung schon stattgefunden habe. Ich hätte das so oft aus seinem eignen Munde gehört, daß ich mich schließlich überreden ließ, mich selbst so zu nennen.

»Schon gut, meine Liebe«, lenkte er ein, »wenn ich auch nicht dein Gatte bin, so werde ich doch für dich sorgen wie ein Gatte. Laß dir darüber keine grauen Haare wachsen, ich will mir alles erst noch einmal gründlich durch den Kopf gehen lassen, dann kann ich dir Bescheid sagen, wenn wir uns wiedersehen.«

Mit diesen Worten suchte er mich zu beschwichtigen, so gut er konnte, ich merkte jedoch, daß er recht nachdenklich geworden war. Das fiel mir sofort auf, obwohl er sehr zärtlich war und mich tausendmal küßte. Er gab mir auch diesmal wieder Geld, war aber im übrigen viel zurückhaltender als sonst während der ganzen Zeit, die wir beisammen waren.

Sein Bruder Robin kehrte erst nach fast einer Woche aus London zurück, und noch zwei weitere Tage verstrichen, bis er Gelegenheit fand, mit ihm allein zu sprechen. Sie unterhielten sich lange miteinander, und noch am selben Abend wiederholte er mir das ganze Gespräch in allen Einzelheiten. Soweit ich mich entsinne, nahm es folgenden Verlauf: Zunächst teilte er dem Bruder mit, daß man ihm in seiner Abwesenheit seltsame Dinge berichtet habe, und fragte ihn, ob es denn wirklich wahr sei, daß er dem Fräulein Betty den Hof mache. »Warum denn nicht?« erwiderte der Bruder gereizt, »was ist denn dabei? Das geht doch die andern gar nichts an.« – »Aber Robin«, fuhr der ältere fort, »sei doch vernünftig! Ich behaupte ja gar nicht, daß es mich etwas angeht, und mache dir keine Vorwürfe, aber die andern regen sich wer weiß wie darüber auf, und das arme Mädchen hat viel auszustehn. An deiner Stelle könnte ich das nicht mit ansehn.« – »Wen meinst du denn eigentlich, wenn du von den ›anderen‹ sprichst?« erkundigte sich Robin. »Unsre Mutter und die Schwestern, wen denn sonst?« antwortete der ältere, »aber sag mir doch mal, Robin, liebst du denn das Mädchen wirklich? Mit mir kannst du ganz offen darüber reden.« – »Und ob ich sie liebe«, entgegnete Robin leidenschaftlich. »Sie ist mir lieber als alle Frauen der Welt, ich will sie unbedingt heiraten, die andern mögen reden und tun, was sie wollen. Ich hoffe ganz zuversichtlich, daß auch das Mädchen mich nicht zurückweisen wird.«

Ich war todunglücklich, als ich das hörte. Meine Vernunft sagte mir zwar, daß ich Robin nicht zurückweisen dürfe, da die Ehe mit ihm meine einzige Rettung war, und doch sträubte sich mein ganzes Gefühl dagegen. Deshalb fiel ich ihm ins Wort: »Bildet er sich wirklich ein, ich könnte nicht nein sagen? Nun, er wird schon bald merken, wie sehr er sich da irrt; ich werde ihm zeigen, daß ich es kann.« – »Hör mich nur erst mal bis zu Ende an, dann kannst du dich allemal noch entscheiden, wie du Lust hast. Ich versuchte, ihn umzustimmen, und gab ihm zu bedenken, daß du keinen Pfennig Geld besitzt und daß er sich um reichere Damen bewerben könne. ›Daran liegt mir gar nichts‹, entgegnete er, ›ich heirate doch nicht, um mein Säckel zu füllen, ich heirate nur die Frau, die ich liebe.‹ Da siehst du es also, daß alle Mühe vergeblich ist, er läßt es sich nicht ausreden; ich kann dir deshalb nur raten, seinen Antrag anzunehmen.«

»Nein«, widersprach ich, »ich denke gar nicht daran. Ich habe jetzt auch nein sagen gelernt; früher konnte ich das leider noch nicht, wenn aber jetzt der vornehmste Mann von

ganz England käme und um mich würbe, ich würde leichten
Herzens nein sagen.«

»Das ist ja alles ganz gut und schön«, meinte er, »was willst
du ihm denn aber antworten? Du hast mir doch selbst gesagt,
er würde dich bestimmt fragen, warum du ihn nicht magst,
und auch alle im Hause werden wissen wollen, was du für
Gründe hast.«

»Die Antwort darauf ist sehr einfach«, sagte ich lächelnd,
»ich kann allem Gerede auf einen Schlag ein Ende machen,
wenn ich sage, daß ich schon mit seinem älteren Bruder
verheiratet bin.«

Er lächelte zwar bei diesen Worten, doch ich sah deutlich,
daß er zusammenfuhr und seine innere Unruhe nur mühsam
verbarg. Er antwortete jedoch so ruhig wie nur möglich:
»Wenn du auch in mancher Hinsicht recht hast, so will ich
doch hoffen, daß du nur scherzt. Eine solche Antwort kannst
du doch nicht im Ernst geben wollen, das würde ich dir aus
den verschiedensten Gründen nicht raten.«

»Nein, nein«, entgegnete ich vergnügt, »das liegt mir ganz
fern, ich werde doch unser Geheimnis ohne deine Einwilligung nicht verraten.«

»Was willst du denn aber sagen«, fragte er nun von neuem,
»wenn man sich darüber wundert, daß du eine so vorteilhafte
Partie so hartnäckig ausschlägst?« – »Das macht mir gar kein
Kopfzerbrechen«, entgegnete ich rasch, »erstens bin ich überhaupt nicht verpflichtet, einen Grund anzugeben, und zweitens sage ich ganz einfach, ich sei schon versprochen und lasse
mich nicht auf Näheres ein. Er wäre damit auch am Ende
seiner Wünsche angelangt; denn ich wüßte wirklich nicht,
was er dann noch weiter fragen sollte.«

»Du hast aber nicht bedacht«, unterbrach er mich, »daß du
die ganze Familie dadurch in Aufruhr bringst. Sie werden
dich necken und wissen wollen, was das heißen soll. Wenn du
ihnen dann nicht Rede und Antwort stehst, werden sie ärgerlich werden und Verdacht schöpfen.«

»Da hast du allerdings recht«, gab ich zu, »ich weiß aber wirklich nicht, wie ich mich verhalten soll; wozu rätst du mir denn? Ich habe dir doch alles so genau erzählt, weil ich auf einen guten Rat hoffte.«

»Ich habe die Sache hin und her überlegt und alle Möglichkeiten in Betracht gezogen«, erwiderte er, »ich sehe aber nur einen Ausweg. Der ist für mich allerdings recht betrüblich und wird dir auf den ersten Blick seltsam erscheinen, es ist aber das einzige, was ich dir raten kann: nimm seine Werbung an und heirate ihn, wenn er es wirklich aufrichtig und ernst meint.«

Ich warf ihm einen entsetzten Blick zu, wurde leichenblaß und war einer Ohnmacht nahe. Als ich wieder ein Lebenszeichen von mir gab, rief er erschrocken: »Was hast du? Fehlt dir etwas?« Und er schüttelte mich und redete auf mich ein, doch es verging noch eine geraume Weile, bis ich einigermaßen zu mir kam, sprechen konnte ich noch minutenlang nicht.

Als er merkte, daß ich den Schwächeanfall überwunden hatte, begann er von neuem: »Warum bist du nur so erschrocken? Mache dir doch ernstlich klar, in welcher schlimmen Lage du bist. Du siehst doch selbst, wie die Familie über derartige Dinge denkt. Wenn ich mich nun auch noch als dein Verehrer entpuppen würde, wäre der Skandal da.«

»So«, rief ich zornig, »sind alle deine Liebesbeteuerungen und Schwüre so rasch vergessen, wenn die Familie ihr Mißfallen äußert? Wie oft habe ich dies vorausgesehen und dich gewarnt! Dann hast du mich stets ausgelacht und erklärt, es sei dir völlig gleichgültig, wie man über uns urteile. Und nun auf einmal denkst du so ganz anders? Nennst du das Liebe und Treue, hältst du so dein Versprechen?«

Trotz aller meiner Vorwürfe – und ich sparte nicht damit – blieb er vollkommen ruhig und verwahrte sich dagegen: »Ich habe alles gehalten, was ich dir je versprach; ich wollte dich heiraten, sobald ich in den Besitz meiner Güter käme. Du siehst ja aber selbst, wie rüstig und gesund mein Vater ist; er kann noch gut dreißig Jahre leben und wird es selbst dann noch mit manchem alten Herrn in der Stadt aufnehmen. Du hast doch nie von mir verlangt, daß ich dich eher heiraten sollte, weil du genau wußtest, daß das unmöglich war. Ich bin dir doch auch in jeder Weise entgegengekommen, du kannst doch nicht behaupten, daß ich es an irgend etwas habe fehlen lassen.«

Gegen all das, was er mir da gesagt hatte, konnte ich nichts einwenden. »Wie kannst du mir aber einen so abscheulichen Rat geben?« rief ich entsetzt, »ich soll dich verlassen, ohne daß du von mir gegangen bist! Darf ich dich denn nicht mehr lieben? Du hast mir doch auch so viel Liebe entgegengebracht, habe ich die etwa nicht erwidert? Habe ich dir nicht genug Beweise meiner leidenschaftlichen Zuneigung gegeben? Ehre und Tugend habe ich dir geopfert. Das kettet mich so fest an dich, daß ich mich nie losreißen könnte.«

»Hier aber«, wandte er ein, »bietet sich dir die Gelegenheit, eine gesicherte Stellung zu erringen, geachtet in glänzenden Verhältnissen zu leben. Was geschehen ist, soll in ewiges Schweigen gehüllt sein, als wäre es nie gewesen. Ich werde dir immer mit Ehrfurcht und aufrichtiger Zuneigung begegnen, doch so, daß ich vor meinem Bruder nicht zu erröten brauche; du wirst mir immer eine liebe Schwester sein, wie du mir jetzt eine liebe – – –«, zögernd hielt er inne, als suche er nach einem passenden Ausdruck.

»Eine liebe Dirne bist«, vollendete ich seinen Satz. »Das wolltest du doch wohl sagen, und du hättest es auch mit Recht sagen können. Jetzt erst verstehe ich dich ganz. Erinnerst du dich aber vielleicht noch der langen Reden, die du mir gehalten hast, und der Mühe, die du dir stundenlang gegeben hast, um mir klar zu machen, daß ich eine anständige Frau sei, die Frau, die du dir zur Gemahlin erwählt, wenn auch die Welt vorderhand noch nichts davon wußte, und daß wir ebensogut verheiratet seien, als wenn der Pfarrer der Gemeinde uns öffentlich getraut hätte. Weißt du nicht mehr, daß dies alles deine eignen Worte gewesen sind?«

Ich hatte selbst das Gefühl, daß ich in meinen Vorwürfen vielleicht ein wenig zu weit gegangen war, und suchte dies nun hinterher wieder gutzumachen. Er blieb eine Zeitlang ganz still und sagte nichts, deshalb fuhr ich fort:»Du mußt doch einsehen, daß ich deinen Überredungskünsten und deinem Drängen nur aus Liebe nachgab, aus einer Liebe heraus, die durch nichts zu erschüttern war. Hast du das von Anfang an nicht geglaubt? Habe ich dir durch mein Verhalten Grund dazu gegeben, daß du mich für ehrlos hältst? Wenn ich damals meiner Leidenschaft für dich nicht Einhalt gebot und schließlich selbst geglaubt habe, ich sei wirklich und wahrhaftig deine Frau, soll das nun alles Lüge gewesen sein? Bin ich weiter nichts als deine Dirne, deine Geliebte gewesen, die du nun ohne Bedenken an deinen Bruder abtreten willst? Kannst du denn auch meine Liebe zu dir an ihn abtreten? Du verlangst wohl von mir, daß ich ihn nun plötzlich statt deiner liebe? Das kann man doch nicht auf Befehl; nein«, rief ich verzweifelt, »das kann ich nicht, das ist völlig unmöglich; deine Gefühle mögen sich noch so gewandelt haben, ich bleibe dir treu mein Leben lang, und da es nun einmal so weit gekommen ist, will ich immer noch lieber deine Geliebte sein als seine Frau.«

Er schien gerührt über das, was ich gesagt hatte, und versicherte mir, er sei mir noch ebenso zugetan wie früher, er habe alles gehalten, was er je versprochen. Die schlimme Lage, in die ich geraten sei, habe ihn jedoch mit großer Sorge erfüllt; ihm sei angst und bange geworden bei dem Gedanken an meine Zukunft. Drum sei ihm die Ehe mit seinem Bruder noch als beste Lösung erschienen. Es sei ja keine Trennung für immer; wir könnten unser Leben lang gute Freunde bleiben und dabei vielleicht glücklicher sein als jetzt. Unser Geheimnis werde er nie verraten, darüber könne ich völlig beruhigt sein; denn wenn es wirklich einmal herauskäme, so sei ihm der Untergang ebenso gewiß wie mir. Zum Schluß habe er noch eine Frage an mich, die für alle weiteren Schritte ausschlag-

51

gebend sei; sie beziehe sich auf das einzige Hindernis, das eine Ehe mit seinem Bruder unmöglich mache.

Ich wußte natürlich sofort, worauf er hinaus wollte, er wollte wissen, ob ich schwanger war. Nachdem ich ihn über diesen Punkt beruhigt und ihm erklärt hatte, ich sei nicht schwanger, erhob er sich und sagte: »Wir müssen nun für heute unsre Unterhaltung abbrechen, überlege dir die Sache reiflich, meine Meinung kennst du ja, heirate Robin, etwas Besseres kann ich dir nicht raten.« Mit diesen Worten verabschiedete er sich eilig; denn schon läuteten seine Mutter und seine Schwester an der Haustür.

Er ließ mich in äußerster Verwirrung zurück und sah es mir auch noch die ganze Woche über an, wie sehr ich innerlich erregt war, doch erst am Sonntag darauf fand er wieder Gelegenheit, mit mir zu sprechen. Ich war an dem Tage nicht mit zur Kirche gegangen, da ich mich nicht wohl fühlte, und er war unter irgendeinem Vorwand auch zu Hause geblieben.

Er benutzte die Zeit, in der wir allein waren, um die Angelegenheit nochmals gründlich mit mir durchzusprechen. Immer wieder brachte er dieselben Gründe für seine Ansicht vor, so daß ich ihn zum Schluß äußerst erregt fragte, was er eigentlich von mir denke, ob er mich wirklich für fähig halte, bei zwei Brüdern zu schlafen. Für mich sei das ein Ding der Unmöglichkeit. Auch wenn er mir jetzt drohe, er wolle mich nie wiedersehen – eine Aussicht, so schrecklich wie der Tod –, so könnte ich mich dennoch niemals dazu verstehen, etwas Derartiges auch nur in Gedanken zu erwägen, etwas so Entehrendes, das auch ihn in meinen Augen erniedrigte. Ich bat ihn flehentlich, falls er noch eine Spur von Achtung oder Zuneigung für mich habe, nicht mehr davon zu reden, sondern lieber den Degen zu ziehn und mich zu töten.

Mein Eigensinn, wie er sich ausdrückte, überraschte ihn, er warf mir vor, ich sei rücksichtslos, sowohl gegen mich als auch gegen ihn. Diese Wendung der Dinge hätte doch keiner von uns beiden voraussehen können. Die Ehe mit seinem Bruder

52

sei die einzige Möglichkeit, uns zu retten, einen andern Weg sehe er nicht, deshalb erscheine ihm mein Verhalten ganz besonders lieblos ihm gegenüber. Wenn er über diesen Punkt nicht mehr mit mir reden dürfe, so wisse er nicht, was wir sonst noch miteinander zu besprechen hätten. Das sagte er mit ungewöhnlicher Kälte und stand auf, um sich zu verabschieden. Auch ich stand auf und trug dieselbe Gleichgültigkeit zur Schau. Als er dann aber kam, um mir sozusagen einen Abschiedskuß zu geben, schluchzte ich so herzzerreißend, daß ich, obgleich ich ihm noch etwas sagen wollte, kein Wort mehr hervorbrachte. Ich drückte ihm nur zum Abschied die Hand.

Mein Schmerz rührte ihn sichtlich, deshalb setzte er sich wieder hin und sprach noch ein paar liebevolle Worte mit mir. Er betonte jedoch immer wieder, daß mir gar nichts anderes übrigbliebe, als in die Ehe mit seinem Bruder einzuwilligen. Sollte ich aber törichterweise endgültig bei meiner Weigerung bleiben, so würde er trotzdem für mich sorgen. Er gab mir allerdings deutlich zu verstehen, daß ich seine Geliebte unter keinen Umständen mehr sein könne. Es sei ihm Ehrensache, nicht in näheren Beziehungen zu einer Frau zu stehn, die eines Tages womöglich die Gattin seines Bruders sein werde. Daß ich ihn als Liebhaber verlor, war mir nicht so schmerzlich wie der Verlust des heißgeliebten Menschen. Mit ihm schwanden auch alle meine Hoffnungen, ihn später einmal mein eigen zu nennen, dahin. Mein Gemüt litt so darunter, daß die inneren Seelenqualen mich bald darauf aufs Krankenlager warfen. Das böse Fieber wollte und wollte nicht weichen, so daß schließlich alle an meinem Aufkommen zweifelten.

Meine Kräfte waren völlig erschöpft, und im Fieber fing ich oft an zu phantasieren. In meinen lichten Momenten quälte mich der Gedanke, daß ich im Fieber etwas verraten könne, was dem Geliebten schade. Es verlangte mich sehr, ihn zu sehen, und auch er sehnte sich nach mir; denn er liebte mich trotz allem im Grunde seines Herzens leidenschaftlich. Aber es ließ sich nicht ermöglichen, keiner von uns beiden fand einen Grund, der diesen Wunsch verständlich machte, ohne bei der Familie Verdacht zu erwecken.

Fast fünf Wochen lang hütete ich nun schon das Bett, und obwohl das Fieber nach drei Wochen an Heftigkeit abnahm, kam es doch noch verschiedene Male wieder, und die Ärzte erklärten des öfteren, sie seien am Ende ihrer Kunst angelangt, die Natur müsse sich nun selbst helfen, um die Krankheit zu besiegen. Am Ende der fünften Woche ging es dann bergauf, aber ich war noch so schwach, so anders wie früher, und erholte mich so langsam, daß die Ärzte fürchteten, ich würde schwindsüchtig werden. Ich war sehr erschrocken, als sie die Ansicht äußerten, ich sei gemütskrank, ein schwerer Kummer laste auf mir, wahrscheinlich sei ich verliebt. Nun drangen alle auf mich ein und fragten, ob das wahr sei und in wen ich verliebt wäre. Selbstverständlich leugnete ich alles.

Darüber entstand eines Tages bei Tisch ein Streit, der die ganze Familie in Aufruhr brachte. Außer dem Vater saßen alle bei Tisch. Ich lag noch immer im Krankenzimmer. Die alte Dame hatte mir das Essen ins Zimmer hinaufgeschickt und bat nun das Mädchen, nachzufragen, ob ich noch etwas wünsche. Das Mädchen brachte den Bescheid, ich hätte noch nicht einmal die Hälfte von dem aufgegessen, was mir zugedacht war. »Ach, das arme Mädchen«, sagte die alte Dame bedauernd, »ich fürchte, sie wird überhaupt nicht wieder gesund.« – »Sie kann ja gar nicht gesund werden«, nahm der ältere Bruder nun das Wort, »es heißt doch, sie sei verliebt.« – »Ich glaube nicht daran«, sagte die alte Dame. »Ich weiß selbst nicht recht«, meinte die älteste Schwester, »was ich dazu sagen soll. Man hat soviel Aufhebens von ihrer Schönheit, ihrem Liebreiz und was weiß ich sonst noch gemacht, leider auch oft, wenn sie es hören konnte, das wird dem armen Geschöpf wohl den Kopf verdreht haben; wer weiß, wohin das noch alles führen wird. Ich weiß wirklich nicht, was ich davon halten soll.«

»Du kannst aber doch nicht leugnen, daß sie sehr schön

ist«, sagte der ältere Bruder. »Und viel, viel schöner als du«, fügte Robin hinzu, »und das ärgert dich.« – »Darum handelt es sich hier ja gar nicht«, entgegnete die ältere Schwester, »das Mädchen ist bestimmt nicht häßlich, aber sie weiß es auch, und es ist durchaus nicht nötig, daß man es ihr andauernd sagt und sie eitel macht.«

»Wir reden hier ja gar nicht davon, daß sie eitel ist«, meinte der ältere Bruder, »sondern daß sie verliebt ist. Vielleicht ist sie gar in sich selbst verliebt. Meine Schwestern wenigstens scheinen das zu glauben.«

»Ich wollte, sie wäre in mich verliebt«, seufzte Robin, »ich würde ihrer Sehnsucht schnell ein Ende machen.« – »Was soll das heißen?« fuhr die alte Dame auf, »wie kannst du nur so reden?« – »Glaubst du denn, Mutter«, antwortete Robin mit der ihm eignen Offenheit, »ich ließe das arme Mädchen aus Sehnsucht nach mir sterben, wo ich ihr doch so nahe bin?« – »Pfui, Bruder«, rief die jüngere Schwester entsetzt, »wie kannst du so etwas sagen! Möchtest du denn eine Frau heiraten, die keinen roten Heller besitzt?« – »Warum nicht?« antwortete Robin. »Ist Schönheit etwa keine Mitgift? Wer außerdem noch ein frohes Gemüt hat, verfügt über eine doppelte Mitgift. Wenn du doch nur die Hälfte davon hättest!« Mit diesen Worten hatte er es der Schwester gründlich gesagt.

Doch die ältere kam ihr zu Hilfe. »Ich finde«, sagte sie, »wenn Betty nicht verliebt ist, so ist es mein Bruder aber bestimmt. Ich möchte nur wissen, ob er es ihr nicht bereits gestanden hat, ich wette, sie würde nicht nein sagen.« – »Die, die ja sagen, wenn sie gefragt werden«, erwiderte Robin spöttisch, »kommen einen Schritt vor denen, die nie gefragt werden, ob sie ja sagen wollen, und zwei Schritte vor denen, die ja sagen, ehe sie überhaupt gefragt werden. Laß dir das als Antwort gesagt sein.«

Über diese Worte regte sich die Schwester unbeschreiblich auf und geriet in größte Wut. Sie sagte, die Dinge wären nun so weit gediehen, daß es höchste Zeit sei, das Frauenzimmer –

damit meinte sie mich – fortzuschicken. Sie sehe zwar ein, daß man mich im Augenblick noch nicht auf die Straße setzen könne, sie hoffe aber doch, die Eltern mögen sich entschließen, mich sobald als möglich zu entlassen.

Robin erwiderte darauf, dies sei Sache der Eltern; denen habe jemand, der so wenig Urteil besitze wie seine älteste Schwester, nichts vorzuschreiben.

So stritten sie noch eine ganze Weile hin und her, die Schwester schimpfte, Robin hänselte und höhnte. Doch die arme Betty mußte dafür büßen, ihre Stellung in der Familie wurde immer schwieriger. Als mir berichtet wurde, was sich unten abgespielt hatte, fing ich an, bitterlich zu weinen, und die alte Dame kam zu mir herauf, da ihr jemand erzählt hatte, wie unglücklich ich über die Streitereien sei. Ich klagte ihr mein Leid, es sei mir schrecklich, daß die Ärzte derartiges behaupteten, das noch dazu völlig aus der Luft gegriffen sei; meine Stellung in der Familie sei dadurch fast unhaltbar geworden. Ich hoffe zuversichtlich, von meiner Seite sei nichts geschehen, wodurch ich ihre Achtung verloren und die Streitereien zwischen ihren Kindern verursacht hätte. Ich hätte jetzt mehr Grund, an das Grab zu denken, als mich mit Liebesabenteuern zu befassen. Zum Schluß bat ich sie noch, mich nicht für die Fehler anderer, sondern nur für meine eigenen verantwortlich zu machen.

Sie sah ein, daß das, was ich vorbrachte, berechtigt war. Da es jedoch nun einmal zu solchen Auseinandersetzungen gekommen sei und ihr jüngerer Sohn so wunderliche Reden geführt habe, bat sie mich dringend, ihr eine sehr wichtige Frage ganz offen zu beantworten. Nachdem ich ihr dies versprochen hatte, fragte sie mich, ob ich etwa mit ihrem Sohn Robin im geheimen Einverständnis sei. Ich versicherte ihr feierlich – und das konnte ich ja auch mit gutem Gewissen tun –, daß keine Beziehungen zwischen mir und ihm beständen und auch nie bestanden hätten. Herr Robin habe oft gescherzt und Späße gemacht, wie es nun einmal seine Art sei.

Das hätte ich aber immer so aufgefaßt, wie er es vermutlich selbst meinte: als eine leichte, sorglose Art der Unterhaltung, die ich nicht ernst zu nehmen brauchte. Sie möge mir glauben, wenn ich ihr nochmals hoch und heilig versichere, daß nichts Derartiges in Frage käme. Wer solche Gerüchte verbreite, tue mir sehr unrecht und erweise auch Herrn Robin keinen Dienst.

Die alte Dame war völlig zufriedengestellt, küßte mich und redete mir gut zu. Ehe sie wieder fortging, ermahnte sie mich noch, auf meine Gesundheit zu achten und ordentlich zu essen. Als sie jedoch hinunterkam, war die Zankerei noch in vollem Gange. Die Mädchen waren wütend darüber, daß Robin sie mit ihrer Häßlichkeit aufzog. Bis jetzt habe sich kein Bewerber gefunden, obwohl sie es den Männern gegenüber an Entgegenkommen nicht fehlen ließen. Fräulein Betty dagegen, die sei ganz anders, viel, viel hübscher und immer guter Laune, keine der Schwestern könne sich mit ihr im Gesang und im Tanz messen. Alles, was ihm nur an boshaften Bemerkungen einfiel, bekamen sie zu hören und ärgerten sich darüber. Um dem Streit, der nun gerade seinen Höhepunkt erreicht hatte, ein Ende zu machen, erzählte die alte Dame das ganze Gespräch, das sie mit mir geführt hatte. Vor allem erwähnte sie, daß ich fest versichert habe, es bestehe keinerlei Beziehung zwischen Herrn Robin und mir.

»Das stimmt nicht«, fiel ihr Robin ins Wort, »wenn nicht sehr viel zwischen uns gespielt hätte, würden wir einander jetzt näher stehn, als dies tatsächlich der Fall ist. Ich habe ihr gesagt, daß ich sie wahnsinnig liebe, ich konnte das Mädchen aber nie davon überzeugen, daß es mir ernst damit war.« – »Das wundert mich nicht«, unterbrach ihn die Mutter, »kein vernünftiger Mensch würde glauben, daß es dir ernst sei, wenn du solche Dinge zu einem armen Mädchen sagst, dessen Verhältnisse du doch so genau kennst. Du sagst ja selbst, sie habe deine Worte nicht ernst genommen, wie kannst du dann erwarten, daß wir es tun? Du führst oft so seltsame Reden, daß keiner weiß, ob du im Ernst sprichst oder ob du nur Spaß machst. Da mir nun aber deine Worte bestätigen, daß Betty die Wahrheit gesagt hat, so wäre es mir sehr lieb, wenn du nun auch einmal klipp und klar erklärtest, was eigentlich an der Sache ist, damit ich weiß, woran ich bin. Sprichst du im Ernst oder nicht? Planst du wirklich diese verrückte Heirat? Ich erwarte eine ehrliche Antwort von dir, hoffentlich wird sie uns alle beruhigen.«

»Es hat weiß Gott keinen Zweck«, nahm Robin das Wort, »dir meine Absichten zu verbergen oder gar etwas vorzulügen, ich spreche im vollen Ernst, Mutter, wie ein Mensch in der Todesstunde. Wenn Fräulein Betty mir jetzt sagte, sie liebe mich und wolle mich heiraten, so würde ich sie noch morgen früh, ehe ich gefrühstückt hätte, zum Traualtar führen.«

»So habe ich also einen Sohn verloren«, klagte die Mutter in so traurigem Ton, als seien alle ihre Hoffnungen zu Grabe getragen. »Nein«, entgegnete Robin, »ein Mann, dem eine gute Frau beschert worden ist, ist doch wohl nicht verloren.« – »Aber mein Junge«, sagte die alte Dame vorwurfsvoll, »sie ist doch weiter nichts als eine Bettlerin.« – »Um so mehr Liebe und Mitleid braucht sie«, sagte Robin, »ich werde sie mir vom Kirchenvorstand ausbitten, und dann können wir ja miteinander betteln gehn.« – »Mit solchen Dingen treibt man keinen Scherz«, sagte die Mutter tadelnd. »Ich scherze auch nicht, Mutter, wir beide werden zu dir und zum Vater kommen und so lange bitten und betteln, bis ihr uns verzeiht und euern Segen gebt.« – »Das wird nie geschehen«, antwortete die Mutter, »wenn du das im Ernst vorhast, bist du für uns erledigt.« – »Dazu wird es ohnehin nicht kommen«, meinte er, »ich fürchte, sie wird mich zurückweisen, nachdem meine Schwestern sie so gekränkt haben, und all mein Reden wird nichts nützen.«

»Für wie dumm hältst du uns denn, daß wir dir das glauben sollen!« sagte die jüngste Schwester lachend. »Sie hat doch ihre fünf Sinne noch beisammen. Bildest du dir wirklich ein, sie würde eine Ehe ausschlagen, um die andre wer weiß was gäben?« – »Nein, mein kluges Schwesterlein«, erwiderte Robin, »so töricht wird Fräulein Betty wohl nicht sein, immerhin wäre es nicht ausgeschlossen, daß sie sich bereits anderweit gebunden hätte. Was dann?« – »Ja, das ist allerdings möglich«, stimmte die ältere Schwester bei, »darüber wissen wir natürlich nicht Bescheid. Wer könnte denn aber der andere sein? Sie kommt doch nirgendwo hin. Es käme doch höchstens einer von euch beiden in Betracht.« – »Ich habe euch weiter nichts mitzuteilen«, erwiderte Robin, »mich habt ihr nun genug ausgefragt, wendet euch doch mal an meinen Bruder und nehmt ihn aufs Korn, er ist ja hier und kann euch Rede und Antwort stehen.«

Das fuhr dem älteren Bruder in die Glieder; er fürchtete, Robin sei ihm auf die Spur gekommen, doch ließ er sich nicht anmerken, wie sehr er erschrocken war. »Ich muß dich ersuchen, deine Angelegenheiten nicht auf mich abzuwälzen«, versetzte er mit geheuchelter Ruhe, »ich handle nicht mit solcher Ware, ich habe mit keinem Fräulein Betty im ganzen Kirchspiel etwas zu tun.« Und rasch stand er auf und eilte davon. »Nein«, sagte die älteste Schwester, »unser Ältester kommt nicht in Frage, für ihn lege ich die Hand ins Feuer. Der kennt die Welt besser und läßt sich zu keinem unüberlegten Schritt hinreißen.«

Damit war die Unterhaltung beendet; sie hatte dem ältesten Bruder einen tüchtigen Schreck eingejagt. Er war fest davon überzeugt, daß Robin alles wisse, und hatte mich im Verdacht, die Hand dabei im Spiel zu haben. Trotz aller Bemühungen gelang es ihm jedoch nicht, mich zu sprechen. Seine Unruhe steigerte sich zuletzt so, daß er der Verzweiflung nahe war. Deshalb beschloß er, mich unter allen Umständen in meinem Krankenzimmer aufzusuchen, unbekümmert um die Folgen. Als seine älteste Schwester eines Tages nach dem Mittagessen zu mir hinaufging, rannte er deshalb rasch entschlossen hinter ihr her und rief: »Wo ist denn eigentlich unsre Patientin? Darf man sie denn nicht auch einmal sehn?« – »Ja, warum denn nicht!« gab die Schwester zur Antwort. »Ich will aber zuerst hineingehn und ihr sagen, daß du kommst; wenn es ihr recht ist, rufe ich dich dann.« Rasch eilte sie hinauf und kündigte mir den Besuch an. Dann rief sie ihm zu: »Du kannst kommen, wenn du Lust hast.« Er eilte nach der Tür und rief schon beim Eintreten vergnügt: »Wo ist denn das kranke Wesen, das so an Liebeskummer leidet? Wie geht es Ihnen, Fräulein Betty?« Ich wollte aufstehen, war aber noch so schwach, daß ich es trotz aller Anstrengung nicht fertigbrachte. Das sahen sie alle beide, und die Schwester sagte zu mir: »Quäle dich nicht unnötig, mein Bruder legt auf solche Äußerlichkeiten gar keinen Wert, vor allem jetzt, wo du noch so schwach bist.« – »Nein, ja nicht, Fräulein Betty, bleiben Sie ruhig sitzen«, sagte er nun auch, setzte sich mir gegenüber und bemühte sich, recht vergnügt zu erscheinen.

Er schwatzte gleich munter drauflos, bald von diesem, bald von jenem, und kam vom Hundertsten ins Tausendste, um uns zu unterhalten. Ab und zu kam er auch auf das Urteil der Ärzte zurück: »Das arme Fräulein Betty, es muß doch schrecklich sein, wenn man so verliebt ist. Ihnen hat es jedenfalls tüchtig zugesetzt.« Schließlich sagte ich auch ein paar Worte: »Ich freue mich, daß Sie so vergnügt sind, der Arzt hätte aber auch etwas Besseres tun können, als mit einer armen Kranken seinen Spott zu treiben. Hätte mir sonst nichts gefehlt, so würde ich mich wohl gehütet haben, ihn kommen zu lassen. Das Sprichwort warnt ja auch davor.« – »Welches Sprichwort?

> Wo die Liebe ist im Spiel,
> Hilft des Doktors Kunst nicht viel.

Meinten Sie etwa dieses, Fräulein Betty?« Ich lachte nur und sagte gar nichts. »Die Wirkung beweist aber«, fuhr er fort, »daß bei Ihnen tatsächlich die Liebe im Spiel ist; denn der Arzt hat Ihnen doch anscheinend nur wenig geholfen. Alle klagen darüber, daß es recht langsam mit Ihnen vorwärtsgeht. Es wird schon etwas Wahres dran sein an dem, was die Ärzte sagen; ich fürchte, Fräulein Betty, Sie gehören zu diesen Unheilbaren.«

So plauderten wir miteinander über lauter unbedeutende Dinge. Als er mich bat, ihm ein Lied vorzusingen, lächelte ich nur matt und sagte, das Singen hätte ich mir abgewöhnt. Darauf fragte er mich, ob er mir vielleicht etwas auf seiner Flöte vorspielen dürfe. Die Schwester fürchtete, es werde mich vielleicht angreifen. Doch ich verneigte mich und sagte: »Bitte, erlauben Sie es doch, ich höre das Flötenspiel so sehr gern.« Nun war auch seine Schwester einverstanden, und er zog seinen Zimmerschlüssel heraus und sagte: »Liebe Schwester, ich bin heute so faul, bitte, sei so gut und hole mir meine Flöte, sie liegt in der und der Schublade.« Und er nannte einen Ort, an dem sie bestimmt nicht lag, damit die Schwester recht lange suchen mußte und nicht so bald zurückkam.

Als sie draußen war, erzählte er mir alles, was der Bruder über mich gesagt hatte und wie er selbst durch eine seltsame Bemerkung Robins in die Angelegenheit mit hineingezogen worden sei. Die Angst, daß Robin Bescheid wisse, haben ihn hergeführt. Ich versicherte ihm, daß ich meinen Mund nicht aufgetan habe, weder bei seinem Bruder noch bei sonst jemand. Dann klagte ich ihm mein Leid. Meine Liebe zu ihm und sein grausames Verlangen, sie zu vergessen und auf einen andern zu übertragen, hätten mich aufs Krankenlager geworfen. Am liebsten wäre ich tot, ich sei zu müde, um den inneren Kampf weiterzuführen. Sobald ich wiederhergestellt sei, müsse ich ja doch das Haus verlassen; denn der Gedanke an eine Ehe mit seinem Bruder erfülle mich mit Abscheu, nachdem ich mit ihm so eng verbunden war. Er könne überzeugt sein, daß ich seinem Bruder nicht erlauben werde, je auf seine Werbung zurückzukommen. Wenn er selbst seine Gelöbnisse und Schwüre und die Verpflichtungen, die er übernommen habe, nicht einhalten wolle, so möge er das mit seinem Gewissen ausmachen. Er solle aber nie sagen können, daß ich, die er überredet hatte, sich seine Frau zu nennnen, und die ihm die Rechte eines Gatten zugestanden hatte, ihm nicht auch die Treue gehalten habe, wie es einer Gattin zieme. Wie er sich zu mir stelle, sei für mein Verhalten nicht entscheidend.

Er bedauerte sehr, daß ich seinen Standpunkt nicht teile, und wollte gerade noch mehr sagen, als wir seine Schwester kommen hörten. Ich hatte gerade noch Zeit, ihm zu antworten, daß ich mich nie bereitfinden werde, den einen Bruder zu lieben und den anderen zu heiraten, worauf er kopfschüttelnd erwiderte: »Dann bin ich bestimmt verloren.« Im nächsten Augenblick trat seine Schwester herein und erklärte, sie könne die Flöte nicht finden. »Ja, dann muß ich eben meine Faulheit bezwingen«, rief er lachend, stand auf und ging selbst, um sie zu suchen. Doch auch er kam ohne Flöte zurück; er wußte wohl, wo sie war, hatte aber keine Lust zum Spielen. Der Auftrag, den er seiner Schwester gegeben, hatte nun seinen Zweck erfüllt, es war ihm geglückt, mich unter vier Augen zu sprechen, wenn auch nicht mit dem Erfolg, den er sich davon versprochen hatte.

Ich aber war sehr befriedigt, daß ich mir einmal alles vom Herzen heruntergeredet hatte. Und wenn es auch nicht die Wirkung hatte, die ich erhoffte, ihn noch fester an mich zu ketten, so hatte ich doch jetzt die Genugtuung, daß er mich nicht verlassen konnte, ohne zugleich wortbrüchig zu werden.

Einige Wochen später war meine Genesung bereits so weit fortgeschritten, daß ich schon wieder im Hause umhergehen konnte. Doch ich blieb traurig und in mich gekehrt. Die ganze Familie wunderte sich darüber, nur der nicht, der die Ursache kannte, und gerade er tat so, als ob er nichts davon merke. Ich war genauso zurückhaltend, benahm mich immer höflich ihm gegenüber und war ängstlich darauf bedacht, jedes persönliche Wort zu vermeiden. So vergingen drei bis vier Monate. Ich fühlte, daß man mir grollte, obgleich ich doch ganz unschuldig war, und erwartete täglich meine Entlassung. Ich hatte auch die Hoffnung aufgegeben, daß mein einstiger Liebhaber je zu mir zurückkehren werde. Es war mir klar, daß ich ihn trotz all seiner feierlichen Versprechungen endgültig verloren hatte.

Schließlich führte ich selbst eine Wendung herbei. Als ich mich eines Tages mit der alten Dame über meinen Zustand unterhielt und ihr klagte, wie sehr ich seelisch noch unter den Nachwirkungen der Krankheit litte, erwiderte sie: »Ach Betty, ich bin so in Sorge, daß Sie sich das, was ich neulich über meinen Sohn äußerte, sehr zu Herzen genommen haben und nun seinetwegen so betrübt sind. Wollen Sie mir nicht einmal ganz offen sagen, wie es um Sie beide jetzt steht? Aus Robin ist kein vernünftiges Wort herauszubringen, wenn man mit ihm darüber sprechen will.« – »Wenn ich die Wahrheit sagen soll, gnädige Frau«, antwortete ich ihr, »so muß ich gestehen, daß es um uns nicht so steht, wie ich es mir gewünscht hätte. Ich will ganz offen Ihnen gegenüber sein, ohne vor den Folgen, die mir daraus entstehen könnten, zurückzuschrecken. Der junge Herr hat mir verschiedentlich Heiratsanträge gemacht, was ich bei meiner Armut gar nicht erwarten durfte. Ich habe ihn jedoch immer abgewiesen, vielleicht sogar mit Ausdrücken, die ich besser vermieden hätte, um es nicht an der nötigen Achtung gegenüber einem Mitglied Ihrer Familie fehlen zu lassen. Ich fühlte mich aber Ihnen, gnädige Frau, gegenüber verpflichtet, in nichts einzuwilligen, was Ihr Mißfallen erregt hätte. Ich habe dem jungen Herrn gesagt, daß eine Heirat mit ihm ohne Zustimmung seiner Eltern, denen ich so zu Dank verpflichtet sei, für mich niemals in Betracht käme.«

»Ist das denn möglich, Fräulein Betty«, rief die alte Dame überrascht. »Sie haben ja viel vornehmer an uns gehandelt als wir an Ihnen. Wir haben immer geglaubt, Sie hätten ein Auge auf meinen Sohn geworfen; ich wollte Sie schon aus Angst vor einem unüberlegten Schritt meines Sohnes auffordern, unser Haus zu verlassen. Wenn ich Ihnen bisher noch nichts davon gesagt hatte, so geschah es aus Besorgnis, Sie könnten wieder krank werden; denn wir meinen es noch immer gut mit Ihnen, wenn wir auch nicht ruhigen Blutes zusehen können, wenn mein Sohn eine Torheit begeht. Falls sich die Sache aber so verhält, wie Sie sagen, haben wir Ihnen alle sehr unrecht getan.«

»Die Wahrheit meiner Worte, gnädige Frau«, gab ich ihr zur Antwort, »wird Ihnen am besten Ihr Sohn selbst bestätigen können. Wenn er mir Gerechtigkeit widerfahren läßt, muß er Ihnen alles genauso erzählen wie ich.«

Die alte Dame ging daraufhin sofort zu ihren Töchtern und erzählte ihnen alles, was ich gesagt hatte. Die waren natürlich äußerst erstaunt. Die eine sagte, das hätte sie bestimmt nicht erwartet, die andre nannte Robin einen Narren, eine dritte war überzeugt, daß alles gelogen sei, und wollte wetten, daß Robin die Geschichte in ganz andrer Lesart erzählen würde. Die alte Dame war aber fest entschlossen, der Sache auf den Grund zu gehn; sie wollte sogleich mit ihrem Sohne sprechen, ehe ich mich mit ihm verständigen konnte, und ließ ihn daher sofort rufen. Er war gerade bei einem Rechtsanwalt in der Stadt, kehrte aber auf ihren Wunsch augenblicklich zurück.

Als er erschien, war die ganze Familie bereits vollzählig versammelt, und die Mutter begrüßte ihn: »Nimm Platz, Robin, ich habe mit dir zu reden.« – »Herzlich gern, Mutter«, erwiderte Robin fröhlich, »ich hoffe, du hast eine gute Frau für mich, ich bin nämlich arg in Verlegenheit.« – »Wie soll ich das verstehn?« forschte die Mutter, »sagtest du nicht, du seist entschlossen, Fräulein Betty zu heiraten?« – »Allerdings«, entgegnete Robin kleinlaut, »aber jemand hindert mich leider daran, das Aufgebot zu bestellen.« – »Jemand hindert dich daran?« fragte die Mutter verwundert, »wer könnte das denn sein?« – »Fräulein Betty selbst«, gestand Robin. »Wieso?« meinte die Mutter, »hast du denn schon um sie angehalten?« – »Ja freilich«, sagte er, »schon fünfmal habe ich es versucht, und jedesmal bin ich abgewiesen worden, das Mädchen ist so hartnäckig und will sich nur unter unerfüllbaren Bedingungen ergeben.« – »Erkläre dich bitte näher!« sagte die Mutter, »ich bin ganz überrascht und verstehe nicht, was du damit sagen willst. Das kann doch unmöglich dein Ernst sein.«

»Liebe Mutter«, entgegnete er, »die Sache ist so einfach, daß sie gar keiner Erklärung bedarf, sie will mich eben nicht. Ist das nicht höchst einfach? Und hart ist's obendrein.« – »Du sprachst aber doch vorhin von Bedingungen, auf die du nicht eingehen konntest«, fiel ihm die Mutter ins Wort. »Verlangt sie etwa einen Ehekontrakt? Eine Witwenpension müßte doch der Mitgift entsprechen, und was bringt sie dir denn mit?« – »Was das Vermögen anlangt«, meinte Robin, »so ist sie mir reich genug, damit wäre ich schon zufrieden; es handelt sich aber um mich, ich kann ihre Bedingungen nicht erfüllen; sie besteht aber hartnäckig darauf und will mich sonst nicht haben.«

Da mischten sich die Schwestern ins Gespräch. »Mutter«, sagte die jüngere, »es ist ganz unmöglich, ernsthaft mit ihm zu reden, er gibt auf nichts eine klare Antwort. Du solltest ihn lieber ganz in Ruhe lassen und überhaupt nicht mehr mit ihm darüber sprechen. Schick sie fort, damit sie ihm aus den Augen kommt.« Robin war wütend über diesen wenig freundschaftlichen Rat seiner Schwester, er blieb ihr aber nichts schuldig, sie bekam auch sofort ihr Teil zu hören. »Es gibt zwei Arten von Menschen«, sagte er und wandte sich an seine Mutter, »mit denen man lieber nicht streiten soll, Weise und Narren, und es ist wirklich zuviel verlangt, mit beiden hier gleichzeitig zu unterhandeln.«

»Er hat ganz recht«, unterbrach ihn die Schwester höhnisch, »wir müßten allerdings Narren sein, wenn wir uns weismachen ließen, er habe ernstlich um Fräulein Betty geworben und sei abgewiesen worden.«

»Keine Antwort ist auch eine Antwort, sagte schon Salomo«, entgegnete Robin. »Wenn dein Bruder gesagt hat, daß er Fräulein Betty nicht weniger als fünf Anträge gemacht und sie ihn jedesmal rund abgewiesen hat, so sollte sich eine jüngere Schwester nicht unterstehen, an der Wahrheit seiner Worte zu zweifeln, zumal selbst die Mutter ihm geglaubt hat.« – »Du hast doch eben gerade gehört, daß die Mutter dich auch nicht richtig verstanden hat«, entgegnete die Schwester patzig. »Es ist aber ein kleiner Unterschied«, fuhr Robin fort, »ob ich jemanden um eine nähere Erklärung bitte, oder ob ich an der Wahrheit seiner Worte zweifle.«

»Lieber Sohn«, begann die alte Dame von neuem, »willst du uns denn nun nicht endlich einmal das Geheimnis verraten, um was für unerfüllbare Bedingungen es sich denn eigentlich handelt.« – »Gern, Mutter«, antwortete Robin, »ich hätte es schon längst getan, wenn diese Quälgeister mir nicht immer ins Wort gefallen wären: die Betty verlangt von mir, daß Vater und du mit der Heirat einverstanden sind, sonst will sie nichts mehr davon hören. Ich weiß doch aber genau, daß ich diese Bedingungen kaum erfüllen kann. Ich will nur hoffen, daß sich meine vorwitzigen Schwestern nun endlich zufrieden geben und sich tüchtig schämen.«

Diese Antwort kam allen sehr überraschend, am wenigsten noch der Mutter, die genau dasselbe ja schon aus meinem Munde gehört hatte; die Töchter blieben eine Zeitlang stumm, die Mutter aber sagte erregt: »Genau dasselbe hat mir Fräulein Betty soeben gesagt, ich wollte es aber nicht glauben; wenn es sich wirklich so verhält, haben wir alle miteinander Fräulein Betty bitter unrecht getan; sie hat sich weit besser benommen, als ich je geglaubt hätte.« – »Ja«, pflichtete ihr die älteste Tochter bei, »wenn die Dinge so stehen, hat sie sich wirklich tadellos benommen.« – »Und sie kann doch nichts dafür«, fuhr die Mutter fort, »wenn er so töricht war, sich in sie zu verlieben. Daß sie ihm diese Antwort gegeben hat, zeigt, wie sehr sie den Vater und mich achtet. Sie ist dadurch auch in meiner Achtung außerordentlich gestiegen.« – »Das wäre doch ein Grund, um in die Heirat einzuwilligen«, rief Robin dazwischen. »Ich will's mir noch mal überlegen«, erwiderte

die Mutter, »wenn nicht noch manche andere Bedenken da-
gegensprächen, würde mich Fräulein Bettys gute Haltung
doch vielleicht am Ende noch umstimmen.« – »Ach, wenn es
doch dazu käme!« seufzte Robin. »Falls dir ebensoviel daran
liegt, mir zum Glück zu verhelfen, wie du mir zu Reichtum
verhelfen wolltest, so müßtest du rasch ja sagen.«

»Ist dir's denn wirklich ganz ernst damit, Robin?« fragte
die alte Dame, »liegt dir unbedingt an dieser Heirat?« – »Das
weißt du doch, Mutter«, erwiderte Robin, »warum fragst du
mich wieder danach, es hat doch gar keinen Zweck, darauf
Antwort zu geben, ohne deine Einwilligung sind mir doch die
Hände gebunden. Das eine erkläre ich aber hier im vollsten
Ernst, ich werde nie eine andre heiraten. Für mich heißt es,
Betty oder keine, dein Herz mag nun über mein Schicksal
entscheiden. Meine liebenswürdigen Schwestern werden hoffentlich nichts dagegen haben.«

Der Gedanke, daß die Mutter schließlich doch noch nachgeben würde, war mir schrecklich. Robin bestürmte sie immer
heftiger. Sie fragte auch den älteren Sohn um Rat, der natürlich alles daransetzte, ihre Einwilligung zu erwirken. Er berief
sich auf seines Bruders leidenschaftliche Liebe und meine
Rücksichtnahme auf die Familie, die soviel Feingefühl verriet
und mich auf meinen eignen Vorteil verzichten ließ, und noch
auf tausend andere Dinge. Auf einen Einspruch des Vaters
war nicht zu rechnen. Er war Geschäftsmann mit Leib und
Seele, stand mitten im öffentlichen Leben und kam selten
nach Hause. Seine kaufmännischen Interessen nahmen ihn so
in Anspruch, daß er es den Seinen überließ, derartige Fami-
lienangelegenheiten zu regeln.

Jetzt, nachdem alle glaubten, diese verwickelte Angelegenheit sei nun endgültig geklärt, war es für den älteren Bruder,
auf den niemand Verdacht hatte, viel leichter und ungefähr-
licher als bisher, Zutritt zu mir zu erlangen. Die Mutter schlug
ihm sogar vor – und damit kam sie, ohne es zu ahnen, seinen
Wünschen sehr entgegen –, einmal persönlich mit Fräulein

Betty zu sprechen. »Es ist möglich, daß du in solchen Dingen klarer siehst als ich. Versuche doch einmal herauszubekommen, ob sie Robin wirklich so entschieden zurückgewiesen hat, wie dieser behauptet.« Diese Aufforderung kam ihm natürlich sehr gelegen. Er erklärte sich bereit, seiner Mutter zuliebe mit mir zu sprechen. Sie ließ uns beide in ihr Zimmer rufen und sagte zu mir, ihr Sohn habe allerlei mit mir zu besprechen; dann ließ sie uns beide allein und ging zur Tür hinaus.

Er kam auf mich zu, schloß mich in seine Arme und küßte mich zärtlich. Er sagte, es sei nun soweit, daß ich einen Entschluß fassen müsse. Ich könne mich auf Lebenszeit glücklich oder unglücklich machen. Wenn ich seinem Wunsch nicht nachkomme, müßten wir beide zugrunde gehn. Dann erzählte er mir, was sich zwischen der Mutter und den Geschwistern abgespielt hatte. »Und nun, liebes Kind«, fuhr er fort, »bedenke, was es für dich bedeutet, mit dem Einverständnis der ganzen Familie einen vornehmen Herrn aus gutem Haus, der in glänzenden Verhältnissen lebt, zu heiraten und all das zu genießen, was die Welt nur bietet, und überlege dir andrerseits, in welch schlimme Lage eine Frau gerät, die ihren guten Ruf eingebüßt hat. Und wenn ich dir auch immer, solange ich lebe, im geheimen ein treuer Freund bliebe, so würden wir doch nur zu leicht Verdächtigungen ausgesetzt sein und uns scheuen, unsre Beziehung aufrechtzuerhalten.«

Mir blieb nicht einmal Zeit, etwas darauf zu entgegnen, so schnell fuhr er fort: »Was zwischen uns war, liebes Kind, wird begraben und vergessen sein. Wenn du erst meine Schwägerin bist, werde ich immer dein aufrichtiger Freund sein, doch nicht mehr, und wir werden in allen Ehren verbunden bleiben, ohne uns Vorwürfe machen zu müssen. Ich bitte dich nochmals, überlege das alles reiflich und verscherze dir nicht dein Glück! Und um dir zu beweisen, daß ich es ganz ehrlich mit dir meine«, fügte er hinzu, »stelle ich dir hiermit fünfhundert Pfund zur Verfügung, um dich einigermaßen für das zu entschädigen, was ich mir dir gegenüber erlaubt habe. Wenn wir uns dann in späteren Jahren einmal dieser Zeit unsres Lebens erinnern, werden wir auch reuevoll dieser Jugendtorheit gedenken.«

Er sagte dies mit viel eindringlicheren Worten, als ich es hier wiedergeben kann, drum zog sich unsre Unterredung auch über anderthalb Stunden hin. Meine Einwände ließ er nicht gelten und suchte mich durch alle nur denkbaren Argumente zu seiner Ansicht zu bekehren.

Ich könnte indessen nicht behaupten, daß mir irgend etwas von dem, was er anführte, stichhaltig genug erschien, um mich zu überzeugen. Zuletzt erklärte er mir dann ganz offen, unser Verhältnis müsse sich auch dann, wenn ich seine Vorschläge ablehne, von Grund auf ändern. Er liebe mich zwar noch genauso innig wie zuvor, doch verbiete ihm sein Gefühl für Schicklichkeit, die Frau zu umarmen, die sein Bruder zur Gattin begehre. Wenn ich ihn jetzt mit einem abschlägigen Bescheid gehen ließe, so bliebe natürlich sein früheres Versprechen, für meinen Unterhalt zu sorgen, in vollem Umfang bestehen, doch sehen dürfe er mich dann nicht mehr. Darüber müsse ich mir im klaren sein, etwas anderes könne ich doch auch gar nicht von ihm erwarten.

Die Aussicht auf eine endgültige Trennung erregte mich maßlos, ich mußte meine ganze Kraft aufbieten, um mich aufrechtzuhalten; denn ich liebte ihn unbeschreiblich. Er sah, wie verzweifelt ich war, und bat mich inständig, doch endlich zur Einsicht zu kommen. Nur so sei es möglich, unsre Zuneigung zueinander zu bewahren; wir könnten uns als Freunde weiterhin lieben mit all der Zärtlichkeit, wie sie Verwandten zukommt, ohne Vorwürfen oder Verdächtigungen ausgesetzt zu sein. Er werde sich stets des Glückes, das ich ihm geschenkt habe, bewußt sein und mein Schuldner bleiben sein Leben lang. So gelang es ihm wirklich in kurzer Zeit, mich in meinem Entschluß wankend zu machen, um so eher, als er mir auch noch die Gefahren lebhaft vor Augen führte, denen ich ausgesetzt war, wenn ich in die Welt hinausgestoßen würde, eine ehrlose Dirne, ohne Geld, ohne Freunde, ohne Bekannte, fern der Heimat, in der ich unter diesen Verhältnissen natürlich nicht bleiben konnte. All das erschreckte mich ungemein, und er gab sich Mühe, mir dieses drohende Schicksal in den düstersten Farben auszumalen. Andrerseits verfehlte er nicht, das glückliche Leben zu schildern, das mich als Frau seines Bruders erwartete.

Alle meine Einwände, den Hinweis auf unsre Liebe und seine früheren Versprechungen, wies er zurück und betonte die Notwendigkeit, die uns jetzt zwinge, andre Maßnahmen zu ergreifen. Seine Eheversprechungen hätten ihren Sinn verloren, da sie sich auf eine Zeit bezögen, in der ich vermutlich schon längst die Gattin seines Bruders sei.

So kam es, daß er meine eigne Vernunft mit seinen Vernunftgründen zum Schweigen brachte. Ich begann, langsam zu erkennen, in welcher gefährlichen Lage ich mich befand; das hatte ich vorher gar nicht so beachtet. Es konnte nämlich geschehen, daß beide Brüder mich fallen ließen und ich in der weiten Welt mutterseelenallein zurückblieb.

Dieser Gedanke, den seine Überredungskünste in mir wachriefen, bewog mich endlich, in die Heirat mit dem jüngeren Bruder einzuwilligen, doch mit so großem Widerstreben, daß ich mir auf dem Gang zur Kirche vorkam wie ein Lamm, das zur Schlachtbank geschleppt wird. Ich hegte auch gewisse Befürchtungen, daß mein neuer Gemahl – dem ich, nebenbei gesagt, nicht die geringste Zuneigung entgegenbrachte – mir in der Hochzeitsnacht allerlei unbequeme Fragen stellen könnte. Ob es nun aber mit Absicht geschah oder nicht, jedenfalls machte ihn der ältere Bruder am Hochzeitstage vorm Schlafengehn dermaßen betrunken, daß ich in der ersten Nacht einen sinnlos berauschten Bettgenossen hatte. Wie es zugegangen ist, weiß ich nicht, aber vermutlich hatte es der ältere Bruder doch absichtlich getan, damit Robin nicht imstande war, eine Jungfrau von einer Ehefrau zu un-

terscheiden. Mein neuer Gatte hat sich auch nie den Kopf darüber zerbrochen.

Damit bin ich aber in meiner Erzählung bereits etwas vorausgeeilt und muß nun wieder zurückgehen, um dort fortzufahren, wo ich stehengeblieben war. Nachdem der ältere Bruder mich so mit List und Tücke herumgekriegt hatte, machte er sich daran, nun auch die Mutter umzustimmen, und ruhte nicht, bis sie ihren Widerstand aufgab und dem Vater brieflich davon Mitteilung machte. So willigte sie also in die Heirat ein und nahm es auf sich, die Zustimmung des Vaters nachträglich zu erwirken.

Daraufhin beschwatzte er seinen Bruder und brüstete sich ihm gegenüber, er allein habe es mit viel Überredungskunst zuwege gebracht, die Mutter umzustimmen. Das war nun allerdings wahr, er hatte aber damit nicht dem Bruder helfen wollen, sondern nur den eigenen Vorteil im Auge gehabt. So betrog er ihn und erntete noch Dank dafür, daß er seine ihm lästige Geliebte an ihn abschob. So leicht verzichten die Menschen auf Ehre, Redlichkeit und christliche Gesinnung, wenn es gilt, einer Gefahr zu entrinnen.

Ich muß noch einmal auf Bruder Robin, wie wir ihn immer nannten, zurückkommen. Nachdem seine Mutter in die Heirat eingewilligt, hatte er, ganz erfüllt von dieser Neuigkeit, nichts Eiligeres zu tun, als zu mir zu kommen. Er erzählte mir alles mit so ehrlicher Freude, daß es mir ordentlich leid tat, einen so redlichen, guten Menschen zu betrügen. Aber es half nichts, er wollte mich durchaus haben, und ich konnte ihm doch nicht sagen, daß ich seines Bruders Geliebte gewesen war, obwohl dies das sicherste Mittel gewesen wäre, ihn abzuschrecken. So nahmen also die Dinge ihren Lauf, und siehe da! – plötzlich waren wir verheiratet.

Der Anstand verbietet mir, die Geheimnisse des Ehebettes zu verraten. Jedenfalls kam es mir sehr zustatten, daß mein Gatte so betrunken war, daß er sich am nächsten Morgen nicht einmal erinnern konnte, ob er mich eigentlich besessen hätte oder nicht. Ich versicherte ihm natürlich, daß es geschehen sei, obgleich ich ihn damit belog. Ich wollte aber nicht, daß er weiter nachforschte.

Es wäre für meine eigne Lebensgeschichte von geringer Bedeutung, wenn ich hier Einzelheiten über mein Leben in der Familie, in die ich nun aufgenommen war, erzählen wollte. Fünf Jahre lang lebte ich mit meinem Gatten zusammen und hatte zwei Kinder von ihm, als er am Ende des fünften Jahres starb. Er war mir wirklich ein guter Ehemann gewesen, und wir lebten sehr einträchtig miteinander. Da er aber von seiner Familie keinen großen Zuschuß erhalten hatte und während unsrer kurzen Ehe auch keine Reichtümer erwerben konnte, lebte ich nach seinem Tode in recht bescheidenen Verhältnissen; meine Lage war durch die Heirat nicht sehr verbessert worden. Ich besaß allerdings noch die fünfhundert Pfund, die mir der ältere Bruder damals als Schmerzensgeld angeboten hatte. Diese Summe machte, zusammen mit dem, was ich von seinen früheren Geschenken erspart hatte und was mir mein Gatte hinterließ, im ganzen zwölfhundert Pfund aus. Die Großeltern nahmen mir glücklicherweise meine zwei Kinder ab, und das war alles, was Fräulein Betty zur Familie beigesteuert hatte.

Ich muß offen eingestehen, der Tod meines Gatten ging mir nicht sehr nahe. Ich kann auch nicht behaupten, daß ich ihn je so geliebt habe, wie er, der mich auf Händen trug, verdient hätte; er war ein so zärtlicher, gütiger, liebenswerter Mann, wie ihn eine Frau sich nur wünschen konnte. Da aber sein Bruder ständig in meiner Nähe war, vor allem, wenn wir uns auf dem Lande aufhielten, war dies für mich eine dauernde Versuchung. Nie lag ich in Robins Armen, ohne mit Sehnsucht an den Bruder und mein verlorenes Glück zu denken. Obgleich dieser Bruder nach der Heirat nie die leiseste Annäherung versuchte, sondern sich ganz so betrug, wie es einem Schwager zukam, war es mir dennoch völlig unmöglich, meiner Liebe ganz Herr zu werden. Ich beging in Gedanken täglich Ehebruch, und das war mindestens ebenso schlimm, als wenn ich es wirklich getan hätte.

Noch ehe mein Mann starb, verheiratete sich der ältere Bruder. Da wir damals gerade nach London übergesiedelt waren, lud uns die alte Dame ein, zur Hochzeit nach Colchester zu kommen. Mein Mann fuhr hin, ich schützte Unpäßlichkeit vor und blieb zu Hause. Ich hätte es nicht ertragen können, dabei zu sein, wenn sich der Heißgeliebte mit einer anderen vermählte, und wenn ich auch hundertmal wußte, daß er für mich unerreichbar war.

Nach meines Gatten Tode stand ich wieder allein in der Welt, und da ich noch jung und hübsch war, wie allgemein behauptet wurde und wovon ich auch selbst nur zu überzeugt war, und außerdem ein kleines Vermögen besaß, hielt ich mich für sehr begehrenswert. Mehrere angesehene Kaufleute machten mir den Hof, am eifrigsten ein Leinenhändler, in dessen Haus ich nach meines Mannes Tod gezogen, da ich mit seiner Schwester befreundet war. Hier war ich ganz mein eigner Herr und hatte Gelegenheit zu Vergnügungen und Geselligkeit aller Art, da die Schwester meines Hauswirts ein ganz tolles und lebenslustiges Menschenkind war und bei weitem nicht so tugendhaft, wie ich zuerst dachte. Sie führte mich in Kreise ein, in denen es toll zuging, wo Übermut und Ausgelassenheit herrschten, und brachte sogar manchmal Leute mit ins Haus, denen sie die hübsche Witwe zeigen wollte. Und da sich die Menschen in ihrer Verblendung allesamt an den Orten einstellen, von denen sie sich allerlei versprechen, wurde ich sehr umschwärmt, und es fehlte mir nicht an Verehrern; aber keiner bewarb sich ehrlich um meine Hand. Die Absichten, die sie alle hegten, durchschaute ich nur zu gut und war nicht so dumm, zum zweiten Mal auf den Leim zu gehn. Ich stand jetzt anders da als früher, ich hatte Geld in der Tasche und brauchte niemandem gute Worte zu geben. Einmal war ich auf den Betrug, den man Liebe nennt, hereingefallen, aber diese Zeiten waren vorbei; ich war entschlossen, mich zu verheiraten, und zwar, mich gut zu verheiraten oder gar nicht.

Ich war gern in Gesellschaft lustiger und witziger Leute, traf aber auch häufig mit andersartigen Menschen zusammen. Dabei machte ich die Entdeckung, daß die glänzendsten Gesellschafter sich meinen Heiratsabsichten gegenüber am zurückhaltendsten zeigten, die dagegen, die mit ehrlichen Anträgen kamen, waren meist so langweilig und einfältig wie nur möglich. Ich war nicht gegen die Heirat mit einem Kaufmann, dieser Kaufmann mußte aber gleichzeitig auch ein vornehmer Herr sein. Wenn er mich zum Spielplatz oder ins Theater führte, mußte er einen Degen tragen und wie ein Kavalier aussehn, nicht wie einer, an dessen Rock noch die Spuren der Schürzenbänder zu sehn waren oder der Abdruck des Hutes auf der Perücke. Er sollte auch nicht den Eindruck machen, als ob er an seinen Degen gehängt worden sei und nicht der Degen an ihn. Keiner sollte ihm am Gesicht ablesen können, womit er handelte.

Schließlich fand ich denn auch einen solchen Zwitter, der halb Kaufmann, halb vornehmer Herr war; es zeigte sich aber nur zu bald, daß meine Eitelkeit mich auf falsche Wege gelockt hatte und ich schwer dafür büßen mußte.

Er war auch Leinwandhändler. Meine Freundin hätte mich zwar lieber mit ihrem Bruder zusammengebracht, doch stellte sich nachträglich heraus, daß er mich nur zu seiner Geliebten machen wollte. Ich aber blieb der Meinung, daß eine Frau es nicht nötig hat, die Geliebte eines Mannes zu werden, wenn sie Geld genug hat, um zu heiraten. So hatte ich es also nur meinem Dünkel zu verdanken, daß ich ehrbar blieb, nicht meinen Grundsätzen, meinem Geld oder meiner Tugend. Später zeigte es sich allerdings, daß ich weit besser daran getan hätte, mich von meiner Freundin an ihren Bruder verhandeln zu lassen, als mich selbst an einen Kaufmann zu verschachern, der Liedrian, vornehmer Herr, Ladeninhaber und Bettler in einer Person war.

74

Aber meine lächerliche Eitelkeit, nur nach einem vornehmen Kavalier Ausschau zu halten, trieb mich rasch ins Verderben. Kaum war mein neuer Gatte im Besitz meines Geldes, so kannte seine Verschwendungssucht keine Grenzen mehr, so daß unser ganzes Vermögen nach einem Jahr verbraucht war.

Ein Vierteljahr lang war er sehr in mich verliebt, so daß ich wenigstens das Vergnügen hatte, eine große Menge meines Geldes für meinen eignen Bedarf ausgegeben zu sehen. »Wie wär's denn«, fragte er eines Tages, »wenn wir für eine Woche aufs Land reisten? Was meinst du dazu, willst du mitkommen?« – »O ja, sehr gern«, erwiderte ich, »wohin soll's denn gehn?« – »Das ist mir gleich«, antwortete er, »ich hätte aber nicht übel Lust, einmal eine Woche lang auf großem Fuß mit dir zu leben, wie Leute von Stand; wir könnten ja nach Oxford fahren.« – »Wie sollen wir aber hinkommen?« erkundigte ich mich, »ich bin keine Reiterin, und für einen Wagen ist es zu weit.« – »Zu weit?« fiel er mir ins Wort, »kein Ort ist zu weit für einen Sechsspänner. Wenn ich dich einmal reisen lasse, sollst du auch wie eine Herzogin reisen.« – »Hm«, versetzte ich, »das ist ein teurer Spaß, aber wenn du Lust dazu hast, bin ich einverstanden.« Der Tag wurde daraufhin festgesetzt, und wir bestellten einen prächtigen Wagen, sehr gute Pferde, einen Kutscher, einen Vorreiter und zwei Lakaien in tadellosen Livreen, einen Begleiter zu Pferde und einen berittenen Pagen mit einem Federhut auf dem Kopf. Die ganze Dienerschaft nannte ihn Herr Graf und mich Ihro Gnaden, die Frau Gräfin; so reisten wir sehr angenehm nach Oxford. Denn das eine mußte ihm der Neid lassen, kein Bettler auf Gottes weitem Erdboden hätte die Rolle eines großen Herrn besser gespielt als mein Gatte. Wir betrachteten alle Sehenswürdigkeiten von Oxford, unterhielten uns mit ein paar Professoren wegen eines Neffen, den Seine Lordschaft auf die Universität schicken wollte; er bat darum, daß die Herren sich seiner annähmen. Wir machten uns auch den Spaß, einige arme Studenten zu verulken. Wir redeten ihnen vor, daß sie später einmal mindestens Kaplan bei Seiner Lordschaft werden könnten. Nachdem wir uns so wie Leute von Stand aufgeführt und auch dementsprechend viel Geld ausgegeben hatten, fuhren wir nach Northampton und kamen nach zwölftägigem Herumreisen glücklich wieder heim. Der Spaß hatte uns dreiundneunzig Pfund gekostet.

Eitelkeit ist die höchste Tugend eines Laffen. Mein Gatte besaß diese treffliche Eigenschaft in solch hohem Maße, daß er mit dem Gelde nur so um sich warf. Da seine Lebensgeschichte viel zu bedeutungslos ist, um hier eingehend dargestellt zu werden, erzähle ich Ihnen nur, daß er nach etwa zweieinviertel Jahren Bankrott machte, verhaftet wurde und ins Untersuchungsgefängnis kam, weil er keinen Bürgen stellen konnte. Dorthin ließ er mich kommen.

Es kam mir nicht überraschend. Ich hatte schon lange, ehe es so weit war, vorausgesehen, daß ein Zusammenbruch unvermeidlich war, und mich bemüht, soviel wie möglich von unserm Besitz für mich zu retten. Als ich ihn dort besuchte, zeigte er sich von seiner besten Seite, besser, als ich erwartet hatte. Er gab offen zu, daß er sehr dumm gewesen sei. Wenn er besser aufgepaßt hätte, wäre der Bankrott vermieden worden. Jetzt sei es zu spät. Er rate mir, schnell nach Hause zu gehn und in der Nacht alle Wertgegenstände, die noch in der Wohnung waren, fortzuschaffen und an einen sichern Ort zu bringen. Wenn ich noch für hundert bis zweihundert Pfund Ware aus dem Laden herausnehmen könne, so solle ich das ja tun.»Nur laß mich nichts wissen, weder was du wegnimmst, noch wohin du es bringst. Ich will versuchen, so bald wie möglich aus diesem Loch hier herauszukommen und mich aus dem Staube zu machen. Solltest du nie wieder etwas von mir hören, meine Liebste, so wünsche ich dir alles Gute; es tut mir herzlich leid, daß ich dir solche Ungelegenheiten bereite.« Zum Abschied sagte er mir noch ein paar Liebenswürdigkeiten, er war eben durch und durch Kavalier und behandelte mich bis zuletzt äußerst zuvorkommend. Das war aber auch

das einzige, was mir diese Ehe einbrachte. Im übrigen hatte er
alles vergeudet, was ich besaß, und verlangte nun auch noch,
daß ich die Gläubiger bestehlen sollte, um nicht zu verhun-
gern.

Natürlich tat ich alles, was er mir geraten. Wiedergesehen
habe ich ihn nach diesem Abschied nie mehr. Es gelang ihm,
noch in dieser oder der folgenden Nacht aus dem Untersuchungsgefängnis auszubrechen. Wie er es bewerkstelligte,
wußte ich zunächst nicht und habe auch nichts weiter darüber erfahren können, ich hörte nur, daß er gegen drei Uhr
morgens nach Hause gekommen sei, den Rest seiner Waren in
die Münze bringen und den Laden schließen ließ. Nachdem
er so viel Geld wie nur möglich an sich genommen hatte, entkam er nach Frankreich. Von dort erhielt ich noch einen oder
zwei Briefe, und dann hörte ich nie wieder etwas von ihm.

Ich sah ihn nicht einmal mehr, als er sich in jener Nacht
noch kurz zu Hause aufhielt. Ich hatte seinen Rat befolgt und
meine Zeit so gut wie nur möglich genützt. Drum hatte ich
keinen Grund, nochmals nach Hause zurückzukehren; im
Gegenteil! Ich mußte befürchten, dort von den Gläubigern
festgehalten zu werden. Man hatte nämlich bereits eine Konkursverwaltung ernannt, und jedes einzelne Mitglied dieser
Kommission hätte meine Verhaftung beantragen können.
Erst viel später wurde mir erzählt, auf wie verwegene Weise
mein Mann aus dem Gefängnis entkommen war. Er ließ sich
vom Dach des Gebäudes auf das Dach eines Nachbarhauses
herab und sprang von dort zwei Stockwerk tief herunter,
wobei er sich das Genick hätte brechen können. Er wagte es
sogar, unser Haus noch einmal zu betreten, und schaffte
Waren fort, ehe die Gläubiger ihn ergreifen konnten, das
heißt, ehe die Konkursverwaltung Leute geschickt hatte, die
die Bestände nachprüften.

Mein Gatte schrieb mir freundlicherweise in seinem ersten
Brief – er war eben noch immer ein vornehmer Mann –, wo er
zwanzig Stück feines holländisches Leinen für dreißig Pfund

versetzt hatte; sie seien jedoch mehr als neunzig Pfund wert. Er legte mir auch den Pfandschein bei, damit ich sie gegen Bezahlung des Pfandgeldes einlösen könnte. Ich tat das und verdiente nach und nach über hundert Pfund daran; denn ich zerschnitt die Leinwand und verkaufte sie an Privatleute, wie sich nach und nach die Gelegenheit bot.

Ich rechnete nun das, was ich schon vorher sichergestellt hatte, zu dieser Summe hinzu. Da merkte ich zu meinem Schrecken, wie sich meine Lage verschlechtert und wie gewaltig mein Vermögen abgenommen hatte. Denn einschließlich des holländischen Leinens und eines Pakets feinen Musselins, das ich schon vorher beiseite geschafft, sowie einiger Silbersachen und anderer Kleinigkeiten konnte ich kaum fünfhundert Pfund zusammenrechnen. Meine Lage war sehr merkwürdig. Ich hatte aus dieser Ehe kein Kind – das einzige lag auf dem Friedhof – und war eine recht eigenartige Witwe. Ich hatte einen Mann und doch auch wieder keinen. Ich durfte nicht wieder heiraten, obgleich ich genau wußte, daß mein Mann England nie wieder betreten würde, und wenn er noch fünfzig Jahre lebte. Eine Heirat kam für mich auch dann nicht mehr in Frage, wenn sich noch so vorteilhafte Aussichten boten. Ich hatte auch keinen einzigen Freund, der mir in meiner schwierigen Lage mit Rat und Tat zur Seite gestanden hätte, wenigstens nicht einen, dem ich über meine tatsächlichen Verhältnisse Bescheid sagen konnte; denn wenn die Gläubiger erfuhren, wo ich war, hätte man mir all das, was ich beiseite gebracht, wieder weggenommen.

Um dieser Befürchtungen willen zog ich mich deshalb aus meinem bisherigen Bekanntenkreis zurück und nahm einen andern Namen an. Ich mietete ein Zimmer in einer abgelegenen Straße im Münzviertel, jener Gegend, die so vielen dunklen Existenzen Unterschlupf bot, kleidete mich als Witwe und nannte mich Moll Flanders.

Ich lebte anfangs sehr zurückgezogen, hatte jedoch, obgleich ich ganz fremd war, bald wieder einen großen Bekanntenkreis um mich. Sei es, daß Frauen dort eine Seltenheit waren oder daß die Leute, die dort verkehrten, mehr Trost brauchten als anderswo, jedenfalls merkte ich sehr bald, daß eine nette junge Frau von diesen halbverkommenen Existenzen sehr geschätzt wurde, daß die, die ihren Gläubigern kaum eine halbe Krone statt eines Pfundes zahlen konnten und sich im Gasthaus um ein Mittagessen in Schulden stürzten, noch immer Geld genug hatten, um eine Frau, die ihnen gefiel, zum Abendessen einzuladen.

Ich blieb in dieser Umgebung sehr zurückhaltend, trotzdem ging es mir ähnlich wie jener Geliebten Lord Rochesters, die seine Gesellschaft wohl schätzte, ihm aber keine weiteren Freiheiten gestattete, die, ohne also die Freuden eines leichtfertigen Lebenswandels zu genießen, ihren guten Ruf dennoch rasch einbüßte. Ich fühlte mich deshalb sehr bald nicht mehr wohl hier und dachte ernstlich darüber nach, wie ich wieder fortkommen könnte.

Ich stellte auch seltsame Betrachtungen an über die Menschen, denen ich hier begegnete. Da sah ich solche, die in den allerelendsten Verhältnissen lebten, die tief gesunken waren, der Schrecken ihrer Familie, die ganz auf fremde Mildtätigkeit angewiesen war. Ich sah aber auch, wie diese selben Menschen, solange sie noch einen roten Heller besaßen, nur danach trachteten, ihren Kummer im Trunk zu betäuben, und dadurch nur noch mehr Schuld auf sich luden. Anstatt sich reuevoll vergangner glücklicherer Zeiten zu erinnern, sündigten sie ruhig weiter, gerade als ob sie damit ihre früheren Verfehlungen wiedergutmachen könnten.

Ich bin kein Sittenprediger, doch diese Menschen waren selbst mir zu verdorben. Die Art ihrer Laster war abscheulich; denn sie mußten sich selbst dazu zwingen und handelten nicht nur gegen ihr Gewissen, sondern auch gegen die Natur. Man konnte sehen, wie sie mitten im wilden Gesang aufseufzten und der Angstschweiß auf ihren bleichen Gesichtern hervorbrach, auch wenn sie nach außen hin ein gezwungnes Lächeln zur Schau trugen. Bisweilen machte sich ihre tiefe Verzweiflung in lautem Wehklagen und Jammergeschrei Luft, wenn sie ihr Geld mal wieder im Verkehr mit lasterhaften Weibern verpraßt hatten. Mancher von ihnen seufzte und stöhnte: »Was für ein erbärmlicher Hund bin ich doch! Ach, liebes Weib, kannst du mir vergeben? Ich trinke diesen Schluck auf deine Gesundheit.« Dabei dachte er an sein anständiges, ehrliches Weib daheim, das für sich und die Kinder kaum einen Pfennig Geld zum Lebensunterhalt hatte. Wenn dann am nächsten Morgen die arme, weinende Frau zum Gatten kam und berichtete, was die Gläubiger machten und daß man sie und die Kinder aus der Wohnung herausgeworfen hätte, so bestärkte das den Elenden in seiner reuigen Stimmung, und die Selbstvorwürfe ließen ihn nicht zur Ruhe kommen. Voll Verzweiflung grübelte er den ganzen Tag über sein verpfuschtes Dasein nach; da es ihm aber an festen Grundsätzen fehlte, aus denen er sittliche Kraft schöpfte, und kein Glaube ihn stärkte und Trost finden ließ, umfing ihn bald wieder grausig dunkle Nacht, und er stürzte sich von neuem in den Taumel wilder Begierden und wüster Ausschweifungen, um den Jammer des Daseins zu vergessen. Dabei geriet er wieder in die Gesellschaft von Menschen, die ebenso haltlos waren wie er selbst, und verfiel in die alten Laster. So ging es von Tag zu Tag weiter, dem sicheren Untergang entgegen.

Für den Umgang mit solchen Menschen war ich noch nicht schlecht genug, im Gegenteil, ich fing erst hier an, darüber nachzudenken, wie es um mich selbst stand und was ich tun müsse, um aus dem jetzigen Elend herauszukommen. Ich hatte keinen Menschen, der mir helfen konnte, keinen einzigen Freund, keinen Verwandten. Das wenige, das mir geblieben war, nahm mit erschreckender Schnelligkeit ab, und wenn es erst ganz aufgezehrt war, drohte mir Hunger und Elend. Unter diesen Umständen erfüllte mich der Ort, an dem ich war, mit Schrecken, und ich beschloß, unbedingt fortzugehen.

Ich hatte eine rechtschaffene, nette Frau kennengelernt, die auch Witwe war wie ich, aber in besseren Verhältnissen lebte. Ihr Mann war Schiffskapitän gewesen und hatte das Unglück gehabt, auf der Heimfahrt von Westindien Schiffbruch zu erleiden. Obgleich er sein Leben gerettet hatte, nahm er sich den Verlust seines Besitzes jedoch so zu Herzen, daß er kurz darauf starb. Seine arme Witwe wurde von den Gläubigern sehr bedrängt und suchte, ähnlich wie ich, Zuflucht im Münzviertel. Freunde halfen ihr aber, die Angelegenheit zu regeln, und dadurch konnte sie sich wieder frei bewegen. Sie merkte bald, daß ich freiwillig hierher gekommen war, um mich vor den Gläubigern zu verbergen, und nicht von ihnen verfolgt wurde. Da wir beide den gleichen Abscheu gegen unsern Aufenthalt im Münzviertel und die Gesellschaft, mit der wir dort zusammentrafen, empfanden, lud sie mich ein, mit ihr gemeinsam fortzuziehen und bei ihr zu bleiben, bis ich irgendwo eine Stellung gefunden, die mir zusagte. Sie wette zehn zu eins, daß sich in dem Stadtteil, wo sie wohnte, bald ein netter Schiffskapitän finden würde, der mich zur Ehe begehre.

Ich nahm ihr Anerbieten dankbar an und wohnte etwa ein halbes Jahr bei ihr. Ich wäre wohl auch noch länger geblieben, wenn sie nicht in der Zwischenzeit das gefunden, was sie mir prophezeit hatte: sie machte nämlich eine sehr vorteilhafte Heirat. Doch ebenso wie sich ihre Lage verbesserte, verschlechterte sich die meine. Ich fand nichts Passendes. Zwei oder drei Bootsmänner, die sich um mich bewarben, kamen für mich nicht in Frage. Unter den Schiffskapitänen aber gab es zwei Gruppen. Erstens solche, die ein gutes Schiff besaßen, die wollten sich jedoch nicht anders als vorteilhaft verheiraten, und zweitens solche, die im Augenblick kein Schiff hatten, die brauchten aber eine Frau, die ihnen zu einem Schiff verhalf. Wenn sie selbst reich war, so könnte sie dadurch einen Anteil an einem Schiff erwerben und auf diese Weise andre reiche Leute ermuntern, sich zu beteiligen. Hatte sie selbst kein Geld, aber Verbindungen zu Reedern, so konnte sie dem jungen Mann durch ihre Empfehlung zu einer Anstellung auf einem guten Schiff verhelfen. Da keins von beiden bei mir der Fall war, mußte ich mir den Schiffskapitän aus dem Kopfe schlagen.

Ich machte auch hier die Erfahrung, daß Ehen nicht immer im Himmel geschlossen werden, sondern meist auf kluger Berechnung beruhen; sie mußten den Interessen dienen und das Geschäft fördern. Liebe spielte dabei keine oder nur eine sehr geringe Rolle.

Was meine Schwägerin schon damals in Colchester gesagt hatte, fand ich überall bestätigt. Schönheit, Verstand, heiterer Sinn, gutes Benehmen und Frömmigkeit und was es sonst noch an guten Eigenschaften gibt, waren nicht ausschlaggebend, nur das Geld machte eine Frau begehrenswert. Die Männer wählten wohl eine Geliebte nach ihrer Neigung, sie mußte schön sein, wohlgestaltet, lustig und anmutig, eine Ehefrau aber konnte noch so häßlich sein und alle möglichen schlechten Eigenschaften besitzen, nur auf ihr Geld kam es an. Wenn sie auch krumm und lahm war, die Mitgift war ja nicht krumm und lahm. Die Frau mochte aussehen, wie sie wollte, ihr Geld war immer erwünscht.

Da der Heiratsmarkt ganz in der Hand der Männer lag, schienen die Frauen das Recht verloren zu haben, einen Bewerber zurückzuweisen. Eine Frau mußte es als besondere Gnade betrachten, wenn man um sie warb; und war eine junge Dame wirklich einmal so anmaßend gewesen, nein zu sagen, so hatte sie kaum wieder Gelegenheit, ein zweites Mal in diese Lage zu kommen. Auch wenn sie ihren falschen Schritt bereute und wieder einlenken wollte, fand sie kein Gehör. Für die Frauen war es schlimm, daß sich den Männern überall so große Auswahl bot, die konnten an jede Tür klopfen, und wenn einer einmal wirklich abgewiesen wurde, so empfing man ihn im nächsten Hause mit offnen Armen.

Ich beobachtete auch, daß die Männer sich gar nicht scheuten, auf die Mitgiftjagd zu gehen, auch wenn sie selbst ganz arm waren. Sie trieben es sogar so weit, daß eine Frau kaum noch wagte, sich nach dem Charakter oder den Vermögensverhältnissen des Bewerbers zu erkundigen. Eine junge Frau aus der Nachbarschaft, mit der ich mich angefreundet hatte, konnte davon ein Lied singen. Ein junger Kapitän machte ihr den Hof, da ihm wahrscheinlich bekannt war, daß sie ein Vermögen von fast zweitausend Pfund besaß. Sie erkundigte sich bei seinen Nachbarn nach seinem Leumund und seinen Vermögensverhältnissen. Bei seinem nächsten Besuch teilte er der Dame entrüstet mit, daß er dies erfahren und sehr übel vermerkt habe, er werde sie deshalb in Zukunft mit seinen Besuchen nicht mehr belästigen. Ich hörte davon, und da ich mit ihr bekannt geworden war, besuchte ich sie daraufhin. Wir unterhielten uns lange darüber, und sie schüttete mir ihr ganzes Herz aus. Ich fühlte heraus, daß sie trotz seines schlechten Benehmens noch immer an ihm hing; sie war sehr traurig, daß sie ihn verloren hatte und daß ihn nun vielleicht eine andre mit weniger Geld bekommen sollte.

Ich teilte ihre Auffassung, daß der junge Mann niederträchtig an ihr gehandelt habe. Ich würde den Mann verachten, der mich hindern wollte, Erkundigungen nach ihm einzuziehn, erklärte ich ihr. Wenn ich in meinen bescheidenen Verhältnissen schon so dächte, wieviel weniger brauchte sie sich mit ihrem großen Vermögen dies gefallen zu lassen. Es sei schon schlimm genug, daß die Männer mit den Frauen, die über keine Reichtümer verfügten, so wenig ritterlich umgingen, wenn sie aber eine solche Beleidigung hinnehme, ohne sie zu ahnden, so werde sie für immer an Ansehen verlieren. Eine Frau dürfe keine Gelegenheit vorübergehen lassen, sich an einem Mann zu rächen, der ihr so etwas angetan. Es gäbe Mittel genug, solch einen Menschen zu demütigen, sonst wären die Frauen ja die unglücklichsten Geschöpfe der Welt.

Mein Ratschlag gefiel ihr sehr. Sie sei entschlossen, Rache an ihm zu nehmen, er solle nur spüren, wie sehr er sie gekränkt habe. Vielleicht sei dies auch der sicherste Weg, um ihn zurückzugewinnen. Wenn nicht, so habe sie wenigstens die Genugtuung, daß sein schändliches Verhalten in der Öffentlichkeit bekannt würde.

Ich sagte ihr, daß diese beiden Wünsche rasch in Erfüllung gingen, falls sie meinen Rat befolge. Ich verpflichtete mich, ihr den Mann so schnell wie möglich wieder vor die Tür zu bringen, sie solle mal sehn, wie demütig er dann um Einlaß betteln würde. Sie lächelte bei diesen Worten und gab mir zu verstehen, daß sie ihn nicht lange betteln ließe, wenn er an der Tür stände. So groß sei ihr Rachedurst nicht. Immerhin hörte sie sich meine Ratschläge bereitwillig an. Ich sagte ihr, das erste, was sie tun müsse, sein ein Akt der Gerechtigkeit gegen sich selbst. Wenn er nämlich bei den Damen erzählt habe, er hätte sie verlassen, so solle sie bei Gelegenheit ihre Bekannten darüber aufklären, daß sie sich nach seinen Verhältnissen erkundigt habe. Dabei hätte sie erfahren, daß er nicht der sei, für den er sich ausgebe. »Vergessen Sie auch nicht zu erwähnen, daß er Ihren Ansprüchen nicht genügt und daß Sie meinten, es sei gewagt, sich mit ihm einzulassen. Man habe Sie auf seinen schlechten Charakter aufmerksam gemacht, er hätte sich damit gebrüstet, wie schlecht er die Frauen oft behandle, mit der Moral scheine er es überhaupt nicht so genau zu nehmen.« Diese letzte Bemerkung war nicht ganz aus der Luft gegriffen, aber es schien mir nicht, daß er ihr deshalb weniger sympathisch war.

Sie war mit allem, was ich ihr vorschlug, einverstanden und machte sich gleich daran, willige Zuhörer zu suchen, die sie auch mühelos fand. Sie erzählte die Geschichte einigen Klatschbasen, und es dauerte gar nicht lange, so war sie das Tagesgespräch an den Teetischen dieses Stadtteils. Wo ich auch hinkam, hörte ich davon. Da es sich herumgesprochen hatte, daß ich mit der jungen Dame bekannt war, wurde ich sehr oft um meine Meinung befragt, und ich bestätigte alles und machte es noch schlimmer. Seinen Charakter malte ich in den schwärzesten Farben und fügte noch hinzu, es sei mir im

Vertrauen mitgeteilt worden, er befände sich in sehr schlechten Verhältnissen und brauche Geld, um den andern Teilhabern des Schiffes, das er befehligte, seinen Anteil auszahlen zu können. Wenn er nicht schnell zahle, würde man ihm seinen Posten kündigen. Sein erster Steuermann sei bereit, die fehlende Summe zu zahlen, und würde dann wahrscheinlich das Kommando des Schiffes übernehmen.

Zum Schluß erwähnte ich noch – ich hatte mich wirklich über diesen Schuft geärgert –, man munkele, er habe schon eine Frau in Plymouth und eine andre in Westindien, etwas, das ja nichts Ungewöhnliches bei derartigen Herrn war.

Das brachte denn auch die gewünschte Wirkung hervor. Im Nachbarhaus wohnte eine junge Dame, deren Eltern ein wachsames Auge auf sie und ihr Vermögen hatten. Als er sich dort bewerben wollte, schickte man ihn fort und verbot ihm das Haus. Auch anderswo besaß ein Mädchen den erstaunlichen Mut, nein zu sagen, und wohin er auch kam, warf man ihm seinen Dünkel vor, der es nicht zulassen wollte, wenn man sich nach seinem Charakter erkundigte.

Da merkte er erst, daß er eine große Dummheit begangen hatte, und da alle Frauen am diesseitigen Ufer der Themse vor ihm gewarnt waren, blieb ihm nichts übrig, als anderswo sein Heil zu suchen. Er ging deshalb hinüber nach Ratcliff und machte dort die Bekanntschaft mehrerer Damen. Obgleich ihnen allen daran lag, sich gut zu verheiraten, hatte er auch hier kein Glück; denn sein schlechter Leumund folgte ihm über das Wasser. Frauen hätte er schon finden können, doch keine, die ihm soviel Geld mitbrachte, wie er brauchte.

Das war aber noch nicht alles. Meine Bekannte hatte sich noch etwas sehr Schlaues ausgedacht; sie veranlaßte einen jungen Verwandten, sie zwei- bis dreimal wöchentlich mit einem sehr eleganten Wagen und mit Lakaien in schöner Livree zu besuchen. Die bereits erwähnten Klatschbasen und ich sorgten dafür, daß in der ganzen Gegend bekannt wurde, dieser Herr bewerbe sich um die junge Dame. Er habe ein jährliches Einkommen von mehr als tausend Pfund und habe sich in sie verliebt. Sie ziehe deshalb zu ihrer Tante in die Stadt, es sei für den jungen Herrn zu unbequem, mit seiner Kutsche nach Rotherhith herauszukommen, wo die Straßen so eng und schlecht instand waren.

Das wirkte Wunder. Der Kapitän wurde überall ausgelacht und hätte sich am liebsten aufgehängt. Er versuchte alles mögliche, um mit meiner Bekannten wieder in Verbindung zu treten, schrieb ihr die leidenschaftlichsten Briefe und erhielt nach langem Zögern schließlich die Erlaubnis, sie nochmals besuchen zu dürfen. Er wollte – wie er sagte – seinen guten Ruf wiederherstellen.

Bei dieser Begegnung hielt sie sich nun schadlos für den ihr angetanen Schimpf. Sie fragte ihn, wofür er sie eigentlich halte. Ob er etwa glaube, daß sie jemanden heirate, ohne sich zuvor nach seinen Verhältnissen zu erkundigen. Wenn er vielleicht dächte, sie ließe sich mit poltrigen Reden in die Ehe hineintreiben und nähme, wie manche andre, mit dem ersten besten vorlieb, so irre er sich gewaltig. Sein Charakter sei wirklich sehr minderwertig, er habe sich auch seinen Nachbarn gegenüber nicht gerade von der besten Seite gezeigt. Wenn er ihr nicht über einige Punkte Aufschluß geben wolle, die sie mit berechtigtem Mißtrauen gegen ihn erfüllt hätten, so wolle sie nichts mehr mit ihm zu tun haben. Sie scheue sich nicht davor, ihm oder irgendeinem andern einen Korb zu geben.

Dann tischte sie ihm noch alles auf, was sie über seinen Charakter gehört hatte, oder vielmehr, was ich selbst an Gerüchten darüber in Umlauf gesetzt hatte: daß er den Anteil, den er angeblich an seinem Schiff besaß, noch nicht bezahlt hätte und die Schiffseigentümer entschlossen seien, ihm das Kommando zu nehmen und dem Steuermann zu geben. Seine Sittenlosigkeit errege überall Anstoß, seine Liebeleien mit den verschiedensten Frauen seien bekannt. Es heiße sogar, er habe eine Ehefrau in Plymouth und eine in

Westindien sitzen. Er müsse doch selbst einsehen, daß sie guten Grund hätte, ihn abzuweisen, wenn diese Dinge nicht geklärt würden.

Er war über diese Rede so bestürzt, daß er kein Wort herausbrachte. Sie schloß daraus, daß vielleicht mancher dieser Vorwürfe nicht ganz unberechtigt war, obgleich sie doch genau wußte, daß sie sich dies alles selbst ausgedacht hatte.

Es dauerte geraume Zeit, bis er sich von seinem Schreck erholt hatte, dann aber war er der demütigste und bescheidenste Bewerber, den man sich denken kann.

Sie fragte ihn, ob er glaube, sie sei von allen guten Geistern verlassen, daß sie sich eine solche Behandlung gefallen lassen müsse, ob er denn nicht sehe, daß ihr sogar an denen nichts gelegen sei, die ihr treuer ergeben wären als er; das war eine Anspielung auf den jungen Herr, der auf ihre Bitten hin zweimal wöchentlich mit Wagen und Diener bei ihr vorgefahren war.

Durch diese schlauen Schachzüge brachte sie ihn dazu, sich ihren Wünschen zu fügen, ihr seine Geldverhältnisse darzulegen und sie hinsichtlich seines Lebenswandels zu beruhigen. Er brachte ihr den untrüglichen Beweis, daß er seinen Anteil am Schiff bezahlt hatte. Er legte ihr ein Schreiben der Schiffseigentümer vor, daß die Behauptung, das Kommando des Schiffes solle ihm entzogen werden, völlig aus der Luft gegriffen sei, kurz, er war wie umgewandelt.

So gelang es mir, meine Freundin zu überzeugen, daß die Frauen zum Teil selbst daran schuld sind, wenn sie von den Männern bei der Heirat übervorteilt werden. Da die Männer eine so große Auswahl haben, seien die Frauen zu nachgiebig, es fehle ihnen der Mut, ihren Standpunkt zu behaupten. Schon Lord Rochester habe das erkannt und von ihnen gesagt:

> Und ist die Frau auch noch so schwach, sie kann
> Sich rächen an dem Peiniger, dem Mann.

Im Grunde ihres Herzens war die junge Dame längst entschlossen, den Kapitän zu heiraten, sie spielte aber ihre Rolle so gut, daß sie ihn dies nicht merken ließ, sondern es ihm so schwer wie nur irgend möglich machte, ihre Hand zu erringen. Sie verhielt sich dabei nicht etwa hochmütig und zurückhaltend, sondern zahlte ihm alles, was er ihr angetan, mit gleicher Münze heim. Als er sich zu erhaben gedünkt hatte, um Nachforschungen über seine Person zu dulden, war es damals zum Zerwürfnis gekommen. Jetzt aber drehte sie den Spieß herum und verlangte von ihm alle möglichen Auskünfte über seine Verhältnisse, ohne ihm einen Einblick in die ihren zu gestatten.

Es müsse ihm genügen, daß sie seine Frau werde. Sie sagte ihm mit aller Deutlichkeit, er kenne ja ihre Vermögensverhältnisse, da sei es doch nur recht und billig, wenn sie auch etwas über die seinen erfahre. Er kenne die ihrigen vermutlich nur vom Hörensagen, doch habe er seine Liebe zu ihr so oft beteuert, daß sie daraus schließen müsse, es sei ihm weniger um ihr Geld als um ihre Hand zu tun. Im übrigen verlief die Unterhaltung so, wie sonst bei Liebesleuten. Es blieb ihm also keine Möglichkeit, etwas Näheres über ihr Vermögen zu erfahren. Das nützte sie aus und legte einen Teil ihres Geldes in mündelsicheren Papieren an, ohne ihm dies mitzuteilen, so daß sie allein darüber verfügen konnte. Mit dem Rest, der ihm verblieb, stellte sie ihn dann noch recht zufrieden.

Das konnte er auch sein; denn sie war sehr vermögend und übergab ihm gleich vierzehnhundert Pfund in Gold. Das andre brachte sie erst nach etlicher Zeit zum Vorschein. Sie räumte ihm das persönliche Vorrecht ein, an der Nutznießung dieser Nebeneinnahmen teilzuhaben. Dieses Geld kam ihm sehr zustatten. Wenn es auch nicht ihm persönlich gehörte, so erleichterte es ihm doch die Lebensführung in großem Maße. Ich möchte noch erwähnen, daß der junge Mann durch das kluge Verhalten meiner Freundin nicht nur bescheidner in seinen Ansprüchen als Bräutigam wurde, sondern auch in der späteren Ehe stets ein liebenswürdiger, aufmerksamer Gatte war. Ich muß die Frauen immer wieder daran erinnern, wie sehr sie durch ihre Nachgiebigkeit ihre Stellung selbst untergraben, die dem unparteiischen Beobachter schon ohnehin niedrig genug erscheint. Wenn sie schon vor der Ehe die schlimmsten Kränkungen und Beleidigungen von seiten der Männer widerspruchslos hinnehmen, so demütigen sie sich damit selbst. Und das haben sie durchaus nicht nötig.

Möge diese Erzählung dazu beitragen, den Frauen die Augen zu öffnen, damit sie sehen, der Vorteil liegt gar nicht so sehr auf der anderen Seite, wie sich's die Männer immer einbilden. Wenn es auch wahr ist, daß den Männern leider Gottes eine zu große Auswahl an Frauen zur Verfügung steht und daß sich stets solche finden, die ehrlos genug sind, sich wegzuwerfen und dem Manne den Sieg leicht zu machen, so sind andrerseits die wirklich wertvollen Frauen noch immer schwer zu erobern. In der Ehe zeigt es sich dann nur zu oft, daß die zu bereitwilligen Frauen gar nichts taugen, so daß die Männer einsehen lernen, wieviel besser es ist, eine stolz zurückhaltende Frau mühsam zu erringen, als sich mit einer zu begnügen, die beim ersten Ruf herbeieilt.

Es ist sicher, daß die Frauen immer nur gewinnen, wenn sie ihre Stellung behaupten und sich nicht geringschätzig behandeln lassen. Sie mögen den Männern ruhig zu verstehen geben, daß es ihnen gar nicht darauf ankommt, auch einmal einen Bewerber zurückzuweisen. Man tut uns unrecht, wenn man sagt, die Frauen seien in der Überzahl, da die Kriege, das Meer und die Geschäftssorgen die Männer frühzeitig dahinraffen, deshalb sei das richtige Verhältnis in der Zahl der Männer und der Frauen gestört. Ich muß offen bekennen, daß der Nachteil, in dem sich die Frauen befinden, meiner Meinung nach ganz andere Gründe hat und ein sehr schlechtes Licht auf die Männer wirft. Die Zahl der Männer ist bestimmt nicht geringer als die der Frauen, es gibt jedoch nur wenige, mit denen sich eine anständige Frau einlassen kann.

Die Zeiten sind so verderbt, daß sich nur selten ein Mann findet, mit dem sie die Ehe wagen darf.

Drum kann ich den Frauen nicht oft genug den Rat geben, wählerischer zu sein. Wie schwer fällt es uns oft, den wirklichen Charakter eines Bewerbers zu ergründen. Wer uns rät, sorglos und leichtsinnig den Schritt in die Ehe zu wagen, der versündigt sich an uns, der unterschätzt die Größe der Gefahr.

Vorsicht ist vor allem da am Platz, wo es gilt, einen Betrüger zu entlarven. Wie häufig versucht man es, Frauen zu betrügen; drum heißt es gut aufpassen, um noch rechtzeitig der drohenden Gefahr zu entrinnen. Die wenigsten Männer von heute taugen etwas. Um so mehr müssen die Frauen auf der Hut sein und sich ganz genau erkundigen, mit wem sie es zu tun haben. Das allein hilft ihnen, die richtige Wahl zu treffen. Denen aber, die sich gar nicht erst die Mühe geben, über die eigene Sicherheit nachzudenken, und sich Hals über Kopf in die Ehe hineinstürzen, wie ein Pferd in die Schlacht, denen kann ich nur sagen, daß menschliche Hilfe hier nichts mehr auszurichten vermag, für sie kann man, wie für Schwerkranke, nur noch beten. Sie gleichen den Menschen, die ihr ganzes Hab und Gut in einem Lotteriespiel wagen, in dem auf hunderttausend Nieten nur ein Gewinn kommt.

Kein Mann mit gesundem Menschenverstand wird die Frau schätzen, die dem ersten Angriff erliegt und seinen Antrag annimmt, ohne sich nach der Person und dem Charakter des Bewerbers zu erkundigen. Im Gegenteil! Sie wird in seinen Augen ein ganz schwaches Geschöpf sein. Er wird ihr jede Klugheit absprechen und nicht begreifen, wie sie eine Entscheidung, die über ihr ganzes Leben bestimmt, übereilt und leichtfertig trifft und den Sprung in die Ehe wie in den Tod einen Sprung ins Dunkel sein läßt.

Ich hätte den Frauen so gern geholfen, in diesen Ehefragen klarer und nüchterner zu sehen. Dann würden sie selbst erkennen, wo die Wurzel des Übels steckt. Es ist hier das gleiche wie auch auf allen andern Lebensgebieten: es fehlt am Mut. Die Angst, sich nicht zu verheiraten und eine alte Jungfer zu werden, raubt der Frau jede klare Überlegung. In dieser Falle fängt sich unweigerlich jede. Wenn die Frauen endlich einmal diese Angst überwinden könnten, so würden sie ihrem Glück viel weniger im Wege stehen und nicht mehr dem ersten besten in der Übereilung ihre Hand reichen. Lieber nicht so früh heiraten, aber glücklich werden in der Ehe. Die, die einen schlechten Gatten bekommt, hat immer zu früh geheiratet, die, die einen guten findet, nie zu spät. Abgesehen von solchen, die mißgestaltet sind oder in schlechtem Rufe stehen, kann sich jede Frau früher oder später gut verheiraten, wenn es an der nötigen Einsicht nicht fehlt; falls sie den Schritt aber übereilt, kann man zehntausend zu eins wetten, daß sie für immer verspielt hat.

Nach dieser Abschweifung komme ich nun wieder auf meine eignen Angelegenheiten zurück, die damals nicht gerade zum besten standen. Die unsichere Lage, in der ich mich befand, ließ mir den Heiratsantrag eines passenden Bewerbers unbedingt notwendig erscheinen. Ich merkte bald, wie verkehrt es war, wenn man den Männern allzusehr entgegenkam; denn es hatte sich gar bald herumgesprochen, daß die »Witwe« kein Vermögen besaß, und das war das Schlimmste, was man mir nachsagen konnte. Ich hielt mich zwar selbst für wohlerzogen, hübsch, klug und sittsam – ob mit Recht oder Unrecht, mag dahingestellt bleiben –, aber was half mir das alles, wo es doch immer und überall nur aufs Geld ankam. »Die Witwe hat kein Geld«, so hieß es bald überall.

Ich faßte deshalb den Entschluß, den Aufenthaltsort mal wieder zu wechseln und anderswo als neue Erscheinung aufzutauchen, möglicherweise sogar unter anderem Namen, wenn sich Gelegenheit dazu bot.

Ich teilte meine Pläne meiner vertrauten Freundin, der Kapitänsfrau mit, der ich so gute Dienste bei ihrer Heirat geleistet hatte und die nun ebenfalls bereit war, mir zu helfen.

Ich trug keine Bedenken, ihr meine Vermögensverhältnisse offen darzulegen: mein Kapital hatte sich sehr verringert. Nach dem Bankrott meines Mannes hatte ich nur etwa fünfhundertvierzig Pfund beiseite gebracht, und davon war schon wieder einiges verbraucht. Ich besaß daher im ganzen nur noch vierhundertsechzig Pfund, außerdem viele schöne Kleider, eine goldne Uhr, ein paar nicht besonders wertvolle Juwelen und für etwa dreißig bis vierzig Pfund noch nicht verkauftes Leinen.

Meine liebe und treue Freundin, die Kapitänsfrau, war so dankbar für den Dienst, den ich ihr geleistet, daß sie mich ganz in ihr Herz geschlossen hatte. Nachdem ich ihr meine Verhältnisse offenbart hatte, machte sie mir, sobald sie etwas Geld in Händen hatte, sehr noble Geschenke. Damit bestritt ich meinen ganzen Lebensunterhalt, so daß ich mein Kapital gar nicht anzugreifen brauchte. Zuletzt machte sie mir noch einen leider recht unglücklichen Vorschlag: da wir nun die böse Erfahrung gemacht hätten, daß die Männer sich kein Gewissen daraus machten, sich als große Herren aufzuspielen, die nur eine Frau mit eignem Vermögen brauchen könnten, so sei es nur recht und billig, wenn eine Frau auch einmal ähnlich auftrete und Gleiches mit Gleichem vergelte. Betrüger müsse man betrügen.

Die Kapitänsfrau, die mich auf diesen Gedanken gebracht hatte, stellte mir einen vermögenden Gatten in Aussicht, wenn ich ihren Rat befolge. Der würde mir dann auch später nicht vorwerfen können, daß ich kein Geld in die Ehe gebracht habe. Da mir der Plan aussichtsreich erschien, versprach ich, mich ganz ihrer Führung zu überlassen. Ich wolle kein Wort sagen und keinen Schritt gehn, ohne daß sie einverstanden sei. Wenn ich aber dabei in eine schwierige Lage kommen sollte, so müsse sie mir heraushelfen. Das versprach sie.

Als erstes verlangte sie, daß ich sie Base anredete und mich in das Haus eines Verwandten auf dem Lande begebe. Dort besuchte sie mich mit ihrem Gatten und begrüßte mich auch als Base. Sie wußte es so einzurichten, daß ihr Gatte und auch sie selbst mich herzlich einluden, einige Zeit bei ihnen in der neuen Stadtwohnung, in die sie unterdessen umgezogen waren, zu verbringen. Dann machte sie ihrem Gatten weis, ich hätte ein Vermögen von mindestens fünfzehnhundert Pfund und habe voraussichtlich noch mehr zu erwarten.

Damit hatte sie den Stein ins Rollen gebracht. Ich blieb ganz unbeteiligt dabei und durfte gar nichts sagen, mußte nur ruhig der Dinge harren, die da kommen sollten. Bald wußte die ganze Nachbarschaft, daß die junge Witwe im Hause des Kapitäns eine reiche Partie sei, daß sie ein Vermögen von mindestens eintausendfünfhundert Pfund besitze und womöglich sogar noch mehr erben würde. Der Kapitän habe es selbst gesagt. Und wenn die, die ein Interesse daran hatten, den Kapitän danach fragten, so bestätigte er das Gerücht ohne Bedenken, obgleich er sich nur auf die Worte seiner Frau berufen konnte. Er dachte sich aber nichts Böses dabei, da er selbst fest daran glaubte. Da ich nun allgemein als reiche Witwe galt, war ich sehr bald von einem Schwarm von Bewunderern umringt, so daß ich nun die Wahl hatte. Ich erlebte also an mir selbst das, was ich bereits über die Absichten der Männer gesagt habe. Mir blieb nun nichts weiter zu tun, als den Mann herauszusuchen, der mir für meinen Zweck am geeignetsten erschien, das heißt den Mann, der sich am wahrscheinlichsten mit dem bloßen Gerücht von meinem Vermögen zufrieden gab und den Einzelheiten nicht auf den Grund ging. Wenn mir das mißglückte, war alles aus; denn meine Sache vertrug keine Nachprüfung.

Ich fand den geeigneten Mann ohne Schwierigkeit heraus, allein aus der Art, wie er seine Werbung hervorbrachte. Ich hörte ihm ruhig zu, ohne ihn zu unterbrechen, wenn er mir seine Liebe tausendfach beteuerte: er liebe nur mich, ich sei ihm mehr wert als alles in der Welt, er ersehne nur das eine, mit mir zusammen glücklich zu werden. Dabei wußte ich natürlich ganz genau, daß er es im Grunde nur auf mein Geld abgesehen hatte. Er hielt mich für sehr reich, obgleich ich nie etwas davon angedeutet hatte.

Das war der richtige Mann für mich, aber ich mußte ihn zuvor noch auf Herz und Nieren prüfen, davon hing das Gelingen meines Planes ab. Denn wenn er den Schwindel merkte, war ich hereingefallen, genau so sicher, wie er der Angeführte war, wenn er mich nahm. Ich mußte ihm also zuvorkommen und Bedenken hinsichtlich seiner Vermögensverhältnisse äußern, damit er nicht begann, den meinen nachzuforschen. Ich tat also, als ob ich an der Aufrichtigkeit seiner Liebe zweifelte, und sagte, er mache mir vielleicht nur um des Geldes willen den Hof. Mit einer Flut von Liebesbeteuerungen brachte er mich zum Schweigen, ich ließ mich aber nicht so rasch beschwichtigen.

Eines Morgens zog er seinen Diamantring vom Finger und schrieb damit auf meine Fensterscheibe die Zeile:

Dich liebe ich, nur dich.

Ich las sie, bat ihn um den Ring und schrieb darunter:

Des rühmt gar mancher sich.

Wieder nahm er den Ring und schrieb weiter:

Nicht Geld, nur Tugend ist ein Gut.

Ich bat nochmals um den Ring und schrieb:

Doch Geld ist Tugend, Gold gibt Mut.

Er wurde feuerrot, als er merkte, wie schlagfertig ich ihm entgegentrat, und sagte wütend, er werde mich schon noch besiegen. Dann schrieb er:

Ich will kein Gold und lieb dich doch.

Ich wagte nun das äußerste und schrieb kühn darunter:

Ich bin ja arm. Willst du mich noch?

Da hatte ich ihm nun die ganze traurige Wahrheit offenbart, ob er sie glaubte oder nicht, konnte ich nicht sagen. Vermutlich tat er es aber nicht; denn er eilte auf mich zu, nahm mich in die Arme und küßte mich leidenschaftlich. Dann bat er um Feder und Tinte, die Kritzelei aufs Glas sei ihm zu langweilig, zog ein Blatt Papier aus der Tasche und begann wieder zu schreiben:

Doch sei trotz aller Armut mein.

Ich nahm seine Feder und schrieb sofort dahinter:

Du hoffst, es wird gelogen sein.

Er warf mir vor, ich sei unfreundlich und tue ihm unrecht. Dadurch sehe er sich dauernd gezwungen, unhöflich zu werden und mir zu widersprechen. Da ich ihn aber nun einmal zu diesen Reimereien veranlaßt habe, bitte er darum, noch ein wenig fortfahren zu dürfen. Und er schrieb wieder:

Von Liebe laß uns sprechen nur.

Und ich antwortete darauf:

Die liebt genug, die Haß nicht schwur.

Das faßte er als ein Entgegenkommen auf und legte die Waffe, das heißt die Feder, aus der Hand. Und es war auch wirklich ein außerordentlich großes Entgegenkommen, wenn er alles gewußt hätte. Jedenfalls verstand er meine Absicht, daß ich ihm damit sagen wollte, ich sähe ihn nicht ungern und sei bereit, ihm Gehör zu schenken. Dazu hatte ich auch allen Grund; denn er war der liebenswürdigste und lustigste Bursche, der mir je begegnete, und ich machte mir oft Vorwürfe, wie unverzeihlich es sei, gerade einen solchen Menschen zu betrügen. Doch blieb mir leider nichts anderes übrig, ich mußte sehen, wie ich aus meiner schlimmen Lage herauskam. Seine Liebe zu mir und die Güte seines Herzens – wie sehr sie auch dagegen sprachen, daß man ihn so schmählich hinters Licht führte – boten mir andrerseits die Gewähr, daß er die Enttäuschung dereinst leichter überwinden werde als irgendein Hitzkopf, der seiner Frau nichts anderes zu bieten hat als seine ungezügelte Leidenschaft und sie damit fürs Leben unglücklich macht.

Wenn es über kurz oder lang ans Licht kam, daß das, was er für Scherz gehalten, die volle Wahrheit gewesen war, so hätte er mir doch nie Vorwürfe darüber machen dürfen. Er hatte ja stets – ob im Scherz oder im Ernst – erklärt, er begehre mich um meiner selbst willen, ohne im geringsten an Mitgift zu denken, und ich hatte ihm ebensooft erklärt, ich sei arm. So hatte er sich zweifach festgefahren und konnte später höchstens sagen, er sei betrogen worden, aber nie behaupten, ich hätte ihn betrogen.

Er bewarb sich immer dringender um mich, und ich wurde meiner Sache immer sicherer; da ich nun nicht mehr zu fürchten brauchte, daß er noch abspringe, spielte ich ihm gegenüber die Gleichgültige, länger als es mir unter anderen Umständen ratsam erschienen wäre. Ich ging dabei von der Überlegung aus, daß mir diese zur Schau getragene Gleichgültigkeit ein Übergewicht über ihn geben würde, wenn der Betrug später einmal ans Tageslicht kam. Außerdem hoffte ich, daß er aus meinem Zögern schließen sollte, ich sei noch reicher, als er annahm, und wolle nichts aufs Spiel setzen.

Eines Tages sagte ich ihm, ich sei nun überzeugt, daß er mich wirklich nur aus Liebe heiraten wolle, ohne nach meinem Geld zu fragen, das bestimme mich, ihm gegenüber auch zurückhaltend zu sein und mich nach seinen Verhältnissen nur so weit zu erkundigen, wie es unbedingt nötig sei. Er möge mir aber, wenn es ihm nichts ausmache, einige Fragen beantworten. Ich hätte vor allem gern gewußt, wie er sich unser Zusammenleben dächte und wo er sich niederzulassen gedenke. Man habe mir gesagt, er besitze Plantagen in Virginien, es läge mir aber sehr wenig daran, dorthin überzusiedeln.

Meinem Wunsch kam er sofort nach und gewährte mir freiwillig Einblick in seine ganzen Verhältnisse. Er konnte meiner Ansicht nach recht zufrieden mit seinem Los sein. Ich erfuhr von ihm, daß der größte Teil seines Vermögens in drei Plantagen in Virginien angelegt sei, die brächten ihm ein gutes Einkommen von mehr als dreihundert Pfund jährlich, würden aber mindestens das Vierfache abwerfen, wenn er sich selbst an Ort und Stelle niederlassen könnte. Höchst erfreulich, dachte ich bei mir, bring mich nur so bald wie möglich dorthin, ich werde mich nur hüten, dir das jetzt schon zu sagen.

Ihm gegenüber spottete ich über die Rolle, die er in Virginien als Farmer spielen werde; als ich jedoch gemerkt hatte, daß er sich jederzeit nach meinen Wünschen richten würde, ging ich zu etwas anderem über und sagte, ich könne schon deshalb nicht mit nach Virginien übersiedeln, da mein geringes Vermögen nicht zu einem Plantagenbesitzer passe, der ein jährliches Einkommen von eintausendzweihundert Pfund habe. Er erwiderte, er frage gar nicht danach, wie hoch mein Einkommen sei, das habe er mir doch von Anfang an erklärt, und er stehe zu seinem Wort. Doch, wie dem auch sei, er werde niemals verlangen, daß ich gegen meinen Willen mit ihm hinüberfahre, und werde auch ohne mich die Reise niemals antreten. Meine Entscheidung sei auch für ihn bindend.

Das war mir ganz aus dem Herzen gesprochen, ich hätte es mir nicht besser wünschen können. Doch ließ ich ihn meine wahren Absichten noch immer nicht merken und trug eine so gleichgültige Miene zur Schau, daß er sich oft darüber wunderte. Ich erwähne dies um so lieber, als die Frauen daraus mal wieder ersehen können, daß nur Mangel an Mut schuld ist, wenn man unser Geschlecht so gering einschätzt und so schlecht behandelt, wie es oft der Fall ist. Wenn die Frauen es einmal wagten, einen anmaßenden, dummen Kerl, der sich für wer weiß was hält, abblitzen zu lassen, so würden sie bestimmt höher geschätzt und höflicher behandelt werden. Auch wenn ich meinem Liebhaber jetzt wirklich verraten hätte, wie niedrig mein Vermögen war, daß ich im ganzen noch nicht einmal fünfhundert Pfund hatte, wo er eintausendfünfhundert Pfund erwartete, wäre er mir doch unter allen Umständen treu geblieben, so fest hatte ich ihn durch meine kühl abweisende Art bereits an mich gekettet. Als er dann später die Wahrheit erfuhr, war er auch wirklich weniger entsetzt, als er sonst vielleicht gewesen wäre. Er hatte ja auch gar keinen Grund, mir Vorwürfe zu machen, da ich ihm bis

zuletzt in keiner Weise entgegengekommen war. Er konnte
höchstens sagen, er habe geglaubt, es sei mehr, wenn es aber
auch noch weniger gewesen wäre, würde er seine Wahl nicht
bereuen; nur sei er nun leider nicht in der Lage, mir soviel zu
bieten, wie er gehofft hatte.

Als wir verheiratet waren, mußte ich ihm nun wohl oder
übel mein kleines Vermögen übergeben und ihn sehen lassen,
wie wenig es war. Da ich aber nicht länger mehr zögern
konnte, brachte ich eines Tages, als wir allein beieinander
saßen, das Gespräch darauf. »Mein Lieber«, begann ich, »wir
sind nun vierzehn Tage verheiratet, und es ist an der Zeit, daß
du erfährst, ob deine Frau Vermögen besitzt oder nicht.« –
»Das eilt doch gar nicht«, erwiderte er, »ich bin zufrieden,
daß ich die Frau gefunden habe, die ich liebe. Du weißt doch
selbst, daß ich dich deswegen bisher auch nicht viel mit Fragen belästigt habe.« – »Das ist wahr«, entgegnete ich, »ich
habe aber etwas auf dem Herzen und habe schon hin und her
überlegt, wie ich es dir sagen soll.« – »Worum handelt es sich
denn, meine Liebste?« fragte er mich. »Ach«, antwortete ich,
»die Sache ist mir sehr unangenehm und wird auch dir wenig
erfreulich sein. Man hat mir nämlich erzählt, daß Kapitän . . .«, damit meinte ich den Mann meiner Freundin,
»mich als viel reicher hingestellt hat, als ich wirklich bin. Ich
kann dir aber fest versichern, daß ich wirklich keine Ahnung
davon hatte und ihn nicht etwa dazu veranlaßt habe.«

»Das will ich gern glauben«, erwiderte er, »und wenn der
Kapitän . . . mir auch etwas Derartiges erzählt haben sollte,
was ist denn weiter dabei? Wenn du nicht soviel hast, wie er
sagte, so hat er sich eben geirrt. Du selbst hast mir doch nie
gesagt, was du besitzt, drum dürfte ich dir doch keinen Vorwurf machen, auch wenn du gar nichts hättest.«

»Wie gerecht du bist!« sagte ich anerkennend. »Da tut es
mir nun doppelt leid, wenn ich dich enttäuschen muß.«

»Je weniger du hast, um so schlimmer für uns beide, ich will
aber nicht hoffen, daß du denkst, ich könnte ärgerlich sein,

wenn du keine Mitgift mitbringst. Sag es mir nur ganz offen, auch wenn du gar nichts hast. Ich könnte vielleicht dem Kapitän den Vorwurf machen, er hätte mich betrogen, aber nie dir. Du hast es mir ja sogar schriftlich gegeben, daß du arm bist, so daß ich gar nichts anderes erwarten durfte.«

»Ach, mein Lieber«, seufzte ich, »ich bin nur froh, daß du einsiehst, daß ich dir nichts vormachen wollte. Wenn ich dich jetzt nach unsrer Heirat betrügen würde, wäre das längst nicht so schlimm. Daß ich arm bin, ist nur leider zu wahr, etwas Geld habe ich aber doch.« Dabei zog ich ein paar Banknoten heraus und übergab ihm etwa einhundertsechzig Pfund. »Da hast du wenigstens schon mal was, das ist aber noch nicht alles.«

Ich hatte ihn vorher soweit gebracht, daß er auf gar keine Mitgift mehr rechnete, drum wurde diese Summe, so klein sie auch war, freudig von ihm begrüßt. Er gestand mir, daß das mehr sei, als er erwartet hatte. Nach meinen Reden habe er schon geglaubt, ich sei ganz mittellos und meine schönen Kleider, die goldene Uhr und die paar Diamantringe seien alles, was ich besitze.

Zwei bis drei Tage ließ ich ihm die Freude an diesen einhundertsechzig Pfund. Als ich dann einmal von einem Ausgang zurückkehrte, tat ich so, als hätte ich noch mehr geholt, und brachte ihm weitere hundert Pfund in Gold und sagte, das sei noch ein kleiner Zuschuß für ihn. Eine Woche später gab ich ihm noch einmal einhundertachtzig Pfund in bar und das Leinen im Wert von sechzig Pfund und machte ihm weis, ich hätte dieses Leinen, zusammen mit den hundert Pfund in Gold, als Abfindungssumme für eine Schuld von sechshundert Pfund nehmen müssen, habe also nur fünf Schilling für ein Pfund bekommen.

»Und nun, mein Lieber, muß ich dir leider mitteilen, daß das alles ist, was ich besitze, und daß ich dir damit mein ganzes Vermögen übergeben habe. Wenn die Person, der ich die sechshundert Pfund lieh, mich nicht betrogen hätte, wären es tausend Pfund gewesen.« Er könne überzeugt sein, daß ich ihm alles ehrlich abgeliefert und nicht das geringste für mich behalten habe. Auch wenn es mehr gewesen wäre, hätte er alles auf Heller und Pfennig bekommen.

Er dankte mir herzlich für die Summe und die Art, wie ich sie ihm überreicht hatte. Da er schon gefürchtet hatte, er müsse ganz leer ausgehn, war er hocherfreut. Nun konnte mir niemand mehr den Vorwurf machen, ich sei eine reiche Partie ohne Geld gewesen und habe durch falsche Vorspiegelungen einen Mann zur Ehe verlockt. Ich halte das, nebenbei gesagt, für ein recht gefährliches Unternehmen; denn eine Frau, die sich das leistet, läuft stets Gefahr, es in der Ehe büßen zu müssen.

Mein Gatte, das muß ihm jeder lassen, war ein sehr gütiger Mensch, aber er war auch Geschäftsmann und merkte bald, daß sein Einkommen nicht ausreichte, um so zu leben, wie es ihm die Heirat mit einer reichen Frau ermöglicht hätte. Da auch der Ertrag seiner Plantagen in Virginien nicht seinen Erwartungen entsprach, ließ er des öfteren durchblicken, wie gern er selbst hinübergehen würde, um auf seinen eignen Besitzungen zu leben, und pries häufig die dortige angenehme Lebensweise, wo alles billig und im Überfluß zu haben sei.

Ich begriff natürlich sofort, worauf er hinaus wollte, und redete ihn selbst eines Morgens daraufhin an. Ich sähe ein, daß seine Besitzungen augenblicklich nicht voll ausgenutzt würden. Wenn er sie selbst bewirtschaftete, würden sie weit höhere Beträge einbringen. Das sei ja auch sein Wunsch, und da ich ihn nun schon einmal enttäuscht hätte, fühle ich mich jetzt verpflichtet, ihn dafür zu entschädigen. Ich sei deshalb bereit, mit ihm nach Virginien überzusiedeln.

Dieser Vorschlag erfreute ihn außerordentlich, und er sagte mir tausend liebe Dinge. Wenn ich auch seine Hoffnung auf eine reiche Mitgift nicht erfüllt hätte, so hätte ich ihn als Mensch doch nicht enttäuscht, eine bessere Frau hätte er gar nicht finden können. Das Opfer, das ich ihm bringe, sei größer, als es sich in Worten sagen ließe.

Um es kurz zu machen, wir beschlossen zu reisen. Er erzählte mir, er habe drüben ein sehr schönes, guteingerichtetes Haus, in dem seine Mutter wohne und seine Schwester, die einzigen Verwandten, die er hatte. Sobald ich mit ihm hinkäme, würden die beiden jedoch in ein anderes Haus ziehn, das der Mutter gehöre, aber nach ihrem Tode auch an ihn fallen würde. So könnte ich also gleich von Anfang an das ganze Haus mit ihm allein bewohnen. Als ich hinkam, fand ich dann alles genau so, wie er es gesagt hatte.

Wir ließen eine Menge schöner Möbelstücke für unser Haus an Bord des Schiffes bringen, auf dem wir die Überfahrt machten, dazu Vorräte an Leinen und andere notwendige Dinge, ferner eine große Menge zum Verkauf bestimmter Waren, und fort ging's.

Es würde zu weit führen, wenn ich hier einen ausführlichen Reisebericht über unsre lange und gefahrvolle Fahrt geben wollte. Ich führte kein Tagebuch, und mein Mann auch nicht. Ich kann nur das eine sagen: die Überfahrt war fürchterlich, zweimal gerieten wir in schrecklichen Sturm, und einmal überfielen uns Piraten, denen es gelang, an Bord zu kommen und fast all unsre Vorräte zu rauben. Zu meinem größten Entsetzen hätten sie beinahe meinen Mann mit fortgeschleppt, und nur auf unsre inständigen Bitten hin ließen sie ihn schließlich wieder frei. Nach all diesen schrecklichen Erlebnissen landeten wir endlich glücklich in York River in Virginien und wurden von meiner Schwiegermutter zärtlich und liebevoll auf unsrer Plantage empfangen.

Hier lebten wir nun alle zusammen; auf meine Bitten hin blieb meine Schwiegermutter im Hause wohnen. Sie war eine so gute Frau, daß wir uns nur ungern von ihr getrennt hätten. Mein Gatte trug mich auf Händen, und ich hielt mich für das glücklichste Geschöpf auf dieser Welt. Ein seltsames und überraschendes Ereignis machte jedoch all diesem Glück mit einem Schlag ein Ende und brachte mich in eine beklagenswerte Lage.

Meine Schwiegermutter war eine sehr heitere, herzensgute alte Frau, ich darf sie wohl alt nennen, denn ihr Sohn war ja schon über dreißig. Sie war eine angenehme Gesellschafterin und unterhielt meinen Mann und mich mit einer Fülle von Geschichten über Land und Leute.

Unter anderem erzählte sie mir oft, wie die meisten Einwohner dieser Kolonie unter recht betrüblichen Umständen von England herübergekommen seien; die einen wurden von Schiffseigentümern herübergebracht und als Dienstboten verkauft, die andern waren zur Todesstrafe verurteilte Verbrecher, die man begnadigt und zur Zwangsarbeit in die Kolonie verschickt hatte.

»Sobald sie aber einmal hier sind«, berichtete sie, »fallen die Unterschiede ganz von selbst fort. Die Plantagenbesitzer, die die Sträflinge gekauft haben, lassen sie gemeinsam mit den anderen auf den Feldern arbeiten, bis ihre Strafzeit verbüßt ist. Wenn es dann soweit ist, veranlaßt man sie, selbst Pflanzungen anzulegen, und teilt ihnen ein paar Morgen Landes zu. Sie fangen dann an, den Boden urbar zu machen, trockenzulegen und mit Tabak oder Korn für eigne Rechnung zu bebauen. Die Kaufleute liefern ihnen Werkzeuge und sonstige lebensnotwendige Dinge auf Kredit, den sie vom kommenden Ernteertrag zurückzahlen. So pflanzen sie von Jahr zu Jahr mehr und bezahlen alles mit der künftigen Ernte. Auf diese Weise«, fügte sie hinzu, »wird mancher Bösewicht aus Newgate hier ein großer Mann, und wir haben mehrere Friedensrichter, Offiziere der Bürgerwehr und Magistratspersonen in unseren Städten, die in der Hand das Brandmal haben.«

Als sie diese Tatsache erwähnte, mußte sie unwillkürlich an ihre eigne Vergangenheit denken und gestand mir im Vertrauen, daß sie selbst zu jenen Strafverschickten gehörte. Sie habe einmal bei einer bestimmten Gelegenheit die Grenzen des Erlaubten überschritten und sei zur Verbrecherin geworden. »Hier kannst du das Brandmal sehen«, sagte sie und zeigte mir ihren schönen weißen Arm und ihre feine Hand, in deren Innenfläche das Zeichen eingebrannt war, wie es in solchen Fällen geschieht.

Diese Geschichte rührte mich sehr, doch meine Schwiegermutter fuhr lächelnd fort: »Denk nicht, daß das etwas Besonderes ist, liebes Kind, hierzulande tragen einige der besten Männer das Brandmal in der Hand und schämen sich dessen nicht. Major . . . zum Beispiel war ein sehr geschickter Taschendieb, der Richter Ba . . .r ein Ladendieb, und alle beide tragen das Brandmal in der Hand; ich könnte dir noch eine ganze Reihe derartiger Leute nennen.«

Über solche Dinge unterhielten wir uns oft, und sie führte alle möglichen Beispiele an. Als sie mir dann noch Geschichten von einem Sträfling erzählte, der erst vor wenigen Wochen eingetroffen war, bat ich sie im Vertrauen, mir doch auch einmal etwas von ihren eigenen Lebensschicksalen zu berichten. Das tat sie denn auch ganz offen und ehrlich. Sie sei in ihren jungen Tagen in London in schlechte Gesellschaft geraten. Daran sei ihre Mutter schuld gewesen, sie habe sie häufig mit Essen zu einer Verwandten geschickt, die halbverhungert in Newgate gefangen saß. Die Ärmste sei dann zum Tode verurteilt worden. Da sie aber ein Kind erwartete, habe man die Vollstreckung des Urteils noch hinausgeschoben, und sie sei später im Gefängnis gestorben.

Bei dieser Gelegenheit kam meine Schwiegermutter des langen und breiten auf die schlimmen Zustände zu sprechen, die an diesem Schreckensort herrschten. »Mein liebes Kind«, sagte sie, »vielleicht hast du bisher nur wenig oder auch noch gar nichts davon gehört, aber verlaß dich darauf, der Aufenthalt dort wird vielen zum Verhängnis. Dieses eine einzige Gefängnis hat mehr Menschen zu Verbrechern gemacht, als die Zugehörigkeit zu allen Diebesbanden des ganzen Landes es vermöchte. Das wissen wir hier alle ganz genau; denn die halbe Kolonie stammt aus dieser Hölle.«

Dann erzählte sie ihre eigne Geschichte so ausführlich mit allen Einzelheiten, daß es mir recht unbehaglich zumute wurde. Als sie bei einer Gelegenheit ihren Namen nennen mußte, wäre ich vor Schreck beinahe ohnmächtig geworden. Sie merkte, daß etwas mit mir los war, und fragte mich, ob ich nicht wohl wäre und was mir fehle. Ich erwiderte, ihre traurige Geschichte hätte mich derart überwältigt, daß ich sie herzlich darum bäte, nicht mehr davon zu sprechen. »Ach, mein liebes Kind«, sagte sie begütigend, »rege dich doch nicht so sehr darüber auf, diese Ereignisse liegen ja so weit zurück, daß ich den Schmerz darüber längst überwunden habe; ich blicke sogar mit einer gewissen Genugtuung darauf zurück; denn ihnen verdanke ich es, daß ich hier bin.« Dann erzählte sie, daß sie zu einer sehr netten Familie gekommen sei. Dort führte sie sich so gut auf, daß der Herr des Hauses sie nach dem Tode seiner Frau heiratete. Aus dieser Ehe stammten zwei Kinder, mein Mann und seine Schwester. Durch ihren Fleiß und ihre Geschicklichkeit hätte sie die Plantagen nach dem Tode ihres Mannes so gefördert, daß sie jetzt einen sehr guten Ertrag brächten. Der Wohlstand der Familie sei also mehr ihr zu verdanken als ihrem Mann, der schon vor sechzehn Jahren starb.

Ich hörte diesem Teil ihrer Erzählung mit geringer Aufmerksamkeit zu; denn ich hatte das dringende Bedürfnis, allein zu sein und mich meinen Gefühlen zu überlassen. Jeder wird mir nachfühlen können, welche Seelenqualen ich litt, als mir klar wurde, daß diese Frau niemand anders war als meine eigne Mutter und daß ich nun von meinem leiblichen Bruder zwei Kinder hatte, ein drittes erwartete und jede Nacht bei ihm schlief.

Ich war die unglücklichste Frau der Welt. Ach, hätte ich diese Geschichte doch nie gehört! Dann wäre alles gut gewesen. Dann hätte ich nicht geahnt, daß meine Ehe ein Verbrechen war.

Die Erkenntnis meiner verzweifelten Lage lastete so schwer

auf mir, daß ich keinen Schlaf mehr fand. Es hätte auch keinen Zweck gehabt, mich einem Menschen anzuvertrauen, und doch war es mir fast unmöglich, das Geheimnis für mich zu behalten. Ich hegte sogar Befürchtungen, daß ich es eines Tages im Schlaf ausplaudern würde und mein Gatte das Schreckliche auf diese Weise erfuhr. Wenn er es wußte, war er für mich verloren; er wäre viel zu rechtschaffen gewesen, um eine verbrecherische Ehe fortzusetzen. So wuchs meine Verzweiflung von Tag zu Tag.

Wer nur das geringste Verständnis für seine Mitmenschen besitzt, kann sich ausmalen, welche Schwierigkeiten ich im Geiste zu überwinden hatte; die Heimat lag in unendlicher Ferne, und die Rückkehr dorthin schien fast unmöglich. Es ging mir zwar, äußerlich betrachtet, gut, aber ich lebte in Verhältnissen, die auf die Dauer untragbar waren. Hätte ich mich meiner Mutter offenbart, so wäre es schwierig gewesen, sie von einzelnen Tatsachen zu überzeugen, für die ich keine Beweise hatte. Wenn sie dagegen von selbst etwas gemerkt hätte, war es auch um mich geschehen; denn schon der bloße Verdacht hätte unsre Ehe sofort zerstört, und ich hätte weder die Mutter noch den Mann auf meiner Seite gehabt. So schwankte ich zwischen der Ungewißheit, ob ich mich meiner Mutter anvertrauen sollte, und der Furcht vor Entdeckung des ängstlich gehüteten Geheimnisses dauernd hin und her.

Da das Entsetzliche nun nicht mehr wegzuleugnen war, lebte ich also – nach außen hin eine ehrenhafte, anständige Frau – in Unzucht und offener Blutschande. Der Gedanke an das Verbrechen, das ich damit beging, rührte mich wenig, doch die Sache als solche erschien mir so widernatürlich, daß mich Abscheu gegen meinen Mann erfüllte. Bei ruhiger Überlegung sagte ich mir aber, daß ich das Geheimnis ängstlich wahren müsse und weder meiner Mutter noch meinem Gatten die geringste Andeutung machen dürfe. Und so lebte ich drei Jahre lang unter diesem entsetzlichen Druck.

Während dieser Zeit erzählte mir meine Mutter häufig von

ihren früheren Abenteuern, an denen ich aber wenig Gefallen fand. Sie sagte es mir zwar nicht mit deutlichen Worten, aber ich konnte es aus ihren Reden und dem, was ich früher selbst gehört hatte, entnehmen, daß sie in ihren jungen Tagen nicht nur Diebin, sondern auch Dirne gewesen war. Doch bin ich fest davon überzeugt, daß sie beides später aufrichtig bereute und eine sehr liebevolle, ehrbare und fromme Frau wurde.

Wie ihr Leben aber nun gewesen sein mag, so viel ist sicher, das meine war auch alles andere als schön. Ich lebte doch, wie gesagt, in ärgster Unzucht und mußte mich auf das Schlimmste gefaßt machen. Es kam dann auch wirklich nichts Gutes dabei heraus. All mein scheinbares Glück verging und endete in Jammer und Elend. Es dauerte allerdings noch eine Weile, bis es soweit war, dann aber schlug uns alles fehl. Am schlimmsten war es für mich, daß mein Gatte sich ganz verändert gegen mich benahm. Er wurde zänkisch und eifersüchtig, und das machte mich ungeduldig, da ich es als töricht und ungerechtfertigt empfand. Das wurde von Tag zu Tag schlimmer. Wir lebten zuletzt auf so gespanntem Fuße miteinander, daß ich mich auf sein Versprechen berief, das er mir noch in England vor unsrer Überfahrt freiwillig gegeben hatte. Er hatte mir damals zugesichert, er würde mit mir nach England zurückkehren, falls ich mich in Virginien nicht einleben könnte, ich müßte ihm nur ein Jahr Zeit lassen, um seine Angelegenheiten zu ordnen.

Dieses Versprechen sollte er mir nun erfüllen, und ich muß zu meiner Schande zugeben, daß ich ihn nicht sehr höflich darum ersuchte. Aber ich bestand darauf und gab als Grund an, daß er mich so schlecht behandle. Ich sei fern von allen meinen Freunden und könne mir bei ihm kein Recht verschaffen. Seine Eifersucht sei völlig unbegründet, da mein Lebenswandel stets einwandfrei gewesen und ich ihm nie Anlaß zu Argwohn gegeben hätte. Drum wäre es das beste, er ließe mich nach England zurückkehren und machte dadurch allen Unstimmigkeiten ein Ende.

Ich bestand so hartnäckig auf meinem Willen, daß er sich entscheiden mußte, ob er mir Wort halten wollte oder nicht. Obgleich er alles aufbot, mich zu überreden, und auch seiner Mutter und anderen den Auftrag gab, mich in meinem Entschluß wankend zu machen, blieb ich fest. Was mich dazu veranlaßte, war viel zu schwerwiegend, als daß seine Bemühungen gefruchtet hätten: mein Herz war ihm entfremdet. Ich ekelte mich bei dem Gedanken, mit ihm zu Bett zu gehn, und ich gebrauchte tausend Vorwände, schützte Krankheit und schlechte Laune vor, um jeder Berührung durch ihn aus dem Wege zu gehn; denn ich fürchtete nichts so sehr, als wieder schwanger zu werden, was meine Rückreise nach England verhindert oder zum mindesten verzögert hätte.

Zuletzt wurde er so ärgerlich, daß er mir kurz und bündig erklärte, er lasse mich auf keinen Fall nach England gehn. Und wenn er es mir auch noch so oft versprochen hätte, müsse ich doch einsehn, daß es sinnlos sei, es würde ihn geschäftlich ruinieren und die ganze Familie auseinanderreißen und zugrunde richten. Es sei ihm ganz unverständlich, wie ich überhaupt einen solchen Wunsch äußern könne. Keine Frau, der das Wohl ihrer Familie und ihres Gatten am Herzen liege, würde auf einem solchen Ansinnen bestehn.

Das brachte mich von neuem in große Verlegenheit; denn wenn ich die Sachlage in Ruhe überdachte und meinen Gatten als den nahm, der er wirklich war, einen fleißigen, zuverlässigen Mann, der gar nicht ahnte, in welch unhaltbare Lage er geraten war, dann mußte ich mir selbst gestehen, daß mein Verlangen ihm sehr unvernünftig erscheinen mußte und daß keine Frau, der am Wohl ihrer Familie etwas gelegen war, ähnliche Wünsche geäußert hätte.

Meine Unzufriedenheit hatte jedoch andere Ursachen. Für mich war mein Mann nicht mehr der mir angetraute Gatte, sondern mein Bruder, der Sohn meiner Mutter, und ich war entschlossen, mich von ihm loszusagen, nur wußte ich nicht, wie.

Die böse Welt sagt unserm Geschlecht nach, daß wir uns nicht abbringen ließen, wenn wir uns etwas einmal in den Kopf gesetzt hätten. Auf mich traf das jedenfalls zu; denn ich grübelte von nun an unaufhörlich darüber nach, wie ich doch noch meinen Entschluß ausführen könnte, und schlug meinem Mann schließlich vor, mich allein nach England reisen zu lassen. Das empörte ihn im höchsten Maße, er schalt mich nicht nur ein herzloses Weib, sondern auch eine unnatürliche Mutter, und fragte mich, wie ich nur, ohne mich vor mir selbst zu schämen, daran denken könnte, meine zwei Kinder – das dritte war gestorben – auf Nimmerwiedersehn zu verlassen. Er hatte ganz recht, unter anderen Umständen hätte ich es bestimmt nicht getan, so aber war ich nur von dem einen Gedanken beseelt, weder ihn noch sie je wiederzusehn. Den Vorwurf, eine unnatürliche Mutter zu sein, konnte ich vor mir selbst leicht entkräften, da ich ja wußte, daß unsre ganzen verwandtschaftlichen Beziehungen im höchsten Grad unnatürlich waren.

Trotz all meiner Bemühungen vermochte ich es jedoch nicht, meinen Gatten umzustimmen. Er wollte weder mit mir gehn noch mich allein reisen lassen, und ohne seine Einwilligung konnte ich nicht fort; das weiß jeder, der die Verfassung dieses Landes genau kennt.

Darüber kam es häufig zu Familienzwisten, die bald ein gefährliches Ausmaß annahmen. Denn da ich ihm ganz entfremdet war, hütete ich meine Zunge nicht mehr und verletzte ihn durch aufreizende Reden. Ich gab mir alle nur erdenkliche Mühe, um ihn zu bewegen, mir die Freiheit zu schenken, nach der mich so dringend verlangte.

Er ärgerte sich sehr über mich und hatte auch allen Grund dazu; denn ich weigerte mich schließlich, mit ihm zu Bett zu gehn. Da ich jede Gelegenheit benutzte, um es zum offenen Bruch kommen zu lassen, erklärte er eines Tages, er hielte mich für verrückt; wenn ich mein Benehmen nicht von Grund auf ändere, ließe er mich unter ärztliche Aufsicht stellen, mit anderen Worten: in ein Irrenhaus bringen. Ich entgegnete ihm, er sähe doch selbst, ich sei völlig bei klarem Verstand, weder er noch irgendein anderer hätte das Recht, mich zu beseitigen. Ich muß aber offen gestehen, daß mich der Gedanke, in ein Irrenhaus zu kommen, sehr erschreckte; denn damit wäre mir für immer jede Möglichkeit genommen worden, die Wahrheit ans Licht zu bringen. Wer hätte mir dann noch ein Wort geglaubt?

Diese Drohung ließ in mir den Entschluß reifen, den ganzen Fall offen darzulegen, ohne Rücksicht auf etwaige Folgen. Aber wie sollte ich es tun, und wem sollte ich mich anvertrauen? Das schien mir vorderhand noch eine unlösbare Schwierigkeit. Da kam es eines Tages mal wieder zu einem Streit zwischen mir und meinem Mann, und wir gerieten so aneinander, daß ich ihm in der Wut beinahe die volle Wahrheit ins Gesicht geschleudert hätte. Ich ging zwar nicht auf Einzelheiten ein, verriet aber doch so viel, daß er ganz fassungslos war. Das bewog mich, schließlich mit nichts mehr hinterm Berge zu halten.

Es begann damit, daß er mir in ruhigem Ton Vorhaltungen machte, weil ich noch immer auf meinem Entschluß beharrte; ich verteidigte mich, und ein Wort gab das andere, wie das bei Familienstreitigkeiten so häufig der Fall ist. Er warf mir vor, ich behandle ihn nicht, als sei er mein Gatte, und spräche von meinen Kindern nicht, als sei ich ihre Mutter; ich verdiente überhaupt nicht, daß er mich wie seine Gattin behandle. Er habe es auf alle Weise versucht, mich zur Vernunft zu bringen, in aller Güte und Ruhe, wie es sich für einen christlichen Gatten gezieme, ich hätte aber stets Gutes mit Bösem gelohnt. Er sei wie ein Hund von mir behandelt worden, nicht wie ein Mensch, so, als ob er nicht mein Gatte, sondern ein Wildfremder wäre. Bis jetzt sei er immer davor zurückgeschreckt, mir gegenüber Gewalt anzuwenden, sähe aber jetzt doch ein, daß er in Zukunft Maßnahmen ergreifen müsse, die mich zu meiner Pflicht zurückführen sollten.

Mein Blut geriet in Wallung, nichts hätte mich mehr reizen können als diese Drohung. Ich erwiderte zornig, es sei mir völlig gleich, ob er es im Guten oder im Bösen mit mir versuche, eines sei mir ebenso verächtlich wie das andere. Mein Entschluß stehe fest, ich werde unter allen Umständen nach England gehn, koste es, was es wolle. Daß ich ihn nicht als Gatten behandle und mich nicht als Mutter meiner Kinder fühle, dafür hätte ich gute Gründe, die er im Augenblick noch nicht verstehe. Ich wolle ihm aber schon so viel verraten, daß weder er mein rechtmäßiger Gatte noch sie meine rechtmäßigen Kinder seien, er brauche sich deshalb nicht zu wundern, wenn ich mich nicht mehr um sie kümmere.

Als ich sah, was ich mit meinen Worten angerichtet hatte, hätte ich sie gern zurückgenommen. Er tat mir leid, denn er wurde blaß wie der Tod und verstummte, wie vom Donner gerührt. Ich glaubte, er würde ohnmächtig werden, es schien fast, als ob er einen Schlaganfall erlitten hätte. Er zitterte, der Schweiß rann ihm übers Gesicht; dabei fühlte er sich so eiskalt an, daß ich schnell etwas holen mußte, um seine Lebensgeister wieder anzufachen; als er sich ein bißchen erholt hatte, wurde ihm übel, er erbrach sich und mußte zu Bett gebracht werden. Am nächsten Morgen stellte sich heftiges Fieber ein.

Auch dies ging vorüber, und er kam, wenn auch nur langsam, wieder zu Kräften. Als es ihm etwas besser ging, sagte er mir, ich hätte ihn mit meinen Worten aufs tiefste verletzt, ehe er aber eine Erklärung von mir forderte, müsse er mich eines fragen. Ich fiel ihm ins Wort und sagte, ich bedaure es unendlich, daß ich im Zorn Äußerungen getan hätte, die ihm so zu Herzen gegangen seien, er möge aber keine weiteren Erklärungen von mir verlangen, die würden alles nur noch verschlimmern.

Diese Andeutungen steigerten jedoch seine Ungeduld und quälten ihn maßlos; denn jetzt begann er, argwöhnisch zu werden, und vermutete ein Geheimnis, das ich schuldbewußt vor ihm verbergen wollte. In seinem Kopf spukte die Idee, ich hätte irgendwo noch einen andern Gatten, doch versicherte ich ihm, das sei nicht der Fall. Ich tat das ohne Bedenken; denn mein früherer Gatte war so gut wie tot für mich, er hatte mir ja auch selbst gesagt, ich solle mich als Witwe betrachten.

Die Dinge hatten sich nun aber so zugespitzt, daß ich nicht länger schweigen durfte. Mein Gatte gab mir selbst Gelegenheit, mein unseliges Geheimnis zu meiner großen Befriedigung loszuwerden. Er hatte sich mehrere Wochen lang vergeblich abgemüht, aus mir herauszubekommen, ob ich diese Worte nur so gesagt hatte, um ihn zu reizen, oder ob sie ein Körnchen Wahrheit enthielten. Ich blieb aber unerbittlich und wollte ihm keine Erklärung geben, ehe er in meine Rückreise nach England einwilligte. Solange er lebte, käme das nicht in Frage, erhielt ich zur Antwort. Daraufhin sagte ich, ich wüßte schon, wie ich ihn dazu zwingen könnte; es würde noch so weit kommen, daß er mich kniefällig bitte, zu gehen. Dadurch wurde er noch neugieriger und drängte mich immer mehr, ihm mein Verhalten zu erklären.

Schließlich wußte er sich keinen andern Rat mehr und erzählte alles seiner Mutter. Die sollte das Geheimnis aus mir herauslocken, was sie auch wirklich so geschickt wie nur möglich versuchte. Aber ich brachte sie rasch zum Schweigen, als ich ihr kundtat, das ganze Geheimnis betreffe vor allem ihre Person. Aus Ehrfurcht vor ihr hätte ich es bisher gewahrt. Mehr könne ich ihr nicht darüber sagen, und deshalb bäte ich sie inständig, nicht länger in mich zu dringen.

Meine Worte verblüfften sie derart, daß sie nicht wußte, was sie dazu sagen sollte. Da sie ihnen aber keinen Glauben schenkte und in ihnen nur einen schlauen Schachzug sah, ließ sie nicht locker und gab sich die größte Mühe, mich wieder mit ihrem Sohn zusammenzubringen. Ich gab ihr zu verstehen, daß ich ihre gute Absicht anerkenne, sie sich aber die Mühe sparen könne. Das würde sie selbst sofort einsehen und nicht weiter darauf dringen, wenn sie alles wüßte. Schließlich tat ich aber doch, als ob ihr Drängen mich umgestimmt hätte, und erklärte mich bereit, ihr dieses wichtige Geheimnis anzuvertrauen, sie müsse mir aber feierlich versprechen, es ihrem Sohn ohne meine Erlaubnis nicht zu verraten.

Sie überlegte sehr lange, ehe sie mir dieses Versprechen gab, entschloß sich aber dann doch dazu, da sie sonst überhaupt nichts erfahren hätte, und nach langen Vorreden erzählte ich ihr dann die ganze Geschichte. Das unglückselige Zerwürfnis zwischen ihrem Sohn und mir sei dadurch herbeigeführt worden, daß sie mir ihre eigne Lebensgeschichte erzählt und ihren Londoner Namen genannt habe. Sie habe ja damals selbst gemerkt, wie erregt ich darüber war. Als ich ihr dann meine eigne Geschichte erzählte und meinen Namen nannte, überzeugte ich sie durch untrügliche Zeichen, daß ich nicht mehr und nicht weniger war als ihr eigenes Kind, das sie in Newgate zur Welt gebracht; dasselbe Kind, das sie vorm Henker bewahrte und das sie in fremden Händen lassen mußte, als man sie in die Verbannung schickte.

Es ist unmöglich, das Erstaunen zu schildern, in das sie geraten war. Da sie sofort voraussah, wie sehr diese Schreckensnachricht die ganze Familie erschüttern müßte, wollte sie sie nicht wahrhaben und sich an Einzelheiten nicht mehr erinnern. Doch alles stimmte ganz genau mit dem überein, was sie mir von sich selbst erzählt hatte und was sie jetzt sicher gern verschwiegen hätte, wenn es nicht bereits geschehen wäre. Es blieb ihr also weiter nichts übrig, als mir schweigend um den Hals zu fallen und mich unter Tränen abzuküssen. So saßen wir lange stumm beieinander. Endlich machte sie ihrem Entsetzen Luft: »Du unglückseliges Kind! Welch böses Geschick hat dich hierhergeführt! Und noch dazu in die Arme meines Sohnes. Du armes Geschöpf! Wir sind alle miteinander verloren. Den eignen Bruder geheiratet! Zwei Kinder aus demselben Fleisch und Blut! Mein Sohn und meine Tochter in blutschänderischer Ehe als Mann und Weib! Welche Schande! Bedauernswerte Familie! Was soll nur aus uns werden? Ich weiß wirklich nicht, was ich dazu sagen soll! Kann ich denn gar nichts dagegen tun?« So jammerte sie eine ganze Weile. Ich vermochte kein Wort zu sagen, hätte auch nicht gewußt, was ich dazu sagen sollte; denn jedes ihrer Worte schnitt mir ins Herz. Im Gefühl völliger Ratlosigkeit trennten wir uns; meine Mutter war noch erregter als ich, weil diese Dinge ihr ganz neu waren. Dennoch versprach sie mir nochmals, ihrem Sohn nichts davon mitzuteilen, bis wir weiter darüber beraten hätten.

Es ist nicht verwunderlich, daß wir sehr bald danach wieder über das Unheil sprachen, das unserer Familie drohte. Es schien fast so, als ob meine Mutter das, was sie selbst vorher von sich erzählt hatte, nun auf einmal vergessen wollte, oder sie hoffte, ich habe mir einige der Einzelheiten nicht gemerkt, jedenfalls fing sie an, ihre Geschichte nochmals mit vielen Änderungen und Auslassungen zu erzählen. Ich half aber ihrem Gedächtnis so geschickt nach, daß sie nicht mehr ausweichen konnte. Darauf verfiel sie wieder in lautes Jammergeschrei über das schwere Schicksal, das sie getroffen. Nachdem sie sich wieder beruhigt hatte, hielten wir Rat, was zunächst zu tun sei, ehe wir meinen Mann ins Vertrauen zogen. Doch all unser Nachsinnen war vergeblich. Keiner von uns beiden sah einen Ausweg aus dieser Not, keiner fand einen Weg, wie wir es meinem Mann am besten beibringen konnten. Wir wußten ja auch nicht, wie er es aufnehmen werde und was er daraufhin zu tun gedenke. Wenn er nicht genügend Selbstbeherrschung besaß, um die Sache geheimzuhalten, sahen wir den Untergang unsrer ganzen Familie voraus. Möglicherweise würde er auch den Vorteil, den das Gesetz ihm gewährte, ausnützen und mich mit Schimpf und Schande aus dem Hause jagen. In diesem Falle müßte ich dann versuchen, meine kleine Mitgift herauszuklagen, doch der Prozeß würde sicher all mein Geld verschlingen und mich zur Bettlerin machen. Vielleicht würde ich ihn auch schon nach wenigen Monaten in den Händen einer anderen sehn, indessen ich armes Geschöpf einsam in der weiten Welt umherwanderte.

Meine Mutter sah ein, daß alle meine Befürchtungen berechtigt waren, doch waren wir beide ratlos. Nach einiger Zeit kamen wir zu einer ruhigeren Betrachtung der Sachlage, unsere Ansichten gingen aber leider sehr auseinander. Meine Mutter meinte, ich solle alles begraben sein lassen und mit meinem Mann so lange weiter zusammenleben, bis irgendein anderer Umstand die Enthüllung des Geheimnisses ratsam erscheinen lasse. Unterdessen wollte sie sich bemühen, eine Versöhnung herbeizuführen und das Glück unsres Hauses wiederherzustellen. Ich solle wieder wie früher meinen ehelichen Pflichten nachkommen und das Geheimnis vor aller Welt hüten; es müsse so verborgen bleiben wie der Tod. »Denn darüber bist du dir doch wohl auch im klaren, mein liebes Kind«, schloß sie, »wenn es herauskommt, sind wir alle beide verloren.«

Um mich zu diesem Schritt zu ermutigen, versprach sie mir, mich geldlich sicherzustellen, mir nach ihrem Tod so viel wie möglich zu hinterlassen, getrennt von dem Erbteil, das meinem Mann zufallen würde, so daß ich, wenn doch später einmal alles herauskommen sollte, auf eignen Füßen stehen und mir auch bei ihm mein Recht verschaffen könne.

Dieser Vorschlag entsprach jedoch nicht der Ansicht, zu der ich gekommen war. Meine Mutter meinte es zwar sehr gut mit mir, meine Gedanken gingen aber andre Wege.

Ich sagte ihr, es sei mir unmöglich, dieses unglückselige Geheimnis in der eigenen Brust zu verschließen und alles beim alten zu lassen. Wie könne sie nur glauben, ich ertrüge es, weiterhin bei meinem Bruder zu schlafen? Sie dürfe auch nicht vergessen, daß sie, solange sie lebe, die Wahrheit meiner Behauptung jederzeit bezeugen könne. Wenn sie mich als ihr Kind anerkenne, würde kein Mensch Grund haben, Zweifel zu äußern. Wenn sie jedoch vor der Enthüllung des Geheimnisses sterben sollte, würde man mich für eine unverschämte Person halten, die diese niederträchtige Geschichte erfunden hätte, um von ihrem Mann loszukommen; vielleicht würde man mich auch für verrückt erklären. Mein Mann habe mir ja schon gedroht, mich in ein Irrenhaus zu stecken. Meine Aufregung darüber sei so groß gewesen, daß ich ihr aus Angst davor alles gestanden hätte.

Ich sei deshalb nach reiflicher Überlegung zu einem Entschluß gekommen, den sie hoffentlich als einen Mittelweg auch gutheiße. Sie möge doch alles daransetzen, um ihren Sohn zu bewegen, daß er mich nach England gehen lasse und mich mit genügend Mitteln in Waren oder Geld ausstatte, damit ich dort meinen Lebensunterhalt bestreiten könne. Wenn er Lust dazu verspüre, stehe ihm dann jederzeit die Möglichkeit offen, mir nachzukommen.

Ich bat sie, ihm nach meiner Abreise alles nach und nach in Ruhe zu erzählen. Sie möge dies ganz nach eignem Ermessen tun, damit er nicht zu sehr erschüttert werde und unter neuen Anfällen zu leiden habe. Ich wäre ihr sehr dankbar, wenn sie sich darum kümmern wolle, daß mein Mann die Kinder nicht vernachlässige oder sich wieder verheirate, ehe er die sichere Nachricht von meinem Tode hätte.

Das war mein Plan, und ich hatte gute Gründe dafür. Ich war meinem Gatten völlig entfremdet; als Ehemann haßte ich ihn tödlich und brachte es nicht fertig, den Widerwillen, den ich empfand, zu überwinden. Dazu kam das Bewußtsein, in einer ungesetzlichen, blutschänderischen Ehe zu leben, so daß mir das Zusammensein mit ihm zur Qual wurde. Meine Abneigung hatte bald einen solchen Grad erreicht, daß ich wahrhaftig lieber einen Hund umarmt als seine Zärtlichkeiten ertragen hätte. Der Gedanke, in einem Bett mit ihm liegen zu müssen, widerte mich an. Ich will durchaus nicht behaupten, daß es richtig von mir war, es soweit kommen zu lassen, statt ihm mutig entschlossen die Wahrheit zu offenbaren. Es soll ja aber hier nicht die Rede von dem sein, was ich von Rechts wegen hätte tun sollen, sondern nur von dem, was ich wirklich tat.

Leider blieben wir eine ganze Zeitlang entgegengesetzer

Ansicht, es war uns einfach unmöglich, uns zu einigen. Oft kam es daher zu Wortgefechten; denn keine von uns wollte den eignen Standpunkt aufgeben und brachte es auch nicht fertig, die andere zu sich zu bekehren.

Ich beharrte auf meinem Widerwillen, in ehelicher Gemeinschaft mit meinem Bruder zu leben, und sie beharrte auf ihrer Überzeugung, daß er mir nie die Rückkehr nach England gestatten würde. Bei diesem Zwiespalt blieb es leider längere Zeit; es kam nicht zu Zank und Streit, wir konnten aber auch keinen gemeinsamen Beschluß fassen, was zu tun sei, um diesen schrecklichen Abgrund, der sich zwischen uns aufgetan, zu überbrücken.

Da griff ich zu einem verzweifelten Mittel und teilte meiner Mutter meinen Entschluß mit, meinem Gatten alles selbst zu sagen. Sie zitterte bei dem bloßen Gedanken, doch ich vertröstete sie, sie könne völlig beruhigt sein, ich würde ganz behutsam vorgehn, es ihm so geschickt wie nur möglich in aller Güte auseinandersetzen und auch den richtigen Augenblick dazu abpassen, um ihn in guter Stimmung zu treffen. Ich müßte nur so tun, als ob ich ihn sehr liebte, viel mehr, als es wirklich der Fall war; dann würde meine Absicht fraglos gelingen, und wir könnten uns in gutem Einvernehmen trennen. Als Bruder könnte ich ihn wohl liebhaben, aber nicht als Ehemann.

Währenddessen bestürmte er meine Mutter dauernd, sie möge doch versuchen, aus mir herauszubekommen, was ich mit dieser schrecklichen Äußerung, ich sei nicht seine rechtmäßige Frau und meine Kinder nicht seine rechtmäßigen Kinder, gemeint habe. Meine Mutter vertröstete ihn, sie habe alles versucht, könnte mich aber zu keiner Erklärung bringen; irgend etwas mache mir anscheinend schwere Sorgen; was es sei, würde sie schon noch erfahren. Er möge mich unterdessen recht zuvorkommend behandeln und durch Güte zurückgewinnen. Mit seinen Drohungen, mich in ein Irrenhaus zu schicken, habe er Schlimmes angerichtet, drum gäbe sie ihm den guten Rat, mich nicht zur Verzweiflung zu bringen.

Er versprach ihr, liebenswürdiger zu mir zu sein; sie möge mir versichern, daß er mich noch ebenso liebe wie früher und niemals im Ernst die Absicht gehabt habe, mich in ein Irrenhaus zu sperren, diese Bemerkung sei ihm nur in der Erregung entschlüpft. Er sprach auch den Wunsch aus, daß die Mutter mir gegenüber all ihre Überredungskunst aufbieten möge, damit wir wieder so friedlich zusammenlebten wie früher.

Diese Unterredung tat sofort ihre Wirkung. Mein Mann änderte augenblicklich sein Verhalten zu mir, er war wie umgewandelt. Niemand hätte mich freundlicher und zuvorkommender behandeln können, und ich bemühte mich, Gleiches mit Gleichem zu vergelten. Trotz meiner Anstrengungen hatte mein Betragen jedoch immer etwas Gezwungenes an sich; denn nichts war mir schrecklicher als seine Liebkosungen, und die Angst, wieder schwanger zu werden, brachte mich zur Verzweiflung. Deshalb erkannte ich, daß ich unverzüglich handeln und ihm den ganzen Sachverhalt mitteilen mußte, natürlich mit aller nur denkbaren Vorsicht und Zurückhaltung.

So führten wir nun schon fast einen Monat ein ganz neues Leben, und wenn ich es fertiggebracht hätte, weiterhin so mit ihm zu verkehren, so hätten wir unsre Tage in friedlicher Gemeinsamkeit beschließen können. Eines Abends saßen wir unter einer kleinen Plane, die ein schattiges Plätzchen am Eingang zum Garten bot, und unterhielten uns. Er war sehr guter Laune und sagte mir viel liebenswürdige Dinge, die seine Freude über unser gegenwärtiges gutes Einvernehmen zum Ausdruck brachten, er sei glücklich in dem Gedanken, daß die Mißverständnisse der Vergangenheit nun für immer überwunden seien.

Ich seufzte tief und erwiderte, niemand in der Welt freue sich mehr über unser einträchtiges Zusammenleben als ich, niemand habe mehr unter dem Zerwürfnis gelitten; über unsrer Ehe schwebe jedoch ein Unstern, der mir das Herz abdrücke und mich ganz elend und ruhelos mache. Wenn ich nur wüßte, wie ich es ihm mitteilen solle.

Er quälte mich, ihm endlich ganz reinen Wein einzuschenken. Ich antwortete ihm, dies falle mir gar zu schwer; denn bis jetzt sei ich allein unglücklich, wenn er es aber erführe, sei auch sein Lebensglück für immer zerstört. Ich müsse ihm zuliebe schweigen und ihn auch weiterhin im dunkeln lassen. Deshalb hätte ich das Geheimnis immer so ängstlich vor ihm gehütet; selbst auf die Gefahr hin, daß ich eines Tages daran zugrunde ginge.

Sein Erstaunen über meine Worte läßt sich gar nicht schildern, ebensowenig sein immer heftigeres, unablässiges Drängen, ihm nun endlich alles zu sagen. Es sei lieblos von mir, ihn so im unklaren zu lassen. Wenn ich wirklich treu sei, dürfe ich ihm dieses seltsame Geheimnis nicht länger vorenthalten. Das sei auch meine Ansicht, erwiderte ich, aber trotz alledem könne ich nicht anders. Er kam dann zurück auf das, was ich ihm früher einmal gesagt habe. Hoffentlich stehe meine Weigerung nicht im Zusammenhang mit den Worten, die ich ihm damals im Zorn zugerufen habe und die er als den Ausfluß einer Augenblicksstimmung vergessen wolle. Ich wünschte, erwiderte ich, ich könnte sie auch vergessen, dies sei aber leider nicht möglich, es bedrücke mich zu sehr.

Darauf entgegnete er, er wolle sich meiner Einsicht fügen und mich nicht länger quälen, sondern mit allem zufrieden sein, was ich tue oder sage. Er bitte mich nur darum, ich möge dafür sorgen, daß das Geheimnis unsre gegenseitige Liebe und unsern Frieden nicht mehr störe.

Daß er das sagte, war mir sehr wenig lieb; denn ich hatte gehofft, daß er weiter in mich dringe, damit ich endlich Gelegenheit hatte, ihm das zu offenbaren, was ich nicht länger geheimhalten konnte, ohne daran zugrunde zu gehn. So mußte ich ihm offen eingestehn, daß ich nicht einmal sagen könnte, ich wäre unbedingt froh über sein Entgegenkommen, obgleich ich auch nicht wisse, wie ich seine Forderung erfüllen solle. »Doch höre, mein Lieber, welche Bedingungen darf ich von dir verlangen, wenn ich dir alles sage?« fragte ich ihn. »Jede«, erwiderte er, »die du vernünftigerweise von mir verlangen kannst.« – »Gut«, sagte ich, »versprich es mir in die Hand, daß du mich nicht tadeln oder schlecht behandeln wirst, wenn du alles weißt und erkennst, daß mich keine Schuld trifft und daß ich auch für die unglücklichen Folgen, die sich ergeben werden, nicht verantwortlich bin.«

»Das ist die vernünftigste Forderung, die man stellen kann«, erwiderte er, »denn wie könnte ich dir Vorwürfe machen, wenn du ganz unschuldig bist. Hol mir doch bitte Feder und Tinte!« Schnell brachte ich ihm Feder, Tinte und Papier, und er schrieb die Bedingung in dem Wortlaut nieder, den ich vorgeschlagen hatte, und unterzeichnete sie. »Das ist also erledigt, was kommt nun noch in Frage?« – »Schreib bitte auch auf«, fuhr ich fort, »daß du mich nicht tadeln wirst, weil ich dir das Geheimnis nicht offenbarte, ehe ich es selbst wußte!« – »Das ist doch selbstverständlich«, entgegnete er, »herzlich gern.« Und er schrieb auch das hin und unterzeichnete es.

»Nun habe ich dir nur noch eine letzte Bedingung zu stellen«, sagte ich, »da das Ganze nur uns beide angeht, darfst du keiner Menschenseele ein Sterbenswörtchen davon sagen, außer deiner Mutter, und auch ohne meine Einwilligung in der ersten Erregung nichts unternehmen, was deiner Mutter oder mir schaden könnte.« Diese Worte setzten ihn ein bißchen in Erstaunen, und er schrieb sie ganz deutlich hin, las sie aber noch ein paarmal durch, ehe er unterzeichnete. Zögernd wiederholte er: »Was der Mutter oder mir schaden könnte? Unbegreiflich! Was könnte das nur sein?« Doch schließlich unterzeichnete er auch dies.

»Nun bin ich am Ende, mein Lieber«, versicherte ich, »weitere Bedingungen habe ich dir nicht zu stellen. Da du aber das Unerwartetste und Überraschendste hören wirst, das sich je in einer Familie zugetragen, so versprich mir bitte, daß du es mit Fassung und Geistesgegenwart aufnehmen wirst, ganz so, wie man es von einem vernünftigen Menschen erwarten kann.«

»Ich will mein möglichstes tun«, versprach er, »aber du darfst mich nun auch nicht länger in der Ungewißheit lassen; denn du erschreckst mich sehr mit allen diesen Vorreden.«

»Nun, so höre!« rief ich aus. »Was ich dir schon einmal in der Aufregung sagte, daß ich nicht deine rechtmäßige Gattin bin und unsre Kinder nicht unsre rechtmäßigen Kinder sind, ist die volle Wahrheit. Ich muß dir nämlich in aller Ruhe und Güte, wenn auch tiefbetrübt, mitteilen, daß ich deine leibliche Schwester bin, und du bist mein leiblicher Bruder; wir sind beide Kinder einer und derselben Mutter. Da sie mit uns unter einem Dache wohnt, kann sie dir die Wahrheit meiner Worte bestätigen, so daß kein Widerspruch möglich ist.«

Ich sah, wie er blaß wurde und wie rasend um sich blickte. Deshalb mahnte ich: »Denk an dein Versprechen, und nimm alle Kraft zusammen! Du mußt doch wirklich zugeben, daß ich nicht mehr tun konnte, um dich schonend auf das Entsetzliche vorzubereiten.« Ich rief jedoch zur Vorsicht eine Magd herbei und ließ ihm ein Glas Rum bringen – den im Lande üblichen Schnaps – denn die Sinne schwanden ihm.

Als er wieder zu sich kam, fuhr ich fort: »Ich bin dir nun eine lange Erklärung schuldig, verliere deshalb nicht die Geduld und höre mich in Ruhe an, ich will mich so kurz fassen wie nur möglich.« Und nun berichtete ich alles, was zum Verständnis der Sachlage unbedingt nötig war; ich teilte ihm vor allem mit, wie meine Mutter dazu kam, mir unfreiwillig alles zu offenbaren. »Nun siehst du wohl ein«, fuhr ich fort, »wie sehr ich Grund hatte, dir Bedingungen zu stellen, und daß ich völlig unschuldig an allem bin, da ich bei unsrer Verheiratung noch nichts von diesen unglückseligen Zusammenhängen ahnte.«

»Das sehe ich ja alles ein«, erwiderte er, »und dennoch bin ich fassungslos, es ist zu schrecklich! – gar nicht auszudenken!

Ich wüßte aber einen Ausweg aus all dieser Not, ohne daß du nach England zurückzukehren brauchst.« – »Das müßte aber etwas Seltsames sein«, sagte ich verwundert, »so seltsam wie die ganze Geschichte.« – »Nein«, unterbrach er mich, »es ist ganz einfach, es betrifft nur mich allein.« Er sah ganz verstört aus, als er dies sagte, aber ich dachte mir damals noch nichts Schlimmes dabei; denn man sagt ja für gewöhnlich, daß die, die einen Selbstmord vorhaben, nie davon reden und daß umgekehrt die, die davon reden, nie handeln.

Es schien mir auch, als ob er erst allmählich die ganze Schwere des Unglücks, das über ihn hereingebrochen war, zu begreifen begann. Er wurde immer nachdenklicher und verfiel langsam in Schwermut, sein Geist hatte sichtlich gelitten. Ich bemühte mich, ihm gut zuzureden und gemeinsam mit ihm zu erwägen, was nun geschehen solle. Manchmal war er ganz zugänglich und zeigte mehr Mut, auf die Dauer aber war er der schweren Last, die auf ihm ruhte, nicht gewachsen. In der Verzweiflung versuchte er zweimal, sich umzubringen. Einmal wäre es ihm beinahe geglückt, sich zu erhängen, wenn nicht seine Mutter noch im letzten Augenblick ins Zimmer getreten und ihn mit Hilfe eines Negersklaven abgeschnitten und wieder zu sich gebracht hätte.

Sein Zustand verschlimmerte sich von Tag zu Tag, und mein Mitleid ließ die alte Zuneigung, die ich früher für ihn empfand, wieder aufleben. Ich bemühte mich aufrichtig, ihm so freundlich wie nur möglich entgegenzukommen, um den Riß zu heilen. Aber es war vergeblich, der Kummer nagte an ihm und ließ ihn langsam dahinsiechen, wenn auch das Ende nicht unmittelbar bevorstand. In dieser Not wußte ich nicht, was ich tun sollte. Seine Tage würden voraussichtlich gezählt sein, und wenn ich geblieben wäre, hätte ich mich sicher sehr vorteilhaft dort wieder verheiraten können. Aber ich war zu ruhelos und sehnte mich wieder nach England zurück. Nur dieser eine Wunsch beseelte mich, alles andere lockte mich nicht.

Durch mein unablässiges Bitten ließ sich mein Gatte, mit dem es immer mehr abwärts ging, endlich überreden. So trieb mich das Schicksal weiter und gab mir den Weg frei. Meine Mutter sorgte dafür, daß ich wertvolle Fracht mit hinübernehmen konnte, um meine Existenz im fernen Lande zu sichern.

Als ich von meinem Bruder – wie ich ihn ja von jetzt ab nennen muß – Abschied nahm, kamen wir überein, er solle nach meiner Ankunft in England im Lande die Nachricht verbreiten, ich sei dort gestorben, damit er sich wieder verheiraten könne, wenn er Lust dazu hätte. Er versprach es auch und verpflichtete sich, mit mir als seiner Schwester in stetem Briefwechsel zu bleiben, mir beizustehn und mich zu unterstützen, solang ich lebte. Sollte er aber vor mir sterben, würde er der Mutter genügend Geld hinterlassen, damit sie in seinem Namen für mich sorgen könne. Diesem Versprechen kam er auch bis zu einem gewissen Grade nach, doch geschah es auf so sonderbare Weise, daß ich mich in allen Erwartungen getäuscht sah, wie Sie später noch hören werden.

Nachdem ich acht Jahre in diesem Lande gewesen war, reiste ich im August ab, und nun begann für mich ein Leben, so reich an Schicksalsschlägen, wie es sicher nur wenigen Frauen beschieden war.

Wir hatten eine leidlich gute Fahrt, bis wir nach zweiunddreißig Tagen in die Nähe der englischen Küste kamen. Dort gerieten wir in mehrere Stürme; einer von ihnen verschlug uns an die Küste Irlands, und wir landeten in Kinsale. Dort blieben wir etwa dreizehn Tage, wurden an Land verpflegt und stachen dann wieder in See. Leider gerieten wir nochmals in schlechtes Wetter, so daß der Großmast des Schiffes brach. Schließlich kamen wir aber doch nach Milford Haven in Wales. Obgleich wir noch weit von unserm Bestimmungshafen entfernt waren, beschloß ich, an Land zu bleiben und mich nicht mehr dem unsicheren Element anzuvertrauen, das ich von einer so schrecklichen Seite kennengelernt hatte. Ich ließ mein Gepäck an Land bringen, nahm mein Geld, den Frachtbrief und die übrigen Papiere an mich und begab mich auf dem Landweg nach London, das Schiff überließ ich seinem Schicksal. Es fuhr nach Bristol, wo meines Bruders Geschäftsfreund wohnte.

Nach etwa drei Wochen traf ich in London ein und hörte bald darauf, daß das Schiff zwar in Bristol gelandet, aber bei dem heftigen Sturm, in den es geraten war, und durch den Bruch des Großmastes beträchtlichen Schaden erlitten hatte, so daß ein erheblicher Teil der Ladung vernichtet war.

Nun sollte für mich ein neues Leben beginnen, doch dunkel und drohend lag es zunächst noch vor mir. Ich hatte von Virginien auf immer Abschied genommen. Der große Warenvorrat, den ich mitbekam, hätte mir aller Voraussicht nach ermöglicht, mich wieder gut zu verheiraten; nun hatte ich aber leider einen großen Teil davon eingebüßt, so daß sich mein ganzer Besitz nur noch auf zwei- bis dreihundert Pfund belief, und ich konnte nicht darauf rechnen, den Verlust irgendwie auszugleichen. Freunde besaß ich nicht, auch keine Bekannten, und es lag mir nichts daran, frühere Bekanntschaften aufzufrischen. Meine schlaue Freundin, die mich dereinst als gute Partie angepriesen hatte, war unterdessen gestorben, und ihr Mann auch.

Ich mußte bald darauf nach Bristol reisen, um mich dort nach meiner Schiffsladung umzusehen. Während ich damit noch zu tun hatte und die Angelegenheit sich etwas hinauszögerte, kam mir der Gedanke, zu meinem Vergnügen einen kleinen Abstecher nach Bath zu machen; ich war ja noch jung und neigte von jeher zum Frohsinn. Da mein Vermögen so sehr zusammengeschmolzen war, hoffte ich auf einen Glückszufall, der mich – wie damals vor acht Jahren – aller Sorgen enthob.

Bath ist ein Badeort, in dem sich die galante Welt trifft. Man kann dort viel Geld los werden und in gefährliche Liebesabenteuer geraten. Ich ging mit der Absicht hin, zuzugreifen, wo sich mir etwas bot, doch muß ich zu meiner Ehre sagen, daß ich anfangs wirklich nur Ehrbares und Anständiges im Auge hatte und mich zunächst noch nicht verleiten ließ, andere Wege zu gehn.

Hier blieb ich während der ganzen Nachsaison und machte unglücklicherweise eine Bekanntschaft, die das Vorspiel zu meinen späteren Torheiten bildete, statt mich davon abzuhalten. Ich lebte recht vergnügt in heiterer, vornehmer Gesellschaft. Zu meinem Bedauern merkte ich jedoch, daß diese Lebensweise für meine Verhältnisse zu kostspielig war. Da ich kein festes Einkommen hatte, sondern vom Kapital zehrte, fürchtete ich ein Ende mit Schrecken und gab mich gelegentlich trüben Gedanken hin. Doch hielt diese Stimmung meist nicht lange an und wich der Hoffnung, daß sich mir über kurz oder lang etwas Vorteilhaftes bieten werden.

Aber dafür war Bath nicht der richtige Ort. Ich war hier nicht in Redriff, wo man sich nach außen hin nur ein wenig aufzuspielen brauchte, damit ein ehrlicher Schiffskapitän oder sonst jemand sich in allen Ehren bewarb. Hier in Bath hielten die Männer wohl oft nach einer Geliebten Ausschau, doch selten nach einer Ehefrau. Deshalb konnte eine Frau nur Bekanntschaften machen, die diesen Zweck verfolgten.

Ich hatte die Saison recht angenehm verbracht; denn obwohl ich die Bekanntschaft eines Herrn gemacht hatte, der auch zu seinem Vergnügen nach Bath gekommen war, war ich doch bis zuletzt sehr zurückhaltend geblieben und war auch auf galante Anerbieten von andrer Seite nicht eingegangen. Ich war nicht verdorben genug, um des bloßen Lasters willen zu sündigen, und eine Heiratsaussicht, die mich gelockt hätte, bot sich nicht.

Noch in dieser ersten Saison machte ich die Bekanntschaft einer Frau, bei der ich wohnte. Ihr Haus hatte zwar keinen üblen Ruf, aber mit ihrer eignen Moral war es nicht zum besten bestellt. Ich dagegen hatte mich stets so gut geführt, daß man mir nichts Böses nachsagen konnte, und alle Herren, mit denen ich verkehrte, waren so angesehen, daß sie meinem guten Ruf nicht schadeten. Keiner von ihnen hätte auch je gewagt, mir etwas Ungehöriges anzubieten. Der schon oben erwähnte Herr suchte allerdings mit Vorliebe meine Gesellschaft auf, die ihm, wie er sagte, sehr angenehm war, zu größerer Vertraulichkeit kam es aber nicht.

Als die Gäste im Herbst den Badeort verlassen hatten, war es recht einsam um mich geworden, und ich hing oft trübseligen Gedanken nach. Ich ging wohl ab und zu nach Bristol, um Geschäftliches zu erledigen und Geld zu holen, blieb aber doch in Bath wohnen, weil ich mich mit der Frau, bei der ich schon im Sommer gewohnt hatte, sehr gut verstand und weil man dort im Winter billiger leben konnte als anderswo. So vergnügt der Aufenthalt im Herbst gewesen war, so trübselig war es jetzt im Winter. Da ich mich mit meiner Wirtin etwas angefreundet hatte, vertraute ich ihr allerlei von den Sorgen an, die am schwersten auf mir lasteten, und schilderte ihr die bedrängten Verhältnisse, in denen ich mich befand. Ich erzählte ihr auch, daß meine Mutter und mein Bruder in Virginien in guten Verhältnissen lebten und daß ich meiner Mutter geschrieben hätte, wie ich in Not sei und welch großen Verlust ich erlitten. Nun warte ich sehnsüchtig auf baldige Hilfe von dort. Da die Schiffe von Bristol nach Virginien und von dort wieder zurück gewöhnlich weniger Zeit brauchten, als von London aus, sei es für mich günstiger, hier auf die Sendung zu warten, und nicht in London.

Meine neue Freundin hatte Verständnis für meine mißliche Lage; sie war sehr entgegenkommend und setzte den Preis für die Verpflegung während des Winters so herab, daß sie bestimmt nichts an mir verdiente. Für die Wohnung brauchte ich ihr im Winter überhaupt nichts zu zahlen.

Auch als der Frühling nahte, war sie noch immer sehr entgegenkommend. Ich konnte bei ihr auch weiterhin wohnen, mußte dann aber doch mein bisheriges Quartier räumen. Einige angesehene Herren stiegen häufig in ihrem Haus ab und kamen auch in dieser Saison wieder, unter anderen der bereits erwähnte Herr, mit dem ich schon im vorigen Herbst so viel zusammen gewesen war. Er kam diesmal mit einem Bekannten und zwei Bedienten, und ich hatte meine Wirtin in Verdacht, daß sie ihn eingeladen hatte und ihn wissen ließ, daß ich noch immer bei ihr war, doch sie leugnete es.

Dieser Herr zeichnete mich auch jetzt wieder durch sein besonderes Vertrauen aus. Er war ein sehr vornehmer Mann, das muß man ihm lassen, und seine Gesellschaft war mir ebenso angenehm wie ihm, wenn ich seinen Worten Glauben schenken durfte, die meine. Er begegnete mir immer mit der größten Hochachtung und hatte eine sehr hohe Meinung von meiner Tugend. Er versicherte mir oft, er sei überzeugt, ich würde ihn voll Verachtung zurückweisen, wenn er je etwas Ungehöriges von mir verlangen sollte. Er erfuhr bald von mir, ich sei Witwe und mit einem der letzten Schiffe von Virginien nach Bristol gekommen und warte nun in Bath auf die Ankunft des nächsten Schiffes, das mir eine Ladung von beträchtlichem Wert bringen solle. Er teilte mir mit, daß er verheiratet wäre, seine Frau sei aber geisteskrank geworden und werde von ihren Verwandten betreut. Er sei damit einverstanden gewesen, damit man ihm nicht den Vorwurf machen könnte, er hätte in ihrer Pflege etwas versäumt. Er sei unterdessen nach Bath gereist, um auf andre Gedanken zu kommen.

Meine Wirtin, die unsre Beziehungen aus eignem Antrieb zu fördern suchte, wo sie nur konnte, schilderte ihn mir so vorteilhaft wie nur möglich. Er sei ein Ehrenmann, in jeder Hinsicht zuverlässig und außerordentlich reich. Ich mußte ihr darin recht geben; denn obwohl wir beide im selben Stock wohnten und er mich häufig in meinem Zimmer besuchte, sogar wenn ich zu Bett lag, und ich auch manchmal zu ihm kam, verlangte er nichts von mir als höchstens einen Kuß, und erst viel, viel später erlaubte er sich mehr. Ich rühmte meiner Wirtin oft seine vornehme Zurückhaltung, und sie erklärte, sie habe ihn gleich von Anfang an so beurteilt. Er werde mir

sicherlich einige Geschenke machen, um sich für mein freund-
liches Entgegenkommen erkenntlich zu zeigen; denn er habe
mich ja wirklich völlig mit Beschlag belegt. Ich erwiderte ihr,
ich habe ihm nicht im geringsten zu verstehen gegeben, daß
ich in Geldverlegenheit sei und etwas von ihm annehmen
würde. Sie meinte, ich solle ihr das überlassen, und sie machte
ihre Sache so gut, daß er mich gleich bei unserem nächsten
Zusammensein ein wenig über meine Verhältnisse aus-
horchte, wovon ich lebte, seitdem ich hierher kam, und ob ich
nicht etwa Geld brauchte. Ich wich seinen Fragen geschickt
aus und sagte, meine Tabakladung sei zwar unterwegs be-
schädigt worden, aber nicht ganz verdorben, der Kaufmann,
dem ich sie überwiesen, habe mich ehrlich bedient, so daß ich
keinen Mangel litte. Ich sei sparsam und hoffe, mit meinem
Geld auszukommen, bis das nächste Schiff aus Virginien eine
neue Ladung für mich mitbringe. Unterdessen hätte ich
meine Ausgaben möglichst eingeschränkt und auf das Mädchen verzichtet, das ich mir im letzten Jahr hielt. Statt der
zwei Zimmer im ersten Stock bewohne ich jetzt noch ein
Zimmer im zweiten. Deswegen sei ich aber noch genauso
zufrieden wie damals; im Gegenteil! seine Gesellschaft habe
mir die Zeit so gut vertrieben, daß ich fast noch vergnügter sei
als bisher, das habe ich nur ihm zu verdanken. So wies ich sein
Anerbieten für den Augenblick zurück. Nicht lange danach
machte er einen zweiten Versuch. Es tue ihm aufrichtig leid,
daß ich meine Verhältnisse so ängstlich vor ihm geheimhalte.
Ich könne versichert sein, daß er nicht etwa aus Neugier frage,
sondern nur aus dem ehrlichen Wunsch heraus, mir beizustehn, wenn es nötig sei. Da ich aber nicht zugeben wolle,
irgendwelcher Hilfe zu bedürfen, bitte er mich nur noch um
eins: ich müsse ihm versprechen, es offen zu sagen, wenn ich in
Geldverlegenheit sei, genauso offen, wie er mir jetzt seine Hilfe
anbiete. Ich würde an ihm stets einen treuen Freund haben,
wenn ich mich vielleicht auch jetzt noch scheue, ihm rückhalt-
los zu vertrauen.

Ich unterließ nichts, um meine unendliche Dankbarkeit zum Ausdruck zu bringen und ihn wissen zu lassen, wie wohltuend ich seine Güte empfand. Von da an gab ich etwas von meiner Zurückhaltung auf, doch blieben wir beide immer innerhalb der Grenzen strengster Tugend. So offen wir uns nun auch über vieles unterhielten, so brachte ich es doch nicht fertig, ihm seinen Wunsch zu erfüllen und offen einzugestehen, daß ich Geld brauche, so sehr ich mich auch im geheimen über sein Angebot freute.

Ein paar Wochen vergingen, und noch immer bat ich ihn nicht um Geld. Das hatte meine Wirtin, das schlaue Geschöpf, die mich so oft dazu gedrängt hatte, bald heraus. Sie ersann eine Geschichte, und als mein Freund und ich wieder einmal gemütlich beisammen saßen, drang sie rücksichtslos ins Zimmer ein. »Ach, Sie Ärmste«, rief sie, »ich muß Ihnen heute eine ganz schlechte Nachricht bringen.« – »Was ist denn los?« fragte ich, »sind die Schiffe aus Virginien etwa von den Franzosen gekapert worden?« Das war nämlich immer meine große Angst. »Nein, das nicht«, erwiderte sie, »doch der Mann, den Sie gestern nach Bristol schickten, um Geld zu holen, ist eben zurückgekommen und hat keins mitgebracht.«

Diese plump ausgedachte Geschichte gefiel mir gar nicht. Es sah so aus, als solle mein Freund veranlaßt werden, mir aus der Verlegenheit zu helfen, und das war doch bei seiner Hilfsbereitschaft völlig überflüssig. Ich wußte wohl, daß ich nichts verlieren würde, wenn ich meinen Widerwillen gegen dieses taktlose Vorgehen offen zeigte, daher sagte ich abweisend: »Ich kann mir gar nicht denken, warum der Mann so etwas gesagt hat. Er hat mir doch gerade das ganze Geld gebracht, das er holen sollte, hier ist es.« Dabei zog ich meine Börse mit etwa zwölf Guineen aus der Tasche und fügte noch, zu ihr gewandt, hinzu: »Das meiste davon wird ja doch über kurz oder lang zu Ihnen wandern.«

Er schien genau wie ich über ihre Worte ungehalten zu sein, wir fanden es beide reichlich dreist von ihr. Da er aber meine

Antwort hörte, schwieg er. Am nächsten Morgen kamen wir noch einmal darauf zu sprechen, und er sagte lächelnd, ich sei hoffentlich nicht in Geldverlegenheit und scheue mich, es ihm mitzuteilen. Das sei gegen die Verabredung. Ich antwortete ihm, ich sei sehr ärgerlich auf meine Wirtin gewesen, die so öffentlich Dinge zur Sprache gebracht hätte, die sie gar nichts angingen. Wahrscheinlich hätte sie das Geld, das ich ihr noch schuldete, etwa acht Guineen, sehr dringlich gebraucht, drum hätte ich es ihr noch gestern abend gegeben.

Er war froh, daß ich meine Schulden sogleich bezahlt hatte, und wir sprachen von etwas anderem. Als er am nächsten Morgen hörte, daß ich schon auf war, rief er nach mir und bat mich, zu ihm ins Zimmer zu kommen. Er lag noch zu Bett, als ich eintrat, und forderte mich auf, mich auf den Bettrand zu setzen, er hätte mir etwas Wichtiges zu sagen. Nach ein paar freundlichen Worten fragte er mich, ob ich ihm eine Frage ganz offen und ehrlich beantworten wolle. Nach einem kleinen Wortgeplänkel über die Bedeutung des Wortes »ehrlich« und nachdem ich mich bei ihm erkundigt hatte, ob meine Antworten nicht immer ehrlich gewesen seien, versprach ich es ihm schließlich. Daraufhin bat er, ich solle ihm doch einmal meine Geldbörse zeigen. Lachend griff ich in die Tasche und zog sie heraus, sie enthielt dreiundeinhalb Guineen. Ob das mein ganzes Vermögen sei, wollte er dann wissen. Ich lachte wieder und antwortete: »Noch lange nicht.«

Nun mußte ich ihm versprechen, all mein Geld bis auf Heller und Pfennig zu holen. Ich erklärte mich bereit dazu, ging in mein Zimmer und holte eine kleine Geheimschublade, in der ich noch etwa sechs Guineen und etwas Silbergeld hatte. Das schüttete ich alles miteinander auf sein Bett und sagte, es sei mein ganzes Vermögen, bis auf den letzten Schilling. Er blickte hin, ohne es zu zählen, und warf alles wieder in die Schublade zurück. Dann griff er in seine Tasche, zog einen Schlüssel heraus und bat mich, ein kleines Nußbaumschränkchen, das er auf dem Tisch stehen hatte, zu öffnen und ihm ein Schubfach daraus zu reichen. Ich tat es. Eine große Menge Goldgeld war darin, ich schätzte, etwa zweihundert Guineen, kann es aber nicht genau sagen. Er nahm das Fach, ergriff meine Hand und drückte sie hinein; dann mußte ich sie gefüllt wieder herausziehen. Ich wehrte mich zuerst, aber er hielt meine Hand fest und steckte sie in das Schubfach hinein. Ich mußte soviel Guineen herausnehmen, wie ich auf einmal ergreifen konnte.

Diese Handvoll mußte ich dann in meinen Schoß fallen lassen, er warf mein eigenes Geld dazu und bat mich, alles zusammen in mein Zimmer zu tragen.

Ich erzähle diese Geschichte so eingehend, um seine humorvolle Art zu zeigen und den freundschaftlichen Ton, in dem wir miteinander verkehrten. Nicht lange darauf fing er an, jeden Tag etwas anderes an mir auszusetzen, bald waren es die Kleider, bald die Spitzen, bald der Kopfputz, und er drängte mich, bessere Sachen zu kaufen, was ich, nebenbei gesagt, sehr gern tat, auch wenn ich es mir nicht merken ließ. Ich liebte schöne Kleider über alles, sagte ihm aber, ich müsse sparsam mit dem Geld umgehn, das er mir geliehen hätte, sonst könnte ich es ihm womöglich nicht zurückzahlen. Er gab zur Antwort, er habe die größte Hochachtung vor mir und kenne meine Verhältnisse, er habe mir das Geld nicht etwa geliehen, sondern es sei mein Eigentum; ich habe es reichlich um ihn verdient, da ich ihm meine ganze Zeit opfere. Ich mußte mir nun ein Mädchen halten und einen eignen Haushalt führen. Nachdem sein Freund abgereist war, bat er mich, ihn in Kost zu nehmen, was ich sehr gern tat, da ich daran allerlei verdiente, und auch die Frau, bei der wir wohnten, kam dabei auf ihre Rechnung.

So waren fast drei Monate vergangen, und die Badegäste fingen an abzureisen. Er sprach auch davon, nach London zu gehn, und hätte es gern gesehn, wenn ich ihn begleitete. Mit diesem Vorschlag fand er bei mir keinen rechten Anklang; denn ich wußte nicht, in welcher Eigenschaft ich dort leben sollte und wie er sich unser Verhältnis gedacht hatte. Wir hatten diese Frage noch nicht endgültig gelöst, als er plötzlich sehr krank wurde. Er war nach Shepton, einem Ort in Somersetshire, gereist, und dort fühlte er sich plötzlich so schlecht, daß er nicht mehr reisefähig war. Er schickte mir deshalb seinen Diener und ließ mich bitten, einen Wagen zu mieten und zu ihm zu kommen. Vor seiner Abreise hatte er Geld und Wertsachen bei mir gelassen, und ich wußte nun nicht recht, wo ich sie unterdessen aufbewahren sollte. Ich brachte sie so sicher wie möglich unter, verschloß die Wohnung und fuhr zu ihm. Da ich ihn sehr krank antraf, redete ich ihm zu, sich in einer Sänfte nach Bath tragen zu lassen, wo eher Rat und Hilfe zu finden war.

Er willigte ein, und ich brachte ihn nach Bath, das von Shepton, soviel ich mich erinnere, etwa fünfzehn Meilen entfernt war. Das Fieber wich auch hier nicht, und er mußte fünf Wochen lang das Bett hüten. Ich pflegte ihn während dieser ganzen Zeit so liebevoll, als wäre ich seine Gattin gewesen. Eine Gattin hätte wirklich nicht mehr für ihn tun können. Ich wachte nachts so oft bei ihm, daß er es schließlich nicht mehr erlauben wollte, und ich machte mir deshalb ein Lager auf einem Strohsack am Fußende seines Bettes zurecht und schlief dort.

Sein Zustand beunruhigte mich sehr. Die Angst, einen Freund zu verlieren, der für mich so unersetzlich war, verfolgte mich Tag und Nacht. Oft saß ich stundenlang neben seinem Bett und weinte. Endlich trat eine Besserung in seinem Befinden ein, und ich schöpfte wieder Hoffnung. Ganz, ganz langsam ging es denn auch aufwärts mit ihm. Wenn unser Verhältnis unter diesen Umständen zu größeren Vertraulichkeiten geführt hätte, würde ich mich nicht scheuen, es offen einzugestehen, wie ich es in anderen Fällen immer getan habe. Ich versichere aber, daß, abgesehen davon, daß wir uns gegenseitig auch zur Nachtzeit auf unsern Zimmern besuchten und ich ihm während der Pflege die notwendigen Handreichungen leistete, nichts geschah, was gegen die Sitte verstieß. Ach, wäre es doch immer so geblieben!

Nach und nach kam er wieder zu Kräften und erholte sich zusehends, und ich hätte gern mein Strohsacklager aufgegeben. Er wollte es aber nicht zulassen, ehe er auch nachts nicht mehr auf fremde Hilfe angewiesen war; erst dann zog ich wieder in mein Zimmer.

Er nahm oft die Gelegenheit wahr, seine Dankbarkeit für meine liebevolle Fürsorge zum Ausdruck zu bringen. Als er wieder völlig genesen war, machte er mir ein Geschenk von fünfzig Guineen; ich habe, wie er sagte, mein Leben aufs Spiel gesetzt, um das seine zu retten.

Er beteuerte mir seine aufrichtige, unveränderliche Zuneigung, doch tat er es immer um unsrer Ehre willen mit äußerster Zurückhaltung, was mir sehr lieb war. Er aber wollte seine Ehrfurcht vor mir noch weiterhin beweisen und erklärte, meine Keuschheit sei ihm heilig. Selbst wenn ich nackt mit ihm im Bett läge, würde er sie gegen jeden Wüstling verteidigen, der es wage, mir zu nahe zu treten. Ich glaubte es ihm und sagte es auch. Selbst damit gab er sich jedoch noch nicht zufrieden; er versicherte, er warte sehnsüchtig auf eine Gelegenheit, um mir zu beweisen, wie ernst es ihm damit sei.

Längere Zeit danach mußte ich in Geschäften nach Bristol reisen. Er mietete einen Wagen und sprach den Wunsch aus, mich zu begleiten. Diese Reise führte dann zu größerer Vertraulichkeit. Von Bristol aus unternahmen wir eine Vergnügungsfahrt nach Gloucester, um viel an der frischen Luft zu sein. Der Zufall wollte es, daß alle Einzelzimmer im Gasthof besetzt waren und nur noch ein großes zweibettiges Zimmer frei war. Der Wirt zeigte uns die Zimmer und sagte sehr offen zu meinem Freund: »Mein Herr, es geht mich nichts an, ob diese Dame Ihre Frau ist oder nicht; sollte es nicht der Fall sein, so können Sie aber in diesen zwei Betten ebenso anständig wohnen, als ob Sie in zwei getrennten Zimmern schliefen.« Dabei zog er einen großen Vorhang quer durch den ganzen

Raum und trennte so die zwei Betten. »Gut«, sagte mein Freund sehr rasch entschlossen, »diese zwei Betten genügen unsern Ansprüchen; im übrigen sind wir viel zu nahe verwandt, um beieinander zu schlafen. Das soll uns aber nicht hindern, nahe beieinander zu wohnen.« Diese Bemerkung war dazu bestimmt, dem Ganzen einen ehrbaren Anstrich zu geben. Als wir schlafen gingen, verließ mein Freund rücksichtsvoll das Zimmer, bis ich im Bett lag, legte sich in das andere und unterhielt sich noch lange mit mir.

Als er mir dann nochmals versicherte, er könne nackt im Bett mit mir zusammenliegen, ohne mir zu nahe zu treten, sprang er von seinem Lager auf und sagte: »Nun kannst du endlich einmal sehen, wie redlich ich es mit dir meine, und daß ich das halte, was ich versprochen habe.« Und schon kam er zu mir ins Bett.

Ich sträubte mich ein wenig, aber ich muß gestehen, ich hätte mich auch ohne seine Versprechungen nicht so sehr gesträubt. Nach kurzem Kampf blieb ich still liegen und ließ ihn ins Bett kommen. Er nahm mich in seine Arme, und so lagen wir die ganze Nacht beieinander, ohne daß er sich weitere Freiheiten erlaubte, als mich ab und zu einmal zu küssen. Als ich am nächsten Morgen aufstand, war ich so unschuldig wie am Tag meiner Geburt.

Das fand ich höchst erstaunlich, und andere, die auch wissen, wie die Gesetze der Natur sonst wirksam sind, werden sich vielleicht ebenso wundern; denn er war ein kräftiger, starker Mann und handelte auch nicht aus religiösen Grundsätzen heraus, sondern aus reiner Zuneigung zu mir. Weil ich ihm die liebste Frau auf der Welt war, wollte er mich nicht berühren.

Es war ein edler Zug an ihm, das muß ich wirklich zugeben, ich hatte etwas Derartiges noch nie erlebt und war daher im höchsten Grad erstaunt. Wir verlebten den Rest der Reise wie vorher und kamen bald darauf nach Bath zurück. Dort hatte er Gelegenheit, zu mir zu kommen, so oft er wollte, wir schliefen häufig beieinander und waren so vertraut wie Ehegatten, doch übte er stets größte Zurückhaltung und tat sich sehr viel darauf zugute. Ich kann nicht behaupten, daß ich, wie er meinte, damit ganz einverstanden war, ich muß gestehen, ich war viel verderbter als er.

So lebten wir fast zwei Jahre zusammen, nur daß er während dieser Zeit dreimal nach London ging und einmal vier Monate lang dort blieb. Doch versorgte er mich, das muß ich zu seiner Ehre sagen, immer reichlich mit Geld, so daß ich auch in seiner Abwesenheit gut leben konnte.

Hätten wir so weiter gelebt, so hätten wir Grund gehabt, uns dessen zu rühmen, doch nicht umsonst sagen kluge Leute, daß es gefährlich ist, mit dem Feuer zu spielen. Das sollten wir auch an uns erfahren. Um ihm nicht unrecht zu tun, muß ich zugeben, daß ich bei dem ersten Verstoß gegen unsre Abmachung die treibende Kraft war. Wir lagen wieder einmal vergnügt beisammen im Bett und hatten vermutlich beide ein wenig mehr getrunken als sonst, doch durchaus nicht etwa zu viel. Nach verschiednen kleinen Scherzen, die ich hier nicht beschreiben kann, lag ich eng umschlossen in seinen Armen und sagte ihm – ich wiederhole es mit Scham und Entsetzen –, ich wolle ihn für diese Nacht, doch ja nicht länger, von seinem Versprechen entbinden.

Er nahm mich sofort beim Wort, und nun gab es kein Widerstreben mehr, ich hätte allerdings auch gar keine Lust dazu gehabt. So war es mit all unsern guten Vorsätzen vorbei. Auf den Namen einer Freundin hatte ich allerdings kein Recht mehr, ich mußte ihn gegen die häßlich klingende Bezeichnung Dirne eintauschen. Am nächsten Morgen stellte sich die Reue ein, ich weinte bitterlich, und auch er war sehr unglücklich. Das war aber auch alles, womit wir unser Vergehen büßten; denn da nun einmal die Bahn frei und das Gewissen zum Schweigen gebracht war, hielt uns nichts mehr zurück.

Der Rest der Woche verlief recht unerquicklich für uns. Ich

schlug die Augen errötend nieder, wenn ich ihn sah, und fragte nur hin und wieder seufzend: »Wenn ich nun aber ein Kind bekomme, was soll dann aus mir werden?« Er tröstete mich, solang ich ihm treu bleibe, werde auch er mich nicht verlassen. Da es nun einmal, ohne daß er es wollte, soweit gekommen sei, werde er, falls ich schwanger würde, stets für das Kind und für mich sorgen. Das gab uns beiden Mut. Ich versicherte ihm, daß ich ihn unter keinen Umständen als Vater des Kindes angeben würde. Lieber wollte ich auf die Hilfe einer Hebamme verzichten und zugrunde gehn. Er dagegen versprach, es solle mir dann an nichts fehlen. Diese gegenseitigen Zusicherungen brachten uns über alle Bedenken hinweg, und wir sündigten ruhig weiter, so oft wir wollten, bis endlich das eintrat, was ich gefürchtet hatte, und ich schwanger wurde.

Nachdem ich meiner Sache sicher war und auch ihn überzeugt hatte, überlegten wir, welche Maßnahmen wir nun ergreifen sollten. Ich schlug vor, das Geheimnis unsrer Wirtin anzuvertrauen und sie um Rat zu fragen, und er war damit einverstanden. Die Wirtin schien an ähnliche Dinge gewöhnt zu sein und regte sich nicht sehr darüber auf. Sie hätte vorausgesehen, daß es dahin kommen würde, wir sollten uns keine grauen Haare darum wachsen lassen. Es zeigte sich, daß sie in solchen Dingen sehr erfahren war; sie nahm alles in die Hand, bestellte eine Hebamme und eine Wärterin, um allem Gerede vorzubeugen und unsern guten Ruf zu schützen. All dies verriet Weitblick und großes Geschick.

Als meine Stunde herannahte, verlangte sie, der Herr möge nach London gehn oder wenigstens so tun, als ginge er. Als er fort war, teilte sie dem Gemeindeamt mit, eine Dame in ihrem Hause werde demnächst niederkommen, sie kenne den Gatten der Dame sehr gut, er heiße Sir Walter Cleave und sei eine sehr angesehene Persönlichkeit, sie bürge für alles und sei zu näherer Auskunft gern bereit. Der Gemeinde genügten diese Angaben, und ich genoß bei meiner Niederkunft so großes

Ansehen, als wenn ich wirklich die Lady Cleave gewesen wäre. Bei der Entbindung standen mir einige der vornehmsten Bürgersfrauen von Bath bei. Das verursachte allerdings größere Ausgaben, und ich brachte meinem Freunde mein Bedauern darüber zum Ausdruck. Doch er wehrte ab und sagte, ich solle mir deshalb keine Gedanken machen.

Da er mir genügend Geld für die besonderen Ausgaben des Wochenbetts dagelassen hatte, hatte ich alles sehr hübsch, aber es lag mir gar nichts daran, verschwenderisch damit umzugehen. Ich kannte die Welt und wußte, daß solche menschlichen Beziehungen oft nicht von Bestand sind. Deshalb trug ich Sorge, so viel wie möglich von diesem Gelde für schlechte Zeiten beiseite zu legen, ließ ihn aber in dem Glauben, es sei alles für meine Niederkunft verwendet worden.

Auf diese Weise besaß ich, zusammen mit dem, was er mir bereits geschenkt und was von meinem eignen Besitz noch übrig war, am Ende meines Wochenbetts etwa zweihundert Guineen.

Ich brachte einen schönen Knaben zur Welt, ein ganz reizendes Kind. Als er davon hörte, schrieb er mir einen sehr netten, liebenswürdigen Brief, in dem er mir mitteilte, es werde sicher einen besseren Eindruck machen, wenn ich, sobald ich wieder bei Kräften sei, nach London käme, er habe mir bereits eine Wohnung in Hammersmith gemietet. Dort solle man denken, ich käme aus London. Später könnte ich ja dann mit ihm zusammen nach Bath zurückkehren.

Dieser Vorschlag sagte mir sehr zu; ich mietete deshalb einen Wagen und trat mit meinem Kind, einer Amme und einem Mädchen die Fahrt nach London an.

Er kam mir bis Reading mit seinem Wagen entgegen, ich stieg zu ihm ein und ließ die Frauen mit dem Kinde in dem Mietswagen. So fuhren wir nach meiner neuen Wohnung in Hammersmith, die mir ausnehmend gefiel. Ich konnte auch wirklich sehr zufrieden sein; denn sie hatte wunderschöne Räume.

Nun befand ich mich auf dem Gipfel des Glücks. Mir fehlte nichts als der Segen des Priesters, der mich zur rechtmäßigen Ehefrau machte. Da dieser Wunsch leider unerfüllbar war, bemühte ich mich, bei jeder Gelegenheit soviel Geld wie nur möglich für knappere Zeiten zu sparen. Ich wußte nur zu gut, daß das Glück unbeständig ist, daß die Männer einer Geliebten nicht treu bleiben, daß sie ihrer überdrüssig werden oder sie aus Eifersucht verlassen. Oft sind auch die Frauen selbst schuld. Wenn es ihnen noch gut geht, verstehen sie manchmal nicht, sich durch kluges Verhalten die Achtung vor ihrer Person zu sichern. Oder sie nehmen es nicht so genau mit der Treue und werden dann mit Recht verachtet und verstoßen.

In dieser Hinsicht drohte mir jedoch keine Gefahr. Ich war mit meinem Los so zufrieden, daß ich nicht die geringste Neigung verspürte, mich nach andrer Seite hin umzusehn. Ich hatte keine Gelegenheit, Bekanntschaften zu machen, und kam daher auch nie in Versuchung. Ich verkehrte nur bei der Familie, bei der ich wohnte, und mit der Frau eines Geistlichen nebenan. Wenn mein Geliebter abwesend war, besuchte ich niemanden, und wenn er zu mir kam, traf er mich stets zu Hause an. Verspürte ich einmal Lust, einen Spaziergang ins Freie zu machen, so geschah es nie ohne ihn.

Keiner von uns beiden hatte je die Absicht gehabt, unser Zusammenleben so zu gestalten, wie es tatsächlich war. Das Schicksal hatte uns ungewollt dazu geführt. Er beteuerte mir oft, daß er anfangs und sogar noch bis zu der Nacht, in der wir zum erstenmal unsern Grundsätzen untreu wurden, nicht im geringsten daran gedacht hatte, mich zu seiner Geliebten zu machen. Er habe sogleich eine aufrichtige Zuneigung zu mir empfunden, doch ohne jedes Begehren. Ich versicherte ihm, daß ich das auch von Anfang an gefühlt habe, sonst hätte ich ihm nicht die Freiheiten gestattet, die dann alles weitere verschuldeten. Das Ganze sei so überraschend gekommen, da wir in dieser Nacht unsrer Neigung zu sehr nachgegeben hätten. Ich habe es in der Tat seitdem oft beobachtet und teile es den Lesern dieser Geschichte als Vorsichtsmaßregel mit, daß man sich seiner Neigung nicht hemmungslos überlassen darf, damit unser sittliches Wollen nicht gerade dann versagt, wenn es am notwendigsten gebraucht wird.

Ich gestehe offen ein, daß ich von der ersten Stunde an, da ich mit ihm verkehrte, entschlossen war, mich ihm hinzugeben, wenn er es verlangte, aber nur, weil ich seine Hilfe brauchte und kein anderes Mittel wußte, ihn mir zu sichern. Als wir dann aber in jener Nacht zusammen waren und so viel gewagt hatten, merkte ich erst mit Schrecken, wie schwach ich war. Ich hatte nicht mehr die Kraft, meiner Gefühle Herr zu werden, und ließ ihnen freien Lauf.

Er war indessen so gütig, mir niemals Vorwürfe darüber zu machen. Auch hatte er nie etwas an meinem Verhalten auszusetzen, sondern beteuerte immer wieder von neuem, er fühle sich in meiner Gesellschaft noch genauso wohl wie in der ersten Stunde unsres Zusammenseins.

Er hatte zwar keine Frau, das heißt keine, die ihm wirklich Gattin war, aber auch die Stimme des Gewissens kann einen Mann aus den Armen einer Geliebten reißen. Das sollte ich später an mir selbst erleben.

Auch ich blieb nicht von Gewissensbissen über das Leben, das ich führte, verschont. Selbst im größten Wohlleben verfolgte mich oft als furchtbares Schreckgespenst der Gedanke an Armut und Hunger. Die Armut hatte mich in diese Not gebracht, die Angst vor kommender Armut hielt mich darin fest. Wie gern hätte ich ein andres Leben geführt, wenn ich Geld gehabt hätte, um mein Dasein zu fristen. Doch rasch verstummte die mahnende Stimme des Gewissens, wenn er kam. Das Zusammensein mit ihm übte einen solchen Reiz auf mich aus, daß aller Kummer dahinschwand. Die trüben Gedanken wagten sich nur in einsamen Stunden hervor.

So gingen sechs glückliche und zugleich auch unglückliche Jahre dahin. Ich brachte ihm drei Kinder zur Welt, von denen jedoch nur das älteste am Leben blieb. Innerhalb dieser sechs

Jahre zog ich zweimal um, kam aber im Laufe des sechsten wieder in meine alte Wohnung in Hammersmith zurück. Hier überraschte mich eines Morgens ein liebevoller, aber sehr trauriger Brief von meinem Freund. Er schrieb darin, er sei krank und fürchte einen neuen Anfall. Da die Verwandten seiner Frau bei ihm wohnten, könne ich ihn leider nicht besuchen. Das sei ihm sehr hart; denn er hätte es gar zu gern gesehn, wenn ich ihn wieder wie damals pflegte.

Dieser Brief erschreckte mich sehr. Ich wartete ungeduldig auf Nachricht, wie es ihm gehe, hörte aber vierzehn Tage lang nichts. Das wunderte mich, und ich wurde von Tag zu Tag unruhiger. Nachdem nochmals vierzehn Tage verstrichen waren, ohne daß ich etwas erfuhr, verlor ich vor Aufregung fast den Verstand. Zum Unglück wußte ich auch nicht genau, wo er wohnte; zuerst hatte ich geglaubt, er sei in der Wohnung seiner Schwiegermutter. Da ich ja aber selbst nach London übergesiedelt war, bot sich mir Gelegenheit, mich dort, wohin ich meine Briefe richtete, nach ihm zu erkundigen, und ich erfuhr, daß er in Bloomsbury wohnte, wohin er auch seine ganze Familie gebracht hatte. Seine Frau und seine Schwiegermutter wohnten im selben Hause, doch durfte seine Frau nicht wissen, daß sie mit ihm unter einem Dach lebte.

Hier erfuhr ich auch, daß er von den Ärzten bereits aufgegeben war. Nun war ich nicht mehr zu halten, ich mußte wissen, wie es mit ihm stand. Als Hausmädchen verkleidet, mit rundem Häubchen und Strohhut eilte ich eines Abends nach Bloomsbury und klopfte an die Tür seines Hauses. Ich tat, als habe mich eine Dame geschickt, die früher neben ihm wohnte, und brachte eine Empfehlung von meiner Herrschaft. Sie ließe durch mich anfragen, wie es Herrn . . . gehe und wie er die Nacht verbracht habe. Dies verschaffte mir die gewünschte Gelegenheit, mit einem der Mädchen zu sprechen. Ich hielt einen langen Schwatz mit ihr und erfuhr so alle Einzelheiten seiner Krankheit. Es sei eine Rippenfellentzündung, begleitet von Husten und Fieber; sie erzählte mir auch, wer außerdem noch in dem Hause wohnte und wie es seiner Frau ginge. Es bestehe Hoffnung, daß ihre Krankheit geheilt werde, mit dem Herrn jedoch stünde es sehr schlecht. Die Ärzte hätten ihn schon am Morgen aufgegeben, und wenn sich der Zustand jetzt auch ein klein wenig gebessert habe, erwarte man doch kaum, daß er die nächste Nacht überlebe.

Das waren schlimme Nachrichten für mich, und ich sah das Ende meines Wohllebens herannahn. Wie gut war es gewesen, daß ich vorgesorgt und mir, während er lebte, etwas erspart hatte, sonst hätte ich meinen Lebensunterhalt jetzt nicht bestreiten können.

Es lag mir auch schwer auf der Seele, daß nun niemand für meinen Sohn, einen hübschen, netten Jungen von fünf Jahren, sorgen würde. Kummervoll und mit traurigem Herzen kehrte ich an diesem Abend nach Hause zurück und begann darüber nachzudenken, wovon ich nun leben und wie ich mich einrichten sollte.

Sie werden verstehen, daß es mir keine Ruhe ließ, bis ich wieder Näheres über das Befinden meines Freundes erfuhr. Da ich jedoch nicht wagte, nochmals selbst hinzugehn, schickte ich verschiedene Boten, die sich unter irgendwelchen Vorwänden nach ihm erkundigen sollten. Nach wiederum vierzehn Tagen hörte ich dann, daß Hoffnung war, ihn doch am Leben zu erhalten, obgleich er immer noch sehr krank war. Deshalb schickte ich nun keine Boten mehr hin, und es dauerte gar nicht lange, da erfuhr ich in der Nachbarschaft, er sei bereits aufgestanden, und kurz darauf hieß es, er gehe wieder aus.

Ich zweifelte nun nicht, daß ich bald von ihm hören würde, und beruhigte mich bei dem Gedanken, daß nun wieder für mich gesorgt werde. Ich wartete eine Woche, eine zweite und zu meinem großen Befremden fast zwei Monate und hörte nichts von ihm, nur daß er nach seiner Wiederherstellung aufs Land gegangen war, um sich von seiner Krankheit in guter Luft recht rasch zu erholen. Zwei weitere Monate vergingen, bis ich erfuhr, er sei wieder in die Stadt zurückgekehrt, doch von ihm selbst hörte ich nicht das geringste.

Ich hatte verschiedene Briefe an ihn geschrieben und mit der gewohnten Anschrift versehen. Zwei oder drei davon waren abgeholt worden, die übrigen nicht. Ich schrieb nochmals, noch dringender als bisher, und ließ ihn wissen, daß ich genötigt sei, selbst bei ihm vorzusprechen, um ihm meine schwierige Lage zu schildern: die Miete sei zu zahlen, das Geld für den Unterhalt des Kindes entbehre ich sehr, ich selbst wisse nicht, wovon ich leben solle, obgleich er mir doch feierlich versprochen habe, für mich zu sorgen. Von diesem Briefe machte ich mir eine Abschrift, und da er wieder einen Monat lang nicht abgeholt wurde, sorgte ich dafür, daß diese Abschrift in einem Kaffeehaus, das er häufig besuchte, in seine Hände gelangte.

Dieser Brief nötigte ihn zu einer Antwort. Die ließ denn auch nicht auf sich warten und brachte mir die Gewißheit, daß er mich verlassen hatte. Er teilte mir mit, daß er kurz zuvor einen Brief an mich geschrieben hatte, in dem er mich bat, nach Bath zurückzugehn. Auf den Inhalt dieses Briefes werde ich noch zurückkommen.

In Zeiten der Krankheit sieht der Mensch das Leben mit andern Augen an als sonst, und solche Beziehungen wie die unseren erscheinen dann auch in anderem Lichte. Mein Liebhaber hatte dem Tode ins Auge gesehn und am Rande der Ewigkeit gestanden. Von Reue geplagt und mit trüben Gedanken über seinen leichtfertigen Lebenswandel betrachtete er seine sündhaften Beziehungen zu mir jetzt als einen fortgesetzten Ehebruch, als das, was sie wirklich waren, und nicht mehr als das, wofür er sie bisher gehalten hatte. Deshalb blickte er jetzt mit großem Abscheu darauf zurück.

Ich will nicht versäumen, hier eine persönliche Bemerkung einzufügen, die meinen Geschlechtsgenossinnen zur Richtschnur dienen möge, wenn sie einmal in ähnliche Lage kommen. Wenn einer Sünde, wie sie hier begangen wurde, auf-

richtige Reue folgt, so bleibt es nie aus, daß die Liebe sich in
Haß verwandelt. Je größer die Zuneigung war, um so größer
wird auch der Haß. Das wird immer so sein und ist auch gar
nicht anders denkbar. Denn wie könnte man die Tat verabscheuen und den lieben, der den Anlaß dazu gab. Mit der
Abkehr von der Sünde wird stets die Abkehr von dem Mitschuldigen Hand in Hand gehn.

So war es auch hier, obwohl die gute Erziehung und das
Gerechtigkeitsgefühl meinen Liebhaber davor bewahrten, zu
weit zu gehn. Aber sein Verhalten in der Folgezeit zeigt
deutlich die eben gekennzeichneten Merkmale. Er hatte aus
meinem letzten Brief und auch aus den übrigen, die er holen
ließ, ersehen, daß ich nicht nach Bath gegangen und daß sein
Brief nicht in meine Hände gelangt war. Daraufhin schrieb er
mir folgendes:

Gnädige Frau!

Es hat mich sehr gewundert, daß mein Brief vom Achten
des vorigen Monats nicht in Ihre Hände gelangt ist. Ich gebe
Ihnen mein Wort darauf, daß er in Ihrer Wohnung Ihrem
Mädchen übergeben wurde.

Ich will Ihnen nicht erzählen, wie es vor kurzem um mich
gestanden hat und wie ich, schon am Rande des Grabes,
durch die unerwartete und unverdiente Gnade des Himmels
dem Tode entrissen wurde. Es wird Ihnen auch nicht verwunderlich erscheinen, daß in dieser traurigen Lage unser unglückseliges Verhältnis eine der schwersten Lasten gewesen
ist, die mein Gewissen bedrückten. Ich brauche Ihnen wohl
nicht erst zu sagen, daß das, was man bereuen muß, ein für
allemal aus unserm Gesichtskreis zu verschwinden hat.

Ich wünschte, Sie gingen nach Bath zurück. Ich lege Ihnen
hier eine Fünfzigpfundnote bei, damit Sie Ihre Wohnung und
den Umzug davon bezahlen können. Es wird Sie nicht überraschen, wenn ich hinzufüge, daß ich Sie nur aus meinem
Schuldgefühl heraus und nicht, weil Sie mich irgendwie kränk-

ten, nicht mehr sehen kann. Für das Kind werde ich sorgen, lassen Sie es, wo es ist, oder behalten Sie es bei sich, ganz wie Sie wollen. Ich wünsche Ihnen, daß Sie das Vergangene im selben Lichte sehen wie ich und daß dies Ihnen innerlich weiterhelfe.

Ich verbleibe . . .

Dieser Brief brachte mich zur Verzweiflung. Mein Gewissen ließ mich nicht zur Ruhe kommen und quälte mich unbeschreiblich. Ich war meinen eignen Verfehlungen gegenüber nicht blind; es kam mir zum ersten Mal zum Bewußtsein, daß ich mich weniger schuldig gemacht hätte, wenn ich die Frau meines Bruders geblieben wäre. Diese Heirat konnte ja keinem von uns zur Last gelegt werden, da wir bei der Eheschließung nicht ahnten, wie nahe verwandt wir waren.

Ich hatte auch nie daran gedacht, daß ich all die Jahre über eine verheiratete Frau war, die Frau des Leinwandhändlers . . ., der mich unter dem Zwang der Verhältnisse wohl verlassen mußte, aber unsern Ehekontrakt nicht lösen konnte. Ich hatte daher kein gesetzliches Recht gehabt, wieder zu heiraten, und war während dieser ganzen Zeit nichts weiter als eine Dirne und eine Ehebrecherin gewesen. Jetzt endlich erkannte ich dies alles klar und machte mir Vorwürfe, daß ich die Grenzen des Erlaubten so bedenkenlos überschritten hatte. Ich war es gewesen, die den Freund verführte und so die Hauptschuld an unserm Vergehen trug. Ihn hatte die göttliche Gnade erleuchtet und so aus dem Abgrund errettet, mich aber hatte der Himmel verlassen, und ich verharrte im Bösen.

Derartig ernste und trübsinnige Gedanken quälten mich fast einen Monat lang. Ich ging nicht nach Bath, da ich keine Lust hatte, mit meiner früheren Wirtin wieder zusammenzutreffen. Einesteils fürchtete ich, sie werde mich nochmals zum Bösen verleiten, wie sie es schon einmal getan, andernteils war es mir peinlich, sie wissen zu lassen, daß man mir den Laufpaß gegeben hatte.

Das Schicksal meines kleinen Jungen machte mir auch viel

Kopfzerbrechen. Der Gedanke, mich von dem Kind trennen zu müssen, war mir schlimmer als der Tod. Doch die Aussicht, einmal über kurz oder lang für ihn sorgen zu müssen, ohne die nötigen Mittel dazu zu haben, bestimmten mich, in die Trennung einzuwilligen. Ich wollte aber in seiner Nähe bleiben, um ihn ab und zu einmal sehen zu können, ohne daß ich für ihn sorgen mußte. Deshalb teilte ich seinem Vater in einem kurzen Brief mit, ich sei seinen Wünschen in allem nachgekommen, nur könne ich mich nicht entschließen, nach Bath zurückzukehren. Die Trennung von ihm bedeute für mich allerdings einen Schlag, von dem ich mich nie erholen könnte, doch sei ich völlig davon überzeugt, daß er richtig gehandelt habe, und weit davon entfernt, mich seiner Sinnesänderung in den Weg zu stellen.

Hierauf schilderte ich ihm meine Lage in den ergreifendsten Ausdrücken. Ich hoffe, daß die Not, in der ich mich befinde und die ihn dereinst dazu bestimmt habe, mir großmütig seine freundschaftliche Hilfe anzubieten, ihn auch jetzt veranlassen werde, mich nicht im Stich zu lassen, wenn sich auch unsre Beziehungen, in die wir damals, ohne es zu wollen, hineingerieten, von Grund auf geändert hätten. Ich wünsche ebenso ehrlich wie er, zu bereuen, flehe ihn aber an, mich geldlich so zu stellen, daß ich nicht wieder den Versuchungen erliege, die sich im Gefolge von Armut und Not einstellen. Falls er befürchte, ich könne ihm lästig fallen, so solle er mir bitte die Rückreise nach Virginien ermöglichen, von wo ich damals gekommen, damit werde jeder Grund zu Besorgnis hinfällig. Ich schloß mit der Bitte, mir nochmals fünfzig Pfund zu schicken, um meine Reisekosten zu decken. Ich würde ihm dann eine Verzichturkunde zurücksenden und ihn nie wieder behelligen, es sei denn, um zu hören, wie es dem Kind gehe. Wenn meine Mutter noch am Leben sei und meine Verhältnisse es erlaubten, würde ich das Kind dann später nachkommen lassen und ihm diese Last abnehmen.

Das stimmte nun allerdings nicht. Ich hatte durchaus nicht

die Absicht, nach Virginien zu gehn, das wird mir jeder, der diese Geschichte gelesen hat, nachfühlen können. Es handelte sich für mich aber darum, womöglich noch einmal fünfzig Pfund von ihm zu bekommen; denn ich wußte ja genau, daß ich künftig nichts mehr zu erwarten hatte.

Mein Versprechen, auf jede weitere Hilfe ein für allemal zu verzichten und nie wieder Ansprüche an ihn geltend zu machen, erwies sich als sehr wirksam, und er schickte mir eine Anweisung auf das Geld durch jemanden, der zugleich eine Verzichturkunde mitbrachte, die ich sofort unterzeichnete. So endete dieses Kapitel meines Lebens, ohne daß ich damit einverstanden war.

Ich muß hier nochmals warnend meine Stimme erheben und darauf hinweisen, zu welch schlimmen Folgen es führen kann, wenn Menschen im Vertrauen auf ihre unschuldigen Absichten bis an die Grenze des Erlaubten gehn. Wir sind Menschen von Fleisch und Blut, und nur zu oft triumphiert die Begierde über die feierlichsten Versprechungen, und das Laster durchbricht die Schranken der Sitte, vor denen wahre, unschuldige Freundschaft haltmachen sollte. Doch ich überlasse diese Dinge besser dem eignen Nachdenken des Lesers. Er kann daraus vielleicht mehr Nutzen ziehn, als wenn er nur auf meine Worte hört. Ich, die ich selbst so rasch strauchelte, kann ihm nur ein schlechter Mahner sein.

Ich stand nun wieder allein in der Welt, losgelöst von allen Verpflichtungen als Ehefrau und auch als Geliebte. Außer meinem Gatten, dem Leinwandhändler, von dem ich nun schon seit fast fünfzehn Jahren nichts mehr gehört hatte, konnte mir niemand einen Vorwurf machen, wenn ich mich für völlig frei und ungebunden hielt. Und auch dieser hatte mir selbst beim Abschied geraten, ich solle annehmen, er sei tot, wenn ich nicht mehr von ihm höre, und mich ruhig wieder verheiraten, wenn ich Lust hätte.

Nun begann ich, meine Vermögenslage zu überprüfen. Ich hatte meinem Bruder viele Briefe geschrieben und um weitere

Hilfe gebeten. Da sich meine Mutter auch mit für mich verwendete, erreichte ich es, daß eine zweite Warenladung aus
Virginien an mich abging, um den Schaden, der mir bei
meiner Überfahrt entstand, wiedergutzumachen. Er verlangte allerdings, daß ich auf weitere Ansprüche verzichte
und ihm eine schriftliche Erklärung darüber zukommen lasse.
Ich fand diese Bedingung sehr hart, mußte mich aber damit
einverstanden erklären. Schließlich gelang es mir doch, meine
Güter in die Hand zu bekommen, ehe die Verzichterklärung
unterzeichnet war. Ich fand dann immer wieder neue Ausreden, um die Unterzeichnung hinauszuzögern, bis ich schließlich behauptete, ich müsse meinem Bruder erst noch einmal
schreiben, ehe es geschehen könnte.

Mit diesem Zuschuß aus Virginien und den letzten fünfzig
Pfund belief sich mein Vermögen auf etwa vierhundertfünfzig
Pfund. Ich hatte mir eigentlich weitere hundert Pfund gespart, hatte aber großes Pech damit. Ein Goldschmied, dem
ich sie anvertraut hatte, machte Bankrott. Dadurch verlor ich
siebzig Pfund; denn er konnte mir nur dreißig Prozent zu-
rückerstatten. Außerdem besaß ich noch etwas Silbergeschirr,
war aber mit Kleidern und Wäsche wohl versehen.

Mit diesem Vermögen mußte ich nun nochmals von vorn
anfangen. Man darf jedoch nicht vergessen, daß ich jetzt nicht
mehr dieselbe Frau war wie einst in Rotherhith. Denn erstens
war ich jetzt fast zwanzig Jahre älter, und das sah man mir
natürlich an, und zweitens hatte mir die anstrengende Reise
nach Virginien recht zugesetzt. Abgesehen von Schminke,
gegen die ich einen Widerwillen empfand, versäumte ich
nichts, um möglichst vorteilhaft auszusehn, doch läßt sich
nicht leugnen, daß immerhin ein kleiner Unterschied besteht
zwischen einer fünfundzwanzigjährigen und einer zweiund-
vierzigjährigen Frau.

Ich erwog zahllose Pläne, wie ich mir mein Leben in Zukunft einrichten wollte, und begann, ernsthaft darüber nachzudenken, was ich nun tun sollte, kam aber zu keinem Ent-

schluß. Ich gab mir Mühe, nach außen hin mehr zu erscheinen, als ich wirklich war, und ließ meine Umgebung im Glauben, ich sei eine gute Partie und verfüge selbständig über mein großes Vermögen, was ja auch, wenn man von der Größe absieht, wirklich der Fall war. Ich hatte leider gar keine Bekannten, das war schlimm für mich; denn dadurch fehlte es mir an einem Berater, den ich in meine Vermögensverhältnisse einweihen konnte. Die Erfahrung hatte mich gelehrt, wie schlimm es für eine Frau ist, wenn sie keine Freunde hat, fast ebenso schlimm wie Armut und bitterste Not. Ich sage absichtlich für eine Frau; denn Männer wissen sich meist selbst zu helfen und können auf Ratschläge von andern verzichten. Sie verstehen es besser als Frauen, Schwierigkeiten zu überwinden und Geschäftliches zu erledigen. Wenn aber eine Frau keine Freunde hat, mit denen sie ihre Angelegenheiten besprechen kann, die ihr raten und helfen, so kann man zehn gegen eins wetten, daß ihr übel mitgespielt wird. Je mehr Geld sie hat, um so mehr ist sie in Gefahr, übervorteilt und betrogen zu werden. So ging es mir mit den hundert Pfund, die ich dem Goldschmied anvertraute. Allem Anschein nach war er schon vorher in Zahlungsschwierigkeiten, da ich aber niemanden um Rat fragen konnte, wußte ich es nicht und verlor so mein Geld.

Wenn eine Frau so verlassen und ratlos im Leben dasteht, so denke ich unwillkürlich an Geld oder ein Schmuckstück, das auf der Landstraße verlorenging und vom ersten besten Vorübergehenden davongetragen wird. Ein tugendhafter, ehrlicher Mensch wird den Fund bekanntgeben, so daß er wieder zu seinem Eigentümer gelangt. Wie oft aber gerät solch ein Ding in die Hände von Spitzbuben, die sich kein Gewissen daraus machen, es sich anzueignen.

So erging es mir; denn ich war nun ein verlorenes, führerloses Wesen und hatte niemanden, der mir beistand und mich beriet. Ich wußte selbst ganz genau, welches Ziel mir vor Augen schwebte, ich wußte aber nicht, wie ich dieses Ziel auf dem einfachsten Weg erreichen konnte. Ich sehnte mich nach gesicherten Lebensverhältnissen; wäre ich zufällig einem redlichen, guten Mann begegnet, der mich zur Ehe begehrte, so wäre ich ihm die treueste Frau gewesen, die Tugend selbst in eigener Person. Daß es aber nicht immer so war, hatte seine Ursache nicht im Hang zum Bösen, sondern in der bittersten Not. Ich wußte von jeher den Wert eines gesicherten Daseins doppelt zu schätzen, weil ich es so oft entbehren mußte, und hätte mich wohl gehütet, dieses Glück leichtsinnig aufs Spiel zu setzen. Ich wäre sicher eine besonders gute Ehefrau geworden, da ich so viel Schweres durchgemacht hatte. Die Männer, mit denen ich verheiratet war, hatten auch nie Ursache, an meinem Betragen das geringste auszusetzen.

Aber das half mir jetzt nichts. Nirgends bot sich Aussicht auf Besserung meiner Lage. Ich wartete, lebte regelmäßig und sparsam, wie es mir in meinen Verhältnissen zukam, aber alles war umsonst, und mein kleines Kapital nahm zusehends ab. Ich wußte nicht, was ich tun sollte, die Angst vor der nahenden Armut lastete schwer auf meinem Gemüt. Etwas Geld besaß ich zwar noch, wußte aber nicht, wie ich es am besten anlegen sollte. Von den Zinsen allein konnte ich außerdem nicht leben, wenigstens nicht in London.

Endlich schien sich etwas Neues zu bieten. In dem Haus, in dem ich wohnte, lebte auch eine Dame aus Nordengland. Die rühmte häufig die Vorzüge ihrer Heimat, wie reichlich und billig alles dort zu haben sei und was für gute Gesellschaft man finde, so daß ich ihr eines Tages erklärte, ich hätte nicht übel Lust, in dieses gesegnete Land zu ziehn. Ich sei eine Witwe und hätte wohl mein gutes Auskommen, doch biete sich mir keine Gelegenheit, mein Vermögen zu vermehren, und London sei ein sehr teures Pflaster. Hier könnte ich kaum mit hundert Pfund jährlich auskommen, jedenfalls müßte ich auf jeden Verkehr verzichten, dürfte mir kein Mädchen halten und mir nicht den geringsten Luxus gestatten, ich müßte mich notgedrungen in die Einsamkeit zurückziehen.

Ich vergaß zu erwähnen, daß auch sie wie alle andern glaubte, ich sei sehr vermögend, besitze mindestens drei- oder viertausend Pfund, wenn nicht noch mehr, und könne frei darüber verfügen. Als sie hörte, ich hätte Lust, in ihre Heimat zu ziehn, wurde sie noch liebenswürdiger als zuvor. Sie erzählte mir, eine Schwester von ihr wohne in der Nähe von Liverpool, ihr Bruder sei ein sehr angesehener Herr dort und besitze auch in Irland ein großes Gut. In etwa zwei Monaten werde sie in ihre Heimat gehn, und wenn ich sie dorthin begleiten wolle, würde ich ein ebenso willkommener Gast sein wie sie selbst. Ich könne einen Monat oder auch länger dort bleiben, bis ich gesehen hätte, ob mir die Gegend zusage. Sollte es mir bei ihnen gefallen und ich mich zur Übersiedlung entschließen, so werde sie mir dabei behilflich sein. Sie nähmen zwar selbst keine Mieter bei sich auf, doch würden sie mich an eine nette Familie weiterempfehlen, bei der ich zu meiner Zufriedenheit untergebracht würde.

Hätte diese Frau meine wirklichen Verhältnisse gekannt, so hätte sie sich nicht so viel Mühe gegeben, mich armes, verlaßnes Geschöpf an sich zu locken. Ich konnte ihr ja nicht das geringste bieten. Meine Lage war so verzweifelt, daß es nicht viel schlimmer mit mir werden konnte; deshalb war es mir ziemlich gleichgültig, wie es mir dort ergehen würde, wenn man mir nur persönlich nichts zuleide tat. So ließ ich mich denn nach vielem Drängen und vielen Beteuerungen aufrichtiger Freundschaft und herzlicher Zuneigung herbei, sie zu begleiten, und machte mich zur Reise bereit, obgleich ich gar nicht recht wußte, wohin es eigentlich ging.

Nun stellte sich wieder eine neue Schwierigkeit ein. Das wenige, was ich auf der Welt besaß, bestand, abgesehen von ein wenig Silbergeschirr, meiner Wäsche und meinen Kleidern, nur in barem Geld; Haushaltgeräte hatte ich fast gar nicht, da ich immer in Untermiete wohnte. Ich kannte auch niemanden, dem ich mein kleines Vermögen anvertrauen konnte und der mich beriet, wie ich es anlegen sollte. Ich dachte an eine Bank oder andre Unternehmen in London, hatte aber keinen Freund, der diese Geschäfte für mich erledigen würde. Mich mit Banknoten, Kontobüchern, Anweisungen und ähnlichem auf die Reise zu begeben, hielt ich für unsicher. Wenn ich sie verlor, besaß ich nichts mehr, und dann war ich für immer erledigt. Außerdem konnte ich unterwegs überfallen und beraubt, vielleicht gar ermordet werden. Ich wußte wirklich nicht, was ich tun sollte.

Da kam mir eines Morgens der Gedanke, daß ich selbst zur Bank gehen konnte. Ich war schon des öfteren dort gewesen, um die Zinsen einiger Schuldverschreibungen, die ich besaß, in Empfang zu nehmen. Der Angestellte, mit dem ich dabei zu tun hatte, war mir gegenüber immer sehr ehrlich gewesen. Als ich mich einmal verzählt hatte und Geld, das mir gehörte, liegen ließ, rief er mich zurück, obgleich ich schon im Fortgehen war, und gab mir das fehlende, das er ebensogut in seine Tasche hätte stecken können.

Zu diesem Mann ging ich nun und fragte ihn, ob er sich die Mühe machen wollte, einer armen, alleinstehenden Witwe, die ohne fremde Hilfe nichts zu unternehmen wagte, mit seinem Rat beizustehn. Er erwiderte, wenn ich seine Meinung in einer geschäftlichen Angelegenheit wissen wollte, so sei er gern bereit, mir zu helfen, um mich vor Schaden zu bewahren. Er empfehle mir aber auch einen Bekannten, einen zuverlässigen Menschen, der ebenfalls Bankbeamter sei, wenn auch nicht an derselben Bank. Sein Urteil sei gut, und auf seine Ehrlichkeit könne ich mich verlassen. »Denn«, fügte er hinzu, »ich stehe für alles ein, was er tut, und übernehme die volle Verantwortung für jeden Schritt, den er unternimmt. Wenn er Sie nur um einen Heller schädigt, so bin ich bereit, dafür aufzukommen. Er hilft in solchen Fällen immer sehr gern und tut es aus reiner Nächstenliebe.«

Ich zögerte etwas, ehe ich mich bereit erklärte, mich an diesen wildfremden Menschen zu wenden, und antwortete erst nach einer Pause. Ich würde mich zwar gern ihm selbst anvertraun, weil ich ihn als ehrlich erkannt habe; wenn es aber nicht sein könnte, so sei mir seine Empfehlung lieber als jede andere. »Ich bin überzeugt, gnädige Frau«, sagte er, »daß Sie mit meinem Freund ebenso zufrieden sein werden wie mit mir, und er ist jederzeit in der Lage, Ihnen beizustehn, was bei mir leider nicht immer der Fall ist.« Es schien, als sei er mit eigenen Bankgeschäften überlastet und verpflichtet, im Augenblick nichts anderes zu übernehmen. Er fügte noch hinzu, sein Freund würde für seinen Rat und seine Hilfe nichts berechnen.

Wir vereinbarten, daß ich noch am selben Abend nach Geschäftsschluß mit ihm und seinem Freund zusammentreffen sollte. Sobald ich diesen Freund sah und wir zusammen unterhandelten, erkannte ich auf den ersten Blick, daß ich es mit einem grundehrlichen Menschen zu tun hatte; man konnte es ihm am Gesicht ablesen, und er war, wie ich später hörte, überall so gut angeschrieben, daß ich alle Bedenken aufgab.

Bei der ersten kurzen Begegnung, bei der nur das zur Sprache kam, was der Leser bereits weiß, bestellte er mich auf den nächsten Tag. In der Zwischenzeit könne ich mich ja nach ihm erkundigen. Ich hätte aber nicht gewußt, wie ich das bewerkstelligen sollte, da ich doch selbst keine Bekannten hatte.

Ich begab mich, wie vereinbart war, am nächsten Tag zu ihm, und teilte ihm offen alles Wissenswerte mit. Ich schilderte meine Lage eingehend: ich sei eine Witwe, komme aus Amerika und stehe ganz allein da, ohne Freunde und Angehörige. Die Angst, mein kleines Vermögen zu verlieren, mache mich fast wahnsinnig, und ich wüßte nicht, wen ich bitten sollte, es für mich zu verwalten. Ich sei im Begriff, nach dem Norden des Landes überzusiedeln, wo man billiger lebe, damit ich mein Kapital nicht anzugreifen brauche. Ich würde mein Geld gern auf eine Bank geben, wage aber nicht, die Papiere mit auf die Reise zu nehmen. Da ich in diesen Dingen sehr wenig erfahren sei, wisse ich auch nicht, wie ich sie auf schriftlichem Wege erledigen könne.

Er gab mir den Rat, das Geld auf ein Bankkonto einzuzahlen und zu vereinbaren, daß ich es bei Bedarf abheben könnte. Von Nordengland aus brauche ich dann nur eine Anweisung an den Kassierer zu schicken und erhielte jederzeit das, was ich wollte. Es sei dies ein laufendes Konto, die Bank zahle jedoch in diesem Fall keine Zinsen. Ich könnte auch Wertpapiere mit dem Geld kaufen und auf der Bank hinterlegen. Ich müsse aber persönlich zur Stadt kommen, wenn ich darüber verfügen und sie auf einen andern übertragen wolle. Es würde auch Schwierigkeiten machen, die halbjährliche Dividende in Empfang zu nehmen, wenn ich nicht am Ort wäre oder einen zuverlässigen Freund hätte, auf dessen Namen ich die Wertpapiere überschreiben ließe und der dann auch die Zinsen für mich abholen dürfe. Falls ich aber keinen vertrauenswürdigen Menschen finde, wäre ich um nichts gebessert. Bei diesen Worten sah er mich prüfend an und lächelte ein wenig; zuletzt fragte er: »Warum schaffen Sie sich nicht einen Verwalter an, gnädige Frau, der Sie sogleich mitsamt Ihrem Geld nimmt? Dann wären Sie Ihre Sorgen ein für allemal los.« – »Und mein Geld dazu«, entgegnete ich, »denn ich finde das Risiko ebenso groß.« Insgeheim aber dachte ich: Wenn Sie sich etwa um mich bewerben wollten, würde ich es mir sehr reiflich überlegen, ehe ich nein sagte.

In dieser Tonart unterhielten wir uns noch eine ganze Weile, und ich dachte schon ein paarmal, er hätte ernstliche Absichten, hörte dann aber zu meiner Betrübnis, daß er schon verheiratet war. Als er mir dies mitteilte, schüttelte er den Kopf und sagte bekümmert: »Ich habe wohl eine Frau, und doch auch wieder keine.« Ich glaubte schon, es gehe ihm wie meinem verflossenen Liebhaber, seine Frau sei geisteskrank, da er aber noch dringende Geschäfte zu erledigen hatte, konnten wir das Gespräch nicht fortsetzen. Er forderte mich auf, nach Geschäftsschluß zu ihm ins Haus zu kommen. Inzwischen würde er es sich überlegen, wie er mir helfen könnte, mein Geld sicher anzulegen. Ich war einverstanden und bat um seine Adresse. Er schrieb sie auf, las sie mir vor und sagte: »Da wohne ich, für den Fall, daß Sie sich mir anvertrauen wollen.« – »Já«, erwiderte ich, »ich glaube, ich kann es wagen, Sie haben ja eine Frau, und ich suche keinen Gatten. Außerdem vertraue ich Ihnen ja auch mein Geld an, und wenn ich das verlieren sollte, ist es mir ganz gleich, was aus mir wird.«

Er machte noch ein paar scherzhafte Bemerkungen, die sehr nett und höflich klangen. Wenn es ihm Ernst damit gewesen wäre, würde ich mich außerordentlich darüber gefreut haben. Wir sprachen aber nicht weiter davon, ich nahm den Zettel mit der Adresse an mich und versprach, mich am selben Abend um sieben Uhr bei ihm einzustellen.

Als ich zu ihm gekommen war, machte er mir verschiedene Vorschläge, wie ich mein Geld am sichersten anlegen könne, um Zinsen zu bekommen. Dabei tauchten immer wieder neue Schwierigkeiten auf, so daß er selbst die meisten Möglichkeiten als unsicher wieder verwarf. In allem, was er sagte, erschien er mir so uneigennützig und ehrlich, daß ich immer mehr in dem Glauben bestärkt wurde, hier wirklich den Mann gefunden zu haben, den ich zur Erledigung meiner Angelegenheiten brauchte. Ich hätte mich nicht in bessere Hände begeben können. Mit großer Offenheit sagte ich ihm denn auch, daß ich bisher niemals einem Mann oder einer Frau begegnet sei, denen ich volles Vertrauen schenkte, er aber sei derart selbstlos um meine Sicherheit besorgt, daß ich ihm mein bescheidenes Vermögen gern anvertrauen werde, wenn er bereit sei, es für eine arme Witwe zu verwalten, die sich noch nicht einmal erkenntlich dafür zeigen könne.

Er lächelte, stand auf und machte eine tiefe Verbeugung. Es freue ihn sehr, daß ich eine so gute Meinung von ihm habe, er werde mich bestimmt nicht täuschen, sondern alles tun, was in seinen Kräften stehe, um mir zu helfen; eine Bezahlung seiner Mühe käme gar nicht in Frage. Er könne aber trotz meines großen Vertrauens nichts übernehmen, was ihn verdächtig mache, aus Eigennutz zu handeln. Falls ich vor ihm sterben sollte, könne dies dann zu Streitigkeiten mit meinen Erben führen; es sei ihm verhaßt, in derartige Dinge verwickelt zu werden.

Darauf erwiderte ich, wenn dies seine ganzen Einwände wären, so würde ich sie bald entkräften und ihn davon überzeugen, daß er nicht das geringste zu befürchten habe. Wenn er mir verdächtig erschiene, würde ich ihm doch nie mein Gut anvertrauen. Außerdem sei es ihm unbenommen, die Verwaltung des Geldes in dem Augenblick aufzugeben, in dem er den geringsten Argwohn von meiner Seite verspürte. Betreffs der Erben versicherte ich ihm, ich hätte weder Verwandte noch Bekannte in England und daher auch keine Erben und Testamentsvollstrecker außer ihm. Falls ich mich aber wieder verheiraten sollte, wäre er seiner Mühe ja ohnehin enthoben, doch bestehe augenblicklich für einen derartigen Schritt keine Aussicht. Sollte ich sterben, ohne nochmals zu heiraten, so werde er mein Erbe sein. Das sei dann der Lohn für die treuen Dienste, die er mir, dessen sei ich sicher, leisten würde.

Sein Gesichtsausdruck veränderte sich, als ich das sagte. Freudestrahlend fragte er mich, wie ich eigentlich dazu komme, ihm soviel Wohlwollen entgegenzubringen. Um meinetwillen möchte er am liebsten noch Junggeselle sein. Ich lachte und sagte, er sei aber doch nun einmal verheiratet, deshalb dürfe er hinter meinem Anerbieten keine Nebenabsichten vermuten. Außerdem sei es kränkend für seine Frau, wenn er derartige Wünsche äußere.

»Da sind Sie völlig im Irrtum«, erwiderte er, »es ist schon wahr, ich habe eine Frau, und doch habe ich auch wieder keine Frau. Wenn ich sie am liebsten am Galgen sähe, dürfte mir niemand einen Vorwurf daraus machen.« – »Ihre Familienverhältnisse sind mir unbekannt«, entgegnete ich, »ich kann mir aber nicht denken, daß man seiner Frau den Tod wünschen darf.« – »Drum sagte ich Ihnen ja schon«, fiel er mir ins Wort, »sie ist meine Frau und ist es auch wieder nicht, Sie wissen ja gar nicht, welche Rolle ich in unsrer Ehe spiele und was für ein Wesen sie ist.«

»Das stimmt«, sagte ich, »ich weiß aber, daß Sie ein ganz ehrlicher Mensch sind, zu dem ich volles Vertrauen habe.«

»Schön«, sagte er, »da haben Sie recht, das bin ich auch, das ist aber nicht alles. Ich will es Ihnen ganz offen sagen, ich bin noch etwas anderes, ich bin ein Hahnrei, und sie ist eine Hure.« Er sagte es halb wie im Scherz, aber mit so verlegenem Lächeln, daß ich sofort merkte, wie nahe es ihm ging und wie unglücklich er war. »Das ändert die Sache allerdings«, entgegnete ich, »hinsichtlich dessen, was Sie vorhin sagten. Ein Ehrenmann können Sie aber trotzdem sein, daran kann das Verhalten Ihrer Frau nichts ändern. Wenn Sie indessen so von ihr betrogen werden, begreife ich nicht, wie Sie so anständig ihr gegenüber sein können und sich nicht scheiden lassen. Das geht mich ja aber gar nichts an«, fügte ich rasch hinzu. »Sie haben ganz recht«, stimmte er mir bei, »ich trage mich auch schon lange mit dem Gedanken, sie loszuwerden; denn das versichre ich Ihnen, ich fühle mich in der traurigen Rolle, die ich jetzt spiele, nicht wohl und bin außer mir darüber. Wenn ich nur wüßte, was ich tun soll! Daß meine Frau sich bessert, halte ich für ausgeschlossen; denn wer einmal eine Hure ist, bleibt eine Hure.«

Ich lenkte das Gesprächsthema in andere Richtung und begann nochmals, von meinen geschäftlichen Angelegenheiten zu reden. Als ich aber merkte, daß er mit seinen Gedanken nicht bei der Sache war, gab ich es wieder auf und ließ mir von ihm alle Einzelheiten seines ehelichen Zerwürfnisses erzählen. Es würde zu weit führen, wenn ich dies alles hier wiedergeben wollte, ich will nur erwähnen, daß er sich eine Zeitlang im Ausland aufhielt, ehe er die Stellung hier bekam. In dieser Zeit hatte seine Frau zwei Kinder von einem Offizier. Als er dann nach England zurückkehrte, nahm er sie auf ihre Bitten hin wieder zu sich und behandelte sie, als sei nichts geschehen. Zum Dank dafür lief sie mit dem Lehrling eines Leinwand-händlers davon, bestahl ihn, wo sie nur konnte, und lebte weiterhin auf seine Kosten. Sie sehen also, daß sie nicht etwa aus Not, wie es so oft der Fall ist, auf die schiefe Ebene geriet, sondern aus reiner Neigung zum Laster.

Ich hatte Mitleid mit ihm und wünschte ihm von Herzen, daß er sie los würde. Gar zu gern hätte ich dann noch über meine Angelegenheiten mit ihm gesprochen, aber es war nichts zu wollen, er kam von seinen Gedanken nicht los, blickte mich ernst an und sagte dann schließlich: »Sehen Sie, Madam, Sie sind gekommen, um sich Rat bei mir zu holen, und ich verspreche Ihnen auch, daß ich Ihren Wunsch so treulich erfüllen werde, als wenn es sich um meine eigene Schwester handelte. Nun sind Sie mir aber so freundlich ent-gegengekommen, daß dies mich ermutigt, die Rollen einmal zu tauschen und Sie um einen Rat zu bitten. Sagen Sie mir doch, was soll ich armer, betrogener Bursche mit dieser Person anfangen? Wie kann ich wieder zu meinem Recht kommen?«

»Ach, mein Herr«, gab ich ihm zur Antwort, »die Sache ist so heikel, daß ich kaum wage, Ihnen als Außenstehende einen Rat zu geben. Ich finde nur, daß die Tatsache recht einfach ist: Ihre Frau ist Ihnen davongelaufen, und Sie sind sie auf diese Weise losgeworden. Was wollen Sie noch mehr?« – »Ja«, erwiderte er, »sie ist weg, aber deshalb bin ich sie doch noch lange nicht los.« – »Das ist allerdings wahr«, gab ich zu, »sie könnte auf Ihren Namen noch Schulden machen, doch soviel ich weiß, sieht das Gesetz Möglichkeiten vor, das zu verhin-dern; Sie müssen es öffentlich bekanntmachen, daß Sie für die Schulden Ihrer Frau nicht aufkommen.«

»Ach nein«, unterbrach er mich, »darum handelt es sich für mich ja gar nicht, dagegen habe ich mich schon gesichert. Ich möchte sie vor allem los werden, um mich wieder verheiraten zu können.«

»Dann müssen Sie sich eben von ihr scheiden lassen, mein Herr«, riet ich ihm. »Wenn Sie das, was Sie mir soeben alles erzählt haben, richtig beweisen können, muß Ihnen das doch gelingen, und Sie sind frei.«

»Das ist aber sehr langwierig und kostspielig«, entgegnete er.

»Vielleicht können Sie unterdessen ein weibliches Wesen finden«, schlug ich ihm vor, »das Ihnen gewogen ist und Ihren Heiratsversprechungen Glauben schenkt, Ihre Frau dürfte Ihnen doch wohl keine Schwierigkeiten machen und Ihnen die Freiheiten abstreiten, die sie sich selber herausnimmt.«

»Eine anständige Frau«, meinte er, »würde sich wohl kaum dazu bereit finden, und von der andern Sorte habe ich genug, mit solchen will ich nichts mehr zu tun haben.«

Im Augenblick schoß mir der Gedanke durch den Kopf: Wenn Sie mir einen solchen Antrag gemacht hätten, so wäre ich mit Freuden darauf eingegangen. Das sagte ich aber natürlich nur leise zu mir selbst, ihm dagegen gab ich zur Antwort: »Mit diesem Urteil nehmen Sie jeder anständigen Frau die Möglichkeit, Ihre Neigung zu erwidern, da Sie ja alle, die dazu bereit wären, für nicht anständig halten.« – »Ich wünschte«, griff er meine Worte auf, »Sie könnten mich davon überzeugen, daß eine anständige Frau es mit mir wagen will; ich wäre sofort bereit.« Ganz unvermittelt fügte er dann noch hinzu: »Würden Sie mich nehmen, Madam?«

»Nach allem, was Sie vorhin gesagt haben, ist das keine sehr ehrenvolle Frage«, antwortete ich, »damit Sie aber nicht denken, ich ließe mich vielleicht doch noch überreden, will ich Ihnen klipp und klar antworten: nein, das kommt nicht in Frage. Mich führt ein ganz anderes Anliegen hierher zu Ihnen; ich hatte allerdings nicht erwartet, daß Sie mein ernst gemeintes Ersuchen und meine verzweifelte Lage in dieser Weise ins Lächerliche ziehen würden.«

»Meine Lage ist mindestens so betrüblich wie die Ihre«, antwortete er mir, »und ich bedarf ebenso eines guten Rates wie Sie; wenn mir nicht von irgendeiner Seite geholfen wird, werde ich noch verrückt. Ich bin völlig ratlos und weiß nicht mehr, was ich tun soll, das können Sie mir glauben.« – »Und doch ist Ihnen leichter zu raten als mir«, wandte ich ein. »So sprechen Sie doch«, drängte er mich, »ich bitte Sie herzlich darum, ich fange schon wieder an, Mut zu schöpfen.«

»Ja, gern«, antwortete ich, »in Ihrem Fall, der so klar auf der Hand liegt, können Sie mit Leichtigkeit eine gesetzliche Scheidung herbeiführen, und es gibt genügend ehrenhafte Frauen, um die Sie sich bewerben können. Wir Frauen sind viel zu zahlreich, als daß es Ihnen daran fehlen sollte.«

»Da haben Sie allerdings recht«, meinte er, »ich will Ihren Rat befolgen, doch muß ich Ihnen vorher noch eine wichtige Frage stellen.«

»Fragen Sie mich alles, was Sie wollen«, erwiderte ich, »bloß nicht das, was Sie bereits vorhin erwähnten.«

»Nein, mit dieser Antwort gebe ich mich nicht zufrieden«, entgegnete er; »denn gerade das wollte ich Sie noch einmal fragen.«

»Stellen Sie meinetwegen soviel Fragen, wie Sie Lust haben«, sagte ich daraufhin, »auf diese Frage habe ich Ihnen ja schon längst Antwort gegeben. Wie können Sie überhaupt denken, daß ich so etwas im voraus beantworte! Keine Frau würde glauben, daß Sie das im Ernst meinen, jede würde denken, Sie machten nur Spaß.«

»Nein, nein, ich scherze nicht«, beteuerte er, »ich spreche im vollen Ernst, betrachten Sie meine Frage bitte von diesem Standpunkt aus.«

»Ich kam doch aber in meinen eigenen Angelegenheiten hierher«, entgegnete ich ernst, »darf ich Sie nochmals darum bitten, mir einen Rat zu geben, was ich tun soll.«

»Ich will mir's überlegen und Ihnen Bescheid geben, wenn Sie wiederkommen«, versprach er mir.

»Nein, das geht nicht«, wandte ich ein, »Sie haben es mir doch ein für allemal unmöglich gemacht, wiederzukommen.«

»Warum?« fragte er und blickte mich überrascht an.

»Weil«, antwortete ich, »Sie doch nicht annehmen können, daß ich Sie nach der Frage, die Sie mir stellten, nochmals besuche.«

»Doch«, rief er aus, »Sie müssen mir versprechen, auf jeden Fall wiederzukommen, ich bin auch bereit, kein Wort mehr über die Sache zu verlieren, bis ich gesetzlich geschieden bin. Überlegen Sie es sich unterdessen, damit Sie sich, wenn es soweit ist, meinen Wünschen willfähriger zeigen; denn Sie sind die Frau, die ich haben will, sonst lasse ich mich überhaupt nicht scheiden. Ihre unerwartete Güte hat es mir angetan, doch habe ich auch noch andre Gründe.«

Er hätte mir nichts Angenehmeres sagen können, doch wußte ich, daß ich ihn mir am besten sicherte, wenn ich mich abweisend verhielt, solange die Heirat noch in weiter Ferne lag. Es war ja immer noch Zeit genug, ihm mein Jawort zu geben, wenn die Scheidung endgültig ausgesprochen war. Deshalb erwiderte ich ihm höflich, wir wollten unsre Entscheidung erst treffen, wenn alle Hindernisse beseitigt wären. Ich sei im Begriff fortzureisen und gebe ihm damit Gelegenheit, sich anderweit zu binden, falls ihm irgend jemand besser gefiele. Damit war unser Gespräch beendet; ich sollte ihm nur noch versprechen, am nächsten Tag wiederzukommen, um meine eigenen Angelegenheiten mit ihm zu ordnen. Erst nach vielem Drängen erklärte ich mich dazu bereit. Hätte er in mein Inneres hineinsehen können, so hätte er gemerkt, daß es seiner Überredungskunst gar nicht bedurfte und ich nur zu gern der Einladung folgte.

Am nächsten Abend stellte ich mich wie vereinbart bei ihm ein und brachte mein Mädchen mit; er sollte sehen, daß ich mir eins hielt. Er meinte, das Mädchen solle dableiben und auf mich warten. Damit war ich aber nicht einverstanden und trug ihr auf, mich gegen neun Uhr wieder abzuholen. Da ihm das nicht recht war, bot er mir an, mich selbst sicher nach Hause zu bringen. Darüber war ich allerdings wenig erfreut;

denn ich fürchtete, er wolle nur sehen, wo ich wohne, und sich nach meinem Ruf und meinen Verhältnissen erkundigen. Ich erklärte mich trotzdem damit einverstanden, da er von den Leuten dort nichts Unvorteilhaftes über mich erfahren konnte. Sie wußten nur, daß ich eine vermögende Frau war und einen sittsamen Lebenswandel führte. Ob derartige Urteile der Wahrheit entsprechen oder nicht, spielt dabei gar keine Rolle, es kommt nur darauf an, daß alle Frauen, die etwas vom Leben erwarten, den guten Ruf ihrer Tugendhaftigkeit nach außen hin wahren, auch wenn sie diese Eigenschaft in Wirklichkeit schon längst eingebüßt haben.

Zu meiner großen Freude hatte er ein Abendbrot für mich bereit. Ich merkte auch, daß er in seinem schönen, hübsch eingerichteten Haus recht gut lebte. Das war mir sehr lieb; denn ich betrachtete alles bereits als mein Eigentum.

Wir kamen wieder auf das gleiche Thema zu sprechen wie am Vorabend, das ihm anscheinend sehr am Herzen lag. Er beteuerte mir seine Zuneigung, und ich hatte auch wirklich keinen Grund, an seiner Ehrlichkeit zu zweifeln. Gleich vom ersten Augenblick an habe er mich in sein Herz geschlosssen, ehe ich überhaupt ein Wort davon gesagt hätte, daß ich ihm mein Vermögen anvertrauen wolle. Wann es anfing, dachte ich bei mir, ist mir ganz gleich, ich lege nur Wert darauf, daß es anhält. Dann erzählte er mir, wie sehr ihn mein vertrauensvolles Anerbieten erfreut habe. Das war ja auch von Anfang an meine Absicht, dachte ich bei mir; allerdings lebte ich da noch in dem Glauben, er sei Junggeselle. Nach dem Abendbrot nötigte er mich, Wein zu trinken, das lehnte ich zunächst ganz ab, trank aber schließlich doch ein oder zwei Glas. Dann kündigte er mir an, er habe mir einen Vorschlag zu machen, den dürfe ich ihm auf keinen Fall übelnehmen, auch wenn ich nicht darauf eingehen wolle. Ich entgegnete ihm, es sei hoffentlich nichts Ungehöriges, was er mir da vorzuschlagen habe, noch dazu in seinem eignen Haus. Sollte er etwas Derartiges vorhaben, so möge er lieber ganz davon schweigen, damit ich nicht genötigt sei, ihm meinen Unwillen zu zeigen. Das würde die Achtung, die ich vor ihm habe, und das Vertrauen, mit dem ich sein Haus betrat, schwer erschüttern. Es sei vielleicht richtiger, wenn ich mich gleich verabschiede. Dabei begann ich schon, meine Handschuhe anzuziehn und mich zum Gehen fertig zu machen. Ich hatte natürlich nicht vor, es dazu kommen zu lassen, ebensowenig wie er.

Er bestürmte mich heftig, nicht schon vom Fortgehen zu sprechen, und versicherte mir, er sei weit davon entfernt, mir irgend etwas Unehrenhaftes zuzumuten. Wenn ich das befürchte, würde er lieber ganz darüber schweigen.

Das war mir natürlich auch wieder nicht recht. Deshalb erklärte ich, ich sei gern bereit, alles anzuhören, was er mir zu sagen habe, allerdings unter der Bedingung, daß er nichts Unschickliches verlange. Daraufhin machte er mir nun folgenden Vorschlag: Ich solle ihn heiraten, auch wenn die Scheidung von seiner Frau noch nicht endgültig erfolgt sei. Um mir zu beweisen, daß er nur die besten und ehrlichsten Absichten verfolge, verspreche er mir, daß ich vor der Scheidung aller ehelichen Pflichten enthoben sei. Mit dem Herzen willigte ich sofort in dieses Angebot ein, doch erschien es mir passender, mich zunächst noch etwas zu sträuben. Ich lehnte den Antrag daher als etwas Ungehöriges sehr heftig ab, durch solch einen Vorschlag könnten wir beide in die größten Schwierigkeiten geraten. Wenn er zu guter Letzt die Scheidung doch nicht durchsetzte, hätten wir weder die Möglichkeit, die Ehe rückgängig zu machen, noch sie fortzusetzen. Er möge sich nur einmal überlegen, wie unhaltbar dieser Zustand sein würde, solange er nicht endgültig von seiner Frau geschieden sei.

Ich machte nach und nach soviel Bedenken gegen seinen Vorschlag geltend, daß er ihn schließlich selbst als sinnlos verwarf. Da kam er aber gleich mit etwas anderem: ich solle dann wenigstens einen Kontrakt unterzeichnen, in dem ich mich verpflichte, ihn zu heiraten, sobald seine Ehe geschieden war. Sollte er die Scheidung nicht durchsetzen, so sei ich frei und ungebunden.

Ich gab zu, daß dieser Vorschlag bei weitem vernünftiger sei als der erste. Ich fühlte jetzt zum ersten Mal deutlich, daß es ihm mit seiner Werbung wirklich ernst sei, deshalb hielt ich es für meine Pflicht, noch keine endgültige Entscheidung zu treffen, sondern die Sache erst noch einmal reiflich zu erwägen. Ich spielte also mit diesem Liebhaber wie ein Angler mit einer Forelle. Ich wußte nun, daß er fest angebissen hatte, deshalb konnte ich es mir ruhig leisten, diesen neuen Vorschlag zunächst scherzhaft abzutun und meinen Bewerber auf später zu vertrösten. Ich gab ihm zu bedenken, daß er mich noch kaum kenne, er möge sich deshalb erst einmal richtig nach mir erkundigen. Ich gestattete ihm, mich heimzubegleiten, forderte ihn aber nicht auf, mit in meine Wohnung zu kommen, da dies nicht schicklich sei.

Ich brachte es also fertig, die Unterzeichnung des Kontrakts vorläufig abzulehnen. Dafür hatte ich meine guten Gründe. Die Dame, die mich nach Lancashire eingeladen hatte, ließ nämlich nicht locker und malte mir das Leben, das mich in ihrer Heimat erwarte, in so leuchtenden Farben, daß ich mein Glück erst einmal dort versuchen wollte. Vielleicht konnte ich noch etwas Besseres finden. Meinen braven Spießer hätte ich bedenkenlos sitzen lassen; ich war nicht so unsterblich in ihn verliebt, daß ich ihn nicht um eines Reicheren willen sofort aufgegeben hätte.

So drückte ich mich mit viel List und Tücke um den Kontrakt herum und sagte ihm, ich verreise nun für einige Zeit nach Nordengland. Von dort aus bekäme er Nachricht, damit er wisse, wohin er mir wegen des Geldes schreiben solle. Als Zeichen meiner großen Achtung und meines unbedingten Vertrauens ließe ich fast meinen ganzen Besitz in seinen Händen. Ich gab ihm auch mein Wort, daß ich unverzüglich zurückkommen werde, sobald die Scheidung ausgesprochen sei. Dann wollten wir ernstlich über die bevorstehende Heirat reden. Ich muß offen gestehen, daß ich die Reise aus sehr verwerflichen Gründen unternahm. Das Folgende wird jedoch zeigen, daß die, die mich dorthin lockten, noch viel niederträchtiger handelten. Ich fuhr also mit meiner sogenannten Freundin nach Lancashire. Unter dem Deckmantel ehrlicher, aufrichtiger Zuneigung erwies sie mir unterwegs alle nur denkbaren Aufmerksamkeiten. Abgesehen von den Fahrtkosten durfte ich nichts bezahlen. In Warrington nahm uns ihr Bruder mit seinem herrschaftlichen Wagen feierlich in Empfang und fuhr uns nach Liverpool.

Dort wurden wir im Hause eines reichen Kaufmanns mehrere Tage lang sehr gastfrei aufgenommen. Wegen der nun folgenden Ereignisse möchte ich aber seinen Namen lieber nicht nennen. Von dort aus mußte ich meine Freundin zu ihrem Onkel begleiten, bei dem wir, wie sie in Aussicht stellte, sehr gut aufgenommen würden. Dieser Onkel ließ uns mit einer vierspännigen Kutsche abholen, und wir fuhren etwa vierzig Meilen weit; wohin es ging, könnte ich nicht mehr sagen.

Nach langer Fahrt kamen wir endlich auf einem vornehmen Landsitz an, der von einem großen Park umgeben war. Eine zahlreiche Familie aus vornehmsten Gesellschaftskreisen empfing uns und begrüßte meine Begleiterin als Kusine. Ich machte ihr Vorwürfe, daß sie mir nicht beizeiten Bescheid gesagt hatte. Wenn ich gewußt hätte, daß sie mich in so auserlesene Gesellschaft bringen wollte, würde ich mich mit besserer Garderobe versehen haben. Als die Damen dies hörten, sagten sie mir mit liebenswürdiger Zuvorkommenheit, bei ihnen schätze man die Menschen nicht nach den Kleidern wie in London. Durch ihre Kusine wüßten sie genau, wen sie vor sich hätten, so daß ich nicht eleganter Toiletten bedürfe, um in gutem Licht zu erscheinen. Sie sahen also in mir nicht das, was ich war, sondern das, wofür sie mich hielten, nämlich eine verwitwete Dame aus guter Familie mit großem Vermögen.

Bald merkte ich, daß die ganze Familie, auch die Kusine, der römisch-katholischen Kirche angehörte. Man ließ mich aber nicht fühlen, daß ich in einem andern Glauben erzogen war, sondern behandelte mich äußerst entgegenkommend. Ich muß offen gestehen, daß ich keine festen religiösen Grundsätze hatte und daher auch Andersdenkenden gegenüber weitherzig war. Ich lernte die römische Kirche hier von einer günstigen Seite kennen und äußerte im Gespräch, daß alle religiösen Streitigkeiten unter den Christen meiner Meinung nach nur auf Vorurteilen beruhen, die durch einseitige Erziehung großgezogen werden. Wenn es der Zufall gewollt hätte, daß mein Vater als römischer Katholik zur Welt kam, so hätte mich diese Religion sicher genauso befriedigt wie jetzt die meine.

Das rechneten sie mir hoch an. Unter den vielen Leuten, von denen ich ständig umgeben war und mit denen ich mich aufs beste unterhielt, waren auch mehrere alte Damen, die mich anscheinend recht gern zu ihrem Glauben bekehrt hätten. Ich hatte keine Bedenken, sie zur Messe zu begleiten und alles nachzuahmen, was ich sie tun sah. Da ich aber nicht die Absicht hatte, mich bekehren zu lassen, vertröstete ich sie auf die Zukunft. Ich würde erst dann übertreten, wenn ich durch Unterricht genaueren Einblick in die katholische Lehre gewonnen hätte. Auf die Weise kamen die Bekehrungsversuche zum Stillstand.

Auf diesem Landsitz blieb ich etwa sechs Wochen, dann brachte mich meine Freundin in ein Dorf, das sechs Meilen von Liverpool entfernt war. Dort besuchte mich ihr Bruder mit seinem Wagen und zwei Dienern in glänzender Livree. Er fing sogleich damit an, mir den Hof zu machen. Man hätte allerdings meinen sollen, ich sei zu gewitzigt, um mich in dieser Beziehung hinters Licht führen zu lassen, und ich glaubte das auch selbst. Meine sichere Aussicht in London wollte ich nur dann aufgeben, wenn ich mich sehr verbessern konnte, das hatte ich mir fest vorgenommen. Nun schien mir dieser Bruder aber doch eine Partie zu sein, die sich lohnte. Seine Ländereien, deren größter Teil sich in Irland befand, sollten mindestens tausend Pfund jährlich einbringen, sogar eintausendfünfhundert, wie seine Schwester sagte.

Mich, die reiche Witwe, wagte man gar nicht nach der Höhe meines Vermögens zu fragen. Meine falsche Freundin hatte sich einzig und allein auf das törichte Gerede von meinem Reichtum verlassen, aus den fünfhundert Pfund machte sie fünftausend, und dann wurden sogar fünfzehntausend daraus. Der Irländer, denn dafür hielt ich ihn, machte mir im Hinblick auf diese Summen immer eifriger den Hof, er überhäufte mich mit kostbaren Geschenken und stürzte sich in wahnsinnige Schulden, um seiner Werbung nach außen hin einen glänzenden Anstrich zu geben. Er war, das muß man ihm lassen, eine außerordentlich vornehme Erscheinung, groß, von tadelloser Figur und äußerst gewandt. Er sprach mit solcher Selbstverständlichkeit von seinem Park und seinen Ställen, seinen Pferden, seinen Wildhütern und Wäldern, seinen Pächtern und Bedienten, als ob er das alles wirklich besessen hätte. Und ich Leichtgläubige lauschte mit staunenden Augen seinen Schilderungen. Er fragte nie nach meinem Vermögen oder meinen Besitzungen, doch versprach er mir, wenn wir nach Dublin kämen, werde er mir ein Wittum aussetzen, das mir jährlich sechshundert Pfund Rente aus den Erträgen von fruchtbaren Ländereien einbrächte, den Kontrakt wolle er sofort abschließen.

Eine solche Sprache war ich nicht gewöhnt und verlor daher jeden Maßstab. Seine Schwester war die Natter an meinem Busen, die mir täglich, ja stündlich vorschwärmte, auf wie großem Fuße ihr Bruder lebte. Bald kam sie und fragte, in welcher Farbe mein Wagen gemalt und ausgeschlagen werden sollte, bald wollte sie wissen, was für eine Livree mein Page tragen sollte. Meine Augen waren völlig geblendet, ich hatte die Kraft verloren, nein zu sagen, und willigte ein, ihn zu heiraten. Wir fuhren weit ins Land hinein, um uns in der Stille von einem katholischen Priester trauen zu lassen. Man versicherte mir, diese Trauung sei ebenso rechtskräftig wie die eines Pfarrers der englischen Kirche.

Es war mir nicht ganz wohl zumute, wenn ich an meinen treuen Bankbeamten dachte, den ich nun so schändlich verlassen hatte, der mich so ehrlich liebte und sich um meinetwillen bemühte, von seinem abscheulichen Weib, das ihn so gemein betrogen hatte, loszukommen. Er hatte sich unendliches Glück von seiner neuen Auserwählten versprochen, und diese neue Auserwählte lag nun in den Armen eines andern und gab jener in nichts nach.

Aber die trügerische Hoffnung auf großen Besitz und andere schöne Dinge, die seine Schwester, dieses elende Geschöpf, das ich betrog und das mich wieder betrog, mir stündlich vorgaukelte, trieb mich gewaltsam vorwärts und ließ mir keine Zeit, an London zu denken, noch viel weniger an die Verpflichtung, die ich einem Menschen gegenüber hatte, der sicher tausendmal wertvoller war als der, dem ich mich jetzt Hals über Kopf vermählt hatte.

Aber es war nun einmal geschehen, ich lag in den Armen eines neuen Gemahls, der noch genauso auftrat wie zuvor, prachtliebend und prunksüchtig, und mindestens tausend Pfund jährlich gebraucht hätte, um diesen Aufwand zu bestreiten.

Nachdem wir ungefähr einen Monat verheiratet waren, sprach mein Gatte davon, wir wollten nach West-Chester gehn, um uns nach Irland einzuschiffen, doch schien er es nicht besonders eilig zu haben; denn es dauerte noch drei Wochen, ehe wir aufbrachen. Dann schickte er zunächst nach Chester, um einen Wagen zu bestellen, der uns an dem sogenannten Black Rock, gegenüber von Liverpool, abholen sollte. In einem schönen Boot, einer sechsrudrigen Pinasse, machten wir die Überfahrt nach Black Rock, die Dienerschaft, die Pferde und das Gepäck dagegen wurden in einem Fährboot hinüberbefördert. Mein Mann entschuldigte sich,

166

daß er in Chester keine Bekannten habe, die uns aufnehmen könnten, er wolle jedoch vorauseilen und ein paar schöne Zimmer in einem Privathaus mieten. Als ich ihn fragte, wie lang wir in Chester bleiben würden, meinte er, höchstens ein oder zwei Nächte, bis ein Wagen gemietet sei, der uns nach Holyhead bringe. Für so kurze Zeit, wandte ich ein, sei es doch nicht der Mühe wert, erst noch ein Privatlogis zu suchen, in einem so großen Ort wie Chester gäbe es doch zweifellos gute Gasthäuser. Das leuchtete ihm ein, und wir übernachteten in einem Gasthof unweit der Kathedrale; welches Zeichen auf seinem Aushängeschild zu sehen war, erinnre ich mich allerdings nicht.

Als wir uns dort über die bevorstehende Reise nach Irland unterhielten, fragte mein Gatte beiläufig, ob ich in London nicht noch Geschäftliches zu erledigen habe, ehe wir uns einschifften. Ich verneinte dies, etwas Wichtiges käme nicht in Frage, und alles andere könne ebensogut brieflich von Dublin aus geregelt werden. »Meine Schwester sagte mir«, fuhr er sehr höflich fort, »daß der größte Teil deines Vermögens sich auf der Bank von England befindet, und ich bin überzeugt, daß du es dort sicher angelegt hast. Es könnte aber doch sein, daß Überweisungen oder sonstige Veränderungen nötig sind, das müßte natürlich erst in London erledigt werden, ehe wir die Fahrt nach Irland antreten.«

Ich sah ihn erstaunt an und erklärte, ich verstehe nicht recht, was er eigentlich damit meinte. Ich wüßte von keinen Wertpapieren, die ich auf der Bank von England angelegt haben sollte. Er werde doch hoffentlich nicht behaupten, daß ich ihm je so etwas erzählt habe. »Nein«, entgegnete er, »du nicht, aber meine Schwester hat mir gesagt, der größte Teil des Geldes sei dort angelegt. Ich erwähne dies auch nur, damit wir nicht gezwungen sind, von Irland aus nochmals zurückzufahren, wenn wirklich noch etwas zu erledigen ist; denn«, fügte er hinzu, »es ist mir nicht lieb, wenn du dich den Gefahren dieser Seereise unnötig aussetzt.«

Seine Worte hatten mich recht seltsam berührt, und ich
sann darüber nach, was wohl dahinter stecken könnte. Anscheinend hatte meine Freundin ihrem Bruder allerlei von mir
erzählt, das nicht zutraf, und ich wollte die Sache nun unbedingt klären, ehe ich England verließ und mich in der Fremde
in wer weiß wessen Hände begab.

Am nächsten Morgen rief ich daher zunächst einmal seine
Schwester in mein Zimmer und teilte ihr die Unterhaltung
mit, die ich mit ihrem Bruder gehabt hatte. Ich beschwor sie,
mir zu sagen, was sie ihm eigentlich von mir erzählt und auf
Grund welcher Tatsachen sie diese Heirat zustande gebracht
habe. Sie gab zu, sie hätte ihm erzählt, ich sei eine glänzende
Partie, in London sei ihr dies gesagt worden. »Gesagt worden?« fiel ich ihr rasch und zornig ins Wort. »Habe ich das je
zu Ihnen gesagt?« – »Nein«, antwortete sie, ich hätte bei ihr
zwar nie etwas Derartiges geäußert, aber doch öfters behauptet, daß ich jederzeit über mein ganzes Vermögen verfügen
könne. »Das streite ich ja auch nicht ab«, erwiderte ich sehr
rasch, »soll denn aber damit gesagt sein, daß ich ein großes
Vermögen besitze? Nichts Derartiges ist je über meine Lippen
gekommen, nicht einmal von hundert Pfund habe ich gesprochen. Und Sie wissen doch außerdem, daß ich mit Ihnen
hierher gereist bin, um billig zu leben. Wie verträgt sich denn
diese Absicht mit Ihrem Geschwätz von meinem Reichtum?
Hat eine gute Partie etwas Derartiges nötig?« Gerade als ich
ihr das laut und erregt vorhielt, trat mein Mann ins Zimmer.
Ich bat ihn, sich hinzusetzen, ich müsse etwas klarstellen, das
nur im Beisein beider Geschwister erörtert werden könnte.

Der erregte Ton, den ich anschlug, machte ihn stutzig und
versetzte ihn in Unruhe. Nachdem er die Tür geschlossen
hatte, kam er näher und setzte sich zu mir. Ich war so aufgebracht, daß ich sofort zu sprechen begann. Zuerst wandte ich
mich an ihn und schlug dabei einen freundlicheren Ton an:
»Ich fürchte, mein Lieber, man hat dir übel mitgespielt, das
bedaure ich von ganzem Herzen. Du bist grenzenlos betrogen

worden; gewissenlose Menschen haben dich veranlaßt, mich zu heiraten. Dadurch ist dir ein Schaden erwachsen, der nie wieder gutzumachen ist. Deshalb möchte ich jetzt hier im Beisein deiner Schwester erklären, daß ich dabei nicht etwa die Hand im Spiele hatte. Wende dich an die, die dafür verantwortlich sind, nicht etwa an mich. Ich wasche meine Hände in Unschuld.« – »Wie kann mir denn aber ein Schaden daraus erwachsen, meine Liebe, daß ich dich geheiratet habe?« Befremdet schüttelte er den Kopf. »Ich hoffe im Gegenteil, daß mir dieser Schritt in jeder Beziehung zur Ehre und zum Vorteil gereicht.« – »Das will ich dir sofort erklären«, gab ich zur Antwort, »du hast keine Ursache, dich über unsre Ehe zu freuen; mir liegt aber vor allem daran, dich von meiner Unschuld zu überzeugen.«

Er war sichtlich erschrocken, als ich dies gesagt hatte, und blickte gereizt um sich; er ahnte wohl schon, was nun kommen würde. Doch zwang er sich zur Ruhe, wandte sich mir zu und sagte nur: »Bitte, fahre fort!« Das tat ich denn auch. »Gestern abend fragte ich dich«, und damit wandte ich mich ihm zu, »ob ich mich dir gegenüber je meines Vermögens gerühmt oder je behauptete, ich hätte Wertpapiere auf der Bank von England oder sonstwo. Du hast mir daraufhin bestätigt, daß das nie geschehen ist, wie es auch der Wahrheit entsprach. Nun liegt mir daran, daß du das hier vor deiner Schwester noch einmal wiederholst und deutlich erklärst, daß wir nie ein Sterbenswörtchen darüber gesprochen haben.« Er versicherte mir dies nochmals, sagte dann aber, ich habe ihm immer den Eindruck einer vermögenden Frau gemacht, er sei auch jetzt noch fest davon überzeugt und hoffe, er habe sich darin nicht getäuscht. »Ich will nicht untersuchen, ob du getäuscht worden bist«, entgegnete ich, »ich fürchte es aber sehr, und auch mir scheint es ähnlich ergangen zu sein; deshalb ist es mir jetzt vor allem darum zu tun, jeden Verdacht von mir abzuwälzen, daß ich die Hand mit im Spiele hatte. Ehe du jetzt ins Zimmer tratst, hatte ich gerade deine Schwester gefragt, ob ich mich

ihr gegenüber etwa meines Vermögens gerühmt hätte, und
auch sie gestand mir, daß das nie geschehen ist. Wollen Sie
dies bitte hier im Beisein Ihres Bruders wiederholen. Wollen
Sie ihm sagen, ob ich Ihnen gegenüber je behauptete, ich sei
vermögend. Und machen Sie ihn bitte darauf aufmerksam,
daß ich mit Ihnen hierher in diese Gegend gekommen bin, um
billig zu leben und mein geringes Kapital nicht in dem teuren
London zu verzehren!« Sie konnte natürlich nichts von dem,
was ich gesagt hatte, abstreiten, suchte sich nur immer wieder
damit herauszureden, daß man ihr in London erzählt habe,
ich sei sehr reich und habe mein Geld auf der Bank von
England liegen. »Und nun, mein Lieber«, wandte ich mich an
meinen neuen Gemahl, »sei doch so gut und sage mir, wer uns
beide betrogen hat, wer dir vorgeredet hat, ich sei eine gute
Partie, und dich veranlaßte, mir den Hof zu machen und mich
zu heiraten?« Er konnte kein Wort sagen und deutete nur
schweigend auf seine Schwester. Dann jedoch bekam er einen
schrecklichen Wutanfall, wie ich es bisher noch bei keinem
Menschen erlebte; er verwünschte sie und beschimpfte sie mit
den gemeinsten Ausdrücken, die ihm einfielen. Sie habe ihn
ins Verderben gestürzt durch ihre lügenhafte Behauptung, ich
besäße fünfzehntausend Pfund. Und fünfhundert Pfund habe
sie sich noch als Lohn ausbedungen für ihre Vermittlung.
Dann wandte er sich mir zu und verriet mir, sie sei gar nicht
seine Schwester, sie sei vor zwei Jahren einmal seine Geliebte
gewesen. Dummerweise habe er ihr von den fünfhundert
Pfund schon hundert ausgezahlt. Nun könne er betteln gehn,
wenn sich die Sache wirklich so verhalte, wie ich sagte. In
seiner Wut kannte er sich nicht mehr und drohte, sie umzubringen. Wir beide erschraken zu Tode, und sie brach in ein
Jammergeschrei aus. Die Leute in dem Hause, in dem ich in
London wohnte, seien daran schuld. Sie könne doch nicht
dafür, daß man dort so falsche Gerüchte über mich ausge-
streut habe. Das erbitterte ihn aber nur noch mehr. Wie konnte
sie die Dinge auf bloßes Hörensagen hin soweit kommen

lassen! Nun wandte er sich wieder an mich und bedauerte es unendlich, daß wir beide die Opfer dieser Frau geworden seien. »Ich muß dir nämlich offen eingestehn, meine Liebe, daß ich gar keine Güter besitze; das wenige, das mir geblieben war, habe ich auf Anraten dieses Teufels ausgegeben, um durch glänzendes Auftreten zu imponieren.« Während er mir dieses Geständnis in ruhigerem Ton machte, benutzte die sogenannte Schwester die Gelegenheit, sich heimlich davonzustehlen und auf Nimmerwiedersehen zu entschwinden.

Was ich soeben gehört hatte, brachte mich völlig aus dem Gleichgewicht. Es war mir so unfaßlich, daß ich nicht wußte, was ich dazu sagen sollte. Es schien mir, als ob ich am schlimmsten hereingefallen sei. Der Gedanke, daß er vor dem Nichts stand und überhaupt kein Gut besaß, machte mich halb wahnsinnig. »Höllische Gauklerkünste haben uns beide ins Verderben gestürzt«, rief ich ihm schließlich erregt zu und rang nach Fassung. »Unsere Ehe ruht auf doppeltem Betrug: Du bist um die Hoffnung auf eine reiche Mitgift betrogen worden, und wenn ich reich gewesen wäre, hätte ich womöglich alles eingebüßt, da du ja gar nichts hast.«

»Du wärst allerdings betrogen worden«, gab er zu, »aber nicht zugrunde gerichtet. Von deinen fünfzehntausend Pfund hätten wir beide sehr gut leben können, und ich war fest entschlossen, so viel wie möglich für dich zu verwenden, dich um keinen Schilling zu betrügen. Die Vorteile, die ich durch dich gewonnen hätte, hätte ich dir durch Liebe und Zärtlichkeit mein Leben lang vergolten.«

Das klang so aufrichtig aus seinem Munde, daß ich überzeugt war, es sei ihm ernst damit. Er wäre auch ganz der Mann gewesen, der mich mehr als jeder andere durch seine lebhafte Art und sein vornehmes Auftreten glücklich gemacht hätte. Daß er aber nicht das geringste besaß und sich noch dazu aus so lächerlichen Gründen in Schulden gestürzt hatte, vernichtete alle Zukunftshoffnungen, und ich wußte nicht mehr, was ich sagen oder denken sollte.

Ich sagte, wie traurig es sei, daß all die Liebe und Güte, die ich an ihm bewunderte, uns nicht vor dem Verderben schützen könnten. Meine kleine Barschaft würde nicht genügen, um uns eine Woche lang zu ernähren. Dabei zog ich einen Wechsel auf zwanzig Pfund und elf Guineen heraus, alles, was ich mir gespart hatte, wie ich ihm sagte. Nach der Schilderung, die mir die betrügerische Person von der Lebensweise hier gemacht, glaubte ich, drei bis vier Jahre damit auszukommen. Ohne dieses Geld sei ich ganz mittellos, und er wisse ja, in welche Lage eine Frau gerate, die kein Geld in der Tasche hat. Dennoch gäbe ich es ihm herzlich gern, wenn ihm damit fürs erste geholfen sei.

Ich glaubte, Tränen in seinen Augen zu sehen, als er mir tief gerührt versicherte, er werde dieses Geld unter keinen Umständen anrühren. Der Gedanke, mir das wenige zu rauben, das ich besitze, sei ihm unerträglich. Er habe auch noch fünfzig Guineen, alles, was ihm von seinem Besitz übriggeblieben sei. Die zog er hervor und ließ sie auf den Tisch rollen. Ich möge ihm die Freude machen, sie an mich zu nehmen, er verzichte gern zu meinen Gunsten darauf, selbst wenn er hungern müßte. Mit derselben zarten Rücksichtnahme wie er wies ich dieses Ansinnen zurück. Ich könne es gar nicht ertragen, wenn er so etwas sage. Er solle mir lieber einen gangbaren Weg zeigen, wie wir unsre Ehe doch noch aufrechterhalten könnten, ich würde mit Freuden alles tun, was er verlangte, sobald es sich für mich schickte; ich würde auch so sparsam leben und mich so einschränken, wie er es nur wünschte.

Er bat mich, nichts Derartiges mehr zu äußern, es könnte ihn rasend machen, er sei noch immer ein Edelmann, trotz seiner Armut. Im Augenblick sähe er allerdings nur noch eine einzige Möglichkeit vor sich, die käme aber nur dann in Betracht, wenn ich ihm eine Frage ganz ehrlich beantworten wolle. Es liege ihm jedoch ganz fern, mich in irgendeiner Weise drängen zu wollen. Ich versprach, ihm aufrichtig zu antworten; ob diese Antwort aber zu seiner Zufriedenheit ausfiele, wisse ich natürlich nicht.

»Dann sag mir bitte ganz offen, ob wir beide von dem wenigen, was du hast, irgendwie und irgendwo leben können.« Zum Glück hatte ich nie etwas über meine Vermögensverhältnisse verlauten lassen, selbst meinen richtigen Namen hatte ich verschwiegen. Ich wußte ja nun, daß er trotz seiner Gutmütigkeit und Anständigkeit mein kleines Vermögen in sehr kurzer Zeit durchbringen würde, und beschloß daher, außer dem Wechsel und den elf Guineen alles, was ich bei mir hatte, zu verheimlichen. Wie gern hätte ich dieses Letzte, das mir verblieb, auch noch hingegeben, wenn er mich aus diesen Irrwegen wieder dorthin zurückgebracht hätte, wo ich herkam. Daß ich noch einen Wechsel, und zwar einen auf dreißig Pfund bei mir hatte, verschwieg ich wohlweislich. Ich hatte ihn für alle Fälle mitgebracht, um Geld in der Hand zu haben, wenn ich es einmal brauchen sollte. Das erbärmliche Geschöpf, die sogenannte Schwester, die uns beide so betrog, hatte mir Wunderdinge von vorteilhaften Heiraten vorgeschwindelt; deshalb wollte ich für solche Fälle nicht ohne Geld dastehn. Dadurch, daß ich diesen Besitz verheimlichte, war es für mich kein so großes Wagnis, ihm den Rest anzubieten; denn er tat mir in seiner Not wirklich leid.

Um nun aber auf seine Frage zurückzukommen: Ich beteuerte ihm erst noch einmal, daß ich ihn nicht absichtlich getäuscht habe und es auch nie tun würde. Deshalb dürfte ich ihm nicht verhehlen, daß mein geringes Vermögen nicht für uns beide ausreiche; ich könnte damit im Süden noch nicht einmal allein auskommen. Deshalb sei ich ja törichterweise auf die Lockungen dieser sogenannten Schwester hereingefallen. Sie habe mir in Aussicht gestellt, ich könne in Manchester, wo ich völlig fremd sei, für sechs Pfund jährlich gut leben. Da ich im ganzen Jahr nur fünfzehn Pfund zu verzehren habe, glaubte ich, es sei für mich das richtige, wenn ich diesen Rat befolgte, bis mir vielleicht einmal bessere Zeiten winkten.

Er schüttelte enttäuscht den Kopf und blieb schweigsam, so
daß wir den Abend in recht trübseliger Stimmung verbrachten. Doch aßen wir wie immer gemeinsam zu Abend und
blieben auch nachts zusammen. Gegen Ende der Mahlzeit
hellte sich seine düstere Miene etwas auf, er wurde zugängli-
cher und verlangte nach Wein. »Komm, meine Liebe«, sagte
er, »es steht zwar schlimm um uns, was nützt es aber, wenn wir
uns dadurch die Laune verderben lassen! Komm, sei so vergnügt wie nur möglich! Vielleicht gelingt es mir doch, einen
Ausweg zu finden. Wenn du dich wenigstens über Wasser
halten kannst, so ist das immerhin besser als nichts. Ich muß
sehen, daß ich mich irgendwie durchschlage, ein Mann sollte
sich nicht unterkriegen lassen. Den Mut verlieren, heißt, dem
Jammer Tür und Tor öffnen.« Dabei füllte er sein Glas von
neuem und trank mir zu. Während er es austrank, griff er
nach meiner Hand, drückte sie voll Innigkeit und beteuerte,
daß seine Hauptsorge mir gelte.

Er war wirklich von ritterlichem Geiste beseelt, durch und
durch Kavalier, dazu ein Mensch, der sich dem Schicksal
nicht beugte; die Aussicht, ihn zu verlieren, war mir um so
betrüblicher. Wenn man schon mal betrogen werden soll, so
ist es immer noch besser, einem anständigen Menschen zum
Opfer zu fallen als einem Schurken. Für ihn war ja die Enttäuschung noch größer als für mich; er hatte es sich soviel Geld
kosten lassen, mich zu gewinnen. Diese abscheuliche Schwester hatte ihn wirklich in unglaublicher Weise hereingelegt.
Um selbst hundert Pfund zu ergaunern, sah sie ruhig zu, daß
er mindestens drei- bis viermal soviel ausgab, und wußte doch
ganz genau, daß er damit sein ganzes Vermögen verpulverte
und sich noch obendrein in Schulden stürzte. Und das wagte
sie auf das bloße Gerücht von meinem Reichtum hin, das die
Klatschbasen am Teetisch verbreiteten. Es läßt sich nicht
leugnen, daß auch er verwerflich gehandelt hatte. Schon die
Absicht, eine reiche Frau zu hintergehen, um ihr Geld zu
erlangen, war alles andere als ehrenwert. Wenn ein armer

Schlucker sich zu diesem Zweck als großer Herr aufspielte, so war das ein erbärmlicher Betrug übelster Art. Die Sache war jedoch nicht so abscheulich, wie sie aussah, und manches sprach auch wieder für ihn. Er gehörte nicht zu denen, die sich bedenkenlos ein Geschäft daraus machen, ahnungslose Frauen hereinzulegen und auf diese Weise, wie es schon so oft geschehen ist, das Vermögen von sechs oder sieben reichen Partien nacheinander zu ergaunern und sich dann mit der erlangten Beute aus dem Staub zu machen. So einer war er nicht, er war immerhin ein Gentleman, der, wenn er auch in Not geraten war, sich dennoch zu benehmen wußte. Wenn ich tatsächlich ein großes Vermögen gehabt hätte, wäre ich über diesen Betrug natürlich höchst ärgerlich gewesen. Aber das muß ich zugeben, an den Richtigen wäre mein Vermögen gekommen; denn er war wirklich ein reizender Mensch, vornehm und klug und immer gut gelaunt.

Wir unterhielten uns fast die ganze Nacht; denn keiner von uns hatte große Lust zum Schlafen. Er bereute von Herzen, daß er mich so schamlos betrogen hatte. Er sei der größte Schurke, den man sich denken könne, und verdiene, gehenkt zu werden. Ich solle nur ruhig das Geld nehmen, das er noch bei sich hatte, er wolle Soldat werden und hoffe, bald wieder auf einen grünen Zweig zu kommen.

Ich fragte ihn dann, warum er mich nur durchaus nach Irland bringen wollte, wo er doch dort gar keine Besitzungen hatte und sicherlich nicht einmal gewußt hätte, wie er mich dort ernähren sollte. Da schloß er mich in die Arme und sagte: »Meine Liebste, ich will dir's nur offen gestehen, ich hatte gar nicht vor, nach Irland zu gehen, noch viel weniger, dich dorthin zu bringen, ich kam nur hierher, um gewissen Leuten aus dem Gesichtskreis zu entschwinden; es war nämlich manchen zu Ohren gekommen, was ich vorhatte, und ich wollte vermeiden, daß sie mich zur Bezahlung meiner Schulden nötigten, ehe ich überhaupt einen Pfennig in der Hand hatte.«

»Wohin wolltest du denn aber mit mir gehen?«

»Es ist wohl das beste«, erwiderte er, »wenn ich dir den ganzen Plan verrate, wie ich ihn mir ausgedacht hatte. Ich wollte dich hier nach deinem Vermögen fragen, das habe ich ja auch getan, und wenn ich dann alles Nähere darüber wußte, hätte ich dir unter irgendeinem Vorwand mitgeteilt, daß wir die Reise nach Irland zunächst aufschieben müßten, um statt dessen nach London zu gehn. Dort erst hätte ich dann gewagt, dir den ganzen Betrug einzugestehn und meine wirkliche Vermögenslage darzulegen. Du solltest wissen, daß ich dies alles eingefädelt hatte, um dich zur Heirat mit mir zu bewegen. Ich hoffte, deine Verzeihung zu erlangen und dich durch das Glück der kommenden gemeinsamen Tage für die erlittene Unbill zu entschädigen.«

»Das würde dir sicher bald gelungen sein«, entgegnete ich, »und ich bin nur gar zu traurig, daß es nun gar nicht soweit kommen wird. Wie gern hätte ich dir vergeben und alle die List und Tücke vergessen, mit der du mich ins Netz gelockt hast. Was sollen wir nun aber tun? Wir stehen beide vor dem Nichts. Und was nützt es uns, daß wir einig sind, wenn wir doch nicht wissen, wovon wir leben sollen?«

Wir fingen daraufhin erneut an, Zukunftspläne zu schmieden, aber keiner ließ sich verwirklichen, da kein Geld da war, um einen Anfang zu machen. Er bat mich zuletzt, ganz davon zu schweigen, es bringe ihn zur Verzweiflung; darum sprachen wir über andere Dinge, er nahm mich zum letzten Mal in seine Arme, und so schliefen wir ein.

Er stand am Morgen vor mir auf. Da ich fast die ganze Nacht wachgelegen hatte, war ich sehr müde und blieb bis gegen elf Uhr liegen. Unterdes packte er seine Sachen zusammen und fuhr mit seinen Pferden und seinen drei Bedienten davon. In einem kurzen, aber rührenden Abschiedsbrief, den er für mich auf dem Tisch zurückließ, sagte er mir ein letztes Lebewohl.

Meine Liebe! – Ich bin ein Hund, ich habe Dich hintergangen. Schuld daran ist dieses niederträchtige Weib, das mich verführt hat, meinen bisherigen Grundsätzen und Lebensgewohnheiten untreu zu werden. Vergib mir, meine Liebe! Ich bitte Dich inständig um Verzeihung. Ich bin ein elender Wicht. Wie konnte ich Dich nur so betrügen! Es war das größte Glück meines Lebens, daß ich Dich besaß, und nun leide ich unsäglich darunter, daß ich Dich verlassen muß. Vergib mir, meine Liebe, ich bitte Dich, vergib mir! Der Gedanke, daß ich Dich mit mir ins Verderben gezogen habe und nun nicht für Dich sorgen kann, ist mir unerträglich. Unsre Ehe ist hiermit aufgelöst, ich werde Dich nie wiedersehen und gebe Dir Deine Freiheit zurück; wenn Du Dich günstig verheiraten kannst, so lehne es nicht meinetwegen ab. Ich schwöre Dir hoch und heilig, daß ich Deinen Frieden niemals störe will, wenn Du einem andern angehörst, was ich höchstwahrscheinlich überhaupt nicht erfahren werde. Falls Du aber nicht wieder heiratest und falls mir das Glück doch noch einmal lachen sollte, so wird mein ganzes Geld Dir gehören, wo Du auch bist.

Ich habe etwas von dem Geld, das mir geblieben ist, in Deine Tasche gesteckt. Bezahle damit die zwei Plätze für Dich und das Mädchen in der Postkutsche und geh nach London. Ich hoffe, es wird die Fahrtkosten decken, damit Du Deine Ersparnisse nicht angreifen mußt. Ich bitte Dich nochmals herzlich um Vergebung und werde diese Bitte stets wiederholen, sooft ich an Dich denke. Leb wohl, meine Liebe, leb für immer wohl!

Dein Dich liebender J. E.

Noch nie ist mir etwas in meinem Leben so zu Herzen gegangen wie dieser Abschiedsbrief. Ich machte ihm im stillen die schwersten Vorwürfe, daß er mich verlassen hatte. Ich wäre mit ihm bis ans Ende der Welt gegangen, und wenn ich hätte betteln müssen. In meiner Tasche fand ich zehn Guineen,

seine goldne Uhr und zwei kleine Ringe, der eine war ein
kleiner Diamantring, der allerdings höchstens sechs Pfund
wert war, der andere ein einfacher goldner Reif.

Ich setzte mich und starrte diese Dinge stundenlang wortlos
an, bis das Mädchen mich zum Essen rief. Ich brachte nur
wenig hinunter und fing nach dem Essen wieder bitterlich mit
Weinen an. Unaufhörlich rief ich seinen Namen: »O Jemmy!
Komm zurück, komm zurück, ich will dir auch alles geben,
was ich habe, ich will mit dir betteln gehn und mit dir hungern.« Dabei rannte ich, von innerer Unruhe getrieben, wie
rasend durchs Zimmer, setzte mich nieder, sprang wieder auf
und jagte wie unsinnig herum, rief ihn beim Namen, damit er
zu mir zurückkehre, und fing von neuem an zu weinen. So
verbrachte ich den ganzen Nachmittag, als etwa gegen sieben
Uhr – die Dämmerung brach bereits herein; denn die Jahres-
zeit war schon fortgeschritten – zu meiner unaussprechlichen
Überraschung mein Gatte wieder im Gasthaus erschien und
geradewegs in mein Zimmer eilte.

Ich war furchtbar erregt, und er auch. Ich konnte mir gar
nicht denken, warum er zurückkehrte, und wußte nicht, ob
ich lachen oder weinen sollte, doch meine Liebe siegte, ich
konnte meine Gefühle nicht verbergen und brach in Freudentränen aus. Kaum hatte er das Zimmer betreten, da lief er
auch schon mit ausgestreckten Armen auf mich zu, drückte
mich fest an sich und erstickte mich fast mit seinen Küssen,
doch ohne ein Wort zu sagen. Endlich brach ich das Still-
schweigen: »Mein Liebster, wie konntest du nur so von mir
gehn?« Er gab keine Antwort; denn er vermochte nicht zu
sprechen.

Nachdem sich unsre erste Aufregung gelegt hatte, erzählte
er mir, er sei schon fünfzehn Meilen entfernt gewesen, als er
plötzlich nicht weiter konnte. Es habe ihn gewaltsam zu mir
zurückgezogen, und er sei umgekehrt, um mich noch einmal
zu sehen und richtig Abschied von mir zu nehmen.

Nun erzählte ich, wie ich den Tag verbracht, daß ich

gejammert und gerufen habe, er möge doch zurückkommen. Er behauptete, er habe meine Stimme ganz deutlich im Delamere-Wald gehört – trotz der großen Entfernung von ungefähr zwölf Meilen. Ich mußte lachen. »Glaub nicht, daß ich scherze«, entgegnete er ernsthaft, »wenn ich je im Leben deine Stimme hörte, so hörte ich sie dort. Du riefst laut nach mir, manchmal glaubte ich sogar, ich sehe dich, wie du hinter mir her eiltest.« – »Erinnerst du dich denn auch meiner Worte? Was sagte ich denn?« fragte ich ihn, um ihn auf die Probe zu stellen. »Du riefst laut«, erwiderte er, »o Jemmy, o Jemmy, komm zurück!«

Das kam mir so komisch vor, daß ich wieder lachen mußte. Doch er sagte: »Lache nicht, verlaß dich drauf, es war so. Ich hörte deine Stimme so deutlich, wie du jetzt die meine hörst. Ich kann jeden Eid darauf leisten. Wenn du es verlangst, gehe ich sofort aufs Gericht und beschwöre es.« Das war mir nun doch nicht ganz geheuer, und ich erschrak. Ich gestand ihm auch, daß ich ihn wirklich mit diesen Worten zurückgerufen hatte. Wir waren alle beide über dieses seltsame Zusammentreffen höchst verwundert, und ich sagte zu ihm: »Nun darfst du mich aber nicht wieder verlassen, lieber ziehe ich mit dir durch die ganze weite Welt.« Er gab zu, daß es ihm auch unendlich schwer falle, von mir zu gehn, es müsse aber sein, drum solle ich es ihm so leicht wie nur möglich machen. Er sehe ohnehin schon voraus, wie sehr er darunter leiden werde.

Mit Schrecken denke er auch daran, daß ich die weite, gefahrvolle Reise nun ganz allein machen müsse. Deshalb habe er beschlossen, mich bis London oder wenigstens bis in die Nähe zu begleiten. Für ihn sei es ja jetzt ganz gleich, ob er mit dorthin oder anderswohin gehe. Nur dürfe ich nicht böse sein, wenn er dann plötzlich ohne Abschied zu nehmen, verschwinde; das müsse ich ihm versprechen.

Er erzählte dann noch, daß er unterwegs in einer Stadt, durch die er kam, seine Pferde verkauft und seine drei Bedienten entlassen hatte, damit sie anderswo ihr Heil versuchten, alles innerhalb ganz kurzer Zeit. »Die Tränen kamen mir, als ich nun so mutterseelenallein war. Voll Neid dachte ich daran, wieviel besser diese drei Burschen dran waren als ihr Herr, sie konnten sich im ersten besten Hause nach einer Stellung umsehn, aber ich, ich wußte nicht, wohin und was ich anfangen sollte.«

Ich gestand ihm, daß mich die Trennung fast bis zur Verzweiflung gebracht hätte, nun, wo er wiedergekommen sei, wolle ich ihn nicht mehr lassen; er möge mich doch mitnehmen, ich würde ihm überallhin folgen. Mir wäre es sehr recht, wenn wir zunächst zusammen nach London gingen. Er könne aber nicht verlangen, daß ich ihn am Ende der Reise ohne Abschied fortgehen ließe. Wenn er es dennoch täte, fügte ich scherzend hinzu, würde ich ihn genauso laut zurückrufen wie diesmal. Dann zog ich seine Uhr hervor und gab sie ihm zurück, ebenso seine zwei Ringe und seine zehn Guineen. Da er jedoch keins von diesen Dingen an sich nehmen wollte, schöpfte ich Verdacht, daß er mich unterwegs doch wieder verlassen wollte. Die Angst, ihn ein zweites Mal zu verlieren, machte mich todunglücklich.

Die schreckliche Notlage, in der er sich befand, sein liebevoller Brief, seine vornehme Art und die selbstlose Fürsorge, mit der er sein letztes bißchen Geld mit mir teilen wollte, all dies hatte solchen Eindruck auf mich gemacht, daß ich ihn herzlich liebte und den Gedanken, mich von ihm zu trennen, gar nicht mehr ertragen konnte.

Zwei Tage später verließen wir Chester, ich in der Postkutsche, er zu Pferde. Mein Mädchen hatte ich entlassen, obgleich er sehr dagegen war, daß ich ohne Bedienung reiste. Ich hatte sie aber auf dem Lande gemietet und wollte mir in London kein Mädchen halten. Es würde grausam sein, erklärte ich ihm, das arme Geschöpf erst mitzunehmen und dann in der Stadt wieder fortzuschicken. Sie wäre unterwegs auch nur eine überflüssige Last gewesen und hätte unnötige Kosten verursacht. Damit gab er sich dann auch zufrieden.

So reisten wir zusammen bis Dunstable, das dreißig Meilen von London entfernt liegt. Dort zeigte es sich, daß meine Befürchtungen nur zu begründet waren. Er teilte mir nämlich mit, daß das ihm eigene Mißgeschick ihn leider dazu zwinge, mich zu verlassen. Es sei ihm nicht möglich, mich bis nach London zu begleiten. Die Gründe dafür könne er mir nicht mitteilen, sie würden mich aber vermutlich auch gar nicht interessieren. Ich sah, wie er Anstalten machte fortzureiten. Die Postkutsche, in der ich fuhr, machte für gewöhnlich in Dunstable nicht Station, auf meine Bitte hin aber hielt sie eine Viertelstunde vor einem Gasthaus, und wir gingen beide hinein.

Drinnen bat ich meinen Mann noch um eine letzte Gunst. Ich wäre dankbar, wenn er eine bis zwei Wochen mit mir zusammen in dieser Stadt bliebe. Wir hätten dann Zeit, nochmals eingehend darüber nachzudenken, wie wir die endgültige Trennung vielleicht doch noch vermeiden könnten. Ich hätte ihm noch einen Vorschlag zu machen, der möglicherweise zu verwirklichen sei.

Er hatte keinen Grund, diese Bitte abzulehnen, rief deshalb die Wirtin des Hauses herbei und sagte ihr, seine Frau sei plötzlich krank geworden, so krank, daß sie die Fahrt in der Postkutsche nicht fortsetzen könnte, sie sei schon jetzt todmüde. Und er fragte sie, ob sie uns hier im Ort für einen oder zwei Tage in einem Privathaus Quartier verschaffen könnte, damit ich mich nach der anstrengenden Fahrt ein wenig ausruhe. Die Wirtin, eine nette, gefällige Frau, kam sofort, um nach mir zu sehen und sagte, sie hätte selbst ein paar sehr schöne Zimmer in einem ganz stillen, abgelegenen Teil des Hauses; die würden mir zweifellos gefallen. Eines ihrer Mädchen könne sie mir ausschließlich zu meiner persönlichen Bedienung überlassen. Dieses Anerbieten war so freundlich und entgegenkommend, daß ich es unbedingt annehmen mußte. Ich sah mir daraufhin die Zimmer an, die mir sehr gefielen; sie waren gut eingerichtet und behaglich. Wir bezahlten den Kutscher, ließen das Gepäck bringen und beschlossen, eine Weile in Dunstable zu bleiben.

Ich erklärte, ich wolle nicht eher von hier fortgehen, bis mein ganzes Geld aufgebraucht sei, ihn dürfe der Aufenthalt jedoch keinen Schilling kosten. Das führte zu einem kleinen freundschaftlichen Wortwechsel. Ich gab ihm zu verstehen, daß dies doch voraussichtlich unser letztes Zusammensein wäre, er möge mir deshalb dieses einzige Mal meinen Willen lassen, sonst hätte ich mich doch immer seinen Wünschen angepaßt.

Als wir eines Abends in den Feldern spazieren gingen, brachte ich den Vorschlag, den ich bereits angekündigt hatte, zur Sprache. Ich erzählte ihm von meinem Aufenthalt in Virginien. Meine Mutter lebe vermutlich noch jetzt dort, mein früherer Gatte sei aber schon vor mehreren Jahren gestorben. Wenn meine Schiffsladung damals nicht vernichtet worden wäre – ich übertrieb ihren Wert sehr –, so wäre ich jetzt reich genug, um uns die Trennung zu ersparen. Dann schilderte ich ihm die Art der Niederlassungen in jenen Ländern und berichtete, wie den meisten Ansiedlern von der Regierung ein Stück Land geschenkt werde und wie spottbillig die, die dieser Schenkung nicht teilhaftig würden, Grund und Boden kaufen könnten.

Hierauf kam ich auf die Anlage der Plantagen zu sprechen. Ich schilderte ihm, wie ein fleißiger Mann mit Hilfe einer englischen Warenladung im Werte von zweihundert oder dreihundert Pfund, dazu etlichen Arbeitskräften und den nötigen Werkzeugen, nicht nur eine Familie gründen, sondern auch innerhalb weniger Jahre Kapital zurücklegen könne.

Ferner beschrieb ich ihm die Art der Bodenerzeugnisse, wie der Boden gedüngt und bearbeitet werden müsse und wie reichlich er Frucht trug. Wenn wir alles dies beachteten, würden wir nach sehr wenigen Jahren so gewiß zu Reichtum gelangen, wie wir jetzt in Armut lebten.

Mein Vorschlag überraschte ihn sehr, und fast eine Woche lang sprachen wir von nichts anderem. Ich gab mir die größte Mühe, ihn für meinen Plan zu gewinnen, und versuchte, ihm klar zu machen, daß es uns glücken mußte, drüben vorwärtszukommen, wenn wir die Sache nur richtig andrehten.

Ich teilte ihm auch mit, wie ich durch geschicktes Kalkulieren die Summe von dreihundert Pfund, die wir für den Anfang benötigten, zusammenbringen würde. Es sei der einzige Weg, all unsrer Not ein Ende zu machen und die Lebenshaltung zu erreichen, die uns beiden erstrebenswert schien. »Nach sieben Jahren«, fügte ich hinzu, »sind wir dann so weit, daß wir unsre Plantage einem tüchtigen Verwalter übergeben und wieder nach England zurückkehren können. Die Zinsen bekommen wir dann regelmäßig geschickt und können herrlich und in Freuden hier davon leben.« Ich führte als Beispiel einige Leute an, die es so gemacht hätten und nun in London ein großes Haus führten.

Ich ließ ihm keine Ruhe und hatte ihn schon fast für meinen Plan gewonnen, als er zu guter Letzt doch wieder mit neuen Einwänden kam. Schließlich drehte er den Spieß herum und machte mir einen ähnlichen Vorschlag für Irland.

Ein Mann, den das Landleben nicht schrecke und der ein kleines Kapital besitze, um Grund und Boden zu erwerben, könne dort für fünfzig Pfund jährlich ein Gut pachten, das in England nicht unter zweihundert Pfund jährlich zu haben sei. Der Ertrag sei so groß und das Land so fruchtbar, daß wir – allerdings ohne zu sparen – bestimmt ebenso gut davon leben könnten wie ein englischer Gutsbesitzer, dessen Landsitz ihm dreitausend Pfund jährlich einbrachte. Er habe deshalb beschlossen, mich zunächst in London zu lassen und allein hinüberzugehn, um dort sein Glück zu versuchen. Sobald es sich zeige, woran er nicht zweifle, daß er mir auf diese Weise ein Leben in Sorglosigkeit bieten könne, so wie er es für seine

Gattin haben möchte, würde er herüberkommen und mich holen.

Ich bekam einen Schreck, als ich von diesem Plan hörte. Ich fürchtete nämlich, er werde mich beim Wort nehmen und verlangen, daß ich mein kleines Vermögen flüssig mache, damit er es mitnehmen und für sein Experiment verwenden könne. Er war jedoch viel zu nobel, um mir dies zuzumuten oder das Geld anzunehmen, wenn ich es ihm aus freien Stücken angeboten hätte. Dazu ließ er es aber gar nicht erst kommen. Er sagte, er wolle sein eignes Geld dran wagen, und wenn er Glück hätte und mich nachkommen ließe, würde er mich dann erst bitten, mein Kapital zuzusteuern, damit wir standesgemäß leben könnten. Kein Schilling meines Geldes dürfe aufs Spiel gesetzt werden, ehe er vom Gelingen seines Versuchs überzeugt sei. Sollte es ihm jedoch fehlschlagen, so käme er zu mir, dann sei er bereit, mit mir nach Virginien zu gehen.

Es war unmöglich, ihn von diesem Plan abzubringen. Doch versprach er mir fest, mir sobald wie möglich nach seiner Ankunft in Irland mitzuteilen, ob Aussicht auf Erfolg vorhanden sei. Wenn nicht, so möge ich die Vorbereitungen für unsre gemeinsame Seereise treffen.

Auf andre Vorschläge ließ er sich nicht ein, obgleich wir uns fast einen Monat lang ausschließlich mit diesen Zukunftsplänen beschäftigten. Diese Zeit, die ich mit ihm zusammen verlebte, war eine der schönsten und unterhaltendsten meines Lebens. Er erzählte mir manches von seinen Lebensschicksalen, und nie habe ich eine Geschichte gelesen, die so reich an Abenteuern und seltsamen Zufällen war wie das, was er in seinem bewegten Dasein erlebte. Ich werde später nochmals Gelegenheit haben, darauf zurückzukommen.

Schließlich schieden wir aber doch voneinander, ich mit äußerstem Widerstreben, er auch sehr ungern, aber es mußte sein. Daß er wirklich sehr triftige Gründe hatte, nicht mit nach London zu gehn, sah ich erst später völlig ein.

Ich gab ihm eine Adresse, an die er mir schreiben sollte, doch meinen wahren Namen erfuhr er nicht. Wer ich war und wo ich wohnte, blieb mein Geheimnis, das ich ängstlich vor ihm hütete. Er gab mir auch an, wohin ich ihm schreiben sollte, so daß es sicher in seine Hände gelangte.

Tags drauf kam ich nach London, ging aber nicht in meine alte Wohnung, sondern nahm aus einem Grunde, den ich nicht nennen will, Privatquartier in der St. John's Street, oder, wie sie gewöhnlich heißt, St. Jones's near Clarkenwell. Hier war ich ganz allein und hatte Muße genug, darüber nachzudenken, was ich alles in den sieben Monaten, die ich unterwegs gewesen war, erlebt hatte. Auf die schönen Stunden mit meinem letzten Gatten blickte ich mit großer Freude zurück, doch verwandelte sich diese Freude in Schreck, als ich nach einiger Zeit merkte, daß ich schwanger war.

Das kam mir sehr ungelegen. Ich wußte nicht, wo ich niederkommen sollte. Es war nämlich in damaliger Zeit sehr mißlich für eine Frau, die fremd am Ort war und keine Freunde hatte, in diesem Zustand irgendwo Aufnahme zu finden, wenn niemand Bürgschaft für sie leistete. Und wer sollte es für mich tun?

Während der ganzen letzten Monate hatte ich den Briefwechsel mit meinem Freund, dem Bankbeamten, aufrechterhalten, oder vielmehr er mit mir; denn ich bekam jede Woche einmal einen Brief von ihm. Obgleich ich noch nicht in Geldverlegenheit war, um seiner Hilfe zu bedürfen, gab ich ihm doch regelmäßig Antwort, damit er wußte, ich sei noch am Leben. Ich hatte bei meiner Abreise aus Lancashire angegeben, wohin mir diese Briefe nachgeschickt werden sollten, und erhielt nun in meiner einsamen Zurückgezogenheit in St. Jones's ein sehr nettes Schreiben von ihm. Er versicherte mir darin, sein Scheidungsprozeß mache Fortschritte, wenn er auch augenblicklich auf unerwartete Schwierigkeiten gestoßen sei.

Die Nachricht, daß sein Prozeß langwieriger sei, als er

erwartete, war mir nicht unerfreulich. Ich war ja ohnehin jetzt nicht imstande, ihn zu heiraten. Das wäre im höchsten Grad töricht gewesen, wo ich ein Kind von einem andern erwartete, und ich konnte durchaus nicht begreifen, daß andre Frauen derartiges wagten. Andrerseits war ich aber auch nicht willens, ihn zu verlieren, und beschloß, seinen Antrag anzunehmen, sobald ich dazu wieder in der Lage war; denn es sah ganz so aus, als ob ich von meinem letzten Mann nichts mehr hören würde. Er hatte mir ja außerdem immer zugeredet, mich wieder zu verheiraten, und mir versichert, er nehme es mir nicht übel und werde auch nie wieder Ansprüche an mich stellen. Deshalb machte ich mir kein Gewissen daraus, meinem Bankbeamten mein Jawort zu geben, falls er Wort hielt. Und seine Briefe waren so freundlich und liebenswürdig, daß ich Grund hatte, dies anzunehmen.

Ich wurde langsam stärker; die Leute, bei denen ich wohnte, merkten es und deuteten mir, soweit es die Höflichkeit erlaubte, an, ich werde mich wohl bald nach einem neuen Quartier umsehen müssen. Das brachte mich arg in Verlegenheit, und ich wurde ganz trübsinnig; denn ich wußte wirklich nicht, was ich nun tun sollte. Ich hatte zwar Geld, aber keine Freunde, und würde nun wahrscheinlich noch für ein Kind sorgen müssen, etwas, das mir bisher noch nicht begegnet war.

Schließlich wurde ich auch noch krank, und die trübselige Stimmung, in der ich mich befand, verschlimmerte das Übel. Obwohl es nur ein Fieber war, mußte ich eine Frühgeburt befürchten. Ich dürfte eigentlich nicht sagen »befürchten«; denn ich wäre wirklich froh gewesen, wenn es so gekommen wäre. Dennoch kam es mir nie in den Sinn, dies absichtlich herbeizuführen, der bloße Gedanke erfüllte mich mit Abscheu.

Als ich mich einmal mit meiner Wirtin über meine Befürchtungen unterhielt, schlug sie mir vor, mich von einer erfahrnen Hebamme beraten zu lassen. Ich hatte zuerst Bedenken, willigte schließlich aber doch ein und überließ es ihr, die Frau zu bestellen, da mir keine Hebamme bekannt war.

Es schien, daß der Dame des Hauses solche Fälle wie der meine durchaus nicht so fremd waren, wie ich zuerst dachte; denn sie ließ eine »richtige« Hebamme kommen, das heißt eine, die für mich die richtige war.

Die Frau schien in ihrem Beruf viel Erfahrung zu besitzen, ich meine als Hebamme; sie übte daneben aber noch eine andere Tätigkeit aus, in der sie mindestens so geschickt war wie die meisten Frauen, wenn nicht noch geschickter. Meine Wirtin hatte ihr gesagt, ich sei sehr schwermütig, darin liege sicher die Wurzel meines Übels. In meinem Beisein sagte sie deshalb zu ihr: »Frau B., ich glaube, die Krankheit dieser Dame schlägt in Ihr Fach, wenn Sie etwas für sie tun können, so nehmen Sie sich bitte ihrer an; sie ist eine sehr nette Dame, und ich kann sie Ihrer Obhut nur empfehlen.« Damit verließ sie das Zimmer.

Ich begriff nicht recht, was sie damit sagen wollte, die Hebamme jedoch klärte mich rasch darüber auf, nachdem sie gegangen war. »Meine Dame«, begann sie, »Sie scheinen nicht recht zu wissen, was Ihre Wirtin mit diesen letzten Worten gemeint hat, wenn Sie aber im Bilde sind, so lassen Sie es sich vor ihr nur ja nicht merken.

Sie meinte nämlich, Ihre Verhältnisse seien nicht dazu angetan, Ihnen die bevorstehende Entbindung zu erleichtern, und Sie gäben was drum, wenn Sie sich dem entziehen könnten. Ich brauche wohl nichts weiter zu sagen. Teilen Sie mir bitte nur das von Ihren Verhältnissen mit, was ich unbedingt wissen muß; denn ich stecke nicht gern meine Nase in Dinge, die mich nichts angehen. Vielleicht bin ich dann in der Lage, Ihnen beizustehn und all die trüben Gedanken, die Sie jetzt quälen, zu vertreiben.«

Jedes Wort, das diese Frau mir sagte, war mir ein Labsal und brachte mir neuen Lebensmut. Mein Blut kreiste schneller und ich war gleich ein ganz andrer Mensch, hatte wieder

Appetit und fühlte, wie meine Kräfte zunahmen. Sie redete mir noch eine Zeitlang in ähnlicher Weise gut zu und drängte mich, ihr meine Lage offen zu schildern. Ich brauche nichts von ihr zu fürchten, sie könne schweigen wie das Grab. Danach hielt sie ein wenig inne, als ob sie sehen wollte, welchen Eindruck ihre Worte auf mich gemacht hatten und was ich wohl dazu sagen würde.

Ich bedurfte zu dringend der Hilfe einer solchen Frau, um ihr Anerbieten nicht dankbar anzunehmen. Ich erwiderte ihr, sie habe meine Lage zum Teil richtig beurteilt, zum Teil falsch. Ich sei wirklich verheiratet und hätte auch einen Gatten, er lebe allerdings zur Zeit in weiter Ferne und könne sich daher nicht um mich kümmern.

Sie fiel mir ins Wort und sagte, das gehe sie nichts an, die Damen, die sich ihr anvertrauten, seien für sie alle so gut wie verheiratet. Jede Frau, die ein Kind erwartet, habe auch einen Vater zu diesem Kinde, ob sie mit dem verheiratet sei oder nicht, spiele bei ihr gar keine Rolle. Ihre Aufgabe sei es einzig und allein, mir in meiner augenblicklichen Notlage beizustehn, ob ich einen Gatten habe oder nicht. »Denn«, fuhr sie fort, »ein Gatte, der nicht kommen kann, wenn er gebraucht wird, ist soviel wie kein Gatte; ob Sie nun Ehefrau oder Geliebte sind, ist für mich ein und dasselbe.«

Es war mir sofort klar, daß ich hier, ob ich nun Gattin war oder Dirne, doch nur als Dirne angesehen wurde, drum ließ ich es dabei bewenden. Ich erwiderte ihr deshalb, es sei schon ganz richtig, was sie da sage, ich müßte ihr meinen Fall aber doch so schildern, wie er wirklich war. Das tat ich nun so kurz wie möglich und schloß folgendermaßen: »Meine liebe Frau, ich bemühe Sie mit dieser eingehenden Darstellung meiner Verhältnisse, nicht weil dies in Ihr Fach schlägt, sondern um Ihnen zu zeigen, daß ich es durchaus nicht nötig habe, mich zu verbergen. Für mich besteht die Schwierigkeit nur darin, daß ich in dieser Gegend Englands gar keine Bekannte habe.«

»Ich verstehe Sie«, erwiderte sie, »Sie haben niemanden, der sich für Sie verbürgt und Ihnen damit die sonst üblichen lästigen Nachfragen von seiten der Gemeinde erspart. Außerdem wissen Sie vielleicht auch nicht recht, was Sie mit dem Kind anfangen sollen, wenn es da ist.« – »Dies«, entgegnete ich, »bedrückt mich nicht so sehr wie das andere.« – »Wollen Sie es denn nun wagen, Madam, sich mir anzuvertrauen?« fragte sie mich. »Ich verzichte darauf, Näheres über Sie und Ihren Leumund zu erfahren, doch steht es Ihnen frei, sich jederzeit nach mir zu erkundigen. Ich heiße B. und wohne in der und der Straße – sie nannte den Namen – im Haus mit dem Zeichen der Wiege und bin von Beruf Hebamme. Viele Damen kommen zur Entbindung zu mir ins Haus. Ich habe der Gemeinde ein für allemal Bürgschaft geleistet, daß sie für die Kinder, die unter meinem Dach zur Welt kommen, keine Verpflichtungen zu übernehmen braucht. Noch eine letzte Frage muß ich Ihnen in dieser Angelegenheit stellen, Madam, wenn Sie die befriedigend beantwortet haben, sind Sie aller weiteren Sorgen enthoben.«

Ich begriff sofort, worauf sie hinaus wollte. »Madam«, sagte ich zu ihr, »ich glaube, Sie zu verstehen. Wenn es mir hier auch an Freunden fehlt, so fehlt es mir Gott sei Dank nicht an Geld, das heißt, soweit es hier nötig ist; denn ich schwimme auch nicht gerade im Überfluß.« Absichtlich fügte ich das hinzu, damit sie sich nicht zu großen Erwartungen hingebe. »Das ist recht erfreulich«, sagte sie, »darum war es mir gerade zu tun; denn ohne Geld kann ich in diesem Falle leider nichts ausrichten. Sie werden aber sehen, daß ich Sie keineswegs übervorteilen oder Ihnen etwas Unbilliges zumuten will. Sie sollen schon im voraus genau wissen, was alles kosten wird, damit Sie sich darauf einrichten können, wie es Ihnen am richtigsten erscheint.«

Ich war froh, daß sie soviel Verständnis für meine Lage zu haben schien, und wies nur noch einmal darauf hin, daß ich zwar nicht unvermögend, aber auch nicht reich sei und sie bitte, es so einzurichten, daß mir möglichst wenig unnötige Kosten entständen.

Sie versprach, mir drei Kostenanschläge mitzubringen, ich könne dann nach Belieben wählen. Schon am nächsten Tag brachte sie mir die Aufstellung, die folgendermaßen aussah:

	£	s.	d.
1. Drei Monate Wohnung und volle Verpflegung zu zehn Schilling wöchentlich	06	00	0
2. Kinderfrau und Benutzung von Kindbettwäsche pro Monat	01	10	0
3. Honorar des Geistlichen, der das Kind tauft, der Paten und des Küsters	01	10	0
4. Ein Taufessen zu fünf Personen	01	00	0
5. Gebühren der Hebamme und Abfindungssumme an die Gemeinde	03	03	0
Bedienung	00	10	0
£	13	13	0

Dies war der erste Kostenanschlag, der zweite berücksichtigte die gleichen Punkte:

	£	s.	d.
1. Drei Monate Wohnung und volle Verpflegung zu zwanzig Schilling wöchentlich	12	00	0
2. Kinderfrau und Benutzung von feiner Kindbettwäsche pro Monat	02	10	0
3. Honorar des Geistlichen, der das Kind tauft, usw. wie oben	02	00	0
4. Taufessen mit Süßigkeiten	03	03	0
5. Gebühren der Hebamme usw. wie oben	05	05	0
Bedienung	01	00	0
£	25	18	0

Dies war der zweite Kostenanschlag, der dritte war noch etwas höher und sah vor, daß der Vater oder Freunde zu Gast waren:

	£	s.	d.
1. Drei Monate Wohnung und volle Verpflegung, zwei Räume und eine Dachkammer für Bedienung	30	00	0
2. Kinderfrau und feinste Kindbettwäsche pro Monat	04	04	0
3. Honorar des Geistlichen, der das Kind tauft, usw. wie oben	02	10	0
4. Taufessen mit Wein und Bedienung	06	00	0
5. Gebühren der Hebamme usw. wie oben	10	10	0
Bedienung außer dem eignen Mädchen nur	00	10	0
£	53	14	0

Ich sah mir diese drei Kostenanschläge an, lächelte und sagte, ihre Forderungen erschienen mir recht mäßig, und alles in allem zweifle ich nicht daran, daß man gut bei ihr aufgehoben sei.

Sie meinte, das könne ich noch besser beurteilen, wenn ich erst alles gesehen hätte. Daraufhin gestand ich ihr, daß für mich leider nur der billigste Kostenanschlag in Frage käme und daß ich hoffe, ihr deshalb nicht weniger willkommen zu sein. »Nein, durchaus nicht«, entgegnete sie, »denn auf eine in der teuersten Klasse kommen zwei in der mittleren und vier in der billigsten, so daß ich im Verhältnis an jeder dasselbe verdiene. Sollten Sie aber befürchten, deshalb weniger aufmerksam bedient zu werden, so ist es mir recht, wenn Sie Ihre Bekannten auffordern, sich vom Gegenteil zu überzeugen.«

Sie ging dann auf die einzelnen Punkte des niedrigsten Satzes ein. »Achten Sie bitte zunächst darauf, daß Sie hier ein

Vierteljahr lang volle Pension für nur zehn Schilling wöchentlich erhalten, und ich bin im voraus überzeugt, daß Sie sich
über die Kost nicht beklagen werden. Da, wo Sie jetzt sind,
werden Sie bestimmt auch nicht billiger leben.« – »Da haben
Sie ganz recht«, stimmte ich ihr bei, »sogar teurer; denn ich
gebe jetzt sechs Schilling pro Woche für mein Zimmer und
beköstige mich selbst, was mich natürlich viel mehr kostet.«

»Außerdem«, fuhr sie fort, »kommt es manchmal vor, daß
das Kind nicht lebensfähig ist. In diesem Falle würden Sie das
Geld für den Geistlichen sparen. Und wenn Sie keine Freunde
haben, die zur Taufe eingeladen werden, können Sie auch die
Ausgaben für das Taufessen noch streichen, so daß die ganze
Niederkunft Sie, ohne diese zwei Posten, nur fünf Pfund drei
Schilling über Ihren gewöhnlichen Lebensbedarf hinaus ko-
stet.«

Das Angebot war so verlockend, daß ich lächelnd erklärte,
ich werde bestimmt zu ihr kommen. Es könne jedoch noch
länger als zwei Monate dauern, bis ich soweit wäre. Dann
würde sich mein Aufenthalt vielleicht über drei Monate hinaus erstrecken; drum wolle ich gern wissen, ob sie nicht etwa
gezwungen sei, mich vor der Zeit fortzuschicken. Nein, ihr
Haus sei groß, entgegnete sie, und nie würde sie eine Frau, die
bei ihr niederkäme, zum Fortgehen veranlassen, ohne daß
diese es selbst wünsche. Sie sei bei den Nachbarn so gut
angeschrieben, daß sie bei sehr starker Nachfrage auch dort
Damen unterbringen könnte, auf diese Weise habe sie für
mindestens zwanzig Frauen Unterkunftsmöglichkeiten.

Sie imponierte mir sehr in ihrer ganzen Art, und ich vertraute mich ihr gern an. Wir sprachen dann noch von anderen
Dingen. Sie schaute sich in meinem Zimmer um, fand, daß es
mir an Bedienung und Bequemlichkeit fehle, und versprach,
daß ich es in ihrem Haus besser haben sollte. Ich erklärte ihr,
warum ich es vermieden hätte, Wünsche zu äußern. Seit ich
krank sei und meine Wirtin wisse, daß ich ein Kind erwarte,
habe sie mich merkwürdig kühl behandelt, wenigstens sei es

mir immer so vorgekommen. Ich fürchte auch ständig, daß sie mich beleidigen werde, da ich ihr nicht genügend Auskunft über meine Person geben konnte.

»Ach Gott«, sagte sie, »Ihre Wirtin ist in diesen Dingen durchaus nicht unbewandert; sie hat es ja schon selbst versucht, Damen in Ihren Umständen bei sich aufzunehmen, konnte aber der Gemeinde nicht die nötige Sicherheit bieten. Sie ist nicht der Mensch, für den Sie sie halten. Da Sie aber doch über kurz oder lang hier fortgehen, lassen Sie sich lieber gar nicht erst mir ihr ein, ich werde schon dafür sorgen, daß Sie ein bißchen besser ernährt werden, solange Sie noch hier sind, und es soll Sie deshalb keinen Pfennig mehr kosten.«

Es war mir nicht klar, was sie eigentlich vorhatte, ich dankte ihr jedoch, und sie ging fort. Am nächsten Morgen schickte sie mir ein gebratnes, noch heißes Hühnchen und eine Flasche Sherry und ließ mir durch das Mädchen ausrichten, daß sie mir von nun an jeden Tag aufwarten werde, solange ich noch nicht bei ihr wohnte.

Das war erstaunlich nett und zuvorkommend, und ich nahm es gern an. Abends schickte sie wieder zu mir, um nachzufragen, ob ich noch etwas brauchte, und ließ dem Mädchen sagen, es solle am nächsten Morgen das Mittagessen für mich abholen und mir vorher noch eine Tasse Schokolade kochen. Zu Mittag brachte sie mir dann Kalbsbröschen und einen Teller Suppe. Auf diese Weise pflegte sie mich von ferne, so daß ich hocherfreut war und schnell wieder gesund wurde; denn meine ganze Krankheit war nur die Folge meiner Niedergeschlagenheit gewesen.

Ich erwartete, daß das Mädchen, das sie mir schickte – wie dies gewöhnlich bei diesen Leuten der Fall ist –, ein freches Ding von der Sorte derer war, die in Drury Lane ein- und ausgehen, und wollte es deshalb nicht gern bei mir übernachten lassen; ich bewachte es so ängstlich, als ob es nur zum Stehlen gekommen wäre.

Meine künftige Pflegemutter merkte jedoch sofort, welche

Bedenken mir gekommen waren, und sandte mir einen Zettel, daß ich mich auf die Ehrlichkeit ihres Mädchens verlassen könne, sie verbürge sich für sie in jeder Beziehung, nehme überhaupt nur Dienstboten auf Empfehlung hin auf. Ich war dadurch völlig beruhigt und fand dann auch, daß das Benehmen des Mädchens für sich selbst sprach, ein bescheideneres, sittsameres und verständigeres Mädchen konnte es gar nicht geben. Sobald ich wohl genug war, um wieder auszugehn, ging ich mit dem Mädchen in das Haus, um das Zimmer zu besichtigen, in dem ich wohnen sollte. Alles war so hübsch und sauber, daß ich nichts daran auszusetzen hatte und äußerst befriedigt war. In Anbetracht meiner traurigen Lage war das viel mehr, als ich hoffen durfte.

Man könnte vielleicht erwarten, ich schildere nun die unverantwortlichen Machenschaften dieser Frau, in deren Hände ich gefallen war. Es würde aber das Laster zu sehr ermutigen, wenn man die Welt sehen ließe, wie leicht es den Frauen hier gemacht wurde, sich der Last eines heimlich empfangenen Kindes zu entledigen. Diese biedere Matrone wandte dabei verschiedene Methoden an, am häufigsten die folgende: Wenn ein Kind außerhalb ihres Hauses geboren wurde – sie wurde nämlich auch oft zu Geburten geholt –, hatte sie immer Leute an der Hand, die ihr und der Gemeinde für ein ordentliches Stück Geld das Kind abnahmen. Für diese Kinder wurde, wie sie behauptete, in jeder Weise gesorgt. Das leuchtete mir allerdings nicht ein, wo sie doch selbst erzählt hatte, wie viele es waren. Ich konnte mir nicht recht denken, wo sie die alle unterbringen wollte.

Darüber unterhielt ich mich häufig mit ihr. Sie entschuldigte sich meist mit dem Hinweis darauf, daß manch unschuldiges Würmchen ihr sein Leben verdanke, da es sonst vielleicht umgebracht worden wäre, und manche Frau werde auf diese Art vor der Versuchung bewahrt, in der Verzweiflung ihr Kind selbst zu töten. Ich mußte zugeben, daß sie darin recht hatte und daß ihr Vorgehen sogar sehr lobenswert war, allerdings unter der Voraussetzung, daß die armen Kinder nachher wirklich in gute Hände kamen und von ihren Pflegemüttern nicht mißhandelt und vernachlässigt wurden. Sie entgegnete, sie achte immer darauf, daß nur liebevollen und zuverlässigen Pflegemüttern Kinder anvertraut würden.

Da ich ihr das Gegenteil nicht beweisen konnte, erwiderte ich nur: »Ich zweifle nicht daran, daß Sie Ihre Pflicht erfüllen, es fragt sich aber, ob diese Pflegeeltern es auch tun.« Sie brachte mich jedoch wieder zum Schweigen, indem sie nochmals betonte, sie richte ihr Hauptaugenmerk darauf und wache mit größter Sorgfalt darüber.

Nur eins berührte mich bei all diesen Unterhaltungen unangenehm. Im Gespräch über den vorgeschrittnen Zustand meiner Schwangerschaft äußerte sie einmal etwas, das ganz so aussah, als ob sie auch mich vorzeitig von meiner Last befreien wolle, wenn ich damit einverstanden sei, auf gut deutsch, als wolle sie mir das Kind abtreiben, wenn mir daran läge. Ich gab ihr aber rasch zu verstehen, daß der bloße Gedanke mir äußerst zuwider war. Sie hatte es jedoch auf so geschickte Weise angebracht, daß ich nicht einmal sagen konnte, ob sie es mir wirklich vorgeschlagen hatte oder diese Möglichkeit nur als etwas Abscheuliches hinstellen wollte. Sie spürte nämlich meine Mißbilligung sofort heraus und drehte geschickt den Spieß herum, ehe ich überhaupt eine Meinung dazu äußern konnte.

Ich will mich nun aber kurz fassen und diesen Teil meiner Lebensgeschichte nicht zu eingehend darstellen. Ich verließ also meine Wohnung in der St. Jones's und zog zu meiner neuen Pflegemutter – so wurde sie nämlich allgemein bezeichnet. Hier wurde ich so zuvorkommend behandelt und so sorgfältig gepflegt, daß ich ganz überrascht war und anfangs gar nicht verstehen konnte, wie die Frau auf ihre Kosten kam. Erst später merkte ich dann, welche Taktik sie dabei befolgte. Sie wollte an der Verpflegung nichts verdienen – das war bei dieser guten Verköstigung auch gar nicht möglich –, dafür verdiente sie an allem übrigen um so mehr. Und ich kann Ihnen versichern, daß sie sehr gute Einnahmequellen hatte; denn ihr Kundenkreis war unglaublich groß, sowohl im Hause wie außerhalb, alles Fälle vertraulicher Art, auf gut deutsch Hurenkundschaft.

Während meines Aufenthaltes in ihrem Hause, der fast vier Monate währte, kamen nicht weniger als zwölf Frauen nieder, und etwa zweiunddreißig betreute sie noch außerhalb. Eine von ihnen wohnte sogar in der St. Jones's bei meiner früheren Wirtin, die sich mir gegenüber so zimperlich aufgespielt hatte.

Diese Zahlen gaben in beredter Weise Zeugnis von der zunehmenden Lasterhaftigkeit der Zeit. So schlecht ich selbst gewesen war, so sehr widerte mich alles an, was ich dort zu sehen bekam, und ich begann, den Ort, an dem ich mich befand, und das, was sich dort abspielte, zu verabscheuen. Doch muß ich zugeben, daß ich während der ganzen Zeit meines Aufenthalts nichts bemerkte, das irgendwie Anstoß erregen konnte, und ich bin auch überzeugt, daß nichts Derartiges je vorkam.

Nie kam ein Mann die Treppe herauf außer denjenigen, die die Wöchnerinnen besuchen wollten, und immer war die alte Dame zugegen. Für sie war es Ehrensache, daß in ihrem Hause kein Mann eine Frau berührte, nicht einmal der Ehemann. Sie erlaubte auch nicht, daß ein Mann im Hause schlief. Sie pflegte zu sagen, es ginge sie nichts an, wieviel Kinder in ihrem Hause geboren würden, sie dulde aber nicht, daß eins bei ihr gezeugt würde.

Sie übertrieb es vielleicht, doch brachte es ihr den Vorteil, daß sie ihren Ruf dadurch hochhielt. Sie nahm sich wohl der lasterhaften Frauen an, doch leistete sie dem Laster keinen Vorschub. Aber trotz alledem war es ein übles Handwerk, das sie betrieb.

Kurz vor meiner Entbindung erhielt ich ein liebenswürdiges, zuvorkommendes Schreiben von meinem Bankbeamten, in dem er mich inständig bat, nach London zurückzukehren. Der Brief war etwa vierzehn Tage unterwegs gewesen, da er nach Lancashire geschickt wurde und erst auf diesem Umweg in meine Hände gelangte. Er schloß mit der Nachricht, das Gericht habe nun endgültig gegen seine Frau entschieden, und er sei bereit, seinen Verpflichtungen gegen mich nachzukommen, wenn ich ihn noch nehmen wolle. Die vielen Liebesbeteuerungen, die er noch hinzufügte, hätte er sicher unterlassen, wenn er geahnt hätte, in welchem Zustand ich mich befand und wie wenig ich sie verdiente.

Meine Antwort auf diesen Brief datierte ich aus Liverpool und schickte einen Boten damit zu ihm; der mußte behaupten, das Schreiben sei mit einem Brief an Londoner Bekannte gekommen. Ich beglückwünschte ihn darin, daß er nun endlich die Freiheit erlangt habe, äußerte aber Bedenken über die Gültigkeit einer neuen Ehe. Er möge daher noch einmal reiflich erwägen, ob er sich wirklich dazu entschließe. Ein vorschnelles Handeln könne für einen vernünftigen Mann wie ihn schlimme Folgen haben. Ich wünschte ihm zum Schluß alles Gute, wie er sich auch entschließe, ließ ihn jedoch über meine eignen Absichten völlig im unklaren und ging auch nicht auf seinen Vorschlag, nach London zurückzukehren, ein. Ich erwähnte nur beiläufig, daß ich voraussichtlich gegen Ende des Jahres wiederkommen werde. Den Brief schrieb ich im April.

Mitte Mai wurde ich von einem kräftigen Knaben entbunden, und es ging mir so gut wie immer in diesen Umständen. Meine Pflegemutter verrichtete ihr Amt als Hebamme mit aller nur denkbaren Geschicklichkeit, weit besser, als ich es von früheren Erfahrungen her kannte.

Ihre Fürsorge für mich bei der Geburt und während des Wochenbetts war rührend, eine Mutter hätte mir nicht liebevoller zur Seite stehen können. Es möge sich aber niemand im Vertrauen auf die Geschicklichkeit dieser Dame zu einem liederlichen Lebenswandel verleiten lassen; denn sie ist längst dahin und hat bestimmt keine Schülerinnen hinterlassen, die an sie heranreichen.

Etwa zwanzig Tage nach der Entbindung erhielt ich ein abermaliges Schreiben von meinem Freund, dem Bankbeamten, mit der überraschenden Nachricht, daß er nun das endgültige Scheidungsurteil in Händen und seiner Frau sofort zugestellt habe. Auf alle meine Bedenken über seine Wiederverheiratung müsse er jetzt allerdings eine Antwort geben, die ich bestimmt nicht erwartet und die er auch niemals gewünscht hätte: seine Frau, die wohl schon vorher ihren sittenlosen Lebenswandel bereute, habe sich, als sie das Urteil hörte, noch am selben Abend das Leben genommen.

Er bedauerte ihr unglückliches Schicksal, wies aber jeden Vorwurf, der ihn treffen könnte, zurück. Er habe sich nur sein Recht verschafft, er sei gekränkt und betrogen worden. Dieser Tod gehe ihm aber trotzdem sehr nahe, nur eins könne ihn trösten und wieder glücklich machen, die Hoffnung, daß ich komme und ihn durch meine Gegenwart wieder aufheitere. Er bat mich flehentlich, ihm diese Hoffnung nicht zu rauben, sondern so rasch wie möglich nach London zu kommen, damit er mich sehen dürfe und wir Weiteres miteinander besprechen könnten.

Diese Nachricht kam mir überraschend, ich begann, ernstlich über meine Lage nachzudenken, und beklagte das unbeschreibliche Mißgeschick, gerade jetzt für ein Kind sorgen zu müssen. Wenn ich nur gewußt hätte, wohin damit. In meiner Not wandte ich mich schließlich doch an meine Pflegemutter und offenbarte ihr, was mich bedrückte, wenn auch so vorsichtig wie nur möglich. Sie hatte gemerkt, daß ich schon tagelang traurig und niedergeschlagen war, und lag mir ständig in den Ohren, daß ich ihr meinen Kummer anvertraue. Ich konnte doch nicht gut mit ihr über den Heiratsantrag sprechen, nachdem ich ihr so oft erzählt hatte, ich sei verheiratet. Ich wußte wirklich nicht, was ich ihr auf ihre Fragen antworten sollte, und gab nur zu, daß ich etwas auf dem

Herzen hatte, das mich sehr quälte, doch könne ich mit niemandem darüber reden.

Mehrere Tage lang drang sie in mich, doch ich blieb standhaft und versicherte ihr, es sei ganz unmöglich, ihr das Geheimnis zu verraten. Statt sich damit zufriedenzugeben, bestürmte sie mich immer mehr. Man habe ihr schon oft die größten Geheimnisse anvertraut, und sie habe stets die Verpflichtung in sich gefühlt, alles für sich zu behalten, schon ihr Geschäftsinteresse verlange Verschwiegenheit von ihr. Sie fragte mich auch, ob ich denn je gehört habe, daß sie die Angelegenheiten andrer Leute weitererzähle, ich hätte deshalb doch gar keinen Grund, argwöhnisch zu sein. Wenn ich mich ihr offenbare, so sei das gerade so gut, als wenn ich mich niemandem offenbare. Sie sei verschwiegen wie das Grab. Es müsse schon eine sehr sonderbare Sache sein, wenn sie nicht in der Lage sein sollte, mir dabei zu helfen. Falls ich weiterhin schweige, beraube ich mich selbst der Möglichkeit, daß mir geholfen werde, und ihr werde die Gelegenheit genommen, mir beizustehn. Mit ihrer großen Überredungskunst brachte sie mich schließlich so weit, daß ich meine Bedenken, die mich zurückhielten, aufgab und mich entschloß, ihr mein Herz auszuschütten.

Ich erzählte ihr die Geschichte meiner Heirat in Lancashire, welch große Enttäuschung wir beide dabei erlebten, wie wir zusammenkamen und wie wir uns kurz darauf wieder trennten. Er habe mich freigegeben, soweit es in seiner Macht stand, und mir erlaubt, wieder zu heiraten. Er würde in diesem Falle alle Ansprüche an mich aufgeben und mich in meinen Entschlüssen nicht hindern oder durch Bekanntgabe unsrer Beziehungen bloßstellen. Ich fühle mich daher auch nicht mehr an ihn gebunden, wage es aber trotzdem nicht, eine neue Ehe einzugehn, aus Angst vor den Folgen, falls man den wahren Tatbestand entdecke.

Dann erzählte ich ihr, was für einen günstigen Antrag man mir gemacht habe, und zeigte ihr die Briefe meines Freundes, in denen er mich aufforderte, nach London zu kommen; sie sollte selbst sehen, wie liebevoll sie geschrieben waren. Zur Vorsicht hatte ich vorher seinen Namen und auch die Mitteilungen über die Scheidung ausgestrichen, nur die Todesnachricht seiner Frau ließ ich sie sehen.

Sie lachte mich aus, daß ich Bedenken trage, mich wieder zu verheiraten. Meine letzte Ehe sei doch im Grunde gar keine Ehe gewesen, sondern ein gegenseitiger Betrug. Da wir uns im beiderseitigen Einverständnis trennten, sei der Kontrakt hinfällig geworden, und wir seien unsrer Verpflichtungen entbunden. Sie bewies das mit soviel Zungenfertigkeit, daß sie meine Vernunft ganz zum Schweigen brachte; allerdings muß ich gestehen, daß meine Wünsche ihren Absichten entgegenkamen.

Die Hauptschwierigkeit jedoch war das Kind. Das müsse unter allen Umständen fortgeschafft werden, meinte sie, und zwar so, daß niemand etwas von seiner Existenz ahnte. Das sah ich vollkommen ein; wenn ich mich wieder verheiraten wollte, mußte ich auf das Kind verzichten. An seinem Alter hätte mein Freund sofort gemerkt, daß es nach unsern letzten Vereinbarungen gezeugt und geboren war, und das hätte allem ein rasches Ende bereitet.

Ich war todunglücklich bei dem Gedanken, mich von dem Kind trennen zu müssen und dadurch vielleicht schuld zu sein, wenn es ermordet würde oder Hungers stürbe. Mit Schaudern sah ich dieses Schreckgespenst vor mir. Alle Frauen, die sich ihrer Kinder auf diese Weise um ihres guten Rufes willen entledigen, sollten sich klar darüber werden, daß dies im Grunde nichts ist als Mord, daß sie damit ihre Kinder dem sichern Tod ausliefern.

Alle, die etwas von Kindern verstehen, wissen, daß sie als hilflose Wesen in diese Welt geboren werden und ihre Wünsche und Bedürfnisse nicht selbst befriedigen, ja nicht einmal andern mitteilen können. Ohne fremde Hilfe müßten sie elendiglich umkommen, und diese Hilfe erfordert sowohl eine gütige Hand als auch Sorgfalt und Geschicklichkeit, sonst müßte die Hälfte aller Kinder, die geboren werden, zugrunde gehn, wenn sie auch noch so gut ernährt würden, und die Hälfte derer, die übrigblieben, müßten sich als Krüppel oder Schwachsinnige durchs Leben schlagen. Deshalb hat die Natur die Liebe zum Kinde ins Herz der Mütter gepflanzt, ohne dieses Gefühl würden sie nie imstande sein, die Beschwerlichkeiten und die kummervollen Nachtwachen auf sich zu nehmen, die zur Erhaltung der Kinder nötig sind.

Da diese Sorge für das Leben der Kinder eine unbedingte Notwendigkeit ist, so bedeutet es einfach Mord, wenn man sie außer acht läßt und das Kind denen anvertraut, die von der Natur nicht mit den erforderlichen Eigenschaften ausgestattet sind. Es mag gelegentlich vorkommen, daß man sie überhaupt nur weggibt, damit sie zugrunde gehen. Drum trifft jeden, der sich von seinem Kind trennt, der Vorwurf, es absichtlich töten zu wollen, ob es nun am Leben bleibt oder stirbt.

Alle diese Möglichkeiten zeigten sich meiner Phantasie in den schwärzesten Farben, und da ich mit meiner Pflegemutter, die ich jetzt Mutter nannte, sehr offen reden konnte, offenbarte ich ihr, was mich quälte und in welcher Gewissensnot ich war. Es schien mir, daß sie diese Bedenken ernster nahm als die hinsichtlich meiner Wiederverheiratung. Da sie aber durch ihren Beruf in diesen Dingen härter urteilte als ich, wies sie meine Ansicht, daß jede Trennung Mord bedeute, als unhaltbar zurück und lehnte auch den Gedanken ab, daß nur die richtige Mutter Verständnis und Liebe zum Kinde habe. Sie fragte mich, ob sie mich während des Wochenbetts nicht so liebevoll gepflegt hätte wie eine Mutter. Das mußte ich zugeben. »Und was meinen Sie denn«, fuhr sie fort, »mit welchen Gefühlen ich Ihrer gedenke, wenn Sie mein Haus wieder verlassen haben, und was es für mich bedeuten würde, wenn ich hören sollte, daß Ihnen der Tod am Galgen bevorsteht? Glauben Sie nicht, daß es den Frauen, die sich durch die Aufnahme von Ziehkindern ihr Brot verdienen, ähnlich geht, daß sie ihre Ehre hineinsetzen, die ihnen anvertrauten Kinder mit der gleichen Liebe zu betreuen wie die eignen Mütter? Ja, ja, Kindchen, machen Sie sich bloß keine unnötigen Sorgen. Wer hat Sie denn großgezogen? Wissen Sie genau, daß es Ihre eigne Mutter war? Und doch sehen Sie gesund und hübsch aus«, dabei streichelte sie mir übers Gesicht, »Sie können ganz beruhigt sein, ich habe keine Mörderinnen um mich, ich beschäftige nur die besten Pflegemütter, die zu haben sind; unter ihren Händen gehen nicht mehr Kinder zugrunde als unter den Händen der eignen Mütter, es fehlt ihnen weder an Sorgfalt noch an Geschicklichkeit.«

Sie hatte einen wunden Punkt bei mir berührt, als sie mich fragte, ob ich dessen so gewiß sei, daß ich von meiner eignen Mutter großgezogen wurde; ich wußte ja nur zu genau, daß es nicht der Fall war, fing an zu zittern und wurde leichenblaß. Ich will doch nicht hoffen, sagte ich zu mir selbst, daß diese Frau eine Hexe ist oder mit Geistern in Verbindung steht, die ihr verrieten, was ich war, ehe ich über mich selbst Bescheid wußte. Und ich blickte sie ganz erschrocken an. Erst als ich mir überlegte, daß sie ja gar nichts über mich wissen konnte, überwand ich den Schreck und beruhigte mich. Es dauerte aber eine ganze Weile, bis ich mich wieder in der Gewalt hatte.

Sie sah wohl die Erregung, in der ich mich befand, wußte sie aber natürlich nicht zu deuten. Deshalb fuhr sie fort, mir klarzumachen, daß durchaus nicht alle Kinder ermordet würden, wenn sie in fremde Hände kämen. Und mit großer Beredsamkeit suchte sie mich zu überzeugen, daß diese Kinder ebensogut behandelt würden wie von den eignen Müttern.

»Das mag schon wahr sein«, entgegnete ich, »ich habe aber trotzdem guten Grund, Bedenken zu äußern.« – »So«, erwiderte sie, »an was denken Sie da zum Beispiel?« – »Fürs erste«, begann ich, »darf man nicht vergessen, daß diese Leute doch

Geld dafür bekommen, daß sie den Eltern das Kind abnehmen und es versorgen, solange es lebt. Wir wissen doch aber alle, daß es meist arme Leute sind, die kommen natürlich am vorteilhaftesten dabei weg, wenn das Kind bald stirbt und sie die Last so rasch wie möglich los werden. Wie kann man deshalb daran zweifeln, daß sie nicht allzu ängstlich um das Wohl des Kindes besorgt sind?«

»Ach was, das ist ja alles Einbildung«, entgegnete sie, »ich sagte doch schon, das Ansehen und der Verdienst der Pflegemütter hängt so unmittelbar vom Leben des Kindes ab, daß sie mindestens ebenso behutsam damit umgehen wie nur eine von euch Müttern.«

»Ach, liebe Mutter«, erwiderte ich, »wenn ich nur bestimmt wüßte, daß mein Kindchen ordentlich versorgt wird und daß ihm kein Leid geschieht, dann wäre ich ganz glücklich. Aber ich kann es erst glauben, wenn ich mich selbst mit eigenen Augen davon überzeugt habe, und das ist leider ausgeschlossen. In meiner jetzigen Lage würde es ja meine ganze Existenz gefährden, wenn ich mich bei den Pflegeeltern des Kindes sehen ließe. Was soll ich bloß tun?«

»Das ist mir wirklich eine schöne Geschichte«, nahm meine Pflegemutter wieder das Wort. »Sie möchten das Kind sehen und möchten es auch wieder nicht sehen; Sie möchten gleichzeitig im Verborgenen bleiben und sich doch immer wieder zeigen. Das sind Dinge, die sich unmöglich miteinander vereinigen lassen, meine Liebe. Es bleibt Ihnen also nichts anderes übrig, als sich so zu verhalten, wie es andere verantwortungsbewußte Mütter schon vor Ihnen getan haben, sich zufrieden geben mit dem, was nun einmal sein muß, und nicht erzwingen wollen, was man sich wünscht.«

Ich verstand recht gut, daß sie mit verantwortungsbewußten Müttern verantwortungsbewußte Dirnen meinte, sie wollte mich aber nicht damit kränken, ich war ja auch jetzt wirklich keine Dirne, sondern rechtmäßig verheiratet, allerdings nur, wenn man von meiner früheren Ehe, die noch immer Gültigkeit hatte, absah. Was ich aber auch war, jedenfalls fehlte es mir an der Härte, die der Beruf mit sich bringt. Ich konnte meine mütterlichen Gefühle nicht unterdrücken und die Sorge um das Wohl des Kleinen zurückstellen. Die Liebe zu meinem Kinde war so stark, daß ich schon beinahe auf meinen Bankbeamten verzichtet hätte. Und er hatte mich doch so flehentlich gebeten, zurückzukehren und ihn zu heiraten. Es wäre mir ja auch sehr schwer gefallen, für meine Ablehnung einen triftigen Grund zu finden.

Aber schon hatte sich meine alte Pflegemutter überlegt, wie sie meinen Einwänden begegnen könnte, und voller Zuversicht machte sie mir einen neuen Vorschlag: »Jetzt hab' ich's endlich«, rief sie aus, »ich weiß einen Ausweg, der Ihnen die Gewißheit verschaffen soll, daß Ihr Kind gut behandelt wird, ohne daß die Leute, die es betreuen, erfahren, daß Sie seine Mutter sind.«

»Ach!« rief ich schnell. »Wenn Sie das bewerkstelligen könnten, würde ich Ihnen ewig dankbar sein.« – »Sie müßten sich allerdings bereiterklären«, fuhr sie fort, »jährlich eine kleine Summe zu zahlen, die etwas höher ist als das, was wir den Leuten beim Abschluß eines Vertrags gewöhnlich geben.« – »Ja«, erwiderte ich, »herzlich gern, aber niemand darf erfahren, daß ich die Mutter des Kindes bin.« – »Das verspreche ich Ihnen«, sagte sie mir, »Sie können vollkommen beruhigt sein. Die Pflegemutter wird es nicht wagen, Nachforschungen darüber anzustellen, wer Sie sind. Sie können ein paarmal im Jahr mit mir hingehen und Ihr Kind besuchen, um sich zu überzeugen, daß es in guten Händen ist, und niemand wird erfahren, wer Sie sind.«

»Glauben Sie denn aber, man merkt es mir nicht an, daß ich die Mutter bin, wenn ich mein Kind besuche? Halten Sie das überhaupt für möglich?«

»Und wenn Sie sich auch verraten«, entgegnete sie, »so wird die Pflegemutter deshalb noch lange nicht wissen, wer Sie sind. Es wird ihr aufs strengste verboten, sich danach zu erkundigen, sonst verliert sie das Geld, das Sie ihr jährlich geben wollten, und das Kind wird ihr noch obendrein weggenommen.«

Ich war mit diesem Vorschlag sehr einverstanden, und schon in der nächsten Woche erschien eine Bäuerin aus Hertford, die uns das Kind für eine einmalige Abfindungssumme von zehn Pfund ganz abnehmen wollte. Für weitere fünf Pfund jährlich verpflichtete sie sich, das Kind, so oft wir es wünschten, meiner Pflegemutter ins Haus zu bringen, falls wir nicht zu ihr kommen wollten, um uns an Ort und Stelle von seinem Wohlergehn zu überzeugen.

Die Frau, eine Häuslersfrau, sah kräftig und gesund aus, sie war sauber und ordentlich gekleidet. Mit schwerem Herzen und mancher Träne übergab ich ihr mein Kind. Ich war vorher schon in Hertford gewesen, um sie und ihr Heim kennenzulernen. Da es mir gut dort gefiel, versprach ich ihr goldene Berge, wenn sie nett zu dem Kind wäre. Natürlich merkte sie schon gleich beim ersten Wort, daß ich die Mutter des Kindes war, aber sie wohnte so abgelegen und hatte daher keine Gelegenheit, sich nach mir zu erkundigen. Deshalb hielt ich mich für sicher genug und willigte ein, ihr das Kind zu überlassen. Ich gab ihr die zehn Pfund, das heißt ich gab sie meiner Pflegemutter, die sie vor meinen Augen der armen Frau aushändigte. Diese verpflichtete sich, mir das Kind nie wiederzubringen oder weitere Ansprüche für seine Betreuung geltend zu machen. Ich aber versprach, ihr, wenn sie das Kind gut versorgte, noch eine Kleinigkeit mehr zu geben, sooft ich zu Besuch kam. Ich war also ihr gegenüber nicht an die Bezahlung der fünf Pfund gebunden, sagte sie aber meiner Pflegemutter zu. So war ich einer großen Sorge enthoben. Wenn auch nicht alles zu meiner vollen Befriedigung ausgefallen war und ich die Trennung von meinem Kinde schmerzlich empfand, so sah ich doch ein, daß die Entscheidung, die ich getroffen hatte, in meiner Lage das einzig richtige war.

Ich begann nun, meinem Freund an der Bank in liebenswürdigerem Ton zu schreiben, und schickte ihm Anfang Juli einen Brief, in dem ich die Absicht durchblicken ließ, im August nach London zu kommen. Hocherfreut antwortete er mir sofort und gab seinen Gefühlen leidenschaftlichen Ausdruck. Ich möge ihn den Tag meiner Abreise beizeiten wissen lassen, damit er mir zwei Tagereisen entgegenfahren könne. Dieser Vorschlag brachte mich sehr in Verlegenheit, ich zerbrach mir den Kopf, was ich ihm darauf antworten solle. Ich hatte mich sogar entschlossen, mit der Postkutsche nach West-Chester zu fahren, nur um von dort zurückkehren zu können. Er sollte mich wirklich in der Postkutsche ankommen sehn, ich hatte ihn nämlich ganz ohne Grund im Verdacht, er glaube mir nicht, daß ich tatsächlich auf dem Lande sei.

So sehr ich mich auch bemühte, diesen Gedanken als unsinnig zu verwerfen, es gelang mir nicht, er hatte sich zu sehr festgesetzt. Es kam noch hinzu, daß eine solche Fahrt aufs Land ein gutes Mittel sein würde, meine alte Pflegemutter über meine näheren Verhältnisse und Absichten im unklaren zu lassen; denn sie hatte ja keine Ahnung, ob mein neuer Liebhaber in London oder in Lancashire lebte. Als ich ihr nun meinen Entschluß mitteilte, mußte sie unbedingt annehmen, er sei in Lancashire.

Nachdem ich die Reisevorbereitungen beendet hatte, teilte ich es ihr mit und schickte das Mädchen, das mich von Anfang an bedient hatte, fort, um einen Platz für mich in der Postkutsche zu belegen. Das Mädchen sollte mich sogar noch mit auf die Reise begleiten und mit der Postkutsche wieder zurückkommen. Das lehnte ich aber als überflüssig ab. Beim Abschied meinte meine Pflegemutter, wir brauchten wohl wegen unsres Briefwechsels keine Verabredung zu treffen, die Liebe zu meinem Kinde würde mich ohnehin veranlassen, ihr zu schreiben und sie aufzusuchen, sobald ich wieder einmal in die Stadt käme. Ich versicherte ihr, daß ich bald kommen würde, und nahm Abschied, froh, diesem Haus endlich entronnen zu sein, wie gut ich es darin auch gehabt hatte.

Ich nahm meinen Platz in der Kutsche ein, fuhr aber nicht bis West-Chester, sondern nur bis Stone in Cheshire, ohne daß ich dort etwas zu erledigen hatte. Ich kannte auch keine Menschenseele dort, wußte aber, daß man mit Geld in der Tasche überall willkommen ist, und blieb deshalb ein paar Tage, bis sich Gelegenheit bot, in einer andern Postkutsche die Rückfahrt nach London anzutreten. Ich schickte zuvor noch einen Brief an meinen Freund, daß ich an einem bestimmten Tag in Stony-Stratford eintreffen werde, wo er, wie der Kutscher mir sagte, ohnehin übernachten mußte.

Ich benutzte eine Extrapost, die einige Irlandreisende nach West-Chester gebracht hatte und sich nun auf dem Rückweg befand. Sie war nicht an bestimmte Zeiten und Haltestellen gebunden wie die fahrplanmäßigen Postkutschen. Da wir den Sonntag über stillagen, hatte mein Freund in London genügend Zeit, sich auf den Weg zu machen, was sonst nicht möglich gewesen wäre.

Mein Brief erreichte ihn jedoch so spät, daß er Stony-Stratford nicht zeitig genug erreichen konnte, um schon dort mit mir zusammen zu sein, er traf mich erst am nächsten Morgen in Brickhill, gerade als wir in die Stadt einfuhren.

Ich muß gestehen, ich war sehr froh, als ich ihn erblickte; denn ich war den Abend vorher über sein Ausbleiben recht enttäuscht. Ich freute mich um so mehr, als er in einem sehr hübschen Vierspänner mit einem Bedienten vorfuhr, was in dem kleinen Städtchen Aufsehen erregte.

Ich mußte sofort aus der Postkutsche aussteigen, die vor einem Gasthof in Brickhill hielt, er führte mich ins Gastzimmer, ließ seinen Wagen ausspannen und bestellte das Mittagessen. Ich fragte ihn, was er denn vorhabe, ich wollte doch weiterfahren. Er dagegen war der Ansicht, ich brauche zunächst etwas Ruhe. Der Gasthof mache einen guten Eindruck, und wenn die Stadt auch nur klein sei, wollten wir doch die Fahrt hier unterbrechen.

Ich drängte ihn nicht, er war mir so weit entgegengefahren

und hatte soviel Geld dafür ausgegeben, deshalb erschien es mir nur recht und billig, daß ich ihm auch einen Gefallen tat.

Nach dem Mittagessen machten wir einen Rundgang durch die Stadt und sahen uns die Kirche, die Felder und die Umgebung an, wie man dies an einem fremden Ort zu tun pflegt. Unser Wirt führte uns durch die Kirche, und ich hörte, wie mein Freund sich eingehend nach dem Pfarrer erkundigte. Es war mir sofort klar, daß er sich sicherlich hier trauen lassen wollte. Ich würde ihn bestimmt nicht zurückweisen, das muß ich offen eingestehn; denn ich war augenblicklich nicht so gestellt, daß ich mir eine Absage leisten konnte, und hatte keinen Grund, ein solches Wagnis zu unternehmen.

Während mir diese Gedanken durch den Kopf schossen, sah ich, wie der Wirt meinen Freund beiseite nahm und ihm etwas zuflüsterte. Ich vernahm gerade nur die Worte: »Mein Herr, wenn Sie einen . . .«, das übrige verstand ich nicht mehr, ergänzte es aber im Geiste: »Mein Herr, wenn Sie einen Geistlichen brauchen, so habe ich einen Freund, der in der Nähe wohnt und Ihren Wünschen gern entsprechen wird. Auf seine Verschwiegenheit können Sie sich verlassen.« Mein Freund antwortete so laut, daß ich es hören konnte: »Ich danke Ihnen sehr, wir werden sicherlich Gebrauch von Ihrem Angebot machen.«

Kaum waren wir beide im Gasthof, als er begann, leidenschaftlich auf mich einzureden. Er habe mich glücklicherweise hier getroffen, und alles habe sich so günstig gefügt, daß ich nun auch nicht zaudern möge, sein Glück hier vollkommen zu machen und die Sache zu Ende zu bringen. »Wie meinen Sie das?« fragte ich und errötete. »In einem Gasthof? Unterwegs auf der Reise? Um Himmels willen, wie können Sie nur so reden!« – »Warum denn nicht?« entgegnete er, »ich kam absichtlich zu diesem Zwecke her, ich will es Ihnen gleich beweisen.« Bei diesen Worten zog er ein großes Bündel Schriftstücke hervor. »Sie erschrecken mich«, rief ich aus, »was sind das für Papiere?« – »Erschrick nicht, Liebste«, antwortete er und küßte mich. Es war das erste Mal, daß er es wagte, mich Liebste zu nennen. Dann sagte er nochmals: »Erschrick nicht, du wirst gleich sehen, was das alles bedeutet«, und legte die Papiere ausgebreitet vor mich hin. Das erste war die Scheidungsurkunde, die den vollen Beweis erbrachte, daß seine Frau ihm untreu gewesen war. Daneben lag eine Urkunde des Pfarrers und Kirchenvorstands der Gemeinde, in der sie gelebt hatte. Die bezeugte, daß sie begraben war, und deutete an, auf welche Weise sie geendet. Außerdem zeigte er mir die Abschrift der Vollmacht des Leichenbeschauers für die Mitglieder der Totenschaukommission und deren Gutachten, in dem die Selbstmörderin als nicht zurechnungsfähig beurteilt wurde. Dies alles sollte mich beruhigen und mir völlige Sicherheit geben, obgleich ich, nebenbei gesagt, gar nicht so ängstlich war und ihn auch ohne diese Beweise genommen hätte. Ich las sie jedoch alle sehr aufmerksam durch und gab zu, daß nun alle Unklarheiten restlos geklärt seien. Er hätte sich jedoch nicht auf der Reise damit belasten sollen, es sei ja noch viel Zeit, diese Dinge zu prüfen. Für mich vielleicht, entgegnete er, aber nicht für ihn, er habe keine Zeit mehr zu verlieren.

Auf dem Tisch lagen noch andre zusammengerollte Papiere, und ich fragte ihn, was denn darin wäre. »Siehst du«, erwiderte er, »auf diese Frage wartete ich schon.« Und er öffnete das Papier und entnahm ihm ein kleines Lederetui, in dem ein sehr schöner Diamantring lag. Ich konnte ihn nicht zurückweisen, auch wenn ich gewollt hätte; denn er steckte ihn mir sogleich an den Finger. Ich sagte nichts und verneigte mich nur dankend. Dann brachte er noch einen Ring zum Vorschein. »Dieser«, sagte er, »soll einem andern Zweck dienen«, und steckte ihn wieder in die Tasche. »Warum zeigst du ihn mir nicht? Ich hätte ihn doch so gern gesehen«, sagte ich und lächelte, »ich ahne ja schon, was für ein Ring es ist; du bist doch nicht recht gescheit.« – »Im Gegenteil, ich wäre töricht gewesen, wenn ich nicht an alles gedacht hätte«, erwiderte er, zeigte ihn mir jedoch noch nicht. Da ich ihn aber gar zu gern sehen wollte, bettelte ich: »Laß ihn mich doch wenigstens mal sehen, bitte!« – »Meinetwegen«, entgegnete er, »doch sieh dir erst mal das hier an!« Dabei rollte er eines der Papiere auf und las mir vor, was darauf stand. Es war unsre Heiratslizenz. »Was!« rief ich, »wie kommst du mir denn vor! Bist du deiner Sache so sicher, daß du glaubst, ich werde sofort mit allem einverstanden sein, oder bist du entschlossen, keine abschlägige Antwort anzunehmen?« – »Du wirst schon einverstanden sein«, meinte er. »Wenn du dich da nur nicht irrst«, widersprach ich ihm. »Nein, nein«, rief er, »du darfst mich nicht zurückweisen.« Dabei fiel er mir um den Hals und küßte mich leidenschaftlich, daß ich mich seiner gar nicht erwehren konnte.

Wir gingen in eifriger Unterhaltung im Zimmer auf und ab, als er mich plötzlich ganz unversehens an sich preßte und sich mit mir aufs Bett warf. Er hielt mich fest in den Armen, jedoch ohne irgendwie den Anstand zu verletzen, und quälte mich mit Bitten und Betteln, doch endlich in die Ehe mit ihm einzuwilligen. Dabei beteuerte er mir immer wieder seine Liebe und schwor, mich nicht aufstehen zu lassen, ehe ich ihm mein Jawort gegeben habe, so daß ich zuletzt einlenkte und sagte: »Du glaubst also wirklich fest, daß ich dich nicht abweisen werde.« – »Allerdings«, entgegnete er, »du darfst mich nicht abweisen, ich will es nicht und lasse es nicht zu.« – »Schön, sagte ich und gab ihm einen Kuß, »so soll es auch nicht geschehen. Aber nun laß mich aufstehen!«

Meine Zustimmung und die liebevolle Art, in der ich sie gab, überwältigten ihn so, daß ich schon glaubte, er betrachte dies bereits als Eheschließung und warte nicht erst auf den Segen des Priesters. Doch hierin hatte ich ihm unrecht getan. Er nahm mich bei der Hand, half mir auf, gab mir ein paar Küsse und dankte mir mit überschwenglichen Worten für meine Einwilligung. Er war so glücklich darüber, daß ihm Freudentränen in die Augen kamen.

Ich wandte mich von ihm ab; denn auch meine Augen füllten sich mit Tränen, und ich bat ihn, mich ein wenig in mein Zimmer zurückziehen zu dürfen. Wenn ich je einen Funken Reue über das gottlose Leben, das ich in den letzten vierundzwanzig Jahren geführt hatte, verspürte, so war es in diesem Augenblick. Ach, welch ein Segen ist es doch für die Menschheit, daß keiner dem andern ins Herz sehen kann! Wie schön wäre es gewesen, wenn ich von Anfang an die Frau eines so ehrlichen, liebevollen Mannes gewesen wäre!

Es kam mir jetzt erst so recht zum Bewußtsein, was für ein abscheuliches Geschöpf ich gewesen war und wie schmählich ich diesen unschuldigen Menschen hintergangen hatte. Wie wenig ahnte er, daß er, der kaum von seiner treulosen Frau geschieden war, sich einem ebenso schlechten Wesen wieder in die Arme warf, einer Frau, die die Geliebte von zwei Brüdern war und mit dem eigenen Bruder drei Kinder gezeugt hatte, die in Newgate zur Welt kam als Kind einer Hure und landesverwiesenen Diebin, die schon mit vielen Männern verkehrt hatte und noch nach seiner Werbung das Kind eines anderen zur Welt brachte. Du armer Mann, dachte ich bei mir, welche Torheit begehst du! Diese Selbstvorwürfe, so schwer sie mir auf der Seele lasteten, hatten aber doch ein Gutes: sie führten mich zu dem Entschluß, aus eigener Kraft das Böse zu überwinden und die schweren Verfehlungen der Vergangenheit durch edle Grundsätze und gute Taten zu sühnen. Wenn ich seine Frau werden sollte, möge Gott mir Gnade schenken, damit ich ihm ein treues Weib sei; ich will ihn so lieben, wie er es um mich verdient hat. Das, was er Gutes von mir zu sehen bekommt, soll ihn entschädigen für das Böse, das ich ihm angetan habe, ohne daß er es sah.

Er wurde ungeduldig, weil ich so lange in meinem Zimmer blieb, und ging schließlich hinab, um mit dem Wirt wegen des Geistlichen zu sprechen.

Der Wirt, ein übereifriger, doch herzensguter Mensch, hatte unterdessen schon einen Geistlichen holen lassen. Und als mein Freund ihn bat, nach dem Pfarrer zu schicken, konnte er ihm mitteilen, daß dieser bereits im Hause war, und machte die beiden miteinander bekannt. Mein Freund fragte den Geistlichen, ob er so freundlich sein wolle, ein fremdes Paar zu trauen. Der Pfarrer antwortete, daß ihm der Wirt bereits davon gesprochen habe, doch müsse er zunächst feststellen, ob es sich hier auch nicht um eine unerlaubte Sache handle. Mein Bräutigam schiene allerdings ein ernsthafter Mann zu sein, und er hoffe auch, die Braut sei kein ganz junges Mädchen, so daß auf die Einwilligung der Angehörigen verzichtet werden könne. »Um Ihre Zweifel zu beheben«, entgegnete mein Freund, »lesen Sie bitte dieses Schriftstück.« Dabei zog er die Lizenz heraus. »Schön«, sagte der Geistliche, »wo ist denn aber die Braut?« – »Die werden Sie auch sofort zu sehen bekommen«, sagte mein Freund und eilte die Treppe hinauf.

Da ich gerade aus meinem Zimmer herausgekommen war, berichtete er mir, der Geistliche sei unten und habe ihm auf Grund der Lizenz die Trauung zugesagt. Er verlange aber, die Braut zu sehen, und deshalb wolle er mich fragen, ob er ihn zu mir führen dürfe.

»Hat das nicht Zeit bis morgen?« fragte ich. »Nein«, entgegnete er, »der Pfarrer hatte Bedenken, du könntest vielleicht ein junges Mädchen sein, das den Eltern entführt wurde. Ich versicherte ihm allerdings, wir seien beide in einem Alter, in dem man sein Schicksal selbst in die Hand nimmt; doch lag ihm daran, sich mit eigenen Augen davon zu überzeugen.« – »Gut«, erwiderte ich, »wenn es denn sein muß, bin ich einverstanden.« Daraufhin brachte er den Pfarrer herauf, einen netten, lustigen Herrn. Jemand mußte ihm schon erzählt haben, wir hätten uns zufällig in Brickhill getroffen. Ich sei mit der Post von Chester gekommen, und mein Freund sei mir mit seinem eigenen Wagen entgegengefahren. Wir hätten uns eigentlich schon am Abend zuvor in Stony-Stratford treffen wollen, er habe den Ort aber nicht rechtzeitig erreichen können. »Da sieht man mal wieder«, meinte der Pfarrer, »daß jedes Mißgeschick auch sein Gutes hat. Für Sie war es eine Enttäuschung, mein Herr, daß Sie Ihre Verabredung nicht einhalten konnten, doch ich habe den Vorteil davon; denn wenn Sie sich in Stony-Stratford getroffen hätten, hätte ich nicht die Freude gehabt, Sie zu trauen. Herr Wirt, haben Sie ein Gebetbuch?«

Ich fuhr auf und tat sehr erschrocken. »Wie denken Sie sich das, Herr Pfarrer? In einem Gasthof wollen Sie uns trauen, und noch dazu abends?« – »Madam«, sagte der Geistliche, »wenn Sie es durchaus wünschen, können wir die Trauung auch in der Kirche vornehmen. Wir sind in bezug auf den Ort an keine Vorschrift gebunden, und die Tageszeit spielt erst recht keine Rolle. Unsere Fürsten zum Beispiel lassen sich häufig in ihren Gemächern trauen, um acht, manchmal sogar um zehn Uhr abends.«

Es dauerte geraume Zeit, ehe ich mich überreden ließ. Immer wieder verlangte ich danach, in der Kirche getraut zu werden. Das war natürlich nur Heuchelei; denn im Grunde war es mir ganz gleichgültig, wo es geschah. Schließlich erklärte ich mich denn auch einverstanden, und unser Wirt, seine Frau und seine Tochter wurden herbeigerufen. Unser Wirt war Brautvater und Kirchendiener in einer Person, die Trauung fand statt, und wir waren sehr vergnügt, obwohl die Vorwürfe, mit denen ich mich schon vorher gequält hatte, mir immer noch sehr zu schaffen machten und manchen Seufzer entlockten. Mein Bräutigam bemerkte es und sprach mir Mut zu; der Gute wußte ja nicht, was mich bedrückte, und dachte, der plötzliche rasche Entschluß mache mich bedenklich.

Wir verbrachten den Abend in sehr lustiger Stimmung, keiner von den Dienstboten ahnte, was vor sich ging. Die Wirtin und ihre Tochter bedienten uns selbst und ließen keins von den Mädchen heraufkommen. Ich nannte die Wirtstochter meine Brautjungfer und beschenkte sie am nächsten Morgen mit einer Garnitur Schleifen, der schönsten, die in der kleinen Stadt zu haben war. Der Mutter verehrte ich, da im Ort Spitzenindustrie betrieben wurde, Klöppelspitze zu einer Haube.

Unser Wirt hatte die Trauung so geheim gehalten, damit der Gemeindepfarrer nicht davon hören sollte. Jemand mußte es aber doch ausgeplaudert haben; denn am nächsten Morgen weckte uns Glockengeläut, und die Stadtmusikanten brachten uns ein Ständchen unter unserm Fenster. Unser Wirt behauptete aber frech, unsere Trauung habe anderswo stattgefunden; wir seien jedoch früher einmal seine Gäste gewesen und hätten deshalb das Hochzeitsmahl in seinem Hause bestellt.

Wir konnten uns nicht entschließen, schon an diesem Tag abzureisen; in aller Herrgottsfrühe hatten uns die Glocken geweckt, und vorher hatten wir auch nicht viel geschlafen. Wir waren deshalb todmüde und blieben bis beinahe zwölf Uhr im Bett liegen.

Wir wurden auch nicht mehr durch die Musik und das Glockengeläut gestört, da die Wirtin auf meine Bitte hin beidem ein Ende machte. Ein seltsamer Zwischenfall nahm mir jedoch mit einem Schlag meine frohe Stimmung. Das große Zimmer des Hauses ging auf die Straße. Es war schönes, warmes Wetter, und ich trat ans Fenster und öffnete es, um Luft zu schöpfen. Da sah ich drei Reiter kommen und vor dem gegenüberliegenden Gasthof absteigen.

Ich traute meinen Augen nicht, als ich näher hinblickte. Der mittelste von den dreien war mein Gatte aus Lancashire, daran war nicht zu zweifeln. Der Schreck fuhr mir in die Glieder. Noch nie in meinem ganzen Leben hatte ich mich so aufgeregt, ich glaubte, in den Boden zu sinken. Das Blut rann mir eiskalt durch die Adern, und ich zitterte wie im Fieber. Getäuscht hatte ich mich bestimmt nicht, er war es zweifellos, ganz deutlich hatte ich seine Kleidung, sein Pferd und sein Gesicht gesehen. Als ich den ersten Schreck überwunden hatte, pries ich mich glücklich, daß mein Gatte zufällig gerade nicht anwesend war und meine Erregung nicht bemerkt hatte. Es dauerte gar nicht lang, da kamen die drei Herren ans Fenster ihres Zimmers. Zum Glück hatte ich mein Fenster geschlossen. Ich äugte jedoch verstohlen nach ihnen und sah ihn wieder, hörte, wie er bei einem der Bedienten etwas bestellte, und es wurde mir mit erschreckender Deutlichkeit klar, daß er es war und kein andrer.

Was mochte ihn nur hierher geführt haben? In meiner Phantasie stellte ich mir die schrecklichsten Dinge vor, bald dies, bald jenes. Einmal dachte ich, er hätte meinen Aufenthaltsort entdeckt und sei erschienen, um mir meinen Undank und meine Ehrlosigkeit vorzuwerfen. Ich bildete mir sogar ein, er käme die Treppe herauf und wolle mir seine Verachtung entgegenschleudern. So kam ich auf die verrücktesten Ideen und traute ihm Dinge zu, die ihm nicht im Traum eingefallen wären, die er gar nicht wissen konnte, wenn nicht der Teufel selbst sie ihm verraten hatte.

Fast zwei Stunden schwebte ich in dieser Todesangst und wandte kein Auge vom Fenster und von der Tür des Hauses, in dem sie waren. Als ich dann endlich Lärm in der Einfahrt jenes Gasthofs hörte, sah ich zu meiner großen Erleichterung alle drei in westlicher Richtung davonreiten. Wie gut, daß sie nicht nach London zu ritten! Wie leicht hätte ich ihm dann nochmals begegnen können und wäre womöglich auch von ihm erkannt worden. So aber war ich beruhigt und konnte sorglos an die Heimreise denken.

Wir hatten den nächsten Tag dafür angesetzt. Gegen sechs Uhr abends entstand aber plötzlich ein großer Aufruhr auf der Straße. Berittene jagten wie toll vorbei. Wir hörten später, daß sie drei Wegelagerer verfolgten, die zwei Postkutschen und einige Reisende bei Dunstable Hill ausgeraubt hatten. Sie sollten in Brickhill gesehen worden sein, in dem uns gegenüberliegenden Gasthof.

Das Haus wurde umstellt und durchsucht, aber viele konnten bezeugen, daß diese drei Herren den Ort bereits vor Stunden wieder verlassen hatten. Da sich die Menge vor unserm Gasthof gestaut hatte, erfuhren wir dies alles sofort, und ich war schon wieder in großer Sorge, wenn auch aus ganz anderen Gründen. Mich beseelte nur der eine Gedanke, meinen Geliebten vor der Verfolgung zu retten. Darum erklärte ich meinen Wirtsleuten, hier müsse ein Irrtum vorliegen, einer der drei Herren sei mir bekannt gewesen, er sei ein ganz rechtschaffner Herr, ein reicher Gutsbesitzer aus Lancashire.

Der Polizeibeamte erfuhr sofort, was ich ausgesagt hatte, und kam zu mir, um es aus meinem eignen Mund zu hören. Ich versicherte ihm, daß ich die drei Herren von unserem Gasthof aus kommen sah. Sie hätten sich dann noch einmal am Fenster gegenüber gezeigt und seien vor meinen Augen davongeritten. Der eine sei mir wohlbekannt, ein sehr angesehener und reicher Großgrundbesitzer aus Lancashire, woher ich soeben komme.

Die Sicherheit, mit der ich meine Aussage machte, tat dem Gesindel Einhalt und überzeugte den Polizeibeamten, so daß er sofort den Rückzug anordnete; den Leuten sagte er, diese drei Reiter seien nicht die gesuchten Täter, sondern sehr ehrenwerte Herrn, wie man ihm versichert habe. Daraufhin zerstreute sich die Menge. Was in Wirklichkeit los gewesen war, wußte ich nicht, nur soviel war sicher, daß die zwei Postkutschen bei Dunstable Hill geplündert und fünfhundertsechzig Pfund an Geld gestohlen wurden. Auch einige Spitzenhändler, die diese Straße gewöhnlich benutzten, waren beraubt worden. Von den drei Herren werden wir später noch hören.

Durch diesen Zwischenfall verzögerte sich unsre Abreise um einen Tag, obwohl mein Gatte behauptete, man reise nach einem solchen Raubüberfall immer am sichersten; denn die Diebe pflegten zu verschwinden, wenn sie die Gegend in Aufregung versetzt hatten. Mir war trotzdem recht unbehaglich zumute; ich fürchtete, mein früherer Gatte könne mir noch auf der Landstraße begegnen.

Vier schönere Tage als die in Brickhill hatte ich noch nie verlebt. Ich fühlte mich ganz als Neuvermählte, und mein neubackner Ehemann gab sich alle erdenkliche Mühe, mir das Leben so angenehm wie nur möglich zu machen. Ach, wenn es doch immer so geblieben wäre! Dann hätte ich die kummervollen Tage, die hinter mir lagen, vergessen können und wäre vor künftigem Leid bewahrt geblieben. Aber das ging nicht, ich mußte schon hier auf Erden für meine unglückselige Vergangenheit büßen, und drüben würde mir auch nichts erspart bleiben.

Am fünften Tag reisten wir ab. Unser Wirt sah, wie ängstlich ich war, und begleitete uns zu Pferde. Sein Sohn und drei biedere Bauernburschen mit guten Feuerwaffen folgten dem Wagen, ohne es uns mitzuteilen, und brachten uns wohlbehalten nach Dunstable.

Dort bewirteten wir sie zum Abschied noch einmal sehr gut, was meinen Mann zehn bis zwölf Schillinge kostete. Er entschädigte die Männer auch noch für die geopferte Zeit, unser Wirt weigerte sich aber, etwas anzunehmen

Diese unvorhergesehene Heirat auf dem Lande war für mich die glücklichste Lösung, die ich mir denken konnte. Wäre ich unverheiratet nach London gekommen, so hätte ich ihn gleich in der ersten Nacht um Quartier bitten müssen, oder ich mußte offen eingestehn, daß ich in der ganzen großen Stadt keinen einzigen Bekannten hatte, der mich arme Braut zum Übernachten aufnahm. So aber trug ich keine Bedenken, mit ihm in sein großes, gut eingerichtetes Haus zu gehn und es mitsamt dem wohlhabenden Hausherrn in Besitz zu nehmen. Wenn ich es richtig anfaßte, mußte ich hier sehr glücklich werden. Ich hatte nun auch Muße, über den Wert eines geordneten Daseins, wie es mir jetzt bevorstand, nachzudenken. Wie anders würde es sein als das sittenlose Leben, das ich bisher geführt, und wieviel glücklicher wäre ich, wenn strengste Pflichterfüllung meinem Dasein einen neuen, bisher ungekannten Inhalt gäbe.

Ach, hätte dieses Leben angedauert, hätte ich seine wahren Freuden genießen können, ohne wieder in Armut und Not zu geraten, Armut, die bitterste Feindin der Tugend! Wie glücklich wäre ich gewesen, nicht nur damals, sondern vielleicht bis ans Ende meiner Tage! Während der ganzen Zeit, in der ich mit meinem neuen Gatten zufrieden dahinlebte, blickte ich reuig und voller Abscheu auf mein verflossenes Leben zurück und haßte mich selbst in Gedanken an das Unrecht, das ich begangen. Ich mußte oft daran denken, wie mein Liebhaber in Bath, von der Hand Gottes geschlagen, in sich ging, mich verließ und sich weigerte, nochmals mit mir zusammenzutreffen, obgleich er mich doch so sehr liebte. Ich aber ließ mich damals von dem schlimmsten aller Teufel, der Armut, verleiten, mich dem häßlichsten aller Gewerbe hinzugeben, das aus einem hübschen Gesicht Nutzen zieht, um mir ein angenehmes Leben zu verschaffen, und machte meine Schönheit zur Kupplerin des Lasters.

Gut, daß ich jetzt nicht wußte, was mir noch bevorstand. Ich hatte das Gefühl, in einem sichern Hafen gelandet zu sein, nachdem die stürmische Lebensfahrt beendet war, und dankte dem Schicksal für meine Erlösung. Stundenlang konnte ich sitzen und weinen, wenn ich an die Schuld dachte, die ich auf mich geladen hatte, und an das lasterhafte Leben, das ich geführt; und nur das Bewußtsein, daß ich das Geschehene aufrichtig bereute, vermochte mich ein wenig zu trösten.

Doch es gibt Versuchungen, denen die menschliche Natur meist nicht gewachsen ist, und nur wenige wissen von sich selbst, ob sie die Kraft besitzen, der Gefahr Widerstand zu leisten. Da Begehrlichkeit die Wurzel alles Übels ist, so gehört Armut zu den schlimmsten Gefahren, denen der Mensch ausgesetzt ist. Davon soll aber erst später die Rede sein.

Vorderhand lebte ich mit meinem Gatten friedlich und ruhig. Er war ein stiller und feinfühliger Mann, dabei tugendhaft, bescheiden und ehrlich. Er hatte keine großen Einnahmen, verdiente jedoch durch seinen Fleiß soviel, daß wir gut leben konnten. Natürlich reichte es nicht aus, um Wagen und Pferde anzuschaffen oder ein großes Haus zu führen, dazu hätte ich aber auch gar keine Lust gehabt. Da ich in meiner jetzigen Geborgenheit das frühere ausschweifende Treiben verabscheute, lebten wir sehr zurückgezogen und genügsam. Ich hatte keinen Verkehr, machte keine Besuche und widmete mich ausschließlich meiner Familie. Dabei fühlte ich mich sehr wohl.

Fünf Jahre lang lebten wir ungestört glücklich und zufrieden, als ein plötzlicher Schicksalsschlag all mein Glück mit einem Mal vernichtete und mich wieder ins Elend hinausstieß. Mein Gatte hatte für einen seiner Kollegen Bürgschaft geleistet, und zwar mit einer Geldsumme, die für unser Vermögen nicht tragbar war. Der Kollege geriet in Zahlungsschwierigkeiten, und mein Mann erlitt dadurch schwerste Verluste. Immerhin waren sie nicht so groß, daß es ihm nicht möglich gewesen wäre, sich davon wieder zu erholen. Er brachte aber nicht die Kraft auf, diesem Unglück standhaft zu begegnen, obgleich sein Ansehen unerschüttert war und er durch Fleiß den Verlust ausgleichen konnte. Wer aber unter der Last des Unglücks zusammenbricht, empfindet ihr Gewicht doppelt schwer, und wer zugrunde gehen will, geht dabei zugrunde.

Vergeblich versuchte ich, ihn zu trösten, die Wunde war zu tief, und sein Lebenswille gebrochen. Er wurde schwermütig und teilnahmlos und starb. Ich hatte sein Ende kommen sehn und litt schwer darunter; denn sein Tod richtete auch mich zugrunde.

Ich war mal wieder in einer trostlosen Lage, die in mancher Hinsicht noch schlimmer war als alles andere zuvor. Meine Jugend war dahin; ich konnte nicht mehr darauf rechnen, daß sich ein Liebhaber finde, der mich begehrte. Von meiner früheren Schönheit zeugten nur noch Spuren. Weit schlimmer war es aber, daß mich aller Lebensmut verlassen hatte. Ich war das niedergeschlagenste und trostloseste Geschöpf, das man sich denken kann. Ich, die immer meinen Gatten ermutigt und die versucht hatte, seine Lebensgeister neu zu beleben, brachte nicht mehr die Kraft auf, die Last, die mir aufgebürdet war, zu tragen.

Mein Schicksal war aber auch wirklich beklagenswert; denn ich hatte keine Freunde und stand völlig hilflos da. Durch den Verlust, den mein Gatte erlitt, hatten sich unsere Verhältnisse sehr verschlechtert. Wenn ich auch nicht gerade verschuldet war, so konnte ich doch leicht voraussehen, daß das Geld, das mir noch geblieben, nur für kurze Zeit ausreichen würde. Ich zehrte ja auch täglich davon, so daß bald nichts mehr übrig sein würde. Und dann stand Hunger und Not bevor. In meinen Gedanken sah ich dieses Schicksal so lebhaft vor mir, daß ich schon glaubte, es zu erleben, noch ehe es soweit war. Die Furcht vor dem Kommenden verdoppelte meine Not. Bei jedem Groschen, den ich für einen Laib Brot ausgab, bildete ich mir ein, es sei mein letzter, und ich müßte vom nächsten Tage an darben und Hungers sterben.

In dieser Not hatte ich niemanden, der mir beistand, keinen Freund, der mir Trost oder Rat gespendet hätte. Ich saß meist trübselig allein in irgendeinem Winkel und weinte, rang die Hände in Verzweiflung und härmte mich ab bei Tag und Nacht. Wenn ich es gar nicht mehr aushalten konnte, lief ich tobend und schreiend herum wie eine Verrückte. Ich habe mich oft gewundert, daß mein Verstand nicht darunter litt; denn ich war von Wahnideen wie besessen, und in der Einbildungswelt, in der ich lebte, hatte ich jedes klare Urteil und jeden Maßstab für das Mögliche verloren.

So vergingen zwei Jahre. Das wenige, das mir noch verblieben war, schmolz immer mehr zusammen. Ich kam nicht aus dem Weinen heraus und blickte bekümmert, ohne die geringste Hoffnung, ohne Aussicht auf Hilfe in eine düstere Zukunft. Ich weinte so viel, daß ich zuletzt keine Tränen mehr hatte, und als ich sah, wie meine kleine Barschaft dahinschwand, packte mich die Verzweiflung.

Ich gab mein Haus auf und mietete mir ein Zimmer. Da ich mich nun einschränken mußte, verkaufte ich fast alle Möbel. Dadurch kam ich wieder zu etwas Geld und konnte mich bei sparsamstem Verbrauch noch ein Jahr lang über Wasser halten. Doch wenn ich an die Zukunft dachte, verlor ich allen Mut: Elend und Not waren zu unausbleiblich. Möge keiner diese Zeilen lesen, ohne ernstlich darüber nachzudenken, wie schlimm es ist, einsam und verlassen zu sein, ohne Freunde und ohne Geld. Er möge daraus lernen, mit seinem Geld sparsam umzugehen und das Gebet des Weisen zu seinem Wahlspruch zu machen: »Herr, laß mich nicht hungern, damit ich nicht stehle.«

Man vergesse nicht, daß die Zeit der Not die Zeit der schwersten Versuchung ist, in der alle Widerstandskraft erlahmt. Armut drückt; der Mensch, der darunter leidet, gerät in Verzweiflung. Wozu das führen kann, wird meine Geschichte offenbaren. Eines Abends, als ich mal wieder nicht mehr ein und aus wußte und vor Angst fast von Sinnen war, trieb mich ein böser Geist, eins meiner schönen Kleider, die ich noch von früher her besaß, anzuziehen und auszugehen. Ich kann fest versichern, daß ich keine bösen Absichten hatte, als ich das Haus verließ. Ich wußte selbst nicht einmal, wohin ich gehen sollte. Da mich aber der Teufel hinaustrieb und zum Bösen verlocken wollte, war er es sicherlich, der meine Schritte lenkte. Ich selbst wußte nicht, wohin ich ging und was ich tat.

Als ich nun so planlos herumstreifte, kam ich in der Leadenhall Street an einer Apotheke vorbei. Da lag auf einem Hocker gerade vor dem Ladentisch ein kleines, in ein weißes Tuch eingeschlagenes Bündel. Auf der andern Seite stand eine Magd, mit dem Rücken zum Hocker, und blickte zum Apothekerlehrling hinauf. Dieser war mit einer Kerze auf den Ladentisch gestiegen und langte mit der Hand nach dem obersten Regal, anscheinend um etwas herunterzuholen. Auch er kehrte der Eingangstür den Rücken zu. Jedenfalls waren alle beide sehr beschäftigt, und außer ihnen war niemand im Laden.

Das war der Köder, mit dem mich der Teufel zum Bösen verlocken wollte. Noch heute höre ich es ganz deutlich und werde es, solange ich lebe, nie vergessen, wie mir eine Stimme hinter meinem Rücken zuflüsterte: »Nimm das Bündel! Eil dich! Der Augenblick ist günstig.« Und schon betrat ich den Laden mit dem Rücken zu dem Mädchen, als ob ich einem vorbeifahrenden Wagen ausweichen wollte. Ich griff mit der Hand hinter mich, nahm das Bündel und ging damit fort, ohne daß einer von den beiden mich bemerkt hätte.

Das Entsetzen, das ich selbst bei dem Diebstahl empfand, läßt sich nicht beschreiben. Als ich wegging, hatte ich nicht den Mut, zu laufen oder meinen Schritt zu beschleunigen. Ich ging über die Straße und bog in die erste Seitenstraße ein, die bis zur Fenchurch Street führte. Von dort aus kam ich durch so viele Seitenstraßen und Gäßchen, daß ich gar nicht mehr wußte, wo ich eigentlich war. Ich fühlte den Boden nicht mehr unter den Füßen. Je mehr ich aus der Gefahr herauskam, um so schneller lief ich, bis ich endlich abgehetzt und atemlos auf eine Bank vor einer Tür niedersank. Dort merkte ich erst, daß ich in die Thames Street geraten war, nahe Billingsgate. Ich ruhte mich ein wenig aus und ging dann weiter. Ich fieberte, und mein Herz schlug, als ob mich einer plötzlich erschreckt hätte. Ich war noch so benommen von dem allen, daß ich nicht wußte, wohin ich gehen und was ich tun sollte.

Das lange Umherirren hatte mich aber schließlich so müde gemacht, daß ich mir vornahm, nun doch endlich den Heimweg anzutreten, und so kam ich gegen neun Uhr abends halb tot und abgehetzt in meiner Wohnung an.

Welchem Zweck das Bündel dienen sollte und wie es an den Platz kam, wo ich es fand, wußte ich natürlich nicht. Das war ja aber auch nebensächlich. Mir lag vor allem daran, zu sehen, was darin war. Darum öffnete ich es so rasch wie möglich und fand darin schön mit Spitzen besetzte, fast neue

Kinderwäsche, einen silbernen Suppennapf, der ein halbes Liter faßte, einen kleinen silbernen Becher und sechs Löffel, etwas Leinwand, ein schönes Frauenhemd und drei seidene Tücher. In dem Becher lagen, in Papier eingewickelt, achtzehn Schillinge und ein Sechspencestück.

Während ich diese Dinge herausnahm, litt ich unter schrecklichen Angstzuständen, und obwohl ich vollkommen sicher war, regte ich mich unbeschreiblich auf. Weinend setzte ich mich auf einen Stuhl. »Gott«, schluchzte ich, »wie weit ist es mit mir gekommen! Bis zum Diebstahl! Beim nächsten Mal erwischt man mich und bringt mich nach Newgate. Dann ist's um mich geschehen.« Ich konnte mich gar nicht beruhigen und hörte nicht auf zu weinen. So arm ich war, ich hätte die Sachen bestimmt zurückgetragen, wenn mich nicht die Angst abgehalten hätte. In der Nacht schlief ich wenig, das Entsetzen über das, was ich getan, lastete noch zu schwer auf mir, und ich wußte auch am folgenden Tage nicht, was ich sagte und tat. Ich hätte gar zu gern etwas über den Diebstahl gehört und wollte vor allem wissen, ob ich einen armen Menschen oder einen Reichen bestohlen hatte. Vielleicht, sagte ich zu mir selbst, war es gar eine arme Witwe wie ich, die diese Sachen zusammengepackt hatte, um von dem Erlös Brot für sich und ihr Kind zu kaufen. Nun hungern sie beide und grämen sich, daß man sie um ihr Letztes gebracht hat. Dieser Gedanke quälte mich tagelang, mehr als alles übrige.

Doch die eignen Nöte brachten alle diese mitleidigen Regungen zum Schweigen, die Aussicht, selbst Hungers zu sterben, die sich von Tag zu Tag drohender zeigte, verhärtete mein Herz. Über etwas jedoch kam ich nicht hinweg. Wozu hatte ich mich gebessert und mein früheres schändliches Leben bereut, wozu hatte ich jahrelang ernst und zurückgezogen gelebt, wenn mich nun die schreckliche Not wieder dazu trieb, an Leib und Seele zugrunde zu gehn? Ich fiel auf die Knie und bat Gott um Erlösung. Da ich aber selbst alle Hoffnung aufgegeben hatte, glaubte ich auch nicht an die

Kraft meines Gebets. Ich wußte nicht mehr ein noch aus. Furcht und Schrecken drohten von außen, Finsternis war in mir. Meine Vergangenheit war nicht gesühnt, dafür strafte mich jetzt Gott und machte mich so elend, wie ich vordem böse gewesen war.

Hätte ich der Stimme meines Gewissens weiterhin gelauscht, so wäre ich vielleicht noch eine echte Büßerin geworden, doch der böse Geist in mir drängte mich beständig, vor keinem Mittel zurückzuschrecken, um der drohenden Not zu begegnen. Mit derselben bösen Absicht, mit der er mir damals zugeflüstert hatte: »nimm das Bündel!«, trieb er mich eines Abends wieder an, auszugehn und nach Beute zu suchen.

Es war noch hell, plan- und ziellos streifte ich umher, auf der Suche nach einer günstigen Gelegenheit. Da verlockte mich der Teufel zu etwas Schrecklichem, zu dem Schrecklichsten, was ich je getan. Als ich durch die Aldersgate Street kam, sah ich ein hübsches, kleines Mädchen, das aus einer Tanzschule ganz allein nach Hause ging. Mein Versucher, ein wahrer Teufel, hetzte mich auf dieses unschuldige Geschöpf. Ich redete es an, und es plauderte in seiner kindlichen Weise mit mir. Ich nahm es bei der Hand und führte es in ein Gäßchen, das nach dem St. Bartholomew Close ging. Das Kind meinte zwar, dies sei nicht der richtige Weg nach Hause, ich aber behauptete: »Doch, doch, paß nur auf, ich will dir zeigen, wie du am schnellsten heimkommst.« Das Kind hatte ein kleines Halskettchen aus Goldkügelchen um, das hatte mir gleich ins Auge gestochen. In dem dunkeln Gäßchen beugte ich mich zu ihm herab und tat so, als ob ich seinen Schuh, der aufgegangen war, in Ordnung bringen wollte. Dabei nahm ich der Kleinen die Kette weg, ohne daß sie es merkte, und wir gingen weiter. Von neuem trat der teuflische Versucher an mich heran und riet mir, das Kind in dem dunklen Gäßchen umzubringen, damit es mich nicht durch lautes Geschrei verraten könnte. Der bloße Gedanke jagte mir aber einen solchen Schreck ein, daß ich am Umsinken war und dem

Kind riet, umzukehren und wieder zurückzugehn, da ich mich doch im Weg geirrt hätte. Das Kind tat es, und ich ging weiter bis zum St. Bartholomew Close, dann durch einen Durchgang nach der Long Lane und über Charterhouse Yard nach der St. John's Street, die ich überquerte, um nach dem Smithfield Platz zu gelangen. Von da aus ging ich durch die Chick Lane und die Field Lane nach der Holbourn Bridge, dort mischte ich mich unter die vielen Vorübergehenden, und nun war es wirklich nicht mehr möglich, daß man mich erwischte. Das war mein zweiter Ausflug ins Reich der Diebe.

Über dem neuen Erfolg verblaßte die Erinnerung an die reuevollen Gedanken, die meiner ersten Tat folgten. Die Armut machte mich hart, und meine eigene Not tötete alle Gewissensbisse. Dieser zweite Diebstahl machte mir kein Kopfzerbrechen mehr, ich hatte ja dem armen Kind nichts zuleide getan, und es geschah den Eltern ganz recht, daß sie für ihre Nachlässigkeit bestraft wurden. Warum ließen sie auch das arme Würmchen allein heimgehen? Es sollte ihnen eine Lehre sein, ein andres Mal besser aufzupassen.

Diese Halskette war etwa zwölf bis vierzehn Pfund wert, vermutlich hatte sie die Mutter früher selbst getragen; denn sie war dem Kind viel zu weit. Nur aus Eitelkeit hatte sie die Kleine damit geschmückt, damit diese in der Tanzschule recht gut aussähe. Möglicherweise hatte man auch ein Mädchen geschickt, um das Kind abzuholen, eine nachlässige Person, die sich mit irgendeinem Kerl herumtrieb, so daß das arme Kindchen allein gehen mußte und mir in die Hände fiel.

Jedenfalls war ihm nichts geschehen, es war nicht einmal erschreckt worden; denn ich war guten Regungen noch immer zugänglich und tat nur dann Böses, wenn mich die äußerste Not dazu zwang.

Nach diesen ersten Erfolgen bestand ich noch eine Menge Abenteuer. Da ich aber ein Neuling in meinem Handwerk war, fehlte es mir noch an Erfahrung, ich erwartete daher meist darauf, daß mir der Teufel Ratschläge erteilte, und er ließ mich selten im Stich. Bei einem dieser Abenteuer hatte ich besonderes Glück. Es dämmerte schon, und ich ging durch die Lombard Street. In der Nähe des Three King Court schoß plötzlich ein Bursche wie der Blitz an mir vorbei und warf ein Bündel, das er in der Hand hielt, gerade hinter mich. Ich stand dicht vor einem Eckhaus. Als er es mir hinwarf, rief er mir zu: »Seien Sie bitte so gut und lassen Sie das Paket dort liegen«, und im Nu war er fort. Ihm folgten noch zwei andere, und unmittelbar hinter diesen rannte ein junger Bursche ohne Hut, der in einem fort rief: »Haltet den Dieb!« Er hatte die zwei schon fast erreicht, so daß diese ihre Beute wegwerfen mußten. Einer von den beiden wurde trotzdem gefangen, der andere hatte aber Glück und konnte entwischen. Während das alles geschah, war ich unbeweglich stehengeblieben und sah, wie die Verfolger zurückkamen und den armen Burschen mitsamt dem gestohlenen Gut mit sich schleppten, hochbeglückt, daß sie die Beute wiedererlangt und den Dieb erwischt hatten. Sie gingen an mir vorüber; denn ich sah nur aus, als ob ich wartete, bis sich die Menge verlaufen hatte.

Ich fragte ein paarmal, was denn los sei, aber niemand gab mir Antwort, und ich forschte auch nicht weiter nach. Als die Menge sich verlaufen hatte, nahm ich die günstige Gelegenheit wahr, wandte mich um und hob auf, was hinter mir lag. Dann ging ich fort, doch durchaus nicht so ängstlich wie sonst; denn dies hatte ich ja nicht selbst gestohlen, es war mir als gestohlenes Gut in die Hand gefallen. Ich gelangte mit meiner Beute sicher in meine Wohnung. Das Bündel enthielt ein Stück, also fünfzig Ellen, feine schwarze Taftseide und etwa zwölf Ellen Samt. Anscheinend war ein Seidenhändler ausgeplündert worden, ich sage absichtlich ausgeplündert, weil die Diebe sehr beträchtliche Warenmengen fortgeschleppt hatten. Man hatte ihnen ja allein sechs bis sieben Stück Seide wieder abgenommen. Wie es überhaupt möglich war, soviel zu stehlen, war mir unverständlich. Da ich in diesem Falle keinen Eigentümer, sondern einen Dieb beraubt hatte, nahm ich diese Waren ganz bedenkenlos an mich und freute mich außerordentlich.

Bisher hatte ich immer Glück gehabt und erlebte auch noch verschiedene andre Abenteuer, die zwar nicht so ertragreich waren, aber doch immer gut ausliefen. Ich lebte allerdings in ständiger Furcht, daß ich eines Tages doch erwischt und gehängt werden würde. Diese Angst war so stark, daß ich auf einige Unternehmungen deshalb verzichtete, die mir bestimmt geglückt wären. Aber eine Geschichte will ich noch erwähnen, über die ich mich tagelang freute. Ich ging häufig hinaus auf die Dörfer der Umgebung in der Hoffnung, dort einen guten Fang zu tun. Als ich einmal an einem Hause bei Stepney vorbeikam, sah ich auf dem Fensterbrett zwei Ringe liegen, einen kleinen Diamantring und einen einfachen Goldring, den irgendeine Dame, die mehr Geld als Verstand besaß, achtlos dorthin gelegt hatte, vielleicht nur, während sie sich die Hände wusch.

Ich ging mehrmals am Fenster vorbei, um mich zu vergewissern, ob jemand im Zimmer war; ich konnte niemanden entdecken, war aber meiner Sache noch nicht ganz sicher. Da kam mir der rettende Gedanke, an die Scheibe zu klopfen, wie wenn ich jemanden sprechen wollte. War einer im Zimmer, so würde er sicher ans Fenster kommen. Dann wollte ich ihm empfehlen, die Ringe fortzunehmen, ich hätte zwei verdächtige Kerle beobachtet, die mit begehrlichen Blicken danach Ausschau hielten. Dies war ein guter Gedanke. Ich klopfte ein paarmal. Als sich nichts rührte, drückte ich so geräuschlos wie möglich die Scheibe ein, nahm die zwei Ringe heraus und ging meiner Wege. Der Diamantring war etwa drei Pfund wert, der Goldring neun Schillinge.

Ich überlegte hin und her, wie ich die gestohlenen Waren an den Mann bringen könnte, besonders die Seide und den Samt. Unter ihrem Wert wollte ich sie nicht verkaufen, wie es im allgemeinen die armen, unglücklichen Diebe tun, die erst ihr Leben aufs Spiel setzen, um etwas Wertvolles zu erbeuten, und es dann, wenn es ihnen geglückt ist, um einen Spottpreis verschleudern. Das kam für mich nicht in Frage, und wenn ich alles versuchen sollte. Ich wußte nur noch nicht, wie ich es am besten bewerkstelligte. Da kam ich auf den Gedanken, zu meiner alten Pflegemutter zu gehn und die früheren Beziehungen wieder aufzufrischen. Ich hatte ihr die fünf Pfund jährlich für meinen kleinen Jungen pünktlich gezahlt, solang ich dazu imstande war. Als ich dann aber damit aufhören mußte, hatte ich ihr geschrieben, daß sich meine Verhältnisse durch den Tod meines Gatten verschlechtert hatten und ich nicht mehr in der Lage war, die Zahlungen zu leisten. Ich bat sie darum, das arme Kind nicht für das Unglück seiner Mutter büßen zu lassen.

Ich machte ihr also jetzt einen Besuch und fand dabei, daß sie noch immer ihr altes Handwerk betrieb. Es ging ihr aber nicht mehr so gut wie früher. Sie war von einem Herrn verklagt worden, dessen Tochter man mit ihrer Beihilfe entführt hatte, und sie entging nur mit knapper Not dem Galgen. Der Prozeß hatte sie so viel Geld gekostet, daß ihr Haus nur noch ärmlich ausgestattet war und die Kundschaft ausblieb. Doch sie ließ sich nicht unterkriegen, und da sie eine rührige Frau war und noch etwas Geld besaß, war sie Pfandleiherin geworden, und dieses Geschäft rentierte sich.

Sie empfing mich sehr höflich, und in ihrer verbindlichen Art sagte sie mir, ich sei ihr ebenso wert, auch wenn ich jetzt in beschränkten Verhältnissen lebe; mein Junge werde gut betreut, dafür habe sie gesorgt, ob ich es bezahlen könne oder nicht, spiele dabei gar keine Rolle. Seine Pflegemutter stehe sich nicht schlecht, ich brauche mich seinetwegen nicht zu sorgen und solle ruhig abwarten, bis ich wieder über Geld verfüge.

Ich erzählte ihr, daß ich augenblicklich sehr knapp sei, aber Sachen besäße, die Geldeswert hätten. Sie möge mir doch raten, wie ich diese Gegenstände am besten verkaufen könnte.

Was ich denn hätte, fragte sie mich daraufhin. Ich zog die goldne Kette heraus und log ihr vor, es sei ein Geschenk meines Gatten. Dann zeigte ich ihr die Seide und den Samt, die ich in Irland gekauft haben wollte, und den kleinen Diamantring. Das Silberzeug und die Löffel hatte ich selbst vor einiger Zeit schon verkauft. Zuletzt zeigte ich ihr noch die Kinderwäsche; die wollte sie mir selbst abkaufen, sie glaubte wahrscheinlich, sie stamme aus meinen eignen Vorräten. Sie teilte mir mit, daß sie Geld auf Pfänder leihe, deshalb könnte sie die übrigen Dinge für mich verkaufen, als seien es nicht eingelöste Pfänder. Die Zwischenhändler, zu denen sie sofort schickte, kauften ihr alles bedenkenlos ab und zahlten auch gute Preise.

Ich hoffte im Innern, diese umsichtige Frau könnte mich vielleicht aus meiner schlechten Lage befreien und mir zu einer Beschäftigung verhelfen; denn ich hätte mich gern einer ehrlichen Arbeit zugewandt, wenn ich sie nur bekommen hätte, ehrliche Arbeit war aber nicht ihre Sache. Wenn ich jünger gewesen wäre, hätte sie mir vielleicht Bekanntschaften vermitteln können, aber mit diesem Geschäft war für mich, die ich jetzt schon über Fünfzig war, nichts mehr zu machen.

Schließlich forderte sie mich auf, ganz zu ihr zu ziehen, bis ich Arbeit fände, sie wolle mir ein Zimmer billig abgeben. Frohen Herzens willigte ich ein. Und da ich nun ein wenig sorgloser lebte, beschloß ich, den kleinen Jungen, den ich von meinem letzten Gatten hatte, wegzugeben. Auch dabei half sie mir und brachte ihn gegen eine jährliche Bezahlung von nur fünf Pfund gut unter. Das erleichterte mir das Leben sehr und versetzte mich in die Lage, das böse Handwerk, das ich neuerdings ergriffen hatte, eine Zeitlang ganz aufzugeben. Gar zu gern hätte ich auch Arbeit gehabt, die fand sich aber sehr schwer, da ich keine Bekannten hatte.

Trotzdem war ich in meinen Bemühungen zuletzt doch erfolgreich und erhielt Stepparbeiten für Bettdecken, Unterröcke und ähnliches mehr. Das machte mir viel Freude, ich war sehr fleißig bei der Arbeit und begann, damit meinen Lebensunterhalt zu bestreiten. Doch der Teufel, der mich nicht aus den Krallen lassen wollte, verlockte mich ständig, hinauszugehn und einen »Spaziergang« zu machen; das heißt Umschau zu halten, ob sich etwas ergaunern ließe.

Eines Abends gehorchte ich denn auch blindlings seiner Stimme und trieb mich lange in den Straßen herum, es fand sich aber nichts. Enttäuscht versuchte ich am nächsten Abend wieder mein Heil und hatte mehr Glück. Als ich an einer Schenke vorbeikam, sah ich durch eine offenstehende Tür in ein kleines Zimmer hinein. Auf dem Tisch stand ein silberner Bierkrug, wie sie damals in den Bierhäusern sehr Mode waren. Ein paar Leute hatten dort anscheinend gezecht, und der nachlässige Kellner vergaß, den Krug wegzunehmen.

Ich ging in die Schenke hinein, stellte den silbernen Bierkrug auf die Bank in eine dunkle Ecke, setzte mich davor und klopfte mit dem Fuß auf den Boden. Der Kellner erschien sofort, und ich bestellte bei ihm ein halbes Liter Warmbier; denn es war kalt draußen. Er eilte hinaus, ich hörte, wie er in den Keller hinunterging, um das Bier abzuzapfen. Da kam auch schon ein andrer Kellner und fragte: »Was wünschen Sie?« – »Danke, nichts«, erwiderte ich, »Ihr Kollege bedient mich schon.«

Während ich noch dasaß, hörte ich, wie die Frau am Schenktisch sagte: »Sind die Gäste aus der Fünf schon alle fort?« Das war der abgegrenzte Teil des Raumes, in dem ich saß, und der Kellner erwiderte: »Ja, die sind weg.« – »Wer hat denn den Krug weggenommen?« fragte die Frau. »Ich«, sagte ein andrer Kellner, »hier ist er«, und zeigte auf einen Krug, den er wahrscheinlich von einem andern Tisch geholt hatte.

Ich war sehr froh über das, was ich vernahm; nun wußte ich, daß der Krug nicht vermißt wurde; denn jeder meinte, er sei bereits abgeräumt worden. Ich trank mein Bier aus, rief den Kellner zum Zahlen und sagte beim Weggehn zu ihm:

»Passen Sie nur gut auf das Silbergeschirr auf, daß es nicht wegkommt!« Damit meinte ich den silbernen Becher, in dem er mir das Warmbier gebracht hatte. Der junge Mensch erwiderte höflich: »Ja, Madam, ich will achtgeben, danke sehr«, und ich machte mich rasch aus dem Staube.

Als ich zu meiner Pflegemutter heimkam, hielt ich die Zeit für gekommen, einmal zu prüfen, ob sie mir beistehen würde, wenn ich je in Gefahr kommen sollte. Es fand sich auch bald eine Gelegenheit, mit ihr unter vier Augen zu sprechen, und ich fragte sie, ob ich auf ihre Verschwiegenheit rechnen dürfte, wenn ich ihr ein sehr wichtiges Geheimnis anvertraute. Sie entgegnete sofort, sie habe eins meiner Geheimnisse schon immer treu gehütet, wie könnte ich da zweifeln, daß sie auch das andere wahren würde. Daraufhin sagte ich ihr, mir sei etwas sehr Merkwürdiges begegnet, noch dazu völlig ohne mein Zutun. Und nun erzählte ich ihr die ganze Geschichte von dem Krug. »Haben Sie ihn mitgebracht?« fragte sie. »Natürlich«, erwiderte ich und zeigte ihr den Krug. »Was soll ich aber nun tun? Muß ich ihn nicht wieder hinbringen?«

»Wenn Sie großes Verlangen haben, in Newgate zu landen, so bringen Sie ihn nur ja wieder hin«, antwortete sie. Empört fuhr ich auf: »So niederträchtig wird doch niemand sein, daß er mich festnehmen läßt, wenn ich den Krug aus freien Stücken zurücktrage!« – »Sie kennen diese Sorte Menschen nicht, liebes Kind«, entgegnete sie, »man wird Sie nicht nur nach Newgate bringen, sondern auch an den Galgen, ohne auf Ihre Ehrlichkeit Rücksicht zu nehmen, oder man präsentiert Ihnen eine Rechnung von all den Krügen, die je abhanden gekommen sind, die dürfen Sie dann bezahlen.« – »Ja, was soll ich denn aber tun?« fragte ich. »Da Sie nun einmal so schlau waren, ihn zu stehlen, müssen Sie ihn selbstverständlich auch behalten, ein Zurück gibt es da nicht. Außerdem können Sie das Silber bestimmt besser brauchen als jene Leute. Mir wäre es am liebsten, Sie kämen jede Woche einmal mit einem solchen Krug nach Hause.«

Dieses Gespräch zeigte mir meine Pflegemutter in einem neuen Licht. Seit sie Pfandleiherin geworden war, hatte sie Menschen um sich, die es mit der Ehrlichkeit nicht so genau nahmen wie die, denen ich früher bei ihr begegnet war.

Das zeigte sich bald noch deutlicher als vorher. Gelegentlich brachte man ihr Degengriffe, Löffel, Gabeln, Krüge, lauter Sachen, die nicht bei ihr versetzt, sondern richtig verkauft wurden. Sie kaufte alles, ohne nach dem Woher zu fragen, und machte, wie sie mir erzählte, sehr gute Geschäfte dabei.

Das Silberzeug, das sie auf diese Weise erstand, wurde stets eingeschmolzen, um es unkenntlich zu machen. Eines Morgens bot sie mir an, meinen Krug einschmelzen zu lassen, damit ihn keiner entdecken könne. Ich gab ihn mit Freuden hin, sie wog ihn und bezahlte mir den vollen Silberwert. Ich merkte aber, daß sie nicht alle Kunden so reell bediente.

Einige Zeit danach, als ich einmal recht trübsinnig bei der Arbeit saß, fragte sie mich, was ich hätte. Ich klagte ihr, es mache mir Kummer, daß ich so wenig Arbeit habe und nicht recht wüßte, wovon ich leben und was ich tun solle. Da lachte sie und riet mir, ich möge wieder ausgehen und mein Glück versuchen. Vielleicht fände sich noch so ein Krug. »Ach, Mutter«, entgegnete ich, »für dieses Handwerk bin ich nicht geschickt genug, und wenn ich erwischt werde, geht es mir an den Kragen.« Daraufhin bot sie mir ihre Hilfe an. »Ich will Ihnen eine Lehrmeisterin verschaffen, die wird Ihnen alles beibringen, was sie selbst kann.« Bei diesem Vorschlag fing ich an zu zittern. Bis dahin hatte ich weder Bekannte noch Verbündete bei dieser Sippschaft gehabt. Durch ihre Überredungskunst besiegte sie aber alle meine Bedenken und Befürchtungen, und es dauerte gar nicht lange, so wurde ich mit Hilfe dieser Lehrmeisterin eine ebenso freche und geschickte Diebin wie Moll, die Beutelschneiderin, wenn ich auch, falls das Gerücht wahr ist, nicht halb so hübsch war.

Die Kameradin, zu der sie mir verhalf, leistete auf drei

Gebieten Hervorragendes: Sie war Ladendiebin, stahl Geschäftsbücher und Brieftaschen und raubte den Damen goldene Uhren. Das letztere tat sie so geschickt, daß es keine Frau je zu einer solchen Vollkommenheit brachte wie sie. Mir lagen die Laden- und Uhrendiebstähle am meisten, ich war ihr dabei einige Zeit behilflich, gerade wie eine Gehilfin eine Hebamme begleitet, ohne dafür bezahlt zu werden.

Schließlich durfte ich auch selbständig arbeiten. Sie hatte mir nun all ihre Kunstgriffe gezeigt, und ich hatte ihr schon des öfteren zur Übung ihre Uhr mit großer Geschicklichkeit weggenommen. Eine lohnende Beute bot sich uns, als wir eine schwangere junge Frau mit einer entzückenden Uhr aus der Kirche herauskommen sahen. Meine Lehrmeisterin drängte sich an die eine Seite der Dame, und gerade an den Eingangsstufen tat sie, als ob sie strauchelte, und fiel mit aller Macht gegen die junge Frau, so daß diese sehr erschrak und beide laut aufschrien. Im selben Augenblick, in dem sie an die Dame anstieß, ergriff ich die Uhr und hielt sie so, daß der Haken durch den Ruck von selbst herausgezogen wurde, und sie nichts davon spürte. Ich machte mich mit meiner Beute sofort davon und überließ es meiner Lehrmeisterin, sich von ihrem scheinbaren Schreck langsam zu erholen. Da die Bestohlene den Verlust sofort bemerkte, rief meine Kameradin zornig: »Das können nur dieselben Spitzbuben gewesen sein, die mich zu Boden warfen. Schade, daß Sie Ihre Uhr nicht sofort vermißt haben, dann hätten wir die Kerle womöglich erwischt.«

Sie ging so geschickt dabei zuwege, daß kein Verdacht auf sie fiel. Ich kam schon eine ganze Stunde vor ihr nach Hause und war glücklich über den Erfolg dieses ersten Gemeinschaftsunternehmens. Die Uhr war wirklich sehr schön, mit Edelsteinen verziert, und meine Pflegemutter gab uns zwanzig Pfund dafür, von denen ich die Hälfte bekam. Ich hatte nun mein Meisterstück geliefert und war ein abgefeimter Dieb geworden, dem Gewissensbedenken und moralische Erwä-

233

gungen nicht das geringste mehr anhaben konnten. So jagte mich der Teufel, der mich durch Armut zum Bösen verleitet hatte, auf dieser Bahn immer weiter, selbst dann noch, als die schlimmste Not schon überwunden war. Ich hatte nach und nach Lust zur Arbeit bekommen, und da ich im Nähen geschickt war, hätte ich wahrscheinlich mein Brot auch auf ehrliche Art verdienen können.

Wenn sich mir diese Aussicht schon früher gezeigt hätte, ehe ich so in Not geraten war, dann wäre ich sicher vor diesem schlimmen Handwerk bewahrt geblieben und nicht unter die Diebsbande geraten, mit der ich nun auf Gedeih und Verderb verbündet war. Jetzt aber war keine Umkehr mehr möglich, Erwägungen sittlicher Art war ich nicht mehr zugänglich. Mein verbrecherisches Treiben hatte mich abgestumpft; je länger ich es fortsetzte, ohne gefaßt zu werden, desto kühner und waghalsiger wurde ich. Mit meiner neuen Komplizin arbeitete ich nun schon lange gemeinsam, ohne je erwischt worden zu sein. Das belebte unsern Tatendrang immer wieder von neuem und füllte uns die Taschen; einmal hatten wir sogar einundzwanzig goldene Uhren in unserm Besitz.

Ich entsinne mich allerdings noch genau, daß mir eines Tages doch wieder Zweifel kamen, ob ich auf dem richtigen Wege sei. Ich hatte mir nun ein schönes Vermögen zusammengestohlen, fast zweihundert Pfund an Geld. Da brachte mich irgendein guter Geist – wenn es wirklich welche geben sollte – auf den Gedanken, die Diebereien einzustellen und mit diesem traurigen Leben Schluß zu machen. Die Not hatte mich dazu getrieben, nun war sie behoben, ich konnte durch meiner Hände Arbeit etwas verdienen und war so gut bei Kasse, daß ich mich nicht mehr einzuschränken brauchte. Warum sollte ich jetzt nicht aufhören? Bisher war ja alles gut gegangen, doch konnte ich nicht erwarten, daß es immer so bliebe, und wenn ich einmal erwischt wurde, dann war alles aus.

Dies war zweifellos ein glücklicher Augenblick. Hätte ich

ihn nur genützt und den segensreichen Wink befolgt, woher er auch immer kam, dann wäre mein Leben vielleicht wieder leicht und sorglos geworden. Doch das Schicksal wollte es anders. Der böse Teufel, der Besitz von mir ergriffen, umklammerte mich so fest, daß keine Umkehr möglich war. So wie die Armut mich in dieses Leben hineingerissen hatte, so hielt mich die Habgier darin fest. Sobald mein Verstand mir sagte, es sei Zeit, Schluß zu machen, trat die Begehrlichkeit auf den Plan und flüsterte mir ins Ohr: »Sei nicht so töricht, bleib bei deinem Handwerk! Du hast viel Glück gehabt, bleib dabei, bis du vier- oder fünfhundert Pfund zurückgelegt hast, dann kannst du immer noch aufhören und ein behagliches Leben führen, ohne dich anzustrengen.«

So hielt mich der Teufel mit seinen Krallen fest, ich hatte keine Kraft mehr, mich seiner Gewalt zu entziehen, und bald war ich in Not und Sorge so verstrickt, daß es für mich keinen Ausweg mehr gab.

Ein Gutes hatten diese Überlegungen aber doch: sie zwangen mich zur Vorsicht. Ich ging behutsamer zu Werke als die, die meine Lehrmeisterin gewesen war. Die Ärmste geriet daher auch als erste mit einer ihrer Schülerinnen ins Unglück. Bei dem Versuch, einen Leinenhändler in Cheapside zu berauben, wurden beide von einem Gehilfen, der sie mit Habichtsaugen verfolgte, geschnappt. Er hielt sie fest mitsamt den zwei Stücken feiner Leinwand, die sie bereits erbeutet hatten. Das genügte, um die zwei nach Newgate zu bringen, wo unglücklicherweise einige ihrer früheren Missetaten mit zur Sprache kamen. Da ihnen außerdem noch zwei andere Vergehen zur Last gelegt wurden und sie überführt werden konnten, verurteilte man beide zum Tode. Jede von ihnen gab an, schwanger zu sein, um einen Aufschub zu erwirken, und man glaubte ihnen, obwohl ich von meiner Lehrmeisterin genau wußte, daß sie ebensowenig schwanger war wie ich.

Anfänglich besuchte ich sie oft in Newgate und beklagte mit ihnen ihr trauriges Los, immer in der leisen Angst, als nächste dranzukommen. Der Ort flößte mir aber derart Grauen ein – es war ja mein unglückseliger Geburtsort und die Leidensstätte meiner armen Mutter –, daß er mir unerträglich wurde und ich diese Besuche ganz aufgab. Ach! Hätte ich mich nur durch diese Schicksale warnen lassen, so wäre ich dem Unglück aus dem Wege gegangen; ich war ja noch frei, und keiner konnte mir etwas vorwerfen. Doch es sollte nicht sein, das Maß meines Leidens war noch nicht voll.

Da meine Kameradin das Brandmal einer Gewohnheitsverbrecherin an sich trug, wurde sie hingerichtet. Ihre junge Kollegin dagegen wurde verschont. Nachdem sie einen Aufschub erlangt hatte, mußte sie hungernd noch einige Zeit im Gefängnis bleiben, bis sie zuletzt mit unter eine Amnestie fiel und so davonkam.

Das furchtbare Schicksal meiner Komplizin erschreckte mich sehr, und ich verzichtete lange Zeit auf alle Unternehmungen. Da brach eines Nachts Feuer in unserm Nachbarhaus aus. Wir waren natürlich alle auf. Meine Pflegemutter sah zum Fenster heraus und rief mir zu, daß das Haus der Frau Soundso bis zum Dach in Flammen stehe. Leise stieß sie mich an: »So eine günstige Gelegenheit bietet sich nur selten. Da das Feuer unmittelbar neben uns ist, können Sie bequem hingehen, ehe die Straße durch die Menge verstopft wird und man nicht mehr durchkommen kann.« Sie gab mir sofort Anweisungen, wie ich mich verhalten sollte. »Laufen Sie rasch hinüber in das Haus und sagen Sie der Dame oder wen Sie sonst sehen, daß Sie herbeigeeilt, um zu helfen, und von Frau Soundso, einer früheren Bekannten, die weiter oben in der Straße wohnt, geschickt worden sind.«

In Windeseile lief ich davon. Als ich an das Haus kam, war alles in unbeschreiblicher Aufregung. Ich lief hinein und fragte eins der Mädchen: »Wie ist denn das nur geschehen? So ein Unglück! Wo ist denn Ihre Herrschaft? Hoffentlich in Sicherheit! Und wo sind die Kinder? Ich komme von Frau Soundso und möchte Ihnen gern helfen.« Das Mädchen

rannte fort. »Madam, Madam«, schrie sie so laut, wie sie nur konnte, »hier ist eine Dame, die uns Frau Soundso zum Helfen geschickt hat.« Die arme Frau, die völlig den Kopf verloren hatte, kam mir mit einem Bündel unter dem Arm und ihren zwei kleinen Kindern rasch entgegen. »Madam«, sagte ich, »geben Sie mir doch die Kinder! Ihre Bekannte hat mich gebeten, sie zu ihr zu bringen. Sie will sich der armen kleinen Wesen annehmen.« Dabei faßte ich auch schon eins an der Hand und ließ mir das andre auf den Arm setzen. »Bringen Sie sie um Himmels willen in Sicherheit«, jammerte sie, »und sagen Sie der Dame bitte herzlichen Dank für ihre Freundlichkeit.« – »Haben Sie sonst noch etwas mit hinzugeben, Madam?« fragte ich, »sie wird Ihnen alles gut verwahren.« – »Ach ja«, erwiderte sie, »Gott vergelt's ihr, nehmen Sie bitte auch dieses Silberzeug mit hin! Sie ist doch wirklich eine herzensgute Frau. Ach, du lieber Gott, wie schlimm sieht's bei uns aus!« Und ganz verstört lief sie weg, die Mädchen hinter ihr her, und im Nu machte auch ich mich mit den zwei Kindern und dem Paket auf den Weg.

Auf der Straße kam eine fremde Person auf mich zu. »Ach«, sagte sie mitleidig, »Sie sind ja so bepackt! Sie werden das Kind fallen lassen. Kommen Sie, ich will Ihnen gern helfen«, und schon ergriff sie mein Bündel, um es mir abzunehmen. »Nein«, sagte ich, »wenn Sie mir helfen wollen, so nehmen Sie bitte das Kind bei der Hand und führen es bis ans Ende der Straße; ich gehe mit und werde mich auch für Ihre Mühe dankbar erweisen.«

Sie konnte das nicht gut ablehnen und mußte nun mit mir gehen, ob sie wollte oder nicht. Ich hatte sofort gemerkt, daß sie dasselbe Handwerk betrieb wie ich und es nur auf das Bündel abgesehen hatte. Sie ging mit mir bis vor die Tür des Hauses, wo ich die Kinder abgeben wollte. Dort flüsterte ich ihr zu: »Gehen Sie jetzt, damit Sie nichts verpassen. Ich bin nämlich auch von der Zunft und denke, es wird sich noch allerlei machen lassen.«

Sie verstand mich sogleich und verschwand. Ich aber pochte an die Tür, und da die Leute bei dem Feuerlärm aus Angst sofort aufgestanden waren, wurde ich rasch hereingelassen und sagte: »Ist Ihre Herrschaft schon wach? Sagen Sie ihr doch, Frau . . . ließe herzlich darum bitten, sich der beiden Kinder anzunehmen. Die arme Frau ist ganz verzweifelt, ihr Haus steht lichterloh in Flammen.« Man nahm die Kinder sehr freundlich auf und bedauerte die arme Familie, die durch den Brand so geschädigt war. Ich machte mich mit meinem Bündel rasch davon. Eins der Mädchen fragte noch, ob ich das Bündel nicht auch dalassen wolle, doch ich erwiderte: »Nein, meine Beste, das soll ich nicht zu Ihnen bringen, das gehört andern Leuten.«

Ich war jetzt aus dem Gedränge heraus, deshalb kam ich mit meinem Bündel schnell vorwärts und brachte das Silberzeug, das ich in recht ansehnlicher Menge erbeutet hatte, heim zu meiner Pflegemutter. Sie versprach mir, es in meiner Abwesenheit nicht anzurühren, und redete mir zu, nochmals hinüberzugehen und nach weiterem Ausschau zu halten.

Ich sollte den gleichen Trick anwenden, diesmal bei der Dame, die neben dem brennenden Hause wohnte. Ich gab mir auch alle Mühe hinzugelangen, es herrschte aber ein solcher Tumult, so viele Feuerspritzen waren in Betrieb, und auf den Straßen wimmelte es so von Neugierigen, daß ich nicht einmal bis in die Nähe des Hauses gelangte, wie sehr ich mich auch bemühte; deshalb kehrte ich um, nahm das Bündel mit hinauf in mein Zimmer und begann auszupacken. Es schauderte mich ordentlich, als ich sah, welche Schätze dabei zum Vorschein kamen. Außer dem Familiensilber, das reichlich vorhanden war, fand ich eine goldene Kette, ein altmodisches Schmuckstück, dessen Verschluß zerbrochen war; sie schien seit Jahren nicht mehr getragen zu sein, aber ihr Gold war darum durchaus nicht schlechter, ferner ein kleines Kästchen mit Ringen, darunter der Trauring der Dame, einige zerbrochene Schmuckteile, eine goldne Uhr und eine

Börse mit alten Goldmünzen, die einen Wert von vierundzwanzig Pfund hatten; außerdem noch verschiedne andre Wertsachen.

Das war die größte Beute, die ich je gemacht hatte, aber es war zugleich auch das Abscheulichste, das ich mir in meiner langjährigen Praxis leistete. Denn wenn ich auch sonst ohne Bedenken fremdes Gut raubte, hier regte sich doch mein Mitleid. Beim Anblick dieses großen Schatzes mußte ich unwillkürlich an die arme, trostlose Frau denken, die ohnehin schon so viel verloren und nun hoffte, wenigstens ihr Silberzeug und ihre wertvollsten Sachen gerettet zu haben. Wie entsetzt würde sie sein, wenn sie den Diebstahl entdeckte, wenn sie hörte, daß die Person, die ihre Kinder und ihre Wertsachen an sich genommen, gar nicht von ihrer Bekannten geschickt worden war, wie sie frech behauptet hatte.

Ich muß gestehen, daß die Grausamkeit meines Vorgehens mir sehr zu schaffen machte und mich zu Tränen rührte. Obwohl ich selbst fühlte, wie unmenschlich ich gehandelt hatte, brachte ich es aber doch nicht übers Herz, die unverhoffte Beute wieder zurückzugeben. Meine Bedenken wurden sogar von Tag zu Tag schwächer, der Schatz blieb mir, aber der Jammer der unglücklichen Frau schwand mir aus dem Gedächtnis.

Mit diesem Erfolg gab ich mich jedoch immer noch nicht zufrieden. Obgleich ich beträchtlich reicher geworden war, als ich je zuvor gewesen, führte ich meinen früheren Entschluß, mich ganz vom Diebeshandwerk loszusagen, wenn ich einen gewissen Wohlstand damit erreicht hatte, doch nicht aus. Ich konnte nicht genug erraffen, und meine Begehrlichkeit stieg so ins Unermeßliche, daß ich gar nicht mehr daran dachte, meine Lebensweise, solange es noch Zeit war, zu ändern. Trotzdem wußte ich ganz genau, daß ich ohne diese Umstellung nie das Gefühl der Sicherheit im Genuß des Errungenen erlangen konnte. »Immer mehr, immer mehr«, so lautete mein Wahlspruch.

Schließlich wurde ich ganz zum Verbrecher und brachte alle reuevollen Gefühle und Bedenken zum Schweigen. Ich hatte nur noch das eine Bestreben, meinen Besitz durch neue Beute zu vergrößern. Und sobald dieses errungen war, gab ich mich nicht etwa mit dem Bewußtsein des Erfolges zufrieden, sondern hielt schon wieder begehrlich Ausschau nach weiterem. So ging es fort auf der abschüssigen Bahn, ohne daß ich zur Umkehr bereit war.

Ich trieb langsam dem Untergang entgegen, dem Schicksal, dem ich mich nicht mehr entziehen konnte, das mir den letzten Lohn für alle meine Schandtaten bringen sollte. Doch die Stunde der Abrechnung war noch nicht da, und noch manche erfolgreiche Unternehmung zeugte von meinem großen Können.

Eine Zeitlang lebte meine Pflegemutter in großer Unruhe. Die Kameradin, die später am Galgen endete, wußte so viel von ihrem verbrecherischen Treiben, daß sie ihr ein gleiches Schicksal bereiten konnte, wenn sie vor Gericht darüber aussagte. Diese Befürchtung lastete sehr schwer auf der Alten, und es war ihr äußerst unbehaglich zumute.

Als sie dann aber hörte, daß die Gefangene gehängt worden war und nichts ausgeplaudert hatte, war ihr ein Stein vom Herzen gefallen. Es war sogar nicht ausgeschlossen, daß sie sich über die Todesnachricht freute; denn die Verurteilte hätte sich noch jederzeit auf Kosten ihrer Freunde retten können. Trotzdem trauerte sie aufrichtig um die Tote, die ihr Wissen nicht zum Schaden anderer ausgenützt hatte. Ich tröstete sie, so gut ich konnte, sie aber trieb mich zu weiteren Taten an, durch die ich über kurz oder lang dem gleichen Schicksal zusteuerte.

Dieses Erlebnis diente mir, wie ich schon sagte, zur Warnung. Ich wandte von nun an äußerste Vorsicht an, besonders bei Ladendiebstählen. Die Seiden- und Tuchhändler vor allem hatten ihre Augen überall. Ein- oder zweimal wagte ich einen Versuch bei Spitzenhändlerinnen und Putzmacherinnen. Ich hatte mir einen Laden herausgesucht, der von zwei jungen Frauen neu eröffnet worden war. Die hatten noch keine Erfahrung in ihrem Beruf, und dadurch gelang es mir, außer Garn auch noch ein ganzes Stück Klöppelspitze zu entwenden, das seine sechs bis sieben Pfund wert war. Das glückte aber nur einmal; denn der Kunstgriff, den ich dabei verwendete, ließ sich nicht wiederholen.

Es galt immer als ein sicheres Unternehmen, einem neu eröffneten Laden einen Besuch abzustatten, namentlich wenn die Inhaber noch keine Erfahrung im Geschäftsleben besaßen. Diese Neulinge mußten stets damit rechnen, daß sie anfangs ein paarmal von uns heimgesucht wurden; sie mußten schon sehr gewieft sein, wenn sie uns daran hindern wollten.

Was sich mir dann an Gelegenheiten bot, war kaum der Rede wert. Für längere Zeit trat ein Stillstand ein, und ich begann schon zu erwägen, ob ich dieses wenig lohnende Geschäft nicht ganz an den Nagel hängen sollte. Meine Pflegemutter aber, der mein Gewerbe mit zugute kam, hatte keine Lust, diese Hilfsquelle einzubüßen, und erwartete noch Großes von mir. Eines Tages brachte sie mich deshalb mit einer jungen Frau und einem Burschen zusammen, die sie mir als Ehepaar vorstellte, obgleich es sich hinterher zeigte, daß sie nicht seine Frau war, sondern nur seine Diebesgenossin und seine Geliebte. Sie stahlen und schliefen zusammen, wurden miteinander ergriffen und schließlich gemeinsam gehängt.

Meine Pflegemutter veranlaßte mich zur Zusammenarbeit mit diesen beiden. Ich ging mit ihnen auf allerlei Abenteuer aus, merkte aber bald, daß sie sehr plump und ungeschickt vorgingen. Wenn sie trotzdem Erfolg hatten, so lag das nur an ihrer Unverschämtheit und der sträflichen Nachlässigkeit der Geschädigten. Ich beschloß daher, immer sehr vorsichtig zu sein, wenn ich mit ihnen etwas gemeinsam unternahm, lehnte sogar ein paarmal meine Beteiligung ab, da mir ihre Vorschläge gar zu unbrauchbar erschienen, und redete sie ihnen gelegentlich auch ganz aus. Einmal schlugen sie mir vor, einem Uhrmacher drei goldene Uhren zu rauben. Sie hatten sie tagsüber liegen sehen und auch beobachtet, wohin der Uhrmacher sie gelegt hatte. Der junge Mann meinte, er besitze so viele Schlüssel aller Größen, daß er den Schrank, in dem der Uhrmacher sie eingeschlossen hatte, zweifellos mit einem davon öffnen könnte. Wir hatten schon Abmachungen getroffen, gemeinsam vorzugehen, da überlegte ich mir die Sache noch einmal und fand, bei Licht besehen, daß die beiden einen regelrechten Einbruchsdiebstahl planten. Das war ein recht gefährliches Unternehmen, und ich beschloß, nicht mitzumachen. Sie gingen also ohne mich, drangen ins Haus ein und erbrachen den verschlossenen Schrank, in dem die Uhren lagen, fanden aber nur eine goldene und eine silberne. Die nahmen sie an sich und gelangten auch glücklich wieder aus dem Hause heraus. Das Geräusch hatte aber die Leute im Hause geweckt. Auf ihr lautes Hilfegeschrei hin wurde der Mann verfolgt und aufgegriffen, die junge Frau erst, als sie schon weit fort war. Bei ihr fand man die beiden Uhren. So war ich zum zweiten Mal einem bösen Schicksal mit knapper Mühe entronnen; denn beide wurden für schuldig erklärt und, da sie rückfällig waren, trotz ihrer Jugend gehängt. Wie sie also vorher gemeinsam auf Raub ausgezogen, so hingen sie auch gemeinsam am Galgen, und ich, die dritte im Bunde, blieb als einzige allein zurück.

Nach diesem Erlebnis wurde ich noch vorsichtiger, das böse Beispiel, das ich vor Augen hatte, lähmte meinen Unternehmungsgeist. Doch meine Pflegemutter ließ mir keine Ruhe, sie war der böse Versucher, der mich Tag für Tag zu neuen Taten ermunterte. Sie hatte auch schon einen Plan, von dessen Durchführung sie sich als Mitbeteiligte guten Gewinn versprach. Es war ihr zu Ohren gekommen, daß eine große Menge flandrischer Spitzen in einem Hause versteckt lagerte. Da es sich um Schmuggelware handelte, war dies für jeden

Zollbeamten, der sie entdeckte, ein guter Fang. Meine Pflegemutter unterrichtete mich ganz genau, wieviel es war und wo
man alles verborgen hatte. Ich ging deshalb zu einem Zollbeamten und teilte ihm mit, daß ich ihm etwas sehr Wichtiges
verraten wolle, wenn er mir meinen gebührenden Teil an der
Belohnung zusichere. Dies war ein sehr berechtigtes Verlangen, nichts konnte reeller sein. Deshalb war er sofort einverstanden, und ich offenbarte ihm, was ich wußte. Wir gingen
zu dritt – er hatte noch einen Polizeibeamten mitgenommen
– in das betreffende Haus. Ich führte ihn sogleich an den Ort,
wo die Ware versteckt lag, zwängte mich mühsam mit einer
Kerze in der Hand durch das dunkle Kellerloch und reichte
ihm die Spitze heraus, nachdem ich so viel davon, wie ich an
mir unterbringen konnte, heimlich an mich genommen hatte.
Der gesamte Vorrat hatten einen Wert von etwa dreihundert
Pfund, der Teil, den ich mir gesichert hatte, kam auf ungefähr
fünfzig Pfund. Die Bewohner des Hauses waren übrigens nicht
die Eigentümer der Spitze, ein Kaufmann hatte sie ihnen nur
anvertraut. Deshalb waren sie gar nicht so erschrocken über
den Verlust, wie ich erwartet hatte.

Der Zollbeamte war hocherfreut über seine Beute und sehr
zufrieden mit dem, was ich ihm überlassen hatte, und wir
vereinbarten, uns in einem Haus zu treffen, das er mir zeigte.
Nachdem ich meinen gestohlenen Anteil, von dem er nichts
ahnte, daheim verstaut hatte, begab ich mich an den verabre-
deten Ort. Er begann mit mir zu unterhandeln und schien zu
glauben, ich wisse nicht, welchen rechtmäßigen Anspruch ich
auf Belohnung habe; denn er versuchte, mich mit zwanzig
Pfund abzuspeisen. Ich machte ihm aber rasch klar, daß ich
nicht so dumm sei, wie er sich einbildete, und verlangte
hundert Pfund. Nun verlegte er sich aufs Feilschen und bot
dreißig Pfund. Ich ging zurück auf achtzig und er bot vierzig.
Als er mir zuletzt fünfzig Pfund vorschlug, willigte ich ein,
verlangte aber noch ein Stück Spitze im Wert von acht bis
neun Pfund und ließ ihn in dem Glauben, ich wolle es selbst

tragen. Er war einverstanden, und so verdiente ich an diesem
Abend hundert Pfund. Der Beamte hat auch nie erfahren,
wer ich war und wo er sich nach mir hätte erkundigen können,
so daß ich nicht zur Verantwortung gezogen werden konnte,
wenn es herauskam, daß ein Teil der Waren veruntreut
war.

Ich teilte diesen Betrag ganz ehrlich mit meiner Pflegemutter und stand von da an bei ihr im Ruf, auch die heikelsten
Fälle mit großem Geschick erfolgreich durchzuführen. Da
diese letzte Unternehmung so einträglich und dabei so ungefährlich war, betrachtete ich es für einige Zeit als meine
Spezialität, geschmuggelte Waren ausfindig zu machen. Ich
pflegte etwas davon zu kaufen und sie dann an den Zollbeamten zu verraten. Doch nie wieder verdiente ich eine so ansehn-
liche Summe daran. Ich nahm allerdings auch kein zu großes
Risiko auf mich, wie andere es taten, die dabei täglich Fehl-
schläge erlitten.

Das nächste große Unternehmen war ein Versuch, die
goldne Uhr einer Dame zu stehlen. Es geschah im Gedränge
in einem Versammlungshaus, und ich entging nur unter Auf-
bietung meiner ganzen Geistesgegenwart der Gefahr, erwischt zu werden. Schon hielt ich die Uhr fest in den Händen
und drängte gewaltsam vorwärts, als ob mich jemand gegen
die Dame gestoßen habe. Als ich nun im kritischen Augenblick tüchtig an der Uhr zog und sie nicht herausbekam, ließ
ich sie sofort los und schrie wie am Spieß, jemand habe mich
auf den Fuß getreten. Sicherlich seien Taschendiebe am Werk;
denn man habe meine Uhr herausziehen wollen. Sie müssen
nämlich wissen, daß wir bei diesen Abenteuern immer sehr
gut gekleidet waren. Ich hatte auch diesmal eins meiner besten Kleider an und meine goldne Uhr bei mir, so daß ich es
mit jeder eleganten Dame aufnehmen konnte.

Kaum hatte ich mit Schreien angefangen, da rief die Dame,
auf die ich's abgesehen hatte, auch schon laut »Taschendiebe«
und sagte, man habe versucht, ihr die Uhr wegzuziehn.

Während ich ihre Uhr gepackt hatte, stand ich in ihrer unmittelbaren Nähe, als ich dann aber entsetzt aufschrie, blieb ich plötzlich stehn, und die Dame wurde von der Menge mit vorwärts geschoben. Dadurch war sie in dem Augenblick, in dem sie Lärm schlug, schon etwas entfernt von mir, so daß auf mich kein Verdacht mehr fallen konnte. Als sie dann »Taschendieb« schrie, rief jemand in meiner Nähe: »Hier war doch soeben auch einer, diese Dame – und damit meinte er mich – sollte ja ebenfalls bestohlen werden.«

Im selben Augenblick ertönte aus größerer Entfernung von neuem der Ruf »Taschendiebe«, und ein junger Bursche wurde auf frischer Tat ertappt. Das war für den armen Teufel ein ausgesuchtes Pech, mir kam es aber sehr gelegen. Wenn ich mich auch schon vorher ganz gut aus der Affäre gezogen hatte, so brauchte ich jetzt gar nichts mehr zu fürchten. Die Schaulustigen rannten zu dem Dieb hin, und der arme Bursche war der Wut des Pöbels ausgeliefert. Es ging dabei so grausam zu, daß ich es gar nicht beschreiben mag, doch war es immer noch besser, dies zu erdulden, als nach Newgate gebracht zu werden, wo man oft jahrelang bleiben mußte und schließlich doch noch gehängt wurde. Am besten waren noch die dran, die man bloß verschickte.

Diesmal war ich also mit knapper Not davongekommen, der Schreck saß mir jedoch so in den Gliedern, daß ich mich lange Zeit nicht mehr an goldne Uhren heranwagte. Allerlei günstige Umstände hatten mir zwar geholfen, mich aus der Schlinge zu ziehn, in der Hauptsache verdankte ich meine Rettung aber doch der Dummheit der Frau, an deren Uhr ich gezogen hatte, das heißt sie verstand nichts davon, wie solch ein Taschendiebstahl vor sich geht. Das war mir unbegreiflich, da sie doch andrerseits sehr klug gewesen war und ihre Uhr so befestigt hatte, daß sie nicht herauszuziehen war. Vermutlich war sie aber zu sehr erschrocken, um noch einen klaren Gedanken fassen zu können; denn als sie den Ruck verspürte, schrie sie auf und drängte nach vorn. Dadurch brachte sie ihre ganze Umgebung in Unordnung, sagte aber mindestens zwei Minuten lang kein Wort von ihrer Uhr oder von einem Taschendieb, so daß ich genügend Zeit hatte, aus ihrer Umgebung zu verschwinden. Ich war erst unmittelbar hinter ihr gewesen, drängte dann aber zurück, während sie vorwärts drängte. Auf diese Weise waren wenigstens sieben bis acht Menschen zwischen uns gekommen. Außerdem rief ich »Taschendieb« noch eher als sie, deshalb hätte man sie ebensogut wie mich verdächtigen können, und keiner hätte gewußt, wo er den Dieb zu suchen hatte. Bei solchen Gelegenheiten muß man Geistesgegenwart zeigen. Als sie den Griff nach der Uhr spürte, hätte sie nicht schreien sollen, sondern sich sofort herumdrehen und ihren Hintermann packen. Dabei hätte sie mich unfehlbar erwischt.

Meine Kollegen werden diesen Ratschlag vielleicht nicht sehr freundlich finden, doch er gibt Aufschluß über die Kniffe der Taschendiebe. Wer ihn befolgt, wird den Dieb sicher erwischen, wer ihn aber nicht beachtet, ist der Geprellte.

Ich könnte noch ein andres Abenteuer ähnlicher Art anführen, das auch sehr lehrreich war, doch will ich hier nicht näher darauf eingehen, sondern zunächst noch einmal auf meine Pflegemutter zurückkommen. Sie war, wenn man so sagen darf, die geborene Taschendiebin, obwohl sie das Handwerk längst aufgegeben hatte. Wie ich später erfuhr, hatte sie die ganze Stufenleiter dieser Kunst durchlaufen und war doch nur ein einziges Mal gefaßt worden. Sie wurde damals überführt, verurteilt und nach Virginien verbannt. Da sie aber sehr redegewandt war und über genügend Geld verfügte, fand sie Mittel und Wege, während das Schiff in Irland Vorräte an Bord nahm, an Land zu gehen und zu entkommen. In Irland übte sie ihr altes Handwerk ein paar Jahre lang aus, geriet dann aber in andre Gesellschaft, wurde Hebamme und Kupplerin und beging alle möglichen Streiche, die sie mir im Vertrauen erzählte, nachdem wir uns näher kennengelernt hatten. Diesem verruchten Geschöpf verdankte ich die große

Geschicklichkeit, die ich erlangte; denn nur wenige übertrafen mich, und es kam selten vor, daß einer dieses Handwerk so lange unangefochten ausüben konnte wie ich.

Als sie durch ihre Abenteuer in Irland ziemlich bekannt geworden war, verließ sie Dublin und kam nach England zurück. Da ihre Strafzeit, die sie in der Verbannung verbringen mußte, aber noch nicht abgelaufen war, gab sie ihr früheres Gewerbe aus Angst, nochmals erwischt zu werden, ganz auf; denn dann war ihr der Untergang gewiß. Sie wandte sich deshalb wieder demselben Handwerk zu, das sie auch schon in Irland ausgeübt hatte, und wurde Hebamme. Durch ihr großes Geschick und ihre Redegewandtheit brachte sie ihr Geschäft so zur Blüte, wie ich es bereits geschildert habe, und kam zu großem Reichtum. Daß es dann schließlich wieder mit ihr bergab ging, davon habe ich im vorhergehenden auch schon berichtet.

Ich habe die Lebensgeschichte dieser Frau so eingehend dargestellt, um verständlich zu machen, welchen Anteil sie an mir und meinem häßlichen Gewerbe nahm. Sie brachte mir alle Kniffe ihrer Kunst bei, und dadurch, daß ich ihre Weisungen und Winke so gut befolgte, wurde ich zur größten Künstlerin meiner Zeit und entrann jeder Gefahr mit großer Geschicklichkeit. Manche Kameraden wanderten schon nach halbjähriger Tätigkeit nach Newgate, ich aber übte meinen Beruf nun schon mehr als fünf Jahre aus, und man kannte mich in Newgate noch nicht einmal. Wohl hatte man dort schon viel von mir gehört und mich oft erwartet, doch gelang es mir immer, mich aus der Schlinge zu ziehen, wenn auch manches Mal nur mit knapper Not.

Die größte Gefahr drohte mir jetzt aus meinen eigenen Reihen. Ich war zu bekannt geworden, und einige von ihnen haßten mich, nicht weil ich sie irgendwie gekränkt hatte, sondern weil sie mir meine Erfolge neideten. Sie gönnten es mir nicht, daß ich immer entschlüpfte, während sie immer erwischt und nach Newgate befördert wurden. Die waren es auch, die mich Moll Flanders nannten, obwohl diese Bezeichnung mit meinem wirklichen Namen oder mit denen, die ich mir sonst noch zugelegt hatte, so wenig zu tun hatte wie schwarz mit weiß. Ich selbst hatte mich wohl schon einmal Mrs. Flanders genannt, damals als ich im Münzviertel Obdach suchte, aber davon wußten diese Schurken ja nichts, und ich habe auch nie in Erfahrung gebracht, wie sie dazu kamen, mir diesen Namen wieder zu geben.

Eines Tages wurde mir mitgeteilt, daß etliche meiner Genossen, die in Newgate saßen, mir den Untergang geschworen hatten. Sie wollten mich vors Gericht bringen, und da ich wußte, daß einige von ihnen zu allem fähig waren, war ich in großer Unruhe und blieb lange Zeit zu Hause. Aber meine Pflegemutter, die wohl Anteil an meinem Gewinn, aber nicht an meinem Risiko hatte und die deshalb ein sicheres Spiel spielte, wurde ungeduldig, daß ich solch nutzloses Leben führte, das nichts einbrachte. Um mich wieder auf die Straße zu locken, hatte sie sich einen neuen Plan für mich ausgedacht: ich sollte Männerkleidung tragen und mich in meinem Beruf dementsprechend umstellen.

Ich war groß und ansehnlich, hatte aber für einen Mann zu weiche Züge. Da ich jedoch meist nur zur Nachtzeit ausging, so störte das nicht. Doch dauerte es lange, ehe ich mich in Männerkleidern richtig bewegen lernte; es war mir unmöglich, in einer derartig naturwidrigen Kleidung so gewandt und flink zu sein, wie es mein Beruf erforderte. Ich tat alles unbeholfen, hatte geringeren Erfolg und mehr Mühe, den Verfolgern zu entkommen. Daher beschloß ich, diese Neuerung wieder aufzugeben. In diesem Entschluß wurde ich durch folgendes Erlebnis bestärkt:

Da meine Pflegemutter mich als Mann verkleidet hatte, brachte sie mich mit einem jungen Burschen zusammen, der sich recht geschickt anstellte. Etwa drei Wochen lang ging alles gut. Wir beobachteten in der Hauptsache die Ladentische und hatten es auf alle Arten von Waren abgesehen, die

248

unbeachtet irgendwo lagen. Dabei hatten wir ein paarmal »gut eingekauft«, wie wir unsere Tätigkeit im Scherz nannten. Da wir alles gemeinsam unternahmen, wurden wir recht vertraut miteinander, doch erfuhr er nie, daß ich eine Frau war, obgleich ich mehrmals mit zu ihm in seine Wohnung ging, wenn dies im Interesse unserer Unternehmungen erforderlich war, und öfters nachts neben ihm lag. Aber wir hatten andre Dinge im Kopf. Wie gut es übrigens war, ihm mein Geschlecht zu verbergen, hat sich dann später herausgestellt. Sein Pech und mein Glück machten diesem Leben, das ich sehr bald satt hatte, ein rasches Ende. Wir hatten schon manche guten Erfolge bei unseren gemeinsamen Unternehmungen erzielt, das letzte war sogar sehr vielversprechend und hätte uns allerhand einbringen können. In einem Eckhaus befand sich ein Laden, das dazugehörige Warenlager war dahinter und ging auf die Seitenstraße hinaus.

Durch das Fenster des Warenlagers hindurch konnten wir einen Ladentisch sehen, der gerade vor diesem Fenster stand und auf dem außer anderen Stoffen fünf Ballen Seide lagen. Es war schon fast dunkel, doch die Leute vorn im Laden waren noch so beschäftigt, daß sie keine Zeit gehabt hatten, die Fensterläden zu schließen. Vielleicht hatten sie es auch vergessen.

Der junge Mensch wußte sich aus Freude darüber nicht zu lassen; er versicherte, er könne bequem hinlangen, und schwor, diese herrlichen Stoffe um jeden Preis an sich zu bringen, und wenn er auch die Wand einreißen müßte, um hineinzugelangen. Ich versuchte es ihm auszureden, sah aber, daß es zwecklos war. Er rannte sehr rasch hin, nahm geschickt eine Scheibe aus dem Schiebefenster heraus, ergriff vier Ballen Seide und kam damit auf mich zu. Man hatte jedoch den Diebstahl bereits bemerkt und verfolgte ihn mit schrecklichem Lärm. Wir standen allerdings zusammen da, doch hatte ich ihm noch keine Waren aus der Hand genommen und raunte ihm schnell zu: »Sie Unglücksmensch, das haben Sie nun davon, jetzt ist's aus.« Er rannte wie der Blitz, um sich in Sicherheit zu bringen, ich auch. Da er aber die Waren hatte, verfolgte man vor allem ihn. Er ließ zwei der Ballen fallen, wodurch die Verfolger ein wenig aufgehalten wurden, aber die Menge wuchs, und es dauerte gar nicht lange, so hatte man ihn mitsamt den zwei andren Ballen gefaßt. Die übrigen jagten hinter mir her. Ich rannte wie besessen und gelangte auch glücklich in das Haus meiner Pflegemutter. Ein paar scharfgesichtige Leute waren mir aber so dicht auf den Fersen, daß sie mich noch gerade hineinschlüpfen sahen. Da sie jedoch nicht sofort an die Tür klopften, gewann ich Zeit, mich schnell umzukleiden. Außerdem hielt meine Pflegemutter die Tür geschlossen, als sie hinkamen, und hatte sich unterdessen überlegt, was sie zu ihnen sagen wollte. Sie rief hinaus, in ihr Haus sei kein Mann gekommen. Die Leute behaupteten es aber mit größter Bestimmtheit und schworen, im Notfall die Tür aufzubrechen.

Meine Pflegemutter ließ sich jedoch gar nicht aus der Fassung bringen und unterhielt sich ganz ruhig mit den Draußenstehenden. Sie forderte sie auf, ungeniert hereinzukommen und ihr Haus zu durchsuchen. Sie müßten aber einen Polizisten mitbringen, und nur die, die der Schutzmann dazu bestimmte, sollten das Haus absuchen. Man könne ihr doch nicht zumuten, daß sie alle auf einmal hereinließe. Das sahen sie ein und holten sofort einen Polizisten. Daraufhin öffnete sie sehr bereitwillig die Eingangstür, der Polizist hielt Wache davor, und die Männer, die er dazu bestimmte, durchsuchten das Haus. Meine Pflegemutter ging mit ihnen von Zimmer zu Zimmer; als sie vor meiner Zimmertür ankamen, rief sie laut: »Base, öffne doch einmal deine Tür, hier sind einige Herren, die Haussuchung halten wollen.«

Ich hatte ein kleines Mädchen bei mir, die Enkelin meiner Pflegemutter, die mußte auf mein Geheiß die Tür öffnen. Ich saß bei der Näherei, alles lag liederlich um mich herum, als ob ich den ganzen Tag nur gearbeitet hätte. Ich hatte nur eine

Nachthaube auf dem Kopfe und einen losen Morgenrock an. Meine Pflegemutter entschuldigte sich wegen der Störung und berichtete kurz, was los sei. Sie habe die Leute in mein Zimmer führen müssen, damit sie sich selbst überzeugen konnten, daß niemand darin verborgen sei. Ihrem Wort allein habe man nicht geglaubt. Ich blieb ruhig sitzen und forderte die Männer auf, nur getrost alles zu durchsuchen. Wenn wirklich jemand ins Haus gekommen wäre, sei er bestimmt nicht in meinem Zimmer, über die übrigen Zimmer wisse ich natürlich nicht Bescheid, doch begriffe ich nicht, wonach sie eigentlich suchten.

Ich selbst und alles um mich herum machte einen so harmlosen und ehrlichen Eindruck, daß ich höflicher behandelt wurde, als ich erwartete. Trotzdem durchstöberten sie mein ganzes Zimmer, suchten überall, unter dem Bett, im Bett und an allen Plätzen, wo möglicherweise jemand versteckt sein konnte. Als sie fertig waren und natürlich nichts gefunden hatten, baten sie um Entschuldigung und gingen wieder hinunter.

Nachdem sie so das ganze Haus von oben bis unten und von unten bis oben durchwühlt und nichts gefunden hatten, beruhigten sie die Menge, die draußen wartete. Meine Pflegemutter mußte aber mit vors Gericht. Zwei Männer schworen dort, sie hätten deutlich gesehen, daß der gesuchte Dieb in ihrem Hause verschwunden sei. Meine Pflegemutter ließ sich aber nicht ins Bockshorn jagen. Sie machte Lärm und beschwerte sich laut, daß man ihr Haus in Verruf bringe und ihr ohne jeden Grund so übel mitspiele. Wenn wirklich ein Mann hereingekommen sei, so müsse er unmittelbar darauf wieder fortgegangen sein, ohne daß sie es bemerkt hätte, sie könne jederzeit beschwören, daß ihres Wissens den ganzen Tag über kein Mann ihr Haus betreten habe; das entsprach ja auch völlig der Wahrheit. Sie sei allerdings eine Zeitlang oben im ersten Stock gewesen, unterdessen sei möglicherweise irgendein Bursche durch die offne Tür hereingelaufen, um sich in seiner Angst vor den Verfolgern zu verstecken. Davon wisse sie aber nichts. Wenn es tatsächlich so gewesen wäre, sei er bestimmt auch wieder hinausgegangen, vielleicht durch die Hintertür, da ihr Haus zwei Ausgänge habe, und sei auf diese Weise entschlüpft.

Das klang alles ziemlich glaubhaft, der Richter gab sich damit zufrieden und ließ sie schwören, daß sie keinen Mann in ihrem Haus aufgenommen habe, um ihn zu verstecken oder zu schützen. Diesen Eid konnte sie bedenkenlos schwören. Sie tat es auch und wurde daraufhin entlassen.

Man kann sich leicht vorstellen, in welcher Angst ich die ganze Zeit über geschwebt hatte und daß es meiner Pflegemutter nicht gelang, mich je wieder in Männerkleider hineinzubringen. Ich erklärte ihr, daß ich mich dadurch bestimmt verraten würde.

Mein armer Gefährte war nun schlimm dran; denn er wurde vor den Bürgermeister geschleppt und durch diesen nach Newgate befördert. Die Leute, bei denen er ergriffen worden war, wollten ihn unbedingt belangen und hatten auch ein Recht darauf. Sie erboten sich, eine persönliche Garantie zu leisten, um bei den Gerichtssitzungen zugegen zu sein und die Anklage gegen ihn zu unterstützen.

Die Verhandlungen wurden jedoch noch verschoben, da er versprach, seine Helfershelfer anzugeben, vor allem den Mann, der an diesem Diebstahl beteiligt war. Er gab sich denn auch die größte Mühe, mich anzuzeigen, und nannte den Namen, unter dem er mich kannte, Gabriel Spencer. Hier zeigte es sich, wie klug es gewesen war, mich ihm nicht zu erkennen zu geben, sonst wäre ich erledigt gewesen.

Er versuchte, auf jede nur mögliche Weise diesen Gabriel Spencer ausfindig zu machen. Er beschrieb mich, nannte den Ort, wo er seiner Ansicht nach wohnte, und gab alle Einzelheiten an, die ihm bekannt waren. Da ich ihm aber die Hauptsache, daß ich kein Mann, sondern eine Frau war, vorenthalten hatte, war ich ungeheuer im Vorteil, und es war ihm unmöglich, Näheres über meine Person zu erfahren. Durch seine Bemühungen, mich aufzufinden, brachte er ein paar Familien in Aufregung. Die wußten aber auch nichts Näheres von mir, obgleich ihnen bekannt war, daß er einen Begleiter bei sich hatte, den sie des öfteren sahen, ohne ihn jedoch zu kennen. Zwar hatte meine Pflegemutter die Bekanntschaft zwischen uns vermittelt, doch war es vorsichtigerweise durch zweite Hand geschehen, deshalb wußte er auch nichts von ihr.

Das alles wirkte sich sehr nachteilig für ihn aus. Er hatte versprochen, die Komplizen zu nennen, war dann aber nicht in der Lage, sein Versprechen einzulösen, deshalb hielt man ihn für einen leichtsinnigen Schwätzer, und der Geschäftsinhaber, der ihn verklagt hatte, ließ sich nicht länger beschwichtigen, sondern brachte die Klage gegen ihn von neuem vor.

Mir war es die ganze Zeit über äußerst ungemütlich zumute, und um mich allen Nachforschungen ein für allemal zu entziehen, verließ ich meine Pflegemutter und verschwand für einige Zeit. Anfänglich wußte ich nicht recht, wohin ich gehen sollte, nahm dann aber eine Bedienung mit und fuhr zu meinen alten Wirtsleuten nach Dunstable, wo ich mit meinem Gatten aus Lancashire so schöne Tage verlebt hatte. Denen erzählte ich eine lange Geschichte. Ich erwarte meinen Gatten jeden Tag aus Irland zurück und hätte ihm geschrieben, ich wolle ihm bis Dunstable entgegenfahren; bei günstigem Wind werde er in den nächsten Tagen landen. Ich sei gekommen, um ein paar Tage bei ihnen zu verleben und auf seine Ankunft zu warten. Er werde entweder mit der Schnellpost oder mit der West-Chester-Kutsche kommen; ich wisse zwar noch nicht, welche der beiden Möglichkeiten er wählen würde, kommen werde er aber bestimmt, um mit mir hier zusammenzutreffen.

Die Wirtin freute sich sehr, mich wiederzusehen, und der Wirt machte solch ein Wesens um mich, als sei ich eine Prinzessin. Hier hätte ich gut ein bis zwei Monate bleiben können, wenn es mir ratsam erschienen wäre.

Ich hatte aber andre Sorgen und fühlte mich noch immer recht unbehaglich, obgleich der Bursche mich hier, so weit vom Schuß, kaum aufstöbern konnte. Wenn es ihm auch nicht möglich war, mir den Diebstahl zur Last zu legen, da ich ihm davon abgeredet und selbst gar nichts dabei unternommen hatte, so hätte er doch andre Dinge von mir verraten und sein Leben auf Kosten des meinen retten können.

Das erfüllte mich mit den schlimmsten Befürchtungen, ich hatte keine Zuflucht, keinen Freund, keinen Vertrauten außer meiner alten Pflegemutter und wußte mir nur dadurch zu helfen, daß ich mich ganz in ihre Hand gab. Deshalb teilte ich ihr meine Adresse mit und empfing auch mehrere Briefe von ihr, während ich in Dunstable war. Einige davon ließen mich zu Tode erschrecken, doch zu guter Letzt erhielt ich die freudige Botschaft, daß der Bursche gehängt worden sei. Eine bessere Nachricht hatte ich seit langem nicht gehört.

Ich war schon fünf volle Wochen in Dunstable, und abgesehen von meiner geheimen Angst, fühlte ich mich dort sehr wohl. Nachdem ich aber diesen Brief erhalten hatte, blickte ich sofort wieder vergnügter drein und erzählte meiner Wirtin, mein Mann habe aus Irland an mich geschrieben, es gehe ihm Gott sei Dank gut; doch hielten ihn seine Geschäfte leider länger auf, als er erwartet habe, und so müßte ich nun wahrscheinlich ohne ihn zurückfahren.

Die Wirtin beglückwünschte mich zu der freudigen Nachricht, daß er gesund sei, und fügte hinzu: »Es war uns schon aufgefallen, daß Sie nicht so vergnügt waren wie sonst, Sie haben sich wahrscheinlich schrecklich um ihn gesorgt, und ich freue mich, daß Sie jetzt wieder aufatmen können.«–»Mir tut es sehr leid«, sagte der Wirt, »daß der Herr nicht kommen kann, ich hätte mich von Herzen gefreut, ihn einmal wiederzusehen. Wenn Sie aber später genau wissen, wann er kommt, so fahren Sie ihm doch bitte wieder hierher entgegen, Sie sind uns jederzeit willkommen.« Mit diesen freundlichen Worten schieden wir voneinander, ich kam recht vergnügt nach London zurück und fand meine Pflegemutter auch guten Mutes vor. Sie sagte, sie werde mir nie wieder zu einem Begleiter raten, ich habe mehr Glück, wenn ich mich allein hinauswage. Und das stimmte auch, allein geriet ich selten in Gefahr. Und wenn es doch einmal brenzlig für mich wurde, wußte ich mir besser zu helfen, als wenn ich in die oft törichten Rettungsversuche andrer Leute mit hineinverwickelt wurde; die waren nämlich meist unvorsichtiger und ungeduldiger als ich. Ich hatte deshalb mindestens ebensoviel Wagemut wie sie, ging aber behutsamer zuwege, wenn ich mich zu einem Unternehmen entschloß, und hatte mehr Geistesgegenwart, um mich im Notfall aus der Schlinge zu ziehen.

Ich habe mich manchmal über meine eigene Kühnheit gewundert. Ich sah doch, wie meine Gefährten Opfer ihres Berufes und dem Richter ausgeliefert wurden, und dennoch konnte ich mich nicht ernstlich entschließen, dieses gefährliche Gewerbe aufzugeben. Dabei war ich ja längst so gestellt, daß ich auch ohne diese Hilfsquellen gut leben konnte, ich verfügte über fast fünfhundert Pfund an Bargeld. Es war also nicht mehr die Not, die große Verführerin zum Schlechten, die mich zu diesem Tun zwang. Ich hätte mich jederzeit zurückziehen können, wenn ich gewollt hätte. Aber ich wollte nicht. Ich hatte sogar noch weniger Lust dazu als damals, wo ich nur zweihundert Pfund besaß und auch noch nicht so viele warnende Beispiele vor Augen hatte wie jetzt. Es scheint immer so zu sein: Wenn wir erst einmal gegen die Schrecken des Verbrechens abgestumpft sind, hält uns keine Furcht mehr zurück, warnt uns kein Beispiel.

Ich hatte eine Kameradin, deren Schicksal mir sehr nahe ging, und es dauerte lange, bis ich darüber hinwegkam. Die Sache spielte sich folgendermaßen ab: Ich hatte ein Stück sehr guten Damasts bei einem Seidenhändler erbeutet und kam glücklich damit fort. Als wir den Laden verließen, gab ich ihn meiner Gefährtin, die in andrer Richtung fortging als ich. Wir waren jedoch kaum auf der Straße, als der Händler seinen Stoff vermißte und seine Leute ausschickte, um ihn wiederzuerlangen. Da sie den Damast bei sich hatte, ergriff man sie. Ich war zum Glück gerade in ein Haus gegangen, in dessen erstem Stock sich ein Spitzengeschäft befand, und hatte die Beruhigung oder, besser gesagt, den Schrecken, vom Fenster aus gerade zu sehen, wie das arme Geschöpf zum Richter geschleppt wurde, der es nach Newgate überwies.

Ich war viel zu vorsichtig, um jetzt in dem Spitzenladen einen Diebstahl zu wagen, wühlte aber ziemlich lange in den Vorräten herum, damit ich Zeit gewann. Schließlich kaufte ich ein paar Meter Borte, zahlte und ging schweren Herzens davon; es war mir zu leid, daß dieses arme Wesen in solche Bedrängnis geraten, wo ich der einzig Schuldige war.

Da war mir wieder einmal meine Vorsicht zugute gekommen, so daß ich verschont blieb. Wenn ich mit diesen Leuten auch oft auf Raub auszog, so gab ich mich ihnen doch nie zu erkennen. Sie kamen auch nicht dahinter, wo ich wohnte, obgleich sie oft versuchten, es herauszubekommen. Ich war allgemein unter dem Namen Moll Flanders bekannt, manche glaubten auch, ich hieße wirklich so, waren aber ihrer Sache nicht ganz sicher. Jedenfalls war dieser Name ihnen allen vertraut, sie wußten nur nicht, wo sie mich zu suchen hatten, ob im Osten oder im Westen der Stadt. Dadurch war ich zu Hause nicht auffindbar.

Nach diesem bösen Zwischenfall lebte ich eine ganze Weile im Verborgenen; denn wenn mir jetzt etwas mißlang, wurde ich ins Gefängnis gebracht. Dort war meine unglückliche Kameradin dann auch und würde mich sofort verraten und ihr Leben auf meine Kosten retten. Im Kriminalgericht Old Bailey war ich dem Namen nach sehr bekannt, gesehen hatte man mich dort jedoch noch nicht. Wenn ich aber jetzt gefaßt wurde und diese Frau dem Gericht meinen Namen nannte, würde ich als Gewohnheitsverbrecherin behandelt werden. Ich entschloß mich deshalb, daheimzubleiben, bis ich wußte, welches Schicksal dieses arme Geschöpf erwartete. Doch schickte ich ihr mehrmals Geld, um ihr in der Not zu helfen.

Endlich kam sie zum Verhör und sagte zu ihrer Entlastung aus, sie habe nicht gestohlen. Eine Frau, die von anderen als Frau Flanders angeredet werde – sie selbst kenne sie nicht –, habe ihr vor der Ladentür das Stück Damast gegeben, damit sie es nach Hause trage. Natürlich fragte man sie sofort, wo denn diese Frau Flanders wäre. Aber sie konnte sie nicht herbeizaubern und auch nicht die geringsten Angaben über mich machen. Die Verkäufer schworen, die Angeklagte sei im Laden gewesen, als der Damast gestohlen wurde, man habe den Verlust sofort bemerkt, die Verfolgung aufgenommen und die gestohlene Ware bei ihr gefunden. Daraufhin wurde sie von den Geschworenen für schuldig erkannt. Der Richter vertrat jedoch die Ansicht, daß sie anscheinend wirklich nicht die Diebin war, aber diese Frau Flanders vermutlich nicht ausfindig machen und sich dadurch retten konnte. Deshalb fiel das Urteil milde aus, und man begnügte sich damit, sie des Landes zu verweisen und nach Virginien zu verschicken. Falls sie aber vor der Abfahrt besagte Frau Flanders noch zur Stelle schaffen könnte, wolle man sie begnadigen, das heißt, wenn man mich ausfindig machen und an den Galgen bringen könnte, würde sie nicht verbannt werden. Ich tat ihr natürlich nicht den Gefallen, ihr das zu ermöglichen, und so wurde sie bald darauf nach Virginien gebracht.

Ich muß es nochmals betonen, daß das Geschick dieses unglücklichen Wesens mich sehr bedrückte und ich mir die größten Vorwürfe machte, an ihrem Unglück schuld zu sein. Allein die Sorge um mein eignes Leben, das so unmittelbar in Gefahr schwebte, war stärker als das Mitleid. Wohl gönnte ich es ihr, daß sie nicht zum Tode verurteilt war, doch freute ich mich über ihre Verbannung; denn nun konnte sie mir nichts mehr anhaben.

Das Mißgeschick dieser Frau fiel noch in die Zeit vor dem unglücklichen Ende meines Spießgesellen und hatte dazu beigetragen, daß meine Pflegemutter mir damals vorschlug, Männerkleider anzuziehn, um nicht entdeckt zu werden. Ich hatte ja aber, wie gesagt, diese Verkleidung bald satt, da sie mich zu vielen Schwierigkeiten aussetzte.

Nachdem diese Zeugin, die mich so belasten konnte, nun auch beseitigt war, atmete ich erleichtert auf. Jetzt waren alle, mit denen ich je zu tun gehabt und die mich unter dem Namen Moll Flanders kannten, entweder gehenkt oder verschickt. Falls ich nun doch einmal Pech hatte und gefaßt wurde, konnte ich mir jederzeit einen andern Namen zulegen, und die Missetaten der Moll Flanders kamen dann nicht mehr auf mein Konto. Deshalb fing ich jetzt wieder an, mit größerer Dreistigkeit umherzustreifen, und erlebte allerlei erfolgreiche Abenteuer, wenn auch nicht in so großem Stile wie zuvor.

In dieser Zeit brannte es mal wieder in der Nähe unsrer Wohnung. Ich machte einen ähnlichen Versuch wie damals, war aber leider nicht rasch genug, um der Volksmenge zuvorzukommen, und gelangte daher nicht bis zur Brandstätte. Anstatt etwas zu erbeuten, erlitt ich einen Unfall, der meinem Leben und gleichzeitig allem bösen Tun beinahe ein Ende gemacht hätte. Das Feuer wütete so heftig, daß die Leute in Angst gerieten und ihre Sachen, um sie zu retten, aus den Fenstern heraus auf die Straße warfen. Ein junges Mädchen ließ ein Federbett aus einem Fenster fallen, gerade auf meinen Kopf. Es war zwar so weich, daß es mir nicht die Knochen zerschlug, hatte aber immerhin ein beträchtliches Gewicht, das durch den Fall noch verstärkt wurde, und warf mich zu Boden, wo ich für längere Zeit halbtot liegenblieb. Kein Mensch kümmerte sich um mich. Schließlich nahm mir aber doch jemand das Bett ab und half mir aufstehen. Es war wirklich fast wie ein Wunder, daß die Leute nicht noch andre Sachen herunterwarfen, die mich unweigerlich getötet hät-

ten. Das Schicksal hatte mich diesmal noch verschont, um mir künftiges Leid nicht zu ersparen.

Durch diesen Unfall war mir leider eine günstige Gelegenheit entgangen. Ich kam mit Verletzungen und zu Tode erschrocken heim, und es verging eine ganze Weile, ehe ich wiederhergestellt war.

Es kam nun die lustigste Zeit des Jahres, der Bartholomäusmarkt begann. Ich war noch nie hingegangen und versprach mir auch nicht viel Gewinn davon. In diesem Jahr besuchte ich ihn aber einmal und geriet in eine Würfelbude. Ich glaubte zunächst nicht, daß dort etwas zu holen sei. Da erschien aber plötzlich ein sehr gut gekleideter und sehr reicher Herr, und wir kamen, wie es an solchen Plätzen üblich ist, ins Gespräch miteinander. Er schien Gefallen an mir zu finden. Zuerst sagte er mir, er wolle für mich setzen, und als ein kleiner Gewinn auf sein Los fiel, schenkte er ihn mir. Soviel ich mich besinne, war es ein Federmuff. Dann plauderten wir noch ein Weilchen zusammen. Er kam mir sehr höflich entgegen und zeigte sich in jeder Beziehung als Gentleman.

Er hielt mich im Gespräch fest und schloß sich mir an, als ich die Würfelbude verließ. Wir machten einen Rundgang durch den Klostergarten und unterhielten uns von tausend Dingen, ohne einen bestimmten Zweck zu verfolgen. Dabei gab er mir zu verstehen, daß er von meiner Gesellschaft sehr entzückt sei, und lud mich ein, eine Wagenfahrt mit ihm zu machen. Er sei ein Ehrenmann und werde mir nichts Unpassendes zumuten. Ich stellte mich erst spröde, gab dann aber auf sein Zureden hin schließlich nach.

Zunächst war es mir nicht klar, was dieser Herr eigentlich beabsichtigte, ich merkte aber bald, daß er dem Alkohol schon reichlich zugesprochen hatte und auch nicht abgeneigt war, noch mehr zu trinken. Er fuhr mit mir zum Spring Garden bei der Knight's Bridge, wo wir erst noch ein bißchen spazierengingen, uns dann aber an einen Tisch setzten und allerlei Gutes verzehrten. Er trank wiederum sehr viel und nötigte auch mich dazu, ich hütete mich jedoch wohlweislich, seiner Aufforderung zu folgen.

Bis dahin hatte mein Begleiter Wort gehalten und mir nichts Ungehöriges zugemutet. Wir fuhren in unsrer Kutsche weiter durch viele Straßen – es war unterdessen fast zehn Uhr abends geworden –, bis er die Kutsche vor einem Haus halten ließ, in dem er anscheinend bekannt war. Man führte uns ohne große Umstände hinauf in ein Zimmer, in dem ein Bet stand. Ich sträubte mich erst, mit ihm hinaufzugehn; ließ mich aber schnell überreden, neugierig, wie dies wohl enden werde, und in der Hoffnung, einen guten Fang zu tun. Hinsichtlich des Bettes machte ich mir keine großen Gedanken.

In dem Zimmer begann der Herr, sich etwas freier zu benehmen, als er versprochen hatte. Und ich gewährte ihm nach und nach alles, was er wollte. Mehr brauche ich wohl nicht zu sagen. Die ganze Zeit über trank er reichlich, und um ein Uhr morgens stiegen wir wieder in unsern Wagen. Die frische Luft und das Rattern der Räder ließen ihm den Alkohol in den Kopf steigen. Er wurde mir lästig und versuchte in der Kutsche das zu wiederholen, was er vorher getrieben. Da ich aber glaubte, gewonnenes Spiel zu haben, leistete ich ihm Widerstand und brachte ihn zur Ruhe, worauf er nach fast fünf Minuten fest eingeschlafen war.

Diese Gelegenheit benutzte ich, um ihn gründlich zu durchsuchen, nahm ihm seine goldene Uhr, eine seidene Börse mit Gold, seine Perücke, seine Handschuhe, die mit silbernen Fransen verziert waren, seinen Degen und seine schöne Schnupftabaksdose. Dann öffnete ich vorsichtig die Wagentür, bereit, in voller Fahrt herauszuspringen. Da aber die Kutsche in einer engen Straße hinter dem Temple Bar hielt, um einen andern Wagen vorbeizulassen, stieg ich leise aus, schloß die Tür und überließ den Herrn mitsamt dem Wagen seinem Schicksal.

Dieses Abenteuer hatte ich nicht vorausgesehen, und es kam mir völlig unerwartet. Die Zeit des unbeschwerten Lebensgenusses lag jedoch noch nicht so weit hinter mir, daß ich vergessen hätte, wie man sich benehmen muß, wenn ein Narr, von der Begierde verblendet, eine alte Frau nicht mehr von einer jungen unterscheiden kann. Ich sah allerdings zehn oder zwölf Jahre jünger aus, als ich in Wirklichkeit war, immerhin war es nicht zu verkennen, daß ich kein Backfisch mehr war. Nichts ist so ekelhaft und so lächerlich wie ein Mann, dem der Wein zu Kopf gestiegen und der sich von niedrigen Trieben beherrschen läßt. Er ist gleichzeitig von zwei Teufeln besessen, und die Vernunft als treibende Kraft fehlt ihm ebensosehr, wie einer Mühle das Wasser fehlt, die ohne dies nicht mehr mahlen kann. Das Laster vernichtet alles Gute, das in ihm liegt. Seine Begehrlichkeit macht ihn blind, so daß er die größten Torheiten begeht, er trinkt weiter, wenn er bereits betrunken ist, er liest irgendwo eine Straßendirne auf, ohne darauf zu achten, was sie ist und wer sie ist, ob sie gesund oder krank, sauber oder schmutzig, ob sie schön oder häßlich, jung oder alt ist. Er ist so blind, daß er das alles gar nicht mehr sieht. Ein solcher Mensch ist schlimmer als ein Wahnsinniger; ganz von Gier erfüllt, weiß er überhaupt nicht mehr, was er tut, so wie es diesem elenden Betrunkenen ging, als ich ihm die Uhr aus der Tasche und das Geld aus der Börse stahl.

Das sind die Männer, von denen Salomo sagt, »sie gehen wie ein Ochse zur Schlachtbank, bis ein Messer ihre Leber durchbohrt«, nebenbei gesagt, eine wunderbare Beschreibung der Seuche, deren tödliches Gift sich durch Ansteckung mit dem Blut vermischt. Durch den raschen Kreislauf dringt diese widerliche, ekelhafte Pest in das Zentrum des Blutes, die Leber, ertötet alle Lebensgeister und durchbohrt die Eingeweide wie mit giftigen Pfeilen.

Dieser arme, unbesonnene Mensch hatte von mir nichts zu fürchten, ich aber war anfänglich in großer Angst, daß er mich in Gefahr gebracht habe. Im Grunde war er eigentlich nur zu bemitleiden; denn er schien ein guter Kerl zu sein, der nichts Böses im Schilde führte, ein Mann von gesundem Menschenverstand und feinem Benehmen, eine hübsche, stattliche Erscheinung. Er hatte nur unglücklicherweise am Abend zuvor zuviel getrunken und war überhaupt nicht ins Bett gekommen, wie er mir erzählte. Sein Blut war durch den Wein in Wallung geraten, und in dieser Verfassung vermochte er keinen vernünftigen Gedanken mehr zu fassen.

Ich hatte es nur auf sein Geld abgesehn und auf das, was ich ihm sonst noch abnehmen konnte. Nachdem mir dies geglückt war, hätte ich ihn gern wohlbehalten zu seiner Familie heimgeschickt; denn es war zehn gegen eins zu wetten, daß er eine ehrbare, tugendhafte Frau und unschuldige Kinder besaß, die ängstlich um sein Wohl besorgt waren und froh gewesen wären, ihn bei sich zu haben und für ihn sorgen zu können, bis er wieder zur Besinnung gekommen. Mit welcher Beschämung und welchem Bedauern würde er auf das Geschehene zurückblicken! Welche Vorwürfe würde er sich machen, daß er sich mit einer Dirne eingelassen hatte, die er in der schlimmsten aller Verbrecherhöhlen, im Kloster, mitten in Schmutz und Unrat aufgelesen hatte! Wie mußte er vor Angst zittern, daß er sich dabei jene böse Seuche geholt, die nun wie ein Pfeil seine Leber durchbohren wird, und sich selbst verabscheuen, wenn ihm der Wahnsinn und die Roheit seiner Ausschweifung erst richtig zum Bewußtsein kam. Als Mann von Ehre müßte ihn der Gedanke zur Verzweiflung bringen, auf seine sittsame und tugendhafte Frau die böse Krankheit zu übertragen, falls sie ihn selbst ergriffen hatte, und dadurch dem Lebensblut seiner Nachkommen Gift und Verderben zu bringen.

Wenn diese Männer wüßten, mit welcher Verachtung selbst die Frauen, mit denen sie sich eingelassen, auf sie herabschauen, der Ekel würde sie packen. Diese Frauen reizt nicht der Sinnengenuß, sie sind durch keine Neigung an den Mann gebunden, der innerlich völlig unbeteiligten Dirne liegt nur am Geld. Und während er sich trunken vor Wonne seinem leidenschaftlichen Begehren hingibt, wühlen ihre Hände in seinen Taschen und suchen nach allem, was etwa darin zu finden ist. Davon merkt er nichts in diesen Augenblicken und ahnt auch nicht, daß sie Böses im Sinn hat.

Ich kannte eine Frau, die einem Mann – der es übrigens nicht besser verdiente –, während er anderweit mit ihr beschäftigt war, seine Börse mit zwanzig Guineen aus der Uhrtasche nahm, in die er sie aus Angst vor ihr versteckt hatte, und eine andre Börse mit vergoldeten Spielmarken an ihrer Stelle hineinlegte. Als er fertig war, sagte er zu ihr: »Haben Sie mir auch nichts aus meiner Tasche gestohlen?« Sie ewiderte scherzend, bei ihm sei sicher nicht viel zu holen. Er griff, um sicherzugehen, mit der Hand in die Uhrtasche, fühlte, daß die Börse noch da war, und gab sich zufrieden. Sie aber brachte ihren Raub in Sicherheit. Davon lebte sie. Sie hatte immer eine unechte goldne Uhr und eine Börse mit Spielmarken in ihrer Tasche, um für alle Möglichkeiten vorgesorgt zu haben, und ich zweifle nicht daran, daß sie viel Glück damit hatte.

Ich kehrte mit meiner Beute zu meiner Pflegemutter zurück, und als ich ihr die Geschichte erzählte, konnte sie kaum die Tränen zurückhalten, so schrecklich war ihr der Gedanke, daß so ein netter Mensch, nur weil ihm der Wein zu Kopf stieg, blindlings in sein Verderben hineinlief.

Die vielen schönen Beutestücke aber, die ich ihr im Triumph vorführte, und die amüsante Schilderung meiner Schandtaten gefielen ihr sehr. »Wer weiß«, meinte sie, »ob diese böse Erfahrung ihn nicht rascher bessern wird als alle Predigten, die er in seinem Leben zu hören bekam.« Und das Ende der Geschichte zeigte, daß sie recht hatte.

Am nächsten Tag erkundigte sich meine Pflegemutter mehrmals sehr angelegentlich nach diesem Herrn. Die Beschreibung seines Anzugs, seiner Gestalt und seines Gesichts erinnerte sie an einen Herrn, von dem man ihr erzählt hatte. Sie überlegte eine Weile, und als ich ihr dann noch weitere Einzelheiten mitteilte, sagte sie, sie wette um hundert Pfund, daß es der Herr sei, an den sie denke.

»Es sollte mir sehr leid sein, wenn es so wäre«, erwiderte ich, »ich möchte ihn um alles in der Welt nicht bloßstellen. Er hat schon genug zu erdulden gehabt, und ich will nicht daran schuld sein, daß ihm noch mehr widerfährt.« – »Nein«, sagte sie, »ich will ihm durchaus nichts Böses antun, ich möchte nur meine Neugier ein bißchen befriedigen; denn wenn er es gewesen ist, so werde ich es bestimmt herauskriegen.« Ich erschrak über ihre Worte und entgegnete ihr sichtlich beunruhigt, daß er mich dann ja auch ausfindig machen könne, und das sei mein Verderben. Sie beschwichtigte mich: »Wie können Sie nur denken, ich wolle Sie verraten, Kindchen, nein, nicht um alles in der Welt. Ich habe in schlimmeren Dingen nichts ausgeplaudert, Sie können sich auf mich verlassen.« Daraufhin schwieg ich und gab mich zufrieden.

Sie hatte sich unterdessen überlegt, wie sie ihre Absicht am besten erreichen konnte, weihte mich aber nicht in ihre Pläne ein. Sie war fest entschlossen, herauszubekommen, ob sie wirklich auf der richtigen Spur sei. Deshalb ging sie zu einer Freundin, die mit der Familie, an die sie dachte, bekannt war, und erzählte ihr, sie habe etwas Besonderes mit Herrn . . . zu besprechen. Er war, nebenbei gesagt, ein Baron und stammte aus sehr guter Familie. Nun wisse sie aber nicht, wie sie ihn erreichen könne, ohne bei ihm eingeführt zu sein. Die Freundin versprach bereitwilligst, die Vermittlung zu übernehmen, ging hin und erkundigte sich, ob der Herr in der Stadt wäre.

Am nächsten Tag kam sie zu meiner Pflegemutter und teilte ihr mit, der Herr Baron sei zwar zu Hause, habe aber einen Unfall gehabt und sei sehr krank, so daß er für niemand zu sprechen sei. »Was für einen Unfall?« fragte meine Pflegemutter rasch und äußerst erstaunt. »Er war in Hampstead«, antwortete die Freundin, »um einen Bekannten zu besuchen, und auf dem Heimweg wurde er überfallen und ausgeraubt. Vermutlich hat er etwas über den Durst getrunken, und deshalb ist ihm von den Schurken übel mitgespielt worden. Er scheint recht krank zu sein.« – »Ausgeraubt?« rief meine

Pflegemutter, »was hat man ihm denn weggenommen?« – »Ach Gott«, erwiderte die Freundin, »man nahm ihm die goldene Uhr, die goldene Schnupftabakdose, seine schöne Perücke und alles Geld, das er bei sich hatte; es war sicherlich eine recht beträchtliche Summe; denn der Herr Baron geht nie ohne eine mit Guineen gefüllte Börse aus.«

»Dummes Zeug«, spöttelte meine alte Pflegemutter, »ich wette, er war betrunken und ist einem Weibsbild in die Hände gefallen, das seine Sachen hat mitgehen heißen. Dann ist er heimgekehrt zu seiner Frau und hat ihr weisgemacht, er sei von Straßenräubern überfallen worden. Das ist ein alter Schwindel, derartige Märchen werden den armen Frauen heutzutage zu Dutzenden aufgetischt.«

»Nicht doch«, fiel ihr die Freundin ins Wort, »da kennen Sie den Herrn schlecht. Er ist ein sehr gebildeter Mensch, es gibt in der ganzen Stadt keinen so ehrenwerten und zurückhaltenden Mann wie ihn. Er verabscheut derartige Dinge, und niemand, der ihn wirklich kennt, traut ihm so etwas zu.« – »Meinetwegen«, sagte meine Pflegemutter, »das geht mich ja im Grunde gar nichts an, ich glaube aber doch, daß ich recht habe. Gerade die Männer, die man allgemein für bieder und ehrbar hält, sind oft nicht besser als die andern, sie verstehen es nur, den äußeren Schein zu wahren, oder, ehrlich gesagt, sie sind die besseren Heuchler.«

»Da muß ich Ihnen widersprechen«, ereiferte sich die Freundin, »ich versichere Ihnen, Herr . . . ist kein Heuchler, er ist wirklich ein ehrlicher, anständiger Mann und bestimmt ausgeplündert worden.« – »Mag sein«, entgegnete meine Pflegemutter, »es ist immerhin möglich; ich sagte Ihnen ja schon, mich geht's nichts an. Ich möchte ihn nur einmal sprechen, und zwar in einer ganz anderen Angelegenheit.« – »Was Sie auch von ihm wollen«, entgegnete die Freundin, »soviel ist sicher, Sie können ihn jetzt nicht sehen, er empfängt augenblicklich niemanden; denn es geht ihm wenig gut, und er ist arg zugerichtet.« – »Dann ist er sicher schlechten Menschen in die Hände gefallen«, meinte die Alte, »wo ist er denn verletzt?« – »Am Kopf«, antwortete die Freundin, »an einer Hand und im Gesicht, man hat ihm schlimm zugesetzt.« – »Der Ärmste«, sagte meine Pflegemutter bedauernd, »wenn es sich so verhält, muß ich natürlich warten, bis er wiederhergestellt ist. Hoffentlich dauert es nicht gar zu lange.«

Rasch eilte sie zu mir zurück und erzählte, was sie gehört hatte: »Ich habe Ihren Galan tatsächlich gefunden, es war wirklich ein vornehmer Mann. Der Ärmste steckt aber schön in der Patsche. Ich möchte bloß wissen, was Sie mit ihm angestellt haben, Sie haben ihn ja fast umgebracht.« Ich blickte sie bestürzt an. »Umgebracht sagen Sie? Da müssen Sie sich in der Person geirrt haben, ich habe ihm bestimmt nicht das geringste getan. Es ging ihm sehr gut, als ich ihn verließ, er war nur sehr betrunken und fest eingeschlafen.« – »Davon weiß ich nichts«, fuhr sie fort, »jedenfalls ist er jetzt in einem traurigen Zustand.« Und dann erzählte sie mir alles, was die Freundin berichtet hatte. »Dann muß er erst später in schlechte Hände geraten sein, als ich schon fort war«, entgegnete ich, »als ich ihn verließ, fehlte ihm noch nichts.«

Etwa zehn Tage später ging meine Pflegemutter wieder zu ihrer Freundin, damit diese sie bei dem Herrn einführe. Sie hatte sich unterdessen anderweit erkundigt und gehört, daß er wieder auf den Beinen sei. Drum wurde sie nun auch vorgelassen.

Meine Pflegemutter war eine sehr gewandte Frau, die jeder Situation gewachsen war, und führte die Unterhaltung viel besser, als ich sie hier wiedergeben kann; denn sie war nicht auf den Mund gefallen, wie ich bereits früher erwähnte. Sie sagte, sie sei ihm zwar fremd, käme aber einzig und allein, ihm einen Dienst zu erweisen, er werde sich sofort davon überzeugen, daß sie keinen andern Zweck verfolge. Da sie ihm in der besten Absicht nahe, erbitte sie sich ein Versprechen von ihm. Wenn er auf ihren Vorschlag nicht eingehen wolle, möge er es ihr nicht übelnehmen, daß sie sich in Angelegenheiten mische, die sie nichts angingen. Das was sie ihm zu sagen habe, sei ein Geheimnis, das nur ihn betreffe. Es solle auch ein Geheimnis bleiben, ob er nun ihr Anerbieten annehme oder nicht. Er allein sei berechtigt, es zu offenbaren. Auch wenn er ihre Dienste nicht annehmen wolle, würde sie ihm gegenüber die gleiche bleiben, so daß er sich ganz nach seinem Belieben frei entscheiden könne.

Er sah zuerst sehr mißtrauisch aus und versicherte, er habe nichts zu verheimlichen. Er habe nie jemandem etwas zuleide getan, und es sei ihm auch gleichgültig, was die Leute von ihm sagten. Er sei gegen niemanden ungerecht gewesen und wisse auch nicht, wieso man ihm einen Dienst erweisen könne. Warum sollte er es ihr übelnehmen, wenn sie sich bemühe, ihm einen Gefallen zu tun? Er überlasse ihr die Entscheidung, ob sie reden oder schweigen wolle.

Er machte einen so völlig gleichgültigen Eindruck, daß meine Pflegemutter beinahe Angst hatte, die ganze Angelegenheit vor ihm zur Sprache zu bringen. Nach einigen Umschweifen sagte sie ihm aber, daß sie durch ein seltsames, unerklärliches Zusammentreffen zufällig Kenntnis von dem unglücklichen Abenteuer erhalten habe, das ihm neulich begegnet sei, und zwar so, daß niemand auf der ganzen Welt außer ihr und ihm etwas davon wüßten, nicht einmal die Frau, mit der er zusammen war.

Er sah anfangs recht ärgerlich aus. »Was für ein Abenteuer?« fragte er. »Sie wurden doch«, entgegnete sie, »auf der Rückfahrt von Knight's Bridge – Verzeihung! ich wollte sagen, von Hampstead – beraubt. Wundern Sie sich bitte nicht, daß ich jeden Schritt kenne, den Sie an diesem Tage unternommen haben, vom Kloster in Smithfield zum Spring Garden in Knight's Bridge und von dort zu dem Haus am Strand, bis Sie in der Kutsche einschliefen. Ich bitte Sie nochmals, sich nicht darüber zu wundern, ich bin nicht gekommen, um etwas von Ihnen zu erpressen, ich verlange nicht das geringste von Ihnen und versichre Ihnen fest, daß die Frau, mit der Sie zusammen waren, nicht weiß, wer Sie sind, und es auch nie erfahren wird; und doch könnte ich Ihnen vielleicht einen Dienst erweisen. Ich kam nämlich nicht nur, um Ihnen mitzuteilen, daß ich über diese Dinge Bescheid weiß, und mir ein Schweigegeld zu verdienen. Seien Sie versichert, daß ich schweigen werde wie das Grab und Ihr Geheimnis wahre, was Sie auch zu tun oder zu sagen gedenken.«

Er schien sehr bestürzt zu sein und sagte ernst: »Madam, Sie sind mir fremd, es ist mir aber sehr betrüblich, daß Sie von der schlechtesten Tat meines Lebens Kenntnis erhalten haben, einer Tat, deren ich mich mit Recht schäme. Der Glaube, sie sei nur Gott und meinem Gewissen bekannt, war bisher mein einziger Trost.« – »Herr Baron«, entgegnete meine Pflegemutter, »glauben Sie bitte nicht, daß meine Mitwisserschaft Ihnen irgendwie schaden wird. Das Ganze ist Ihnen sicher völlig überraschend gekommen, ich nehme auch an, daß die Frau Sie mit List und Tücke zu diesem Abenteuer verlockt hat. Sie werden es aber bestimmt nicht zu bedauern haben, daß ich Bescheid weiß; Sie können sich darauf verlassen, daß ich in dieser Angelegenheit mindestens ebenso verschwiegen bin und auch sein werde wie Sie selbst.«

»Das will ich hoffen«, entgegnete er, »ich möchte aber ein gutes Wort für die Frau einlegen. Wer sie auch sein mag, ich versichre Ihnen, sie verführte mich zu nichts, im Gegenteil, sie verhielt sich sogar ziemlich ablehnend. Meine eigne Torheit ist an allem schuld, das muß ich zu ihrer Ehre sagen. Und daß sie mich bestahl, konnte ich in dem Zustand, in dem ich war, gar nicht anders erwarten. Ich weiß ja übrigens bis jetzt noch nicht einmal, ob sie mich beraubt hat oder der Kutscher. Wenn sie es war, so will ich es ihr verzeihen. Es sollte allen Männern, die sich so wenig in der Gewalt haben, ähnlich ergehen. Den Diebstahl habe ich längst verschmerzt, etwas anderes bereitet mir viel größere Sorge.«

Meine Pflegemutter ahnte schon, auf was er anspielte, und er war ganz offen ihr gegenüber. Sie ging zunächst noch einmal auf das ein, was er über mich gesagt hatte: »Ich freue mich, mein Herr, daß Sie die Frau, mit der Sie zusammen waren, so gerecht beurteilen. Ich kann Ihnen fest versichern, sie ist eine anständige Frau und keine Straßendirne. Wenn sie Ihnen auch zu Willen war, so weiß ich dennoch ganz genau, daß sie dies nicht gewerbsmäßig betreibt. Sie waren allerdings reichlich unvorsichtig, mein Herr. Wenn das die Ursache Ihrer Besorgnis sein sollte, so kann ich Sie vollkommen beruhigen. Ich lege meine Hand ins Feuer, daß kein Mann diese Frau berührt hat, seit ihr Gatte vor fast acht Jahren starb.«

Das war es wirklich gewesen, worum er sich so gesorgt hatte, und als meine Pflegemutter seine Bedenken zerstreute, fiel ihm ein Stein vom Herzen, und er sagte hocherfreut: »Ich will ganz offen sein, Madam, nachdem ich hierüber Gewißheit erlangt habe, will ich den Verlust gern verschmerzen. Die Versuchung war groß, vielleicht war die Frau arm und brauchte das Geld.« – »Wenn sie nicht arm gewesen wäre«, entgegnete sie, »hätte sie Ihnen sicher kein Gehör geschenkt, und dieselbe Armut, die sie am Anfang zwang, Sie nicht zurückzuweisen, führte sie am Schlusse auch dazu, sich selbst zu bezahlen; denn Sie waren ja nicht mehr in der Verfassung, es zu tun. Hätte sie es nicht besorgt, so wären Sie dem ersten besten Kutscher oder Sänftenträger in die Hände gefallen, und sicher nicht zu Ihrem Vorteil.«

»Da haben Sie recht«, meinte er, »hoffentlich hat es ihr wenigstens etwas eingebracht. Ich muß es nochmals sagen, alle Männer, die sich ähnliches zuschulden kommen lassen, sollten in der gleichen Weise dafür büßen. Dann würden sie sich in Zukunft wohl in acht nehmen. Mir lag von Anfang an nur das am Herzen, was Sie vorhin andeuteten.« Sodann erzählte er ihr ohne Scheu, was zwischen uns vorgefallen war und was ich als Frau nicht gut wiedergeben kann. Er erwähnte, wie sehr er in Angst geschwebt habe, daß seine Frau durch mich angesteckt worden sei und die Krankheit weitergeben würde. Zuletzt äußerte er den Wunsch, mit mir selbst zu sprechen. Meine Pflegemutter versicherte ihm noch-mals, daß er von mir nichts zu befürchten habe, ebensowenig wie von seiner eignen Frau. Ein Wiedersehen mit mir sei allerdings nicht ungefährlich, sie wolle mich jedoch befragen, wie ich darüber denke, und ihm dann Nachricht darüber zukommen lassen. Gleichzeitig bemühte sie sich aber, ihm dies auszureden, es sei doch ganz zwecklos, die Verbindung wieder aufzunehmen, und für mich sei das Risiko zu groß. Nach dem, was ich ihm angetan, sei mein Leben dann ganz in seine Hand gegeben.

Er ließ aber nicht locker und wollte mich unbedingt sehn. Er werde seinen Vorteil mir gegenüber nicht ausnützen, ver-sprach er, und er beanspruche auch nichts von dem zurück, was ich mir angeeignet. Demgegenüber betonte sie immer wieder, durch ein Wiedersehen könne alles ans Tageslicht kommen und ihn bloßstellen. Sie bat so dringlich, daß er schließlich davon absah.

Sie unterhielten sich dann über die Dinge, die ihm abhan-den gekommen waren. Er trug großes Verlangen nach seiner goldnen Uhr. Wenn sie ihm wieder dazu verhelfen könne, sei er bereit, ihr das zu bezahlen, was sie wert war. Sie versprach, sich darum zu bemühen, es bleibe ihm überlassen, den Preis festzusetzen.

Schon am nächsten Tag brachte sie ihm die Uhr, und er gab ihr dreißig Guineen dafür. Soviel hätte ich nirgends bekom-men, obwohl sie anscheinend noch mehr wert war. Er bat dann auch um seine Perücke, die ihn sechzig Guineen gekostet habe, und seine Schnupftabakdose. Schon nach wenigen Tagen brachte sie ihm beides und erhielt nochmals dreißig Guineen. Ich schickte ihm dann am folgenden Tage durch meine Pflegemutter seinen schönen Degen und seinen Spa-zierstock, ohne eine Entschädigung dafür zu verlangen. Zu einem Wiedersehen erklärte ich mich nicht bereit, höchstens wenn ich seinen Namen erführe, und das war ihm wiederum nicht recht.

Ihm lag nun vor allem daran, aus meiner Pflegemutter herauszubringen, wodurch sie die ganze Angelegenheit erfahren habe. Sie tischte ihm eine lange Geschichte auf, die sie sich ausgedacht hatte. Jemand, dem ich alles erzählt hätte, habe es ihr wiedererzählt. Das sei nötig gewesen, weil man ihre Hilfe gebraucht habe, um die gestohlenen Sachen in Geld umzusetzen. Da sie von Beruf Pfandleiherin sei, habe man ihr alles gebracht. Als sie nun von dem Unfall Seiner Gnaden hörte, habe sie sich die ganze Geschichte zusammenreimen können, und sie sei gekommen, um ihm das gestohlene Gut auf seinen Wunsch zurückzuerstatten. Sie versicherte wiederholt, daß sie das Geheimnis wahren werde. Obgleich sie die Frau, um die es sich handle, sehr gut kenne, habe sie ihr nicht gesagt, wer der Herr sei. Das war allerdings gelogen, ich wußte es sehr wohl. Da ich mich aber hütete, etwas davon verlauten zu lassen, brachte es ihm keinen Nachteil.

Ich hatte mir nachträglich noch überlegt, daß es doch vielleicht empfehlenswert sei, ihn wiederzusehen, und es tat mir recht leid, daß ich es abgelehnt hatte. Ich war überzeugt, daß es von Vorteil für mich gewesen wäre, nochmals mit ihm zusammenzutreffen. Ich hätte ihm zu verstehen gegeben, daß ich über seine Person Bescheid wußte, und dadurch womöglich eine Geldunterstützung aus ihm herausgepreßt, wäre vielleicht sogar von ihm unterhalten worden. Wenn das auch kein sehr schönes Dasein war, so war es doch nicht so gefährlich wie mein jetziges. Ich hatte aber nun einmal anders entschieden und mußte deshalb zunächst bei meiner Weigerung bleiben. Meine Pflegemutter besuchte ihn jedoch öfters, er war immer sehr nett zu ihr und schenkte ihr fast jedesmal etwas. Bei einer dieser Begegnungen war er sehr fröhlicher Stimmung; er schien wieder getrunken zu haben und quälte sie, ihn doch noch einmal mit der Frau zusammenzuführen, die ihn damals so bezaubert hatte. Meine Pflegemutter war im Grunde ihres Herzens von Anfang an dafür gewesen und erklärte ihm nun, sein leidenschaftliches Begehren zwinge sie zum Nachgeben. Sie wolle ihr Bestes tun, mich umzustimmen. Wenn er sich am Abend zu ihr bemühen wolle, würde sie vielleicht eine Begegnung ermöglichen. Er habe wiederholt versichert, das Vergangene zu vergessen, und das sei sicher nicht ohne Einfluß auf mich geblieben.

Als sie dann nach Hause zurückkehrte, berichtete sie mir über dieses Gespräch. Ich war sofort mit diesem Vorschlag einverstanden, hatte meine anfänglich ablehnende Haltung ja ohnehin schon sehr bereut und traf die nötigen Vorkehrungen für das Wiedersehn. Ich zog mich so vorteilhaft wie nur möglich an und half zum ersten Male meinem Aussehn mit Schminke etwas nach. Vorher hatte ich das nie getan, ich war immer zu eitel dazu gewesen, da ich der Ansicht war, ich habe es nicht nötig.

Zur festgesetzten Stunde erschien der Erwartete. Wie meine Pflegemutter mir schon gesagt hatte, spürte man deutlich, daß er etwas angeheitert war, ohne jedoch betrunken zu sein. Er freute sich sehr, mich wiederzusehn, und wir unterhielten uns noch einmal über das, was wir zusammen erlebt hatten. Ich bat ihn tausendmal um Verzeihung, daß ich ihn so bestohlen hatte, und beteuerte hoch und heilig, es hätte durchaus nicht in meiner Absicht gelegen, als ich ihn kennenlernte. Ich sei nur mit ihm gegangen, weil ich ihn für einen anständigen Herrn gehalten und er mir immer wieder versprochen habe, nichts Ungebührliches von mir zu verlangen.

Er entschuldigte sich damit, daß er zuviel getrunken und nicht mehr recht gewußt habe, was er tat, sonst hätte er sich mir gegenüber derartige Freiheiten nie herausgenommen. Ich könne sicher sein, daß er seit seiner Verheiratung nie eine fremde Frau außer mir berührt habe, es sei ganz plötzlich über ihn gekommen. Er versicherte mir, ich übe eine ganz besondere Anziehungskraft auf ihn aus, und pries meine Vorzüge nach jeder Richtung hin, bis er sich zuletzt in ein Feuer hineingeredet hatte, das ähnliche Absichten wie damals erkennen ließ. Ich ließ ihn aber nicht ausreden und wies ihn ab.

Kein Mann habe mich berühren dürfen, seit mein Gatte vor fast acht Jahren starb. Er glaubte mir. Meine Pflegemutter habe ihm das auch schon angedeutet, gerade deshalb habe er den Wunsch geäußert, mich wiederzusehen. Und da er im Verkehr mit mir schon einmal gesündigt habe, ohne böse Folgen zu verspüren, ermutige ihn dies, es noch einmal zu wagen, und so kam es ganz, wie ich mir's gedacht hatte. Erzählen kann ich das aber nicht.

Meine Pflegemutter hatte dies ebenso wie ich vorausgesehn und führte ihn in ein Zimmer, in dem zwar kein Bett stand, das aber in ein Schlafzimmer führte. Dorthin zogen wir uns für den Rest des Abends zurück. Er schlief dann ein und blieb die Nacht über dort. Ich verließ ihn, kam aber vor Tagesanbruch unangekleidet wieder und blieb bei ihm.

Es zeigt sich also hier wieder, daß eine böse Tat nur gar zu leicht weitere nach sich zieht, und alle Bedenken schwinden, wenn die Versuchung wieder an den Menschen herantritt. Hätte ich eine weitere Begegnung vermieden, so wäre das unsittliche Begehren in ihm verstummt, und höchstwahrscheinlich hätte eine andere Frau ihn auch nicht zu fesseln vermocht, ebensowenig wie vorher. Beim Abschied fragte ich ihn, ob er zufrieden sei, daß er diesmal durch mich nichts eingebüßt habe. Er erwiderte, er habe jetzt volles Vertrauen zu mir und gab mir fünf Guineen, das erste Geld, das ich seit Jahren mal wieder auf diese Weise verdient hatte.

Er stattete mir des öfteren derartige Besuche ab, verpflichtete sich aber nie zu einer festen Unterhaltssumme, wie ich gehofft hatte. Einmal nur fragte er mich, wovon ich eigentlich lebe. Ich erwiderte ihm rasch, ich habe meinen Lebensunterhalt nie auf die Weise verdient, wie dies hier der Fall sei. Durch Näharbeit hätte ich mich kümmerlich ernährt, ich ginge dabei allerdings oft bis an den Rand meiner Kräfte und plage mich tüchtig.

Er schien sich Vorwürfe zu machen, daß er als erster mich zu diesem Lebenswandel verführt hätte, dies ging ihm recht nahe. Er sei ein schlechter Mensch und fühle sich für uns beide verantwortlich. Diesen reuigen Anwandlungen folgten oft allgemeine Betrachtungen über das Vergehen selbst und die besonderen Umstände, die ihn dazu verleiteten. Es sei der Wein, der sein Begehren entfache, und der Teufel, der ihm dann ein verlockendes Ziel vor Augen führe, um ihn zu versuchen.

Sobald ihm derartige Gedanken kamen, pflegte er wegzugehn und manchmal einen ganzen Monat lang oder noch länger fortzubleiben. Wenn dann aber die ernsten Gedanken schwanden und der Leichtsinn wieder die Oberhand gewann, kam er wieder, zu allem bösen Tun bereit. Das ging einige Zeit so fort. Er hielt mich zwar nicht aus, wie man zu sagen pflegt, verfehlte es aber nie, mir allerlei Gutes zuzuwenden, und davon zehrte ich. Ich war froh, daß ich nicht zu arbeiten brauchte, und konnte das Diebeshandwerk zu meiner Erleichterung mal eine Zeitlang an den Nagel hängen.

Doch auch das ging zu Ende. Nach etwa einem Jahr wurden seine Besuche seltener, und zuletzt blieb er ganz weg, ohne irgend welches Mißfallen zu äußern oder sich zu verabschieden. So war denn dieser kurze Lebensabschnitt beendet; er brachte mir nicht sehr viel ein, gab aber von neuem Grund zu Reue.

Während dieser Zeit hatte ich sehr zurückgezogen gelebt. Da gut für mich gesorgt worden war, konnte ich noch ein ganzes Vierteljahr auf Erwerb verzichten und stürzte mich noch nicht in neue Abenteuer. Da meine Ersparnisse aber dann zusammenschmolzen und ich mein Kapital nicht angreifen wollte, mußte ich mich langsam wieder meinem alten Gewerbe zuwenden und begann, neue Streifzüge zu unternehmen. Gleich mein erster Schritt war erfolgreich.

Ich hatte mich sehr ärmlich gekleidet; denn ich konnte nach Belieben in den verschiedensten Verkleidungen erscheinen. Diesmal hatte ich ein einfaches Stoffkleid gewählt, eine blaue Schürze umgebunden und einen Strohhut aufgesetzt. So stellte ich mich an der Tür des Gasthauses zu den drei

Bechern in der St. John's Street auf. Einige Fuhrleute verkehrten in diesem Gasthaus, und die Postkutschen nach Barnet, nach Totteridge und andern Orten in dieser Richtung hielten abends immer dort auf der Straße, ehe sie die Fahrt antraten. Ich rechnete damit, hier möglicherweise etwas zu erbeuten. Die Leute kamen nämlich häufig mit Bündeln und kleinen Paketen in diese Gasthöfe, um sich nach den Fuhrleuten und den Postkutschen zu erkundigen, mit denen sie aufs Land fahren wollten. Gewöhnlich warteten Frauen oder Töchter von Dienstmännern vor dem Hause, um das Gepäck der Fahrgäste zu besorgen.

Der Zufall wollte es, daß ich am Tor des Gasthofs neben die Frau eines Dienstmanns zu stehen kam, die Fahrgäste nach Barnet zu bedienen hatte. Sowie sie mich bemerkte, fragte sie, ob ich auf eine der Postkutschen warte. Ich antwortete ihr, ich warte auf meine Herrin und nannte ihr einen beliebigen Namen, der mir gerade einfiel. Anscheinend hatte ich damit einen Familiennamen erwähnt, der in Hadley bei Barnet vorkam, so daß meine Antwort sehr glaubwürdig erschien. Damit war unsre Unterhaltung wieder beendet. Als sie dann aber zu jemandem in der Nachbarschaft, anscheinend in ein Bierhaus, gerufen wurde, bat sie mich, sie wieder herbeizuholen, falls jemand nach der Postkutsche nach Barnet frage. Ich versprach ihr das sehr bereitwillig, und sie ging fort.

Kaum war sie weg, als ein junges Mädchen mit einem Kind keuchend und schwitzend herzukam und nach der Postkutsche nach Barnet verlangte. Ich rief sofort: »Hier.« – »Gehören Sie dazu?« fragte sie mich. »Ja«, erwiderte ich, »haben Sie besondere Wünsche?« – »Ich möchte Plätze für zwei Personen belegen«, war die Antwort. »Für wen?« fragte ich. »Für das kleine Mädchen hier, lassen Sie es bitte schon einsteigen, außerdem kommt noch meine Herrin, die muß ich aber erst holen.« – »Da beeilen Sie sich mal«, ermunterte ich Sie, »sonst ist die Post besetzt, ehe Sie zurückkehren.« Das Mädchen hatte ein großes Bündel unter dem Arm. Als sie das Kind in die Kutsche setzte, empfahl ich ihr, das Bündel gleich mit hineinzulegen. »Nein«, entgegnete sie, »ich bin ängstlich, jemand könnte es dem Kind wegnehmen.« – »So geben Sie es mir«, schlug ich ihr vor. »Ja, sehr gern«, erwiderte sie, »nehmen Sie es bitte an sich, passen Sie aber recht gut darauf auf!«

»Ich bürge Ihnen dafür«, versicherte ich, »und wenn es zwanzig Pfund wert wäre.« – »Hier haben Sie es, nehmen Sie es«, bat sie mich und eilte weg.

Sobald ich das Bündel in Empfang genommen hatte und das Mädchen außer Sichtweite war, ging ich auf das Bierhaus zu, in dem die Frau des Dienstmanns verschwunden war. Falls ich ihr begegnet wäre, hätte ich so getan, als ob ich ihr das Bündel geben und sie zurückrufen wolle, da ich fort müsse. Zum Glück traf ich sie nicht und ging ruhig die Charterhouse Lane und die Long Lane zum Bartholomew Close, nach Little Britain und durch das Bluecoat Hospital nach der Newgate Street.

Um nicht erkannt zu werden, zog ich die blaue Schürze aus und wickelte das Bündel hinein, das in bunten Kattun eingeschlagen war; den Strohhut legte ich auch dazu und trug das Bündel auf dem Kopf. Es war sehr gut, daß ich mich so vorsah; denn als ich durch das Bluecoat Hospital kam, traf ich ausgerechnet das Mädchen, das mir das Bündel vertrauensvoll überlassen hatte. Es schien die Herrin abgeholt zu haben und ging nun mit ihr zur Postkutsche.

Beide hatten es sehr eilig, und mir lag wirklich nichts daran, sie anzuhalten. Drum ließ ich sie weitergehn und brachte mein Bündel in Sicherheit zu meiner Pflegemutter. Beim Auspacken kamen weder Geld noch Silber oder Juwelen zum Vorschein, wohl aber ein sehr gutes Kleid aus indischem Damast, ein Morgenrock, ein Unterrock, eine Spitzenhaube, Halskrausen aus guter flandrischer Spitze und noch ein paar andre Kleinigkeiten, die aber auch ihren Wert besaßen.

Ich war nicht selbst auf den Gedanken gekommen, Fahrgäste in dieser Weise zu berauben, jemand anders hatte mich erst darauf aufmerksam gemacht, jemand, der es selbst verschiedentlich mit Erfolg ausprobierte. Meiner Pflegemutter sagte dieser Trick auch sehr zu, und ich wandte ihn noch mehrmals an, aus Vorsicht nie zweimal am selben Ort. Den nächsten Versuch machte ich in Whitechapel, gerade an der Ecke der Petticoat Lane, wo die Postkutschen nach Stratford, Bow und nach anderen Orten in dieser Gegend halten, ein andermal beim Flying Horse, außerhalb von Bishopsgate, von wo die Post nach Cheston fährt, und es gelang mir immer, gute Beute zu machen.

Einmal stellte ich mich auch vor einem Speicher am Wasser auf, wo die Küstenschiffe aus dem Norden, wie zum Beispiel aus Newcastle-upon-Tyne, Sunderland und anderen Orten anlegten. Da der Speicher geschlossen war, kam ein junger Mann mit einem Brief auf mich zu und fragte, wo er eine Kiste und einen Korb abholen könne, die von Newcastle-upon-Tyne gekommen seien. Ich bat ihn, mir nähere Angaben über die Sendung zu machen. Daraufhin zeigte er mir den Brief, der seinen Anspruch auf die Waren bewies und eine Inhaltsangabe enthielt. Es handelte sich um eine Kiste voll Leinen und einen Korb mit Glaswaren. Ich las den Brief und merkte mir den Namen des Absenders und des Empfängers und die Nummer. Dann ersuchte ich den Boten, am nächsten Morgen wiederzukommen, der Magazinverwalter sei bereits fortgegangen.

Unmittelbar darauf ging ich auch fort und schrieb einen Brief des Herrn John Richardson in Newcastle an seinen lieben Vetter Jemmy Cole in London. Mit einem bestimmten Schiff – ich erinnerte mich aller Einzelheiten aufs genaueste – kämen soundsoviele Stücke Drell und soundsoviele Ellen holländisches Leinen u. a. m. in einer Kiste, dazu ein Korb mit Flintglas aus Herrn Henzills Glashütte an seine Adresse. Die Kiste sei J. C. Nr. 1 gezeichnet, und an der Verschnürung des Korbs hänge ein Zettel mit näheren Angaben.

Etwa eine Stunde später kehrte ich zum Speicher zurück,

fand den Verwalter und erhielt die Waren ohne weiteres ausgeliefert. Das Leinen allein hatte einen Wert von ungefähr zweiundzwanzig Pfund.

Ich könnte ein ganzes Buch mit unzähligen derartigen Abenteuern füllen, Tag für Tag kamen mir neue Ideen, die ich mit äußerster Geschicklichkeit und stets mit Erfolg verwirklichte. Schließlich aber – da ja bekanntermaßen der Krug solange zu Wasser geht, bis er bricht – geriet ich in Schwierigkeiten, die mich zwar nicht ins Verhängnis führten, aber doch in der Öffentlichkeit bekannt machten, das Schlimmste, das mir außer dem Tod am Galgen passieren konnte.

Ich verkleidete mich einmal als Witwe, ohne eine bestimmte Absicht damit zu verfolgen, sondern wartete und überließ mich, wie so oft, ganz dem Zufall. Während ich eine Straße in Covent Garden entlangging, ertönte plötzlich lautes Geschrei: »Haltet den Dieb, haltet den Dieb!« Einige meiner Kollegen hatten, wie es schien, einem Kaufmann tüchtig mitgespielt und flüchteten nach den verschiedensten Richtungen. Eine von ihnen, hieß es, habe sich als Witwe verkleidet, und der Mob fing an, sich um mich zu scharen. Einige meinten, ich sei bestimmt die gesuchte Person, andre erklärten sich dagegen. Unmittelbar darauf erschien ein Angestellter des Kaufmanns, schwor Stein und Bein, ich sei die gesuchte Person, und ergriff mich. Als ich jedoch vom Mob nach dem Kaufmannsladen zurückgedrängt wurde, sagte der Inhaber des Geschäfts sofort, ich sei nicht die Gesuchte, und wollte mich gehen lassen. Aber ein andrer der Anwesenden sagte mit Nachdruck: »Bleiben Sie bitte, bis Herr . . .«, damit meinte er den Gehilfen, »zurückkommt, der hat Sie ja bedient und muß Sie daher am besten kennen.« So hielt man mich fast eine halbe Stunde lang gewaltsam in dem Laden zurück.

Man hatte einen Schutzmann geholt, der sich zu mir stellen und den Laden bewachen mußte. Im Gespräch fragte ich ihn aus, wo er wohne und welches Handwerk er nebenbei betreibe. Da der Mann natürlich nicht voraussehen konnte, was sich dann ereignen sollte, nannte er mir bereitwilligst seinen Namen und seine Wohnung und sagte scherzend, wenn ich vors Kriminalgericht Old Bailey käme, würde ich sicherlich seinen Namen hören. Die Angestellten behandelten mich unverschämt, und ich hatte viel zu tun, um mich ihrer zu erwehren. Der Inhaber des Ladens hingegen, ein Seidenhändler, behandelte mich höflicher, ließ mich aber auch nicht gehen, obgleich er noch immer der Überzeugung war, daß ich seinen Laden nicht betreten hatte.

Ich schlug einen schrofferen Ton an als zuvor und bat ihn, es nicht übelzunehmen, wenn ich zu gegebener Zeit eine Entschädigungssumme von ihm verlange, im Augenblick jedoch wolle ich nur zu Freunden schicken, die bezeugen könnten, daß ich nichts Böses getan habe. »Das geht nicht«, behauptete er, »diesen Wunsch kann Ihnen nur der Friedensrichter erfüllen. Wenn Sie aber weiterhin einen so drohenden Ton gegen mich anschlagen, werde ich Sie in Verwahr nehmen und dann sicher in Newgate unterbringen.« Ich erwiderte ihm, jetzt sei er obenauf, aber bald werde sich das Blättchen gewendet haben. Ich mußte an mich halten, um nicht noch heftiger zu werden. Dann bat ich den Polizeibeamten, einen Dienstmann zu holen; das tat er, und ich verlangte Feder, Tinte und Papier. Man weigerte sich jedoch, mir diesen Wunsch zu erfüllen. Nun fragte ich den Dienstmann nach seinem Namen und seiner Wohnung. Der Mann gab mir auf beides freundlich Antwort, und ich bat ihn, recht genau aufzupassen und sich einzuprägen, wie schlecht man mich hier behandle und mit Gewalt zurückhalte. Er werde mir durch seine Aussagen an andrer Stelle noch gute Dienste leisten können, und es werde sein Schade nicht sein, wenn er zu meinen Gunsten aussage. Der Dienstmann versprach, mir in jeder Weise behilflich zu sein. »Aber Madam«, sagte er, »ich möchte mich gern selbst überzeugen, daß man Sie nicht wegläßt, damit ich mich später auf das Gehörte berufen und Ihnen um so besser dienen dann.«

Er hatte vollkommen recht, deshalb wandte ich mich jetzt an den Geschäftsinhaber und sagte zu ihm: »Sie wissen selbst ganz genau, daß ich nicht die gesuchte Person bin und vorhin nicht in Ihrem Laden war. Ich verlange deshalb, daß Sie mich jetzt nicht länger hier zurückhalten oder mir wenigstens den Grund nennen, weshalb Sie mich nicht gehen lassen.« Der Kerl wurde daraufhin noch ausfälliger und erklärte, er sei nicht bereit, eine der beiden Forderungen zu erfüllen, ehe er es selbst für angebracht halte. »Da haben Sie es gehört«, wandte ich mich an den Polizisten und den Dienstmann, »merken Sie sich diese Worte für später, meine Herren!« Der Dienstmann erwiderte: »Ja, Madam«, dem Schutzmann aber wurde es ungemütlich, und er hätte gern den Kaufmann dazu gebracht, ihn fortzuschicken und auch mich nicht länger zu halten. »Guter Mann«, sagte der Seidenhändler höhnisch zu ihm: »Sind Sie eigentlich Friedensrichter oder Schutzmann? Ich habe Sie als Wache herbeigerufen, tun Sie bitte Ihre Pflicht!« Der Schutzmann erwiderte ein wenig erregt, doch immer noch höflich: »Ich kenne meine Pflicht und weiß, was ich meiner Ehre schuldig bin. Ich zweifle aber, daß Sie sich im Augenblick darüber klar sind, was Sie tun.« Im Anschluß an diesen Vorwurf wechselten sie noch ein paar grobe Worte. Unterdessen behandelten mich die Angestellten äußerst unverschämt und frech, und einer von ihnen, derselbe, der mich zuerst ergriffen hatte, erklärte, er wolle mich durchsuchen, und begann, Hand an mich zu legen. Ich spuckte ihm ins Gesicht und rief dem Schutzmann zu, er möge es sich ja merken, wie man hier mit mir umgehe. »Und bitte, Herr Schutzmann«, fügte ich hinzu und zeigte auf den Mann, »fragen Sie diesen Schuft nach seinem Namen.« Der Polizist wies ihn geziemend zurecht, er wisse wohl nicht, was er tue, sein Herr habe doch zugegeben, ich sei nicht die gesuchte Person. »Ich fürchte«, fuhr er fort, »Ihr Herr bringt sich und mich in Ungelegenheiten, wenn diese Dame beweisen wird, wer sie ist und wo sie zur Zeit des Diebstahls war, und wenn es dann offenbar werden wird, daß sie nicht die Diebin ist, wie Sie behaupten.« – »Der Teufel soll sie holen«, erwiderte der Kerl noch unverschämter, »Sie können sich drauf verlassen, sie ist es. Ich leiste jeden Eid darauf, daß es dieselbe Person ist, die im Laden war, ich gab ihr ja selbst das Stück Atlas in die Hand, das dann verschwunden ist. Wenn Herr William und Herr Anthony zurückkommen« – das waren die andern Angestellten – »wird sich das noch deutlicher herausstellen. Die werden sie genauso wiedererkennen wie ich.«

Gerade als der freche Spitzbube so mit dem Polizisten sprach, kamen Herr William und Herr Anthony, begleitet von einer tobenden Volksmenge, zurück und brachten die richtige Witwe, für die ich gehalten wurde. Schwitzend und keuchend traten sie in den Laden und zerrten das unglückliche Geschöpf triumphierend und roh wie Schlächter vor den Herrn, der im hinteren Teil des Ladens war. Frohlockend riefen sie laut: »Hier ist die Witwe, Herr, endlich haben wir sie gefangen.« – »Wie soll ich das verstehen?« erwiderte der Seidenhändler, »wir haben sie doch schon, dort sitzt sie, und Herr . . . kann sogar beschwören, daß sie es ist.« Der andre Angestellte, den sie Herr Anthony nannten, entgegnete: »Lassen Sie Herrn . . . sagen, was er will, und schwören, was er will, jedenfalls bringen wir Ihnen hier die gesuchte Frau und dazu noch das Stück Atlas, das sie stahl. Ich habe es mit eignen Händen aus ihren Kleidern gezogen.«

Ich begann aufzuatmen, lächelte aber nur und sagte nichts. Der Ladenbesitzer war blaß geworden, der Polizist drehte sich nach mir um und blickte mich an. »Lassen Sie sie nur in Ruhe ausreden«, sagte ich, »unterbrechen Sie die Herren nicht, Herr Schutzmann.« Der Fall war sonnenklar und ließ sich nicht abstreiten, man übergab die Diebin dem Schutzmann, und der Kaufmann wurde mir gegenüber auf einmal sehr höflich. Er bedaure den Irrtum unendlich und hoffe, ich werde es nicht übelnehmen. Jeden Tag kämen bei ihnen derartige Diebstähle vor, so daß man es ihnen nicht verargen könne, wenn sie scharf vorgingen und sich selbst ihr Recht verschafften. »Ich soll es nicht übelnehmen, mein Herr«, entgegnete ich, »soll ich mich bei Ihnen vielleicht noch dafür bedanken? Hätten Sie mich gehen lassen, nachdem Ihr unverschämter Bursche mich auf der Straße packte und zu Ihnen schleppte und Sie selbst zugaben, daß ich nicht die Gesuchte sei, dann hätte ich es verziehen und nicht übelgenommen, schon wegen der vielen Schwierigkeiten, die Ihnen tagtäglich begegnen. Aber die Behandlung, die mir dann zuteil wurde, ist nicht zu entschuldigen, besonders von seiten Ihrer Angestellten, dafür verlange ich Genugtuung.«

Dann begann er, mit mir zu unterhandeln, er wolle mir in angemeßner Weise Genugtuung verschaffen. Er wäre froh gewesen, wenn ich ihm einen Vorschlag gemacht und eine Entschädigungssumme festgesetzt hätte. Ich lehnte dies aber ab und erklärte, ich möchte auf keinen Fall mein eigner Richter sein, das Gesetz solle statt meiner entscheiden. Und da man mich vor den Magistrat bringen wolle, würde ich ihn dort wissen lassen, was ich ihm zu sagen habe. Er entgegnete, es bestehe jetzt kein Grund mehr, die Sache vor dem Magistrat zu verhandeln, ich könne gehen, wohin ich wolle, und schon rief er den Polizisten, er solle mich freilassen, meine Unschuld sei erwiesen. Der Polizist war aber auch nicht auf den Mund gefallen und sagte: »Vorhin fragten Sie mich gerade erst, ob ich Polizist oder Richter sei, hießen mich meine Pflicht tun und vertrauten mir diese Dame als Gefangene an. Nun haben Sie wohl vergessen, was meine Pflicht ist; denn Sie wollten mich soeben zum Richter machen. Ich muß Ihnen aber sagen, daß es nicht in meiner Macht steht, über Schuld oder Unschuld zu urteilen. Ich muß wohl einen Gefangenen bewachen, wenn ich damit beauftragt werde, aber freisprechen kann ihn nur das Gesetz und der Richter, Sie sind also im Irrtum. Ich muß die Dame vors Gericht bringen, ob es Ihnen paßt oder nicht.« Der Händler war zunächst sehr anmaßend gegen den Polizisten. Da dieser aber nicht zu den Beamten gehörte, denen es nur darum zu tun war, ihr Gehalt einzustecken, sondern ein guter, pflichtbewußter Mensch war, Kornhändler von Beruf, und als vernünftiger Mann seine Aufgabe ernst nahm, wollte er mich nicht entlassen, ohne vorher mit mir zum Richter zu gehn, und ich bestand auch darauf. Als der Kaufmann das merkte, rief er dem Polizisten zu: »Bringen Sie die Dame meinetwegen hin, wohin Sie wollen, für mich ist der Fall erledigt.« – »Mein Herr«, sagte der Polizeibeamte, »Sie werden doch hoffentlich mit uns gehn; denn Sie hatten mich ja erst veranlaßt, die Dame festzunehmen.« – »Ich denke nicht daran«, entgegnete der Kaufmann, »ich sagte Ihnen doch schon, daß ich mit dieser ganzen Geschichte nichts mehr zu tun haben will.« – »Seien Sie vernünftig und kommen Sie mit!« forderte ihn der Schutzmann auf, »ich rate es Ihnen in Ihrem eignen Interesse; denn der Richter kann ohne Sie kein Urteil fällen.« – »Lassen Sie mich doch nun endlich in Ruhe«, erwiderte der Kaufmann, »muß ich Ihnen denn nochmals wiederholen, daß ich dieser Dame weiter nichts zu sagen habe? Ich beauftrage Sie im Namen des Königs, sie zu entlassen.« – »Mein Herr«, entgegnete der Polizist, »Sie scheinen wirklich keine Ahnung zu haben, was es heißt, Schutzmann zu sein. Ich bitte Sie, zwingen Sie mich nicht dazu, grob zu werden.« – »Das habe ich gar nicht nötig«, fiel ihm der Kaufmann ins Wort, »Sie sind doch schon grob genug.« – »Da irren Sie sich, mein Herr«, antwortete der Polizist, »ich bin durchaus nicht grob, Sie haben die öffentliche Sicherheit gestört, indem Sie eine ehrliche Frau, als sie ihrer ruhigen Beschäftigung nachging, von der Straße weg in Ihren Laden schleppten, sie dort festhielten und von Ihren Angestellten schlecht behandeln ließen. Wie können Sie da sagen, ich sei grob zu Ihnen? Ich bilde mir sogar ein, besonders höflich zu sein, daß ich Ihnen nicht im Namen des Königs befehle, mit mir zu kommen, und die Vorübergehenden zu Hilfe rufe, um Sie mit Gewalt fortzuschaffen. Das Recht dazu hätte ich jederzeit, und dennoch übe ich Nachsicht und spreche nur nochmals die dringende Bitte aus, mit mir zu kommen.«

Der Seidenhändler ließ sich aber nicht dazu bewegen und fertigte den Schutzmann barsch ab. Doch dieser beherrschte sich und ließ sich nicht reizen. Ich hielt es nun für geraten, dem Streit ein Ende zu machen, und sagte: »Kommen Sie, Herr Schutzmann, lassen Sie den Herrn in Ruhe, ich werde schon Mittel und Wege finden, ihn vors Gericht zu bringen, darum ist mir nicht bange. Da ist ja aber noch der Bursche, der mich festhielt, als ich nichtsahnend meiner Wege ging. Sie sind Zeuge seiner Roheit gewesen und werden daher verstehen, wenn ich Sie bitte, ihn festzunehmen und dem Richter zuzuführen.« – »Ja, Madam«, entgegnete der Schutzmann und wandte sich dem Angestellten zu. »Kommen Sie«, forderte er ihn auf, »Sie müssen mit uns gehn, ich hoffe, Sie sind nicht so widerspenstig wie Ihr Herr.«

Der Bursche sah aus wie ein Dieb, den man zum Tode verurteilt hat. Er wollte nicht recht heran und blickte hilfesuchend nach seinem Herrn. Der aber redete törichterweise dem Burschen noch zu, Widerstand zu leisten, so daß er den Polizisten abwehrte und mit Gewalt zurückstieß, als dieser Hand an ihn legen wollte. Daraufhin schlug ihn der Schutzmann zu Boden und rief um Hilfe. Sofort strömte eine ganze Menschenmenge in den Laden, und mit ihrer Hilfe nahm der Polizist den Ladeninhaber mitsamt dem Angestellten und seinen sämtlichen Leuten fest.

Die erste üble Folge dieses Auflaufs war, daß die wirkliche Diebin sich aus dem Staube machte und in der Menge entkam, ebenso zwei andre, die man mit ihr gefangen hatte. Ob diese wirklich schuldig waren, kann ich nicht einmal sagen.

Unterdessen waren einige Nachbarn herbeigeeilt. Da sie sahen, wie die Dinge standen, bemühten sie sich, den Seidenhändler zur Vernunft zu bringen. Er begann denn auch einzusehen, daß er im Unrecht war, und so zogen wir schließlich alle miteinander ganz friedlich vor den Richter. Ein Men-

schenschwarm von ungefähr fünfhundert Personen drängte
hinter uns her. Unterwegs hörte ich dauernd Leute fragen,
was denn los sei, und andre erwiderten, ein Seidenhändler
habe eine harmlose Fau statt einer Diebin festgenommen, und
da sich ihre Unschuld herausstellte, habe nun die Dame ihrer-
seits den Händler festnehmen lassen und bringe ihn vor den
Richter. Das machte den Leuten großen Spaß, die Menge
wuchs ständig, und es ertönten Rufe: »Wo ist der Spitzbube?
Wo ist der Händler?« besonders von Frauen. Sobald sie ihn
dann sahen, schrien sie: »Da ist er, da ist er.« Hie und da traf
ihn auch ein geschickt gezielter Klumpen Straßendreck. So
marschierten wir eine Zeitlang weiter, bis es dem Kaufmann
zu toll wurde. Er bat darum, daß ein Wagen geholt werde, in
dem er vor dem Pöbel geschützt sei. Den Rest des Weges
fuhren wir daher in einer Kutsche, der Schutzmann, ich, der
Händler und sein Angestellter.

Als wir vor den Richter kamen, einen hochbetagten Herrn
aus Bloomsbury, gab der Beamte zunächst einen zusammen-
fassenden Bericht über die ganze Angelegenheit, dann forderte mich der Richter auf, auszusagen, was ich wußte. Vorher fragte er mich noch nach meinem Namen, den ich ihm
sehr ungern verriet; ich konnte es aber nicht umgehen und
nannte mich Mary Flanders. Ich sei eine Witwe, mein Mann,
ein Kapitän, sei auf der Reise nach Virginien gestorben.
Außerdem erwähnte ich noch einige andere Umstände, die er
nicht nachprüfen konnte. Ich wohne augenblicklich in London bei einer Frau Soundso und nannte ihm den Namen
meiner Pflegemutter. Ich sei aber im Begriff, nach Amerika zu
reisen, wo sich das Vermögen meines Gatten befinde, und sei
gerade unterwegs gewesen, um Kleider zur Halbtrauer einzu-
kaufen. Ich hätte noch keinen Laden betreten, als dieser
Bursche – dabei zeigte ich auf den Angestellten – wütend auf
mich losgestürzt sei, mich zu Tode erschreckt und in den
Laden des Herrn gezerrt habe. Der Inhaber des Geschäfts
habe zwar sofort zugegeben, daß ich nicht die Gesuchte sei,

wollte mich aber trotzdem nicht freigeben, sondern rief einen Polizeibeamten herbei, um mich festzunehmen.

Ich kam dann darauf zu sprechen, wie die Angestellten mich behandelten, wie sie mir nicht erlaubten, meine Freunde kommen zu lassen, wie dann aber die wirkliche Diebin nachträglich noch erwischt wurde und die gestohlenen Sachen, die sie bei sich hatte, hergeben mußte. Ich erwähnte also alle die Einzelheiten, die dem Leser bereits bekannt sind.

Dann erstattete der Schutzmann Bericht. Er erzählte von seinem Gespräch mit dem Ladenbesitzer, der mich nicht freilassen wollte, wie der Angestellte sich geweigert habe, ihm zu folgen, als ich um seine Festnahme bat, wie sein Herr ihn noch zum Widerstand aufgehetzt habe und er zuletzt den Polizisten zurückstieß; kurzum, er bestätigte alles, was ich bereits erzählt hatte.

Der Richter verhörte dann den Seidenhändler und seinen Angestellten. Der Herr hielt eine lange Rede über die großen Verluste, die er täglich durch Räuber und Diebe erlitte. Ein Irrtum könne ihm deshalb leicht passieren. Als er ihn aber bemerkte, habe er mich sofort freilassen wollen. Der Angestellte hatte dem nur noch wenig hinzuzufügen. Er behauptete jedoch, auch seine Kollegen hätten mich für die Diebin gehalten.

Nachdem dies alles zur Sprache gekommen war, erklärte der Richter zuallererst sehr höflich, ich sei völlig entlastet. Er bedaure sehr, daß der Angestellte in seinem Übereifer so wenig Besonnenheit gezeigt und einen unschuldigen Menschen ergriffen habe. Wenn er nicht so töricht gewesen wäre, mich auch später noch zurückzuhalten, hätte ich ihm sicher die erste Beleidigung verziehn. Es stehe jedoch nicht in seiner Macht, mir anderweit Genugtuung zu verschaffen als durch einen öffentlichen Verweis, den er hiermit ausspreche. Er vermute, ich werde Maßnahmen ergreifen, wie sie mir auf gesetzlichem Wege zu Gebote stünden, deshalb verpflichte er den Kaufmann, zunächst Bürgschaft zu leisten.

Für die Störung der öffentlichen Sicherheit von seiten des Angestellten aber wolle er mir Genugtuung verschaffen, er werde ihn nach Newgate überweisen, weil er den Polizisten und mich tätlich beleidigt habe.

So kam der Bursche nach Newgate, sein Herr stellte eine Kaution, und wir wurden entlassen. Beim Fortgehen sah ich zu meiner großen Genugtuung, daß die Volksmenge auf beide wartete, sie mit Johlen empfing und den Wagen, in dem sie davonfuhren, mit Steinen und Schmutz bewarf. Dann ging ich auch nach Hause.

Dort angelangt, erzählte ich meiner Pflegemutter die ganze Geschichte, und sie wollte sich ausschütten vor Lachen. »Warum lachen Sie so?« fragte ich sie, »die Sache ist doch gar nicht so komisch, wie sie Ihnen vorkommt. Dieses widerliche Pack hat mir genug Unruhe und Schrecken eingejagt.« – »Sie sollten auch lachen«, erwiderte meine Pflegemutter, »ich lache vor Freude, weil ich hier mal wieder sehe, was für ein beneidenswert glückliches Geschöpf Sie sind. Diese Sache wird für Sie das einträglichste Geschäft Ihres Lebens, Sie müssen es nur richtig auszunützen verstehen. Ich wette, Sie bringen es fertig, den Seidenhändler um fünfhundert Pfund zu erleichtern, ganz abgesehen von dem, was Ihnen der Angestellte zahlen muß.«

Ich dachte anders über diese Sache, vor allem bedrückte es mich, daß ich dem Friedensrichter meinen Namen nennen mußte. Ich war den Leuten in Hicks's Hall, Old Bailey und ähnlichen Orten nur zu bekannt. Wenn meine Sache zur öffentlichen Verhandlung kam und man meinem Namen nachforschte, würde kein Gerichtshof der Welt den geringsten Schadenersatz beantragen, um meinen gefährdeten Ruf zu schützen. Ich war jedoch gezwungen, in aller Form als Kläger aufzutreten, und meine Pflegemutter empfahl mir, mich an einen sehr angesehenen Mann, einen vielbeschäftigten Anwalt von gutem Ruf, zu wenden, der meine Sache vertreten sollte. Das war sehr klug von ihr; denn wenn sie mir zu einem unbedeutenden Winkeladvokaten oder einem ganz unbekannten Anwalt geraten hätte, wäre ich nicht auf meine Kosten gekommen.

Ich setzte mich mit diesem Advokaten in Verbindung und teilte ihm den Vorfall in allen Einzelheiten mit. Er versicherte mir, das Gericht werde zweifellos eine sehr beträchtliche Entschädigung beantragen. Nachdem er sich über alles orientiert hatte, reichte er die Klage ein. Der Händler wurde verhaftet, stellte aber Kaution. Wenige Tage darauf kam er mit seinem Anwalt zu dem meinigen und sprach den Wunsch aus, die Sache beizulegen, sie habe nur durch die Aufregung solche Ausmaße angenommen. Die Klientin des Anwalts – damit meinte er mich – habe eine spitze Zunge und habe sie alle, noch ehe ihre Unschuld bewiesen war, verhöhnt und herausgefordert.

Mein Anwalt vertrat meine Interessen ebenso geschickt und ließ durchblicken, ich sei eine vermögende Witwe, die sich selbst ihr Recht verschaffen könne. Außerdem ständen mir einflußreiche Freunde zur Seite, die mir das Versprechen abgenommen hätten, bis zum Äußersten zu kämpfen, und wenn es auch tausend Pfund kosten sollte. Das, was man mir angetan, sei zu unerträglich.

Mein Anwalt versprach der Gegenpartei allerdings, er wolle das Feuer nicht noch mehr schüren und mir, wenn ich zu einem Vergleich geneigt sei, nicht abreden, sondern eine friedliche Lösung befürworten. Er teilte mir das alles ganz offen mit, auch daß man ihm versprochen habe, es solle sein Schaden nicht sein, wenn er mich nach dieser Richtung hin beeinflusse. Ich würde es auch von ihm erfahren, wenn man versuchen sollte, ihn zu bestechen. Ganz abgesehen davon rate er mir aber auch von sich aus, auf einen Vergleich zuzukommen. Die Leute der Gegenpartei seien in großer Angst und hätten nur den einen Wunsch, zu einer Verständigung zu kommen; denn sie wüßten ja ganz genau, daß sie die Kosten zu tragen hätten, wie es auch ablaufe. Er sei überzeugt, sie würden mir aus freien Stücken mehr geben, als das Gericht mir nach einer Verhandlung zubilligen würde. Ich fragte ihn, zu welcher Zahlung sie sich seiner Ansicht nach wohl bereit erklärten, er konnte mir jedoch vorderhand noch nichts darüber sagen, wollte nur versuchen, bis zu unsrer nächsten Begegnung Genaueres zu erfahren.

Kurze Zeit darauf erschien die Gegenpartei wieder bei ihm, um zu hören, ob er mit mir gesprochen habe. Er bejahte dies; ich stehe einem Vergleich nicht so ablehnend gegenüber wie einige meiner Bekannten, die über die mir angetane Schmach wütend seien und mich aufhetzten. Sie schürten das Feuer insgeheim und trieben mich an, Vergeltung zu üben oder, wie sie es nannten, mir selbst Recht zu verschaffen. Deshalb könne er noch nicht endgültig sagen, wie die Sache ablaufen werde. Er versprach wiederum, sein möglichstes zu tun, um mich zu überreden, allerdings müsse er dann vorher über das Angebot, das man seiner Klientin mache, Bescheid wissen. Der gegnerische Anwalt behauptete, er könne kein Angebot machen, da es möglicherweise später gegen seinen Klienten ausgenützt werden könnte. Dasselbe sei auch bei ihm der Fall, meinte mein Anwalt. Wenn er ein Angebot mache, so könne die Entschädigungssumme, die das Gericht festsetze, von der Gegenpartei angefochten und auf Grund einer niedrigeren Forderung seiner Klientin herabgesetzt werden. Nach langem Hin und Her und gegenseitigen Versprechungen, daß keine Partei das Angebot des Gegners zum eignen Vorteil ausnützen werde, nannten sie beide Beträge, die aber derart auseinandergingen, daß man kaum eine Einigung erwarten konnte. Denn mein Anwalt verlangte fünfhundert Pfund und sämtliche Spesen, und der Gegner bot fünfzig Pfund ohne Spesen. Deshalb wurde die Verhandlung abgebrochen, und der Seidenhändler schlug vor, eine Begegnung mit mir selbst herbeizuführen, worauf mein Anwalt bereitwillig einging.

Er gab mir den Rat, bei dieser Begegnung sehr gut gekleidet zu erscheinen und Schmuck anzulegen, damit der Seidenhändler sehe, ich sei besser situiert, als es neulich den Anschein hatte. Entsprechend dem, was ich vor dem Richter ausgesagt hatte, kam ich in Halbtrauer und so elegant, wie meine Witwentracht es zuließ. Meine Pflegemutter borgte mir aus ihrer Pfandleihe ein Perlenhalsband mit diamantbesetztem Verschluß. An der Seite trug ich eine schöne goldne Uhr. In meiner ganzen äußeren Erscheinung machte ich also den Eindruck einer vornehmen Dame. Ich wartete, bis alle eingetroffen waren, und fuhr dann in einer Kutsche vor, von einer Bedienung begleitet.

Die Wirkung blieb nicht aus. Als ich ins Zimmer trat, erhob sich der Kaufmann, sichtlich überrascht, und verbeugte sich tief, was ich nur mit einem leichten Kopfnicken erwiderte. Ich ließ mich auf den Stuhl nieder, den mein Anwalt mir zuwies; denn wir befanden uns in seinem Haus. Nach einer Weile sagte der Kaufmann, er kenne mich nicht wieder, und fing an, mir Komplimente zu machen. Ich hätte gleich gemerkt, erwiderte ich, daß er mich anfangs nicht richtig eingeschätzt habe, sonst würde er mich anders behandelt haben.

Er sprach dann sein Bedauern aus über das, was geschehen. Er sei gewillt, mir alle möglichen Zugeständnisse zu machen. Zu dem Zweck habe er diese Begegnung herbeigeführt. Er hoffe, ich werde die Dinge nicht auf die Spitze treiben; denn das bedeute für ihn nicht nur einen großen Verlust, sondern möglicherweise den Ruin seines Geschäfts. In diesem Falle könne ich mich zwar rühmen, ein Unrecht zehnfach vergolten zu haben, ich würde dann aber leer ausgehen, während er mir jetzt anbiete, sein möglichstes zu tun, um mich zu befriedigen und uns beiden die Aufregungen und die Kosten eines Prozesses zu ersparen.

Ich erwiderte ihm, ich sei froh, ihn jetzt so viel vernünftiger reden zu hören. Es gäbe zwar Fälle, in denen das Eingeständnis des Unrechts als ausreichende Sühne betrachtet werde, hier habe man mir aber zu Schlimmes angetan, um ungestraft davonzukommen. Ich sei nicht rachsüchtig und wolle weder ihn noch einen andern Menschen zugrunde richten, doch alle meine Bekannten seien einstimmig der Meinung, ich sei es meinem Rufe schuldig, eine derartige Beleidigung nicht einfach hinzunehmen, ohne Genugtuung zu verlangen. Für einen Dieb gehalten zu werden, sei eine Schmach, die man sich nicht gefallen lassen dürfe. Wer mich kenne, würde nie wagen, mir so etwas zu bieten. Da ich Witwe sei, habe ich diese Dinge bisher vielleicht nicht genügend beachtet, und nach dem was er mir angetan, könne man mich womöglich für ein so verworfenes Geschöpf halten. Ich zählte dann noch einmal im einzelnen auf, was mir alles widerfahren war. Es sei so schrecklich gewesen, daß es mir widerstrebe, darauf zurückzukommen. Er gab alles zu und wurde ganz kleinlaut, er bot mir hundert Pfund, Zahlung aller Kosten und Stoff zu einem sehr schönen Kleid. Ich ging herunter auf dreihundert Pfund, verlangte aber, daß der Vorfall durch einen Artikel in den Tageszeitungen zu meiner Ehrenrettung bekanntgegeben werde.

Diese Bedingung lehnte er rundweg ab, verstand sich aber schließlich durch geschicktes Eingreifen meines Anwalts zur Zahlung von einhundertfünfzig Pfund und schwarzer Seide für ein Kleid. Auf Zureden meines Anwalts erklärte ich mich damit einverstanden. Er bezahlte die Anwaltsgebühren und alle übrigen Kosten und lud uns obendrein zu einem üppigen Abendessen ein.

Als ich das Geld in Empfang nahm, brachte ich meine Pflegemutter mit, die wie eine alte Herzogin aussah, und einen sehr elegant gekleideten Herrn, der sich angeblich um mich bewarb. Ich nannte ihn Vetter, und der Anwalt mußte im Gespräch einfließen lassen, dieser Herr sei ein Freier der Witwe.

Der Kaufmann behandelte uns sehr höflich und zahlte das Geld bereitwilligst. Der ganze Spaß kam ihm auf zweihundert Pfund oder sogar noch etwas mehr zu stehen. Bei unsrer letzten Zusammenkunft, als alles vereinbart wurde, kam auch die Sache des Angestellten zur Sprache, und der Händler legte ein gutes Wort für ihn ein. Er habe früher einen eignen Laden, ein sehr gutgehendes Geschäft besessen, er sei verheiratet und habe mehrere Kinder. Da er jetzt in sehr ärmlichen Verhältnissen lebe, könne er mir keinen Schadenersatz leisten, er wolle mich aber auf den Knien um Verzeihung bitten. Ich hegte keinen Groll gegen den frechen Spitzbuben, und sein Eingeständnis hatte für mich keinen Wert, da nichts aus ihm herauszuholen war. Ich hielt es sogar für empfehlenswert, auch einmal Großmut walten zu lassen, und erklärte deshalb, ich wolle niemanden zugrunde richten und auf die Fürsprache seines Herrn hin dem armen Teufel vergeben, es sei unter meiner Würde, Rache zu üben.

Als wir beim Abendesssen waren, ließ er den armen Burschen hereinkommen, um seine Schuld einzugestehn. Das tat er mit ebenso erbärmlicher Unterwürfigkeit, wie er vorher unverschämt und anmaßend gewesen war. Aus diesem Verhalten sprach niedrigste Gesinnung. Er gehörte zu denen, die herrschsüchtig und grausam sind, wenn sie sich sicher fühlen, aber feige und mutlos, wenn sie sich fremdem Willen beugen müssen. Ich machte seiner kriecherischen Höflichkeit ein Ende, verzieh ihm, wollte dann aber, obgleich ich ihm vergeben hatte, nichts mehr von ihm sehen.

Ich befand mich nun in glänzenden Verhältnissen und hätte mein unsauberes Gewerbe rechtzeitig an den Nagel hängen sollen. Meine Pflegemutter sagte oft, ich sei die reichste meines Standes in ganz England, und da hatte sie sicher recht. Ich besaß siebenhundert Pfund an Geld außer Kleidern, Ringen und Silberzeug und zwei goldnen Uhren. Und das war alles miteinander gestohlnes Gut. Ach! Wäre mir wenigstens jetzt noch die Gnade der Reue zuteil geworden, ich hätte mit Muße auf meine Torheiten zurückblicken und manches wiedergutmachen können. So aber hatte ich meine Schandtaten und das Unheil, das ich angerichtet, noch nicht gebüßt. Und ich verspürte trotz meines Reichtums auch jetzt keine Lust, auf die Diebereien zu verzichten, ebensowenig wie

damals, wo mich äußerste Not zu diesem häßlichen Broter-
werb zwang.

Nicht lange, nachdem die Angelegenheit mit dem Seidenhändler beigelegt war, ging ich in einem Aufzug aus, der für
mich völlig neu war. Ich kleidete mich als Bettlerin in die
armseligsten und abscheulichsten Lumpen, die ich auftreiben
konnte, steckte die Nase überall hin und blickte beim Vorbeigehen in jede Tür und jedes Fenster. Ich hatte mich derart
hergerichtet, daß ich weniger als je wußte, wie ich mich in
dieser Verkleidung benehmen sollte. Ich verabscheute
Schmutz und Lumpen, ich war zur Sauberkeit erzogen worden, und das war mir so in Fleisch und Blut übergegangen,
daß ich in allen Lebenslagen darauf hielt und mich in dieser
Verkleidung äußerst unbehaglich fühlte. Ich bildete mir ein,
kein Glück damit zu haben, da jeder vor mir in diesem Aufzug
zurückschreckte und mir aus dem Wege gehe, einesteils aus
Angst, ich könne ihm etwas wegnehmen, andernteils in der
Befürchtung, Ungeziefer bei mir aufzulesen. Bei meinen ersten Streifzügen in diesem Kostüm wanderte ich denn auch
den ganzen Abend erfolglos umher und kehrte naß, ver-
schmutzt und müde heim. Trotz dieses Mißerfolgs ließ ich
mich nicht abschrecken und versuchte am nächsten Abend
nochmals mein Heil. Dabei erlebte ich ein kleines Abenteuer,
das mir beinahe teuer zu stehen kam. Als ich in der Nähe einer
Wirtshaustür stand, kam ein Herr zu Pferde und stieg vor der
Tür ab. Da er in das Gasthaus gehen wollte, rief er einen der
Kellner herbei und bat ihn, unterdessen sein Pferd zu halten.
Er hielt sich ziemlich lange in der Gaststube auf. Der Kellner
hörte seinen Herrn rufen und fürchtete, gescholten zu werden,
wenn er nicht gleich käme. Da er mich neben sich stehen sah,
rief er mir zu: »Heda, Sie, halten Sie das Pferd mal für mich,
während ich hineingehe. Wenn der Herr kommt, wird er
Ihnen sicher ein Trinkgeld zahlen.« – »Gut«, erwiderte ich,
nahm das Pferd, zog mit ihm ab und führte es auf dem
schnellsten Wege zu meiner Pflegemutter.

Für Leute, die etwas von Pferden verstehen, wäre dies eine herrliche Beute gewesen, die sich lohnte. Doch selten wird ein Dieb so wenig gewußt haben, was er mit dem gestohlenen Gut anfangen sollte, wie ich mit meinem Pferd. Meine Pflegemutter war ebenso ratlos wie ich, und keiner von uns beiden wußte, wo wir diese Beute unterbringen sollten. In einem Stall hätten wir das Tier nicht einstellen können; denn es war anzunehmen, daß der Verlust in der Zeitung angezeigt und eine Beschreibung beigefügt wurde, so daß wir nicht wagen konnten, es wieder abzuholen.

Die einzige Möglichkeit, das Pferd wieder loszuwerden, bestand darin, es in einem andern Wirtshaus abzugeben und durch Boten einen Brief an das Gasthaus zu schicken, das zu der und der Zeit verlorengegangene Pferd sei dort und dort abzuholen; die arme Frau habe das Tier nicht halten und auch nicht an seinen Ort zurückführen können. Deshalb habe sie es in einem andern Wirtshaus eingestellt. Wir hätten allerdings mit diesem Schreiben warten können, bis der Eigentümer den Verlust bekanntgegeben und eine Belohnung ausgesetzt hätte, es erschien uns aber zu gefährlich, diese Belohnung in Empfang zu nehmen.

So war dies ein Diebstahl und doch auch wieder keiner, es war wenig dabei verloren und nichts gewonnen worden, und ich hatte es satt, als Bettlerin herumzuziehn. Es brachte nichts ein und erschien mir verhängnisvoll und bedrohlich.

Während ich noch diese Verkleidung trug, geriet ich einmal in eine Gesellschaft von Leuten übelster Sorte, schlimmer als alle, die mir bisher begegnet waren. Ich gewann auch ein bißchen Einblick in ihr Treiben. Es waren Falschmünzer. Sie machten mir sehr vorteilhafte Angebote, falls ich ihnen bei der Arbeit helfen wollte, doch die Rolle, die sie mir zugedacht hatten, das Färben, war mir zu gefährlich. Wenn man mich erwischte, war mir der Tod gewiß, und zwar der Tod am Pfahl; ich wäre bei lebendigem Leibe verbrannt worden. Obgleich ich also dem Äußeren nach nur eine Bettlerin war und man mir Berge von Gold und Silber versprach, um mich anzulocken, lehnte ich dennoch ab. Wäre ich wirklich eine Bettlerin gewesen oder in so verzweifelter Stimmung wie am Anfang meiner Diebeslaufbahn, so hätte ich mich vielleicht breitschlagen lassen. Denn was fragt einer danach, ob er sterben muß, wenn er nicht weiß, wovon er leben soll! Meine augenblickliche Lage war aber nicht so schlimm, deshalb hatte ich es nicht nötig, mich derartigen Gefahren auszusetzen. Der Gedanke, lebendig verbrannt zu werden, brachte mich ganz aus der Fassung, ließ mein Blut zu Eis erstarren und den Angstschweiß aus allen Poren ausbrechen, so daß ich am ganzen Leibe zitterte.

Das veranlaßte mich schließlich auch, mein Bettlergewand endgültig aufzugeben; denn obgleich mir der Vorschlag im höchsten Grade mißfiel, hütete ich mich davor, dies einzugestehn, und tat so, als ob er mir sehr zusage. Ich versprach wiederzukommen, wagte aber nicht, mich sehen zu lassen. Wenn ich nämlich wieder mit ihnen zusammengetroffen wäre, ohne mich willfährig zu zeigen, so wäre ich bestimmt von ihnen ermordet worden. Alle meine Versicherungen, das Geheimnis zu wahren, hätten mich nicht davor geschützt. Sie wollten unbedingt sicher gehn und den lästigen Mitwisser los werden, um sorglos in Ruhe und Frieden leben zu können. Welch traurige Art von Sorglosigkeit das ist, kann der am besten beurteilen, der sich in die Lage von Menschen versetzt, die einen andern ohne weiteres ermorden können, nur um einer möglichen Gefahr zu entrinnen.

Falschmünzerei und Pferdediebstahl waren Dinge, die mir nicht lagen, und es war mir kein schwerer Entschluß, die Finger davon zu lassen. Meine Interessen lagen auf anderem Gebiet, und wenn man sich auch mancherlei Gefahren dabei aussetzte, so kam meine Begabung doch mehr zur Geltung, da größere Geschicklichkeit erforderlich war. Außerdem boten sich mehr Möglichkeiten zu entwischen, wenn man wirklich einmal ertappt worden war.

Man bot mir in jener Zeit auch verschiedentlich an, mich einer Einbrecherbande anzuschließen, doch hatte ich hierzu ebenfalls keine Lust, das Wagnis schien mir ebenso groß wie bei der Falschmünzerei.

Ich war jedoch bereit, mit zwei Männern und einer Frau gemeinsame Sache zu machen. Deren Tätigkeit beschränkte sich darauf, sich in Häusern einzuschleichen, und dieses Wagnis hätte ich auch riskiert. Sie waren aber schon zu dritt und wollten sich weder trennen noch ihren Trupp vergrößern. Deshalb wurde nichts aus diesem Plan, Gott sei Dank, muß ich sagen; denn schon der nächste Versuch kam ihnen teuer zu stehen.

Zuletzt traf ich mit einer Frau zusammen, die mir erzählte, daß sie mit Unternehmungen am Wasser immer Glück gehabt hatte. Ich wurde mit ihr einig, und unser Geschäft blühte. Eines Tages gerieten wir an Holländer in St. Catherine und wollten – wie wir vorgaben – Ware kaufen, die heimlich ans Ufer geschafft worden war. Ich war ein paarmal in einem Haus, in dem ich eine große Menge dieser Schmuggelware sah, und meiner Gefährtin gelang es, drei Stück schwarze holländische Seide beiseite zu schaffen, die wir gut verwerten konnten, so daß auch ich einen Anteil am Gewinn hatte. Aber immer, wenn ich allein auszog, blieb der Erfolg aus. Deshalb gab ich diese Versuche wieder auf; ich hatte mich auch schon so oft dort sehen lassen, daß man möglicherweise Verdacht schöpfte.

Ich muß offen gestehen, daß ich über meine Mißerfolge recht enttäuscht war. Ich war nicht daran gewöhnt, so oft ohne Beute heimzukehren, und versuchte deshalb mein Glück auf anderem Wege. Gleich am nächsten Tag zog ich mich sehr gut an und machte einen »Spaziergang« ans andere Ende der Stadt. Ich schlenderte durch die Börse nach dem Strand und ahnte zunächst noch gar nicht, daß es dort etwas für mich zu tun gebe. Da entstand plötzlich ein großer Menschenauflauf. Alle Vorübergehenden blieben stehen, und die Geschäftsleute kamen aus ihren Läden und blickten unverwandt in einer Richtung. Irgendeine Herzogin war an der Börse abgestiegen, und alles rief, die Königin werde auch gleich kommen. Ich stellte mich unmittelbar vor einen Laden mit dem Rücken zum Ladentisch, als ob ich die Menge vorbeilassen wolle, behielt aber ein Paket mit Spitze im Auge, das die Ladeninhaberin einigen Damen, die neben mir standen, zeigte. Sie sowohl wie ihre Gehilfen waren in den Anblick der Fürstlichkeit ganz versunken und blickten voll Spannung hinaus, in welchen Laden sie wohl eintreten werde. Diese Gelegenheit nahm ich wahr und ließ ein Stück Spitze in meine Tasche gleiten. Zum Glück hatte es niemand bemerkt, und die Putzmacherin mußte ihr Gaffen teuer bezahlen.

Ich suchte so rasch wie möglich aus der Nähe des Ladens herauszukommen und ließ mich von der Menge mit vorwärtsschieben, mischte mich unter das Gedränge, wo es am dichtesten war, und ging zur andern Tür der Börse wieder heraus. Auf diese Weise kam ich fort, ehe man die Spitze vermißte. Um nicht verfolgt zu werden, nahm ich eine Kutsche und verbarg mich darin. Doch kaum hatte ich die Tür des Wagens geschlossen, als ich auch schon sah, wie die Gehilfin der Putzmacherin und mehrere andere Ladenmädchen auf die Straße liefen und ein fürchterliches Geschrei erhoben. Sie riefen nicht »haltet den Dieb«, da ja niemand weglief, doch hörte ich deutlich, wie sie die Worte »gestohlen« und »Spitze« ein paarmal laut sagten. Ich sah das Mädchen die Hände ringen und, zu Tode erschrocken, suchend umherlaufen. Der Kutscher stieg gerade auf den Bock, war aber noch nicht ganz oben, und die Pferde hatten noch nicht angezogen, so daß mir's sehr unbehaglich zumute war. Ich legte das Paket mit der Spitze bereit, um es im Notfall zur Wagenklappe, die sich nach vorn zum Kutscher hin öffnen ließ, hinauszuwerfen. Zu meiner großen Erleichterung setzte sich der Wagen aber kurz darauf in Bewegung, da der Kutscher nun glücklich auf seinem Bock angelangt war und die Pferde antrieb. So gelang es mir, meinen Raub, der mehr als zwanzig Pfund wert war, in Sicherheit zu bringen.

Am nächsten Tag putzte ich mich wieder heraus, wählte aber ein anderes Kleid. Ich schlug dieselbe Richtung ein, doch bot sich nichts, bis ich in den St. James' Park kam. Dort gingen viele vornehme Damen auf der Allee, die man die Mall nennt, spazieren, unter anderen fiel mir ein kleines Fräulein von zwölf oder dreizehn Jahren auf, das ein Schwesterchen von etwa neun Jahren bei sich hatte. Die größere trug eine schöne goldne Uhr und ein kostbares Halsband von Goldperlen, ein Diener in Livree begleitete sie. Da es jedoch nicht üblich ist, daß die Diener mit den Damen in die Mall gehen, blieb er zurück, als sie in die Allee einbogen. Die größere der Schwestern sprach mit ihm und wies ihn an, an dieser Stelle auf ihre Rückkehr zu warten.

Als ich hörte, daß sie sich von dem Diener verabschiedeten, trat ich zu ihm und erkundigte mich, wer die kleine Dame gewesen sei, und schwatzte noch ein Weilchen mit ihm. Ich lobte das hübsche Kind, die wohlerzogene, vornehme Schwester, die jetzt schon so reif und gesetzt wirkte. Der dumme Kerl nannte mir auch gleich ihren Namen, sie sei die älteste Tochter des Herrn Thomas . . . aus Essex und sehr vermögend, ihre Mutter sei noch nicht zur Stadt zurückgekehrt, daher wohne sie augenblicklich bei der Gemahlin des Herrn William . . . in der Suffolk Street, und noch vieles andere erzählte er mir. Sie habe eine Jungfer und eine Kammerfrau zu ihrer Bedienung, außerdem stehe ihr der Wagen des Herrn Thomas . . ., der Kutscher und er selbst zur Verfügung, und dieser jungen Dame habe man trotz ihrer Jugend bereits eine Vorrangstellung innerhalb der Familie eingeräumt, sowohl hier als bei sich zu Hause. Nebenbei erfuhr ich noch eine Menge andrer Dinge, die mir für meine Zwecke sehr zustatten kamen.

Ich war auch diesmal sehr gut gekleidet und trug eine goldne Uhr, genau wie die junge Dame. Da ich genug in Erfahrung gebracht hatte, verließ ich den Diener und wartete auf die beiden. Nachdem sie einmal die Runde in der Mall gemacht hatten, richtete ich es so ein, daß ich neben sie kam und mit ihnen zur zweiten Runde antrat. Ich grüßte die ältere, nannte sie Lady Betty und fragte, wann der Vater zuletzt geschrieben habe, wann die Mutter in die Stadt käme und wie es ihr ginge.

Ich sprach so vertraut mit ihr über die ganze Familie, daß sie nicht mißtrauisch werden konnte und annehmen mußte, ich kenne sie alle ganz genau. Ich fragte, warum Frau Chime nicht mit spazierenging – das war der Name ihrer Kammerfrau – und sich ihrer Schwester, Fräulein Judith, annehme. Dann fing ich ein langes Gespräch über die Schwester an, was für eine reizende kleine Dame sie sei, ich fragte, ob sie schon Französisch spreche und noch verschiedene andre solche Kleinigkeiten, als plötzlich die Leibwache des Königs aufmarschierte und die Menge herbeilief, um den König zu sehn, der sich nach dem Parlamentsgebäude begab.

Die Damen liefen alle auf die Seite der Mall, von der aus man ihn besser sehen konnte, und ich half der jungen Dame auf den Bretterzaun hinauf, der die Mall seitlich abgrenzt, damit sie über die Erwachsenen hinwegsehen konnte, die Kleine nahm ich auf den Arm und hob sie hoch. Währenddessen gelang es mir, Lady Betty die goldene Uhr so vorsichtig abzunehmen, daß sie sie nicht vermißte, ehe sich die Menge verlaufen hatte und sie in die Mitte der Mall gelangt war.

Ich verabschiedete mich von ihr mitten im Gedränge und tat, als ob ich eilig wäre. Ich rief ihr noch rasch zu: »Liebe Betty, achten Sie gut auf die kleine Schwester!« und verschwand in der Menge, suchte aber im Fortgehen den Anschein zu erwecken, daß ich gegen meinen Willen von der nachdrängenden Menschenmenge fortgeschoben werde.

Das Gedränge ist in solchen Fällen rasch vorbei, und die Menge strömt wieder auseinander, sobald der König vorbei ist. Da aber immer ein großer Wirrwarr und Tumult herrscht, wenn er gerade vorbeikommt, und ich meine Absicht erreicht hatte, drängte ich mich durch die Menge hindurch vorwärts, als ob ich liefe, um den König nochmals zu sehen, und so kam ich vor der Menge ans Ende der Mall. Während der König nach dem Generalkommando zu fuhr, ging ich in den Durchgang, der damals noch bis ans Ende des Haymarket führte, nahm mir eine Kutsche und machte mich aus dem Staube. Es wird Sie wohl nicht wundern, daß ich mein Wort nicht hielt und Lady Betty besuchte, wie ich es ihr versprach.

Einen Augenblick hatte ich sogar Lust gehabt, bei Lady Betty zu bleiben, bis sie die Uhr vermißte, um mit ihr in ein großes Geschrei einzustimmen, sie in den Wagen zu geleiten und selbst mit ihr heimzufahren. Denn sie hatte sich anscheinend zu mir hingezogen gefühlt und war mir durch mein Gespräch über ihre Familie und die ganze Verwandtschaft vertrauensvoll entgegengekommen. Ich meinte deshalb, die Sache ließe sich fortsetzen, und ich könnte vielleicht noch das Perlenhalsband erlangen. Es kamen mir dann aber doch Bedenken. Wenn das Fräulein auch vielleicht keinen Argwohn gegen mich hegte, so könnten doch andere mißtrauisch werden. Man brauchte mich ja nur zu durchsuchen, und schon war ich die Hereingefallene. Deshalb hielt ich es schließlich doch für besser, mich mit dem zu begnügen, was mir bereits in die Hände gefallen war.

Zufällig hörte ich nachträglich, daß die junge Dame im Park Lärm schlug, als sie ihre Uhr vermißte, und ihren Diener ausschickte, um mich zu suchen. Sie hatte mich ihm so genau beschrieben, daß er sogleich wußte, es sei dieselbe Person, die sich so lange mit ihm unterhalten und ihn nach der Familie ausgefragt hatte. Ich aber war schon längst über alle Berge, als sie mit dem Diener zusammentraf und ihm den Verlust berichtete.

Ein andres Abenteuer, das sich von allen übrigen, die ich je erlebt hatte, sehr unterschied, bestand ich in einem Spielsaal nahe Covent Garden.

Ich sah viele Leute ein- und ausgehen und stand eine Zeitlang mit einer anderen Frau am Eingang. Als ich einen elegant gekleideten Herrn hinaufgehen sah, sagte ich zu ihm: »Entschuldigen Sie, mein Herr, können Sie mir vielleicht sagen, ob sich auch Frauen im Spielsaal aufhalten dürfen?« – »Warum denn nicht, Madam«, erwiderte er, »sie können auch spielen, wenn sie Lust haben.« – »Ja, dazu hätte ich große Lust«, gab ich ihm zur Antwort. Er bot mir an, mich hinaufzuführen, und ich folgte ihm zur Tür. Er blickte hinein und sagte: »Dort, Madam, sitzen die Spieler; treten Sie ein, wenn Sie Ihr Glück versuchen wollen.« Ich blickte hinein und sagte laut zu meiner Kameradin: »Hier sind ja nur Herren, da wage ich mich nicht hinein.« Darauf rief einer der Herren: »Sie brauchen sich nicht zu fürchten, Madam, hier sind lauter ehrliche Spieler. Sie sind uns willkommen, setzen Sie ganz nach Belieben.« Ich trat ein wenig näher und sah zu. Jemand brachte mir einen Stuhl. Ich setzte mich und beobachtete, wie der Würfelbecher schnell herumging. Betrübt sagte ich zu meiner Kameradin: »Schade! Die Herren spielen zu hoch für uns, gehen wir wieder!«

Die Anwesenden waren jedoch alle sehr höflich, ein Herr machte mir Mut und sagte: »Spielen Sie ruhig, Madam, wenn Sie Lust haben, Ihr Glück auch einmal zu probieren, ich versichre Ihnen, Sie werden hier nicht übervorteilt.« – »Das denke ich auch gar nicht«, entgegnete ich lächelnd, »ich nehme doch an, daß die Herren eine Frau nicht betrügen wollen.« Trotzdem lehnte ich es auch jetzt noch ab zu spielen, zog aber vor aller Augen eine Börse mit Geld heraus, damit man sehe, es fehle mir nicht daran.

Nachdem ich eine Weile still dagesessen hatte, sagte einer der Herren im Scherz zu mir: »Ich sehe, Sie fürchten sich, auf eigne Rechnung zu setzen: Mir haben die Frauen immer Glück gebracht, ich schlage Ihnen deshalb vor, setzen Sie für mich, wenn Sie es nicht für sich selbst wagen wollen.« – »Es ist mir ein schrecklicher Gedanke, Ihr Geld zu verspielen«, erwiderte ich, fügte jedoch sofort hinzu, »ich habe allerdings meist Glück, die Herren spielen aber so hoch, daß ich mein Geld nicht dran wagen will.«

»Das brauchen Sie auch gar nicht«, entgegnete er, »da sind zehn Guineen, Madam, setzen Sie die für mich!« Ich nahm das Geld und setzte es für ihn, während er zusah. Ich setzte immer nur eine oder zwei Guineen auf einmal. Als dann der Würfelbecher an meinen Nachbarn kam, gab mir der Herr nochmals zehn Guineen und riet mir, fünf davon auf einmal zu setzen. Der Herr, der den Würfelbecher hatte, würfelte und ich strich fünf Guineen des mir anvertrauten Geldes wieder ein. Das ermutigte meinen Gönner, und er forderte mich wieder auf, ich solle nun selber Bank halten, was immerhin ein Wagnis bedeutete. Doch das Glück war mir hold. Ich hielt die Bank solange, bis ich ihm sein ganzes Geld wiedergewann und eine Handvoll Guineen in meinem Schoß liegen hatte. Es war besonders günstig, daß ich nur einen oder zwei Spieler, die gesetzt hatten, auszahlen mußte und daher gut dabei wegkam.

Als ich das erreicht hatte, bot ich dem Herrn das ganze Geld an, es kam ihm ja von Rechts wegen zu. Ich forderte ihn auf, er solle nun für sich selbst spielen, da ich das Spiel noch nicht recht verstanden hätte. Da lachte er nur und meinte, es käme nur drauf an, daß man Glück habe, ob ich das Spiel verstünde oder nicht, sei ganz unwesentlich, ich solle unter keinen Umständen aufhören. Er nahm indessen die fünfzehn Guineen, die er zuerst gesetzt hatte, aus dem Gewinn heraus und hieß mich, mit dem Rest weiterspielen. Ich bat darum, er möge den Rest wenigstens erst einmal zählen, damit man sehe, wieviel ich für ihn gewonnen habe, er lehnte dies jedoch ab: »Nein, zählen Sie lieber nicht, ich weiß, Sie sind ehrlich, und es bringt immer Unglück, wenn man seinen Besitz beim Spielen zählt.« Ich spielte also weiter.

Ich verstand das Spiel recht gut und tat nur so, als sei ich noch nicht ganz im Bilde. Ich ging mit großer Vorsicht zu

Werke, verausgabte mich nie ganz, sondern behielt immer einen ansehnlichen Vorrat von Guineen in meinem Schoß, von dem ich ab und zu etwas in meine Tasche beförderte, aber so heimlich, daß er es nicht sehen konnte.

Ich spielte lange und hatte viel Glück. Als ich zum letzten Mal mit Würfeln dran war, setzten alle sehr hoch, und ich machte kühn mit, bis ich fast achtzig Guineen gewonnen hatte. Beim letzten Wurf hatte ich jedoch Pech und verlor fast die Hälfte davon wieder. Deshalb stand ich auf; denn ich hatte Angst, alles wieder einzubüßen. Meinem Gönner aber sagte ich: »Spielen Sie bitte allein weiter, ich freue mich, daß ich Ihnen allerlei eingebracht habe.« Er bat mich zwar, ich solle weiterspielen, doch ich entschuldigte mich damit, daß es zu spät geworden sei, und übergab ihm seinen Gewinn. Ich hoffe, er werde mir jetzt erlauben, nachzuzählen, damit ich sehe, was er gewonnen habe und ob ich ihm viel Glück gebracht. Ich zählte und stellte fest, daß es dreiundsechzig Guineen waren. »Ach«, rief ich aus, »wenn dieser unglückselige Wurf nicht gewesen wäre, hätte ich hundert Guineen für Sie gewonnen.« Dann reichte ich ihm das ganze Geld hin, doch wollte er es erst nehmen, wenn ich einmal tüchtig hineingegriffen und mir eine ordentliche Portion zurückbehalten hätte. Ich weigerte mich hartnäckig, mir selbst etwas zu nehmen, wenn er dagegen Lust hätte, mir etwas davon zuzuwenden, würde ich mich nicht sträuben.

Als die übrigen Herren merkten, daß wir uns hierüber nicht einigen konnten, riefen sie: »Geben Sie ihr doch alles!« Das lehnte ich aber energisch ab. Dann sagte einer: »Zum Teufel, Jack, teile es doch wenigstens mit ihr! Weißt du nicht, daß du vor Damen nie etwas voraus haben sollst?« Wir teilten nun brüderlich, und ich durfte dreißig Guineen behalten, außer den dreiundvierzig, die ich schon vorher heimlich eingesteckt hatte. Allerdings war mir das jetzt leid, da er mich so freigebig beschenkt hatte.

Ich brachte also dreiundsiebzig Guineen heim und erzählte

meiner alten Pflegemutter, was für ein Glück ich im Spiel hatte. Sie riet mir aber trotzdem, nichts wieder zu wagen. Ich folgte ihrem Rat und ging nicht mehr hin; denn ich wußte ebensogut wie sie, wie leicht man alles verliert, wenn man der Spielwut zum Opfer fällt.

Das Glück hatte mir nun schon lange gelächelt, und ich war mitsamt meiner Pflegemutter, die von allem ihren Anteil erhielt, so reich geworden, daß die alte Dame mir riet, mein Handwerk aufzugeben, solange es uns gut ging, und mich mit dem zufrieden zu geben, was wir erreicht hatten. Ich weiß nicht, welcher Unstern über mir schwebte, daß ich diesen vernünftigen Vorschlag ablehnte, ähnlich, wie sie es seinerzeit getan hatte, als ich aufhören wollte. Ein böser Dämon trieb mich, ich unterdrückte alle Gewissensregungen und wurde immer verwegener. Der Erfolg, der nie ausblieb, machte meinen Namen so berühmt, daß kein Dieb es mit mir aufnehmen konnte. Bisweilen war ich so dreist, daß ich mir denselben Streich gleich zweimal hintereinander leistete, was im allgemeinen als sehr gefährlich gilt. Ich hatte aber auch hierbei immer Glück, erschien allerdings beim zweiten Mal meist in völlig veränderter Gestalt.

Es war Sommerszeit, und die meisten Herrschaften hatten die Stadt verlassen. In Tunbridge, Epsom und ähnlichen Orten wimmelte es von Fremden, London jedoch war leer, und bei meinem Handwerk, wie auch bei jedem anderen, bekam man das sofort zu spüren. Als es auf den Herbst zuging, schloß ich mich deshalb einer Bande an, die jedes Jahr den Jahrmarkt von Sturbridge und den von Bury in Suffolk unsicher machte. Wir versprachen uns wer weiß was von diesem Unternehmen, ich merkte aber sehr rasch, daß nicht viel zu holen war, und verlor die Lust. Außer bloßen Taschendiebstählen bot sich nichts Lohnendes. Wenn man wirklich ausnahmsweise mal etwas erwischt hatte, dann war es gar nicht so einfach, es beiseite zu schaffen. Es gab dort lange nicht so viel Möglichkeiten zu Gaunereien wie in London. Ich erbeutete denn auch auf der ganzen Reise nur eine goldene Uhr auf dem Jahrmarkt von Bury und ein kleines Paket mit Leinen in Cambridge, was mich dazu zwang, den Ort schleunigst wieder zu verlassen. Es war ein alter Kniff, den ich dabei anwandte und auf den ein harmloser Ladenbesitzer in der Provinz hereinfiel, einem Londoner hätte ich damit nicht kommen dürfen.

Ich kaufte bei einem Leinenhändler in Cambridge schönes holländisches Leinen und noch ein paar andere Dinge, die alles in allem auf sieben Pfund kamen. Ich bat, daß man mir die gekauften Waren in einen bestimmten Gasthof schicke, in dem ich am selben Morgen abgestiegen war und Quartier für die Nacht gemietet hatte.

Ich machte mit dem Händler eine bestimmte Zeit aus, zu der ich die Sendung im Gasthof in Empfang nehmen und bezahlen wollte. Zur vereinbarten Stunde schickte er die Waren. Ein Mitglied unsrer Bande hatte sich an der Zimmertür aufgestellt, und als die Magd des Wirtes den Boten, einen jungen Burschen, dorthin brachte, fing ihn meine Kollegin ab und teilte ihm mit, daß ihre Herrin schliefe. Wenn er die Sachen dalassen wolle, möge er in einer Stunde wiederkommen. Dann sei ich wach und könne ihm das Geld geben. Bereitwillig ließ der junge Mann das Paket da und ging seiner Wege. Eine halbe Stunde später verschwand ich auf Nimmerwiedersehen. Noch am selben Abend erreichte ich Newmarket, wo ich zum Glück einen Platz in der nicht überfüllten Postkutsche nach St. Edmunds Bury fand. Dort gelang es mir, in einem kleinen ländlichen Saal einer Dame die goldne Uhr, die sie an der Seite trug, abzunehmen. Da die Gute nicht nur sehr vergnügt war, sondern auch etwas über den Durst getrunken hatte, wurde mir die Arbeit sehr erleichtert.

Mit dieser Beute begab ich mich nach Ipswich und von dort nach Harwich, wo ich ein Gasthaus aufsuchte und so tat, als ob ich gerade aus Holland angekommen sei. Ich zweifelte nicht daran, daß ich bei den Fremden, die dort an Land

gingen, etwas ausrichten konnte, fand aber, daß sie nur selten
Wertgegenstände bei sich hatten. Und was sie in ihren Hand-
koffern und holländischen Körben mit sich führten, wurde
von Dienern bewacht. Dennoch gelang es mir eines Abends,
einen solchen Handkoffer aus dem Zimmer, in dem der Herr
schlief, wegzuholen. Ich hatte leichte Arbeit, da der Diener
anscheinend sehr betrunken war und fest eingeschlafen auf
dem Bett lag.

Das Zimmer, in dem ich wohnte, lag neben dem des Hol-
länders, und nachdem ich das schwere Ding mit großer Mühe
in mein Zimmer gezerrt hatte, ging ich auf die Straße, um zu
sehen, ob sich dort eine Möglichkeit finde, das Gepäckstück
fortzuschaffen. Ich ging lange umher und suchte, fand aber
nichts. Die Stadt war klein und ich vollkommen fremd darin.
Enttäuscht machte ich mich auf den Rückweg und entschloß
mich schweren Herzens, den Koffer wieder dorthin zu tragen,
wo ich ihn hergeholt hatte. Im selben Augenblick hörte ich,
wie ein Mann einige Leute zur Eile antrieb, das Boot fahre
gleich ab, die Flut sei da. Ich winkte den Burschen zu mir.
»Von welchem Boot sprechen Sie denn?« erkundigte ich mich.
»Vom Fährboot nach Ipswich«, erwiderte er. »Wann fährt es
denn ab?« forschte ich weiter. »Jetzt gleich, wollen Sie etwa
noch mitfahren?« fragte er mich. »Gern«, antwortete ich, »ich
muß aber noch meine Sachen holen, hat es so lange Zeit?« –
»Wo haben Sie sie denn, Madam?« – »In dem und dem
Gasthof«, gab ich zur Antwort. »Ich will mit Ihnen gehn und
Ihnen tragen helfen«, bot er mir sehr höflich an. »Das wäre
mir allerdings lieb«, sagte ich, »kommen Sie bitte«, und ich
nahm ihn sogleich mit.

Im Gasthaus herrschte riesiger Betrieb. Das Postschiff von
Holland war gerade gekommen, und zwei Postkutschen mit
Reisenden aus London waren ebenfalls eingetroffen. Ein anderes Postschiff war im Begriff, nach Holland abzufahren, und
die Kutschen sollten am nächsten Tag mit den Passagieren,
die gerade an Land gegangen waren, nach London zurück-

fahren. In diesem Trubel kam ich ans Büfett, bezahlte meine Rechnung und sagte der Wirtin, ich habe für die Seefahrt einen Platz in einem Fährschiff belegt.

Die Fährboote sind große Schiffe und dienen dazu, Reisende von Harwich nach London zu befördern. Obgleich sie Fähren genannt werden, kann man sie mit den Londoner Fähren nicht vergleichen. In London bezeichnet man damit ein kleines Boot auf der Themse, das von einem oder zwei Männern gerudert wird, hier versteht man aber unter Fährschiffen große seetüchtige Schiffe, die zwanzig Passagiere und zehn oder fünfzehn Tonnen Ware fassen. All dies erfuhr ich, als ich mich am Abend zuvor über die verschiedenen Möglichkeiten, nach London zu gelangen, befragte.

Meine Wirtin war sehr höflich, ließ sich die Rechnung von mir bezahlen, wurde dann aber abgerufen, da das ganze Haus in Unruhe war. Deshalb verabschiedete ich mich von ihr, nahm den Burschen mit hinauf in mein Zimmer, gab ihm den Koffer und wickelte eine alte Schürze darum. So kamen wir, ohne unterwegs aufgehalten zu werden, zum Schiff. Der betrunkene holländische Diener schlief noch immer, und sein Herr saß ahnungslos mit anderen Fremden beim Abendbrot und war lustig und guter Dinge. Ich gelangte sicher mit meiner Beute nach Ipswich. Da ich nachts reiste, merkte keiner im Hause, daß ich dorthin fuhr. Alle glaubten, ich sei mit dem Fährschiff nach London gefahren, wie ich der Wirtin gesagt hatte.

In Ipswich belästigten mich die Zollbeamten sehr. Sie hielten meinen Koffer an, um ihn zu öffnen und zu durchsuchen. Ich erklärte mich damit einverstanden, sagte aber, mein Mann habe den Schlüssel dazu und sei noch in Harwich. Das erwähnte ich absichtlich, damit man sich nicht wundern sollte, wenn bei der Kontrolle lauter Sachen gefunden wurden, die nur einem Herrn und nicht einer Frau gehören konnten. Da sie aber darauf bestanden, den Koffer zu öffnen, willigte ich ein, daß er aufgebrochen werde, das heißt daß das Schloß entfernt werde, was durchaus nicht schwierig war.

Sie fanden nichts Verzollbares; denn der Koffer war vorher schon einmal kontrolliert worden. Zu meiner großen Freude kam dabei allerlei Schönes zum Vorschein, besonders ein Paket mit französischen Goldmünzen, einigen holländischen Dukaten oder Reichstalern, zwei Perücken, Leibwäsche, Rasiermesser, Seifenkugeln, Parfüms und alles mögliche andere, was ein vornehmer Herr braucht. Da man alles für das Gepäck meines Mannes hielt, hatte sich die Sache für mich erledigt.

Es war noch früh am Morgen und ziemlich dunkel, und ich wußte nicht recht, was ich nun tun sollte. Ich zweifelte nicht daran, daß man mich verfolgen und mitsamt dem Gepäck, das ich bei mir hatte, ergreifen würde. Deshalb beschloß ich, Maßnahmen zu treffen, um mich vor Entdeckung zu schützen. Ich ging ganz offen mit meinem Koffer in ein Gasthaus in der Stadt, und nachdem ich das Wesentliche herausgenommen hatte, erschienen mir die Kleinigkeiten, die noch darin waren, nicht der Rede wert. Ich übergab ihn der Wirtin mit dem Auftrag, darauf aufzupassen und ihn gut aufzuheben, bis ich wiederkäme. Danach verließ ich das Gasthaus und ging auf die Straße.

Als ich mich schon ziemlich weit von dem Gasthof entfernt hatte, sah ich eine alte Frau in ihrer Haustür stehen und knüpfte ein Gespräch mit ihr an. Ich fragte sie nach allem möglichen, was mit meiner eigentlichen Absicht scheinbar gar nichts zu tun hatte, erfuhr aber auf diese Weise Genaueres über die Lage der Stadt. Ich sei in einer Straße, die nach Hadley führe, jene nach der See zu, eine andere wieder ins Innere der Stadt und die letzte dort über Colchester nach London. Rasch brach ich das Gespräch mit der Frau ab, ich hatte ja nur wissen wollen, wo es nach London ging, und eilte so schnell wie möglich davon. Ich wollte natürlich nicht nach London oder Colchester zu Fuß gehen, sondern nur rasch und unerkannt von Ipswich wegkommen.

Nachdem ich ein paar Meilen auf der Straße mach Colchester gewandert war, traf ich einen einfachen Bauern, der auf dem Felde arbeitete. Was er dort zu tun hatte, weiß ich nicht mehr. Auch an ihn richtete ich erst ein paar scheinbar zwecklose Fragen, um mit ihm ins Gespräch zu kommen. Dann rückte ich aber mit der Sprache heraus. Ich wollte nach London; da die Postkutsche besetzt war, habe ich aber keinen Platz bekommen. Ich wäre ihm dankbar, wenn er mir mitteilte, wo ich ein Pferd mieten könne, das kräftig genug sei, zwei Personen zu tragen, und einen ehrlichen Mann, der mich auf dem Pferde mit nach Colchester nähme, wo ich dann hoffentlich einen Platz in der Postkutsche bekäme. Der Bauer sah mich ernsthaft an und sagte zunächst gar nichts. Schließlich kratzte er sich hinterm Ohr und antwortete bedächtig: »Ein Pferd, sagen Sie, und es soll zwei Personen nach Colchester tragen? Du lieber Himmel, für Geld können Sie doch Pferde genug bekommen.« – »Lieber Freund«, erwiderte ich, »das habe ich allerdings für selbstverständlich gehalten, daß mir niemand das Pferd leiht, ohne daß ich Geld dafür zahle.« – »Wieviel wollen Sie denn zahlen?« fragte er mich daraufhin. »Ja, wenn ich eine Ahnung hätte, was so etwas hierzulande kostet« antwortete ich, »ich bin leider ganz fremd hier. Wenn Sie mir aber ein Pferd verschaffen können, so sehen Sie bitte zu, es möglichst billig zu bekommen. Ich will Ihnen für Ihre Mühe gern etwas geben.«

»Das läßt sich hören«, meinte der Bauer, »Sie scheinen sich mit ehrlichen Absichten zu tragen.« – Vielleicht doch nicht ganz so ehrlich, wie du meinst, dachte ich bei mir, du ahnst ja nicht, wofür ich das Pferd brauche. »Ich besitze selbst ein Pferd, das zwei Leute tragen kann«, fuhr er fort, »und ich würde auch bereit sein, Sie nach Colchester zu bringen.« – »Wirklich? Das trifft sich ja gut«, erwiderte ich, »ich halte Sie für einen ehrlichen Mann und werde Ihr Angebot mit Freuden annehmen, Sie sollen auch das Geld erhalten, das Sie beanspruchen können.« – »Übervorteilen werde ich Sie bestimmt nicht«, gab er mir zur Antwort, »wenn ich Sie nach Colchester bringe, berechne ich Ihnen fünf Schilling für mich und das Pferd; soviel muß ich aber nehmen; denn ich werde kaum vor morgen zurück sein.«

So einigte ich mich mit dem guten Mann und mietete ihn und sein Pferd. Als wir jedoch unterwegs in eine Stadt kamen – den Namen habe ich vergessen, sie liegt an einem Fluß –, gab ich vor, sehr abgespannt und elend zu sein und nicht weiterreisen zu können. Ich bat ihn darum, mit mir über Nacht dort zu bleiben, da ich ganz fremd sei, ich würde gern für ihn und sein Pferd bezahlen.

Diese Vorsicht gebrauchte ich aus Angst, daß ich den Holländern und ihren Bedienten an diesem Tage auf der Landstraße begegnen könnte. Sie mußten entweder mit der Post oder zu Pferde hier vorbeikommen, und ich wollte weder von dem betrunknen Burschen noch von sonst jemandem auf der Landstraße gesehen werden. Ich hoffte, sie seien alle vorbei, wenn ich meine Reise um einen Tag hinausschöbe.

Wir blieben also die Nacht über dort und brachen am nächsten Morgen nicht allzu früh auf, so daß wir erst gegen zehn Uhr nach Colchester kamen. Es war mir ein großes Vergnügen, die Stadt wiederzusehen, in der ich so viele schöne Tage verlebt hatte, und ich erkundigte mich angelegentlich nach den guten, alten, früheren Freunden, konnte aber nur wenig erfahren. Sie waren alle tot oder fortgezogen; die jungen Damen waren verheiratet und nach London übergesiedelt. Der alte Herr und die alte Dame, meine ersten Wohltäter, lebten nicht mehr, und, was mich am allermeisten betrübte, der junge Herr, mein erster Liebhaber und späterer Schwager, war auch tot. Seine zwei Söhne waren schon erwachsen und wohnten in London.

In Colchester verabschiedete ich mich von dem alten Mann und blieb unter fremdem Namen noch ein paar Tage dort. Dann fuhr ich in einem Lastwagen heim, weil ich es nicht wagte, mich in der Postkutsche von Harwich sehen zu lassen.

Ich hätte aber diese Vorsichtsmaßnahmen gar nicht nötig gehabt; denn außer der Wirtin hatte mich niemand in Harwich gesehen, und es war kaum denkbar, daß sie mich je wiedererkannt hätte, da sie sehr in Anspruch genommen war und mich nur einmal flüchtig bei Kerzenlicht erblickt hatte.

So kam ich glücklich wieder nach London. Obwohl ich beim letzten Abenteuer einen beträchtlichen Erfolg erzielt hatte, war mir doch die Lust an weiteren Fahrten aufs Land vergangen; ich hätte mich auch nicht wieder hinausgewagt, und wenn ich mein Gewerbe bis ans Ende meiner Tage betrieben hätte. Ich erzählte meiner Pflegemutter, was ich unterwegs erlebt hatte, sie freute sich vor allem über den Diebstahl des Koffers in Harwich. Als wir uns darüber unterhielten, äußerte sie die Ansicht, ein Dieb nütze die Fehler anderer zu seinem Vorteil aus. Wenn er gut aufpasse und keine Mühe scheue, werde er daher häufig Gelegenheit zum Stehlen finden. Deshalb meinte sie, jemand, der so mit allen Hunden gehetzt sei wie ich, könne kaum jemals Pech haben, was er auch unternehme.

Andrerseits kann meine Geschichte, wenn sie richtig betrachtet wird, auch ehrlichen Menschen gute Dienste leisten und sie vor unangenehmen Überraschungen schützen. Sie lehrt, die Augen offenzuhalten, wenn man es mit Fremden zu tun hat; denn nur gar zu häufig droht uns von diesen Gefahr. Die Moral meiner Geschichte bleibt allerdings dem gesunden Menschenverstand und dem Urteil des Lesers selbst überlassen. Ich fühle mich nicht berufen, anderen zu predigen, wohl aber könnten die Erfahrungen eines so verdorbenen und elenden Geschöpfes, wie ich es war, dem Leser nützliche Warnung sein.

Ich komme nun bald zu einem andern Kapitel meiner Lebensgeschichte. Wie ich bereits sagte, dachte ich bei meiner Heimkehr nicht daran, der Diebeslaufbahn zu entsagen. Eine lange Reihe von Verbrechen und unvergleichlichen Erfolgen hatten mich immer tiefer in dieses Leben hineingezogen. Und doch mußte ich mir sagen, daß ich eines Tages dem Beispiel der andern folgen und in Kummer und Elend enden würde.

Am Tag nach Weihnachten ging ich wieder einmal gegen Abend aus, um eine lange Kette böser Taten fortzusetzen und zu sehen, ob es etwas für mich zu tun gebe. Als ich bei einem Silberschmied in der Foster Lane vorbeikam, entdeckte ich einen lockenden Köder, dem Leute meines Schlages nicht widerstehen konnten. Im Laden war niemand, und eine Menge Silbersachen lagen im Schaufenster und auf dem Platz an der einen Seite des Ladens, wo der Schmied vermutlich zu arbeiten pflegte.

Ich ging dreist hinein und wollte gerade eins der silbernen Geräte ergreifen – und es wäre mir ein leichtes gewesen, mit meiner Beute zu entwischen, da der Ladenbesitzer nicht aufpaßte –, als ein übereifriger Bursche aus dem gegenüberliegenden Hause im Sturmschritt über die Straße gelaufen kam. Er hatte mich hineingehen sehen und wußte wahrscheinlich, daß niemand im Laden war. Ohne zu wissen, was ich wollte oder wer ich war, packte er mich am Ärmel und trommelte mit lautem Geschrei die Hausbewohner zusammen.

Zum Glück hatte ich noch nichts im Laden berührt, und da ich merkte, daß jemand über die Straße gerannt kam, besaß ich soviel Geistesgegenwart, geräuschvoll mit dem Fuß auf den Boden zu klopfen und laut nach einer Bedienung zu rufen. Da hatte mich der Bursche aber auch schon gepackt.

Mein Mut wuchs jedoch stets, wenn die Gefahr am größten war. Als er mich festnehmen wollte, behauptete ich deshalb ganz frech, ich sei nur hereingekommen, um ein halbes Dutzend silberner Löffel zu kaufen. Ich konnte diese Ausrede riskieren, da der Silberschmied nicht nur Waren in seiner Werkstatt herstellte, sondern auch selbst welche verkaufte. Der Bursche lachte mich aus und kam sich wer weiß wie wichtig vor, daß er seinem Nachbarn diesen großen Dienst erwiesen habe. Er behauptete steif und fest, ich sei nicht zum Kaufen, sondern zum Stehlen gekommen, und ruhte nicht, bis sich eine große Menschenmenge angesammelt hatte. Unterdessen hatte man auch den Ladeninhaber aus der Nachbarschaft geholt, und ich sagte ihm, es sei zwecklos, Lärm zu schlagen und die Angelegenheit sogleich an Ort und Stelle zu besprechen. Der Bursche lasse es sich nicht ausreden, daß ich nur gekommen sei, um etwas zu stehlen. Das möge er nun beweisen. Ich verlange, ohne weitere Verhandlungen vor den Richter geführt zu werden; ich hatte nämlich bald gemerkt, daß der Kerl, der mich ertappt hatte, mir in keiner Weise gewachsen war. Der Silberschmied und seine Frau waren lange nicht so hitzig wie dieser Mensch. Er sagte zu mir: »Es kann wohl möglich sein, daß Sie meinen Laden ohne böse Absichten betreten haben, es war aber nicht ungefährlich, in ein Gechäft wie das meinige zu kommen, wenn niemand darin ist, und ich muß meinem Nachbarn, der so freundlich war, in meiner Abwesenheit aufzupassen, zugestehen, daß er Grund hatte, Sie zu verdächtigen. Trotzdem kann ich nicht beweisen, daß Sie die Absicht hatten, etwas wegzunehmen; ich weiß wirklich nicht, wie ich mich hier verhalten soll.« Ich drängte ihn, mit mir vor den Richter zu gehn. Wenn mir irgendeine Absicht bewiesen werden könne, würde ich mich dem Richterspruch bereitwillig unterwerfen, wenn nicht, verlangte ich Entschädigung.

Während wir noch unterhandelten und sich eine Menge Menschen vor der Tür angesammelt hatte, kam Sir T. B., ein Ratsherr und Friedensrichter, vorbei. Als der Silberschmied das hörte, bat er Seine Gestrengen dringend, hereinzukommen und die Sache zu entscheiden.

Ich muß zur Ehre des Silberschmieds sagen, daß er den Fall ohne Übertreibung, wie er sich wirklich zugetragen, darstellte, der Bursche aber, der mich ergriffen hatte, geriet bei seiner Aussage wieder in Wut und wurde so ausfällig, daß er mir eher nützte als schadete. Dann kam ich an die Reihe und sagte Seiner Gestrengen, ich sei fremd in London, sei gerade erst aus dem Norden hierher übergesiedelt. Ich wohne da und da, sei zufällig in dieser Straße am Laden eines Silberschmieds vorbeigekommen und eingetreten, um ein halbes Dutzend silberne Löffel zu kaufen. Zu meinem Glück hatte ich einen alten Silberlöffel in meiner Tasche, den ich herauszog. Ich hätte ihn als Muster mitgebracht, damit ich die neuen passend dazukaufe. Da niemand im Laden war, hätte ich mit meinem Fuß laut aufgestampft, um die Leute im Hause auf den Käufer aufmerksam zu machen, und auch laut gerufen. Es habe zwar viel Silberzeug im Laden herumgelegen, aber niemand könne mir nachsagen, daß ich nur ein einziges Stück berührt habe. Plötzlich sei ein Kerl von der Straße in den Laden hereingestürmt und habe mich mit roher Gewalt festgehalten gerade in dem Augenblick, als ich jemanden zur Bedienung rief. Hätte er wirklich seinem Nachbarn einen Dienst erweisen wollen, so wäre er besser in einiger Entfernung stehengeblieben, um stillschweigend zu beobachten, ob ich etwas berühre. Dann und nur so hätte er mich auf frischer Tat ertappen können. »Da haben Sie recht«, sagte der Friedensrichter, wandte sich an den Burschen, der mich angehalten hatte, und fragte ihn, ob ich wirklich mit dem Fuß auf die Erde gestampft habe. »Ja«, erwiderte dieser, »aber ich glaube, sie tat es nur, weil sie mich kommen sah.« – »Da widersprechen Sie sich aber sehr«, meinte der Richter und fertigte ihn kurz ab, »Sie sagten doch vorhin selbst, daß die Dame Ihnen den Rücken gekehrt habe und Sie nicht sehen konnte, bis Sie unmittelbar neben ihr waren.« Ich stand allerdings mit dem Rücken zur Straße, da ich aber in meinem Beruf die Augen überall haben mußte, hatte ich ihn wirklich halb und halb gesehen, wie er über die Straße lief, obwohl er es nicht merkte.

Nachdem der Friedensrichter sich alles angehört hatte, meinte er, der Nachbar habe sich anscheinend geirrt, ich sei seiner Meinung nach unschuldig. Da der Silberschmied und seine Frau sich damit zufrieden gaben, wurde ich entlassen. Als ich aber schon im Fortgehen war, rief mich der Richter nochmals zurück und sagte: »Da Sie die Absicht hatten, Löffel zu kaufen, Madam, werden Sie doch nicht wollen, daß unser Freund hier um dieses bedauerlichen Irrtums willen eine Kundin einbüßt.« – »O nein, das will ich gewiß nicht«, antwortete ich ihm, »natürlich kaufe ich die Löffel hier, es müssen aber solche sein, die zu meinem mitgebrachten Löffel passen.« Der Silberschmied hatte Löffel derselben Art vorrätig, wog sie und forderte fünfunddreißig Schilling dafür. Ich zog meine Börse heraus, um zu zahlen, und sorgte dafür, daß der Friedensrichter die zwanzig Guineen, die ich darin hatte, sah. Ich ging nämlich nie ohne viel Geld aus, um für alle Fälle gesichert zu sein, und war immer, wie auch diesmal, gut damit gefahren.

Als der Richter mein Geld erblickte, sagte er: »Jetzt bin ich wirklich davon überzeugt, daß man Ihnen unrecht getan hat. Aus diesem Grund redete ich Ihnen auch zu, die Löffel zu kaufen, und wartete, bis Sie es taten. Hätten Sie nicht genug Geld bei sich gehabt, so hätte der Verdacht nahegelegen, daß Sie nur in den Laden gekommen seien, um zu stehlen. Die Leute, die darauf ausgehen, haben selten so viel Geld in der Tasche wie Sie.«

Ich lächelte nur und sagte Seiner Gestrengen, ich verdanke also einen Teil seiner Gunst meinem Geld, doch hoffe ich, daß er sein vorher gefälltes Urteil auch aus anderen Gründen aufrecht halte. Das gab er zu, betonte aber nochmals, der Anblick des Geldes habe ihn in seiner Meinung bestärkt. Er sei nun völlig davon überzeugt, daß ich ganz unschuldig sei. So kam ich auch diesmal noch mit einem blauen Auge davon, hätte aber um ein Haar schon hier meine Laufbahn beenden müssen.

Drei Tage später zeigte es sich, daß mich die Gefahr, der ich mit knapper Not entronnen war, nicht klüger gemacht hatte. Noch immer konnte ich mich von dem üblen Handwerk, das ich nun schon jahrelang betrieb, nicht trennen. Ich schlich mich in ein Haus hinein, dessen Türen offenstanden, und nahm, da ich mich ganz unbeobachtet glaubte, zwei Stück schön gemusterte, geblümte Seide an mich, sogenannte Brokatseide. Es war kein Laden und auch kein Warenlager eines Seidenhändlers, sondern sah aus wie ein gewöhnliches Wohnhaus. Anscheinend wohnte darin ein Zwischenhändler, der die Stoffe, die die Weber ihm brachten, an die Kaufleute weitervertrieb.

Ich will mich aber bei diesem dunkelsten Kapitel meiner Lebensgeschichte kurz fassen. Zwei Frauenzimmer kamen gerade dazu, wie ich aus der Tür treten wollte. Sie stürzten sich schreiend auf mich, eine von ihnen zerrte mich gewaltsam ins Zimmer zurück, während die andere die Tür hinter mir zuschloß. Ich wollte ihnen gute Worte geben, fand aber keine Gelegenheit dazu. Zwei feurige Drachen hätten nicht wütender sein können. Sie zerrissen mir die Kleider, tobten und brüllten, als wenn sie mich umbringen wollten. Auf den Lärm hin erschien die Frau des Hauses, danach auch der Herr, und beide beschimpften mich in maßlosem Zorn.

Ich bettelte um Nachsicht, die Tür habe offen gestanden, das hätte mich in Versuchung geführt; denn ich sei arm und in Not, und die Armut mache den Menschen schwach; ich bat den Herrn unter Tränen, Mitleid mit mir zu haben. Die Herrin des Hauses schien gerührt und wollte mich schon laufen lassen. Sie hatte auch ihren Mann beinahe überredet, doch die widerwärtigen Frauenzimmer waren schon, ehe man ihnen Auftrag hierzu gegeben, weggerannt, um einen Polizisten zu holen. Der Herr erklärte daraufhin, er könne nun nicht mehr zurück, ich müsse vor den Richter, und versicherte seiner Frau, wenn er mich jetzt gehen ließe, käme er selbst in Ungelegenheiten.

Der Anblick des Konstablers nahm mir allen Mut, ich hätte in die Erde versinken mögen. Da ich in Ohnmacht fiel, glaubten die Leute schon, es gehe mit mir zu Ende. Die Frau verlegte sich wieder aufs Bitten und flehte ihren Mann an, mich gehen zu lassen, sie hätten doch nichts eingebüßt. Ich

erbot mich, die zwei Stück zu bezahlen, was sie auch kosteten. Außerdem sei ihm die Ware ja geblieben, und er habe nichts verloren. Wie könne man nur so grausam sein, meinen Tod herbeizuführen und mein Blut zu fordern, bloß weil ich versucht hätte zu stehlen. Ich machte den Polizisten auch darauf aufmerksam, daß ich keine Tür aufgebrochen und auch nichts weggeschleppt hatte, und als ich vor den Richter kam und diese beiden Umstände auch bei ihm vorbrachte, zeigte er sich nicht abgeneigt, mich freizulassen. Aber das erste der zwei frechen Frauenzimmer, die mich angehalten hatten, versicherte, daß ich schon drauf und dran war, mit den Waren das Weite zu suchen, wenn sie mich nicht im letzten Augenblick noch an der Türe erwischt und wieder ins Haus hineingezogen hätte. Das bestimmte den Richter, mich festzunehmen und nach Newgate einzuliefern. Dieser schreckliche Ort! Mein Blut erstarrt noch jetzt in den Adern, wenn ich nur den Namen höre, das entsetzliche Gefängnis, in das viele meiner Kameraden wandern mußten, um dann am Galgen zu enden; die Leidensstätte meiner Mutter, wo ich zur Welt kam, aus der es für mich kein anderes Entrinnen gab als nur den schimpflichen Tod! Wie lange hatte dieses Newgate schon auf mich gewartet, und mit wieviel List und Tücke war ich ihm bisher entgangen!

Nun saß ich hier wirklich fest. Das Entsetzen, das mich ergriff, als ich eingebracht wurde und die Schrecken dieses schauerlichen Gefängnisses am eignen Leibe verspürte, läßt sich überhaupt nicht beschreiben. Ich fühlte mich rettungslos verloren; nun mußte ich von dieser Welt in Schimpf und Schande scheiden. Der höllische Lärm, das Brüllen, Fluchen und Schreien, der Gestank und der Schmutz und all das Furchtbare, das ich täglich sah, ließen mir den Ort wie ein Sinnbild der Hölle erscheinen, eine Art Vorhof dazu.

Wie oft hatte mir meine Vernunft gepredigt, dieses ruchlose Dasein aufzugeben, ehe es zu spät war. Nun machte ich mir die schrecklichsten Vorwürfe. Ich hatte mein gesichertes Aus-

kommen gehabt, und durch ein gütiges Geschick war ich
bisher allen Gefahren entgangen, die mir drohten. Doch ich
hatte all die warnenden Stimmen in den Wind geschlagen
und keine Furcht aufkommen lassen. Nun mußte ich büßen.
Ein unabwendbares Schicksal hatte mich vorwärtsgetrieben
bis zu diesem Tage des Jammers. Nun nahte die Vergeltung.
Am Galgen mußte ich alle meine Missetaten sühnen, mit
meinem Blute der Gerechtigkeit Genüge leisten. Die Stunde,
die meinem Leben und meiner Verworfenheit ein Ende
machte, war nicht mehr fern. Gedanken dieser Art verfolgten
und peinigten mich bei Tag und Nacht und trieben mich zur
Verzweiflung.

Ich bereute mein verflossenes Leben aus tiefster Seele, doch
diese Reue erleichterte mir mein Dasein nicht und brachte
mir keinen Frieden. Ich konnte dies auch gar nicht erwarten
– soviel sagte ich mir selbst –, sie hatte sich ja erst eingestellt,
nachdem mir jede Möglichkeit genommen war, weiterhin zu
sündigen. Ich war ja nicht betrübt darüber, daß ich so zahllose Verbrechen begangen und damit gegen Gott und meine
Mitmenschen schwere Sünde auf mich geladen hatte, nein,
ich litt nur darunter, daß ich nun die Strafe erdulden sollte.
Meine Schuld bereute ich nicht, ich beklagte nur mein unglückliches Schicksal, das mir diese Leiden auferlegte. Dadurch beraubte ich mich selbst des Trostes, den wahrhafte
Reue spendet.

In den ersten Nächten, die ich an diesem verruchten Ort
zubrachte, fand ich keinen Schlaf. Eine Zeitlang sehnte ich
sogar den Tod herbei, obgleich ich ihn damals auch nicht so
betrachtete, wie ich es hätte tun sollen. Nichts erfüllte meine
Phantasie mit größerem Schrecken als dieser Ort, nichts war
mir verhaßter als die Gesellschaft, in der ich mich befand.
Ach! überall hätte man mich hinschicken können, bloß nicht
nach Newgate, dann hätte ich das Leben eher ertragen.

Wie triumphierten die Elenden, die schon vor mir dort
waren, daß ich nun endlich auch eintraf! Was? Frau Flanders

ist da? Bei uns in Newgate? Wie ist das nur möglich? Frau Mary? Frau Molly? Schließlich nannten sie mich einfach Moll Flanders. Sie meinten alle, der Teufel habe mir bisher geholfen, daß ich so lang unbehelligt blieb. Schon seit vielen Jahren hätten sie mich erwartet; nun sei ich also endlich gekommen. Sie verhöhnten mich wegen meiner Niedergeschlagenheit, hießen mich herzlich willkommen, wünschten mir viel Glück zu meinem neuen Wohnsitz. Ich solle den Mut nicht verlieren, es sei ja alles nur halb so schlimm, und dergleichen. Dann verlangten sie nach Schnaps und tranken mir zu. Die Rechnung mußte ich bezahlen, ich sei doch ein Neuling in ihrem Kreis und hätte sicher Geld in der Tasche, sie aber nicht.

Ich fragte eine der Frauen, wie lang sie schon dort sei. »Vier Monate«, antwortete sie mir. Dann fragte ich weiter, wie ihr der Ort vorgekommen sei, als sie hinkam. »Fürchterlich«, meinte sie, »ich glaubte, in der Hölle zu sein. Das glaube ich allerdings auch jetzt noch, nur habe ich mich langsam daran gewöhnt und rege mich nicht mehr darüber auf.« – »Vermutlich«, forschte ich weiter, »brauchen Sie sich um die Zukunft nicht zu sorgen?« – »Da irren Sie sich aber sehr«, entgegnete sie, »ich bin bereits zum Tode verurteilt, machte jedoch Schwangerschaft geltend und erlangte dadurch Aufschub. Das war natürlich Schwindel, ich erwarte ebensowenig ein Kind wie der Richter, der mich verhörte, und man wird wohl bei der nächsten Sitzung auf das frühere Urteil zurückkommen.« Damit wollte sie sagen, daß das Todesurteil voraussichtlich bestätigt werden würde. Das geschah allemal, wenn es sich nachträglich erwies, daß die Schwangerschaft nur als Vorwand diente, oder wenn das Kind bereits zur Welt gekommen war. »Aber«, sagte ich verwundert, »wie können Sie da so ruhig sein?« – »Ach«, erwiderte sie, »was habe ich denn davon, wenn ich traurig bin? Wenn man mich hängt, dann ist's eben aus mit mir.« Tänzelnd wandte sie mir den Rücken und sang im Fortgehen das in Newgate bekannte Liedchen, das von dem Galgenhumor der Insassen zeugt:

319

>>Wer am Galgen muß hangen,
Der hört's Glöcklein* mit Bangen,
Aus ist's mit der armen Jenny.<<

Ich erwähne das, damit jeder es hören kann, der später einmal das Unglück haben sollte, auch nach diesem fürchterlichen Newgate zu kommen. Dieses Beispiel soll ihm zeigen, wie die Zeit, die zwingende Notwendigkeit und der Verkehr mit den Leidensgenossen ihm den Ort vertraut macht, so daß er sich zuletzt mit seinem schweren Los aussöhnt, so unerträglich es ihm zuerst auch schien, daß er, ohne sich zu schämen, heiter und vergnügt dem entsetzlichen Ende ins Auge schaut.

Ich kann nicht begreifen, daß manche Leute sagen, dieser teuflische Ort sei nicht so schwarz, wie er für gewöhnlich gemalt wird. Keine Farbe ist meiner Ansicht nach schwarz genug, um diesen Ort zu schildern, und keiner, der nicht selbst dort gelitten hat, kann sich eine Vorstellung davon machen, wie scheußlich er ist.

Wie aber diese Hölle allmählich etwas Selbstverständliches werden kann und nicht nur erträglich, sondern sogar angenehm wird, das verstehen auch nur die, die ähnlich wie ich diese Erfahrung selbst gemacht haben.

Noch am selben Abend, an dem ich in Newgate eingeliefert wurde, schickte ich eine Botschaft an meine alte Pflegemutter, die natürlich aufs äußerste entsetzt darüber war und sicher eine ebenso schlimme Nacht bei sich daheim verbrachte, wie ich sie hier hinter Kerkermauern verlebte.

Gleich am nächsten Morgen besuchte sie mich und tat ihr möglichstes um mich zu trösten. Sie sah bald ein, daß es vollkommen zwecklos war, meinte aber, wer unter der Wucht eines solchen Schlages hilflos zusammenbreche, habe von vornherein ausgespielt. Als willensstarke, lebenskluge Frau sah sie meinem Unglück nicht tatenlos zu, sondern begab sich sofort daran, durch Gegenmaßnahmen das Schlimmste mög-

* Die Glocke von St. Sepulchre, die bei Hinrichtungen geläutet wird.

lichst zu verhüten. Zuerst machte sie die zwei hitzigen Frauenzimmer ausfindig, die mich erwischt hatten. Sie näherte sich ihnen, suchte sie zu gewinnen und durch Geld zu bestechen; kurzum, sie versuchte alles nur Erdenkliche, um zu verhindern, daß die beiden als Kläger aufträten. Sie bot der einen hundert Pfund an, wenn sie ihre Stellung kündigte und nicht mit vor Gericht erschiene; die blieb aber standhaft und war nicht dazu zu bewegen, obwohl sie nur eine einfache Dienstmagd war, die im Jahr nicht mehr als höchstens drei Pfund verdiente. Meine Pflegemutter meinte, auch wenn sie ihr fünfhundert Pfund angeboten hätte, wäre sie fest geblieben. Dann wandte sie sich an die andere, die war nicht so unerbittlich wie ihre Kameradin und schien nicht abgeneigt, Milde walten zu lassen. Doch die erste hintertrieb dies und ließ meine Pflegemutter nicht einmal mit ihr reden, sondern drohte, sie wegen Zeugenbestechung anzuzeigen.

Zuletzt versuchte meine Pflegemutter ihr Heil bei dem Herrn, dessen Waren ich hatte stehlen wollen, und vor allem bei seiner Frau, die sogleich anfangs Mitleid mit mir gehabt hatte. Sie war auch jetzt noch milde gesinnt, aber der Mann behauptete, er habe sich schriftlich verpflichtet, Klage gegen mich zu führen, sonst würde er seine Kaution einbüßen.

Meine Pflegemutter erbot sich sogar, durch Freunde seine schriftliche Erklärung aus den Akten heimlich entfernen zu lassen; denn dann habe er nichts mehr zu befürchten. Es war jedoch nicht möglich, ihn davon zu überzeugen, daß er auf die Klage verzichten könne, ohne sich selbst zu gefährden. Es sollten demnach drei Zeugen gegen mich vor Gericht auftreten, der Herr und die zwei Mägde. Der Tod stand mir also so gewiß bevor, wie ich mich augenblicklich des Lebens erfreute, und ich hatte jetzt nichts Wichtigeres zu tun, als mich aufs Sterben vorzubereiten. Doch fehlte mir der sittliche Halt, der mich in dieser schweren Not Trost finden ließ. Die Vorwürfe, die ich mir machte, entsprangen nur der Furcht vor dem Tode, nicht dem aufrichtigen Bedauern über meine Verwor-

fenheit, die an allem schuld war, oder dem Bewußtsein, die
Gebote Gottes mißachtet zu haben, vor dessen Richterstuhl
ich nun plötzlich treten sollte.

So lebte ich tagelang in den fürchterlichsten Qualen. Der
Tod schwebte mir dauernd vor Augen, ich dachte Tag und
Nacht nur an Galgen und Stricke, böse Geister und Teufel
und litt unsäglich unter der Furcht vor dem nahen Ende.

Der Geistliche von Newgate kam zu mir und knüpfte auf
seine Art Gespräche mit mir an. Aber seine ganze Seelsorge
zielte nur darauf hin, mich zu einem Geständnis meines Verbrechens zu bewegen, obgleich er überhaupt nicht wußte, was
man mir eigentlich zur Last legte. Außerdem forderte er mich
dringend auf, alle Mitschuldigen zu nennen, sonst werde mir
Gott nimmermehr vergeben. Da er auf gar nichts anspielte,
was mir in meiner augenblicklichen Lage von Nutzen sein
konnte, brachten mir seine Worte nicht den geringsten Trost.
Und wenn man bedenkt, daß dieser armselige Wicht mir am
Morgen von Geständnis und Reue redete und bereits mittags
dem Branntwein so zugesprochen hatte, daß er völlig betrunken herumtorkelte, so wird man verstehen, daß ich anfing,
mich vor ihm zu ekeln, und dieses Gefühl von seiner Person
nach und nach auch auf sein Amt übertrug. Das ging so weit,
daß ich mir seine Besuche verbat.

Ich weiß selbst nicht recht, wie es kam, vermutlich aber
erreichte es meine Pflegemutter durch ihre unermüdlichen
Anstrengungen, daß in der ersten Sitzungsperiode bei den
Vorverhandlungen der Geschworenen im Rathaus keine Anklage gegen mich erhoben wurde. Dadurch gewann ich etwa
vier bis fünf Wochen Zeit. Die hätte ich zweifellos dazu benutzen sollen, über das Geschehene nachzudenken und mich auf
das Kommende vorzubereiten. Ich hätte Gelegenheit gehabt,
meine Taten zu bereuen. Das tat ich aber nicht, ich bejammerte nur mein trauriges Los, das mich nach Newgate geführt
hatte, und zeigte keine Reue.

Im Gegenteil! Wie das Wasser in den Höhlen der Berge

alles, worauf es tropft, zu Stein macht, so verhärtete mich der stete Umgang mit den Höllenhunden hier in diesem Gefängnis genauso, wie es bei allen anderen der Fall war. Ich wurde zum Stein, erst stumpf und unempfindlich, dann roh und gedankenlos und zuletzt rasend. Ich gewöhnte mich so an diesen Ort, als wenn ich immer dort gelebt hätte.

Es ist kaum vorstellbar, daß unsre Natur so entarten kann und das schließlich als angenehm empfindet, was ihr Entsetzen einflößen sollte. Schlimmer als alles andere erscheint mir aber die Tatsache, daß ein Mensch wie ich, der Lebenskraft und Gesundheit in sich verspürte und über viel Geld verfügte, daß er sich alles leisten konnte, so ins Elend gesunken war.

Auf mir lastete schwere Schuld. Ein jeder, der noch seine fünf Sinne beisammen hatte und dem das Gefühl für das Glück dieses Lebens und die Schrecken des zukünftigen noch nicht abhanden gekommen war, hätte unter dieser Last zusammenbrechen müssen. Nichts davon bei mir. Wenn sich auch anfänglich mein Gewissen gelegentlich noch regte, so empfand ich doch keine Reue. Auf das Verbrechen, dessen ich angeklagt war, stand der Tod. Das Beweismaterial war so erdrückend, daß es zwecklos gewesen wäre, meine Unschuld zu beteuern oder mich gegen den Richterspruch aufzulehnen. Zudem war ich als langjähriger Sünder bekannt, so daß ich nichts anderes zu erwarten hatte als den Tod und auch gar nicht daran denken konnte, diesem sicheren Schicksal zu entgehen. Und trotz alledem war ein seltsames Gefühl von Stumpfheit über mich gekommen. Alle Unruhe, alle Todesangst, aller Kummer war von mir gewichen, nachdem der erste Schreck überwunden war. Ich weiß selbst nicht, wie mir zumute war. Meine Sinne, meine Vernunft, ja sogar mein Gewissen, alles war eingeschlafen. Vierzig Jahre lang war mein Leben nichts anderes gewesen als eine Kette von ruchlosen Taten: Hurerei, Ehebruch, Blutschande, Lüge und Diebstahl; alle diese Verbrechen hatte ich von meinem achtzehnten Jahre bis zu meinem sechzigsten begangen. Mord und

Verrat waren das einzige, was man mir nicht nachsagen konnte. Nun war ich der strafenden Gerechtigkeit anheimgefallen und hatte einen schändlichen Tod vor Augen, und dennoch hatte ich kein Gefühl für meine Lage, dachte nicht an Himmel und Hölle, höchstens einmal ganz flüchtig, so wie man durch ein leises Zucken, einen kurzen Schmerz an etwas gemahnt wird, das man gleich wieder vergißt. Ich hatte auch nicht den Mut, Gott um Gnade zu bitten, überhaupt nur daran zu denken. Ich erlebte also in diesen unglückseligen Tagen die furchtbarsten Qualen, die ein Mensch auf Erden je erdulden mußte.

Alle meine Angstvorstellungen waren geschwunden, ich war mit den Schrecken des Ortes vertraut geworden und empfand kein Unbehagen mehr bei dem Lärm und dem Krach, der im Gefängnis herrschte, genau wie die, die ihn machten. Ich war also ein richtiger »Newgatevogel« geworden und gab an Verworfenheit und Frechheit keinem etwas nach. Ich gewöhnte mir die guten Manieren, zu denen ich erzogen worden war, allmählich ab. Das kam vor allem in meiner jetzigen Sprechweise zum Ausdruck. Ich hatte mich so zu meinem Nachteil verändert, daß ich gar nicht mehr derselbe Mensch zu sein schien und mich kaum erinnerte, früher einmal anders gewesen zu sein.

Mitten in dieser dunkelsten Zeit meines Lebens geschah etwas, das die mir fremd gewordenen Gefühle des Kummers und des Mitleids wieder in mir wach werden ließ. Man erzählte eines Abends, daß in der vorhergehenden Nacht drei Straßenräuber ins Gefängnis eingeliefert wurden, die irgendwo einen Raubüberfall begangen hatten, ich glaube, es war auf der Hounslow Heide. Das Landvolk habe sie bis Uxbridge verfolgt, dort seien sie nach tapferem Widerstand überwältigt worden, wobei viele Landleute verwundet und einige sogar getötet wurden.

Es ist wohl kaum verwunderlich, daß wir Gefangenen alle miteinander diese hervorragend tapferen Männer gern sehen wollten, von denen man sagte, sie hätten nicht ihresgleichen. Vor allem lag uns auch daran, da es hieß, sie würden am nächsten Morgen nach dem Press Yard, einem andern Teil von Newgate, gebracht. Sie hätten dem Oberaufseher Geld gegeben, worauf er ihnen einen angenehmeren Aufenthalt verschaffen wollte. Wir Frauen stellten uns deshalb dort auf, wo wir sie im Vorbeigehen sehen mußten. Wer beschreibt aber meine Bestürzung und meinen Schreck, als ich in dem ersten, der herauskam, meinen Gatten aus Lancashire erkannte, denselben, mit dem ich in Dunstable so schöne Tage verlebt und den ich dann nach meiner Verheiratung mit meinem letzten Gatten in Brickhill nochmals sah.

Ich war sprachlos, als ich ihn erblickte, wußte nicht, was ich sagen, noch was ich tun sollte. Er kannte mich nicht, das war mein einziger Trost in diesem Augenblick. Ich verließ meine Leidensgenossen und zog mich so weit zurück, als dieser furchtbare Ort es zuläßt. Dann fing ich bitterlich an zu weinen. »Du schreckliches Wesen«, klagte ich mich selbst an, »wieviel Menschen hast du schon unglücklich gemacht, wieviel Verzweifelte hast du zum Teufel gejagt!« Das Unglück dieses Mannes setzte ich auch mit auf meine Rechnung. Er hatte mir in Chester gesagt, die Heirat habe ihn ruiniert, seine ganze Zukunft sei durch mich zerstört worden. Im Glauben, ich sei eine gute Partie, hatte er sich in Schulden gestürzt, die er nie bezahlen konnte. Er wollte deshalb Soldat werden und ein Gewehr tragen oder sich ein Pferd kaufen und sich – wie er sagte – auf Reisen begeben. Ich hatte ihm zwar nie gesagt, ich sei vermögend, und ihn somit auch nie betrogen, doch hatte ich ihn in diesem Glauben bestärkt und war daher doch im Grunde die Ursache seines Unglücks.

Der Schreck über dieses Wiedersehen ging mir mehr zu Herzen und machte mich nachdenklicher als alles, was mir bis jetzt begegnet war. Ich grämte mich Tag und Nacht, zumal ich erfahren hatte, er sei der Anführer der Bande und habe so viel Räubereien auf dem Kerbholz, daß Hind, Whitney oder

der Goldene Farmer Waisenknaben gegen ihn seien. Er würde sicherlich gehängt werden, eine Unmenge Menschen hätten sich schon als Zeugen gegen ihn gemeldet.

Der Schmerz über sein Unglück überwältigte mich, die Sorge um mein eignes Schicksal verblaßte daneben, um seinetwillen machte ich mir die schwersten Vorwürfe. Ich beklagte mein Mißgeschick und das Unglück, in das er geraten war, so sehr, daß ich das Gefühl der Stumpfheit, in dem ich zuletzt dahingelebt hatte, überwand. Ich fing wieder an, mir über das schändliche Leben, das ich geführt hatte, Gedanken zu machen, und empfand von neuem, wie bei meinem Eintritt ins Zuchthaus, den gleichen Abscheu vor dem Ort, an dem ich mich befand, und vor der Art, wie ich hier mein Dasein fristete; ich war ein ganz andrer Mensch geworden.

Während mich die Angst um sein Schicksal fast verzehrte, erhielt ich Nachricht, daß bei der nächsten Sitzungsperiode die Anklage gegen mich erhoben und ich, nachdem die Geschworenen die Zulässigkeit festgestellt, vor Gericht verhört werde. Die Wandlung, die ich durchgemacht hatte, hielt an. Meine Seele war aus ihrer Erstarrung wieder zum Leben erwacht. Von der anmaßenden Frechheit, mit der ich aufgetreten war, spürte man nichts mehr. Meine Schuld kam mir jetzt erst richtig zum Bewußtsein. Ich begann, wieder nachzudenken, und tat damit schon einen ersten Schritt von der Hölle zum Himmel. Die Gemütsverrohung, unter der ich litt, war nichts als ein Mangel an Denken. Wer dem Denken wiedergegeben ist, ist sich selbst wiedergegeben.

Die ersten Gedanken, die mir kamen, waren ein Aufschrei zu Gott. »O Herr, was soll aus mir werden? Man wird mich sicher verurteilen, schon steht der Tod lauernd hinter mir. Ich habe keine Freunde, was soll ich nur tun? O Gott, hab doch Erbarmen mit mir! Was soll nur aus mir werden!« Ein trostloses Bekenntnis, wird man sagen, diese erste Seelenregung nach so langer Zeit. Und doch zeugte auch sie nur von Furcht, Furcht vor dem Kommenden. Kein Wort von wahrer Reue, ich war nur verzweifelt und trostlos. Und da ich keine Menschenseele hatte, der ich mein Leid klagen konnte, lastete der Kummer so schwer auf mir, daß ich oft mehrmals am Tage in Ohnmachten fiel. Ich schickte zu meiner Pflegemutter und muß ihr rühmend nachsagen, sie zeigte sich als wahrer Freund in der Not. Sie setzte alles dran, um zu verhindern, daß die Anklage als begründet ans Geschworenengericht weitergegeben wurde. Sie suchte einige der Geschwornen persönlich auf, sprach mit ihnen und bemühte sich, sie günstig zu stimmen, indem sie besonders darauf hinwies, daß ich ja nichts entwendet habe und auch nicht in ein Haus eingebrochen sei. Doch alles half nichts. Die zwei Weibsbilder beschworen ihre Aussage, und in der Voruntersuchung erklärten mich die Geschwornen für schuldig, sie erkannten auf Diebstahl und Einbruch, beides Kapitalverbrechen.

Ich sank ohnmächtig zu Boden, als ich die Nachricht erhielt, und dachte, nachdem ich wieder zu mir gekommen war, ich müsse unter dieser Last zusammenbrechen. Meine Pflegemutter war für mich eine Mutter im wahrsten Sinne des Wortes, sie bedauerte mich, weinte mit mir und über mich. Aber sie vermochte mir nicht zu helfen. Um meinen Jammer vollzumachen, redete man im ganzen Haus von nichts anderem. Ich hörte, wie alle sich oft darüber unterhielten, daß ich nun zweifellos gehängt werde, ich sah, wie sie die Köpfe schüttelten und mich bedauerten, wie dies gewöhnlich hier in Newgate geschieht, aber keiner kam zu mir und teilte mir selbst mit, was er dachte, bis endlich der Gefängniswärter mich heimlich aufsuchte und seufzend sagte: »Nun ist's also so weit, Frau Flanders, am Freitag« – es war Mittwoch – »werden Sie vor Gericht erscheinen müssen. Was gedenken Sie zu tun?« Ich wurde so weiß wie eine Kalkwand und sagte: »Das weiß nur Gott, ich weiß es nicht.« – »Ich will Ihnen nichts vormachen«, fuhr er fort, »an Ihrer Stelle würde ich mich langsam mit dem Gedanken an den Tod vertraut machen; denn ich fürchte, Sie werden verurteilt werden. Auf Begnadigung dürfen Sie als alte Übeltäterin kaum rechnen. Es heißt, Ihr Fall sei ganz klar; die Zeugen beschwören ihre Aussagen, dagegen wird sich nichts machen lassen.«

Seine Worte gingen mir durch und durch. Ich konnte lange Zeit nicht reden, weder im guten noch im bösen. Schließlich brach ich in Tränen aus und fragte ihn: »Was soll ich nur tun? Geben Sie mir doch einen Rat!« – »Lassen Sie einen Geistlichen kommen«, meinte er, »und besprechen Sie sich mit dem. Denn das muß ich Ihnen nochmals sagen, Frau Flanders, wenn Sie nicht sehr gute Freunde haben, so haben Sie auf dieser Welt nichts mehr zu suchen.«

Das war allerdings eine offene Sprache, sie kam mir aber sehr hartherzig vor. Ich blieb in größter Aufregung zurück und fand keinen Schlaf. Laut begann ich, Gebete herzusagen, das hatte ich seit dem Tode meines letzten Gatten kaum noch getan. Und es war wirklich nur ein Hersagen; denn ich war so erregt und im Innersten aufgewühlt, daß ich laut schluchzte und nur immer die Worte mechanisch wiederholte: »Lieber Gott, sei mir gnädig.« Es kam mir jedoch nicht zum Bewußtsein, daß ich eine elende Sünderin war und Gott meine Sünden bekennen müsse, damit er mir um Christi willen gnädig sei. Der Gedanke an das, was mir bevorstand, überwältigte mich, ich sah mich schon vor Gericht, verurteilt und hingerichtet, weinte die ganze Nacht und rief in meiner Verzweiflung: »Ach Gott, was soll nur aus mir werden? Was soll ich tun? Erbarme dich meiner!«

Meine arme alte Pflegemutter war ebenso fassungslos wie ich. Sie war von echter Reue erfüllt, obgleich sie kein Todesurteil zu erwarten hatte. Verdient hätte sie es genauso wie ich, das wußte sie. Jahrelang hatte sie zwar nicht selbst gestohlen, doch die gestohlenen Sachen in Empfang genommen und verkauft und andere zum Stehlen veranlaßt. Aber jetzt weinte sie und gebärdete sich wie eine Wahnsinnige, rang die Hände und jammerte, es sei um sie geschehen. Gott habe sie verflucht, sie würde der ewigen Verdammnis anheimfallen; denn sie habe all ihre Freunde ins Verderben gestürzt und die und die und die an den Galgen gebracht. Dabei zählte sie elf oder zwölf Leute auf, die ein Ende mit Schrecken nahmen, einige von ihnen habe ich bereits erwähnt. Jetzt sei sie auch noch schuld an meinem Untergang, sie habe mich immer wieder zu neuen Schandtaten überredet, wenn ich mein Handwerk aufgeben wollte. Da unterbrach ich sie aber schnell: »Nein, Mutter, sagen Sie das ja nicht! Sie wollten doch, daß ich aufhörte, als ich das Geld des Seidenhändlers bekam, und auch damals, als ich aus Harwich zurückkehrte. Ich war es, ich allein, die die Warnungen in den Wind schlug. Deshalb trifft Sie kein Vorwurf, ich bin an meinem Unglück selbst schuld.« So redeten wir stundenlang miteinander.

Die Gerechtigkeit nahm nun ihren Lauf. Am Donnerstag wurde ich im Sitzungssaal vorgeführt, um die Anklage entgegenzunehmen, und am nächsten Tag sollte dann die Verhandlung stattfinden. Der Anklage gegenüber betonte ich meine Unschuld, und das konnte ich auch mit gutem Gewissen; denn sie lautete auf Diebstahl und Einbruch. Ich sollte zwei Stück Seidenbrokat im Wert von sechsundvierzig Pfund, die Herrn Anthony Johnson gehörten, gestohlen und die Eingangstür vom Haus erbrochen haben. Ich wußte doch aber nur zu gut, daß niemand behaupten konnte, ich habe eine Tür aufgebrochen, wo ich doch nicht einmal eine Klinke berührt hatte.

Am Freitag wurde ich zur Verhandlung geführt. Ich hatte in den letzten drei Tagen dauernd geweint und war so erschöpft, daß ich vor Müdigkeit in der Nacht vom Donnerstag zum Freitag besser schlief, als ich erwartete, und deshalb dem Richter so mutig entgegentrat, wie ich es nicht für möglich gehalten hatte.

Nachdem die Verhandlung begonnen und die Anklage verlesen war, wollte ich sprechen. Man bedeutete mir aber, die Zeugen müßten zunächst vernommen werden. Als Zeugen traten die zwei Mägde auf. Sie waren alle beide nicht auf den Mund gefallen; im allgemeinen berichteten sie den Vorgang wahrheitsgetreu, doch übertrieben sie und stellten alles so ungünstig wie nur möglich für mich dar. Sie schworen, ich hätte die gestohlene Seide bereits unter meinen Kleidern versteckt, um damit fortzugehen. Als sie mich dann entdeckten, sei ich mit einem Fuß schon über die Schwelle geschritten und habe dann rasch den anderen nachgezogen, so daß ich mit den Waren schon auf der Straße gewesen sei, ehe sie mich anhielten. Dann hätten sie mich ergriffen und mir die Beute abgenommen. Im allgemeinen stimmten diese Tatsachen, ich behauptete aber im Gegensatz dazu, daß sie mich anhielten, ehe ich mit beiden Füßen über die Schwelle getreten war. Aber das fiel nicht ins Gewicht; denn es war erwiesen, daß ich die Waren ergriffen hatte und sie bestimmt fortgeschafft hätte, wenn ich nicht ertappt worden wäre.

In meiner Verteidigungsrede führte ich zu meiner Entlastung an, ich hätte nichts gestohlen; denn niemand habe etwas eingebüßt. Da die Tür offenstand, sei ich eingetreten, um etwas zu kaufen. Als ich dann aber niemand im Hause sah, hätte ich einige der Stoffe in die Hand genommen. Daraus dürfe man jedoch nicht schließen, daß ich sie stehlen wollte, ich habe sie nur zur Tür getragen, um sie bei besserer Beleuchtung in Augenschein zu nehmen.

Das Gericht wollte diese Einwendungen nicht gelten lassen. Meine Absicht, in einem Privathaus, in dem gar kein Laden war, Waren kaufen zu wollen, erweckte Heiterkeit. Die zwei Weibsbilder machten sich in frecher Weise darüber lustig, daß ich die Seide nur an die Tür getragen hätte, um sie besser betrachten zu können. Höhnisch erklärten sie dem Gericht, ich hätte sie sehr eingehend betrachtet, und sie müßte mir ausnehmend gut gefallen haben, sonst hätte ich sie doch nicht zusammengepackt und mitgehen heißen.

Ich wurde des Diebstahls schuldig erklärt, aber von der Anklage des Einbruchs freigesprochen. Das war jedoch nur ein schwacher Trost, da schon auf Diebstahl Todesstrafe stand und mir Schlimmeres ja ohnehin nicht geschehen konnte. Am nächsten Tag wurde ich nochmals vorgeführt, und man verlas mir das Todesurteil. Als man mich fragte, ob ich noch Einwendungen zu machen habe, um die Vollstreckung des Urteils zu verhindern, stand ich eine Weile stumm da, bis mich jemand laut aufforderte, meine Meinung zu äußern, damit die Richter die Dinge in günstigerem Lichte betrachten könnten. Das gab mir Mut, und ich sagte, ich habe zwar keinen Grund, das Urteil anzufechten, könne aber vieles anführen, das zu meinen Gunsten spreche, und bäte den Gerichtshof flehentlich, doch einmal Gnade walten zu lassen. Man möge berücksichtigen, daß ich keine Tür erbrochen und nichts weggenommen habe, daß niemand durch mich sein Gut eingebüßt habe. Der Besitzer der Waren habe selbst gehofft, daß man milde mit mir verfahre – das war tatsächlich wahr –; denn dies sei das erste Vergehen, das man mir zur Last lege, ich sei noch nicht vorbestraft. Ich sprach mutiger, als ich es mir zugetraut hatte, in so herzbewegendem Ton und mit schluchzender Stimme – ohne aber dadurch im Reden gehemmt zu werden –, daß es mir gelang, die Zuhörer zu Tränen zu rühren.

Die Richter saßen ernst und schweigend da, hörten mir aufmerksam zu und ließen mir Zeit, alles vorzubringen, was ich auf dem Herzen hatte, äußerten sich jedoch weder zustimmend noch ablehnend. Als ich geendet hatte, verkündeten sie mir aber nochmals das Todesurteil. Ich war völlig vernichtet; dieses Urteil war für mich ebenso schlimm wie der Tod selbst. In mir war kein Leben mehr, mit meiner Zunge konnte ich nicht mehr reden und mit meinen Augen niemanden mehr sehen, weder Gott noch die Menschen.

Meine arme Pflegemutter war fassungslos. Sie, die mir sonst immer Trost gespendet hatte, brauchte nun selbst Trost. Bald klagte sie, bald tobte sie und war so von Sinnen wie eine Verrückte im Irrenhaus. Doch nicht nur mein Schicksal trieb sie derartig zur Verzweiflung, sie blickte auch mit Grauen auf ihr eigenes verfehltes Dasein, das sie mit ganz anderen Augen ansah als ich das meine. Sie erkannte reuevoll die Schuld, die sie durch ihr sündhaftes Treiben auf sich geladen hatte, und bejammerte nicht nur ihr Unglück, wie ich es tat. Sie ließ einen Geistlichen zu sich kommen, einen frommen, redlichen Menschen, und gab sich, von ihm unterstützt, mit tiefem Ernst wahrer Buße hin. Und die Buße übte sie nicht nur unter dem Druck der augenblicklichen Not, sondern bis zu ihrem Tode, wie mir später berichtet wurde.

Der Zustand, in dem ich mich jetzt befand, läßt sich eher nachfühlen als beschreiben. Vor mir stand drohend der Tod. Da ich keine Freunde hatte, die sich für mich verwenden konnten, rechnete ich damit, daß mein Name auf dem Vollziehungsbefehl erscheinen werde, der die Hinrichtung von sechs Sträflingen für kommenden Freitag anordnete.

Unterdessen hatte meine arme Pflegemutter in ihrer Sorge um mich einen Geistlichen gebeten, mich zu besuchen. Der ermahnte mich ernsthaft, alle meine Sünden zu bereuen und an mein Seelenheil zu denken. Er vertröstete mich nicht mit trügerischen Vorspiegelungen; nach allem, was er gehört habe, dürfe ich keine Gnade erwarten. Ich solle deshalb aufrichtig und mit ganzer Seele zu Gott aufblicken und im Namen Christi um Vergebung meiner Sünden bitten. Er führte Stellen aus der Heiligen Schrift an, die auch den größten Frevler zur Buße mahnen und von seinem gottlosen Wandel abbringen mußten. Zuletzt kniete er nieder und betete mit mir.

Jetzt verspürte ich zum ersten Mal wirkliche Reue. Ich sah mit Abscheu auf mein vergangnes Leben zurück. Da sich mein Blick schon dem Jenseits zuwandte, erschienen mir die irdischen Dinge, wie wohl jedem am Rande des Grabes, in einem anderen Lichte als zuvor. Das Glück und das Leid dieser Welt versank. Was jetzt in mir lebte, war unendlich erhaben über alles, was mir früher als köstlichstes Gut vorschwebte. Wie töricht mutete es mich jetzt an, irdischem Gut nachzujagen, und wenn es auch noch so lockte.

Die Ewigkeit und all das Unbegreifliche, das damit zusammenhängt, stand plötzlich vor mir. Ich war von ihrem tiefsten Sinn so durchdrungen, daß ich keine Worte finde, um dies Erleben zum Ausdruck zu bringen. Wie nichtig erschienen mir dagegen die Freuden des Daseins, ich meine die Freuden, die mir früher erstrebenswert schienen; wie konnte ich nur um dieser wertlosen Dinge willen auf das Glück der ewigen Seligkeit verzichten!

Mit diesen Betrachtungen stellten sich ganz von selbst schwerste Vorwürfe ein. Da ich alle Aussichten auf das Glück der ewigen Seligkeit verspielt hatte, mußte ich darauf gefaßt sein, der Verdammnis anheimzufallen, und auch die war ewig.

Ich darf es nicht wagen, andere belehren zu wollen, ich schildere deshalb ja auch nur meine eignen Empfindungen, soweit ich dazu imstande bin. Daß es mir niemals gelingen wird, das wiederzugeben, was ich in jener Zeit an inneren Erschütterungen erlebte, dessen bin ich mir völlig bewußt. Selbst Menschen, die die Sprache besser meistern als ich, würden dazu nicht imstande sein. Es bleibe daher jedem ernsten Leser überlassen, ähnliche Betrachtungen, wie sie seinem eignen Erleben entsprechen, selbst anzustellen. Es sind dies ja Dinge, von denen jeder Mensch in seinem Leben zu irgendeiner Zeit einmal etwas verspürt. Für jeden kommt der Augenblick, wo er sich danach sehnt, schon im Dunkel des Diesseits das Glück eines besseren zukünftigen Lebens klar zu erkennen und zu wissen, wie er sich selbst dieses Glück am besten erringt.

Ich komme nun wieder zurück zu dem, was sich weiterhin ereignete. Der Geistliche drängte mich, ihm offen zu sagen, wie weit ich schon in der Erkenntnis der unvergänglichen Werte des kommenden Lebens fortgeschritten sei. Er komme zu mir nicht als Gefängnisgeistlicher, der die Aufgabe habe, aus den Gefangenen Geständnisse zu erpressen und Mitschuldige zu entlarven. Seine Absicht sei es, eine offne Aussprache mit mir herbeizuführen, damit ich mein eignes Gemüt entlaste und ihm Gelegenheit gebe, mir Trost zu spenden, soweit dies in seiner Macht stehe. Was ich ihm anvertraue, bleibe sein Geheimnis. Er wolle nur deshalb etwas von meiner Leidensgeschichte wissen, um mir mit Rat und Tat beistehen zu können und Gott um das Heil meiner Seele zu bitten.

Diese ehrliche, freundschaftliche Art, mit der er mir entgegenkam, gewann ihm mein Herz. Ich beichtete ihm alle meine Sünden und gab ihm ein Bild der letzten fünfzig Jahre meines Lebens.

Nichts verbarg ich vor ihm, und er redete mir gut zu, alles aufrichtig zu bereuen. Er erklärte mir auch, was er unter Reue verstehe, und pries die unendliche Güte, mit der Gott auch die Verworfensten umfasse, so daß meine Verzweiflung dahinschwand und ich zu hoffen begann, seiner Gnade doch noch teilhaftig zu werden. In dieser Verfassung verließ er mich nach seinem ersten Besuch.

Am folgenden Morgen besuchte er mich nochmals und sprach wieder von der göttlichen Gnade, die jeder erfahren könne, der ernstlich danach strebe und bereit sei, sie zu empfangen. Auch der, der sich diese Gnade durch sein ruchloses Leben verscherzt habe, sei schließlich doch noch in der Lage, sie durch Einsicht und reuige Gesinnung wiederzugewinnen. Ich kann hier nicht alles wiedergeben, was dieser außergewöhnliche Mensch mir sagte, ich kann nur versichern, daß er mir neuen Mut einflößte und meiner Seele einen Frieden brachte, den ich zuvor nie gekannt. Ich empfand tränenden Auges die ganze Schwere meiner Vergehen und verspürte doch gleichzeitig in meinem Innern die geheime Freude und den Trost, den nur wahre Buße gibt: die tröstliche Hoffnung, Vergebung zu erlangen.

Die Wirkung, die diese Betrachtungen hervorbrachten, war ungeheuer. Ich wäre in dieser Minute ruhig und gefaßt zur Hinrichtung geschritten, so sicher und geborgen fühlte sich meine reuige Seele im Schutze der unendlichen Gnade

Gottes. Der gute Priester empfand mit tiefer Rührung, wie seine Worte mich gewandelt hatten. Er pries sich glücklich, daß der Herr ihn zu mir geschickt habe, und beschloß, bis zum letzten Augenblick bei mir zu bleiben.

Nach der Verkündung des Todesurteils vergingen noch zwölf Tage, bis der Hinrichtungsbefehl erschien. Diesmal stand mein Name darauf. Das war mir trotz meiner neuen Erkenntnisse ein furchtbarer Schlag. All meine mühsam errungene Kraft war dahin, ich fiel zweimal hintereinander in Ohnmacht und war nicht mehr fähig zu reden. Der gute Geistliche litt mit mir, er tröstete mich, so gut er konnte, mit denselben eindringlichen Worten wie zuvor und blieb bei mir, so lang der Gefängniswärter es gestattete. Man hätte ihn auch die Nacht über mit mir einschließen können, das wollte er aber nicht.

Ich wunderte mich sehr, daß ich ihn am nächsten Morgen, dem letzten Tag vor der Hinrichtung, überhaupt nicht sah. Ohne seinen trostreichen Zuspruch, der mir in den letzten Tagen so unendlich gut getan hatte, war ich ganz mutlos und niedergeschlagen und wartete in fieberhafter Aufregung und Bedrängnis bis gegen vier Uhr nachmittags. Da endlich kam er zu mir ins Zimmer. Es war mir nämlich gelungen, mit Hilfe von Geld, ohne das an diesem Orte nichts zu erreichen war, eine kleine, wenn auch schmutzige Einzelzelle zu bekommen. Das bewahrte mich davor, im »Armsünderloch« mit den übrigen Todeskandidaten hausen zu müssen.

Mein Herz schlug vor Freude, als ich seine Stimme an der Tür hörte, noch ehe er eingetreten war. Wer aber beschreibt den Aufruhr, der sich meiner Seele bemächtigte, als er mir nach einer kurzen Entschuldigung wegen seines Fernbleibens mitteilte, daß er die Zeit dazu verwendet habe, Fürsprache für mich einzulegen. Er habe auch Erfolg gehabt. Ein günstiger Bescheid des obersten Kriminalrichters sei ihm zugestellt worden. Und er bringe mir einen Aufschub.

Er wandte alle nur mögliche Vorsicht an, um mir diese

Nachricht mitzuteilen; denn es wäre grausam gewesen, damit zu zögern. Dennoch konnte er nicht verhindern, daß mich die Freude jetzt ebenso aus der Fassung brachte, wie mich vorher der Schmerz übermannt hatte. Ich fiel in eine ganz schwere Ohnmacht, aus der ich nur mit Mühe wieder zu erwecken war.

Nachdem der gute Mann mich christlich ermahnt hatte, über der augenblicklichen Freude das vergangene Herzeleid nicht zu vergessen, verabschiedete er sich von mir, um den Aufschub in die Bücher eintragen zu lassen und sie dem obersten Beamten, der die Strafurteile zu vollziehen hatte, zu zeigen. Doch ehe er fortging, schickte er noch ein Gebet zum Himmel, daß meine Reue eine echte Reue sei und daß meine Rückkehr ins Leben nicht auch eine Rückkehr zu den Torheiten des Lebens bedeute, denen ich doch in feierlichem Gelöbnis entsagt hatte. Ich stimmte von Herzen in dies Gebet mit ein und dachte an diesem Abend in dankbarer Ergriffenheit der großen Güte Gottes, der mein Leben verschont hatte. Mit größerem Abscheu als in den schweren Tagen zuvor blickte ich in diesem Augenblick auf mein früheres Leben zurück.

Mancher Leser mag der Meinung sein, dieses letzte Kapitel stehe im Widerspruch zu dem Vorhergehenden und falle aus dem Rahmen meiner Geschichte heraus. Ich denke dabei besonders an die, die sich an meinen bösen Schandtaten ergötzt haben und deren Geschmack dieser beste Teil meines Lebens nicht entspricht. Und doch ist es gerade die Wandlung zum Guten, die für mich selbst von größtem Glück war und meinen Mitmenschen zur Lehre dienen kann. Deshalb werden Sie mir hoffentlich erlauben, meine Geschichte zu Ende zu führen. Für die Unzufriedenen wäre es ja auch beschämend, wenn sie an der Darstellung des Verbrechens größeres Wohlgefallen fänden als an den erbaulichen Kapiteln und es lieber sehen würden, daß diese Geschichte als Trauerspiel endete, was ja sehr leicht möglich gewesen wäre.

Ich will nun aber mit meiner Erzählung wirklich fortfahren. Am nächsten Morgen spielte sich eine schreckliche Szene im Gefängnis ab. Frühmorgens beim Aufwachen begrüßte mich das Geläut der Armsünderglocke von St. Sepulchre. Sobald sie begann, vernahm man ein schauerliches Stöhnen und Schreien aus dem Armsünderloch, wo die sechs armen Wichte lagen, die an dem Tag hingerichtet werden sollten, der eine wegen dieser, der andre wegen jener Missetat, zwei davon waren Mörder.

Dann folgte ein dumpfes Klagegeheul im ganzen Hause, die Mitgefangenen brachten dadurch ihren Schmerz und ihr Mitgefühl mit den armen Kameraden unbeholfen zum Ausdruck; sie taten es auf die verschiedenste Weise. Einige weinten, andere brüllten Hurra und wünschten gute Fahrt, andre wieder verwünschten und verfluchten die Richter, die sie dem Tode überantworteten, viele bemitleideten sie, und einige wenige, sehr wenige, beteten für sie.

Ich hatte nicht genug Seelenruhe, um der gnädigen Vorsehung zu danken, die mich noch im letzten Augenblick dem Untergang entrissen. Ich blieb stumm, brachte kein Wort hervor; überwältigt vom Gefühl, fand ich keinen Ausdruck für das, was ich im Innern empfand. Bei solchen Anlässen ist die Erregung so stark, daß der Mensch nicht mehr imstande ist, seine Gedanken in geordnete Bahnen zu lenken.

Mittlerweile bereiteten sich die armen Sünder zum Tode vor, und der Gefängnisgeistliche redete ihnen zu, den Urteilsspruch als gerechte Sühne zu betrachten. Die ganze Zeit über zitterte ich so heftig, als drohe mir selbst der Tod am Galgen, wie ich noch tags zuvor glaubte. Es war wie ein Schüttelfrost und warf mich hin und her. Wie eine Irre redete ich vor mich hin und blickte wild um mich. Sobald sie alle auf die Armsünderkarren verladen und fortgefahren waren – ich hatte nicht hinsehen können –, bekam ich einen Schreikrampf, der so heftig und langanhaltend war, daß ich nicht wußte, was ich dagegen tun sollte. Ich konnte ihm nicht Einhalt gebieten, obwohl ich alle Kraft und allen Mut dazu aufbot.

Dieser Anfall dauerte fast zwei Stunden, so lange, bis die armen Opfer vermutlich alle umgekommen waren. Dann erst überkam mich ein demütiges, reuig-ernstes Glücksgefühl. Es war eine Art Verzückung, eine überströmende Dankbarkeit, die den ganzen Tag nicht von mir wich.

Am Abend suchte mich der gute Geistliche wieder auf und sprach in gewohnter Weise mit mir. Er beglückwünschte mich, daß mir noch Zeit zur Buße gegeben sei, während das Schicksal dieser sechs armen Sünder besiegelt war; für sie gebe es keine Rettung mehr. Er bat mich, ich möge dem neugewonnenen Leben mit denselben Gefühlen gegenübertreten, mit denen ich an der Pforte der Ewigkeit stand. Zuletzt mahnte er mich noch, nicht zu glauben, daß nun alles überstanden sei, ein Aufschub sei keine Begnadigung, und er könne nicht voraussagen, wie die letzte Entscheidung des Gerichts ausfallen werde. Doch sei mir eine Gnadenfrist gegeben, und das verpflichte mich, diese Zeit gut anzuwenden.

Seine Worte stimmten mich traurig, ich konnte noch immer mit dem Tode rechnen, wenn es auch nicht wahrscheinlich war. Dennoch fragte ich den Priester nicht danach, er hatte mir ja versprochen, die Sache möglichst zu einem guten Ende zu bringen, und er hoffte es selbst. Er wollte nur nicht, daß ich mich zu sicher fühle, und die Folge zeigte, daß er seine guten Gründe dazu gehabt hatte.

Zwei Wochen später befürchtete ich wieder, daß man meinen Namen in einer der nächsten Sitzungen auf die Vollzugsliste setze. Es sollte auch wirklich geschehen, und nur mit knapper Not entging ich diesem Schicksal. Ich mußte eine demütige Bittschrift einreichen, in der ich um Verschickung bat. Mein Ruf war gar zu schlecht, ich galt als Gewohnheitsverbrecher, obgleich man es mir im Sinne des Gesetzes nicht nachsagen konnte; denn ich war nie vorher vom Gericht abgeurteilt worden. Der oberste Kriminalrichter stellte aber meinen Fall so dar, wie ihm gut dünkte.

Nun war zwar die Todesstrafe abgewendet, doch unter der

harten Bedingung, Landes verwiesen und als Strafgefangene in die Kolonien verschickt zu werden. An und für sich betrachtet, war die Bedingung hart, im Vergleich zur Todesstrafe aber milde. Ich will daher nichts dagegen sagen. Jeder von uns würde alles gern erdulden, wenn ihm der Tod erspart bliebe, noch dazu, wenn er vom Jenseits so wenig Gutes zu erwarten hat wie ich.

Der gute Pfarrer, durch dessen Fürsprache ich, obgleich er mir doch ganz fremd war, dem Tode entging, bedauerte diesen Urteilsspruch ungemein. Er habe gehofft, sagte er, ich werde mein Leben unter seinem guten Einfluß beenden. Es sei für mich wichtig, daß ich mir die ausgestandnen Qualen immer vor Augen halte. Er fürchte, der Umgang mit dem verdorbenen Gesindel, unter das ich durch die Verschickung gerate, werde mich im schlechten Sinne beeinflussen. Gottes Gnade müsse sich meiner ganz besonders annehmen, damit ich nicht wieder zum Bösen verführt werde.

Ich habe recht lange nichts mehr von meiner Pflegemutter erzählt. Die war unterdessen gefährlich erkrankt und dem Tod ebenso nahe gewesen wie ich. Durch die Krankheit war sie auch zur inneren Einkehr geführt worden und blickte reuevoll auf ihr verbrecherisches Treiben zurück. Ich hatte sie die ganze Zeit über nicht gesehen; kaum war sie aber wiederhergestellt, als ihr erster Ausgang einem Besuche bei mir galt. Ich berichtete ihr, was ich unterdessen alles erlebt hatte, wie ich tage-, ja wochenlang zwischen Furcht und Hoffnung geschwebt, wie ich dem grausamsten aller Schicksale glücklich entgangen sei und was mir nun bevorstehe. Sie war dabei, als der Geistliche die Befürchtung aussprach, das böse Beispiel meiner Kameraden könne das seelische Gleichgewicht, zu dem ich mich so mühsam durchgekämpft hatte, von neuem gefährden. Auch ich machte mir schwere Gedanken darüber, denn ich wußte, was für Gesindel auf diesen Deportationsschiffen zusammenkam, und teilte meiner Pflegemutter mit, die Befürchtungen des Geistlichen seien nicht ganz von der

Hand zu weisen. »Nein«, widersprach sie mir, »ich bin überzeugt, Sie werden sich durch die bösen Beispiele nicht in Versuchung führen lassen.« Sobald der Pfarrer gegangen war, redete sie mir gut zu, ich solle den Mut nicht verlieren, vielleicht würden sich doch Mittel und Wege finden, wie mir zu helfen sei. Doch davon wolle sie erst später mit mir sprechen.

Erstaunt blickte ich sie an und meinte, sie sehe vergnügter aus als sonst. Ihre Worte erweckten in meinem Herzen sofort von neuem die Hoffnung, ganz freizukommen; allerdings konnte ich mir nicht vorstellen, wie sie das bewerkstelligen wollte. Was sie aber da gesagt hatte, war mir viel zu wichtig, als daß ich sie gehen ließ, ohne Näheres darüber zu erfahren. Sie wollte sich zunächst auf keine weiteren Erklärungen einlassen, ich ließ aber nicht nach und drängte sie so lange, bis sie mir schließlich andeutete, worauf sie hinaus wollte. »Sie haben doch Geld?« fragte sie, »nicht wahr? Haben Sie schon je gehört, daß jemand verschickt wurde, der hundert Pfund in der Tasche hatte? Sicher nicht!«

Ich verstand sofort, was sie damit sagen wollte, erklärte aber, daß ich keinen Grund hätte, an der strikten Durchführung des Urteilsspruches zu zweifeln, da man in dieser Maßnahme ja ohnehin schon eine besondere Vergünstigung erblicke. Sie schwieg dazu und trennte sich von mir mit den Worten: »Wir werden ja sehen, was sich tun läßt.«

Fünfzehn lange Wochen verbrachte ich noch im Gefängnis, welche Ursache das hatte, weiß ich nicht. Schließlich kam ich mit dreizehn verlotterten Gesellen schlimmster Sorte an Bord eines Schiffes, das auf der Themse lag. Ich könnte eine endlose Geschichte darüber schreiben, über welchen Grad an Frechheit und Unverschämtheit diese dreizehn Mann verfügten und wie unerhört sie sich auf der Fahrt benahmen. Ich besitze übrigens einen sehr ergötzlichen und ausführlichen Bericht darüber, den der Kapitän des Schiffes, mit dem wir fuhren, von seinem Steuermann niederschreiben ließ.

Es würde den Leser langweilen, wollte ich hier alle die kleinen Zwischenfälle erzählen, die sich zwischen dem Ausweisungsbefehl und der endgültigen Einschiffung zutrugen. Ich bin auch zu nahe dem Ende meiner Geschichte, um mir solche Abschweifungen noch zu leisten. Doch etwas, das sich auf mich und meinen Gatten aus Lancashire bezieht, muß ich unbedingt hier noch erwähnen.

Er wurde, wie ich bereits erzählte, aus dem allgemeinen Gefängnis mit drei seiner Kameraden nach dem Press Yard gebracht, nach etlicher Zeit war nämlich noch einer dazugekommmen. Hier blieben sie – ich weiß nicht, aus welchem Grund – drei Monate lang, ehe sie vor Gericht erscheinen mußten; vermutlich war es ihnen gelungen, Zeugen, die gegen sie aussagen sollten, zu bestechen oder zu kaufen, und dadurch fehlte es an Beweismaterial, um sie zu überführen. Nachdem man sich zunächst vergeblich bemüht hatte, Zeugen aufzutreiben, wurde dann aber gegen zwei von ihnen genügend belastendes Material beigebracht, das ihnen den Garaus machen sollte. Die Sache der beiden andern aber, zu denen auch mein Gemahl aus Lancashire gehörte, blieb noch unentschieden. Gegen jeden von ihnen lag zwar eine Zeugenaussage vor, da aber das Gesetz zwei Zeugen verlangte, konnte man vorderhand noch nichts gegen sie unternehmen. Man war aber andrerseits auch entschlossen, die beiden nicht freizulassen, da man nicht daran zweifelte, sie schließlich doch noch zu überführen. Zu diesem Zweck machte man öffentlich bekannt, daß die und die Straßenräuber aufgegriffen und in Gewahrsam gebracht worden seien; wer etwas von ihnen wisse, solle ins Gefängnis kommen und sie in Augenschein nehmen.

Ich benutzte diese Gelegenheit, um meine Neugier zu befriedigen, und gab vor, ich sei einmal bei einer Fahrt in der Postkutsche von Dunstable beraubt worden und möchte daher die zwei Straßenräuber sehen. Ehe ich aber nach dem Press Yard ging, hatte ich mich so vermummt und mein

Gesicht verhüllt, daß nur wenig von mir zu sehen war und mein Mann mich nicht erkannte. Als ich wieder zurückkam, erklärte ich öffentlich, ich kenne sie sehr gut.

Sofort verbreitete sich im ganzen Gefängnis das Gerücht, Moll Flanders werde gegen einen der Straßenräuber als Zeuge auftreten und dafür voraussichtlich um die eigne Strafe herumkommen.

Mein Mann hörte auch davon und verlangte sofort, diese Frau Flanders zu sehen, die behauptete, ihn so gut zu kennen, und die als Zeugin gegen ihn auftreten wollte. Ich erhielt daher die Erlaubnis, ihn aufzusuchen, legte die besten Kleider an, die mir für den Ort passend erschienen, verhüllte mein Gesicht und ging zum Press Yard hinüber. Mein Mann redete wenig und fragte nur, ob ich ihn kenne. »Ja, sehr gut«, erwiderte ich mit verstellter Stimme, damit er nicht erriet, wen er vor sich hatte. Er erkundigte sich dann, wo ich ihn gesehen habe, und ich antwortete: »Zwischen Dunstable und Brickhill«, und wandte mich dann an den Aufseher, der daneben stand, mit der Frage, ob ich den Gefangenen nicht einmal unter vier Augen sprechen dürfe. »Gewiß«, erwiderte er und zog sich höflich zurück.

Sobald er fort war und ich die Tür geschlossen hatte, warf ich meine Kapuze ab, brach in Tränen aus und sagte: »Liebster, kennst du mich denn nicht mehr?« Er erblaßte und stand sprachlos da, wie vom Donner gerührt. Er konnte seine Erregung nicht verbergen und sagte nur: »Ich muß mich setzen«, und sank auf einen Stuhl. Er stützte den Kopf auf die Hand und starrte wie betäubt zu Boden. Ich konnte vor Schluchzen lange Zeit kein Wort hervorbringen. Nachdem ich mich aber ein bißchen beruhigt hatte, wiederholte ich immer nur dieselben Worte: »Kennst du mich nun, Liebster?« – »Ja«, antwortete er und schwieg wieder.

Nach einiger Zeit blickte er mich traurig an und fragte: »Wie konntest du nur so grausam sein?« Es war mir nicht klar, was er damit meinte, deshalb fragte ich ihn: »Wie kannst du mich grausam nennen, was habe ich dir denn Grausames getan?« – »Daß du mich hier an diesem Ort aufsuchst, damit kränkst du mich doch. Ich wüßte nicht, wann ich dich je beraubt hätte, und noch dazu auf der Landstraße!«

Nun wurde mir klar, daß er keine Ahnung hatte, wie traurig es um mich bestellt war. Er dachte, ich hätte von seinem Unglück gehört und sei lediglich gekommen, um ihm Vorwürfe zu machen, daß er mich verlassen hatte. Ich hatte aber viel zu viel auf dem Herzen, um jetzt die Gekränkte zu spielen, und sagte, es läge mir ganz fern, ihn beleidigen zu wollen, ich sei gekommen, um mit ihm zu klagen. Er würde sofort einsehen, daß ich nichts Böses im Sinn habe; denn meine Lage sei in vieler Beziehung noch schlimmer als die seine. Betroffen blickte er mich an und fragte mit mattem Lächeln: »Wie ist denn das möglich? Du siehst mich als Gefangnen hier in Newgate, und zwei meiner Kameraden sind bereits hingerichtet, wie kannst du da behaupten, es gehe dir schlechter als mir?«

»Ach, Liebster«, entgegnete ich, »wir hätten viel zu tun, wenn ich dir meine ganze unglückliche Geschichte erzählen wollte und du sie anhören solltest. Jedenfalls würdest du mir bald zugeben müssen, daß ich viel, viel schlimmer dran bin als du.« – »Wie sollte das denn möglich sein?« fragte er, »ich rechne doch damit, daß ich schon bei der nächsten Verhandlung zum Tode verurteilt werde.« – »Und doch ist es möglich«, entgegnete ich, »ich brauche dir nur zu sagen, daß ich schon vor Wochen in einer der verflossenen Sitzungen zum Tode verurteilt wurde und daß dieses Urteil noch immer vollstreckt werden kann. Siehst du nun ein, daß meine Lage schlimmer ist als die deine?«

Schweigend hatte er mich angehört, er war wie betäubt. Nach kurzer Zeit fuhr er auf: »Wir Unglücklichen! Ist denn so etwas nur möglich?« Ich ergriff seine Hand und sagte: »Komm, mein Lieber, setz dich! Wir wollen sehen, wer von uns beiden Schlimmeres auszustehen hat. Ich bin genau wie du gefangen an diesem schrecklichen Ort und lebe hier unter schlimmeren Umständen als du. Wenn ich dir jetzt Einzelheiten darüber mitteile, wirst du merken, daß ich nicht kam, um dich zu kränken und dir wehe zu tun.« Wir setzten uns beide nieder, und ich berichtete ihm so viel von meinen Erlebnissen, wie ich für gut hielt, erklärte, an allem sei nur meine Armut schuld gewesen. Schlechte Gesellschaft, in die ich geraten, habe mich verführt, meiner Not auf unlautere Weise ein Ende zu machen. Derartiges sei mir früher ganz fremd gewesen. Bei einem Einbruchsdiebstahl, den andere vorhatten, habe ich zufällig an der Tür gestanden, sei von einer Magd ergriffen und ins Haus hineingezerrt worden. Ich habe weder ein Schloß erbrochen, noch habe ich etwas weggenommen, und sei trotzdem als Mitschuldige verhaftet und zum Tode verurteilt worden. Die Richter hätten mich jedoch auf Grund der bedrängten Lage, in der ich mich befand, zur Verschickung nach Virginien begnadigt.

Ich sei um so schlimmer dran, als ich im Gefängnis für eine Moll Flanders gehalten werde, eine berüchtigte Diebin, von der man immer gehört, die aber noch keiner gesehen habe. Er wisse ja selbst am besten, daß ich die nicht sei. Zum Unglück sei diese Moll Flanders eine Gewohnheitsverbrecherin, und meine Verurteilung gründe sich auf diesen erschwerenden Umstand, obwohl ich doch zum erstenmal vor Gericht stand.

Nun erzählte ich ihm ausführlich, was ich seit unsrer Trennung alles erlebt hatte. Ich hätte ihn später noch einmal gesehn, wovon er gar nichts wisse. Das sei in Brickhill gewesen, wo er verfolgt wurde. Ich hätte damals den Oberkonstabler über seine Person beruhigt und dadurch die Verfolgung von ihm abgewandt und in andre Richtung gelenkt.

Er hörte mir aufmerksam zu und lächelte bei den Einzelheiten, die nicht an das heranreichten, was er als Anführer seiner Bande alles erlebt hatte. Als ich aber von Brickhill erzählte, war er ganz überrascht. »Du warst es also, meine Liebste, »die in Brickhill das Gesindel zurückhielt?« – »Ja«, erwiderte ich,

»das bin ich wirklich gewesen«, und schilderte, wie ich ihn damals aus dem gegenüberliegenden Hause beobachtet hatte. »Da hast du mir also dereinst das Leben gerettet, ich bin froh, daß ich es dir verdanke; denn nun will ich diese Schuld bezahlen und dich aus deiner jetzigen schlimmen Lage befreien, wenn ich auch bei dem Versuch zugrunde gehen sollte.«

Ich riet ihm davon ab, es sei zu gefährlich, er dürfe sein Leben nicht aufs Spiel setzen, und ich sei es auch nicht wert. »Darauf kommt es gar nicht an«, meinte er, mein Leben sei ihm mehr wert als alles in der Welt, er verdanke mir ja sein eigenes Leben. Er sei bis zu seiner Gefangennahme nie in solcher Gefahr gewesen wie damals in Brickhill. Er habe nämlich geglaubt, er werde nicht verfolgt, von Hockley aus hätte er mit seinen Gefährten einen weniger betretenen Weg gewählt; sie seien durch ein Stück eingefriedigtes Land nach Brickhill gekommen und meinten deshalb, daß keiner sie gesehen habe.

Im Anschluß daran erzählte er mir merkwürdige und ergötzliche Dinge aus seinem Leben, die ein unterhaltendes Buch abgeben würden. Schon zwölf Jahre vor unsrer Heirat habe er die Straße unsicher gemacht. Die Frau, die ihn Bruder nannte, sei keine Verwandte gewesen, sondern ein Mitglied seiner Bande. Sie lebte immer in der Stadt, habe aber mit ihm in Verbindung gestanden. Durch ihren großen Bekanntenkreis habe sie viel erfahren und ihm Nachricht zukommen lassen, welche Reisenden die Stadt verließen. Ihr habe er manche Beute zu verdanken. Sie habe geglaubt, ihm durch die Ehe mit mir ein Vermögen zu erobern. Das habe sich ja später als Irrtum herausgestellt, doch könne er sie dafür nicht tadeln. Hätte ich wirklich das Vermögen besessen, von dem man ihr erzählt hatte, so würde er seine Abenteurerlaufbahn aufgegeben und ein neues Leben begonnen haben. In der Öffentlichkeit hätte er sich aber erst dann gezeigt, wenn eine allgemeine Amnestie oder ein mit Geld erkaufter Sonderpardon ihm ein ruhiges Dasein sicherten. Da jedoch die erhoffte Mitgift ausblieb, sei er genötigt gewesen, sein altes Handwerk wieder aufzunehmen.

Einzelne Abenteuer schilderte er ganz ausführlich, besonders eins, bei dem sie die West-Chester Postkutsche in der Nähe von Litchfield überfallen und große Beute gemacht hatten. Ein andermal beraubten sie fünf Viehhändler im Westen, die auf dem Jahrmarkt zu Burford in Wiltshire Schafe kaufen wollten. Durch diese beiden Abenteuer habe er so viel Geld verdient, daß er damals gern auf meinen früheren Vorschlag zurückgekommen wäre und mit mir in Virginien oder einer der anderen amerikanischen Kolonien eine Plantage gegründet hätte. Leider habe er aber nicht gewußt, wie er mich ausfindig machen könnte.

Er habe mir seinerzeit drei Briefe geschrieben an die Adresse, die ich ihm angegeben hatte, habe aber keine Antwort erhalten. Das stimmte. Die Briefe erreichten mich jedoch gerade zu Lebzeiten meines letzten Gatten, daher waren mir die Hände gebunden, und ich antwortete nicht, damit er denken sollte, sie seien verlorengegangen.

Nach dieser Enttäuschung habe er sein altes Handwerk fortgesetzt, war aber nicht mehr so waghalsig und· setzte, wo er nun so viel zu verlieren hatte, nicht mehr so viel aufs Spiel wie vorher. Er habe trotzdem gelegentlich harte Kämpfe zu bestehen gehabt, wenn manche Herren sich gar zu ungern von ihrem Geld trennten, und zeigte mir verschiedene Narben, die davon herrührten. Einige dieser Verletzungen mußten besonders schlimm gewesen sein. Einmal hatte eine Pistolenkugel seinen Arm zerschlagen, ein andermal durchbohrte ein Degenstich seinen ganzen Körper; da aber die edlen Teile unverletzt blieben, heilte die Wunde wieder. Einer seiner Gefährten habe so treu zu ihm gehalten, daß er ihn mit dem zerschmetterten Arm achtzig Meilen weit zu einem Arzt in eine größere Stadt brachte. Er habe absichtlich einen Ort gewählt, der vom Schauplatz der Tat so weit entfernt war, damit man seine falschen Angaben nicht kontrollieren konnte. Er gab nämlich vor, sie seien auf dem Ritt nach Carlisle unterwegs von Wegelagerern angegriffen worden, und einer von ihnen habe ihn in den Arm geschossen. Der Freund habe das alles mit so großem Geschick zuwege gebracht, daß nicht der geringste Verdacht auf sie beide fiel. Dort konnte er dann seelensruhig bleiben, bis er geheilt war. Ich verzichte nur ungern auf die Wiedergabe der vielen amüsanten Abenteuer, von denen er mir weiterhin ganz eingehend berichtete, muß es aber tun, da ich hier ja meine Lebensgeschichte erzählen will und nicht die seine.

Ich war natürlich auch neugierig, die näheren Umstände seiner Verhaftung zu erfahren, und fragte, wie er selbst seinen Fall beurteile und mit welcher Strafe er rechne, wenn es zur Verhandlung käme. Er antwortete, man habe keine Zeugenaussagen, die ihn belasteten, er habe sich zum Glück nur an einem der Überfälle beteiligt, die man der ganzen Bande zur Last lege, gegen ihn sei daher nur ein Zeuge aufgetreten, dessen Aussage nicht genüge, um ihn zu verurteilen. Immerhin sei zu erwarten, daß sich noch mehr Zeugen melden würden; als er mich sah, habe er geglaubt, ich sei zu dem Zweck gekommen. Wenn sich aber niemand einstelle, hoffe er freizukommen. Man habe ihm einen Wink gegeben, falls er zur Verschickung bereit sei, würde man auf eine Verhandlung verzichten; daran denke er aber nicht, ohne in Wut zu geraten, lieber ließe er sich hängen.

Ich schalt ihn und gab ihm zweierlei zu bedenken. Erstens biete sich einem kühnen und unternehmenden Mann wie ihm hundertfache Möglichkeit, wieder zurückzukehren. Vielleicht gelinge es ihm aber auch, die Rückreise anzutreten, ehe er sich überhaupt einschiffe. Er lachte und meinte, dieser Weg erschiene ihm als der gangbarste; denn er empfinde einen Abscheu bei dem Gedanken, zur Zwangsarbeit in die Kolonien verschickt zu werden wie die Sklaven zur Römerzeit in die Bergwerke. Wenn ihm schon eine Veränderung drohe, so

sei sie erträglicher am Galgen, das sei die Ansicht aller Ehren-
männer, die um des Gelderwerbs willen gezwungen seien, ihr
Glück auf der Landstraße zu suchen. Die Hinrichtung mache
allem Elend ein Ende, und ein Mensch sei seiner Meinung
nach besser imstande, in den letzten zwei Wochen seines
Lebens unter dem Druck des Kerkers und des Armsünder-
lochs seine Sünden zu bereuen und sich auf das Jenseits vorzubereiten, als ihm dies in den Wäldern und der Wildnis
Amerikas möglich sei. Knechtschaft und Sklavenarbeit seien
Dinge, zu denen sich Herrennaturen niemals erniedrigten.
Durch solche Maßnahmen zwinge man sie nur, sich selbst zu
richten, und das sei viel schlimmer, er gerate außer sich, wenn
er nur daran denke.

Ich wandte alle Mittel an, ihn zu überreden, suchte auch
durch Tränen, die selten versagende Waffe der Frauen, zu
rühren. Die Schande einer öffentlichen Hinrichtung sei bestimmt erniedrigender für einen Ehrenmann als alle Demüti-
gungen, denen er drüben ausgesetzt sei. Im fremden Lande
könne er ein neues Leben beginnen, hier dagegen sei alles für
immer zu Ende. Es werde ihm nicht schwerfallen, bei der
Überfahrt den Schiffskapitän für sich zu gewinnen, dies seien
im allgemeinen gutmütige Menschen, und wenn er sich gut
aufführe und das nötige Geld anwende, müsse es ihm ein
leichtes sein, sich bei der Ankunft in Virginien loszukaufen.

Er blickte mich sinnend an, und ich vermutete, er wolle
damit zum Ausdruck bringen, daß er kein Geld habe, doch
ich hatte mich geirrt, er meinte etwas anderes. »Du hast
soeben angedeutet«, sagte er, »daß es eine Möglichkeit gebe,
zurückzukommen, ehe man abreist. Ich habe das so aufgefaßt, als ob es möglich wäre, sich schon hier loszukaufen.
Wieviel lieber gäbe ich hier zweihundert Pfund, um gar nicht
erst fortzumüssen, als mich in Virginien mit hundert Pfund
loszukaufen.«

»Daraus sieht man aber deutlich«, entgegnete ich, »daß du
das Land nicht so gut kennst wie ich.« – »Da magst du recht

haben«, gab er zu, »ich bin aber überzeugt, du würdest genauso denken wie ich, wenn du deine Mutter nicht drüben hättest.«

Ich erwiderte ihm, daß meine Mutter schon seit Jahren tot sein müsse; von andern Verwandten, die vielleicht noch drüben lebten, hätte ich nichts mehr gehört. Seit es mir so schlecht ginge, hätte ich alle Beziehungen zu ihnen abgebrochen, überdies könne er sich wohl denken, daß ich als verschickter Sträfling nicht gerade mit offenen Armen dort empfangen würde. Ich sei entschlossen, nach meiner Ankunft drüben niemanden aufzusuchen, ich verfolge ganz andere Absichten, die mir den Aufenthalt dort in günstigem Licht zeigten, ich schrecke daher gar nicht vor der Reise zurück. Falls er gezwungen sei, auch hinüber zu gehn, würde ich ihm gute Ratschläge geben, wie er der Zwangsarbeit am besten entgehen könne, besonders seit ich wisse, daß er über Geld verfüge; Geld sei in unsrer Lage der einzige Freund.

Er lächelte und meinte, er habe doch gar nichts davon erzählt, daß er Geld habe. Da fiel ich ihm aber rasch ins Wort und sagte, er habe mich hoffentlich nicht mißverstanden, er meine wohl gar, ich wolle ihn um Unterstützung angehen, da ich ihn für vermögend hielte. Ich hätte zwar nicht viel, stehe aber zum Glück nicht ganz mittellos da, und solange ich etwas hätte, würde ich es ihm lieber geben, als daß ich ihn um sein Geld bringen wollte. Was er besitze, solle er nur gut zusammenhalten, in Virginien könne er es brauchen.

Nun zeigte er sich auch mir gegenüber besorgt. Er besitze zwar nicht sehr viel, wolle mir aber alles zur Verfügung stellen, falls ich etwas brauche. Seine Worte vorhin seien falsch von mir gedeutet worden. Es sei ihm gar nicht in den Sinn gekommen, mir solche Absichten zuzutrauen. Er habe sich nur für das interessiert, was ich ihm andeutete, es läge ihm so sehr daran, die Verschickung zu umgehen. Hier finde er sich allemal zurecht, drüben aber sei er der hilfloseste Mensch der Welt.

Ich sagte, er mache sich unnötige Gedanken über etwas, das in Wirklichkeit gar nicht so schlimm sei. Mit dem Geld, das er erfreulicherweise besitze, könne er sich nicht nur von der Zwangsarbeit loskaufen, sondern sich sein Dasein auf einer ganz neuen Grundlage aufbauen, und der Erfolg werde nicht ausbleiben, wenn er nur die nötige Energie aufwende. Er möge sich doch erinnern, daß ich ihm schon vor vielen Jahren die Übersiedlung nach Virginien empfohlen habe, um dort eine Existenz zu gründen. Nun wolle ich ihm einen Vorschlag machen, um ihn zu überzeugen, daß ich über die Arbeitsmethoden und den unausbleiblichen Erfolg unsrer Unternehmungen genau im Bilde sei. Ich wolle versuchen, mich von dem Zwange zur Verschickung zu befreien, dann aber freiwillig mit ihm gehn und soviel mitnehmen, daß er deutlich erkenne, ich bedürfe seiner Hilfe nicht. Was wir beide durchgemacht, sei so schlimm gewesen, daß wir mit Freuden diesem Erdteil den Rücken kehren würden, um in einem Lande zu leben, wo uns niemand unsre Vergangenheit vorwerfen könne, wo wir ohne die ständige Angst vor dem Galgen auf unsre vergangene Not zurückblicken könnten in dem beruhigenden Bewußtsein, unsern Feinden entronnen zu sein und als neue Menschen in einer neuen Welt unangefochten leben zu dürfen.

Ich führte so viele Gründe für meinen Vorschlag an und begegnete all seinen heftigen Einwänden so wirksam, daß er mich zum Schluß umarmte und sagte, ich schenke ihm so viel Vertrauen, daß er besiegt sei. Er wolle meinem Rat folgen und sich in der Hoffnung, einen so treuen Ratgeber und Leidensgefährten zur Seite zu haben, in sein Schicksal ergeben. Er erinnere mich aber nochmals an die Möglichkeit, die ich vorher angedeutet hatte. Vielleicht lasse es sich doch noch einrichten, daß er vor der Verschickung freikäme und möglicherweise die Ausreise ganz vermeiden könne, das wäre ihm viel, viel lieber. Ich entgegnete ihm, er möge fest davon überzeugt sein, daß ich auch in dieser Hinsicht mein möglichstes tun werde; wenn es aber doch nicht gelänge, würde ich meinen Plan so vorteilhaft wie nur möglich durchführen.

Nach dieser langen Unterredung schieden wir voneinander mit ebensoviel, wenn nicht noch mehr Innigkeit und Liebe wie bei unserm Abschied in Dunstable. Nun sah ich auch ein, weshalb er mich damals nicht nach London begleiten wollte, was er unter andern Umständen doch bestimmt getan hätte. Ich erwähnte schon, daß seine Lebensgeschichte für den Leser viel unterhaltsamer gewesen wäre als die meine. Das Erstaunlichste dabei ist die Tatsache, daß er dieses verwegene Abenteurerleben volle fünfundzwanzig Jahre geführt hatte, ohne gefaßt zu werden. Der Erfolg, der ihm beschert war, war so ungewöhnlich, daß er mit dem erbeuteten Geld manchmal ein bis zwei Jahre irgendwo mit einem Diener friedlich und zurückgezogen hauste, oft Kaffeehäuser besuchte und schmunzelnd zuhörte, wie die Leute, die er beraubt hatte, von ihrem Mißgeschick erzählten. Die Orte, die genannt wurden, und die näheren Umstände verrieten ihm dann sofort, welcher Überfall gemeint war.

Von dem Ertrag eines solchen Raubzuges lebte er vermutlich auch damals in der Nähe von Liverpool, wo er auf den unglücklichen Gedanken kam, mich um meiner Reichtümer willen zu heiraten. Wäre ich wirklich die reiche Partie gewesen, die er erhoffte, so hätte er bestimmt sein Raubrittertum aufgegeben.

Bei allem sonstigen Pech konnte er jedoch noch von Glück sagen, daß er gerade bei dem Überfall, auf den sich die Anklage stützte, zufällig nicht beteiligt war. Deshalb konnte keine der beraubten Personen als Zeuge gegen ihn auftreten. Ihn belastete nur die Tatsache, daß er mit der Bande zusammen ergriffen wurde und ein hartnäckiger Bauer ihn gesehen haben wollte. Man rechnete aber damit, daß sich auf Grund der öffentlichen Bekanntmachung, die man erlassen hatte, mehr Zeugen gegen ihn melden würden. Deshalb wurde er vorderhand noch festgehalten.

Einer seiner Freunde, eine hochstehende Persönlichkeit, legte sich jedoch ins Mittel, und die Behörden waren bereit, sich mit seiner Verschickung zufriedenzugeben. Sein Freund drängte ihn sehr, dies Angebot anzunehmen und es nicht zur Verhandlung kommen zu lassen; denn es war gar zu leicht möglich, daß ihn noch andere Zeugen belasten konnten. Ich sah ein, daß dieser Freund recht hatte, und lag ihm ständig in den Ohren, die Sache nicht hinauszuzögern.

Nach vielen Einwendungen willigte er schließlich ein. Da er aber weder durch das Gericht zur Deportation verurteilt, noch, wie ich, auf eignes Gesuch hin dazu begnadigt worden war, gab es für ihn keine Möglichkeit, meinen Rat zu befolgen und die Einschiffung ganz zu umgehen. Das ging deshalb nicht, weil der Freund, der ihm geholfen hatte, sich dafür verbürgen mußte, daß er wirklich das Land verlasse und innerhalb der gesetzten Frist nicht zurückkehre.

Das unerwartete Mißgeschick warf alle meine Pläne über den Haufen. Die Schritte, die ich unternehmen wollte, um mich selbst der Zwangsverschickung zu entziehen, hätten nunmehr ihren Zweck verfehlt; denn ich wollte ihn doch nicht im Stich lassen. Er hatte ja erklärt, lieber am Galgen zu enden, als allein nach Amerika zu gehn.

Ich komme nun wieder auf meine eigne Geschichte zurück. Die Zeit der Verschickung nahte heran. Meine Pflegemutter, die mir treu ergeben blieb, hatte versucht, mir Begnadigung zu erwirken, das stellte sich aber als so kostspielig heraus, daß ich den Plan aufgeben mußte. Mit dem Geld, das mir dann geblieben wäre, hätte ich wohl drüben, aber nicht hier leben können und wäre deshalb gezwungen gewesen, mein altes, böses Gewerbe wieder aufzunehmen. Der gute Geistliche hatte ebenfalls, wenn auch aus ganz anderen Gründen, versucht, meine Deportation zu verhindern. Ihm wurde aber geantwortet, man sei ihm bereits entgegengekommen und habe mich auf seine Bittten hin begnadigt, er habe nun nichts mehr zu verlangen. Die Trennung von mir war ihm schmerz-

lich; er fürchtete, ohne seinen Einfluß würde ich die guten
Vorsätze vergessen, die ich angesichts des Todes gefaßt hatte.
Das machte dem frommen Mann Kummer und Sorge. Ich
selbst legte ja nun auf meine Begnadigung gar keinen Wert
mehr, die Gründe aber, die mich jetzt dazu bewogen, gern
nach Virginien zu gehn, verbarg ich vor dem Geistlichen und
ließ ihn bis zuletzt in dem Glauben, ich verlasse die Heimat
mit äußerstem Widerstreben und tiefer Trauer.

Im Monat Februar wurde ich mit dreizehn anderen Straf-
gefangenen einem Kaufmann übergeben, der mit Virginien
Handel trieb. Ein Gefängnisaufseher brachte uns an Bord
eines Schiffes, das in Deptford Reach vor Anker lag, und der
Schiffseigentümer stellte ihm darüber eine Bescheinigung
aus.

Wir wurden in der Nacht unter Deck eingeschlossen und so
eng zusammengepfercht, daß ich kaum Luft bekam und zu
ersticken glaubte. Am nächsten Morgen wurden die Anker
gelichtet, und das Schiff trieb stromabwärts bis Bugby's Hole.
Das geschah im Einverständnis mit dem Kaufmann, damit
uns jede Gelegenheit zur Flucht genommen wurde. Als das
Schiff dort ankerte, durften wir an Deck kommen, doch nicht
aufs Achterdeck, das war nur für den Kapitän und die Passagiere bestimmt.

Als ich an dem Lärm auf Deck und der schaukelnden
Bewegung des Schiffes merkte, daß wir Fahrt hatten, war ich
sehr erschrocken und fürchtete schon, wir müßten die Reise
ohne Abschied von unseren Freunden antreten. Ich beruhigte
mich aber bald, als ich merkte, daß das Schiff wieder Anker
warf und ein Matrose uns verkündete, wir dürften am nächsten Morgen auf Deck kommen und unsern Freunden Lebewohl sagen.

Die ganze Nacht über lag ich mit den andern Gefangenen
auf dem harten Boden, dann wurden aber denen, die Bettzeug
mithatten, kleine Kabinen zugewiesen, sie durften auch Kisten und Koffer mit Kleidern und Wäsche, wenn sie welche

hatten, verstauen. Unter den Gefangenen gab es allerdings ganz arme Teufel, die weder ein wollenes noch ein leinenes Hemd oder sonstige Wäsche zum Wechseln hatten, gerade nur das, was sie auf dem Leibe trugen, und die auch keinen roten Heller besaßen, um sich etwas zu kaufen. Trotzdem ging es ihnen noch verhältnismäßig ganz gut auf dem Schiff, besonders den Frauen, die für die Matrosen die Wäsche wuschen. Was sie sich dadurch verdienten, reichte aus, um sich das anzuschaffen, was sie brauchten.

Als wir am nächsten Morgen auf Deck kommen durften, fragte ich einen der Seeleute, ob ich einen Brief an Land senden könne, um meinen Freunden mitzuteilen, wo wir vor Anker lägen. Ich würde mir gern noch mehrere Dinge, die ich dringend benötigte, schicken lassen. Der Bootsmann, an den ich mich gewandt hatte, war ein sehr höflicher, zuvorkommender Mensch. Er gab mir zur Antwort, er dürfe mir alles erlauben, wozu ich Lust hätte, soweit er es verantworten könne. Ich versicherte ihm, dies sei mein einziges Anliegen, und er versprach mir, meinen Brief befördern zu lassen. Das Boot des Schiffes, das mit der nächsten Flut nach London hinauffahre, werde ihn mitnehmen.

Vor der Abfahrt des Bootes erschien er wieder: er fahre selbst mit, und wenn der Brief fertig sei, wolle er ihn sogleich an sich nehmen. Ich hatte beizeiten für Feder, Tinte und Papier gesorgt und einen Brief an meine Pflegemutter geschrieben, Nachricht an meinen Leidensgefährten hatte ich diesem Briefe beigelegt, allerdings ohne sie wissen zu lassen, daß es mein Mann war. Meiner Pflegemutter teilte ich mit, wo unser Schiff lag, und bat sie dringend, mir noch die Sachen zu senden, die sie für mich schon zurechtgelegt hatte.

Als ich dem Bootsmann den Brief überreichte, gab ich ihm gleichzeitig einen Schilling. Damit solle er den Boten entlohnen, der den Brief weiterbefördere, sobald das Boot gelandet sei. Ich hoffe, möglichst sofort Antwort zu erhalten, damit ich wisse, was aus meinen Sachen geworden sei. »Denn«, fügte ich hinzu, »wenn das Schiff abfährt, ohne daß ich sie habe, bin ich ganz übel dran.«

Es lag mir daran, ihn merken zu lassen, daß ich über mehr Geld verfüge als die gewöhnlichen Gefangenen. Drum nahm ich den Schilling vor seinen Augen aus meiner wohlgefüllten Geldbörse und empfand sofort, daß ich mir durch den bloßen Anblick meines Geldes eine bessere Behandlung verschaffte. Er war ja vorher schon sehr gefällig gewesen, wahrscheinlich aus dem natürlichen Gefühl des Mitleids mit einem unglücklichen Menschen, wie ich es war, nun aber war er doppelt aufmerksam und sorgte dafür, daß ich auf dem Schiff sehr gut behandelt wurde, besser, als es sonst der Fall gewesen wäre. Ich will aber nicht vorgreifen, das wird sich an andrer Stelle noch zeigen.

Er überreichte den Brief meiner Pflegemutter persönlich und brachte mir auch gleich ihre Antwort zurück. Als er mir das Schreiben aushändigte, gab er mir auch gleichzeitig den Schilling zurück und sagte: »Da ist auch Ihr Schilling wieder, ich habe den Brief selbst besorgt.« Ich war so überrascht, daß ich zunächst nichts zu entgegnen wußte. Nach einer Pause sagte ich aber: »Sie sind zu liebenswürdig! Hätten Sie sich nur wenigstens von dem Gelde einen Wagen genommen.«

»Nein, das war wirklich nicht nötig«, entgegnete er. »Ich bin übrigens reichlich entschädigt worden. Wer ist denn eigentlich die Dame, bei der ich war? Ist es vielleicht eine Schwester von Ihnen?«

»Nein, sie ist nicht mit mir verwandt«, antwortete ich ihm, »es ist meine Freundin, die einzige, die ich auf der Welt habe.« – »Das will ich gern glauben«, meinte er, »solche gute Freunde gibt es nur ganz selten; sie schluchzte herzzerbrechend wie ein Kind vor Sehnsucht nach Ihnen.« – »Ach ja«, erwiderte ich, »ich bin sicher, sie würde mindestens hundert Pfund opfern, wenn sie mir damit helfen könnte, mich aus meiner schlimmen Lage zu befreien.«

»Würde sie das wirklich tun?« erkundigte er sich, »ich

355

könnte Ihnen schon für die Hälfte dieses Geldes zur Freiheit verhelfen.« Das sagte er aber so leise, daß es niemand außer mir hören konnte.

»Ach«, entgegnete ich, »so eine Freiheit kann ich nicht brauchen. Sie würde mich das Leben kosten, wenn man mich wieder ergriffe.« – »Da haben Sie allerdings recht«, meinte er, »wenn Sie einmal vom Schiff weg sind, müssen Sie selbst sehen, wie Sie weiterkommen. Da kann ich Ihnen nicht mehr helfen.« Damit beendeten wir das Gespräch für diesmal.

Unterdessen beförderte meine gute, treue Pflegemutter meinen Brief ins Gefängnis zu meinem Gatten und erhielt auch sogleich Antwort darauf. Am folgenden Tag kam sie selbst und brachte mir erstens ein sogenanntes Seebett mit allem Zubehör und außerdem eine Seekiste, wie sie für die Seeleute angefertigt wird. Die war vollgepackt mit lauter Dingen, die ich sehr gut brauchen konnte. In einer Ecke dieser Kiste war ein Geheimfach. Das war meine Bank, in der ich mein Geld verwahrte, das heißt so viel von meinem Geld, wie ich mitnehmen wollte. Ich hatte nämlich bestimmt, daß ein Teil meines Kapitals dabliebe, dafür sollte meine Pflegemutter mir später Waren schicken, solche, die ich in der Niederlassung gut brauchen konnte; denn mit barem Geld kann man in Virginien nicht viel anfangen, da alles mit Tabak getauscht wird. Man hat sogar meist Verluste, wenn man viel Geld mit hinübernimmt.

In meinem Fall lag die Sache jedoch etwas anders, für mich war es nicht ratsam, ohne Geld oder Waren hinüberzugehn. Wenn ich als arme Strafgefangne, die an Land sofort verkauft wurde, eine ganze Warenladung mitgebracht hätte, so wäre dies den Behörden sofort aufgefallen, und man hätte mir vielleicht alles abgenommen. Deshalb war es für mich das einzig richtige, Geld mitzunehmen, allerdings nur einen Teil meines Kapitals, das übrige behielt meine Pflegemutter in Verwahrung.

Die Gute brachte mir noch eine Menge andrer Sachen mit,

356

es wäre jedoch unklug gewesen, einen zu wohlhabenden Eindruck zu machen, wenigstens so lange, bis ich wußte, mit was für einem Kapitän wir es zu tun hatten. Als sie aufs Schiff kam, fürchtete ich fast, sie würde tot umsinken; denn die Aussicht, sich für so lange von mir zu trennen, nahm ihr allen Mut, und sie weinte so bitterlich, daß ich zunächst gar nicht mit ihr reden konnte.

Ich benutzte diese Zeit, um den Brief meines Leidensgefährten zu lesen, über den ich sehr bestürzt war. Er teilte mir nämlich darin mit, daß es ihm unmöglich sei, mit mir zusammen die Überfahrt zu machen, da er bis zu unserm Abfahrtstermin voraussichtlich noch nicht aus der Haft entlassen werde, außerdem halte er es für fraglich, daß man ihm die Wahl lasse, mit welchem Schiff er fahren wolle, obwohl er sich doch freiwillig zur Deportation entschlossen habe. Es sei möglich, daß man ihm ein bestimmtes Schiff vorschreibe und daß er wie die andern Gefangenen einem bestimmten Kapitän übergeben werde. Der Gedanke, daß er mich vielleicht erst in Virginien wiedersehe, bringe ihn zur Verzweiflung. Und falls er mich auch dort nicht treffe – es sei ja nicht ausgeschlossen, daß ich bei einer Schiffskatastrophe verunglücke oder an Krankheit zugrunde gehe –, wäre er das unglücklichste Geschöpf auf Gottes weitem Erdboden.

Diese Nachricht enttäuschte mich sehr. Ich wußte nicht recht, wie ich mich nun verhalten sollte, und erzählte deshalb meiner Pflegemutter, was ich mit dem Bootsmann besprochen hatte. Sie brannte darauf, selbst mit ihm zu unterhandeln. Dazu hatte ich aber keine Lust, ehe ich wußte, ob mein Gatte oder, wie ich ihn ihr gegenüber bezeichnete, mein Leidensgefährte unser Schiff noch rechtzeitig erreichen konnte. Es blieb mir schließlich nichts anderes übrig, als sie ins Vertrauen zu ziehen, nur verschwieg ich ihr, daß es sich um meinen Gatten handelte. Ich erzählte ihr bloß, daß wir miteinander ausgemacht hatten, im selben Schiff zu fahren, wenn es ihm gestattet würde. Ich wisse auch, daß er über Geld verfüge.

Dann berichtete ich ihr von unsern Plänen, daß wir uns drüben niederlassen und Plantagen anlegen wollten. Wir hofften, dadurch Reichtümer zu erwerben, ohne uns nochmals auf weitere Abenteuer einzulassen. Sobald er an Bord käme – das erzählte ich ihr aber nur ganz im Vertrauen –, wollten wir heiraten.

Als sie dies hörte, fiel ihr der Abschied von mir viel leichter, und sie gab sich redliche Mühe, die Freilassung meines Gatten zu beschleunigen, damit wir die Überfahrt gemeinsam machen konnten. Es machte große Schwierigkeiten, aber sie erreichte es doch. Allerdings mußte er es sich gefallen lassen, denselben Formalitäten unterworfen zu sein wie ein Strafgefangener, der er ja in Wirklichkeit gar nicht war, da man keine Anklage gegen ihn erhoben hatte. Er empfand es daher auch als eine große Demütigung. Unser Schicksal war nun entschieden. Wir waren beide an Bord und segelten als armselige Sträflinge nach Virginien in die Verbannung, ich auf fünf Jahre, er auf Lebenszeit. Er war empört über die Behandlung, die ihm zuteil wurde, und fühlte sich gekränkt und gedemütigt, wie ein Gefangner an Bord gebracht zu werden, noch dazu, wo man ihm doch vorher versprochen hatte, daß er frei als sein eigener Herr die Überfahrt machen könne. Er hatte allerdings einen Vorteil vor uns andern, er sollte bei seiner Ankunft nicht als Sklave verkauft werden. Deshalb mußte er ja die Überfahrt selbst bezahlen, was wir anderen nicht brauchten. Im übrigen war er hilflos wie ein Kind, und ich mußte ihm alles sagen, was er tun und lassen sollte.

Drei volle Wochen schwebte ich in der Ungewißheit über sein Schicksal und wußte nicht, ob er überhaupt mitkam. Deshalb konnte ich mich nicht entschließen, zu dem Vorschlag des biederen Bootsmannes Stellung zu nehmen, obgleich ich überzeugt war, daß er sich sehr darüber wunderte.

Nach Verlauf dieser drei Wochen kam mein Gatte endlich an Bord. Er sah sehr mißmutig aus und war wütend, daß er unter der Aufsicht von drei Gefängniswärtern aus Newgate wie ein Schwerverbrecher an Bord geschleppt wurde, obwohl nicht einmal eine Klage gegen ihn vorlag. Er beschwerte sich bei seinen Freunden darüber, die sofort seine Partei ergriffen. Ihre Bemühungen, ihm zu seinem Recht zu verhelfen, hatten aber keinen Erfolg. Man wies sie ab mit der Begründung, daß man ihm schon sehr entgegengekommen sei. Seit man ihm die Deportation nach Virginien zugebilligt habe, sei sehr viel belastendes Material gegen ihn eingegangen. Er solle seinem Schöpfer danken, wenn er nicht von neuem verklagt werde. Diese Antwort beruhigte ihn endlich. Er wußte ja selbst nur zu gut, was ihm hätte blühen können. Jetzt erkannte er erst richtig, wie gut mein Rat gewesen war, freiwillig nach Virginien zu gehen. Nachdem sich seine Wut über die Höllenhunde, wie er die Wärter nannte, etwas gelegt hatte, wurde er ruhiger und war schließlich sogar ganz vergnügt. Als er hörte, wie ich mich freute, ihn seinen Peinigern entrissen zu haben, schloß er mich zärtlich in die Arme und versicherte mir, daß ich ihm den besten Rat der Welt gegeben habe. »Zweimal hast du mir das Leben gerettet, es soll daher von nun an nur dir und deinem Wohl gewidmet sein, und auch in Zukunft will ich stets deinem Rat folgen.«

Als erstes besprachen wir unsre Vermögensverhältnisse. Er war ganz aufrichtig mir gegenüber. Sein Vermögen sei recht beträchtlich gewesen, als er ins Gefängnis eingeliefert wurde. Da er aber dort als Gentleman aufgetreten sei und sich Freunde verschaffen mußte, die ihm behilflich waren, habe er viel verbraucht, so daß er jetzt im ganzen nur noch hundertundacht Pfund in Gold bei sich habe.

Ich gab ihm genauso ehrlich Einblick in mein Vermögen, das heißt, soweit ich es mitgenommen hatte. Ich war entschlossen, das, was ich bei meiner Pflegemutter zurückließ, als Notgroschen zu behalten. Falls ich sterben sollte, war das, was ich bei mir hatte, ausreichend für ihn, und das Zurückgelassene blieb dann in den Händen meiner Pflegemutter, die es weiß Gott um mich verdient hatte.

Ich hatte zweihundertsechsundvierzig Pfund und etliche Schillinge bei mir, so daß unser Gesamtkapital dreihundertvierundfünfzig Pfund betrug. Ich muß aber gestehen, ein schlimmer erworbenes Vermögen kam nie zusammen, um als Grundlage für ein neues Dasein zu dienen.

Es war sehr bedauerlich, daß wir alles, was wir besaßen, in Bargeld mit uns führten, für Siedler in den Kolonien konnte es nichts Unvorteilhafteres geben. Ich glaube, er hatte mir alles ganz ehrlich angegeben und besaß sonst gar nichts. Ich aber hatte zwischen sieben- und achthundert Pfund auf der Bank, als das Unglück über mich hereinbrach, und ließ von diesem Geld dreihundert Pfund in den Händen meiner treuen Freundin zurück. Ein paar Wertgegenstände hatte ich auch noch bei mir, zwei goldne Uhren, etwas Silbergerät und einige Ringe, lauter gestohlenes Gut. Mit diesem Vermögen begab ich mich im einundsechzigsten Jahre meines Lebens in eine neue Welt als armer, landesverwiesener Sträfling, der nur mit knapper Not dem Galgen entronnen war. Ich trug ärmliche und einfache Kleider, doch waren sie weder schmutzig noch zerrissen, und niemand auf dem Schiff ahnte, daß ich wertvolle Dinge bei mir hatte.

Ich besaß zwar noch viele gute Kleider und Wäsche im Überfluß, dies alles hatte ich aber in zwei große Kisten verpackt, die als Fracht mit aufs Schiff gekommen waren. Daß es sich hierbei um mein Eigentum handelte, wußte keiner; denn die Sendung ging unter meinem wirklichen Namen nach Virginien. Ich hatte nur die Frachtbriefe in der Tasche. In diesen Kisten waren alle meine Wertsachen, auch das Silber und die Uhren untergebracht, nur das Geld nicht, das ich in dem Geheimfach meiner Seekiste aufbewahrte. Um es herauszuholen, hätte man die Kiste in Stücke zerschlagen müssen.

Das Schiff begann sich zu füllen. Einige Passagiere, die die Fahrt freiwillig unternahmen, kamen an Bord. Sie wurden in der großen Kajüte und andern Räumen im Schiff untergebracht, während wir Sträflinge irgendwo in den unteren Räumen verstaut werden sollten. Als mein Gatte an Bord kam, sprach ich mit dem Bootsmann, der mir so freundschaftliche Ratschläge gegeben hatte. Ich sagte ihm, er habe mir schon in manchem geholfen, ohne daß ich mich bisher erkenntlich gezeigt habe, und ließ bei diesen Worten eine Guinee in seine Hand gleiten. Er erfuhr von mir, daß mein Mann jetzt an Bord gekommen sei. Obgleich es uns augenblicklich sehr schlecht gehe, paßten wir doch im Grund nicht zu der Gesellschaft, in der wir uns befänden. Wir wollten deshalb gern wissen, ob der Kapitän sich wohl bewegen ließe, uns auf dem Schiff einige Bequemlichkeiten zu vergönnen. Natürlich würden wir ihn dafür entschädigen und uns auch ihm gegenüber für seine Vermittlung erkenntlich erweisen. Er nahm die Guinee, soviel ich sah, mit großem Vergnügen und versprach mir seinen Beistand.

Der Kapitän sei ein sehr gütiger Mensch und werde sicherlich gern bereit sein, uns zu unsrer Zufriedenheit unterzubringen. Um mir gefällig zu sein, werde er gleich mit der nächsten Flut zu ihm fahren, um ihm meine Wünsche zu unterbreiten. Am nächsten Morgen schlief ich zufällig etwas länger als gewöhnlich und sah den Bootsmann, nachdem ich aufgestanden war und mich ein wenig umgeschaut hatte, mit andern Matrosen zusammen bei der Arbeit. Ich war recht enttäuscht, als ich ihn da stehen sah, und ging auf ihn zu. Da hatte er mich auch schon erblickt und kam mir entgegen. Ich ließ ihm aber nicht Zeit, mich anzureden, sondern sagte lächelnd: »Ich fürchte, Sie haben uns über Ihrer Arbeit vergessen, ich sehe ja, wie beschäftigt Sie sind.« Rasch erwiderte er: »Kommen Sie nur gleich mal mit, da werden Sie sofort sehen, wie es um Ihre Angelegenheit steht.« Er führte mich in die große Kajüte, da saß ein vornehmer Herr und schrieb; vor ihm lagen viele Papiere ausgebreitet. »Hier«, sagte der Bootsmann zu dem Schreibenden, »ist die Dame, von der der Kapitän mit Ihnen sprach.« Dann wandte er sich an mich: »Ich habe Ihre Angelegenheit durchaus nicht vergesssen. Ich war nämlich bereits

361

im Hause des Kapitäns und habe ihm berichtet, daß Sie für sich und Ihren Mann auf eine bequemere Unterbringung Wert legen. Deshalb hat er diesen Herrn, den Steuermann des Schiffes, hergeschickt, der wird Ihnen alles zeigen und Sie gut unterbringen. Er läßt Ihnen versichern, daß man Sie nicht wie Sträflinge behandeln wird, sondern mit derselben Zuvorkommenheit, mit der man den andern Passagieren begegnet.«

Noch ehe ich dem Bootsmann für seine Freundlichkeit danken konnte, sprach mich der Steuermann an und bestätigte alles, was ich soeben gehört hatte. Er setzte hinzu, dem Kapitän mache es immer besondere Freude, wenn er Menschen, die in Not sind, helfen könne. Hierauf zeigte er mir mehrere Kabinen, von denen einige in die große Kajüte eingebaut und andere vom Zwischendeck abgetrennt waren, aber für die Passagiere einen besonderen Zugang zur großen Kajüte hatten. Er ließ mich wählen, und ich entschied mich für eine Kabine im Zwischendeck, wo wir unsre Seekiste, die Koffer und sogar einen Eßtisch sehr gut unterbringen konnten.

Der Steuermann erklärte mir dann, der Bootsmann habe ein so vorteilhaftes Bild von mir und meinem Gatten entworfen, daß er beauftragt sei, uns anzubieten, während der ganzen Reise zum üblichen Preis mit bei ihm zu speisen. Wir könnten uns selbst Eßwaren beschaffen, wenn wir das gern möchten, wenn nicht, würde er uns mit von seinen Vorräten beköstigen. Diese Nachricht war mir ein Lichtblick nach so viel Mühsal und Herzeleid. Ich dankte ihm und sagte, der Kapitän möge nur seine eignen Bedingungen stellen, ich wolle schnell zu meinem Mann gehn und ihm die frohe Botschaft überbringen. Er habe die Kabine noch nicht verlassen, da er sich nicht sehr wohl fühle. Ich eilte also zu ihm. Er litt noch immer sehr unter der unwürdigen Behandlung, die ihm zuteil geworden war, und war dadurch gar nicht wiederzuerkennen. Als ich ihm nun aber berichtete, wie liebenswürdig man uns hier auf dem Schiff entgegenkam, war er plötzlich ein ganz andrer Mensch, und der Ausdruck von neuer Kraft und neuem Mut belebte seine Züge. Hier zeigte es sich einmal wieder, daß die größten Geister von ihrem Mißgeschick so überwältigt werden, daß sie den schlimmsten Depressionen ausgesetzt sind.

Nachdem sich mein Gatte wieder ganz in der Gewalt hatte, ging er mit mir hinauf, dankte dem Steuermann für die Freundlichkeit, die er uns erwiesen hatte, und ließ sich auch dem Kapitän bestens empfehlen. Er bot an, die Überfahrt und die verschiednen Annehmlichkeiten, die man uns verschafft hatte, im voraus zu zahlen. Der Steuermann antwortete, der Kapitän werde am Nachmittag an Bord kommen, wir sollten dann alles mit ihm selbst ausmachen. Zur angegebenen Zeit erschien er denn auch und erwies sich als derselbe zuvorkommende und gefällige Mann, als den ihn der Bootsmann geschildert hatte. Er unterhielt sich so gut mit meinem Mann, daß er uns nicht in der von mir gewählten Kabine lassen wollte, sondern uns eine von denen zuwies, die in die große Kajüte eingebaut waren.

Er stellte auch keine übertriebenen Forderungen, man merkte sofort, daß er nicht auf seinen Vorteil erpicht war und uns nicht ausbeuten wollte. Wir zahlten fünfzehn Guineen für die Fahrt nebst Unterkunft und Verpflegung und wurden am Kapitänstisch ausgezeichnet beköstigt. Der Kapitän selbst wohnte auf der andern Seite der großen Kajüte, da er seine Kapitänskajüte auf dem Hinterdeck einem reichen Pflanzer überlassen hatte, der mit seiner Frau und drei Kindern die Überfahrt machte und sich selbst beköstigte. Ein paar andere Passagiere wohnten im Zwischendeck. Unsre alten Kumpane aber wurden unter Deck gehalten und kamen nur selten zum Vorschein.

Ich konnte mich nicht enthalten, meiner Pflegemutter gleich mitzuteilen, wie gut wir jetzt dran waren. Die gute Seele, die sich so um mich gesorgt hatte, sollte auch an meinem Glück teilhaben. Ich brauchte auch ihre Hilfe, um mich

363

mit etlichen Dingen zu versorgen, die ich vorher vor niemand sehen lassen wollte. Nun hatte ich aber eine Kabine und Platz, um etwas darin unterzubringen, und bestellte daher eine Menge guter Sachen, die uns auf der Reise sehr angenehm sein würden, wie Branntwein, Zucker, Zitronen, um Punsch zu brauen und unsern Wohltäter, den Kapitän, dazu einzuladen; auch Eßwaren und Getränke und ein größeres Bett mit dem dazugehörigen Bettzeug, so daß es uns unterwegs an nichts fehlen würde.

Bisher hatte ich mich jedoch noch nicht um die Dinge gekümmert, die wir als Pflanzer sogleich nach unsrer Ankunft brauchen würden. Ich wußte aber sehr wohl, was für diese Zwecke erforderlich war, all die verschiednen Werkzeuge für die Feldarbeit und den Hausbau, und alles Hausgerät, das drüben doppelt soviel kostete wie hier.

Ich besprach dies alles mit meiner Pflegemutter, und sie setzte sich daraufhin mit dem Kapitän in Verbindung und sprach ihm gegenüber die Hoffnung aus, daß sich ihre zwei unglücklichen Verwandten bei der Ankunft in Virginien gleich loskaufen könnten. Sie erkundigte sich vor allem, auf welche Weise dies geschehen könne und wie hoch sich die Kosten belaufen würden. Darauf werde ich bei Gelegenheit noch zurückkommen. Nachdem sie alles, was sie wissen wollte, erfahren hatte, teilte sie ihm mit, daß uns wohl bedauerliche Gründe ins Ausland führten, daß wir aber mit allem Nötigen versehen seien und uns im Lande sofort als Pflanzer an die Arbeit machen könnten. Der Kapitän bot ihr bereitwilligst seine Hilfe an und gab ihr Ratschläge, wie man ein solches Unternehmen am besten ins Werk setze, und wie leicht, nein, wie sicher es für fleißige Leute sei, dort zu Geld zu gelangen. »Madam«, sagte er, »es gilt drüben keineswegs als Schande, wenn man unter noch schlimmeren Umständen hinübergeschickt wird, als dies bei Ihren Verwandten der Fall ist, man muß nur seine Arbeit verstehen.«

Dann fragte sie noch, was wir unbedingt mitnehmen müßten. Als erfahrener Mann erwiderte er: »Madam, zu allererst müssen sich Ihre Verwandten jemanden verschaffen, der sie als Arbeitskraft kauft. Dieser gesetzlichen Vorschrift muß sich jeder Deportierte unterwerfen. Im Namen dieser Person können sie dann unternehmen, was sie wollen. Sie können entweder bereits bewirtschaftete Plantagen oder von der Regierung des Landes Grund und Boden kaufen und sich niederlassen, wo sie Lust haben, beides ist klug gehandelt.« Sie bat um seine Unterstützung beim Kauf einer vorhandenen Plantage, und er versprach, dabei zu helfen, ein Versprechen, das er in der Folgezeit treulich erfüllt hat. Er war auch bereit, uns noch an andere Leute zu empfehlen, die uns mit Rat und Tat beistehen sollten, damit wir nicht einseitig durch ihn beraten würden.

Dann fragte sie ihn, ob wir uns nicht am besten schon hier mit Material und Werkzeugen für unsre Tätigkeit versorgten. »Ja, unbedingt«, erwiderte er. Sie bat ihn, ihr auch hierbei behilflich zu sein. Sie werde alles, was wir dringend benötigten, für uns einkaufen, der Preis sei Nebensache. Daraufhin erhielt sie von ihm eine Liste von Dingen, die ein Pflanzer notwendig braucht. Nach seiner Berechnung war etwa eine Summe von achtzig bis hundert Pfund dafür erforderlich. Sie kaufte alles so geschickt ein wie ein erfahrner Händler aus Virginien, jedoch auf meinen Wunsch hin das Doppelte von dem, was auf der Liste stand.

Diese Einkäufe ließ sie unter ihrem eigenen Namen an Bord schaffen, nahm den Frachtbrief dafür in Empfang und übergab ihn meinem Gatten. Versichern ließ sie die Ladung auf ihren Namen, so daß sie uns unter allen Umständen ersetzt wurde.

Ich hätte noch erwähnen sollen, daß mein Gatte ihr sein ganzes Vermögen von hundertundacht Pfund, das er in Gold bei sich trug, übergab, um die Auslagen damit zu decken, und ich gab ihr außerdem noch eine große Summe dazu, so daß ich das Geld, das ich bei ihr zurückgelassen hatte, nicht anzugreifen brauchte. Trotzdem blieben uns noch fast zweihundert Pfund Bargeld, und das war für unsern Zweck mehr als genug.

Froh und glücklich, daß alles bisher so gut gegangen war, segelten wir von Bugby's Hole nach Gravesend, wo das Schiff wieder etwa zehn Tage vor Anker lag und der Kapitän endgültig an Bord kam. Hier machte er uns ein Anerbieten, das wir gar nicht erwarten durften, er gestattete uns nämlich, an Land zu gehn, um uns etwas Abwechslung zu verschaffen, wenn wir ihm unser Wort geben wollten, keinen Fluchtversuch zu machen, sondern friedlich an Bord zurückzukehren. Dies in uns gesetzte Vertrauen überwältigte meinen Gatten so, daß er erklärte, er sei nicht imstande, sich dafür erkenntlich zu erweisen, und müsse daher auf diese Gunst verzichten. Außerdem könne er es nicht verantworten, daß der Kapitän unsertwegen ein solches Risiko auf sich nehme. Nach einigen gegenseitigen liebenswürdigen Beteuerungen gab ich meinem Gatten eine Börse mit achtzig Guineen, und er übergab sie dem Kapitän und sagte: »Da, Herr Kapitän, nehmen Sie dies zum Pfand. Wenn wir unser Wort brechen, ist es Ihr Eigentum.« Hierauf begaben wir uns an Land.

Der Kapitän hatte wahrhaftig Grund, an unsrer Rückkehr nicht zu zweifeln. Nachdem wir soviel Geld für die Einkäufe ausgegeben und alle Vorbereitungen für unsre Ansiedlung getroffen hatten, wäre es unsinnig gewesen, alles im Stich zu lassen und unter Lebensgefahr hierzubleiben. Wir gingen also alle mit dem Kapitän nach Gravesend, speisten dort zu Abend und waren sehr vergnügt. Wir übernachteten in dem Gasthaus, in dem wir gegessen hatten, und kamen alle am nächsten Morgen wieder mit an Bord. Vorher hatten wir noch zehn Flaschen gutes Bier, etwas Wein, Geflügel und andere Dinge, die wir gut an Bord verwenden konnten, eingekauft.

Meine Pflegemutter war die ganze Zeit über bei uns und ging mit uns zur Reede, zusammen mit der Frau des Kapitäns, mit der sie dann auch nach London zurückkehrte. Der

Abschied von meiner eigenen Mutter hätte mir nicht schmerzlicher sein können als die Trennung von ihr. Ich sah sie auch niemals wieder. Drei Tage blieben wir auf der Reede liegen und segelten von dort bei gutem Ostwind am 10. April fort. Wir legten in keinem Hafen mehr an, bis uns eine steife Brise an die irische Küste trieb und das Schiff in einer kleinen Bucht vor Anker ging. Es war in der Nähe eines Flusses, dessen Namen ich jedoch vergessen habe; es hieß damals, er käme von Limerick und sei der größte Fluß Irlands.

Wir wurden hier eine ganze Weile durch schlechtes Wetter aufgehalten. Der Kapitän, der noch genauso freundlich war wie zuvor, nahm uns beide wieder mit an Land. Er tat es jetzt meinem Gatten zuliebe, der bei stürmischem Wetter zur Seekrankheit neigte. Auch hier kauften wir wieder Vorräte ein: Rindfleisch, Schweinefleisch, Hammelfleisch und Geflügel, und der Kapitän ließ sich fünf oder sechs Fässer Rindfleisch einpökeln, um den Schiffsvorrat zu strecken. Nach etwa fünf Tagen ließ der Sturm nach, bei günstigem Wind setzte unser Schiff wieder Segel, und wir erreichten nach zweiundvierzigtägiger Fahrt glücklich die Küste Virginiens.

Als wir uns dem Lande näherten, rief mich der Kapitän zu sich und sagte mir, er habe meinen Reden entnommen, daß ich Verwandte in Virginien habe und auch selbst schon dort gewesen sei. Er vermute daher, daß ich Bescheid wisse, wie mit den Sträflingen bei der Ankunft verfahren werde. Ich gab nicht zu, daß ich darüber im Bilde war, und erklärte, ich werde mich bei meinen Verwandten auf keinen Fall zeigen, solange ich noch Strafgefangene sei. Wir wollten uns ganz seiner Führung überlassen, da er uns seine Hilfe in so liebenswürdiger Weise zugesagt habe. Er machte mich darauf aufmerksam, daß ich vor allen Dingen jemanden auftreiben müsse, der mich als Arbeitskraft kaufe und dem Statthalter gegenüber für mich verantwortlich sei. Ich versprach, daß wir uns in allem seinen Anordnungen fügen würden. Er brachte daher einen Pflanzer mit, der mich ihm in aller Form abkaufte und mit an Land nahm. Mein Gatte brauchte kein Dienstverhältnis einzugehn, da er ja freiwillig auswanderte.

Der Kapitän begleitete uns und führte uns in ein Haus, ob es eine Art Gastwirtschaft war, weiß ich nicht mehr, jedenfalls tranken wir dort einen Punsch aus Rum und anderen Zutaten und waren lustig und guter Dinge. Der Pflanzer gab mir zuletzt eine Bescheinigung, daß ich ihm fünf Jahre treu gedient habe, und vom nächsten Morgen an war ich frei und konnte hingehen, wohin ich wollte.

Für diesen Liebesdienst forderte der Kapitän sechzig Zentner Tabak, für den er seinem Schiffsheurer verantwortlich war, außerdem machten wir ihm ein Geschenk von zwanzig Guineen, das ihn sehr erfreute.

Es ist aus verschiedenen Gründen nicht ratsam, hier eingehend zu erörtern, in welcher Gegend Virginiens wir uns ansiedelten. Es möge genügen, wenn ich erwähne, daß wir zuerst in den Potomac-Fluß einliefen, da das Schiff dorthin fuhr. Deshalb wollten wir uns anfangs dort niederlassen, änderten dann aber unsern Plan.

Nachdem all unsre Güter an Land gebracht und in ein Warenlager geschafft worden waren, mieteten wir am Landungsort, einem kleinen Dörfchen, eine Wohnung. Zuallererst erkundigte ich mich sogleich nach meiner Mutter und meinem Bruder, dem Unglückseligen, mit dem ich einst verheiratet war. Rasch erfuhr ich, daß meine Mutter tot war, mein Bruder aber noch lebte. Leider war er von unsrer ehemaligen Plantage fortgezogen und wohnte bei einem seiner Söhne auf einer Plantage unmittelbar in der Nähe unsres Landungsplatzes. Dort hatte er ein Lagerhaus gemietet.

Ich war zuerst ein wenig erschrocken. Da ich mir dann aber sagte, er werde mich bestimmt nicht wiedererkennen, war ich völlig beruhigt und hatte sogar große Lust, ihn wiederzusehen, ohne mich zu erkennen zu geben. Zu diesem Zweck ergründete ich zunächst einmal, auf welcher Plantage er wohnte. Mit einer Frau vom Ort, die mir als Aufwartung half, ging ich um seine Besitzung herum spazieren und tat so, als ob ich mir die Gegend anschauen wollte. Dabei kamen wir so in die Nähe, daß ich das Wohnhaus deutlich erkannte und die Frau fragte, wessen Plantage dies sei. Sie nannte mir den Namen meines Bruders, und als wir nach rechts blickten, fügte sie noch hinzu: »Dort ist der Besitzer übrigens selbst, und sein Vater steht neben ihm.«

»Wie heißen denn die Leute mit Vornamen?« fragte ich sie. »Wie der alte Herr mit Vornamen heißt, weiß ich nicht«, entgegnete sie, »der Sohn heißt Humphry, und ich glaube mich zu erinnern, daß der Vater auch so heißt.« Sie werden mir nachfühlen können, wie ich bei diesen Worten zwischen Freude und Schreck hin und her schwankte. Dadurch, daß sie mir den Vater zeigte, wußte ich natürlich sofort, daß der junge Mann mein Sohn war. Ich hatte keine Maske bei mir, aber ich zog meine Haube übers Gesicht, so daß ich überzeugt sein konnte, er werde mich nicht erkennen, zumal ich zwanzig Jahre woanders gelebt hatte und er mich in diesem Teile der Welt kaum vermutete. Diese Vorsichtsmaßnahme war aber ganz überflüssig; denn er war durch eine Krankheit, die sich auf die Augen gelegt hatte, fast blind geworden und sah nur gerade noch so viel, daß er umhergehen konnte, ohne an einen Baum zu stoßen oder in einen Graben zu fallen. Als die beiden in unsre Nähe kamen, fragte ich: »Erkennt er Sie, Frau Owen?« So hieß nämlich meine Aufwartung. »Ja«, erwiderte sie, »wenn er mich sprechen hört, kennt er mich, sonst nicht; denn er sieht sehr schlecht.« Dies gab mir Sicherheit, ich zog meine Haube wieder empor und ließ die beiden an mir vorübergehn. Es war hart für mich als Mutter, dem eignen Sohn, einem hübschen jungen Mann in glänzenden Verhältnissen, zu begegnen, ohne mich ihm zu erkennen zu geben, so zu tun, als ob man ihn gar nicht sieht. Jede Mutter, die dies liest, wird verstehen, welche Seelenqualen es mich kostete, mich zu beherrschen. Wie gerne hätte ich ihn umarmt und an seinem Halse geweint! Das Herz krampfte sich mir zusammen, ich wußte nicht, was ich tun sollte. Noch jetzt bin ich nicht fähig, das zum Ausdruck zu bringen, was ich damals empfand. Als er vorübergegangen war, blickte ich ihm zitternd nach, solang ich ihn sehen konnte, dann legte ich mich ins Gras, gerade an einer Stelle, die ich mir gemerkt hatte, ich tat, als ob ich mich ausruhen wollte, wandte mein Gesicht von meiner Begleiterin ab und weinte und küßte den Boden, auf den er seinen Fuß gesetzt hatte.

Ich konnte meine Erregung vor der Frau nicht verbergen; sie meinte, ich fühle mich nicht wohl, und ich ließ sie auch in dem Glauben. Besorgt drängte sie mich aufzustehen, da der Boden feucht sei und ich krank werden könne. Ich befolgte ihren Rat, und wir machten uns beide auf den Heimweg.

Unterwegs unterhielt ich mich noch mit ihr über die beiden, denen wir begegnet waren, und fand von neuem Grund zur Aufregung. Die Frau fing nämlich an, mir eine Geschichte zu erzählen, anscheinend in der Absicht, mich zu unterhalten. »In der Gegend, in der dieser Herr früher lebte, sind seltsame Gerüchte über die Familie im Umlauf.« – »Was erzählt man denn von ihr?« fragte ich. »Der alte Herr«, fuhr sie fort, »ging einst als junger Mann nach England und verliebte sich dort in eine junge Dame, eine der schönsten Frauen, die man hier je gesehen hat. Er heiratete sie und brachte sie hierher zu seiner Mutter, die damals noch lebte. Das junge Paar verbrachte mehrere glückliche Jahre miteinander. Der Ehe entstammten drei Kinder, eines davon ist der junge Mann, den wir soeben gesehen haben. Nach einiger Zeit erzählte die alte Dame ihrer Schwiegertochter etwas von sich und von den traurigen Verhältnissen, in denen sie in England lebte. Die Schwiegertochter erschrak über das, was sie zu hören bekam, und wurde unruhig, sie forschte nach, und dabei stellte es sich ganz klar heraus, daß die alte Dame ihre Mutter war und der Sohn, ihr Gatte, ihr Bruder. Die ganze Familie war so außer sich und bestürzt darüber, daß sie beinahe alle daran zugrunde gegangen wären, der junge Mann war sogar eine Zeitlang geistesgestört. Da die junge Frau aber unter diesen Umständen nicht dableiben wollte, ging sie nach England zurück, und man hat nie wieder von ihr gehört.«

Man kann sich leicht vorstellen, wie ich mich über diese Geschichte aufregte, es ist daher auch ganz unmöglich, den inneren Aufruhr zu beschreiben, der mich ergriffen hatte. Äußerlich gab ich mir nur den Anschein, als sei ich höchst verwundert über diese seltsame Geschichte, und fragte die Frau nach tausend Einzelheiten, über die sie völlig im Bilde war. Zuletzt erkundigte ich mich danach, wie die alte Dame, die Mutter gestorben sei und wem sie ihren Besitz vermacht habe. Sie hatte mir doch seinerzeit feierlich versprochen, mich bei ihrem Ende zu bedenken. Falls ich dann noch am Leben sei, würde ich schon auf irgendeine Weise zu meinem Geld kommen, ohne daß ihr Sohn, mein Bruder und Gatte, es verhindern könne. Die Frau entgegnete, sie wisse nicht genau, wie dies damals geregelt worden sei, man habe ihr aber einmal mitgeteilt, die alte Frau hätte eine Geldsumme hinterlassen, für die sie ihre Plantage verpfändete, um sie der Tochter zukommen zu lassen, wenn man je wieder in England oder anderswo von ihr höre. Das Geld verwalte der Sohn, den wir mit dem Vater zusammen sahen.

Diese Nachricht war zu erfreulich, um leicht genommen zu werden. Ich dachte lange darüber nach, wie ich mich nun verhalten sollte, wie ich mich am besten zu erkennen gebe und ob ich es überhaupt tun solle.

Ich war in äußerster Verlegenheit, weil ich nicht wußte, wie ich es am geschicktesten bewerkstelligen sollte, um zu meinem Erbteil zu gelangen. Das quälende Bewußtsein meiner verworrenen Lage lastete bei Tag und bei Nacht schwer auf mir, ich fand keinen Schlaf mehr und versagte in der Unterhaltung, so daß es meinem Gatten auffiel. Da er nicht wußte, was mich beunruhigte, bemühte er sich vergeblich, mich aufzuheitern. Er drängte mich nun, ihm doch zu sagen, was mich so bedrücke, ich wich aber all seinen Fragen ängstlich aus. Als ich merkte, daß er sich nicht zufriedengeben wollte, sah ich mich schließlich genötigt, eine Geschichte zu erfinden, deren Kern aber auf Wahrheit beruhte. Ich erzählte ihm, ich sei in Sorge, daß wir voraussichtlich unsern Wohnort verlassen und unsern ganzen Siedlungsplan ändern müßten. Wenn ich in diesem Teil des Landes bliebe, müsse ich befürchten, erkannt zu werden. Nach dem Tode meiner Mutter seien verschiedene Verwandte gerade hierher gezogen, wo wir uns niederlassen wollten. Ich müsse entweder fortziehen oder mich ihnen zu erkennen geben. Letzteres sei aber aus vielen Gründen im gegenwärtigen Augenblick nicht empfehlenswert. Drum wisse ich nicht recht, welche Entscheidung ich treffen solle, und das laste so schwer auf meinem Gemüt.

Er war darin mit mir einig, daß es für mich unter den jetzigen Verhältnissen nicht ratsam sei, mich zu erkennen zu geben, und war bereit, mit mir in jeden andern Teil des Landes, ja sogar in ein andres Land zu ziehen, wenn ich das für nötig hielte. Dem stellte sich aber wieder ein anderes Hindernis entgegen. Wenn wir nämlich in eine andere Kolonie übersiedelten, so beraubte ich mich der Möglichkeit, über mein mütterliches Erbteil Erkundigungen einzuziehn. Andrerseits konnte ich aber auch nicht daran denken, meinem neuen Gatten das Geheimnis meiner früheren Ehe zu verraten. Das war eine Sache, über die man nicht reden konnte. Die Folgen, die dann eintreten würden, waren nicht abzusehen, und man hätte bestimmt im ganzen Land erfahren, wer ich war und was ich war.

Lange Zeit quälte ich mich vergeblich, dieser Schwierigkeiten Herr zu werden, und mein Gemahl fing an, sich Gedanken um meinetwillen zu machen. Er meinte, ich sei ihm gegenüber nicht aufrichtig genug und verheimliche ihm einen Teil meiner Besorgnisse. Er fragte mich, was er mir denn nur getan hätte, daß ich ihm kein Vertrauen mehr schenke, besonders, da es sich doch offensichtlich um etwas handle, das mir schweren Kummer bereite. Und dabei hätte ich ihm getrost alles sagen können; denn niemand verdiente mehr Vertrauen als er. Diese Angelegenheit mußte ich ihm aber verschweigen, die durfte keiner wissen, und wenn ich unter der Last des Geheimnisses zusammenbrechen sollte.

Mögen auch manche Leute behaupten, unser Geschlecht könne kein Geheimnis bewahren, mein Leben ist der volle Beweis des Gegenteils. Und doch sollte jeder, ob Mann oder Frau, einen Vertrauten haben, einen Busenfreund, dem er ein wichtiges Geheimnis anvertrauen kann, mit dem er die Freude und den Schmerz darüber teilt. Sonst drückt die Last doppelt und wird vielleicht unerträglich. Das können viele Menschen auf Grund eigner Erlebnisse bestätigen.

Das ist auch die Ursache, weshalb Männer und Frauen, oft gerade die besten, sich schwach gezeigt haben und die Last einer geheimen Freude oder eines geheimen Kummers nicht zu ertragen vermochten. Sie mußten davon reden, um sich Luft zu machen und ihr Gemüt zu entlasten, das gar zu schwer darunter litt. Das war kein Zeichen von Unüberlegtheit, sondern eine natürliche Folgeerscheinung. Hätten sich diese Menschen zum Schweigen gezwungen, so würden sie sicher im Schlafe ihr Geheimnis unfreiwillig offenbart haben, ohne darauf zu achten, wem es zu Ohren kam und was für Folgen es haben konnte. Dieser naturgegebene Zwang wirkt sich oft mit elementarer Gewalt bei Verbrechern aus, die irgendeine abscheuliche Tat, zum Beispiel einen Mord, begangen haben. Sie mußten dies anderen mitteilen, obgleich sie sich selbst damit zugrunde richteten. Wenn es auch wahr sein mag, daß der göttlichen Gerechtigkeit der Ruhm für alle diese Geständnisse gebührt, so ist es aber gewiß, daß die Vorsehung, die gewöhnlich im Einklang mit der Natur wirksam ist, sich hier der natürlichen Ursachen bedient, um solche außerordentlichen Wirkungen hervorzubringen.

Ich könnte hierfür mehrere bemerkenswerte Beispiele aus meiner langjährigen Kenntnis des Verbrechens und der Verbrecher anführen, will aber nur eins davon herausgreifen.

Während meines Aufenthalts in Newgate lernte ich einen Burschen kennen, einen sogenannten »Nachtvogel«; wie man einen solchen Menschen jetzt bezeichnet, weiß ich nicht. Er war einer von denen, denen man stillschweigend erlaubte, Abend für Abend auszugehen und seine Diebereien auszuführen, um sogenannten ehrenwerten Leuten, die man Häscher nannte, Arbeit zu verschaffen. Die mußten dann am nächsten Tag den Dieb erwischen und gaben das Gestohlene gegen Belohnung wieder heraus. Dieser Bursche pflegte stets nachts im Schlaf alles zu erzählen, was er getan, jeden Schritt, den er unternommen, was und wo er gestohlen hatte; so genau, als ob man ihn im Wachsein dazu gezwungen hätte. Er mußte sich deshalb, sobald er zurückkehrte, einschließen oder sich von den Wärtern, die ihn zu diesen Taten veranlaßten, einschließen lassen, damit niemand ihn höre. Wenn er jedoch irgendeinen Kameraden, einem Diebsgenossen oder seinen Auftraggebern, wie ich sie mit Recht nennen kann, alle Einzelheiten erzählt und einen vollen Bericht seiner Streifzüge und seines Erfolges gegeben hatte, war alles gut, und er schlief ebenso ruhig wie die andern Leute.

Da ich meine Lebensgeschichte um der Moral willen niederschreibe, zur Belehrung, zur Warnung und zur Besserung des Lesers, wird man in diesen mehr allgemeinen Betrachtungen hoffentlich nicht eine unnötige Abschweifung erblicken, die nur die wenigen betrifft, die eigne und fremde Geheimnisse auf diese Weise preisgeben müssen.

Unter dem Geheimnis, das ich zu wahren hatte, litt ich jedenfalls unbeschreiblich. Um mir Erleichterung zu verschaffen, ließ ich meinen Gatten soviel davon wissen, daß er einsah, eine Verlegung unsres Wohnsitzes sei für uns unbedingt notwendig. Nun galt es aber zu überlegen, welchen Teil der englischen Kolonien wir dazu wählen sollten. Mein Gatte war völlig fremd im Lande und hatte keine Ahnung davon, wo die einzelnen Orte lagen; und ich wußte, ehe ich dieses Buch schrieb, überhaupt nicht, was das Wort Geographie bedeutete. Von dem Lande, in dem wir uns befanden, hatte ich auch nur eine recht dunkle Vorstellung; alles was ich wußte, verdankte ich einzig und allein den Unterhaltungen mit Leuten, die von andern Orten zugezogen waren, oder solchen, die in andre Gegenden gingen. Soviel aber wußte ich: Maryland, Pennsylvanien, Ost und West Jersey, New York und New England lagen alle nördlich von Virginien und mußten infolgedessen ein kälteres Klima haben. Das schreckte mich zurück; denn abgesehen davon, daß ich die Wärme von jeher der Kälte vorzog, so kam ich jetzt in die Jahre, in denen man die Kälte besonders scheut. Deshalb erwog ich, nach Carolina zu gehen, der südlichsten englischen Kolonie auf dem amerikanischen Kontinent. Das erschien mir auch deshalb vorteilhaft, weil ich mit Leichtigkeit von dort zurückkehren konnte, um dem Vermögen meiner Mutter nachzuforschen und meine Forderungen zu erheben.

Nachdem ich mich also fest dazu entschlossen hatte, schlug ich meinem Gatten vor, nach Carolina überzusiedeln, und er war damit ganz einverstanden, da ich ihm, wie schon gesagt, versichert hatte, wir würden hier sofort bekannt sein. Die andern Gründe, die mich zu dem Entschluß geführt hatten, verbarg ich wohlweislich vor ihm.

Nun tauchte jedoch wieder eine neue Schwierigkeit auf. Die Hauptsache war noch immer nicht geklärt und machte mir viel Kopfzerbrechen. Ich konnte nicht daran denken, das Land zu verlassen, ohne irgendwie in Erfahrung zu bringen, was meine Mutter mir vermacht hatte. Außerdem war mir der Gedanke, fortzugehen, ohne meinen früheren Gemahl und mein Kind, seinen Sohn, aufgesucht zu haben, unvorstellbar. Nur durfte es mein jetziger Gemahl nicht erfahren, ebenso wie die beiden von seiner Existenz nichts merken sollten.

Ich dachte über unzählige Möglichkeiten nach, wie dies am besten geschehen könne. Am liebsten hätte ich meinen Gatten schon nach Carolina vorausgeschickt und wäre selbst nachgekommen. Dieser Plan war aber undurchführbar; denn ohne mich rührte er sich nicht vom Fleck, da ihm das Land und die Siedlungsmethoden völlig fremd waren. Dann wieder dachte ich, wir würden zunächst beide zusammen wegfahren, und ich käme dann nach Virginien zurück, wenn wir eingerichtet wären. Aber selbst dann würde er sich nicht von mir trennen. Er war als vornehmer Mann erzogen worden und hatte nicht arbeiten gelernt. Wenn wir erst einmal Fuß gefaßt hatten, würde er lieber mit der Flinte in den Wäldern herumstreifen wie die Indianer, als sich um die Plantage kümmern.

Diese Schwierigkeiten schienen mir unüberwindlich; ich wußte nicht, wie ich ihnen begegnen sollte, und erwog ernstlich, mich meinem früheren Gatten zu erkennen zu geben. Dieser Plan leuchtete mir sehr ein, um so mehr, als ich mir sagte, wenn ich es jetzt zu seinen Lebzeiten nicht täte, werde es mir später vielleicht schwer fallen, meinen Sohn zu überzeugen, daß ich wirklich die war, für die ich mich ausgab, seine Mutter. So könne es geschehen, daß ich sowohl auf die Hilfe naher Verwandter als auch auf das Erbteil meiner Mutter verzichten müsse. Hinwiederum hielt ich es aber auch nicht für richtig, die Umstände, unter denen ich hergekommen war, sehen zu lassen, sowohl die Tatsache, daß ich verheiratet war, als auch meine Verschickung als Strafgefangene. Aus diesen zwei Gründen mußte ich unbedingt den Ort, an dem ich mich befand, verlassen, um dann von einem andern Ort aus als eine andere zurückzukehren.

Ich erklärte daher meinem Gatten immer wieder, daß es unerläßlich sei, die Umgebung des Potomac-Flusses zu meiden, da wir dort nicht unerkannt bleiben würden. An einem andern Ort aber seien wir ebenso geachtet wie die übrigen Pflanzerfamilien. Der Zuzug vermögender Siedler sei immer erwünscht, deshalb würden wir sicherlich freundlich empfangen werden, ohne daß man unsrer Herkunft nachspüre. Ich machte ihn auch nochmals darauf aufmerksam, daß hier am Ort verschiedene Verwandte von mir wohnten, die dürften von meiner Anwesenheit nichts erfahren, da sie sich sofort denken könnten, was mich hergeführt habe, und damit sei ich bloßgestellt. Ich hätte auch Grund anzunehmen, daß meine Mutter mir etwas hinterlassen habe, vielleicht sogar recht viel, und danach müsse ich mich umsehen. Das könne ich aber, ohne unserm Ansehen zu schaden, nur tun, wenn wir von hier wegzögen. Von unserm neuen Aufenthaltsort aus könnte ich dann meinen Bruder und meinen Neffen besuchen, mich ihnen zu erkennen geben und nach meinem Erbteil forschen. Man werde mich mit Achtung empfangen und mir mein Recht nicht vorenthalten. Wenn ich es aber hier versuchte, brächte es mir nur Verdruß, ich müßte es gewaltsam erpressen und mit Verwünschungen und Beschimpfungen in Empfang nehmen. Das mit anzusehn, müsse ihm doch schrecklich sein. Falls ich gesetzliche Unterlagen beizubringen hätte, um zu beweisen, daß ich wirklich die Tochter meiner Mutter sei, so käme ich in größte Verlegenheit. Ich müßte mich nach England wenden und würde wenig Aussicht auf Erfolg haben, vielleicht sogar alles verlieren. Nachdem ich also meinen Gatten, soweit es nötig war, in meine Angelegenheiten hineinschauen ließ, faßten wir aus diesen Gründen den endgültigen Entschluß, uns in einer andern Kolonie niederzulassen, und wählten Carolina.

Deshalb erkundigten wir uns sogleich nach Schiffen, die dorthin fuhren. Man sagte uns, daß auf der andern Seite der Bucht, in Maryland, ein Schiff liege, das Reis und andre Waren von Carolina gebracht hatte und auch wieder dorthin zurückfuhr. Auf diese Nachricht hin mieteten wir eine Schaluppe, um unser Gut zu verstauen, nahmen endgültig Abschied vom Potomac und fuhren mit unsrer ganzen Ladung hinüber nach Maryland.

Es war eine lange und unerfreuliche Fahrt, mein Gatte meinte, sie wäre ihm unangenehmer als die Überfahrt von England. Das Wetter war schlecht, das Wasser sehr bewegt und das Schiffchen klein und unbequem. Wir fuhren den

Potomac volle hundert Meilen aufwärts und kamen in einen Teil des Landes, der Westmorland County heißt. Da der Potomac der größte Fluß in Virginien ist und, wie ich sagen hörte, der größte Fluß der Welt, der nicht direkt ins Merr, sondern in einen andern Fluß mündet, so waren wir bei dem schlechten Wetter häufig in großer Gefahr. Der Potomac gilt zwar als Fluß, ist aber an manchen Stellen so breit, daß wir meilenweit an beiden Seiten kein Land sehen konnten. Dann mußten wir noch die große Chesapeake Bucht überqueren, die dort, wo der Potomac in sie einmündet, fast dreißig Meilen breit ist, so daß wir volle zweihundert Meilen in dieser elenden Schaluppe mit unserm gesamten Besitz zurücklegen mußten. Wenn uns unterwegs irgend etwas zugestoßen wäre, hätten wir in eine schlimme Lage kommen können. Es wäre jederzeit möglich gewesen, daß wir all unser Hab und Gut verloren und nackt und hilflos an einem öden, fremden Ort bleiben mußten, ohne Freunde und Bekannte. Noch jetzt, da die Gefahr doch längst überwunden ist, schaudert es mich, wenn ich nur daran denke.

Nach fünftägiger Segelfahrt landeten wir glücklich in Philip's Point, aber o Schreck! Das Schiff nach Carolina, das uns mitnehmen sollte, war bereits drei Tage vorher mit voller Ladung abgefahren. Das war eine große Enttäuschung. Ich ließ mich jedoch nicht so leicht entmutigen. Da wir nun keine Möglichkeit mehr hatten, nach Carolina zu kommen, riet ich meinem Gatten, zunächst hierzubleiben. Die Gegend, in der wir uns befanden, schien so fruchtbar und schön zu sein, daß sich ein Versuch lohnte, an Ort und Stelle etwas Passendes zu finden. Wenn es ihm auch gefiele, könnten wir uns ebensogut hier niederlassen.

Wir gingen sofort an Land, fanden aber weder eine geeignete Wohnung noch einen Lagerraum, wo wir unsre Sachen unterbringen konnten. Ein sehr freundlicher Quäker, dem wir dort begegneten, gab uns den Rat, sechzig Meilen weiter östlich nach einem am Ausgang der Bucht gelegenen Ort zu gehn, wo auch er wohnte. Dort könnten wir eine Plantage anlegen oder uns in Ruhe nach einem noch passenderen Ort umsehen. Er forderte uns so liebenswürdig dazu auf, daß wir beschlossen, den Rat zu befolgen und uns dem Quäker anzuschließen.

Als erstes erwarben wir zwei Dienstboten käuflich, eine Engländerin, die gerade mit einem Schiff aus Liverpool gelandet war, und einen Neger. Wer hier siedeln wollte, brauchte unbedingt tüchtige Hilfskräfte. Der gute Quäker unterstützte uns in jeder Weise. Nachdem wir den Ort am Ausgang der Bucht, in dem er wohnte, erreicht hatten, sorgte er für passende Lagerräume für unsre Waren und verschaffte uns auch Unterkunft für uns und die Bedienten. Zwei Monate später kauften wir dann auf seinen Rat ein großes Stück Land von der Regierung, um eine Plantage anzulegen, und gaben den Gedanken, nach Carolina weiterzufahren, endgültig auf. Man war uns hier freundlich entgegengekommen, und wir waren gut untergebracht, bis wir uns genügend Grund und Boden und das nötige Material verschafft hatten, um ein eigenes Haus zu bauen. All das verdankten wir der freundlichen Hilfe des Quäkers. Im Laufe eines Jahres hatte wir fast fünfzig Morgen Land urbar gemacht, teilweise eingefriedigt und etwas davon, wenn auch nicht viel, mit Tabak bepflanzt. Außerdem hatten wir Gartenland und reichlich Getreide, um unsre Leute mit Gemüse und Brot zu versorgen.

Nachdem wir soweit eingerichtet waren, bat ich meinen Mann, er möge mich über die Bucht zurückfahren lassen, damit ich mich nach meinen Verwandten erkundigen könne. Er willigte um so lieber ein, als er jetzt alle Hände voll zu tun hatte und sich nebenbei als leidenschaftlicher Jäger mit seiner Flinte manches Vergnügen verschaffte. Oft blickten wir uns dankbar und zufrieden an. Wie gut ging es uns hier! Anders als in Newgate, aber auch viel, viel besser als in den erfolgreichsten Zeiten unsres bösen Gaunerlebens.

Wir konnten wirklich zufrieden sein. Für fünfunddreißig

Pfund bares Geld hatten wir von den Grundbesitzern der Kolonie so viel Land erworben, daß wir damit eine Pflanzung anlegen konnten, die uns bis an unser Lebensende ausreichend ernährte, und Kinder hatten wir nicht mehr zu erwarten.

Damit war aber unser Glück noch nicht erschöpft. Ich fuhr also über die Bucht hinüber zu meinem Bruder, mied aber das Dorf, in dem wir vorher gewesen waren, und fuhr auf einem östlichen Nebenfluß des Potomac, dem Rappahannoc, aufwärts. Auf diese Weise kam ich von der andern Seite an die große Plantage heran, und es gelang mir auch, ganz in die Nähe zu kommen, da ein kleiner Fluß, der in den Rappahannoc mündete, auch schiffbar war.

Ich hatte den festen Entschluß gefaßt, mich mit meinem Bruder direkt in Verbindung zu setzen und ihm zu sagen, wer ich sei. Da ich aber nicht wußte, in welcher Gemütsverfassung ich ihn antreffen würde und ob ein so überraschender Besuch ihm nicht etwa die Laune verderben könnte, beschloß ich, ihm zuerst einen Brief zu schreiben. Darin teilte ich ihm mit, wer ich war. Ich sei aber nicht gekommen, um ihn wegen unsrer früheren verwandtschaftlichen Beziehungen zu belästigen. Ich bitte ihn als Schwester um seinen brüderlichen Beistand, damit er mir mein mütterliches Erbteil zukommen lasse. Ich sei überzeugt, daß er mir zu meinem Recht verhelfe, schon deshalb, weil ich von so weither gekommen sei, um die Angelegenheit zu ordnen.

Ich fügte ein paar zärtliche Worte über seinen Sohn hinzu. Er wisse ja, daß es auch mein Kind sei und daß man mir unsre Ehe ebensowenig zum Vorwurf machen könne wie ihm, da keiner von uns beiden damals etwas von unsrer Verwandtschaft geahnt hatte. So hoffe ich, er werde mir den leidenschaftlichen Wunsch nicht versagen, mein einziges Kind, meinen Sohn, wenigstens einmal zu sehen, ihm zu zeigen, wie ich ihm meine mütterliche Liebe über die Jahre hinweg bewahrt habe, obgleich er sich meiner wohl kaum noch erinnere.

Ich nahm an, daß mein Bruder diesen Brief unmittelbar

nach seinem Eintreffen dem Sohn zu lesen geben werde, da
sein Augenlicht zu schwach dazu war. Doch es kam noch
besser, als ich gedacht hatte; denn er hatte seiner schlechten
Augen wegen dem Sohn schon immer erlaubt, alle Briefe, die
an ihn kamen, zu öffnen und zu lesen. Da der alte Herr zufällig
nicht zu Hause oder gerade nicht erreichbar war, als der Bote
kam, nahm mein Sohn den Brief selbst in Empfang, öffnete
und las ihn.

Nach ein paar Minuten rief er den Boten herein und fragte
ihn, wo die Frau sei, die ihm den Brief gegeben habe. Der Bote
nannte den Ort, der etwa sieben Meilen entfernt war, deshalb
bat ihn mein Sohn, zu warten, ließ ein Pferd satteln und ritt
mit ihm und zwei Bedienten zu mir. Man kann sich wohl
denken, in welche Aufregung ich geriet, als mir der Bote bei
seiner Rückkehr sagte, der alte Herr sei zwar nicht dagewe-
sen, aber sein Sohn sei sogleich mit ihm hergeritten und werde
sofort erscheinen. Ich war im höchsten Grad erregt; denn ich
wußte ja nicht, ob dies Frieden oder Krieg bedeute, und war
mir auch nicht im klaren, wie ich mich verhalten sollte. Ich
hatte aber keine Zeit, lange darüber nachzudenken; denn
mein Sohn folgte dem Boten auf dem Fuße. Vor meiner Zimmertür fragte er den Burschen etwas, das ich nicht verstand;
vermutlich erkundigte er sich, wo die Dame sei, die ihn geschickt habe. Ich hörte gerade noch, wie der Bote sagte: »Da
ist sie selbst«, als er auch schon auf mich zueilte. Er küßte
mich, umarmte mich leidenschaftlich und konnte vor Erregung nicht sprechen. Ich fühlte, wie sich seine Brust hob und
senkte wie bei einem Kinde, das nur schluchzt und nicht laut
weinen will.

Ich kann es gar nicht sagen, wie sehr ich mich freute, als ich
merkte, daß er nicht als Fremder kam, sondern als Sohn zur
Mutter, als ein Sohn, der Mutterliebe nie kennengelernt
hatte. Wir weinten eine lange Zeit miteinander, bis er als
erster ausrief: »Meine liebe Mutter, du bist also wirklich noch
am Leben. Ich hatte die Hoffnung aufgegeben, dich je wieder-

zusehen.« Ich selbst war lange Zeit nicht imstande, nur ein einziges Wort zu sagen.

Nachdem wir uns ein wenig gefaßt hatten und wieder reden konnten, sagte er mir, wie die Dinge lägen, habe er dem Vater meinen Brief nicht gezeigt und auch gar nichts davon gesagt. Was die Großmutter mir hinterlassen habe, werde von ihm verwaltet, und er werde mir nichts vorenthalten. Sein Vater sei alt und körperlich und geistig geschwächt, er sei reizbar und hitzig und nur noch zu wenig zu gebrauchen. Es sei fraglich, ob er in einer so heiklen Angelegenheit richtig handeln würde. Deshalb sei er selbst gekommen, einesteils um seinem Gefühl zu folgen, andernteils um mich nach Kenntnis der Sachlage selbst entscheiden zu lassen, ob ich mich dem Vater entdecken solle.

Das zeugte von großer Umsicht und Klugheit, und ich merkte sofort, daß mein Sohn ein lebenskluger Mann war und meiner Führung nicht bedurfte. Ich erklärte, ich wundere mich nicht über das, was er von seinem Vater erzählt habe. Er sei schon, ehe ich ihn verließ, geistig nicht mehr ganz normal gewesen, weil ich mich weigerte, als Gattin bei ihm zu bleiben, nachdem ich wußte, daß er mein Bruder war. Er wisse jetzt besser Bescheid, in welcher Verfassung sich der Vater augenblicklich befinde, deshalb möge er bestimmen, wie ich mich ihm gegenüber verhalten solle, ich sei mit allem einverstanden. Ich legte nicht unbedingten Wert darauf, seinen Vater nochmals zu sehen, da ich nun schon mit ihm, meinem Kinde, in Beziehung getreten sei. Daß die Großmutter mein Erbteil seinen Händen anvertraut habe, empfinde ich als großes Glück; denn ich zweifle keinen Augenblick daran, daß er mir, da er mich nun kenne, nichts vorenthalten werde. Ich fragte ihn, wie lang die Mutter schon tot sei und wo sie starb, und berichtete so viel Einzelheiten aus unserm Familienleben, daß er bestimmt annehmen mußte, in mir seine Mutter zu sehen.

Er fragte mich, wo ich mich jetzt aufhalte und was ich weiterhin vorhabe. Ich erwiderte ihm, ich wohne in Maryland am jenseitigen Ufer der Bucht auf der Plantage eines Bekannten, der mit demselben Schiff wie ich von England herübergekommen sei; hier auf dieser Seite der Bucht hätte ich keine Wohnung. Er lud mich daraufhin ein, mit zu ihm zu kommen, ich könne für dauernd bei ihm wohnen bleiben, falls ich Lust dazu hätte. Der Vater erkenne niemanden und werde nicht auf den Gedanken kommen, daß ich seine frühere Gemahlin sei. Ich tat, als ob ich einen Augenblick überlege, und antwortete ihm dann, es tue mir zwar sehr leid, fern von ihm zu leben, doch sei es für mich nicht sehr angenehm, mit seinem Vater unter einem Dach zu wohnen und diesen unglückseligen Menschen immer vor Augen zu haben, der mich um mein Lebensglück brachte. So gern ich meinem Kind nahe sei und seine Gesellschaft genießen möchte, so sei es mir doch unmöglich, in seinem Hause zu wohnen. Ich würde in dauernder Angst leben, mich im Gespräch zu verraten. Ein einziges unvorsichtiges Wort würde unser ängstlich gehütetes Geheimnis ans Licht bringen und die unangenehmsten Folgen haben.

Er gab zu, daß ich in allem recht hatte. »Doch eins mußt du mir versprechen, meine liebe Mutter«, sagte er seufzend, »sieh zu, daß du dann wenigstens ganz in meiner Nähe wohnst.« Er ritt mit mir nach einer Plantage, die an die seine angrenzte und in der ich so gut aufgenommen wurde, als ob ich bei ihm selber sei. Ich blieb dort, und er verabschiedete sich. Im Weggehen erklärte er noch, er wolle die Erbschaftsangelegenheit morgen mit mir besprechen. Den Leuten, anscheinend seinen Pächtern, gab er Auftrag, der Tante, wie er mich nannte, mit größter Hochachtung zu begegnen. Zwei Stunden später schickte er mir eine Magd und einen Negerjungen zu meiner Bedienung, die ein fertig bereitetes Abendessen mitbrachten. Ich kam mir vor wie in einer andern Welt und hätte beinahe gewünscht, mein jetziger Gatte sei gar nicht mit mir herübergekommen.

Es war mir aber nicht ganz ernst mit diesem Wunsch; denn ich liebte meinen Mann sehr und hatte ihn sogleich von

Anfang an geliebt. Nebenbei gesagt, verdiente er es aber auch wirklich.

Kaum war ich am nächsten Morgen aufgestanden, als mich mein Sohn auch schon besuchte. Nach einer kurzen Begrüßung zog er einen Wildlederbeutel mit fünfundfünfzig spanischen Pistolen hervor und schenkte sie mir als Beitrag zu den Unkosten für meine Reise von England hierher. Wenn es sich für ihn auch nicht zieme, mich nach meinen Verhältnissen auszufragen, so vermute er doch, daß ich kein großes Vermögen mit herübergebracht habe. Das sei hierzulande überhaupt nicht üblich. Dann zog er das Testament seiner Großmutter aus der Tasche und las es mir vor. Es ging daraus hervor, daß sie mir eine am York River gelegene Plantage mit Dienerschaft und Vieh zugedacht hatte. Mein Sohn war beauftragt, sie für mich zu verwalten, bis er von mir oder meinen Erben, falls ich Kinder hätte, hörte. Sollte ich jedoch vor ihr gestorben sein, so gehöre der Besitz ihm und seinen Erben.

Obwohl diese Plantage, fuhr mein Sohn fort, weit abgelegen sei, habe er sie nicht verpachtet, sondern lasse sie von einem Verwalter bewirtschaften, ebenso wie eine daneben gelegene, die seinem Vater gehöre. Er selbst gehe drei- bis viermal jährlich hin und sehe nach dem Rechten. Ich fragte ihn, wieviel diese Plantage wert sei, er meinte, verpachtet würde sie etwa sechzig Pfund jährlich einbringen, wenn ich sie dagegen selbst bewirtschafte, sei sie mehr wert, da würde ich einen jährlichen Gewinn von ungefähr hundertfünfzig Pfund erzielen. Da ich mich aber möglicherweise am andern Ufer der Bucht niederlassen wollte oder vielleicht nach England zurückkehre, sei er bereit, die Verwaltung des Besitzes auch weiterhin für mich zu übernehmen. Er werde mir dann soviel Tabak schicken, daß ich mit einem jährlichen Ertrag von ungefähr hundert Pfund, manchmal sogar noch mehr, rechnen könne.

Das war für mich allerdings etwas ganz Neues, Unerhörtes, derartige Einnahmen waren mir in meinem bisherigen Leben noch nie begegnet. Ich pries in tiefster Dankbarkeit die Vorsehung, die mir solche Wunder bescherte, mir, dem verderbtesten Wesen, das je in dieser Welt gelebt hatte. Ich muß nochmals bemerken, daß mir die Verworfenheit meines verflossenen Lebens nie so ungeheuerlich erschien und mein Entsetzen und meinen Abscheu in solchem Maße erregte wie in diesem Augenblick, da ich spürte, wie gut die Vorsehung es mit mir meinte und wie dankbar ich abscheuliches Geschöpf dem Schicksal für diese unverdiente Güte sein müsse.

Ich überlasse es aber dem Leser, sich diese Gedanken zunutze zu machen, wozu sich ihm zweifellos Gelegenheit bieten wird, und fahre in meiner Erzählung fort. Meines Sohnes liebevolles Verhalten und sein gütiges Anerbieten rührten mich so zu Tränen, daß ich ihm kaum Antwort geben konnte; nur ganz langsam gelang es mir, meiner Gefühle Herr zu werden. Schließlich aber brachte ich doch meine Freude zum Ausdruck, daß ich mein Erbe vertrauensvoll in die Hände meines eigenen Kindes legen könne. Er sei mein einziges Kind, und wenn ich auch wirklich noch einmal heiraten sollte, so seien doch keine Kinder mehr zu erwarten. Ich bäte ihn deshalb darum, ein Schriftstück aufzusetzen, daß nach meinem Tode mein ganzer Besitz an ihn und seine Erben falle. Lächelnd erkundigte ich mich bei ihm, warum er denn so lange Junggeselle geblieben sei. Bereitwillig gab er mir Antwort auf diese Frage. In Virginien gäbe es nicht viel Frauen; da ich aber davon gesprochen hätte, nach England zurückzukehren, möge ich ihm doch eine Frau aus London herüberschicken.

Von diesen Dingen unterhielten wir uns am ersten Tag unsrer Begegnung. Es war der schönste Tag meines Lebens, der mich restlos glücklich machte. Er kam von da an täglich und verbrachte einen großen Teil seiner Zeit bei mir. In die Familie seiner Freunde führte er mich auch ein, und alle begegneten mir mit größter Achtung. Ich speiste auch mehrmals mit ihm in seinem Hause; er richtete es dann immer so

ein, daß ich mit seinem gebrechlichen Vater nicht zusammentraf. Als er mich zum dritten Male besuchte, beschenkte ich
ihn mit einer der goldnen Uhren, die ich in meiner Seekiste
hatte. Diese Uhr war der einzige Wertgegenstand, den ich
zufällig bei mir trug. Ich bat ihn, sie anzunehmen, er möge sie
ab und zu statt meiner küssen. Daß ich sie, beiläufig bemerkt,
einer Dame in einem Londoner Versammlungssaal von der
Seite gestohlen hatte, behielt ich allerdings für mich.

Er zögerte eine Weile, als wisse er nicht recht, ob er sie
annehmen solle oder nicht. Doch ich drängte ihn dazu. Sie
war schon in London nicht viel weniger wert als sein Leder-
beutel mit dem spanischen Gold, hier hingegen mindestens
zweimal so viel. Schließlich nahm er sie, küßte sie und sagte,
er betrachte sie als eine Schuld, die er mir, solange er lebe,
abtragen müsse.

Einige Tage später brachte er das Dokument und einen
Schreiber mit. Ich unterzeichnete nur gar zu gern und gab
ihm das Schriftstück mit vielen Küssen zurück. Ein zärtliche-
res Verhältnis gab es wohl selten zwischen einer Mutter und
einem liebevollen und pflichttreuen Kind. Tags drauf überreichte er mir eine eigenhändig geschriebene und versiegelte
Erklärung, durch die er sich verpflichtete, die Plantage für
mich zu verwalten und mir die Einkünfte zukommen zu
lassen, wo ich auch sei. Den Ertrag setzte er auf hundert Pfund
jährlich fest. Zum Schluß betonte er noch, daß ich meine
Forderung vor Einbringung der Ernte gestellt habe, deshalb
hätte ich auch Anspruch auf den Ertrag des laufenden Jahres.
Er zahlte mir hundert Pfund in spanischen Silbermünzen aus
und bat mich, ihm eine Quittung dafür auszustellen, daß er
damit für dieses Jahr bis zum kommenden Weihnachtsfest
seinen Verpflichtungen nachgekommen sei. Das war Ende
August.

Ich blieb über fünf Wochen dort und hatte dann noch viel
Mühe, mich loszureißen. Mein Sohn wollte mich selbst über
die Bucht hinüberbringen, das ließ ich aber nicht zu. Doch

war ich damit einverstanden, seine Schaluppe, die wie eine Jacht gebaut war und ihm zu Vergnügungs- und Geschäftsreisen diente, zur Überfahrt zu benutzen.

So schieden wir nach den herzlichsten Versicherungen gegenseitiger Liebe und Zuneigung, und ich traf zwei Tage später wohlbehalten bei meinem Freunde, dem Quäker, ein.

Ich brachte für unsre Plantage drei Pferde mit Geschirr und Sätteln, einige Schweine, zwei Kühe und mancherlei andere nützliche Dinge mit, lauter Geschenke des besten und liebevollsten Kindes, das eine Mutter je besaß. Meinem Gatten berichtete ich von allen Einzelheiten dieser Reise, nur bezeichnete ich meinen Sohn als Vetter. Als erstes erwähnte ich, daß ich meine Uhr verloren hatte, was er sehr bedauerte. Dann erzählte ich aber erfreuliche Dinge, wie freundlich mein Vetter gewesen sei, daß meine Mutter mir eine schöne Plantage hinterlassen und er sie in der Hoffnung, doch noch einmal von mir zu hören, für mich verwaltet habe. Ich hätte sie ihm auch weiterhin überlassen, da er mir versprochen habe, den Ertrag pünktlich abzuliefern. Dann zog ich die hundert Pfund in Silberstücken heraus, den Ertrag des ersten Jahres, »und hier«, fügte ich hinzu, indem ich ihm den Wildlederbeutel mit den fünfundfünfzig spanischen Pistolen zeigte, »ist der Ersatz für die verlorene Uhr.« Mein Gatte erwiderte: »So offenbart sich die Güte des Himmels bei allen empfänglichen Seelen, die seiner Gnade teilhaftig werden.« Er hob beide Hände empor und rief im Überschwang der Freude: »Was tut der Herr Gutes an solchem undankbaren Hund wie mir!« Dann berichtete ich ihm, was ich außerdem alles in der Schaluppe mit herübergebracht hatte, die Pferde, die Schweine und die Kühe und all die anderen Vorräte für unsere Plantage. Er kam aus dem Staunen gar nicht heraus, und sein Herz erfüllte sich mit Dankbarkeit. Von der Zeit an war er so bußfertig und gänzlich verwandelt, wie ein Wegelagerer und Straßenräuber durch Gottes Güte nur je verwandelt werden kann. Um die Wahrheit dieses Gedankens zu beweisen, könnte ich eine Geschichte erzählen, die viel länger werden würde als diese hier. Doch fürchte ich, sie wird weniger unterhaltsam sein als die, in der ich von unseren Schandtaten berichte.

Außerdem handelt es sich hier um meine eigne Geschichte und nicht die meines Gatten; ich kehre daher wieder zu mir zurück. In der Folgezeit bauten wir unsre Plantage weiter aus und verdankten einen großen Teil des Erfolgs der Hilfe neugewonnener Freunde, besonders des ehrlichen Quäkers, der sich auch in den kommenden Jahren als wirklich treuer und hochherziger Freund erwies. Der Erfolg blieb nicht aus. Da wir von Anfang an reichlich mit Kapital versehen waren und nun noch die hundertfünfzig Pfund Sterling hinzukamen, vermehrten wir die Zahl unsrer Hilfskräfte, bauten ein schönes Haus und machten in jedem Jahr neues Land urbar. Im zweiten Jahr schrieb ich meiner alten Pflegemutter, damit sie sich über unsre Erfolge mit uns freuen konnte, und beauftragte sie, für die zweihundertfünfzig Pfund, die ich ihr dagelassen hatte, Waren zu kaufen und uns zu schicken. Hilfsbereit wie immer erfüllte sie meine Bitte und alles kam unversehrt bei uns an.

Damit verfügten wir nun über einen Vorrat von Kleidungsstücken aller Art, sowohl mein Mann als auch ich. Ich hatte vor allem solche Dinge für ihn bestellt, an denen ihm viel gelegen war: zwei schöne, lange Perücken, zwei Degen mit silbernem Griff, drei oder vier Vogelflinten, einen schönen Sattel mit Halftern und Pistolen und einer scharlachroten Decke, lauter Dinge, mit denen ich ihm große Freude bereitete und die ihn als den Edelmann erscheinen ließen, der er ja auch wirklich war. Eine Menge Hausgerät, das uns noch fehlte, hatte ich auch bestellt, sowie Wäsche für uns beide. Ich selbst hatte wenig Kleider und Wäsche nötig, da ich von früher her noch sehr gut mit beidem versehen war. Der Rest der Ladung bestand aus Eisenwaren aller Art, wie Pferdegeschirren und Werkzeugen, Kleidung für die Dienstboten und

Wollsachen, Stoffen, wollenen Tüchern, Strümpfen, Schuhen, Hüten und ähnlichem, was Dienstboten tragen, sogar ganzen Stoffballen, um Ersatz zu haben für verbrauchte Kleidungsstücke. Zu all diesen Anschaffungen hatte mir der Quäker geraten. Die Ladung kam unbeschädigt und in gutem Zustand an. Gleichzeitig erschienen drei Dienstmägde, muntere Dinger, die meine alte Pflegemutter für mich gemietet hatte und die sich für die Arbeit hier gut eigneten. Eine kam sogar zweifach, da sie sich unterwegs mit einem der Seeleute eingelassen hatte, noch ehe das Schiff in Gravesend war, wie sie später eingestand. Sieben Monate nach der Landung brachte sie einen kräftigen Jungen zur Welt.

Sie können sich denken, daß mein Gatte über die Ankunft dieser großen Ladung ziemlich überrascht war. Als er sie eingehend besichtigt hatte, fragte er mich: »Was bedeutet denn das alles? Ich fürchte, du stürzt uns zu tief in Schulden. Wann werden wir denn je in der Lage sein, das abzuzahlen?« Ich lächelte nur und erklärte, daß das alles längst bezahlt sei. Da ich nicht gewußt habe, was uns auf der Reise zustoßen konnte, hätte ich nicht mein ganzes Kapital mit herübergenommen, sondern einen Teil davon in den Händen meiner Freundin zurückgelassen. Jetzt, wo wir gut gelandet und uns eine sichere Existenz geschaffen hatten, habe ich es in Waren umsetzen und kommen lassen.

Er war ganz benommen, stand eine Weile schweigend da und zählte etwas an seinen Fingern ab. Dann fing er an zu reden und nahm den Daumen: »Da sind zunächst zweihundertsechsundvierzig Pfund Bargeld«, dann nahm er den Zeigefinger: »zwei goldne Uhren, Diamantringe und Silbergerät.« Er zählte weiter und kam zum Mittelfinger: »eine Plantage am York River, die hundert Pfund jährlich einbringt, hundertfünfzig Pfund in bar, eine Schaluppe, die mit Pferden, Kühen, Schweinen und Vorräten beladen war«, und so ging es weiter, bis er wieder zum Daumen kam. »Und jetzt wieder«, fuhr er fort, »eine Schiffsladung, die zweihundertfünfzig

Pfund in England gekostet hat und hier mindestens zweimal soviel wert ist.« – »Sag mal, warum zählst du das eigentlich alles auf?« fragte ich ihn. »Warum?« erwiderte er, »weil jetzt keiner mehr sagen kann, ich sei betrogen worden, als ich mich in Lancashire verheiratete. Ich habe damals doch eine gute Partie gemacht, und zwar eine sehr gute.«

Wir waren also nun in ausgezeichneten Verhältnissen, und unser Wohlstand wuchs von Jahr zu Jahr. Unsre neue Plantage gedieh. In den acht Jahren, in denen wir sie bewirtschafteten, brachten wir sie zu solcher Höhe, daß sie jährlich mindestens dreihundert Pfund Sterling abwarf, das heißt soviel war der Ertrag in England wert.

Nachdem ein Jahr vergangen war, fuhr ich nochmals über die Bucht, um meinen Sohn zu besuchen und zum zweiten Male den Jahresertrag meiner Plantage in Empfang zu nehmen. Dabei hörte ich, daß mein früherer Gatte gerade gestorben und vor kaum zwei Wochen begraben worden war. Ich muß gestehn, daß mir das nicht unlieb war; denn nun konnte ich meine Wiederverheiratung zugeben. Vor meiner Abreise erzählte ich daher meinem Sohn, daß ich die Absicht hätte, einen Herrn zu heiraten, der in meiner Nachbarschaft eine Plantage besäße.

Obgleich ich nun nach dem Gesetz frei sei und wieder heiraten könne, so sei ich dennoch ängstlich, daß bei der Gelegenheit die unglückliche Ehe von damals wieder zur Sprache käme und meinen Mann unruhig mache. Mein Sohn, noch immer derselbe gute Mensch wie zuvor, nahm mich diesmal in seinem Hause auf, zahlte mir die hundert Pfund aus, und ich kehrte wieder mit Geschenken beladen heim.

Kurz darauf ließ ich ihn wissen, daß ich mich verheiratet habe, und lud ihn ein, uns zu besuchen. Auch mein Gatte schrieb ihm einen sehr freundlichen Brief und forderte ihn zum Kommen auf. Nach ein paar Monaten kam er und war zufällig gerade da, als die schon erwähnte Ladung aus England eintraf. Ich ließ ihn in dem Glauben, daß sie nicht mir, sondern meinem Gatten gehöre.

Als mein armer Bruder tot war, erzählte ich alles offenherzig meinem Gatten, teilte ihm auch mit, daß dieser sogenannte Vetter mein Sohn aus jener unglücklichen Ehe sei. Er regte sich gar nicht darüber auf, ich hätte es ihm auch ruhig erzählen können, als der Alte – so nannten wir ihn – noch am Leben war. »Denn«, sagte er, »man kann weder dir noch ihm einen Vorwurf machen. Es war ein Irrtum, der sich nicht vermeiden ließ.« Nur das rechne er meinem Bruder als Schuld an, daß er es verheimlichen und sich nicht von mir trennen wollte, nachdem schon alles herausgekommen war. Das sei verächtlich. So wurden zum Schluß alle diese Schwierigkeiten überwunden, und wir lebten denkbar glücklich miteinander. Jetzt sind wir alt, ich bin fast siebzig Jahre, mein Gatte achtundsechzig. Ich war länger drüben, als mir gesetzlich vorgeschrieben war. Trotz aller Mühsal und trotz allem Elend, das wir beide durchgemacht haben, sind wir gesund und guten Mutes. Ich kehrte zuerst nach England zurück, mein Gatte blieb noch länger drüben, um unsere Angelegenheiten zu ordnen. Anfangs plante ich, wieder zu ihm zu fahren, auf seinen Wunsch aber änderte ich diesen Entschluß, und er ist zu mir nach England gekommen, wo wir den Rest unsres Lebens in aufrichtiger Reue über unsre schlimme Vergangenheit verbringen wollen.

Geschrieben im Jahre 1683.

ZU DEN ILLUSTRATIONEN
VON WILLIAM HOGARTH

Die Illustrationen, die dieser Ausgabe beigegeben sind, stammen von William Hogarth (1697-1764), dem großen englischen Maler, Zeichner und Kupferstecher. Wie kaum ein zweiter Künstler des 18. Jahrhunderts hat er es verstanden, das Leben seiner Zeit in eindrucksvollen, präzise beobachteten Sittenbildern zu vergegenwärtigen: vielfältig in der Thematik, weil er alle gesellschaftlichen Gruppen einbezieht und ganz unterschiedliche Temperamente und Gemütszustände veranschaulicht, satirisch-karikierend, nicht immer ohne Sentimentalität im Stil, mit moralisch-didaktischer und sozialkritischer Absicht. Die großen Zyklen der dreißiger und vierziger Jahre (denen die meisten der hier reproduzierten Stiche entnommen sind), wie z. B. *Der Lebenslauf einer Dirne* (*The Harlot's Progress*, 1732), *Der Lebenslauf eines Wüstlings* (*The Rake's Progress*, 1735), *Die Heirat nach der Mode* (*Marriage à la Mode*, 1745) und *Fleiß und Faulheit* (*Industry and Idleness*, 1747), bezeugen diese Qualitäten.

Es lag nahe, Defoes *Moll Flanders* mit Stichen Hogarths zu illustrieren, weil es zwischen beiden Künstlern gewisse Parallelen im Hinblick auf die Thematik ihres Œuvres und ihren Stil gibt. Beide sind sehr variabel in der Wahl ihrer Sujets, wobei die Vorliebe für Figuren und Szenen aus den unteren gesellschaftlichen Schichten auffällt, beiden ist es gelungen, genaue Wirklichkeitsbeobachtung mit moralischer Deutung zu verbinden. Wie Defoe wählte Hogarth London als topographischen Hintergrund für seine Kupferstiche. So setzt das Lokalkolorit seiner Illustrationen die Schauplätze der Romanepisoden treffend ins Bild. Dieser Umstand war für die Auswahl der Bilder wichtiger als die Tatsache, daß Hogarths Darstellungen natürlich keine bestimmte, im Roman dargestellte Figur oder Begebenheit illustrieren.

NACHWORT

Der Name Daniel Defoe verbindet sich für den deutschen Leser mit dem Roman *Robinson Crusoe*. Wenige wissen, daß Anzahl und thematische Breite seiner Schriften Defoe zu einem der produktivsten und vielseitigsten Autoren der englischen Literatur machen. Ihm kam offenbar kein Thema ungelegen: in seinem Œuvre steht die politische Flugschrift (*The True-Born Englishman*, 1701, in Versen) neben der religionskritischen Satire (*The Shortest Way with the Dissenters*, 1702), die Gespenstergeschichte (*The True Relation of the Apparition of one Mrs. Veal*, 1706) neben dem Fachbuch für Kaufleute (*The Complete English Tradesman*, 1725-1727), der Reisebericht (*A Tour thro' the Whole Island of Great Britain*, 1724-1727) neben dem Essay über Projekte (*An Essay upon Projects*, 1697). Er schrieb eine fesselnde Darstellung der Pest in London (*A Journal of the Plague Year*, 1722), die sich streckenweise wie eine Dokumentation liest, redigierte Zeitschriften und betätigte sich als Mitarbeiter von Journalen verschiedener politischer Couleur, ganz zu schweigen von seinen übrigen beruflichen Aktivitäten als Kurzwarenhändler, Ziegelfabrikant und Doppelagent.

Dieser aktive und vielseitig interessierte Mann, dessen Biographie sich wie ein Abenteuerroman liest, hat sich erst im letzten Jahrzehnt seines Lebens jener literarischen Gattung zugewandt, der er heute weitgehend sein Ansehen verdankt: nämlich der Erzählkunst. Die Literaturkritiker haben ihm längst den gebührenden Platz in der Geschichte des englischen Romans zugewiesen und seine Pionierleistung bei der Entstehung des neuen Genres gewürdigt. Nicht selten wurde auch auf die Grenzen des Romanciers Defoe aufmerksam gemacht, dem es an künstlerischer Sensibilität, gestalterischer Kraft und der Fähigkeit mangele, die feineren Regungen der Psyche nachzuzeichnen oder die Komplexität der gesellschaftlichen Wirklichkeit erzählerisch sichtbar zu machen. Vereinfachend gesagt: Defoes Stärke als realistischer Erzähler wurde gegen seine Schwächen als Formkünstler aufgewogen. Daß solche Wertungen mit Vorsicht zu nehmen sind, erhellt aus dem Umstand, daß zwei Autoren des 20. Jahrhunderts, die für die Form des englischen Romans hohe Maßstäbe gesetzt haben, Defoe ihre Reverenz erwiesen, nämlich James Joyce und Virginia Woolf. Joyce hob anerkennend hervor, daß Defoe der erste englische Autor gewesen sei, der »für sich selbst eine künstlerische Form erfinden mußte, die vielleicht ohne Vorbild ist«[1], während Virginia Woolf betonte, daß er sich mit »der wichtigen und dauerhaften Seite der Dinge beschäftigt und nicht mit dem Vorübergehenden und Trivialen«[2]. Von allen Werken Defoes zählt sie sogar *Roxana* und *Moll Flanders* zu den »wenigen unbestreitbar großen englischen Romanen«[3].

Defoe veröffentlichte *Moll Flanders* im Jahre 1722. Der Roman weist keine äußere Einteilung in Bücher, Teile oder Kapitel auf. Moll erzählt ihre Memoiren, an deren Ende sie das Datum 1683 setzt, in fünf relativ eigenständigen Phasen, von denen jede einzelne einen Wandel in ihren Lebensumständen sowie eine neue Stufe ihrer Bewußtseinsentwicklung markiert. Moll wird als Tochter eines unbekannten Vaters und einer Diebin, die später nach Virginia deportiert wird, im Gefängnis von Newgate geboren. Sie verbringt ihre früheste Kindheit bei einer Verwandten der Mutter, später unter Zigeunern, bis sie schließlich im Alter von knapp drei Jahren von einem Waisenhaus in Colchester aufgenommen wird, dessen Leiterin ihr Güte, Wohlwollen und Verständnis entgegenbringt. Im Alter von acht Jahren soll sie das Waisenhaus verlassen und als Dienstmädchen arbeiten. Dagegen wehrt sie sich hartnäckig und tränenreich mit dem Argument, sie wolle eine *gentlewoman* werden, worunter sie (fälschlicherweise) eine Frau versteht, die ihr Geld selbständig verdienen könne.

Als Moll 14½ Jahre alt ist, stirbt die fürsorgliche Frau, und das junge mittellose Mädchen wird von einer wohlhabenden Familie übernommen, wo sich ihr als Dienstmädchen mit Familienanschluß die Chance bietet, an der bürgerlichen Erziehung der Töchter des Hauses teilzuhaben und davon zu profitieren. Sie lernt tanzen, singen sowie Französisch.

Kindheit und Jugend, Molls erste Lebensphase, enden recht abrupt im Alter zwischen 17 und 18 Jahren, als sie vom älteren Bruder der Familie, dessen Name der Leser nicht erfährt, mit Liebesbekundungen, Geldgeschenken und mehreren Eheversprechen verführt wird. Moll, eitel und ganz eingenommen von der Vorstellung, von einem reichen Gentleman hofiert und begehrt zu werden, wird ein leichtes Opfer der vorübergehenden Leidenschaft dieses Mannes, die sie als Beginn einer dauerhaften Gefühlsbindung mißversteht. Es stellt sich bald heraus, daß der begüterte Bürgerssohn keineswegs die Absicht hegt, das arme Waisenkind zu heiraten, sondern seine Geliebte (und seine Familie) nach und nach davon zu überzeugen weiß, daß sein jüngerer Bruder Robin, der Moll inzwischen einen Heiratsantrag gemacht hat, eine vorteilhafte Partie wäre. Die schockartige Erfahrung, einen geliebten Menschen auf diese zynische Weise zu verlieren, verbunden mit dem Verlust der Hoffnungen und Erwartungen, die an eine Verbindung mit ihm geknüpft waren, schlagen sich in einer längeren Krankheit Molls nieder, von der sie sich erst allmählich erholt. Dem Drängen des älteren Bruders nachgebend, willigt sie schließlich in die Ehe mit Robin ein, wohl wissend, daß eine solche Entscheidung einer ›gefallenen Frau‹ die Möglichkeit bietet, sowohl der ungeliebten Dienstmädchenstellung als auch dem Abstieg in die Prostitution zu entgehen und eine bürgerliche Existenz zu begründen.

Der Verführung durch den älteren Bruder und der Ehe mit dem jüngeren, der nach fünf Jahren stirbt, folgen im Laufe der beiden folgenden Jahrzehnte vier weitere Ehen, die insgesamt den zweiten Lebensabschnitt der Protagonistin bilden. Moll hat aus ihrer bisherigen Erfahrung, insbesondere aus der mißglückten Beziehung mit dem älteren Bruder der Familie in Colchester den Schluß gezogen, daß die Attraktivität einer Frau nicht auf Schönheit, Bildung, vornehmer Herkunft oder tugendhaftem Lebenswandel beruht, sondern allein am Maßstab der finanziellen Mittel gemessen wird, über die sie verfügt. Sie folgert aus dieser Erkenntnis weiter, daß die Ehe, vom Standpunkt der Männer aus betrachtet, insbesondere der Glücksritter unter ihnen, als Geschäft gilt (»the consequence of politic schemes«[4]), für das ein kapitalkräftiger Partner, also eine ›gute Partie‹, gesucht wird. Sie läßt sich deshalb bei ihrer zukünftigen Lebensplanung von der Einsicht leiten:

I had been tricked once by that cheat called love, but the game was over; I was resolved now to be married or nothing, and to be well married or not at all.[5]

Zunächst liiert sich Moll mit einem Tuchhändler, der, wie sie zu spät bemerkt, über seine Verhältnisse lebt, Schulden machen muß und sich dem Zugriff seiner Gläubiger in letzter Minute durch die Flucht nach Frankreich entzieht. Moll läßt sich von dieser zweiten Enttäuschung keineswegs unterkriegen, sondern stellt Überlegungen darüber an, welche Chancen sich einer alleingelassenen Frau bieten, die über begrenzte Mittel verfügt und keine Unterstützung von wohlwollenden und selbstlosen Freunden zu erwarten hat. Auf der Grundlage der oben zitierten Einsicht entwickelt sie eine Methode, die sie dann bei der Anbahnung ihrer dritten und vierten Ehe mit wechselndem Erfolg anwendet: nämlich Heiratskandidaten durch Vortäuschung einer ersprießlichen Mitgift zu ködern.

Molls Taktik verfängt recht bald bei einem in England lebenden Plantagenbesitzer aus Virginia. Die Raffinesse, mit der sie zu Werke geht, ist beachtlich. Sie setzt ein Gerücht in Umlauf, in dem sie als vermögende Witwe mit einem Jahreseinkommen von mindestens £ 1500 – vielleicht sogar mehr! – erscheint, während sie gleichzeitig gegenüber dem Bewerber um ihre Gunst das Gerücht ausdrücklich dementiert und sich selbst als mittellos bezeichnet. Dieser wertet ihr Dementi als Ausdruck bescheidener Untertreibung und nimmt es nicht ernst. Auf diese Weise erreicht Moll, daß ihr der Kandidat nach der Eheschließung nicht den Vorwurf der Täuschung machen kann und obendrein noch eine geringe Mitgift dankbar akzeptiert. Moll begibt sich mit ihrem dritten Mann auf dessen Güter in Virginia, wo sie allerdings nach einiger Zeit die schockierende Entdeckung macht, daß sie sich mit ihrem Halbbruder eingelassen hat. Daraufhin trennt sie sich von ihm und kehrt nach England zurück.

Moll nimmt zunächst ihren Wohnsitz in Bath und lebt dort als Mätresse eines wohlhabenden verheirateten Gentleman. Als der Ehemann nach acht Jahren im Anschluß an eine schwere Krankheit wegen seines Doppellebens von Gewissensbissen geplagt wird und sich von seiner Geliebten trennt, steht Moll wieder allein da. Sie besinnt sich flugs auf ihre alten Grundsätze für eine erfolgversprechende Eheanbahnung, und es dauert nicht lange, bis ein neuer Heiratskandidat in Sicht ist, nämlich Jemmy, ein angeblich begüterter Ire, der in Lancashire lebt. In Jemmy findet Moll ihren Meister, der genauso kaltblütig blufft wie sie selbst. Bald nach der Eheschließung stellt sich nämlich heraus, daß sich beide gegenseitig mit falschen Angaben über ihre Vermögensverhältnisse übers Ohr gehauen haben und sich als betrogene Betrüger in einer peinlichen Situation befinden. Jemmy hat sich bislang mit Straßenraub und anderen Gaunereien durchs Leben geschlagen und ist dem Gerücht aufgesessen, Moll sei eine vermögende Witwe, deren Besitz es ihm erlauben würde, sich von seinem gefährlichen Gewerbe zurückzuziehen und zur Ruhe zu setzen. Angesichts der trüben Aussichten entschließt man sich zur Trennung, obwohl beide offenbar eine tiefergehende Zuneigung verbindet.

Es gehört jedoch zur Lebenseinstellung dieser einfallsreichen Frau, daß sie sich in solchen Wechselfällen des Schicksals zu helfen weiß. Sie kann in ihrer Lage auf einen Kandidaten zurückgreifen, einen Bankangestellten aus London, den sie bereits vor ihrer Verbindung mit Jemmy kennengelernt hatte. Er wollte ihr damals im Anschluß an eine geschäftliche Angelegenheit – Moll vertraute seiner Bank Bargeld und Wertsachen an – auch privat näherkommen und machte ihr Avancen. Moll heiratet nun zum fünften Mal und verbringt mit diesem Mann ruhige und zufriedene Jahre. Der Tod dieses Partners setzt der Idylle nach fünf Jahren ein jähes Ende.

Das Ende der fünften Ehe Molls bezeichnet zugleich den Abschluß ihrer zweiten Lebensphase. Moll ist inzwischen 48 Jahre alt und sieht einer ungewissen Zukunft entgegen. Sie hat ihr Lebensziel, nämlich ein gesichertes bürgerliches Leben an der Seite eines wohlhabenden Ehemannes noch nicht dauerhaft verwirklichen können. Aufgrund ihres Alters sind ihre Chancen auf dem Heiratsmarkt so weit gesunken, daß sie sich kaum noch Hoffnung auf eine ›gute Partie‹ machen kann. In dieser Situation sieht sie keinen anderen Ausweg, als ihre wirtschaftliche Existenz außerhalb der Legalität und jenseits aller bürgerlichen Verhaltenserwartungen zu sichern und zu verbessern. Sie beginnt eine einträgliche, aber gefährliche Karriere als Diebin. In Zusammenarbeit mit ihrer Vertrauten, der *governess*, die als Ratgeberin und Hehlerin fungiert, verstrickt sie sich immer tiefer in ihren kriminellen Aktivitäten, bis sie schließlich eines Tages gefaßt und ins Gefängnis von Newgate eingeliefert wird. Es scheint, als ob sie ihr Leben an jenem stets gefürchteten Ort beschließen müßte, an dem sie vor nunmehr 60 Jahren geboren wurde.

Newgate: dies bedeutet für Moll »an emblem of hell itself«[6]. Ihrer Freiheit und Selbständigkeit beraubt, in Gesellschaft von Kriminellen jeden Kalibers, in einer Atmosphäre des Lärms, des Gestanks und der Erniedrigung, die nicht einmal mehr die Aufrechterhaltung eines Scheins bürgerlicher Prätentionen erlaubt, hinter ihr ein Leben, das sich als schillerndes Muster aus Ehebruch, Bigamie, Inzest, Dieberei en, Prostitution, Lüge und Täuschung darstellt, vor ihr das Ende am

Galgen – was bleibt Moll noch in einer solchen Situation? Reue und Bekehrung! Wie ernst es Moll mit ihrer Reue ist, wird später noch zu erörtern sein. Der Geistliche, dem sie ihr ereignisreiches Leben enthüllt, nimmt ihre reumütigen Bekenntnisse zum Anlaß, sich für sie einzusetzen, und erreicht die Umwandlung der Todesstrafe in die Deportation nach Virginia. Es trifft sich, daß Moll im Gefängnis ihren Lancashire-Ehemann wiedersieht, der dort wegen Straßenraubs inhaftiert ist. Da die Beweislage unsicher ist, jedoch die Möglichkeit droht, daß neue Zeugen sich melden werden, rät man ihm zur freiwilligen Ausreise nach Virginia. Was liegt also näher, als daß Moll sich wieder mit Jemmy zusammentut und sie die nächsten Schritte auf ihrem gewundenen Lebensweg gemeinsam gehen.

Molls Entlassung aus dem Gefängnis von Newgate und ihre Einschiffung nach Virginia markieren das Ende der vierten und den Beginn der fünften und letzten Lebensetappe. Nach ihrer Ankunft in der vorwiegend von ehemaligen Sträflingen besiedelten Kolonie kann sich Moll zunächst einmal durch Bestechung des Kapitäns der Gefahr entziehen, als Sklavin verkauft zu werden. Zusammen mit Jemmy verläßt sie Virginia und siedelt in Maryland, weil sie dort eher damit rechnen kann, nicht gleich als deportierter Sträfling identifiziert zu werden. Molls Gedanken richten sich weniger auf die Gründung und Bewirtschaftung einer Tabakplantage als vielmehr auf die Höhe der Erbschaft, die ihre verstorbene Mutter hinterlassen hat. Ein baldiger Besuch bei ihrem Sohn Humphry (aus der Ehe mit ihrem Halbbruder) schafft Klarheit: sie kann mit Einkünften von jährlich £ 100 rechnen, die ihr der Sohn aus den Erträgen einer geerbten Plantage auszahlt. Der eigene Besitz wird nach und nach vergrößert, so daß allmählich die materiellen Voraussetzungen für ein sorgenfreies und angenehmes Leben geschaffen werden. Im Alter von knapp 70 Jahren kehrt sie nach England zurück – Jemmy folgt ihr wenig später nach –, und die beiden verbringen gemeinsam ihren Lebensabend »in sincere penitence for the wicked lives we have lived«[7].

Die Segmentierung der Lebensgeschichte Molls in fünf thematisch zusammenhängende Abschnitte, die wiederum in zahlreiche Episoden unterteilt und quantitativ unterschiedlich gewichtet sind, verleiht den diffusen Erinnerungen der Erzählerin die rhythmische Kontur und läßt erkennen, welchen Phasen ihrer Autobiographie sie besonderes Gewicht beimißt. Eine Untersuchung des Verhältnisses von Erzählzeit und erzählter Zeit offenbart, daß sie den ersten 17 Jahren ihres Lebens, also ihrer Kindheit und Jugend, 9 Seiten widmet. Die Darstellung der Verführung durch den älteren Bruder sowie die sich anschließenden fünf Eheepisoden, d. h. die Zeit zwischen ihrem 18. und ihrem 50. Lebensjahr, machen den relativ größten Teil des Romans, nämlich knapp die Hälfte, aus. Im Vergleich mit ihrer Karriere als fünfmal verheiratete Frau ist die Schilderung ihrer kriminellen Aktivitäten nur halb so umfangreich. Die Darstellung ihrer Erlebnisse in Newgate sowie ihrer Deportation nach Virginia ist quantitativ etwa gleich, obwohl ihre Inhaftierung nur höchstens ein Jahr währt, ihr Leben im Exil dagegen mindestens 9 Jahre.

Die unterschiedliche quantitative Gewichtung der dargestellten fünf Lebensabschnitte, die sich an einer linearen Chronologie aufreihen, bewirkt eine erzählerische Rhythmisierung der Erinnerungen Molls und prägt den äußeren Aufbau des Romans. Diese äußere Gliederung stellt noch kein hinreichendes Ordnungsprinzip dar, um den inneren, strukturellen Zusammenhang des Erzählten zu gewährleisten. Soll die Abfolge episodischer Lebenserinnerungen mehr sein als die additive Reihung zufälliger Begebenheiten, dann müßten sie sich an einer zusammenhangstiftenden, weil auf eine Idee gerichtete künstlerische Darstellungsintention des ›Redakteurs‹ Defoe orientieren. Man dürfte erwarten, daß die einzelnen Phasen thematisch mit Notwendigkeit oder Wahrscheinlichkeit aufeinander bezogen sind und die Geschichte insgesamt von der Persönlichkeit Molls, die sowohl als handelndes wie als erzählendes Ich in Erscheinung tritt, motiviert ist. Es gilt also zunächst, die kompositorische Verknüpfung der fünf Handlungsphasen werkimmanent unter thematischen und motivlichen Gesichtspunkten zu betrachten sowie ihre erzähltechnische Vermittlung zu beleuchten. In einem weiteren, werkexternen Interpretationsschritt wird zu klären sein, welche Typen des Erzählens den Roman literarhistorisch charakterisieren und inwieweit die ideologischen Grundlagen der Handlung von Defoes Welt- und Menschenbild beeinflußt worden sind.

Wendet man sich der Kindheit und Jugend Molls zu und analysiert ihre frühe Sozialisationsphase und die damit verbundene Entwicklung von Einstellungen und Haltungen, dann wird man zuerst bedenken müssen, daß Moll als Waisenkind aufwächst, dessen Bezugspersonen mehrfach wechseln: von der Verwandten der Mutter gerät sie in die Hände von umherziehenden Zigeunern, von dort – als Dreijährige – in die Obhut einer Pflegemutter, nach deren Tod sie schließlich von der Familie des Bürgermeisters in Colchester aufgenommen wird. Im Alter von 8 Jahren droht ihr das Schicksal anderer elternloser Mädchen, denn sie soll auf Geheiß der Stadtväter die von ihrer *nurse* betriebene kleine Schule verlassen und eine Tätigkeit als Dienstmädchen ausüben, wogegen sie sich vehement sträubt. Es ist angesichts ihres bisherigen Lebensweges natürlich, daß Gefühle der Unsicherheit, Abhängigkeit und Bedrohung entstanden sind, die in ihr ein Streben nach Sicherheit und Selbständigkeit entstehen lassen, das seinen ersten Ausdruck in ihrem (zunächst falsch verstandenen) *gentlewoman*-Ideal findet. Der Kontakt mit den Töchtern des Bürgermeisters lehrt sie, daß Arbeit nicht zu den notwendigen Verrichtungen einer *gentlewoman* zählt, und führt ihr zugleich das Modell eines vornehmen Lebensstils vor Augen, das ihrem frühkindlichen Traum eine neue Richtung gibt und ihn verstärkt. Als sie schließlich nach dem Tode ihrer

Pflegemutter in die Familie aufgenommen wird, fällt ihr bald auf, daß sie ebensogut tanzen und Französisch sprechen kann wie die Töchter des Hauses. Man bestätigt ihr überdies, daß sie über natürliche Vorzüge verfüge, mit denen sie ihre weiblichen Rivalinnen sogar übertrifft: sie ist hübscher, hat eine bessere Figur und eine angenehmere Singstimme. Die Erfahrung der partiellen Überlegenheit der sozial Unterprivilegierten über die gesellschaftlich höherrangigen Bürgerstöchter stärkt ihr Selbstbewußtsein und macht sich als Eitelkeit und Dünkel bemerkbar.

Die Analyse der Kindheits- und Jugendphase zeigt deutlich, daß Molls Streben nach Sicherheit und Selbstbestimmung, die ihren gesellschaftlichen Ausdruck im *gentlewoman*-Ideal finden, sowie ihre Eitelkeit zu den Hauptmotiven zählen, die ihr Bewußtsein in dieser Zeit zu prägen beginnen. Beide Motive wirken zusammen und erklären, warum Moll so rasch ein leichtes Opfer der Begehrlichkeit des älteren Bruders in der Familie wird. Die Liebesbeteuerungen des leichtlebigen Verführers und seine Lobeshymnen auf die Schönheit der »Mrs. Betty« schmeicheln dem Selbstbewußtsein und der Eitelkeit des Dienstmädchens, die üppigen Geldgeschenke, verbunden mit dem Eheversprechen (das allerdings unter dem schlauen Vorbehalt gegeben wird, »as soon as he came to his estate«[8]), lassen den Traum des Waisenkindes von einer dauerhaften Gefühlsbindung im Rahmen einer gesicherten, angesehenen bürgerlichen Existenz als *gentlewoman* wie greifbare Wirklichkeit erscheinen. Doch der feine Herr hat die junge Frau, die sich ihm vorbehaltlos anvertraut hatte, über seine wahren Absichten getäuscht, denn er kauft sich schon bald mit einigem rhetorischen Aufwand sowie einer gewichtigen Geldsumme (£ 500) von seinem Versprechen frei und besänftigt sein Gewissen damit, daß er die Sitzengelassene an seinen Bruder Robin weiterreicht.

Die Verführung Molls durch den älteren Bruder, deren bedrohliche gesellschaftliche Konsequenzen durch die Heirat mit dem jüngeren Bruder abgewendet werden, wirkt auf die junge Frau als schockartige Initiation in eine Welt, mit der sie bislang nicht in Berührung gekommen ist. Sie kann als Schlüsselerlebnis angesehen werden, das fortan Molls Lebenseinstellung, insbesondere ihre Haltung gegenüber Männern, prägt. Moll ist in ihrem Vertrauen auf eine dauerhafte Gefühlsbindung, die sie sogar um den Preis des sozialen Abstiegs (»I had much rather . . . be your whore than your brother's wife«,[9]) verwirklichen wollte, betrogen worden, sie hat erleben müssen, daß ein Eheversprechen, dem mit allerlei Geldzuwendungen der trügerische Anschein von Ernst und Engagement verliehen wurde, in Wirklichkeit die Funktion eines goldenen Köders hatte, den ein wohlhabender und listenreicher Libertin auslegte, um sich ein kurzweiliges Vergnügen zu verschaffen, sie macht die demütigende Erfahrung, daß ihre Unerfahrenheit und Abhängigkeit ausgenutzt werden und alle natürlichen Vorzüge ihrer Person im Kalkül eines auf Erweiterung seines Besitzes bedachten Mannes wenig zählen und eben keine ›gute Partie‹ wettmachen – ganz so, wie es eine der Töchter in der Colchester-Familie prophezeit hatte. Sie ist mit Geld und leeren Versprechungen gekauft worden und hat mit ihren Gefühlen (»I loved him to an extravagance not easy to imagine«[10]), ihren Hoffnungen und Sehnsüchten bezahlt.

Moll gewinnt aus den Erfahrungen, die sie in den Beziehungen mit dem älteren Bruder in Colchester, Robin sowie ihrem zweiten Ehemann sammeln konnte, Einsichten, die ihr zukünftiges Verhalten maßgeblich beeinflussen. Nach wie vor bleibt zwar das Streben nach dem Status der *gentlewoman*, in der sich ihr Sicherheitsbedürfnis und der Traum von vornehmer Lebensart (»genteel way of living«) miteinander verbinden, das Hauptmotiv ihres Handelns, doch verknüpft sie mit Sicherheit nicht länger die Vorstellung von einer dauerhaften Gefühlsbindung, sondern in erster Linie finanzielle und wirtschaftliche Erwägungen. Nach ihrer Auffassung bildet die

Ehe den bürgerlichen Rahmen für eine ökonomische Interessengemeinschaft: »I was resolved now to be married or nothing, and to be well married or not at all«[11]. Das Verhältnis zum älteren Bruder der Colchester-Familie hat sie ferner gelehrt, daß Passivität keine geeignete Voraussetzung für ein selbstbestimmtes Leben ist. In Zukunft wird sie selbst die Karten mischen, mit denen sie das Spiel mit den Männern spielt und dabei so viele Trümpfe im Ärmel behalten wie nur irgend möglich. Aus dem ängstlichen und illusionsbefangenen Waisenkind, das eitel und vertrauensselig den Beteuerungen eines gentleman-Verführers aufgesessen ist und sich von seiner finanziellen Potenz gefangennehmen ließ, wird eine aktive, anpassungsfähige Frau, die sich mit robustem Pragmatismus und einer gehörigen Portion Durchtriebenheit durchs Leben schlägt, wobei sie stets das gesellschaftliche Rollenspiel zu ihrem Vorteil zu lenken weiß; aus der unglücklichen, fremdbestimmten Ehekandidatin, die sich auf dem Weg zur Kirche vorkam wie ein Lamm, das zur Schlachtbank geführt wird[12], entwickelt sich in den folgenden 30 Jahren eine clevere Heiratsstrategin, für die Neigung oder Liebe wenig, Versorgung und bürgerliche Respektabilität aber viel bedeuten.

Molls materialistische Gesinnung bringt es mit sich, daß sie gegenüber ihren Mitmenschen, insbesondere gegenüber Männern, eine funktionelle Haltung einnimmt, die von Nützlichkeitserwägungen und ökonomischen Interessen geprägt ist. Dieser geistige und psychische Habitus muß zu Verschlossenheit und Mißtrauen gegenüber ihrer Umwelt führen, in der sie Rivalen im erbarmungslosen materiellen Verteilungskampf sehen muß. Besonders kraß zeigt sich diese funktionelle Haltung im Verhältnis zu ihren eigenen Kindern, von denen sie im Laufe der Zeit etwa ein Dutzend zur Welt bringt. Sie sterben entweder eines natürlichen Todes oder werden baldmöglichst von ihrer Mutter abgeschoben, weil sie als Hindernis bei der Jagd nach dem jeweils nächsten Ehemann oder Liebhaber empfunden werden. Moll verfährt also mit ihren

Sprößlingen so wie einst ihre Mutter mit ihr selbst. Wenn sie einmal um die Kinder besorgt zu sein scheint, wie im Falle ihres Sohnes aus der Ehe mit Jemmy, dann kann man sich des Eindrucks kaum erwehren, daß es sich hierbei weniger um urplötzlich erwachende Muttergefühle oder um moralische Sensibilität gegenüber dem Schicksal des hilflosen Neugeborenen handelt, sondern daß sich die erzählende Moll eher um die Sympathien des Lesers für die handelnde Moll sorgt.

Das Bedürfnis nach Erhaltung der Sympathien des Lesers wird um so dringlicher, nachdem Molls Traum vom vornehmen Leben als *gentlewoman* im Alter von 48 Jahren ausgeträumt scheint und sie zwei Jahre darauf den Entschluß faßt, ihren Lebensunterhalt mit Diebstählen zu fristen. Wie motiviert sie den Übergang von bürgerlichen Idealen zu kriminellen Aktivitäten? Sie versteht es zunächst, plausibel zu machen, daß die Blüte ihrer Jahre vorüber ist und ihre Chancen am Heiratsmarkt aufgrund ihres fortgeschrittenen Lebensalters beträchtlich gesunken sind. Nicht ohne rührseligen Appell an das Mitleid des Lesers (»weeping continually over my dismal circumstances«[13]), gibt sie zu bedenken, daß sie sich in einer verzweifelten Lage befände, ohne Freunde und Unterstützung sei, und bei jedem Sixpence, den sie für einen Laib Brot bezahle, fürchten müsse, es sei der letzte, den sie ausgeben könne. »Give me not poverty, lest I steal«[14]. Dieses Bibelzitat benutzt sie als schlagkräftigstes Argument, um ihre Diebeskarriere zu rechtfertigen und gleichzeitig um das Verständnis des Lesers für ihre Handlungsweise zu werben. Zweifellos bedeutet das Absinken in die Kriminalität das vorläufige Ende der bürgerlichen Ambitionen Molls. Parallel zum sozialen Abstieg verläuft eine merkliche moralische Verhärtung. Gefühle der mitmenschlichen Sympathie und der brüderlichen Solidarität bleiben in dieser an den Gesetzen des Dschungels orientierten Lebensetappe auf der Strecke. Sie stiehlt, raubt, betrügt, täuscht ihre Umwelt in wechselnden Verkleidungen über die Identität ihrer Person, schwärzt einen

Unschuldigen als Dieb an und scheut auch in ihrem Alter nicht vor gelegentlicher Prostitution zurück, wenn es sich lohnt. Längst hat sich ihr Streben nach finanzieller Sicherheit in nackte Habgier verwandelt, ihr robuster, amoralischer Pragmatismus läßt kriminelle Energien frei werden, die sich auch aus den zahlreichen Enttäuschungen speisen, die hinter ihr liegen, denn sie hat ihr großes Lebensziel, nämlich »to be placed in a settled state of living«[15], verfehlt.

Wie weit ihr moralischer Niedergang in dieser Lebensphase fortschreitet, verdeutlichen zwei Episoden. Als sie die *governess* darüber informiert, daß einer ihrer früheren Komplizen gehenkt worden ist, bezeichnet sie diese Mitteilung als die beste Nachricht, die sie seit langem gehört habe. Ein anderes Mal scheut sie nicht davor zurück, das Unglück einer Familie, deren Haus in Flammen steht, kaltblütig auszunutzen und sie zu berauben. Sie räumt später zwar ein, daß sie die Unmenschlichkeit ihres Tuns zu Tränen gerührt habe, fügt aber sogleich hinzu:

... but with all my sense of its being cruel and inhuman, I could never find in my heart to make any restitution. The reflection wore off, and I quickly forgot the circumstances that attended it.[16]

Früher oder später mußte Molls gefährlicher Lebensweg an jenem Ort enden, den sie stets am meisten gefürchtet hat: Newgate. Nachdem sie ihr riskantes Gewerbe etwa 10 Jahre lang mit Erfolg ausgeübt hat, trifft sie das gleiche Schicksal wie einst ihre Mutter. Sie wird auf frischer Tat ertappt, vor Gericht gestellt und zum Tode durch den Strang verurteilt. Bis zu diesem Zeitpunkt lesen sich die Lebenserinnerungen der Moll Flanders, die aus widrigen Verhältnissen aufsteigt, sich ihren Platz in der bürgerlichen Gesellschaft erkämpft, letztlich scheitert, in die Kriminalität absinkt und am Galgen enden soll, wie eine spannend erzählte Fallstudie aus der Sozialgeschichte der Frau im 18. Jahrhundert, der häufig

ebensowenig eine *happy ending* beschieden war wie der Roman-
figur. Doch die Geschichte nimmt eine erneute und für die
Komposition der Autobiographie wichtige Wende:

It was now that, for the first time, I felt any real signs of
repentance. I now began to look back upon my past life with
abhorrence, and having a kind of view into the other side of
time, the things of life, as I believe they do with everybody at
such a time, began to look with a different aspect, and quite
another shape, than they did before.[17]

Moll empfindet, wie sie rückblickend konstatiert, ›Zeichen
echter Reue‹ an sich, nachdem das Gericht sie zum Tode
verurteilt und der Geistliche, der sie betreut, keinen Zweifel
am Ernst ihrer Lage gelassen hat. Während das zurücklie-
gende Leben dem Untersuchungshäftling Moll Flanders in
der Retrospektive als eine trübe Mischung aus Prostitution,
Ehebruch, Bigamie, Inzest, Lüge und Diebstahl erschienen
war und keine merkliche Veränderung ihres moralischen Be-
wußtseins auslöste, sondern durch einen Zustand der Apathie
und Resignation überdeckt wurde, bewirkt erst die Gewißheit
der bevorstehenden Hinrichtung reumütige Gefühle in der
Todeskandidatin. Die Erzählerin macht deutlich, daß ein
anderes Ereignis, das der Verurteilung unmittelbar voraus-
ging, ihre seelische Verhärtung aufgebrochen und den inneren Wandel vorbereitet hat, nämlich das überraschende Zusammentreffen mit ihrem Lancashire-Ehemann Jemmy, der
ebenfalls wegen krimineller Delikte im Gefängnis landet und
für dessen Schicksal sie sich mitverantwortlich glaubt. Die
Sorge um ihn lenkt ihre Gedanken auch auf die Schuld, die sie
auf sich geladen hat.

Neben dieser moralischen Sensibilisierung sowie ihrer
Todesfurcht wird die Reue, die sie empfindet und deren Echtheit sie unterstreicht, noch durch andere Motive ausgelöst.

I was covered with shame and tears for things past, and yet
had at the same time a secret surprising joy at the prospect of

being a true penitent, and obtaining the comfort of a penitent
– I mean the hope of being forgiven.[18]

Moll spricht von dem Gefühl der Scham, das die Missetaten
der Vergangenheit in ihr hervorgerufen haben, verbunden
mit der heimlichen Freude über die tröstliche Aussicht, aufgrund der Echtheit ihrer Reue auf die Vergebung Gottes
hoffen zu können. Nun hat mancher Leser und Kritiker der
Aufrichtigkeit ihrer Bekenntnisse keinen Glauben schenken
können. Es ist hilfreich, zur Klärung dieser umstrittenen
Frage, die theologische Bedeutung des Begriffs zu verdeutlichen. Vor diesem Hintergrund betrachtet, bezieht sich der
Terminus weder auf seelischen Katzenjammer noch auf einen
psychisch bedingten Zustand der Depression. Nach der Lehre
des Trienter Konzils ist vollkommene Reue (»contritio cari-
tate perfecta«) vielmehr dann gegeben, wenn sich »Schmerz
der Seele und Abscheu über die begangene Sünde mit dem
Vorsatz, in Zukunft nicht mehr zu sündigen«[19], verbinden
und aus der Liebe zu Gott motiviert werden. Dagegen besteht
in der unvollkommenen Reue (»contritio imperfecta«, »attri-
tio«) das Motiv für die Verwerfung der Sünde in anderen,
vom theologischen Standpunkt aus niedriger eingestuften sitt-
lichen Beweggründen, wie z. B. der Einsicht in das Verab-
scheuungswürdige des sündhaften Handelns oder der Furcht
vor der Strafe Gottes. Mißt man Molls Beteuerungen an
diesem Maßstab, dann kann bestenfalls von unvollkommener
Reue gesprochen werden, die Luthers ›Galgenreue‹, d. h. der
bloßen Straffurcht, sogar recht nahe kommt. Mancher Leser
mag überdies den Eindruck haben, daß Moll vor dem ver-
meintlichen Ende ihres irdischen Lebensweges nichts weiter
als die Fortsetzung ihres Strebens nach Sicherheit und persön-
lichem Vorteil betreibt, freilich mit anderen, sprich spirituel-
len Mitteln, und einem geänderten, von den Umständen her
naheliegenden Ziel, nämlich der Heilsgewißheit im Jenseits.
Wie die Darstellung der letzten Lebensphase in den Kolo-

nien zeigt, verzichtet Moll auf die Fortsetzung ihrer kriminellen Aktivitäten nicht aufgrund der Einsicht in das sittlich Verwerfliche ihres vergangenen Tuns, sondern deshalb, weil sich ihr eine erneute Chance bietet, ihre übergeordneten Ziele, nämlich persönliche Bereicherung und eine gesicherte Existenz im Rahmen einer bürgerlichen Ehe, also ihren lebenslangen Traum von der *gentlewoman*, endlich in die Tat umzusetzen. Der Freikauf unmittelbar nach Ankunft des Schiffes in Virginia bewahrt sie vor der Fron abhängiger Arbeit und befreit sie vom Stigma des deportierten Häftlings, ihre Ersparnisse und die Gelder, die ihr aus dem Erbe der Mutter zufließen, reichen für den Erwerb von Land und den Aufbau einer Plantage, deren Erträge nach und nach den Grundstock eines beachtlichen Vermögens bilden, ihre Ehe mit Jemmy verleiht ihrer Existenz den Anstrich bürgerlicher Respektabilität. Wie sehr sie es genießt, Kleidung und Verhaltensmuster der höheren Schichten nachzuahmen, wird daraus ersichtlich, daß sie Jemmy nach ihren Vorstellungen vom Erscheinungsbild und den standesüblichen Betätigungen des Gentleman ausstaffiert: sie kauft ihm »zwei schöne, lange Perücken, zwei Degen mit silbernem Griff, drei oder vier Vogelflinten, einen schönen Sattel mit Halftern und Pistolen und einer scharlachroten Decke«[20]. Als Moll schließlich im Alter von 70 Jahren in ihre Heimat zurückkehrt, wo sie mit ihrem Mann die verbleibenden Jahre ihres Lebens verbringt, ist sie eine wohlhabende Frau, die in angesehenen Verhältnissen lebt und ihren Jugendtraum von der *gentlewoman* verwirklicht hat.

Die Analyse der Handlung des Romans läßt zwei unterschiedliche thematische Muster erkennen, die der Komposition das Gepräge geben. Molls Autobiographie erscheint als die Geschichte vom erfolgreichen sozialen und wirtschaftlichen Aufstieg einer Frau, die es vom mittellosen Waisenkind bis zur wohlhabenden Plantagenbesitzerin bringt, nachdem sie zwischenzeitlich in die Kriminalität abgesunken war. Nach der Intention der Erzählerin und des werkimmanenten

Autors sollen Molls Memoiren jedoch anders gelesen werden: nämlich als zweiteilige Parabel, in der sich ein sündiges Leben mittels Reue doch noch zum Guten wendet. »Criminal part« und »penitent part« bestimmen danach die innere Form des Romans, bezeichnen die christlich-moralische Idee, die dem lockeren episodischen Aufbau die gedankliche Geschlossenheit verleiht und die doppelte Funktion des Werkes, die unterhaltende und die belehrende, zum Ausdruck bringt. Die Erzählerin tut noch ein übriges, indem sie die Phase ihrer Reue in Newgate rückblickend als »the best part of my life, the most advantageous to myself, and the most instructive to others«[21] qualifiziert, die sie scharf von ihrem sündhaften Lebenswandel unterschieden haben will. Defoe assistiert ihr im Vorwort des Romans, wo er Molls Geschichte als »the history of a wicked life repented of«[22] bezeichnet.

Solche Formulierungen, die eher auf die Thematik puritanischer Bekehrungsbücher zutreffen, lassen in jedem aufmerksamen Leser doch Zweifel an ihrer Aufrichtigkeit entstehen, zumal wenn ihn die vorgebliche Reue Molls gar zu halbherzig und opportunistisch anmutet. Hier wird deutlich, daß das thematische Muster von Schuld und Sühne, das dem Roman die christlich-moralische Grundierung geben soll, nicht überzeugend mit der Thematik von Anpassung, gesellschaftlichem Aufstieg und materiellem Erfolg verbunden ist, die Molls Lebensweg markieren. Es scheint vielmehr, als habe Defoe das Reuemotiv aus didaktischen Gründen eingeführt, um dem Vorwurf entgegenzuwirken, »crime does pay«!

Die Diskrepanz zwischen Handlung und Darstellungsintention ist nur die eine Seite eines komplexeren Problems, das die Kritik am meisten beschäftigt hat: nämlich die Frage der Ironie in *Moll Flanders*[23]. Ist der Standpunkt der Ich-Erzählerin weitgehend mit der Position Defoes identisch oder existiert zwischen beiden Distanz und kritischer Abstand? Damit verbunden ist die Frage, ob nicht Moll selbst, wie sie sich in ihren Handlungen und Kommentaren zu erkennen gibt, ein durch und durch widersprüchliches Wesen ist. Um dieses Problem aufzuhellen, ist es nötig, die Komposition vom Gesichtspunkt der erzähltechnischen Vermittlung der Handlung näher zu beleuchten. Der Roman hat die Form einer fiktiven Autobiographie. Defoe behauptet auf dem Titelblatt und im Vorwort, er habe die Lebenserinnerungen einer Frau, die unter dem falschen Namen Moll Flanders auftritt, als Vorlage (»written from her own memorandums«) benutzt und ihr eine neue stilistische Form gegeben. Besonders anstößige Teile der Darstellung seien ausgelassen, andere stark gekürzt worden. Der Kritiker Gerald Howson neigt der Auffassung zu, daß die Geschichte der Moll Flanders mindestens in einigen Zügen auf tatsächlichen Begebenheiten beruhe und mit Episoden aus dem abenteuerlichen Leben der notorischen Diebin Moll King übereinstimmt, die sich in ihrem Gewerbe einen zweifelhaften Ruf erworben hatte, zahlreiche Decknamen benutzte und zeitweilig mit dem berüchtigten Gangsterboß Jonathan Wild zusammenarbeitete, über den Defoe eine Biographie geschrieben hat.[24]

Ähnlich wie man zwischen dem werkimmanenten Autor, der sich im Vorwort als Redakteur der Geschichte ausgibt, und der historischen Person Daniel Defoe unterscheiden sollte, muß man die erzählende von der handelnden Moll trennen, die wiederum in sich in ein »public self« und in ein »private self« gespalten ist. In ihrer öffentlichen Rolle paßt sie sich mit großem schauspielerischem Geschick den Verhaltenserwartungen ihrer Umwelt an: den potentiellen Ehekandidaten bietet sie sich als begehrenswert ›gute Partie‹ dar, während sie dem Gefängnisgeistlichen in Newgate als reumütige Sünderin erscheint, die ihre Missetaten beichtet und auf die Gnade Gottes hofft. Daß Verstellung, Verkleidung und Verwischung der Identität zum Metier einer Diebin gehören, versteht sich am Rande. Hinter der öffentlichen Rolle verbirgt sich aber – dies ist bisher deutlich geworden – eine Frau, die über den ihr von Geburt aus zukommenden sozialen Status hinaus will, sich pragmatisch an einer materialistischen Ethik orientiert und ihr Handeln stets auf ihren persönlichen Vorteil hin auszurichten weiß.

Welche Haltung nimmt die Erzählerin, die im Alter von 70 Jahren auf ihr Leben zurückblickt, gegenüber der handelnden Moll ein? Der erzählenden Moll geht es darum, sich sowohl die Sympathien des Lesers zu erhalten als auch glaubwürdig zu bleiben. Um beide Ziele zu erreichen, betreibt sie eine doppelte Strategie: einmal scheut sie nicht davor zurück, Molls Missetaten sowie ihre »Registrierkassenmoral«[25] offen beim Namen zu nennen. Die moralische Selbsteinschätzung Molls, die sich nicht selten als Hure, ausgehaltene Frau oder als Diebin bezeichnet, wird auf diese Weise in Einklang mit der Einschätzung durch den Leser gebracht, so daß die Haltung der Hauptfigur als ehrlich und aufrichtig, die Erzählerin als glaubwürdig empfunden wird. Gleichzeitig bemüht sie sich aber, das kriminelle Tun oder andere fragwürdige Handlungen der Protagonistin auf Motive zurückzuführen, für die der Leser Sympathien, mindestens aber Verständnis aufbringen kann. Die handelnde Moll wird deshalb meist als passive und beinahe willenlose Kreatur dargestellt, die das Opfer ihrer eigenen Eitelkeit wird, den Einflüsterungen des Teufels erliegt oder dem Zwang einer materiellen Notlage folgt. Stets sind es die Umstände, die von außen einwirken und sie, gleichsam gegen ihr durchaus intaktes moralisches Bewußtsein, auf einen Weg zwingen oder locken, den sie gar nicht gehen will. So lenkt die Erzählerin die Aufmerksamkeit des Lesers von der Täterin auf das Motiv der Tat, das außerhalb ihrer selbst liegt, und entlastet sie damit von ihrer Verantwortung.

Überprüft man die Stichhaltigkeit eines Kernstücks dieser Entlastungsstrategie der Erzählerin, nämlich das Argument der materiellen Notlage, die Molls Handeln entscheidend beeinflußt, dann wird sehr bald klar, wie trügerisch dieses scheinbar so überzeugend wirkende Motiv in Wirklichkeit ist. Nach dem Tode ihres ersten Mannes Robin verfügt Moll z. B.

über £ 1200, die nach eigenen, an anderer Stelle des Romans gemachten Angaben (und unter Berücksichtigung des damaligen Lebenshaltungsniveaus in London) ausgereicht hätten, 12 Jahre lang ohne Arbeit in der Metropole des Landes zu leben, ganz zu schweigen von der Provinz! Hätte sie sich in dieser Zeit um eine Anstellung bemüht, wäre sie wohl für einige Zeit alle Geldsorgen los gewesen. Selbst nach dem Ende ihrer zweiten Ehe bleiben ihr noch mindestens £ 500, die ebenfalls einen beruhigenden finanziellen Grundstock bilden. Während ihrer Diebeskarriere räumt sie immerhin ein, daß sie ihre Aktivitäten nicht aus schierer Bedürftigkeit fortsetzt und in der Lage gewesen wäre, ihren Lebensunterhalt auf anständige Weise zu verdienen. Diese Tatsachen entziehen dem Argument von der materiellen Notlage, das die Erzählerin so gerne benutzt, den Boden und wecken im Leser erneut Zweifel an der Echtheit der Reue Molls, die man der vermögenden Ruheständlerin nicht glauben mag.[26]

Es erscheint sinnvoll, sowohl die literarhistorische Tradition, in der der Roman angesiedelt ist, als auch seine werkexternen Verflechtungen näher zu betrachten. Die Struktur der *Moll Flanders* weist gewisse Affinitäten mit drei Formen des epischen Schrifttums auf, die zwischen dem 16. und 18. Jahrhundert besonders gepflegt wurden: nämlich der Gaunerliteratur (»literature of roguery«), besonders der Verbrecherbiographie (»criminal biography«), der puritanischen Bekehrungsgeschichte (»spiritual biography«) sowie dem pikaresken Roman (»picaresque novel«). Die Verbrecherbiographie als Genre ist Ausdruck der literarischen Subkultur ihrer Zeit und bildet inhaltlich einen realistischen Gegenpol zur idealisierten Darstellung der Wirklichkeit in den Romanzen und Schäferromanen.[27] Die Gattung entwickelte sich aus kurzen Flugschriften und Straßenballaden, in denen das aufsehenerregende Schicksal eines notorischen Gauners mit den kruden Mitteln des sensationslüsternen Journalismus für einen anspruchslosen literarischen Markt aufbereitet wurde, allmählich bis hin zu mehrseitigen und umfangreicheren Schilderungen, in denen Motive und Folgen der Tat zusammen mit Details über Geburt, Herkunft und Erziehung des Täters sowie Art und Umfang seines kriminellen Tuns mitgeliefert wurden. Als Informationsquelle dienten Gerichtsprotokolle und Berichte, die der Gefängnisgeistliche von Newgate über die letzten Stunden und die Hinrichtung des Verurteilten angefertigt und am Morgen nach der Hinrichtung veröffentlicht hatte. Er stellte darin insbesondere den geistlichen Beistand heraus, den er dem Todeskandidaten gewährt hatte, und unterstrich seine Bemühungen, ihn zur Beichte seiner Sünden und zur Reue zu bewegen.

Der Kriminelle erscheint in diesen Darstellungen in zweifacher Hinsicht als Typ des Außenseiters und Rebellen: in seiner Tat manifestiert sich einerseits der Protest gegen gesellschaftliche oder moralische Tabus, andererseits die Verletzung christlicher Gebote. In den säkularen und religiösen Normverletzungen öffnete sich dem Täter ein Raum persönlicher Freiheit und Selbstbestimmung jenseits repressiver Zwänge und normierten Verhaltens. Die Autoren haben freilich nicht explizit die Konsequenzen aus den ideologischen Implikationen des kriminellen Verhaltens gezogen, sondern ihre realistisch anmutenden Reportagen meist ins Religiös-Erbauliche abgebogen. Es liegt ihnen fern, am Beispiel der Gesetzesübertretung die psychologischen und soziologischen Komponenten der Entstehung von Kriminalität zu reflektieren. Vielmehr folgen die Verbrecherbiographien eher einem starren Schema, wie der Kritiker John J. Richetti in seinem Buch *Popular Fiction before Richardson* (1969) gezeigt hat. Das Böse als Motiv der Tat wird primär als Ausdruck der Macht des Satans interpretiert, damit als providentielle Folge des Ungehorsams gegenüber Gott. Indem das Einzelschicksal so in einen religiösen Heilszusammenhang gerückt wird, gewinnt es an exemplarischer Bedeutung, die der realistischen Darstellung eine moralisch-didaktische Funktion verleiht. Im übri-

415

gen entbindet sich der Autor so von der problematischen Aufgabe, den allzu weltlichen Ursachen von Kriminalität, wie z. B. Armut und sozialer Ungerechtigkeit, nachzuspüren, weil diese Recherchen unter Umständen zu politisch unliebsamen Erkenntnissen geführt hätten.

Es ist offenkundig, daß es zwischen der Struktur dieser stilistisch anspruchslos erzählten Gaunergeschichten und *Moll Flanders* gewisse thematische Verbindungen gibt, insbesondere in der Verknüpfung von religiös-moralischen und kriminellen Elementen. Es ist aber ebenso einsichtig, daß sowohl die bürgerlichen Ambitionen der Hauptfigur als auch die kompositorische Ausformung des Werkes den Abstand zwischen journalistischen Gelegenheitsschriften und den Anfängen des auf ein breiteres mittelständisches Publikum gerichteten Romans deutlich werden lassen. Nimmt man allerdings die Reue und die innere Wende der Protagonistin ernst, dann zeichnen sich strukturelle Parallelen zwischen ihrer Lebensgeschichte und den puritanischen Seelentagebüchern bzw. den Autobiographien ab.[28] Diese Form der Literatur war Ausdruck eines für den Puritanismus charakteristischen Religionsverständnisses, das auf das »Zwiegespräch des einzelnen Menschen mit Gott«[29] ausgerichtet war. Die Idee der vorherbestimmten Erwählung, die nach streng kalvinistischer Auffassung von der Gnade Gottes abhängig war und das Mitwirken des Menschen ausschloß, ließ dem Gläubigen nur die Möglichkeit, ständig nach Heilszeichen Ausschau zu halten, in denen er Hinweise darauf zu erkennen glaubte, daß er zu den *electi* zählte. Ein solcher theologischer Standpunkt trug zum Entstehen eines Welt- und Menschenbildes bei, das dem einzelnen auferlegte, durch Selbsterfahrung und wache Beobachtung herauszufinden, ob sein eigener mit dem göttlichen Willen im Einklang stand. Man betrachtete das Leben als gefahrvolle Pilgerreise oder Seefahrt, die gelegentliche Kurskorrekturen erforderte, und an deren Ende, sofern sie erfolgreich verlaufen war, die subjektive Heilsgewißheit stand. In

416

diesem Sinne stellen die puritanischen Seelentagebücher und Autobiographien das Erlebnis der Bekehrung in den Mittelpunkt. Der Gläubige registrierte gewissenhaft, häufig in selbstquälerischer Weise, Fortschritte oder Rückschritte auf seinem Weg zu Gott. Der Duktus der Darstellung schwankte demgemäß zwischen Bericht und geistlicher Betrachtung.

Zweifellos spiegelt sich die Thematik von Sünde und Reue in der Zweiteilung der *Moll Flanders* in einen »criminal part« und in einen »penitent part«, die Defoe im Vorwort anbietet und die Hauptfigur an einer Stelle des Romans bekräftigt. Molls fortschreitende seelische Verhärtung, die sie – vorgeblich – durch einen Akt der Einsicht und Reue überwindet, hat fraglos Berührungspunkte mit der Struktur puritanischer Erbauungsliteratur. Eine weitere Gemeinsamkeit besteht darin, daß die erzählende Moll die Handlungen der Protagonistin unaufhörlich mit moralischen Reflexionen begleitet. Ebenso wie die Autoren der oben beschriebenen Literatur ihr eigenes Schicksal und die Erlangung der subjektiven Heilsgewißheit für exemplarisch hielten und die didaktische Funktion ihrer Schriften aus autodidaktischen Motiven ableiteten, streicht auch Moll wiederholt heraus, wie instruktiv ihr Verhalten auf den Leser wirken müsse. Der grundsätzliche Unterschied, der es verbietet, in Molls Memoiren ein fiktives puritanisches Erbauungsbuch zu sehen, besteht natürlich darin, daß das Bekehrungserlebnis nicht den gedanklichen Fluchtpunkt der Darstellung bildet, von dem sich das Bewußtsein der Erzählerin leiten lassen würde. Die strukturelle Bedeutung, die sowohl die Erzählerin als auch der werkimmanente Autor der Reue der sündigen Moll beimessen, wird von der inneren Form des Romans nicht bestätigt. Molls Autobiographie schildert nicht den Weg einer christlichen Seele zu Gott, sondern die Karriere einer ganz und gar weltlich gesinnten Frau, an deren Ende der irdische Erfolg sich einstellt. In literarhistorischen Bezügen gesprochen: kein »pilgrim's progress«, sondern der Aufstieg zum »room at the top«.

Das Bild der reumütigen Sünderin paßt nicht so recht zu Molls Lebenswandel, der eher auf ein literaturgeschichtliches Verwandtschaftsverhältnis zur spanischen *pícara* schließen läßt. Die Kritiker haben wiederholt auf die Gemeinsamkeiten und Unterschiede hingewiesen, die zwischen *Moll Flanders* und dem pikaresken Roman (Schelmenroman) des 16. und 17. Jahrhunderts bestehen.[30] Der *pícaro* bzw. die *pícara*, die im Schelmenroman als Mittelpunkt und Träger der Handlung fungieren, stammen aus der Unterschicht, haben selten eine berufliche Ausbildung und neigen dazu, einer dauerhaften und geregelten Beschäftigung aus dem Wege zu gehen. Sie sind gesellschaftliche Außenseiter, die sich chamäleonhaft den wechselnden Umständen und den jeweiligen Herrschaften, mit denen sie es zu tun haben, anzupassen wissen und mit allerlei Tricks und Kniffen »die da oben« übers Ohr hauen.

Ähnlich wie die spanische *pícara* ist Moll attraktiv und verschlagen, abgefeimt und mitleidlos, aber sie verliert dennoch nie die Sympathien des Lesers, vielleicht gerade wegen ihres kernigen Durchsetzungsvermögens und der bewundernswerten Raffinesse, mit der sie zu Werke geht. Von der Art der Delikte, die sie begeht, hat sie eher Heimatrecht in der pikarischen Welt als im Unterweltmilieu der Verbrecherbiographien; denn »den Unterschied zwischen Mein und Dein auszulöschen ist das Hauptanliegen des Schelms. Er sucht durch Gerissenheit und Gewandtheit zu erreichen, was anderen durch harte Arbeit oder einen glücklichen Zufall zuteil geworden ist.«[31]

Im Unterschied zur *pícara* ist Molls Handeln allerdings von einem langfristigen bürgerlichen Lebensziel bestimmt: sie möchte *gentlewoman* werden und in gefestigten wirtschaftlichen Verhältnissen leben. Über weite Strecken ihres Lebens ist sie der Verwirklichung dieses Traums nahegekommen und hat sich keineswegs auf mehr oder weniger abenteuerliche Weise durchs Leben schlagen müssen. Selbst während ihrer kriminellen Phase zeigt sie geringe Neigung zur Solidarisierung oder Zusammenarbeit mit Kumpanen aus dem Milieu, sondern sie achtet auf Abstand und streicht ihr Anderssein heraus. Es ist bezeichnend, daß sie sich in jener Verkleidung am unwohlsten fühlt, die sie äußerlich in die Nähe der ärmsten Schicht rückt, nämlich in den Lumpen des Bettlers. Im Gegensatz zur *pícara*, die ihre Tricks und Streiche nicht nur als kalkuliertes Mittel zum Zweck ansieht, sondern über die eigene Schläue und Raffinesse, mit der sie ihre Opfer aufs Kreuz legt, ein diebisches Vergnügen empfinden kann, richtet sich Molls Interesse direkt und unmittelbar auf die Erreichung ihres jeweiligen Ziels; das Element des Spielerischen und der Phantasie, die sich nicht in Zwecke einspannen läßt, geht ihr ebenso ab wie Humor und Witz. Das Porträt des sozialen Aufstiegs und des wirtschaftlichen Erfolgs einer unternehmerischen Frau ähnelt in einigen Zügen eher Handlungsmustern aus Romanen Balzacs und Thackerays als dem Bild, das in *Lazarillo de Tormes, Guzmán de Alfarache* oder im *Simplicius Simplicissimus* von Schelmen und Landstörzern gezeichnet wird.

Moll ist eine *pícara* mit bürgerlicher Prägung, die den mittelständischen Traum vom gesellschaftlichen Aufstieg und wirtschaftlichen Erfolg in die Tat umgesetzt hat. Die Eigenart dieser bürgerlichen Prägung zu bestimmen macht es notwendig, das Welt- und Menschenbild Defoes näher zu betrachten. Will man ein Kurzporträt des Autors entwerfen, dann müssen sein robuster Wirklichkeitssinn, der sich hin und wieder zu idealistischem Reformeifer und missionarischem Belehrungsdrang emporschwingen konnte, seine kaufmännischen Interessen, die eine problematische Verbindung mit seinem Abenteurergeist und seiner Lust am Experiment eingingen, die unermüdliche Tatkraft, gepaart mit taktischer Wendigkeit, sowie seine ideologische Orientierung am Standpunkt des aufgeklärten Puritanismus mit den kräftigsten Strichen gezeichnet werden. Er wechselte im Laufe seines Lebens mehrfach die politischen Fronten zwischen Whigs und Tories, er pendelte in seinen religiösen Vorstellungen zwischen lautstarken Bekundungen der Orthodoxie und einem deistisch gefärbten Vernunftglauben, der dem gewitzten Kaufmann innerlich wohl näher lag. Ganz ähnlich wie seine literarische Schöpfung Moll war er ein Mann der Widersprüche und Kompromisse, der »das Gottvertrauen durch das Selbstvertrauen ersetzt«[32] hatte. So wie Moll die Welt für ihre Zwecke dienstbar zu machen wußte, war auch Defoe stets bestrebt, sich in den religiösen und politischen Wirren des späten 17. und frühen 18. Jahrhunderts zu arrangieren, Kompromisse zwischen seinen privaten Überzeugungen und der öffentlichen Rolle zu finden. Beide, der käufliche Kaufmann und sein käufliches Geschöpf, hatten hin und wieder Schwierigkeiten mit den Bilanzen und mußten vor den Gläubigern die Flucht ergreifen, beide landeten schließlich für einige Zeit in Newgate. Bedenkt man überdies, daß in Defoes Betrachtung bestimmter Probleme, in denen sich wirtschaftliche mit religiös-moralischen Gesichtspunkten vermischten, wie z. B. in der Sklavenfrage oder in der Haltung gegenüber Luxusgütern, stets das ökonomische Kalkül stärkeres Gewicht erhielt, dann werden weitere Parallelen zwischen ihm und Moll sichtbar.[33]

Der aufmerksame Leser wird sich allerdings von den aufgezeigten Gemeinsamkeiten zwischen Defoe und Moll nicht dazu verleiten lassen, beide miteinander zu identifizieren. Vielmehr ist der Autor in seiner Rolle als ›Redakteur‹ der Lebenserinnerungen einer »famous lady« um Distanz bemüht. So meldet er im Vorwort wiederholt Zweifel daran an, ob Moll tatsächlich reuig und demütig geworden sei, wie sie später vorgebe. Er habe doch vieles von ihrer Geschichte streichen oder stilistisch verändern müssen, weil er sie dem Leser in der bestehenden Form gar nicht habe zumuten können. Die Distanzierung des Autor-Erzählers von der Erzählerin ist nicht auf das Vorwort beschränkt, sondern ist – indirekt – auch im Roman spürbar. Defoe hat es als ›Redakteur‹ zugelassen (oder als Autor-Erzähler beabsichtigt), daß sich

Moll nicht nur ständig in Widersprüche zwischen ihren Handlungen und ihren Kommentaren verwickelt, sondern daß sie sich auch im Kernstück ihrer Rechtfertigungsstrategie, nämlich im Argument von der materiellen Notlage, völlig desavouiert. Wie trügerisch ihre Argumentation in dieser Frage verläuft, ist weiter oben aufgezeigt worden.

Defoe treibt in diesem Roman ein raffiniertes, aber durchsichtiges Spiel mit den Wünschen und Erwartungen des größten Teiles der Leserschaft. Er befriedigt ihr Unterhaltungsbedürfnis mit einer abwechslungsreichen, von praller Wirklichkeitsfülle strotzenden Geschichte, die realistisch beobachtet und schnörkellos erzählt ist, während er gleichzeitig mögliche Verdächtigungen, ihr Autor sei ein Sittenverderber, dadurch entkräftet, daß er ihr im Vorwort das Feigenblatt einer lehrreichen Fabel umhängt, in welcher der Böse seine gerechte Strafe erleidet oder zumindest bereut. Auf diese Weise bleibt Defoe als Erzähler glaubhaft und interessant und ist als Autor gegen den Vorwurf der moralischen Subversion geschützt. Doch genau hier liegt die kritische Intention des Romans. Molls Aufstieg vom armen Waisenkind zur angesehenen und vermögenden Frau bedeutet die Verwirklichung eines bürgerlichen Traums – freilich mit Mitteln, die gemeinhin als ganz und gar unbürgerlich gelten. Nicht das sittsame Mädchen bahnt sich mit seiner Hände Arbeit oder durch eine ›gute Partie‹ den Weg von den unteren Sprossen der sozialen Leiter nach oben, wie z. B. Richardsons Pamela, sondern das arbeitsscheue und habgierige, ja streckenweise kriminelle Flittchen schafft den gesellschaftlichen Aufstieg. Molls Leben, in dem rationales Handeln schon von einem sehr frühen Zeitpunkt an die Gefühle verdrängt hat, in dem ökonomische Erwägungen bald in Profitgier und Eigentumskriminalität umschlagen, erhält am Ende den äußeren Anschein bürgerlicher Respektabilität und die Sicherheit materiellen Erfolgs: die Mittel haben den Zweck geheiligt! Wer angesichts dieses Verhaltensmusters in Moll nur die plebejische Kämpferin wiedererkennt, die ihm sein ideologisches Raster vorgibt, oder eine gleichgesinnte ›Schwester‹, die in einer männerbeherrschten Welt ihren Platz behauptet, trifft allenfalls Aspekte der komplexeren Intention des Romans. Wenn Glück und Unglück der berühmten Moll Flanders darin bestehen, daß die Protagonistin Freiheit und Sicherheit um den Preis ihrer moralischen Selbstzerstörung erlangt, ihre Gefühle dem Kalkül wirtschaftlicher Vernunft unterwirft und schließlich ihren Traum von der *gentlewoman* in der satten Wirklichkeit materiellen Wohlbefindens und äußerer Ansehnlichkeit erfüllt, dann ist dieser Roman auch ein Stück aufgeklärter Gesellschaftskritik an Idealen des Bürgertums. Seine Ironie ist der ästhetische Reflex der Widersprüche, die zur ›Dialektik der Aufklärung‹ gehören.

Norbert Kohl

ANMERKUNGEN

1 *Daniel Defoe*, ed. from Italian manuscripts and transl. by Joseph Prescott, in: Buffalo Studies, 1964, p. 7: »The first English author . . . to devise for himself an artistic form which is perhaps without precedent.« Deutsche Übersetzung: »Der erste englische Autor, der für sich selbst eine künstlerische Form fand, die vielleicht ohne Beispiel ist.«

2 *Defoe*, in: *The Common Reader*. First ser., London 1968 [1925], p. 129: ». . . he [Defoe] deals with the important and lasting side of things and not with the passing and trivial.« Deutsche Übersetzung: ». . . er [Defoe] beschäftigt sich mit der wichtigen und dauerhaften Seite der Dinge und nicht mit der vorübergehenden und trivialen.«

3 Ib., p. 122: »They *[Moll Flanders* and *Roxana]* stand among the few English novels which we can call indisputably great.« Deutsche Übersetzung: »Sie *[Moll Flanders* und *Roxana]* gehören zu den wenigen englischen Romanen, die man unbestreitbar groß nennen kann.«

4 Daniel Defoe, *Moll Flanders*. Introduction by G. A. Aitken, London/New York 1960 [1930], p. 57. Die englischen Textstellen werden fortan nach dieser Ausgabe zitiert. Die deutschen Übersetzungen stammen, wenn nicht anders vermerkt, vom Herausgeber.

5 *Moll Flanders*, ed. cit., pp. 51-52. »Einmal war ich auf den Betrug, den man Liebe nennt, hereingefallen, aber diese Zeiten waren vorbei; ich war entschlossen, mich zu verheiraten, und zwar, mich gut zu verheiraten oder gar nicht.« Vorliegende Ausg., pp. 73-74.

6 *Moll Flanders*, ed. cit., p. 236.

7 Ib., p. 295. ». . . in aufrichtiger Reue über unsre schlimme Vergangenheit.« Vorliegende Ausg., p. 391.

8 *Moll Flanders*, ed. cit., p. 25. »Sobald er im vollen Besitz seines Vermögens sei.« Vorliegende Ausg., p. 38.

9 *Moll Flanders*, ed. cit., p. 35. ». . . lieber deine Geliebte sein als seine Frau.« Vorliegende Ausg., p. 51.

10 *Moll Flanders*, ed. cit., p. 48. ». . . denn ich liebte ihn unbeschreiblich.« Vorliegende Ausg., p. 69.

11 *Moll Flanders*, ed. cit., p. 52. ». . . ich war entschlossen, mich zu verheiraten, und zwar, mich gut zu verheiraten oder gar nicht.« Vorliegende Ausg., pp. 73-74.

12 *Moll Flanders*, ed. cit., p. 49.

13 Ib., p. 163. »[Ich] weinte ständig wegen meiner bedrückenden Lage.«

14 *Moll Flanders*, ed. cit., p. 163. ». . . laß mich nicht hungern, damit ich nicht stehle.« Vorliegende Übers., p. 221.

15 *Moll Flanders*, ed. cit., p. 109. »Ich sehnte mich nach gesicherten Lebensverhältnissen.« Vorliegende Ausg., p. 148.

16 *Moll Flanders*, ed. cit., pp. 177-178. »Obwohl ich selbst fühlte, wie unmenschlich ich gehandelt hatte, brachte ich es aber doch nicht übers Herz, die unverhoffte Beute wieder zurückzugeben. Meine Bedenken wurden sogar von Tag zu Tag schwächer, der Schatz blieb mir, aber der Jammer der unglücklichen Frau schwand mir aus dem Gedächtnis.« Vorliegende Ausg., p. 239.

17 *Moll Flanders*, ed. cit., p. 247. »Jetzt verspürte ich zum ersten Mal wirkliche Reue. Ich sah mit Abscheu auf mein vergangnes Leben zurück. Da sich mein Blick schon dem Jenseits zuwandte, erschienen mir die irdischen Dinge, wie wohl jedem am Rande des Grabes, in einem anderen Lichte als zuvor.« Vorliegende Ausg., p. 332.

18 *Moll Flanders*, ed. cit., p. 249. »Ich empfand tränenden Auges die ganze Schwere meiner Vergehen und verspürte doch gleichzeitig in meinem Innern die geheime Freude und den Trost, den nur wahre Buße gibt: die tröstliche Hoffnung, Vergebung zu erlangen.« Vorliegende Ausg., p. 334.

19 Karl Rahner (ed.), *Herders theologisches Taschenlexikon*, vol. 6, s.v. »Reue«, Freiburg/Brsg. 1973, p. 284.

20 Vorliegende Übers., p. 388 ». . . two good long wigs, two silver-hilted swords, three or four fine fowling-pieces, a fine saddle with holsters and pistols very handsome, with a scarlet cloak.« *Moll Flanders*, ed. cit., p. 292.

21 *Moll Flanders*, ed. cit., p. 251. ». . . der beste Teil meines Lebens, der mir den größten Gewinn und anderen den meisten Nutzen brachte.«

22 *Moll Flanders*, ed. cit., p. 10. ». . . die Geschichte eines sündhaften, doch letztlich bußfertigen Lebens.«

23 Cf. die übersichtliche Darstellung verschiedener Positionen zu diesem Problem von Paul Goetsch, *Defoes »Moll Flanders« und der Leser*, GRM 30 (N.F.), 1980, pp. 271-288.

24 Gerald Howson, *The Fortunes of Moll Flanders*, in: *Thief-Taker*

General. The rise and fall of Jonathan Wild, London 1970, pp. 156-170.

25 »cash-register morality«. Robert H. Bell, *Moll's Grace Abounding*, Genre 8, 1975, p. 275.

26 Der amerikanische Kritiker Samuel J. Rogal, *The Profit and Loss of Moll Flanders*, SNNTS 5, 1973, p. 103, hat ausgerechnet, daß Moll im Alter von 70 Jahren über etwa $ 81,000 bis $ 162,000 nach heutigem Geldwert verfügt.

27 Cf. zum folgenden John J. Richetti, *Popular Fiction before Richardson. Narrative patterns 1700-1739*, Oxford 1969, pp. 23-59; Robert R. Singleton, *English Criminal Biography, 1651-1722*, HLB 18, 1970, pp. 63-83.

28 Cf. G. A. Starr, *Defoe & Spiritual Autobiography*, Princeton (N.J.) 1965, bes. pp. 126-162.

29 Walter F. Schirmer, *Antike, Renaissance und Puritanismus. Eine Studie zur englischen Literaturgeschichte des 16. und 17. Jahrhunderts*, München 1924, p. 14.

30 Cf. z. B. Robert Alter, *Rogue's Progress. Studies in the picaresque novel*, Cambridge (Mass.) 1964, pp. 35-57; Richard Bjornson, *The Picaresque Hero in European Fiction*, Madison (Wisc.) 1977, pp. 188-206. Zur Figur des pícaro im europäischen Vergleich orientieren die Anthologie von Helmut Heidenreich (ed.), *Pikarische Welt. Schriften zum europäischen Schelmenroman*, Darmstadt 1969, sowie die Studie von Hans Gerd Rötzer, *Pícaro-Landstörtzer-Simplicius. Studien zum niederen Roman in Spanien und Deutschland*, Darmstadt 1972. (= Impulse der Forschung. 4).

31 Frank W. Chandler, *Definition der Gattung*, in: Helmut Heidenreich, op. cit., p. 4.

32 Rudolf Stamm, *Der aufgeklärte Puritanismus Daniel Defoes*, Zürich/Leipzig [1936], p. 119.

33 Cf. Hans H. Andersen, *The Paradox of Trade and Morality in Defoe*, MP 39, 1941-42, pp. 23-46.

AUSGEWÄHLTE BIBLIOGRAPHIE

I. Bibliographien und Forschungsberichte

Dottin, Paul: *Liste des œuvres de De Foe. Bibliographie critique*, in: *Daniel Defoe et ses romans*, tome III, Paris 1924, pp. 799-849 und pp. 851-877.

Bell, Inglis F. and Donald Baird: *The English Novel 1578-1956. A checklist of twentieth-century criticisms*, Denver 1958.

McBurney, William H.: *A Check List of English Prose Fiction 1700-1739*, Cambridge (Mass.) 1960.

Moore, John R.: *A Checklist of the Writings of Daniel Defoe*, Bloomington (Ind.) 1960. Second ed., Hamden (Conn.) 1971.

A Catalog of the Defoe Collection in the Boston Public Library. With a preface by John Alden, Boston (Mass.) 1966.

Heidenreich, Helmut (ed.): *The Libraries of Daniel Defoe and Phillips Farewell. Olive Payne's sales catalogue (1731)*, Berlin 1970.

Bonheim, Helmut et al.: *The English Novel before Richardson. A checklist of texts and criticism to 1970*, Metuchen (N.J.) 1971, pp. 9-30.

[Novak, Maximillian E.]: *Daniel Defoe*, in: George Watson (ed.), *The New Cambridge Bibliography of English Literature*. Vol. 2: *1660-1800*, Cambridge 1971, Sp. 880-917.

Rohmann, Gerd: *Neuere Arbeiten über Daniel Defoe*, DNS 21 (N.F.), 1972, pp. 226-236.

Palmer, Helen H. and Anne J. Dyson: *English Novel Explication. Criticisms to 1972*, Hamden (Conn.) 1973. Suppl. I von Peter L. Abernethy et al., Hamden (Conn.)/London 1976.

Novak, Maximillian E.: *Defoe*, in: A. E. Dyson (ed.), *The English Novel. Select bibliographical guides*, London 1974, pp. 16-35.

Payne, William L.: *An Annotated Bibliography of Works about Defoe, 1719-1974*, parts 1-3, BB 32, 1975, pp. 3-14, pp. 63-75, pp. 89-100, 132.

Beasley, Jerry C.: *English Fiction, 1660-1800. A guide to information sources*, Detroit (Mich.) 1978, pp. 95-110.

Nash, N. Frederick: *Additions and Refinements to Moore's »A Checklist of the Writings of Daniel Defoe«*, PBSA 72, 1978, pp. 226-228.

Fabian, Bernhard: *Von Chaucer bis Pinter. Ausgewählte Autorenbibliographien zur englischen Literatur*, Königstein/Ts. 1980, pp. 45-47.

II. Werke

1. Sammlungen

Aitken, George A. (ed.): *Romances and Narratives by Daniel Defoe.* With illustrations by J. B. Yeats, 16 vols., London 1895. Repr. New York 1974.

Maynadier, G. H. (ed.): *The Works of Daniel Defoe*, 16 vols., New York 1903-1904.

The Shakespeare Head Edition of the Novels and Selected Writings of Daniel Defoe, 14 vols., Oxford 1927-1928.

Healey, George H. (ed.): *The Letters of Daniel Defoe*, Oxford 1955.

Boulton, James T. (ed.): *Selected Writings of Daniel Defoe*, Cambridge UP 1975 [1965].

Shugrue, Michael F. (ed.): *Selected Poetry and Prose of Daniel Defoe*, New York 1968. (= Rinehart editions).

Sutherland, James (ed.): *»Robinson Crusoe« and other Writings*. With an introd. and notes, Boston (Mass.) 1968. (= Riverside editions).

Curtis, Laura A. (ed.): *The Versatile Defoe. An anthology of uncollected writings by Daniel Defoe*, London 1979.

2. Einzelausgaben: ›Moll Flanders‹

The Fortunes and Misfortunes of the Famous Moll Flanders, & c . . ., 2 vols., Oxford 1927. (= The Shakespeare Head Edition of the Novels and Selected Writings of Daniel Defoe).

Sutherland, James (ed.): *Moll Flanders*, Boston 1959. (= Riverside editions). *Introduction*: pp. V-XVII.

Dobrée, Bonamy and Herbert Davis (edd.): *The Fortunes and Misfortunes of the Famous Moll Flanders*, London 1961. (= WC. 587).

Hunter, J. Paul (ed.): *Moll Flanders*, New York 1970. (= Crowell Critical Library).

Mit Kollation der ersten und dritten Ausgabe des Romans.

Starr, G. A. (ed.): *The Fortunes and Misfortunes of the Famous Moll Flanders, & c. . . .*, London/New York 1971. (= Oxford English Novels).

Moll Flanders. Introduction by David J. Johnson, London/New York 1972. (= EL. 837).

428

Kelly, Edward (ed.): *Moll Flanders*. An authoritative text, backgrounds, and sources. Criticism, New York/London 1973. (= A Norton critical edition).

III. Deutsche Übersetzungen

Moll Flanders. Das ist: einer also genannten Engländerinn erstaunenswehrte Glücks- und Unglücks-Fälle, die sie, in 60 Jahren, und darüber, mit unaussprechlichen Veränderungen erlebet und endlich selber beschrieben hat. Nach der vierten Auflage aus dem Engländischen verteutschet durch Mattheson, Hamburg 1723.

Glück und Unglück der berühmten Moll Flanders . . . Übertr. und hg. von Hedda und Arthur Moeller-Bruck, München/Stuttgart o. J. [1903].

Die glücklichen und unglücklichen Begebenheiten der vielberufenen Moll Flanders . . . Deutsch von Joseph Grabisch, München 1919.

Glück und Unglück der bekannten Moll Flanders . . . Übertr. von W. M. Treichlinger, Stuttgart/Wien/St. Gallen 1950. (= Janus-Bibliothek der Weltliteratur. 15).

Glück und Unglück der berühmten Moll Flanders . . . Deutsch von Martha Erler. Mit Nachw. von Gerhard Jacob, Leipzig 1954, ⁵1978. (= Sammlung Dieterich. 161).

Glück und Unglück der berühmten Moll Flanders . . . Deutsch von Martha Erler. Nachw. von Paul Fechter, Bremen o. J. [1956].

Glück und Unglück der berüchtigten Moll Flanders. Übertr. von W. M. Treichlinger. Mit einem Essay »Zum Verständnis des Werkes« und einer Bibliographie von Johannes Kleinstück, Hamburg 1958. (= Rowohlts Klassiker der Literatur und der Wissenschaft. Englische Literatur. 7).

Glück und Unglück der berühmten Moll Flanders . . . Übers. von Johann Mattheson, 1723 (bearb. 1963). Nachw. von Robert Weimann, Leipzig ²1968. (= Reclams Universal-Bibliothek. 159).

Miller, Norbert (ed.): *Daniel Defoe, Moll Flanders, Colonel Jacques, Roxana, John Sheppard, Jonathan Wild. Romane,* vol. 2. Übers. von Martha Erler, München 1968.

Die glücklichen und unglücklichen Erlebnisse der berüchtigten Moll Flanders . . . Übertr. von Joseph Grabisch, München 1969. (= Exquisit Bücher).

429

Glück und Unglück der berühmten Moll Flanders . . . Übers. von Martha Erler. Nachw. von Walter Pache, Stuttgart 1979 (= Universal-Bibliothek 9939).

IV. Sekundärliteratur

1. Biographien

Trent, William P.: *Daniel Defoe. How to know him*, Indianapolis 1916. Repr. New York 1971.

Sutherland, James: *Defoe*, London 1937, ²1950. Standardbiographie.

Freeman, William: *The Incredible De Foe*, London 1950. Repr. Port Washington (N.Y.)/London 1972.

FitzGerald, Brian: *Daniel Defoe. A study in conflict*, London 1954. Marxistischer Ansatz.

Moore, John R.: *Daniel Defoe. Citizen of the modern world*, Chicago 1958.

Bastian, F.: *Defoe's Early Life*, [London] 1981.

2. Kritische Darstellungen

Stephen, Leslie: *De Foe's Novels*, in: *Hours in a Library* (1907), vol. I, Hildesheim/New York 1969 [1907], pp. 1-63.

Dottin, Paul: *Daniel De Foe et ses romans*, 3 tomes, Paris 1924. Tome 1 übers. von Louise Ragan u. d. T.: *The Life and Strange and Surprising Adventures of Daniel De Foe*, New York 1929. Repr. 1971.

Secord, Arthur W.: *Studies in the Narrative Method of Defoe*, Urbana (Ill.) 1924. Reiss., New York 1963.

Woolf, Virginia: *Defoe*, in: *The Common Reader*. First ser., London 1968 [1925], pp. 121-131.

Stamm, Rudolf: *Der aufgeklärte Puritanismus Daniel Defoes*, Zürich/Leipzig [1936]. (= Schweizer anglistische Arbeiten. 1).

Moore, John R.: *Defoe in the Pillory, and other Studies*, Bloomington (Ind.) 1939. Repr. New York 1973. (= Indiana University Publications. Humanities, ser. 1).

Sen, Sri C.: *Daniel De Foe. His mind and art*, Calcutta 1948.

Dobrée, Bonamy: *Some Aspects of Defoe's Prose*, in: James L. Clifford and Louis A. Landa (edd.), *Pope and his Contemporaries. Essays presented to George Sherburn*, Oxford 1949, pp. 171-184.

Watson, Francis: *Daniel Defoe*, London 1952. Repr. Port Washington (N.Y.) 1969 und Philadelphia 1973.

Allen, Walter: *Daniel Defoe*, in: *Six Great Novelists*, London 1955, pp. 9-37.

Watt, Ian: *Defoe as Novelist*, in: Boris Ford (ed.), *The Pelican Guide to English Literature*. Vol. 4: *From Dryden to Johnson*, Baltimore 1957, pp. 203-216.

West, Alick: *Daniel Defoe*, in: *The Mountain in the Sunlight. Studies in conflict and unity*, London 1958, pp. 59-109.

Dobrée, Bonamy: *Defoe and the Novel*, in: *English Literature in the Early Eighteenth Century, 1700-1740*, Oxford 1959, pp. 408-431. (= OHEL. 7).

Speidel, Erich: *Sprachstil und Menschenbild bei Daniel Defoe*, Diss., Tübingen [1961].

Kuckuk, Hans-Dietrich: *Die politischen Ideen Daniel Defoes*, Diss., Kiel 1962.

McKillop, Alan D.: *Daniel Defoe*, in: *The Early Masters of English Fiction*, Lawrence (Kan.)/London 1962, pp. 1-46.

Novak, Maximillian E.: *Economics and the Fiction of Daniel Defoe*, Berkeley/Los Angeles 1962. Nachdr. New York 1976.

Weimann, Robert: *Daniel Defoe. Eine Einführung in das Romanwerk*, Halle (Saale) 1962. (= Wege zur Literatur. Monographien. 11).

Novak, Maximillian E.: *Defoe and the Nature of Man*, London 1963. (= Oxford English Monographs).

Joyce, James: *Daniel Defoe*. Transl. and ed. by Joseph Prescott, in: Buffalo Studies, 1964, pp. 3-25.

Vorlesung, die Joyce im Jahre 1912 an der Università Popolare Triestina gehalten hat.

Novak, Maximillian E.: *Defoe's Theory of Fiction*, SP 61, 1964, pp. 650-668.

Wolff, Erwin: *Der englische Roman im 18. Jahrhundert. Wesen und Formen*, Göttingen 1964, pp. 25-38.

Dill, Stephen H.: *An Analysis of some Aspects of Daniel Defoe's Prose Style*, Ph. D. thesis, Univ. of Arkansas, 1965.

Starr, G. A.: *Defoe & Spiritual Autobiography*, Princeton (N.J.) 1965. Repr. Staten Island (N.Y.) 1971 *Moll Flanders:* pp. 126-162.

Novak, Maximillian E.: *Defoe's Use of Irony*, in: *The Uses of Irony*. Papers on Defoe and Swift read at a Clark Library Seminar, 1966, Berkeley/Los Angeles 1966, pp. 5-38.

Baine, Rodney M.: *Daniel Defoe and the Supernatural*, Athens (Ga.) 1968.

Borinski, Ludwig: *Der englische Roman des 18. Jahrhunderts*, Frankfurt/M. 1968, pp. 9-66.

Shinagel, Michael: *Daniel Defoe and Middle-Class Gentility*, Cambridge (Mass.) 1968.

Kinkead-Weekes, Mark: *Defoe and Richardson*, in: Roger Lonsdale (ed.), *Sphere History of Literature in the English Language*. Vol. 4: *Dryden to Johnson*, London 1971, pp. 226-256.

Otten, Kurt: *Der englische Roman vom 16. zum 19. Jahrhundert*, Berlin 1971, pp. 51-58. (= Grundlagen der Anglistik und Amerikanistik).

Starr, G. A.: *Defoe & Casuistry*, Princeton (N.J.) 1971. *Moll Flanders:* pp. 111-164.

Sutherland, James: *Daniel Defoe. A critical study*, Cambridge (Mass.) 1971.

Toth, Erwin: *Individuum und Gesellschaft in den Werken Daniel Defoes*, Diss., Bochum 1971.

Walton, James: *The Romance of Gentility. Defoe's heroes and heroines*, LitMon 4, 1971, pp. 89-135.

James, E. Anthony: *Daniel Defoe's Many Voices. A rhetorical study of prose style and literary method*, Amsterdam 1972.

Rogers, Pat: *Defoe. The critical heritage*, London/Boston 1972.

Barth, Dirk: *Prudence im Werk Daniel Defoes*, Bonn/Frankfurt/M. 1973. (= Europäische Hochschulschriften. Reihe XIV, vol. 13).

Karl, Frederick R.: *A Reader's Guide to the Eighteenth-Century English Novel*, New York 1974, pp. 68-98.

Klotz, Günther: *Roman und bürgerliche Emanzipation*. 1. *Das bürgerliche Individuum als literarische Figur*. 2. *Optimismus und Wirklichkeit im englischen Roman des 18. Jahrhunderts*, ZAA 23, 1975, pp. 225-238 und pp. 285-299.

Zimmermann, Everett: *Defoe and the Novel*, Berkeley 1975. *Moll Flanders:* pp. 75-106.

Byrd, Max (ed.): *Daniel Defoe. A collection of critical essays*, Englewood Cliffs (N.J.) 1976. Enth. 12 Beiträge, vorwiegend zu *Robinson Crusoe* und *Moll Flanders*.

Earle, Peter: *The World of Defoe*, London 1976. »What the book tries to do is to summarize Defoe's view of the world and the relationships of the people who lived in that world with each other, with the world itself and with God who created it and them«. Introd., p. IX.

Degering, Klaus: *Defoes Gesellschaftskonzeption*, Amsterdam 1977 (= Bochumer anglistische Studien. 5).

Mehl, Dieter: *Der englische Roman bis zum Ende des 18. Jahrhunderts*, Düsseldorf/Bern/München 1977, pp. 59-84.

Byrd, Max: *London Transformed. Images of the city in the eighteenth century*, New Haven/London 1978, pp. 8-43.

Lindsay, Jack: *The Monster City. Defoe's London, 1688-1730*, London 1978.

Mason, Shirlene: *Daniel Defoe and the Status of Women* [St. Alban's, Vt.] 1978. (= Monographs in women's studies).

Reinhold, Heinz: *Der englische Roman im 18. Jahrhundert. Soziologische, geistes- und gattungsgeschichtliche Aspekte*, Stuttgart 1978, pp. 31-61.

Alkon, Paul K.: *Defoe and Fictional Time*, Athens (Ga.) 1979.

Blewett, David: *Defoe's Art of Fiction. Robinson Crusoe, Moll Flanders. Colonel Jack & Roxana*, Toronto 1979.

Vaid, Sudesh: *The Divided Mind. Studies in Defoe and Richardson*, New Delhi 1979.

Pache, Walter: *Profit and Delight. Didaktik und Fiktion als Problem des Erzählens dargestellt am Beispiel des Romanwerks von Daniel Defoe*, Heidelberg 1980.

Heidenreich, Regina und Helmut (edd.): *Daniel Defoe. Schriften zum Erzählwerk*, Darmstadt 1982 (= Wege der Forschung. 339).
Enth. 24 Beiträge aus der Zeit nach 1952 nebst einer Einleitung *(Die Defoe-Forschung der Jahre 1957-1979)* und eine Bibliographie.

3. Einzeluntersuchungen zu ›Moll Flanders‹

Forster, E. M.: *Aspects of the Novel*, Harmondsworth (Middlesex) 1964 [1927], pp. 63-69.

Legouis, Pierre: *Marion Flanders est-elle une victime de la Société?* RLV 48, 1931, pp. 289-299.

Hatfield, Theodore M.: *»Moll Flanders« in Germany*, JEGP 32, 1933, pp. 51-65.

Andersen, Hans H.: *The Paradox of Trade and Morality in Defoe*, MP 39, 1941-42, pp. 23-46.

MacCullough, Bruce: *Representative English Novelists. Defoe to Conrad*, New York 1946. *Moll Flanders*: pp. 10-22.

Schorer, Mark: *The World We Imagine. Selected essays*, New York 1968 [1948], pp. 49-60.

Schorer, Mark: *A Study in Defoe. Moral vision and structural form*, Thought 25, 1950, pp. 275-287.

Der Aufsatz ist identisch mit dem *Moll-Flanders*-Kap. in Schorers Buch *The World We Imagine.*

Boyce, Benjamin: *The Question of Emotion in Defoe*, SP 1, 1953, pp. 45-58.

Ghent, Dorothy van: *The English Novel. Form and function*, New York 1967 [1953], pp. 47-59.

Rodway, A. E.: *»Moll Flanders« and »Manon Lescaut«*, EIC 3, 1953, pp. 303-320.

McKillop, Alan D.: *The Early Masters of English Fiction*, Lawrence (Kan.) 1956, pp. 28-33. Repr. 1962.

Watt, Ian: *The Rise of the Novel. Studies in Defoe, Richardson, and Fielding*, Harmondsworth (Middlesex) 1963 [1957], pp. 97-139.

Mauriac, François: *[En relisant »Moll Flanders«]*, in: *Mémoires intérieurs*, Paris 1959, pp. 232-236.

Booth, Wayne C.: *The Rhetoric of Fiction*, Chicago/London 1966 [1961], pp. 321-323.

Martin, Terence: *The Unity of »Moll Flanders«*, MLQ 22, 1961, pp. 115-124.

Novak, Maximillian: *Moll Flanders' First Love*, PMASAL 46, 1961, pp. 635-643.

Johnson, C. A.: *Two Mistakes of Geography in »Moll Flanders«*, N & Q 9 (n.s.), 1962, p. 455.

Columbus, Robert R.: *Conscious Artistry in »Moll Flanders«*, SEL 3, 1963, pp. 415-432.

Donoghue, Denis: *The Values of »Moll Flanders«*, SeR 71, 1963, pp. 287-303.

Drew, Elizabeth: *The Novel. A modern guide to fifteen English masterpieces*, New York 1963, pp. 23-38.

Koonce, Howard L.: *Moll's Muddle. Defoe's use of irony in »Moll Flanders«*, ELH 30, 1963, pp. 377-394.

Alter, Robert: *Rogue's Progress. Studies in the picaresque novel*, Cambridge (Mass.) 1964.

Kettle, Arnold: *In Defence of »Moll Flanders«*, in: John Butt (ed.), *Of Books and Humankind. Essays and poems presented to Bonamy Dobrée*, London 1964, pp. 55-67.

Novak, Maximillian E.: *Conscious Irony in »Moll Flanders«. Facts and problems*, CE 26, 1964, pp. 198-204.

Price, Martin: *To the Palace of Wisdom. Studies in order and energy from Dryden to Blake*, Garden City (N.Y.) 1964, pp. 263-276.

Watson, Tommy G.: *Defoe's Attitude Toward Marriage and the Position of Women as Revealed in »Moll Flanders«*, SoQ 3, 1964, pp. 1-8.

Donovan, Robert A.: *The Shaping Vision. Imagination in the English novel from Defoe to Dickens*, Ithaca (N.Y.) 1966, pp. 21-46.

Goldberg, M. A.: *»Moll Flanders«. Christian allegory in a Hobbesian mode*, University Review 33, 1967, pp. 267-278.

Parker, Alexander A.: *Literature and the Delinquent. The picaresque novel in Spain and Europe, 1599-1753*, Edinburgh 1967.

Moll Flanders: pp. 102-110.

Watt, Ian: *The Recent Critical Fortunes of »Moll Flanders«*, ECS 1, 1967, pp. 109-126.

Sutherland, James: *The Relation of Defoe's Fiction to his Non-Fictional Writings*, in: Maynard Mack and Ian Gregor (edd.), *Imagined Worlds. Essays on some English novels and novelists in honor of John Butt*, London 1968, pp. 37-50.

Taube, Myron: *Moll Flanders and Fanny Hill. A comparison*, BSUF 9, 1968, pp. 76-80.

Allende, Nora A. de: *Social Context in »Moll Flanders«, »Pamela«, and »Tom Jones«*, Revista de literaturas modernas 8, 1969, pp. 79-126.

Brooks, Douglas: *»Moll Flanders«: an Interpretation*, EIC 19, 1969, pp. 46-59.

Macey, Samuel L.: *The Time Scheme in »Moll Flanders«*, N & Q 16 (n.s.), 1969, pp. 336-337.

Needham, J. D.: *Moll's ›Honest Gentleman‹*, SoRA 3, 1969, pp. 366-374.

Novak, Maximillian E.: *Defoe's »Indifferent Monitor«. The complexity of »Moll Flanders«*, ECS 3, 1969-1970, pp. 351-365.

Piper, William B.: *»Moll Flanders« as a Structure of Topics*, SEL 9, 1969, pp. 489-502.

Sherbo, Arthur: *»Moll Flanders«. Defoe as transvestite?* in: *Studies in the Eighteenth Century English Novel*, Michigan State UP 1969, pp. 136-167.

Sherbo, Arthur: *Moll's Friends*, in: *Studies in the Eighteenth Century English Novel*, Michigan State UP 1969, pp. 168-176.

Sherbo, Arthur: *Defoe's Limited Genius*, EIC 19, 1969, pp. 351-354.

Shinagel, Michael: *The Maternal Theme in »Moll Flanders«. Craft and character*, CLJ 7, 1969, pp. 3-23.

Brooks, Douglas: *»Moll Flanders« Again*, EIC 20, 1970, pp. 115-118. Verf. antwortet auf Sherbos Kritik, 1969.

Edwards, Lee: *Between the Real and the Moral. Problems in the structure of »Moll Flanders«*, in: Robert C. Elliott (ed.), *Twentieth Century Interpretations of »Moll Flanders«. A collection of critical essays*, Englewood Cliffs (N.J.) 1970, pp. 95-107.

Elliott, Robert C. (ed.): *Twentieth Century Interpretations of »Moll Flanders«. A collection of critical essays*, Englewood Cliffs (N.J.) 1970.

Hocks, Richard: *Defoe and the Problem of Structure. Formal »ropes« and equivalent technique*, LWU 3, 1970, pp. 221-235.

Howson, Gerald: *The Fortunes of Moll Flanders*, in: *Thief-Taker General. The rise and fall of Jonathan Wild*, London 1970, pp. 156-170.

McMaster, Juliet: *The Equation of Love and Money in »Moll Flanders«*, SNNTS 2, 1970, pp. 131-144.

Nolting-Hauff, Ilse: *Die betrügerische Heirat. Realismus und Pikareske in Defoes »Moll Flanders«*, Poetica 3, 1970, pp. 409-420.

Preston, John: *The Created Self. The reader's role in eighteenth-century fiction*, London 1970. *Moll Flanders:* pp. 8-37.

Singleton, Robert R.: *English Criminal Biography, 1651-1722*, HLB 18, 1970, pp. 63-83.

Bradbury, Malcolm: *»Fanny Hill« and the Comic Novel*, CritQ 3, 1971, pp. 263-275.

Brown, Homer O.: *The Displaced Self in the Novels of Daniel Defoe*, ELH 38, 1971, pp. 562-590. Repr. in: Harold E. Pagliaro (ed.), *Studies in Eighteenth-Century Culture*, 4, Madison (Wisc.) 1975, pp. 69-94.

Krier, William J.: *A Courtesy which Grants Integrity. A literal reading of »Moll Flanders«*, ELH 38, 1971, pp. 397-410.

McClung, M. G.: *A Source for Moll Flanders's Favourite Husband*, N & Q 18 (n.s.), 1971, pp. 329-330.

Dollerup, Cay: *Does the Chronology of »Moll Flanders« Tell us Something about Defoe's Method of Writing?* ES 53, 1972, pp. 234-235.

Hartog, Curt: *Aggression, Femininity, and Irony in »Moll Flanders«*, L & P 22, 1972, pp. 121-138.

Rader, Ralph W.: *Defoe, Richardson, Joyce, and the Concept of Form in the Novel*, in: William Matthews and Ralph W. Rader (edd.), *Autobiography, Biography, and the Novel*. Papers read at a Clark Library Seminar, Berkeley/Los Angeles 1972, pp. 31-72.

Vorwiegend über *Moll Flanders*.

Damrosch, Leopold, Jr.: *Defoe as Ambiguous Impersonator*, MP 71, 1973, pp. 153-159.

James, D. Anthony: *The Hero and the Anti-Hero in Fiction*, Four Quarters 23, 1973, pp. 3-23.

Karl, Frederick R.: *Moll's Many-Colored Coat. Veil and disguise in the fiction of Defoe*, SNNTS 5, 1973, pp. 86-97.

Lieberman, Marcia R.: *Sexism and the Double Standard in Literature*, in: Susan Koppelman Cornillon (ed.), *Images of Women in Fiction. Feminist perspectives*, Bowling Green (Ohio) 1973, pp. 328-340.

Rogal, Samuel J.: *The Profit and Loss of Moll Flanders*, SNNTS 5, 1973, pp. 98-103.

Angel, Shelly G.: *»Moll Flanders« as Feminist Literature*, CCTE 39, 1974, pp. 56-61.

Michie, J. A.: *The Unity of »Moll Flanders«*, in: Christine J. Whitbourn (ed.), *Knaves and Swindlers. Essays on the picaresque novel in Europe*, London 1974, pp. 75-92.

Sherbo, Arthur: *Notes and Comment. A postscript to »Studies in the Eighteenth-Century English Novel«*, JNT 4, no. 3, 1974, pp. 226-232.

Weisgerber, Jean: *Aspects de l'espace romanesque: »Moll Flanders«*, RLV 40, 1974, pp. 503-510.

Bell, Robert H.: *Moll's Grace Abounding*, Genre 8, 1975, pp. 267-282.

Higdon, David L.: *The Chronology of »Moll Flanders«*, ES 56, 1975, pp. 316-319.

Riggan, William: *The Reformed Picaro and his Narrative. A study of the autobiographical accounts of Lucius Apuleius, Simplicius Simplicissimus, Lazarillo de Tormes, Guzman de Alfarache, and Moll Flanders*, OL 30, 1975, pp. 165-186.

Rogers, Pat: *Moll's Memory*, English 24, 1975, pp. 67-72.

Weisgerber, Jean: *A la recherche de l'espace romanesque: »Lazarillo de Tormès«, »Les Aventures de Simplicius Simplicissimus« et »Moll Flanders«*, Neohelicon 3, 1975, pp. 209-227.

Adams, Percy G.: *The Anti-Hero in Eighteenth-Century Fiction*, SLitI 9, 1976, pp. 29-51.

Rogers, Katherine: *The Feminism of Daniel Defoe*, in: Paul Fritz, Richard Morton, Samuel Stevens (edd.), *Women in the 18th Century and other Essays*, Toronto 1976, pp. 3-24.

Singleton, Robert R.: *Defoe, Moll Flanders, and the Ordinary of Newgate*, HLB 24, 1976, pp. 407-413.

Snow, Malinda: *The Origins of Defoe's First-Person Narrative Technique. An overlooked aspect of the rise of the novel*, JNT 6, no. 3, 1976, pp. 175-187.

Strange, Sallie M.: *Moll Flanders. A good calvinist*, SCB 36, no. 4, 1976, pp. 152-154.

Bjornson, Richard: *The Picaresque Hero in European Fiction*, Madison (Wisc.) 1977.
Moll Flanders: pp. 188-206.

Higdon, David L.: *Retrospective Time. (III) Daniel Defoe's »Moll Flanders« and »Roxana«: ›I was perfectly chang'd‹*, in: *Time and English Fiction*, London 1977, pp. 56-73.

Lerenbaum, Miriam: *Moll Flanders. »A woman on her own account«*, in: Arlyn Diamond and Lee R. Edwards (edd.), *The Authority of Experience. Essays in feminist criticism*, Amherst (Mass.) 1977, pp. 101-117.

Ducrocq, Jean, Suzy Halimi, Maurice Lévy: *Roman et société en Angleterre au XVIIIe siècle*, Paris 1978, pp. 59-66.

McCoy, Kathleen: *The Femininity of Moll Flanders*, Studies in Eighteenth-Century Culture 7, 1978, pp. 413-422.

Michaelson, L. I.: *Defoe and Dickens. Two London journeys*, The Dickensian 74, pt. 2, no. 385, 1978, pp. 103-107.

Spadaccini, Nicholas: *Daniel Defoe and the Spanish Picaresque Tradition. The case of »Moll Flanders«*, Ideologies and Literature 2, 1978, pp. 10-26.

Erickson, Robert A.: *Moll's Fate. ›Mother Midnight‹ and »Moll Flanders«*, SP 76, 1979, pp. 75-100.

Rogers, Henry N. III: *The Two Faces of Moll*, JNT 9, no. 2, 1979, pp. 117-125.

Wilson, Bruce L.: *›Sex and the Single Girl‹ in the Eighteenth Century. An essay on marriage and the Puritan myth*, JWSL 1, 1979, pp. 195-219.

Goetsch, Paul: *Defoe's »Moll Flanders« und der Leser*, GRM 30 (N.F.), 1980, pp. 271-288.

Hammond, Brean S.: *Repentance. Solution to the clash of moralities in »Moll Flanders«*, ES 61, 1980, pp. 329-337.

ABKÜRZUNGSVERZEICHNIS

Ausg.	Ausgabe	JNT	*Journal of Narrative*
BB	*Bulletin of Bibliography*		*Technique*
bearb.	bearbeitet	JWSL	*Journal of Women's*
BSUF	*Ball State University*		*Studies in Literature*
	Forum	Kan.	Kansas
CE	*College English*	LitMon	*Literary Monographs*
CLJ	*Cornell Library Journal*	L & P	*Literature and*
Coll.	College		*Psychology*
Conn.	Connecticut	LWU	*Literatur in Wissen-*
Diss.	Dissertation		*schaft und Unterricht*
DNS	*Die Neueren Sprachen*	Mass.	Massachusetts
ECS	*Eighteenth-Century*	MLQ	*Modern Language*
	Studies		*Quarterly*
ed. (edd.)	edidit, ediderunt	MP	*Modern Philology*
ed. cit.	editio(ne) citata	Nachdr.	Nachdruck
EIC	*Essays in Criticism*	Nachw.	Nachwort
	(Oxford)	N.F.	Neue Folge
EL	*Everyman's Library*	N.J.	New Jersey
ELH	*Journal of English*	no.	numéro
	Literary History	N & Q	*Notes and Queries*
ES	*English Studies*	n.s.	new series
et al.	et alii	N.Y.	New York
Ga.	Georgia	OHEL	*Oxford History of*
GRM	*Germanisch-romanische*		*English Literature*
	Monatsschrift	o. J.	ohne Jahr
hg.	herausgegeben	OL	*Orbis Litterarum*
HLB	*Harvard Library*	op. cit.	opere citato
	Bulletin	p. (pp.)	pagina, page, Seite
ib.	ibidem	PBSA	*Papers of the*
Ill.	Illinois		*Bibliographical Society*
Ind.	Indiana		*of America*
introd.	introduction,	PMASAL	*Papers of the Michigan*
	introduced by		*Academy of Science,*
JEGP	*Journal of English and*		*Arts, and Letters*
	Germanic Philology	pt.	part

repr.	reprinted, reprint	SoRA	*Southern Review. An Australian Journal of Literary Studies* (University of Adelaide)
RevLM	*Revista de literaturas modernas*		
RLV	*Revue des Langues Vivantes*		
SCB	*South Central Bulletin*	SP	*Studies in Philology*
SECC	*Studies in Eighteenth-Century Culture*	Sp.	Spalte
		Suppl.	Supplement
SEL	*Studies in English Literature, 1500-1900*	transl.	translated
		Ts.	Taunus
SeR	*Sewanee Review*	u.d.T.	unter dem Titel
ser.	series	übers.	übersetzt
SLitI	*Studies in the Literary Imagination* (Ga. State Coll.)	übertr.	übertragen
		UP	University Press
		vol. (vols.)	volume, volumes
SNNTS	*Studies in the Novel* (North Texas State University)	Vt.	Vermont
		WC	World's Classics
		Wisc.	Wisconsin
SoQ	*The Southern Quarterly*	ZAA	*Zeitschrift für Anglistik und Amerikanistik*

INHALT

Vorwort des Autors
9

Moll Flanders
15

Zu den Illustrationen von
William Hogarth
393

Essay
394

Ausgewählte Bibliographie
427

Abkürzungsverzeichnis
439

Romane, Erzählungen, Prosa

Apuleius. Der goldene Esel
Mit Illustrationen von Max Klinger zu »Amor und Psyche«. Aus dem
Lateinischen von August Rode. Mit einem Nachwort von Wilhelm
Haupt. it 146.

Honoré de Balzac. Die Frau von dreißig Jahren
Deutsch von W. Blochwitz. it 460
– Beamte, Schulden, Elegantes Leben
Eine Auswahl aus den journalistischen Arbeiten. Mit einem Nachwort
herausgegeben von Wolfgang Drost und Karl Riha. Mit zeitgenössi-
schen Karikaturen. it 346
– Das Mädchen mit den Goldaugen
Aus dem Französischen von Ernst Hardt. Vorwort Hugo von
Hofmannsthal. Illustrationen Marcus Behmer. it 60

Joseph Bédier. Der Roman von Tristan und Isolde
Deutsch von Rudolf G. Binding. Mit Holzschnitten von 1484. it 387

Harriet Beecher-Stowe. Onkel Toms Hütte
In der Bearbeitung einer alten Übersetzung herausgegeben und mit
einem Nachwort versehen von Wieland Herzfelde. Mit 27 Holzschnitten von George Cruikshank aus der englischen Ausgabe von 1852.
it 272

Ambrose Bierce. Aus dem Wörterbuch des Teufels
Auswahl, Übersetzung und Nachwort von Dieter E. Zimmer. it 440
– Mein Lieblingsmord
Erzählungen. Aus dem Amerikanischen von G. Günther. it 39

Die Blümlein des heiligen Franziskus von Assisi
Aus dem Italienischen nach der Ausgabe der Tipografia Metastasio,
Assisi 1901, von Rduolf G. Binding. Mit Initialen von Carl Weide-
meyer. it 48

Giovanni di Boccaccio. Das Dekameron
Hundert Novellen. Ungekürzte Ausgabe. Aus dem Italienischen von
Albert Wesselski und mit einer Einleitung versehen von André Jolles.
Mit venezianischen Holzschnitten. Zwei Bände. it 7/8

Hermann Bote. Ein kurzweiliges Buch von Till Eulenspiegel aus dem
Lande Braunschweig. Wie er sein Leben vollbracht hat. Sechsund-
neunzig seiner Geschichten.
Herausgegeben, in die Sprache unserer Zeit übertragen und mit
Anmerkungen versehen von Siegfried H. Sichtermann. Mit zeitge-
nössischen Illustrationen. it 336

Romane, Erzählungen, Prosa

Emily Brontë. Die Sturmhöhe
Aus dem Englischen von Grete Rambach. it 141

Gottfried August Bürger. Wunderbare Reisen zu Wasser und zu
Lande. Feldzüge und lustige Abenteuer des Freiherrn von Münch-
hausen. Mit Holzschnitten von Gustave Doré. it 207

Hans Carossa. Eine Kindheit und Verwandlungen einer Jugend
it 295/296

Lewis Carroll. Geschichten mit Knoten
Herausgegeben und übersetzt von W. E. Richartz. Mit Illustrationen
von Arthur B. Frost. it 302

Miguel de Cervantes Saavedra. Der scharfsinnige Ritter Don Quixote
von der Mancha
Mit einem Essay von Iwan Turgenjew und einem Nachwort von
André Jolles. Mit Illustrationen von Gustave Doré. 3 Bände. it 109

Adelbert von Chamisso. Peter Schlemihls wundersame
Geschichte
Nachwort von Thomas Mann. Illustriert von Emil Preetorius. it 27

James Fenimore Cooper. Die Lederstrumpferzählungen
In der Bearbeitung der Übersetzung von E. Kolb durch Rudolf
Drescher. Mit Illustrationen von D. E. Darley. Vollständige Ausgabe.
it 179 Der Wildtöter · it 180 Der letzte Mohikaner · it 181 Der
Pfadfinder · it 182 Die Ansiedler · it 183 Die Prärie

Alphonse Daudet. Briefe aus meiner Mühle
Aus dem Französischen von Alice Seiffert. Mit Illustrationen. it 446
– Tartarin von Tarascon. Die wunderbaren Abenteuer des Tartarin
von Tarascon.
Mit Zeichnungen von Emil Preetorius. it 84

Honoré Daumier. Robert-Macaire – Der unsterbliche Betrüger
Drei Physiologien. Aus dem Französischen von Mario Spiro.
Herausgegeben und mit einem Nachwort versehen von Karl Riha.
it 249

Romane, Erzählungen, Prosa

Daniel Defoe. Robinson Crusoe
Mit Illustrationen von Ludwig Richter. it 41

Charles Dickens. Lebensgeschichte und gesammelte Erfahrungen
David Copperfields des Jüngeren. Zwei Bände.
Mit Illustrationen von Phiz. Nach der ersten Buchausgabe des
Romans London 1850. it 468
– Oliver Twist
Aus dem Englischen von Reinhard Kilbel. Mit einem Nachwort von
Rudolf Marx und 24 Illustrationen von George Cruikshank. Vollstän-
dige Ausgabe. it 242
– Weihnachtserzählungen
Mit Illustrationen. it 358

Denis Diderot. Die Nonne
Mit einem Nachwort von Robert Mauzi. Der Text dieser Ausgabe
beruht auf der ersten deutschen Übersetzung von 1797. it 31

Annette von Droste-Hülshoff. Die Judenbuche. Ein Sittengemälde
aus dem gebirgigen Westfalen. Mit Illustrationen von Max Unold.
it 399

Alexandre Dumas. Der Graf von Monte Christo
Bearbeitung einer alten Übersetzung von Meinhard Hasenbein. Mit
Illustrationen von Pavel Brom und Dagmar Bromova. Zwei Bände.
it 266

Joseph Freiherr von Eichendorff. Aus dem Leben eines
Taugenichts
Mit Illustrationen von Adolf Schrödter und einem Nachwort von
Ansgar Hillach. it 202

Eisherz und Edeljaspis
Aus dem Chinesischen von Franz Kuhn. Mit Holzschnitten einer alten
chinesischen Ausgabe. Mit einem Nachwort und Anmerkungen von
Franz Kuhn. it 123

Paul Ernst. Der Mann mit dem tötenden Blick und andere frühe
Erzählungen.
Herausgegeben von Wolfgang Promies. it 434

Romane, Erzählungen, Prosa

Gustave Flaubert. Bouvard und Pécuchet
Mit einem Vorwort von Victor Brombert und einem Nachwort von Uwe
Japp. Mit Illustrationen von András Karakas. it 373
– Die Versuchung des heiligen Antonius
Aus dem Französischen übersetzt von Barbara und Robert Picht. Mit
einem Nachwort von Michel Foucault. it 432
– Lehrjahre des Gefühls
Geschichte eines Jungen Mannes, übertragen von Paul Wiegler. Mit
einem Essay »zum Verständnis des Werkes« und einer Bibliographie
von Erich Köhler. it 276
– Madame Bovary
Revidierte Übersetzung aus dem Französischen von Arthur Schurig
it 167
– Salammbô
Herausgegeben und mit einem Nachwort versehen von Monika
Bosse und André Stoll. Mit Abbildungen. it 342
– Ein schlichtes Herz. it 110

Theodor Fontane. Effi Briest
Mit Lithographien von Max Liebermann. it 138
– Der Stechlin
Mit einem Nachwort von Walter Müller-Seidel. it 152
– Unwiederbringlich
Roman. it 286

Friedrich Gerstäcker. Die Flußpiraten des Mississippi
Roman. Mit einem Nachwort von Harald Eggebrecht. it 435

Johann Wolfgang Goethe. Wilhelm Meisters Lehrjahre
Herausgegeben von Erich Schmidt. Mit sechs Kupferstichen von
F. L. Catel. Sieben Musikbeispiele und Anmerkungen. it 475
– Novellen
Herausgegeben und mit einem Nachwort versehen von Katharina
Mommsen. Mit Federzeichnungen von Max Liebermann. it 425
– Reineke Fuchs
Mit Stahlstichen von Wilhelm von Kaulbach. it 125
– Die Wahlverwandtschaften
Mit einem Essay von Walter Benjamin. it 1
– Die Leiden des jungen Werther
Mit einem Essay von Georg Lukács »Die Leiden des jungen
Werther«. Nachwort von Jörn Göres »Zweihundert Jahre Werther«.
Mit Illustrationen von David Chodowiecki und anderen. it 25

Romane, Erzählungen, Prosa

Gogol. Der Mantel und andere Erzählungen
Aus dem Russischen übersetzt von Ruth Fritze-Hanschmann. Mit
einem Nachwort von Eugen und Frank Häusler. Mit Illustrationen von
András Karakas. it 241

Iwan Gontscharow. Oblomow it 472

Grimmelshausen. Trutz-Simplex oder Ausführliche und wunderselt-
zame Lebensbeschreibung der Erzbetrügerin und Landstörtzerin
Courasche
Mit einem Nachwort von Wolfgang Koeppen. Mit Abbildungen aus
dem 17. Jahrhundert. it 211

Nathaniel Hawthorne. Der scharlachrote Buchstabe
Mit Illustrationen von Renate Sendler-Peters. it 436

Johann Peter Hebel. Kalendergeschichten
Ausgewählt und mit einem Nachwort von Ernst Bloch
Mit neunzehn Holzschnitten von Ludwig Richter. it 17

Heinrich Heine. Aus den Memoiren des Herren
von Schnabelewopski
Mit Illustrationen von Julius Pascin. it 189

– Shakespeares Mädchen und Frauen
Mit Illustrationen der Ausgabe von 1838. Herausgegeben von
Volkmar Hansen. it 331

Hermann Hesse. Hermann Lauscher
Mit frühen, teils unveröffentlichten Zeichnungen und einem Nachwort
von Gunter Böhmer. it 206
–/Walter Schmögner. Die Stadt
Ein Märchen von Hermann Hesse, ins Bild gebracht von Walter
Schmögner. it 236
– Knulp
Mit dem unveröffentlichten Fragment »Knulps Ende« und Steinzeich-
nungen von Karl Walser. it 394

Hölderlin. Hyperion oder Der Eremit in Griechenland
Herausgegeben und mit einem Nachwort versehen von Jochen
Schmidt. it 365

Romane, Erzählungen, Prosa

E.T.A. Hoffmann. Die Elixiere des Teufels
Mit Illustrationen von Hugo Steiner-Prag. it 304
– Lebensansichten des Katers Murr
nebst fragmentarischer Biographie des Kapellmeisters Johannes
Kreisler in zufälligen Makulaturblättern. Mit Illustrationen von
Maximilian Liebenwein. it 168
– Der Unheimliche Gast
und andere phantastische Erzählungen. Herausgegeben von Ralph-
Rainer Wuthenow. Mit Illustrationen. it 245
– Das Fräulein Scuderi
Erzählung aus dem Zeitalter Ludwig des Vierzehnten. Mit Illustratio-
nen von Lutz Siebert. it 410

Homer. Ilias
Neue Übertragung von Wolfgang Schadewaldt. it 153

Ricarda Huch. Der Dreißigjährige Krieg
Mit Illustrationen von Jacques Callot. it 22/23

Victor Hugo. Notre-Dame von Paris
Aus dem Französischen von Else von Schorn. Mit zeitgenössischen
Illustrationen. it 298

Jens Peter Jacobsen. Niels Lyhne
Mit Illustrationen von Heinrich Vogeler. Nachwort von Fritz Paul. Aus
dem Dänischen von Anke Mann. it 44
– Die Pest in Bergamo
und andere Novellen. Aus dem Dänischen von Mathilde Mann. Mit
Illustrationen von Heinrich Vogeler. it 265

W. Jan. Dschingis Khan
Mit einem Nachwort und Erläuterungen. it 461
– Batu Khan. it 462
– Zum letzten Meer. it 463

Jean Paul. Der ewige Frühling
Ausgewählt von Carl Seelig. Mit Zeichnungen von Karl Walser und
mit einem Vorwort von Hermann Hesse. it 262
– Des Luftschiffers Giannozzo Seebuch und Über die natürliche
Magie der Einbildungskraft
Mit Illustrationen von Emil Preetorius und Aufsätzen zu Jean Pauls
Werk von Ralph-Rainer Wuthenow. it 144

Romane, Erzählungen, Prosa

Marie Luise Kaschnitz. Eisbären
Erzählungen. it 4

Gottfried Keller. Der grüne Heinrich
Erste Fassung. Mit Zeichnungen Gottfried Kellers und seiner
Freunde. Zwei Bände. it 335
– Züricher Novellen
Mit einem Nachwort von Werner Weber. it 201

Kin Ping Meh oder Die abenteuerliche Geschichte von Hsi Men und
seinen sechs Frauen
Aus dem Chinesischen übertragen von Franz Kuhn. Mit Illustrationen
einer alten Ausgabe. Zwei Bände. it 253

Heinrich von Kleist. Die Erzählungen
Mit einem Nachwort von Rolf Tiedemann. it 247
– Die Marquise von O
Mit Materialien und Bildern aus dem Film von Eric Rohmer und einem
Aufsatz von Heinz Politzer. Herausgegeben von Werner Berthel
it 299

Choderlos de Laclos. Schlimme Liebschaften
Ein Briefroman mit 14 zeitgenössischen Illustrationen. Übertragen
und eingeleitet von Heinrich Mann. it 12

Charles und Mary Lamb. Shakespeare Novellen
Mit 21 Stichen einer Ausgabe von 1837. Auf Grund einer älteren
Übersetzung bearbeitet von Elisabeth Schücking. it 268

Friedrich de la Motte-Fouqué. Undine
Herausgegeben von Ralph-Rainer Wuthenow. Mit den Rezensionen
von Edgar Allan Poe. it 311

Lesage. Der hinkende Teufel
Mit Illustrationen von Tony Johannot und einem Nachwort von Karl
Riha. it 337

Nikolai Leskow. Der Weg aus dem Dunkel
Erzählungen. Mit Illustrationen von Theodor Eberle und einer Einleitung von Rudolf Marx. it 422

Lichtenberg. Aphorismen
Herausgegeben mit einem Nachwort von Kurt Batt. it 165